KNAUR

MARKUS HEITZ

DIE RÜCKKEHR DER ZWERGE

II

ROMAN

KNAUR

Besuchen Sie uns im Internet:
www.knaur.de
Facebook: Knaur Fantasy & Science Fiction
Instagram: @KnaurFantasy

Aus Verantwortung für die Umwelt hat sich die Verlagsgruppe Droemer Knaur zu einer nachhaltigen Buchproduktion verpflichtet. Der bewusste Umgang mit unseren Ressourcen, der Schutz unseres Klimas und der Natur gehören zu unseren obersten Unternehmenszielen.
Gemeinsam mit unseren Partnern und Lieferanten setzen wir uns für eine klimaneutrale Buchproduktion ein, die den Erwerb von Klimazertifikaten zur Kompensation des CO_2-Ausstoßes einschließt.
Weitere Informationen finden Sie unter: www.klimaneutralerverlag.de

FSC www.fsc.org
MIX
Papier aus verantwortungsvollen Quellen
FSC® C083411

Originalausgabe November 2021
Knaur HC

Dieses Werk wurde vermittelt durch die AVA international GmbH Autoren- und Verlagsagentur, München.
Redaktion: Hanka Leo
Covergestaltung: Guter Punkt, München / Anke Koopmann unter Verwendung eines Motivs von Elm Haßfurth
Coverabbildung: © Elm Haßfurth | elmstreet.org
Satz: Adobe InDesign im Verlag
Druck und Bindung: CPI books GmbH, Leck
ISBN 978-3-426-22756-5

2 4 5 3 1

DRAMATIS PERSONAE

DIE ZWERGENSTÄMME

DIE ERSTEN

Xanomir Wogenherz aus dem Clan der Stahlmacher, Ingenius & Constructor
Buvendil Muschelgreif aus dem Clan der Heißschmieds, Ingenius & Constructor

DIE DRITTEN

Regnorgata Sterbenshieb aus dem Clan der Orkschlächter, Königin der Dritten
Hargorina Todbringerin aus dem Clan der Steinmalmer, Kriegerin
Belîngor Klingenfresser aus dem Clan der Stahlfäuste, Krieger
Brûgar Funkenatmer aus dem Clan der Feuerschlinger, Krieger

DIE VIERTEN

Goïmron Schnitzeisen aus dem Clan der Silberbärte, Gemmarius
Bendoïn Feinunz aus dem Clan der Pfeilsucher, Befehlshaber der Truppen der Vierten

DIE FÜNFTEN

Barbandor Stahlgold aus dem Clan der Königswassertrinker, Siedlungsrat von Platinglanze
Gyndala Zartfaust aus dem Clan der Goldfinder, Schmiedin und Maurerin

DIE MENSCHEN

Doria Rodana von Psalí, Puppenspielerin
Chòldunja, Doria Rodanas Aprendisa
Orweyn Berengart, Omuthan von Brigantia
Kawutan Berengart, Orweyns jüngerer Bruder
Ilenis Berengart, Kawutans Gattin
Klaey Berengart, Orweyns jüngster Bruder, Zabitay
Kiil, Irmon, Jowna; Brigantiner/in
Hantu, Rhamak
Vanéra, Maga
Adelia, Vanéras Famula
Mostro, Vanéras Famulus
Stémna, Botin von Ûra
Gubnara, Ausbilderin der Doulia
Enes, Angehörige der Doulia
Tithmar von Waidenstein, Gutsherr in Gautaya
Helka von Waidenstein, Gutsherrin in Gautaya
Alreth, Handwerker und Kapitän der *Meeresklinge*
Olstrum, Smutje der *Meeresklinge*
Fridgatt, Matrose der *Meeresklinge*
Joros Gunmarr, Admiral der sinterianischen Meeresstreitkräfte
Emaro von Stiyn, Obrist in Wehrstadt

DIE ELBEN

Telìnâs, Elbenkrieger
Randûlas, Führer der Delegation von Tî Silândur

DIE ALBAE

Ascatoîa, Zhussa
Mòndarcai, Krieger
Ophîras, Krieger
Cintalôr, Kundschafter
Èthoras, Attentäter

DIE ORKS

Borkon Gràc Hâl
Torsuk, Heilkundiger
Shashka, Priesterin in Kràg Tahuum
Akrosha die Köpferin, Anführerin der Salzseeorks
Mortog der Meuchler, Bruder von Akrosha

WEITERE

Nebtad Sònuk, Srgāláh
Slibina und Szmajro, Flugdrachengeschwister
Graszahn, kleinster Drache des Geborgenen Landes

BEGRIFFE

ORTE

Arima: Hauptinsel von Undarimar
Dsôn Khamateion: das Reich der Albae im Braunen Gebirge
Enaiko: die Stadt des Wissens im Süden des Geborgenen Landes
Gautaya: Kaiserreich in Gauragon
Kleinfluxwasser: Menschendorf nahe von Platinglanze
Kràg Tahuum: Orkfestung in der Mitte des Geborgenen Landes
Landsriegel: elftausend Schritt hoher Berg
Platinglanze: zwergische Wehrsiedlung am Fuße des Grauen Gebirges
Tî Silândur: Elbenreich
Towan: Fluss im Norden des Geborgenen Landes
Undarimar: Meeresreich im Westen des Geborgenen Landes

VÖLKER & ARTEN

Acront: riesige Kriegerkreaturen, die Bestien jagen
Bastardpferd: Orkisches Reittier
Cadengi (Mehrzahl): eine neue Götterschar, deren Glaube in Brigantia verbreitet ist
Cadengis: der gefährlichste Gott der Cadengi
Cadengis' Mutter: a. die gefährlichste Göttin der Cadengi, b. beliebter Fluch
Doulia: zugereiste Menschen aus dem Jenseitigen Land, die sich freiwillig als Sklaven andienen
Drinx: Fabelwesen
Feuerfresser: Bezeichnung der Bestien in den Lavafeldern im Norden von Gauragon
Flammenflügler: schlangenhaftes Flugwesen, drachenverwandt
Meldrith: Personen aus einem albischen und elbischen Elternteil
Narshân-Bestie: wolfsartiges Raubtier

Panzerfische: große Fische im Binnenmeer
Phlavaros: Name des ersten Flugmahrs
Ragana: Moorhexen
Rhamak: Seelenrufer
Salzseeorks: Bezeichnung der Bestien in den Salzwüsten im Kaiserreich Gautaya
Srgāláh: humanoides Wesen mit Hundekopf
Visok-Pferd: eine große Pferderasse
Ygota: magiesensitive Fluginsekten

TITEL & BEZEICHNUNGEN

Aprendisa: Lehrling
Banneroffiziant: niederrangiger Versorgungssoldat
Famula/-us: magisch begabter Mensch in Ausbildung
Fîndaii: Leibwache und Eliteeinheit der Kaiserin
Ganyeios: Titel des Herrschers von Khamateion
Kisâri: Titel, Kaiserin der Elben
Magus/Maga: Zauberer/Zauberin
Omuthan: Fürst von Brigantia
Zabitay/-a: Rang, General/in in Brigantia
Zhussa: Zauberkundige der Albae

SONSTIGES

Consortio: Versammlung in Wehrstadt
Elriahaube: Taucherglocke
Priem: Kautabak
Suihhi: Bezeichnung einer tödlichen Seuche in Gauragon
Warwolf: übergroßes Katapult

KAPITEL I

DAS GEBORGENE LAND, IM NORDEN DES VEREINTEN GROSSKÖNIGREICHS GAURAGON, AN DEN AUSLÄUFERN DES GRAUEN GEBIRGES, PLATINGLANZE, 1023 N. B. (7514. SONNENZYKLUS NACH ALTER ZEITRECHNUNG), HERBST

Barbandor Stahlgold aus dem Clan der Königswassertrinker besah sich die laufenden Aufbauarbeiten stolz vom Dach des Wehrhauses aus, auf dem er einst Wache über die verwundete Stadt gehalten hatte. So lange, bis Zwerginnen und Zwerge ins zerstörte Platinglanze gekommen waren, um es neu zu errichten.

Überall um ihn herum hämmerte und schepperte es. Baukräne drehten sich durch Muskelkraft und hievten Balken, Schindelpakete und Steine an Ketten empor. Schwere Quader wurden in die Löcher der Doppelwälle eingefügt und vermauert, sodass die größtenteils ausgebrannte Siedlung nicht länger schutzlos war. Dazu erklangen laute Anweisungen der Vorarbeiter und Maschinenbediener oder Musik, gespielt mit Pfeifensäcken und Schalmeien, um den Schuftenden die Zeit zu vertreiben und das Schwitzen in den letzten warmen Sonnenstrahlen angenehmer zu machen.

Bis zum Winter wird das Gröbste fertig sein. Barbandor war wegen seiner Verdienste zum Siedlungsrat gewählt worden und hatte das Amt mit Freude und Stolz angenommen. Über seiner Kleidung und dem Kettenhemd trug er die bestickte weiße Schärpe, die sein Amt ersichtlich machte, um ansprechbar für alle zu sein, die Fragen und Sorgen hatten.

Alles in allem residierten wieder fast eintausend Seelenfunken hinter den Doppelmauern. Das Leben kehrte zurück, und das erfüllte den dunkelhaarigen Zwerg vom Stamm der Fünften mit großer Freude.

Nach der Heimsuchung durch Ûras Feuer, nachdem Platinglanze die Abgabe an die weiße Flugdrachin verweigert hatte, musste viel instand gesetzt und wiederaufgebaut werden. Doch der Verlust der ursprünglichen Bewohner wog weitaus schwerer.

Barbandors braune Augen wandten sich zum Grauen Gebirge, das nicht mehr wiederzuerkennen war seit dem letzten Eingriff ins Gestein nach einem geheimen Plan von Tungdil Goldhand. Kartografen wären ein ganzes Leben damit beschäftigt, die alten Zeichnungen anzupassen. Er rieb sich über das geflochtene dunkle Barthaar, während er das Gebirge betrachtete, und spielte mit der weißgoldenen Zierspange. Die Gipfellinie stimmte nicht mehr, und die bestehenden Verzeichnisse über die Gänge, Tunnel, Schächte sowie Minen waren vollkommen wertlos geworden.

Dafür war das Geborgene Land nun abgeschlossen und sicher.

Sämtliche fünf Zugänge in der Gebirgskette hatten sich durch die gezielten Einstürze und Abbrüche für immer geschlossen. Wo sich die neuen befanden, wusste nur Goldhand.

Er wird es verkünden, sobald das Braune Gebirge befreit ist, nehme ich an. Barbandor schloss die Lider und ließ die Sonne auf sein wettergegerbtes Gesicht mit den eingegrabenen Linien und Narben in der Haut scheinen. Es waren in den vergangenen Umläufen nicht wenige Falten dazugekommen, erschaffen von Abenteuern und Sorgen. *Möge sich der Sieg gegen Brigantia rasch einstellen.*

»Hey! Hey da, Meister Stahlgold!«, tönte es hell durch das Lärmen der arbeitenden Gewerke. »Steig runter von deinem hohen Dach! Sonst halten sie dich alsbald für deine eigene Statue, Siedlungsrat.«

Barbandor öffnete die Augen und richtete seinen Blick auf die Gassen und Straßen ringsherum, um nach dem Rufer Ausschau zu halten. Etwa fünfzehn Schritt schräg unter ihm stand eine junge blonde Zwergin in einem einfachen hellen Wollkleid mit dickem Ledermantel darüber gegen die Herbstkühle und hielt ein Bündel mit beiden Händen. Der Stoff war gespannt, die Last darin nicht die leichteste.

»Was gibt's?«, rief er hinab.

»Ich hab etwas gefunden, das ich dir zeigen muss.« Sie deutete auf das Wehrhaus und eilte voran. »Komm in deine Amtsstube.«

Was hat das nun wieder zu bedeuten? Barbandor kannte die Zwergin. Ihr Name war Gyndala Zartfaust aus dem Clan der Goldfinder. Sie kam ursprünglich aus Schmiedeburg, einer der östlichen Siedlungen nahe den Lavafeldern, die ein Augenmerk auf die Orkbande der Feuerfresser hatte. *Es wird kaum ein Imbiss sein.*

Er stieg durch die Luke ins Innere des Gebäudes und verließ den Trockenboden, um die Stiegen nach unten bis zu seinem spärlich eingerichteten Amtszimmer zu nehmen. Für Dekoration hatte er noch keine Zeit gefunden, das Banner der Stadt an der Wand musste genügen.

Gyndala hatte das verschnürte Bündel auf dem Tisch abgelegt und stand erwartungsvoll am Tisch. Die langen blonden Haare trug sie in einer Flechtfrisur, die hellen Augen leuchteten vor Ungeduld. »Das ist für dich«, brach es sogleich aus ihr heraus.

»Sehr aufmerksam.« Barbandor trat näher und versuchte, anhand der Ausbeulungen Schlüsse auf den Inhalt zu ziehen. »Aber wohl kein Geschenk.«

»Nein. Ich habe es im abgebrannten Haus des Heilers gefunden. Im Keller.« Gyndala öffnete den groben Jutestoff. »Viel blieb nicht mehr.«

Hatte Barbandor zuerst befürchtet, sie brächte ihm allen Ernstes sterbliche Überreste von Meister Güldenfunke, entpuppte das Mitbringsel sich als Sammelsurium verkohlter Gegenstände, die er erst nach genauem Hinsehen einordnen konnte. »Das sind Orksachen.«

»Von *jenen* Orks, die Platinglanze mit den Schleudern vor seinen Toren tötete«, ergänzte Gyndala begeistert und breitete die Dinge auf dem Stoff akkurat aus, als wären es Schätze, die präsentiert werden müssten. »Das Feuer hat zwar ziemlich gewütet, aber ich finde, man sieht deutliche Unterschiede zu den Habseligkeiten der Bestien, mit denen wir uns an den Lavafeldern herumschlagen.«

Barbandor hob zwei Eisenplättchen an und begutachtete sie, rieb den Ruß weg, öffnete zwei Ledersäckchen, in denen sich Kräuterreste befanden, die ein betörendes Röstaroma freisetzten; schließlich nahm er einen Dolch zur Hand und klopfte den Dreck ab. Darunter kam perfekter Stahl zum Vorschein.

»Eindeutige Unterschiede, Gyndala. Ich sehe das wie du«, redete er beim Begutachten leise vor sich hin.

»Mir fiel das gelungene Handwerk auf«, sagte die Zwergin aufgeregt. »Es kann sich nicht mit unserem messen, was das Schmieden anbelangt. Aber mit den Langen halten sie mit. Ohne Weiteres.« Sie wählte eine verzierte Spange aus, die einst ein Gewand zusammengehalten hatte. »Und das hier: geradezu filigran! Für orkische Verhältnisse.«

Der Fund untermauerte Barbandors Annahme, dass die Bestien aus dem Jenseitigen Land gekommen waren, um zum einen Jagd auf Zwerge zu machen und zum anderen die Truhe von Tungdil Goldhand mit seinen Aufzeichnungen in ihre Gewalt zu bekommen. Er und sein Freund hatten den Orks am Ufer des Towan einen Strich durch die Rechnung gemacht. »Fingerfertig. Sollte das Rückschlüsse auf ihre Schläue erlauben, bin ich froh, dass die Eingänge ins Geborgene Land verschlossen sind.«

»Ja, es ist friedlicher geworden, sieht man von der Belagerung der Festung im Braunen Gebirge ab. Aber das ist weit weg. Bei uns in Schmiedeburg wirkte es vor meinem Weggang geradezu so, als gäbe es die Feuerfresser nicht mehr.« Gyndala setzte sich und stützte den Kopf auf eine Hand, besah sich die Fundstücke fasziniert und schnupperte in Richtung der Kräutersammlung. An den Wangen ihres rundlichen Gesichts schimmerte heller Flaum im Herbstsonnenlicht.

Barbandor kannte die Orkbande im Osten der Gebirgsausläufer vom Namen her. Während Platinglanze sich gelegentlich mit Spähern der Salzseeorks herumgeschlagen hatte, hatten sich die Bestien der Feuerfresser daran versucht, einen Nimbus als feuerfeste Räuber aufzubauen, indem sie kleinere Siedlungen und Vorposten inmitten der Seen aus flüssigem Feuer auf Hochinseln errichteten. Schmiedeburg hatte sie stets in die Schranken gewiesen, sobald sie sich zu weit in von Menschen und Zwergen bewohntes Gebiet wagten.

»Ich dachte, ihr hättet sie aufgerieben?«, sagte er.

»Nein. Sobald sie merken, dass sie verlieren, ziehen sie sich auf ihre größeren Inseln inmitten der Lava zurück oder in Höhlen, die sich mit für uns giftigen Dämpfen füllen und bei denen es kein Weiterkommen gibt.« Gyndala legte die Spange zurück. »Warte es ab. Nicht mehr lange, und sie legen erneut los. Aber dann bekommen die Schweineschnauzen von meinen großen Brüdern tüchtig Dresche, dass ihnen die fransigen Ohren schlackern und die fauligen Zähne fliegen, bei Vraccas!«

»Warum weißt du so sicher, dass die Feuerfresser bald losschlagen?«

»Der Winter naht. Da brauchen sie Vorräte.« Gyndala formte aus ein paar getrockneten Fasern zwischen Daumen und Zeigefinger eine kleine Kugel und betrachtete sie neugierig. »Was *das* wohl ist?«

»Heilkräuter, schätze ich. Oder Tabak zum Kauen. Sie priemen vielleicht.« *Wie ich. Hoffentlich die einzige Gemeinsamkeit.* Barbandor wog die Eisenplättchen in der Hand, die zu einem Schuppen- oder Lamellenpanzer gehört hatten. Irgendetwas daran passte nicht zusammen, sagte ihm sein Gefühl. »Viel zu schwer«, raunte er plötzlich verstehend.

»Zu schwer?«

»Ich erinnere mich, wie der gepanzerte Ork aus dem Towan stieg. Ich dachte, er wäre wie die vier Dutzend anderen aus dem Jenseitigen Land angeschwemmt worden, aber …« Barbandor runzelte die Stirn. »In diesen Rüstungen wären sie niemals durch den Fluss bis zu uns gelangt.«

»Sie überlebten die Smaragdfälle. Warum nicht auch den wilden Ritt durch …« Gyndala hielt inne. »Beim ewigen Schmied! Du hast recht. Nicht einmal eine Schweineschnauze schwimmt Hunderte Meilen in einem eisigen Fluss mit Stromschnellen, Unterströmungen und Felsen.«

Barbandor starrte auf die beiden Plättchen in seinen kräftigen, schwieligen Fingern. *Ich beging einen gefährlichen Fehler!* Er warf die Stücke auf den Haufen und wandte sich zum Ausgang. »Danke, dass du damit zu mir gekommen bist. Du kannst nicht ermessen, bei welcher Entdeckung du mir halfst.«

»Das habe ich gerne getan.« Gyndala sah ihm wissbegierig nach. »Wohin des Wegs?«

»Die Arbeiten überprüfen. Am ersten Wall«, antwortete er und langte im Vorbeigehen nach seiner schweren Kampfaxt mit dem aufwendig ziselierten Kopf aus Stahl, um sie sich samt Halterung auf den Rücken zu werfen. »Bis nachher. Wir sehen uns im *Grünen Spundloch.* Das erste Bier geht auf mich.«

»Das ist doch ein Wort«, rief sie ihm nach.

Das stimmt immerhin zu zwei Dritteln und ist damit keine Lüge. Barbandor wollte die junge Zwergin bei seinem Abstecher nicht dabeihaben. Sein Versäumnis musste von ihm nachgeholt werden, ohne Platinglanze in Aufruhr zu versetzen. Der Schock über die Ereignisse saß noch zu tief, daher musste er als Siedlungsrat und Zuständiger für Verteidigung auf eigene Faust Erkundigungen einholen.

Eilends passierte Barbandor die Gassen und Straßen, lobte die Arbeiten im Vorbeieilen, besah sich die Ausbesserungen in den Doppelwällen der Stadtmauer und verließ Platinglanze auf jenem Weg, der zum Towan und nach Kleinfluxwasser führte.

Es kam ihm recht, dass ihn niemand fragte, was er denn im Dorf der Menschen wolle. Somit musste er nicht erneut lügen.

Während Barbandor im Schutz des Wäldchens den Weg zum Fluss und den Smaragdfällen im Laufschritt einschlug, fiel es ihm wie Drachenschuppen von den Augen. *Wie habe ich die Hinweise nicht sehen können?* Das Gewicht der Rüstungen, die große Anzahl der Orks und der Umstand, dass ihn die Bestie in der Gemeinsprache angeredet hatte, die man im Jenseitigen Land wohl kaum nutzte. *Schon gar nicht als Ork.*

Er entschuldigte sein Versäumnis damit, dass Ûra sie in der

gleichen Nacht angegriffen hatte und er verletzt gewesen war. Danach war es seine Aufgabe gewesen, Platinglanze zu beschützen und im Anschluss mit Goïmron und seinen Freunden nach Goldhand zu suchen. *Wieso hätte ich mir Gedanken um die toten Orks machen sollen?*

Barbandor erreichte das große Becken, in das sich die Smaragdfälle ergossen, und wurde von wallenden, rollenden Gischtwolken empfangen, in denen gelbe und rote Blätter wirbelten. Der Herbst färbte die umstehenden Laubbäume malerisch, es roch nach feuchtem Moos und Pilzen.

Seine Augen richteten sich auf die obere Kante des Wasserfalls. *Wenn die Orks nicht von dort oben gestürzt sind* – sein Blick wanderte an dem rauschenden, weißgrünen Vorhang aus Wasser abwärts –, *müssen sie von einem tieferen Punkt gekommen sein.*

Langsam ging er los und zog seine Axt, um den ziselierten Kopf als Griff und den Schaft als Stütze auf den rutschigen Steinen zu nutzen.

Ob sich nach einem halben Zyklus überhaupt noch Spuren finden lassen würden, wusste er nicht zu sagen. Seitdem waren keine Orks mehr aufgetaucht. Weder auf der Baustelle von Platinglanze noch in den Überresten von Kleinfluxwasser, das von den Menschen ebenso wiederaufgebaut worden war.

Ûras Attacke auf unsere Siedlung könnte sie von weiteren Raubzügen abgehalten haben. Barbandor erklomm die unteren, größeren Steine und näherte sich auf vierzig Schritte dem rechten Rand der Smaragdfälle. *Die Angst vor ihr herrschte bei allen Lebewesen.* Die Gischt legte sich auf ihn, durchnässte ihn binnen weniger Herzschläge, sodass er sich des Öfteren die Tropfen aus den Augen wischen musste. Der Untergrund wurde tückisch, sorgsam suchte der Zwerg nach sicherem Halt. *Aber nun ist die Drachin tot. Die Schweineschnauzen könnten den Umstand sowie die Belagerung im Braunen Gebirge nutzen. Um zurückzukehren.*

Barbandor hatte Elrias Fluch bei all seinen Überlegungen nicht vergessen. Misstrauisch äugte er ins Sammelbecken der Smaragdfälle, das unergründlich tief zu sein schien und allerhand parat hielt, um einen Zwerg auf Geheiß der Göttin in die Tiefe zu ziehen und zu ersäufen. *Vraccas sei mit mir.*

Zur besseren Konzentration steckte er sich ein Knäuel Kautabak in die rechte Wangentasche. Zimmet mit Minze, dazu das rauchig scharfe Aroma des Tabaks, schärften seinen Verstand.

Seitlich des Hauptstroms, mit dem sich der Towan hinabwarf, erklomm Barbandor Schritt um Schritt die Wand, erst mit Sprüngen und Hüpfern von Stein zu Stein, dann steckte er die Axt zurück in die Halterung auf dem Rücken und erkletterte den senkrechten Fels mit nasskalten Fingern, unter unaufhörlicher Berieselung durch die Wasserschleier.

Bei etwa zwanzig Schritten über der Erde machte er seitlich einen schmalen Sims natürlichen Ursprungs aus, der unter die Kaskade führte. Die geritzte Markierung im Gestein allerdings war handgemacht. Sie zeigte eine ihm unbekannte Rune, war keineswegs alt und lediglich mit einer hauchdünnen Moosschicht versehen.

Ich ahnte es! Rasch kletterte Barbandor auf den Vorsprung und ging mit Tippelschritten vorwärts. Er näherte sich der Kaskade, die sich vor der Wand hinabstürzte. Durch die schwachen Ausläufer und Gischtwolken erkannte er eine dunklere Stelle weiter vor ihm, die eine Einbuchtung oder ein Höhleneingang sein mochte.

Barbandor war hin- und hergerissen.

Noch hatte er keinen Beweis, dass sich Orks hinter dem Wasserfall verbargen. Aber gab es welche und sie erwischten ihn, käme es zu einem Kampf mit ungewissem Ausgang. *Ich habe keine Ahnung, wie viele es sein könnten.*

Die Neugier zwang den Zwerg voran. Als Siedlungsrat für Verteidigung musste er sichergehen.

Das Wasser bewies ihm sogleich seine Macht. Selbst die schwachen äußeren Ausläufer der Smaragdfälle gingen mit solcher Wucht auf ihn nieder, dass Barbandor glaubte, er würde von Steinen getroffen. Mit ganzer Kraft klammerten sich die Finger um Vorsprünge im Stein, mehrmals rutschten seine Stiefelsohlen ab.

Ich schaffe es nicht bis zum Schatten. Die Schmerzen in seinen Schultern, im Nacken, im Rücken und auf dem Kopf nahmen zu, er bekam kaum mehr Luft. *Elria hat einen Weg gefunden, mich im Stehen zu ersäufen! Ich brauche eine andere Vorgehensweise.*

Gerade wollte er umkehren, da glitt seine rechte Hand vom Fels ab.

Er griff ins Leere, sein Oberkörper neigte sich leicht nach hinten. Das stürzende Wasser erfasste ihn nun vollständig und unbarmherzig, das Gewicht von Kettenhemd und Axt wog tonnenschwer.

Die Macht des Elements spülte Barbandor vom Sims wie lästigen Dreck. Dabei schluckte er eisiges Wasser, hustete und bekam noch mehr davon in die Lunge.

Unvermittelt endete sein Sturz. Etwas hielt ihn am Fußknöchel fest und ließ ihn inmitten der rauschenden, brüllenden Kaskade zappeln. Würgend und keuchend schnappte er nach Luft, wurde aufwärts gezogen und von starken Händen gepackt, die ihn auf einen harten Untergrund warfen.

Barbandor hatte die Augen voller Wasser und übergab sich, spuckte Wasser und Essensreste auf den Boden vor sich. Unstetes Fackellicht beleuchtete ihn, neben ihm erkannte er undeutlich mehrere schwere Schaftstiefel. Der Größe nach mussten es Orks sein.

Um seinen rechten Fuß trug er eine Seilschlinge, mit der ihn die Scheusale im Flug gefangen und vor dem Absturz ins Kaskadebecken bewahrt hatten. *Aber sicher nicht aus ehrbaren Absichten.*

Ein letztes Mal spuckte er aus, dann wischte er sich die Augen frei und schaute sich um. Den Griff nach der Kampfaxt ersparte er sich. Sie hätten ihn schneller durchbohrt, als der die Waffe aus der Rückenhalterung gezogen bekam. Ein Ruck am Seil würde genügen, um ihn aus dem Gleichgewicht zu bringen.

Einen Schritt von ihm entfernt befanden sich drei muskulöse Orks, die außer den Stiefeln nur einen ledernen, mit kunstvollen Brandzeichen geschmückten Lendenschutz sowie einen einfachen Brustgurt mit langen Dolchen daran trugen. Zwei hatten dunkelgraue, der Dritte auffällige nachtblaue Haut. Feinste Tätowierungen zogen sich in verschiedenen Farben über die Gliedmaßen und die Torsos; der dunkelblaue Ork hatte ausschließlich Weiß für die verschnörkelten Ornamente benutzt, was die Zeichen besonders betonte.

Nach einem knappen, unverständlichen Wortwechsel ging eine der grauen Bestien auf dem Sims entlang und verschwand im Wassernebel, als wäre es die einfachste Übung der Welt.

Der blauhäutige Ork zog Barbandor am Seil hinter sich her und schleifte ihn in eine Seitenhöhle, in der das Donnern und Toben des Towan weniger laut waren.

»Lass uns reden, Unterirdischer«, begann er mit starkem Akzent in der Gemeinsprache und ging in die Hocke. Kräftige, silbern angemalte Eckzähne kamen zum Vorschein, die an Wolfsfänge erinnerten, das übrige Gebiss war schwarz gefärbt. »Bist du alleine losgezogen?«

Barbandor setzte sich auf und wollte die Schlinge um seinen Fuß lösen, aber das dunkle Grollen ließ ihn davon absehen. »Du sorgst dich, dass ihr bald erschlagen werden könntet.«

»Ich sorge mich um Dinge, von denen du nicht einmal weißt«, lautete die amüsierte Erwiderung.

»Man wird nach mir suchen und meinen Zeichen folgen. Du und deine Bestien –«

Der Ork lachte leise. Seine langen, gebogenen Fingernägel waren sauber wie seine schwarze Mähne, in der einzelne Strähnen mit Golddraht umwickelt waren. Allem Anschein nach hatte sich der Ork gepflegt – oder das Wasser hatte ihn von Schmutz gereinigt. »Eine Bezeichnung, die ich noch nicht kannte.«

»Du bist aus dem Jenseitigen Land?«

»Was ist das Jenseitige Land?«

»Auf der anderen Seite des Grauen Gebirges.« Barbandor fühlte seine Kräfte zurückkehren. Es bedurfte bloß eines unachtsamen Moments des Scheusals, dann würde er den Angriff wagen. »Einen Ork wie dich habe ich noch nie gesehen.«

»Erbaue dich an meinem Anblick, solange du kannst.« Er musterte ihn. »Wie ist dein Name?«

»Kind des Schmieds.«

»Du willst mir nicht sagen, wie du heißt? Furcht vor einem Namensfluch?« Der Ork grinste. »Ich bin Borkon Gràc Hâl, und ich fürchte mich nicht. Weder vor einem Fluch noch vor dir.«

Erstaunt nahm Barbandor zur Kenntnis, wie zivilisiert die Unterhaltung zwischen der Bestie und ihm verlief, im Gegensatz zu seinem letzten Zusammentreffen mit einem von ihnen.

Ein lauter Ruf erklang aus der größeren Höhle, und Borkon wandte den Kopf zur Seite. Der Mund öffnete sich zu einer Erwiderung, während er sich aufrichtete.

Meine Gelegenheit! Barbandor riss die Kampfaxt mit beiden Händen nach oben aus der Halterung und nutzte seine hochschnellende Schulter als verstärkenden Krafthebel. Die Schneide pfiff durch die Luft und traf den stehenden Ork schwungvoll mitten in die Brust, schnitt sich durch die dicken Muskeln. Knackend brach Gebein unter Haut.

Borkon machte beim Einschlag einen Schritt nach hinten, der Kopf zuckte herum, und der wütende Blick aus den wässrig grünen Augen traf Barbandor. Dabei legte sich seine Rechte um den ziselierten Axtkopf, den er sich mit einem Ruck aus dem Körper zog. Blauschwarzes Blut rann aus dem Schnitt, der sich sogleich schloss. Knisternd verwuchsen die Knochen und nahmen ihre ursprüngliche Position ein.

Barbandor zerrte am Griff, aber der Gegner hielt seine Waffe fest wie eine eiserne Statue. »Was bei Vraccas bist du?«, keuchte er. *Ist er ein Untoter? Kehrt der Fluch des Toten Landes mit einem neuen Dämon zu uns zurück?*

»Ein Ork. Kein gewöhnlicher, aber ein Ork.« Borkon ließ die

Kampfaxt plötzlich los, und der Zwerg wäre beinahe hintenübergestürzt. »Versuchst du es noch einmal –«

»Erspare mir Drohungen.« Barbandor hob die Waffe, an deren Klinge das düstere Blut des Gegners haftete, mit pochendem Herzen. »Ich bin ein Sohn des Schmieds. Es liegt in meiner Natur, Scheusale wie dich zu vernichten!«

Ein grauhäutiger Ork erschien und stieß die durchnässte Gyndala auf den Felsboden. Sie blutete aus zwei kleineren Wunden an Hals und Schulter, stemmte den Oberkörper mit einem Keuchen auf. »Entschuldige, Barbandor«, sagte sie unter Schmerzen. »Aber ich musste dir einfach folgen. Ich ahnte, dass du –«

»Schweigt. Beide«, befahl Borkon und wechselte einige Worte mit seinem Artgenossen in einer kehligen, harten Sprache.

»Gyndala, bei Vraccas!«, flüsterte Barbandor besorgt. »Sieh, in welche Lage du dich gebracht hast.«

»Ich wollte dich nicht alleine gegen die Schweineschnauzen ziehen lassen. Ich –«

Borkon versetzte der Zwergin einen Tritt in den Rücken, sodass sie nach vorne geschleudert wurde und mit der Stirn gegen den Untergrund prallte. Ohnmächtig sackte sie zusammen.

»Du hast Glück, Unterirdischer. Dank ihr wirst du leben.«

Der Grauhäutige packte in die nassen geflochtenen Haare der Bewusstlosen und überstreckte den Hals, bis der Nacken krachend brach.

Nein! Es ging so rasch, dass Barbandor nicht eingreifen konnte. Als er mit einem wütenden Schrei nach vorne sprang, um Gyndalas Tod zu rächen, wuchs Borkon vor ihm empor. Mit einer Hand hob er den Zwerg an der Kehle hoch, die andere packte die Axt, um den Schlag abzufangen.

Währenddessen trennte der Grauhäutige den Kopf der Zwergin mit seinem Dolch ab, das dunkelrote Blut plätscherte auf den Boden und mischte sich mit Wasser, wurde heller. Danach nahm er sich den rechten Schuh der Toten und schnitt von Barbandor eine dunkle Bartsträhne samt weißgoldener Zierspange ab.

Mit dem tropfenden Schädel, dem Stiefel und dem Gesichtshaar in der Hand verschwand er aus der Höhle, während der andere graue Ork erschien und den Körper der Zwergin am Gürtel des hellen Wollkleids aufhob und ihn wie eine Tasche trug. Arme und Beine hingen herab, aus dem Halsstumpf tropfte Blut.

»Was tut ihr da?«, presste Barbandor entsetzt heraus.

»Den Schädel deiner Freundin und deine Strähne werden die Unterirdischen in Kleinfluxwasser finden. Die passenden Spuren sind mit dem Stiefel rasch gelegt, und was geschah, das ist leicht zusammengereimt: Die gierigen Menschen haben euch umgebracht, weil sie ihre Beute nicht herausgeben wollten«, erklärte Borkon ruhig und entwand ihm die Axt. »Niemand wird auf den Gedanken kommen, euch an diesem Ort zu suchen. Hinter den Smaragdfällen. Und falls doch, ist der Sims verschwunden.« Er hob die eiserne verzierte Waffe, ohne den Zwerg zu senken; sein Arm zitterte nicht einmal unter der andauernden Belastung. Mit der verschmierten Schneide pochte er gegen Barbandors Stirn und malte einen Strich darauf. »Du wirst mein Gast sein. Das delikate Festmahl zu deinen Ehren bringen wir uns gleich selbst mit.«

Der grauhäutige Ork lachte und schüttelte Gyndalas kopflose Leiche, als würde sie leben und zappeln.

Im stählernen Zangengriff gefangen, ging Barbandor die Luft aus, er wurde schwächer.

»Du wirst meine Fragen beantworten«, klang Borkons Stimme wie aus weiter Ferne. »Ich habe reichlich davon an dich.«

Noch bevor er in die Ohnmacht dämmerte, ging Barbandor mit Entsetzen auf, dass der Ork soeben auf Zwergisch zu ihm gesprochen hatte.

Uraltem Zwergisch.

* * *

DAS GEBORGENE LAND, BRAUNES GEBIRGE, BRIGANTIA, 1023 N. B. (7514. SONNENZYKLUS NACH ALTER ZEITRECHNUNG), HERBST

Doria Rodana von Psalí saß am Tisch neben ihrer Aprendisa Chòldunja und betrachtete den dunkelhaarigen Brigantiner gegenüber, auf dessen maßgeschneiderten sandfarbenen Gewand, das mit Machart und Stehkragen an albische Mode erinnerte, das Abzeichen eines Zabitay prangte. *Was hat er mit uns vor?* Sie schätzte ihn auf ihr eigenes Alter, Mitte zwanzig. Die längeren Bartstoppeln machten ihn etwas älter, und auf der Stirn trug er eine auffällige Schmucknarbe, die dem Wappen der Berengarts nachempfunden war.

Vor ihnen breiteten sich einfache Speisen und Getränke aus, es mangelte ihnen an nichts. *Bis auf eigene Freiheit.* Mit ihrer Ankunft in der Festung hatte der Zabitay sie in diese geräumige Unterkunft aus zwei Zimmern gebracht und sie angewiesen, unter keinen Umständen herauszukommen. Er wusste sehr genau, wen er nach der Schlacht nach Brigantia geführt hatte – und dass sie im Geborgenen Land gesucht wurden. Ob er dies zum Schutz der Frauen oder seinem eigenen Vorteil tat, darüber war sich Rodana noch nicht schlüssig.

Es gab frische, schlichte Kleidung, die halbwegs passte, was bei der zierlichen Statur der Puppenspielerin ungewöhnlich war; auch eine Gelegenheit zum Waschen fand sich. Wären die Umstände etwas anders, hätten sich Rodana und Chòldunja durchaus in ihrer gemütlich eingerichteten Unterkunft wohlfühlen können. Aber die Gefahren für ihre Leben waren längst nicht gebannt.

Der Mann las einige kleine Zettel, die er mitgebracht hatte, und seine Miene spiegelte in erster Linie Besorgnis. Die Nachrichten schienen nicht gut.

Chòldunja goss erst ihrer Meisterin, danach sich selbst vom Tee ein. Dampfend schoss das goldgelbe Getränk in die flachen Schalen, der Duft von Kräutern breitete sich aus. Sie hatte die langen, braun und schwarz gefärbten Haare am Hinterkopf zu einer Schnecke zusammengerollt und festgemacht, sodass nicht auffiel, dass sie üblicherweise bis zum Steiß der Sechzehnjährigen reichten.

Rodana räusperte sich. »Wie geht es nun weiter, Zabitay?«

»Mein Bruder gab mir den Auftrag, dich und deine Schülerin zu töten, sobald ich euch entdecke«, antwortete er nebenbei und blätterte noch einmal durch die Aufzeichnungen, bevor er aufsah. Seine Stimme war krächzend, ein heiseres Flüstern mit einer Ahnung dessen, wie gut sie einst geklungen haben musste. Die Narbe an seinem Hals verriet, dass die Veränderung von einer Verletzung herrührte. »Ich bin Klaey Berengart, jüngster Bruder des Omuthan und Zabitay der fliegenden Reiterei.« Er legte die Zettel auf den Tisch und deutete auf seine leere Schale, die Chòldunja sogleich füllte. »Ihr habt mein Leben gerettet. Ich bewahrte eures, indem ich euch Zuflucht in Brigantia gewährte. Denn das Geborgene Land will euch tot sehen.« Er hob das Gefäß und nahm einen Schluck. »Das sagen sämtliche unserer Spione.«

»Ihr habt eigens die Spione nach uns horchen lassen?«, fragte Rodana spöttisch. Sie wischte eine kinnlange, hellblonde Strähne hinters Ohr, wodurch ihre Wangenknochen sowie ihre dunklen Lippen stärker zur Geltung kamen. »Das ist zu viel der Ehre.«

Aber Klaey blieb ernst. »Indem ich euch beide verschone, rette ich euch zum zweiten Mal das Leben. Und bringe mein eigenes in Gefahr, weil ich gegen den Befehl des Omuthan verstoße«, führte er aus. »Damit steht ihr doppelt in meiner Schuld.«

»Meinen Dank für Euer Vorrechnen.« Rodana hatte gleich geahnt, dass es nicht bei der Gastfreundschaft unter Ausgestoßenen bleiben würde. »Was erwartet Ihr im Gegenzug von uns?«

Klaeys hellblaue Augen richteten sich auf Chòldunja. »Mein Bruder beging einen Fehler, als er deinen Tod anordnete. Ich werde ihn davon überzeugen, diesen Befehl zurückzunehmen. Du *musst* uns bei der anstehenden Belagerung beistehen.« Ein schwaches Lächeln entstand. »Du verteidigst damit auch dein eigenes Leben, Ragana. Sobald du einen Fuß außerhalb der Mauern auf den Boden setzt, wird man dich ergreifen und hinrichten.« Er deutete auf die Tür. »Dies wird dir auch in Brigantia zustoßen, bis ich meinen Bruder überzeugen kann.«

»Sprecht Ihr von *dem* Bruder, den Ihr mit flüssigem Feuer in Brand stecktet?« Rodana hatte ihre Zweifel, dass der Stern des »Zabitay der fliegenden Reiterei«, wie er sich selbst nannte, noch hell und mächtig in der Familienhierarchie der Berengarts leuchtete.

»Das Werk eines Magus, den ich sträflich unterschätzte«, gab Klaey zurück, und seine Miene verdüsterte sich. »Aber ich werde mich revanchieren. Mit deiner Hilfe, Ragana.«

»Aber ich –«, setzte Chòldunja an.

»Wir werden uns gerne beteiligen«, unterbrach Rodana ihre Aprendisa, bevor sie sich um Kopf und Kragen redete. Buchstäblich. »Ihr habt gesehen, was sie vermag. Denkt an den Feuerball, mit dem sie die Reiterei und die Orks vernichtete.«

»Und genau darauf setze ich. Obwohl ich zuerst dachte … einerlei. Nun weiß ich, dass es die Kraft der Ragana war.« Klaey stellte die Teeschale ab. »Wir haben es bei der Belagerung mit diesem Famulus zu tun, der sich als Magus bezeichnet. Mit etlichen Artefakten, die aus der Kammer der Wunder herbeigeschafft werden. Und einem Unterirdischen, der sich auf Magie versteht.«

»Was?«, entfuhr es Chòldunja, und sie lachte ungläubig auf. Rodana kam es gespielt vor. »Nein, das kann nicht sein. Es gibt Geschichten, dass früher –«

»Ich sah es. Und erlebte es. Am eigenen Leib. *Er* ist der Grund, weswegen meine Feuertöpfe das Ziel verfehlten und das Zelt meines Bruders in Brand setzten.« Klaeys rechte Hand schloss sich zur Faust, die Knöchel wurden weiß. »Ich prägte mir sein Gesicht ein. Ganz genau. Er gehörte zu jener Gruppe um Goldhand, die wir vor der Schlacht zu Verhandlungen trafen.« Hüstelnd reinigte er die Kehle. »Ich spreche mit dem Omuthan, und danach könnt ihr euch frei in Brigantia bewegen.« Er erhob sich und ging zur Tür. »Ihr verlasst die Unterkunft niemals. Nicht bevor ihr eine Nachricht von mir bekamt.« Gleich darauf war er verschwunden.

Kaum hatte sich der Ausgang hinter dem Zabitay geschlossen, sackte Chòldunja in sich zusammen. »Meisterin, wir konntet Ihr nur?«

»Lügen, um unser Leben zu retten?«

»Nein! Ihn im Glauben lassen, dass ich meine Kräfte noch besitze!«

»Welchen Wert haben wir für ihn, wenn er erfährt, dass dein Moordiamant am Hals des Magus baumelt und du ohne den Stein nichts ausrichten kannst?« Rodana legte einen Arm um die Schulter ihrer niedergeschlagenen Aprendisa. »Oder dass wir es nicht waren, welche die gauragonische Reiterei mit der Explosion vernichteten?«

»Wenig Wert«, antwortete Chòldunja kleinlaut.

»So viel Wert eine Frau für einen Mann haben kann, die er nicht als ebenbürtig betrachtet. Und als Mätressen braucht er uns nicht. Er hat genug, die ihm aufgrund seines Namens zu Willen sein mögen. Und wir werden in Brigantia gesucht. All das erfordert Lügen. Unendlich viele Lügen, wenn es sein muss.« Rodana gab der jungen Frau einen Kuss auf den Mittelscheitel. »In diesen Räumen sind wir vorerst in Sicherheit.«

»Bis Klaey oder der Omuthan eine Kostprobe meiner Kunst sehen will.« Chòldunja vergrub das Gesicht in ihren Fingern. »Oh, ihr Geister des Sumpfes, steht mir bei!«

Rodana seufzte und umarmte ihre Aprendisa, die vollends in Tränen ausbrach. »Das werden sie.« Beruhigend streichelte sie ihren Schopf und den Rücken. *Auch wenn es keinen Sumpf weit und breit gibt.*

Nach einer Weile fing sich die junge Frau und wischte sich die salzige Feuchtigkeit von den erhitzten Wangen. »Danke, Meisterin.« Schniefend zog sie die Nase hoch und trank vom Tee. »Es ist ein Elend. Da will ich keine Ragana mehr sein und laufe von zu

Hause fort, aber der Diamant bringt mich … uns in größte Not. Es tut mir so leid, Meisterin. Ich hätte Euch …«

»Das ist nun einmal so. Kommen wir mit den Umständen zurecht. Die Vergangenheit können nur Götter ungeschehen machen.« Rodana atmete tief durch. »Was bedeutet der Verlust des Moordiamanten für dich?«

»Er ist an mich gebunden, er gab mir Kraft und ich ihm. Ohne ihn verliere ich jeden Umlauf mehr von meiner Energie. Ich werde schwach und werde kaum viel tun können. Das mag einen Zyklus anhalten.« Chòldunjas Gesicht verlor an Farbe. »Erlange ich ihn nicht zurück, kann es sogar sein, dass ich … sterben muss.«

»Chòldunja!«, entfuhr es Rodana erschrocken.

»Es ist nicht gesagt, dass es so kommt. Aber es kann geschehen.« Die juvenile Aprendisa schlürfte vom heißen Getränk. »Entweder das, oder ich bekomme ihn zurück.« Sie zögerte. »Oder finde einen adäquaten Ersatz, den ich mit mir verbinde.«

»Oh, dann gibt es Hoffnung! Was bräuchtest du dafür, abgesehen vom Stein selbst?« Aus Rodanas Angst und Sorge wurden Zuversicht und Trotz. »Vergiss nicht: Wir sind im Reich der Vierten. An welch anderem Ort sollte sich ein geeigneter Edelstein für dich finden? Oder muss es unbedingt ein Moordiamant sein?«

»Nein. Es würde auch ein Diamant von perfekter Lupenreinheit tun. Aber …« Chòldunja senkte den Kopf, und ihre Stimme wurde leiser. »Das Ritual, wie man einen neuen Stein bindet, ist … grausam. Für mich. Und für … das Opfer.«

Rodana verstand. »Eine Ragana muss einen Säugling verspeisen«, raunte sie erbleichend. Der Lichtschimmer, der Zwickmühle entkommen zu können, erlosch abrupt.

»Und die Seele somit einverleiben, ja. In mich und den Stein. Dadurch wird eine neue Bindung erschaffen.« Chòldunja war erneut den Tränen nahe, die Lippen bebten. »Ich floh, damit ich all das nicht tun muss, Meisterin! Und jetzt könnte es geschehen, dass ich genau *das* machen muss, um uns zu retten.« Hilflos blickte sie

Rodana an. »Aber selbst dann sind meine Kräfte … nichtssagend. Ich stehe auf der untersten Stufe der Ausbildung. Der Omuthan wird mich hinrichten lassen, wenn ich nicht im Kampf gegen die Belagerer tauge.«

Rodana fasste ihre Hand und drückte sie. »Wir denken uns etwas aus. Kein Neugeborenes wird sterben müssen. Und wir werden es auch nicht.«

»Ihr klingt sehr zuversichtlich.«

»Das bin ich auch.« Aus welchem Grund, das wusste Rodana selbst nicht. Ihre Lage war, bei allem Lächeln und vorgetäuschter Hoffnung, schlicht aussichtslos.

* * *

Selten war Klaey dermaßen nervös gewesen. Bereits dreimal hatte er sein Glücksamulett geküsst, um Zuversicht zu erlangen.

Sein Weg, den er mit langen Schritten nahm, führte ihn zu den Gemächern des Omuthan, der von Brigantias besten Heilenden versorgt und umsorgt wurde. Mehrmals hatte man Klaey den Besuch des Schwerverletzten verweigert, um dessen Aufregung gering zu halten. In der jetzigen Verfassung sei jeder schnelle Herzschlag ungut.

Damit lasse ich mich nicht mehr abspeisen. Klaey musste seinem ältesten Bruder unbedingt persönlich schildern, wie es zu dem Unglück hoch über dem Schlachtfeld gekommen war, und ihm erklären, dass er daran keine Schuld trug. *Ein zaubernder Zwerg. Wer hätte das gedacht?* Er war sich sicher, in dieser Missgeburt jenen magischen Angreifer ausgemacht zu haben, der ihn mit einem Luftschlag aus dem Sattel geholt hatte. Damit hatte sein Elend begonnen, an dessen Ende der Verlust des Gefechts und das Verschwinden von Todesschwinge standen.

Wie Klaey seinen Bruder einschätzte, würde Orweyn es nicht bei mahnenden Worten belassen. Das Zelt, etliche Zabitay und einige ihrer Geschwister waren nach den Treffern mit den Feuertöpfen in Flammen aufgegangen. Früher oder später stand seine Hinrichtung an.

Das werde ich verhindern. Klaey bog um die Ecke und schwenkte in den Korridor, der zu den Schlafzimmern des Herrschers führte. Die Wände trugen Reste des ursprünglichen zwergischen Wandschmucks, der nach dem Geschmack der Familie Berengart über die Dekaden verändert worden war. Vor allem geometrische und florale Muster hatten Einzug gehalten. *Mir gleich, ob es ihn aufregt. Er muss es hören, bevor er meinen Tod anordnet, ohne die Wahrheit zu kennen.*

Als er seinen Bruder Kawutan in vollem brigantinischem Militärornat und dessen Gattin Ilenis in einem Figur umschmeichelnden blassroten Kleid vor der Tür im Gespräch mit der Dienerschaft erblickte, wurden seine Schritte langsamer. *Was hat das zu bedeuten?*

Kawutan war mit annähernd achtunddreißig der viertälteste Bruder und verstand sich mit Orweyn äußerst gut. Standen sie nebeneinander, konnte man sie für zeitversetzte Zwillinge halten. Die eingebrannte Familienschmucknarbe auf seiner Stirn wurde von etlichen Falten durchbrochen.

»Klaey! Wie schön, dich zu sehen«, grüßte ihn Ilenis von Weitem und machte damit Bedienstete und ihren Gatten gleichermaßen auf ihn aufmerksam. Die Brünette sah hinreißend aus, ihr Lächeln war ein Traum, den sie an ihre vier Töchter weitergegeben hatte.

Die leise Unterhaltung endete, man wandte sich ihm zu.

»Schön, euch beide anzutreffen. Wollt ihr auch zu Orweyn?« Klaey ließ sich seine Beunruhigung nicht anmerken. Ihm entging nicht, dass sein Bruder die Linke rasch auf den Rücken legte, als verberge er etwas darin. »Geht es ihm besser? Was sagten die Heiler?«

»Wir waren bereits bei ihm. Die Brandwunden sind schwer zu behandeln. Die Haut ist teilweise mit Kleidung und Rüstung verbacken. Sie überlegen, wie sie ihm helfen können, ohne Gliedmaßen zu amputieren«, antwortete Kawutan. Die dunkelgrüne Uniform mit den Orden, Ehrenabzeichen und Schmuckschnüren stand ihm ausgezeichnet, an der linken Seite baumelte ein Säbel.

Aus welchem Grund trägt er sie? Auch Ilenis wirkte, als wolle sie zu einer bedeutenden Feier oder käme eben von einer. »Aber er ist bei Bewusstsein?«

»Das ist er. Und gibt schon wieder Anweisungen.« Das abrupt entstehende Lächeln auf Kawutans glatt rasiertem Gesicht war so falsch wie Katzengold. Nett, aber wertlos.

»Wie schön. Dann will ich ihn besuchen.«

Aber Kawutan legte die rechte Hand gegen Klaeys Brust. »Einige seiner Anweisungen betrafen dich, kleiner Bruder.«

»Aha?«

»Er will dich nicht sehen.«

Klaey schnalzte ungehalten mit der Zunge. *Das hatte ich befürchtet.* »Mich trifft keine Schuld an dem, was geschah. Ein Magus attackierte mich und brachte Todesschwinge vom Kurs ab. Die Schnüre rissen und –«

»Wie auch immer«, fiel ihm Kawutan ins Wort. »Er sagte, dass du dich herausreden würdest und dass man dir nicht glauben soll. Es sei dein Fehler gewesen. Du bist der Mörder von Finsal, Ulenia und Dovulin, du hast unsere Brüder und Schwestern verbrannt. Und etliche Zabitays.« Langsam nahm er die Linke hinter dem Rücken vor – und wies Klaey triumphierend den Siegelring des Omuthan. »Orweyn machte mich als Ältesten übergangsweise zum Herrscher über Brigantia. Und ich finde es richtig, dich verhaften zu lassen. Du landest im Kerker, bis Orweyn zu Kräften gelangt, um über dich zu entscheiden. Ich maße mir nicht an, dich zu richten.«

Du mieser Emporkömmling! Ohne den Tod der Geschwister wäre Kawutan niemals infrage gekommen, das Amt des Omuthan übergangsweise zu übernehmen. Orweyn sah ihn als jemanden für die zweite Reihe. *Das weiß jeder.* Aber es änderte nichts. Wer den Siegelring trug, besaß die Macht.

»Es war der Magus!«

»Du hast Zeugen?«

»Wie soll das jemand inmitten einer Schlacht gesehen haben?«

»Dann bleibt es dabei.« Kawutan musterte ihn. »Du kommst in den Kerker. Aber es wird dir an nichts mangeln.«

Ilenis hakte sich geschmeidig bei ihrem Gatten ein. »Bedenke, welches Signal du damit gibst«, warf sie besonnen ein. »Die Dynastie der Berengarts muss einig sein. Eins sein, vor allem nach dem Vorfall während der Schlacht. Ich finde Klaeys Erklärung schlüssig und nachvollziehbar für alle.« Sie sah zwischen den ungleichen Brüdern hin und her. »Lasst sie verbreiten. Gebt den Belagerern die Schuld an der Tragödie, und unsere Truppen werden mit noch mehr Leidenschaft fechten.«

Kawutan gab ihr einen Kuss auf die Wange. »Dein Rat ist sehr gut, liebste Gattin.«

»Wie so oft«, stimmte sie mit einem Lächeln zu und streichelte ihm einmal über den Oberarm und die Brust. »Alles Weitere mag der Omuthan entscheiden, sobald er genesen ist. Aber bis dahin darf nichts auf ein Zerwürfnis hindeuten. Stärkt die Position der Familie!«

»Ich gebe dir recht«, sagte Klaey schnell. Ilenis' Beistand war ihm sehr willkommen. »Behalten wir meine Version bei?«

»Einverstanden.« Kawutan lächelte seine Gemahlin an. »Wir schieben diesem Magus die Schuld in die Schuhe.«

»Er war es auch!«

»Das mag sein.« Sein Bruder deutete auf den Eingang zum Schlafgemach. »Du darfst Orweyn trotzdem nicht sehen. Diese Anweisung wirst du respektieren. Oder ich lasse dich unter einem anderen Vorwand wegsperren.«

»Aber –«

»Hast du mich verstanden?« Kawutan hob die Hand mit dem Siegelring, als sei sie eine Peitsche, mit der man wilde Tiere in einem Käfig zurücktrieb. »Das sage ich nicht als dein Bruder. Sondern als dein Omuthan.«

Vorübergehender Omuthan. Klaey deutete eine Verbeugung an.

Sein Bruder wandte sich zum Gehen.

»Es würde mich freuen, wenn wir bei Gelegenheit eine schöne Kartenpartie spielen«, sprach Ilenis freundlich und umarmte Klaey. Ihre Finger wanderten dabei abwärts bis an seine Hüfte und zogen ihn kurz gegen ihre. Die Wärme ihres Körpers drang durch den Stoff und weckte süße Erinnerungen. »Das haben wir doch früher so oft getan.«

»Ja, ich weiß. Das holen wir nach.« Klaey hauchte ihr einen Kuss auf die Wange und ließ sie los. »Danke für deinen Rat.«

Den Blick, den Ilenis ihm im Davongehen über die Schulter zuwarf, wusste er zu deuten. Sein Bruder hatte keine Ahnung, wie diese Partien verliefen. Und dass es nur Gewinner gab.

Klaey beglückwünschte sich dazu, sich mit seiner Schwägerin dermaßen gut zu verstehen. Sie hatte ihn nicht ganz uneigennützig vor der Zelle bewahrt. Er würde sich erkenntlich zeigen dürfen. *Ausgiebig.*

Plötzlich blieb Kawutan stehen. »Mir kam eben in den Sinn, dass wir unseren Leuten zeigen sollten: Ein Fehler schützt nicht vor Strafe. Denn es wäre deine Pflicht gewesen, die fallenden Feuertöpfe in irgendeiner Weise abzufangen. Oder dein Leben für das des Omuthan zu geben.«

Am liebsten hätte Klaey seinen Bruder angeschrien und ihm einen Fausthieb verpasst, um ihm die Nase zu brechen. Aber er zwang sich zu heuchelnder Einsicht. »Selbstverständlich. Wie soll diese Strafe aussehen?«

Kawutan drehte den Kopf, während Ilenis sich erneut unterhakte. »Ist dein Flugmahr aufgetaucht?«

»Nein.«

»Dann bist du hiermit ein einfacher Banneroffiziant. So lange, bis du etwas zum Fliegen findest.« Kawutan machte ein zufriedenes Gesicht. »Kein Flugmahr, kein Rang. So einfach ist das. Eine Degradierung auf Zeit.« Er hob die Hand zum Gruß und ließ den Herrscherring dabei im Schein der Lampen aufblitzen. »Ich wünsche dir viel Glück bei der Suche nach einem neuen Flugmahr. Oder was immer du sonst gerne reiten möchtest. Versuche es doch mit einem kleinen Drachen. Oder binde einem Pferd Taubenschwingen an.« Laut lachend verschwand er mit Ilenis an seiner Seite in den Quergang.

»Dummes Schwein.« Klaey pflückte die Abzeichen des Zabitay von der Schulter und reichte sie einem Bediensteten, der so tat, als habe er nichts mitbekommen. Nun würde er Ilenis noch lieber seine Verbundenheit zeigen. *Warte nur, wenn Orweyn wieder Omuthan ist …!*

Zunächst kehrte Klaey nicht in sein Quartier zurück. Er musste nachdenken, und das gelang ihm beim Umherlaufen recht gut.

Kawutan war zu dumm, um den Wert der Ragana zu erfassen, und er könnte auf ihrer Hinrichtung bestehen. Andererseits wusste er vielleicht nichts von Orweyns Befehl. Daher beschloss Klaey, weder Kawutan noch Ilenis etwas von seinen beiden unfreiwilligen Gästen zu sagen. So konnte er sich erst einmal von der Macht der jungen Moorhexe überzeugen, welche die gauragonischen Lanzenreiter spielend leicht mit einem grellen Feuerball zerfetzt hatte, wie eine Drachin.

Klaeys Bewegungen wurden langsamer. *Was, wenn Chòldunja über mich eingeschleust wurde? Um Brigantia von innen heraus zu schädigen?* Dieser Gedanke gefiel ihm überhaupt nicht.

Während er die Gänge durchstreifte, sinnierte er. Er musste sich auf der Stelle etwas ausdenken, um die Ragana unter Kontrolle zu halten. Mit derartigen Mächten wäre es ihr ein Leichtes, Tod und Verderben in die Festung zu bringen. *Ein Gift. Irgendetwas, was sie gefügig macht.* Je länger Klaey grübelte, desto merkwürdiger erschien ihm das Verhalten von Chòldunja und Rodana. *Warum folgten sie mir, anstatt mit dem Einsatz von Magie zu flüchten? Waren es am Zweistromhügel zu viele Truppen für die Hexenkunst der Ragana?*

Unversehens fand er sich in dem riesigen Raum wieder, in dem Orweyn für gewöhnlich mit den Zabitays und Zabitayas seine Besprechungen abhielt. Karten hingen an den Wänden, ein Modell der Festung und des Tals stand auf dem Tisch. Die Zeltstätten, die Position der Belagerungsmaschinen, jede Kleinigkeit war aufgebaut worden, als sei sie ein sehr detailgetreues Spielzeug für akribische Kinder.

Kawutan ist dem Amt nicht gewachsen. Die Angreifer werden sich eine List ausdenken, die er nicht kommen sieht. Sie haben zu viele gute Leute. Und das Wissen der Zwerge. Klaey betrachtete die Zeichnungen und tippte den Wurfarm eines kleinen Warwolfs an, der daraufhin schwang und ein Steinchen gegen die Mauer schleuderte. Klickernd traf das Miniaturgeschoss den Wall, prallte ab und hüpfte über den Tisch. *Orweyn muss schnellstmöglich zurückkommen. Sonst gehen wir unter. Selbst die Ragana wird nicht genug bringen, fürchte ich.*

»Ich bringe dir Grüße von Dsôn Khamateion«, sprach die Dunkelheit mit der melodischen leisen Stimme einer Frau. Das Licht der Leuchter und Lampen wurde schwach, als verspürte es Angst vor dem Klang.

Klaey zuckte erschrocken zusammen. Sogleich schmerzten seine Hals- und Bauchnarben, als erinnerten sie sich mit ihm. Sosehr er sich umblickte, er entdeckte niemanden in den dicht gewobenen Schatten.

»Du musst mit deinen Grüßen zu meinem Bruder Kawutan gehen«, erwiderte er krächzend. »Er ist Omuthan, bis Orweyn zu Kräften gekommen ist.«

»Ich bin nicht für eine Unterredung mit ihm gekommen. Sondern um dir einen Vorschlag zu machen«, raunte es aus der Finsternis.

»Zeig dich.«

»Mir ist nicht danach. Es geht um meine Worte, nicht meine Gestalt.« Die Albin verbarg sich in der Tintenschwärze. »Ich schlage dir im Namen des Ganyeios vor, dich zum Omuthan zu machen, Klaey Berengart. Nicht übergangsweise. Sondern für immer.«

Klaey wusste, wer zu ihm sprach: Irgendwo im Raum, geborgen

von der erschaffenen Finsternis, verbarg sich Ascatoîa. »Wie sollte das wohl gelingen?«

»Indem eins zum anderen kommt. Ein Verwundeter stirbt. Ein Bruder erleidet einen Unfall. Eine Schwester kommt durch einen Pfeil auf dem Wehrgang ums Leben«, zählte die Albin mit milder Stimme auf. »Unglücke geschehen. Niemand wird dich verdächtigen. Du wirst nicht einmal in der Nähe sein.«

»Und was wäre der Lohn für die Taten?«

»Dass du als Omuthan einen Pakt mit dem Ganyeios eingehst und den Befehlen folgst, die er dir gibt. Mit seiner Weisheit, unserer Macht und den Kriegskünsten von Dsôn Khamateion wird sich Brigantia gegen die Belagerer stemmen und sie vernichten. Damit können wir uns gemeinsam das Geborgene Land nehmen.«

»Brigantia wäre lediglich der Verwalter für die Albae.«

»Nein. Wir lassen euch großzügig die Hälfte. Ihr bekommt den östlichen Teil, wir den westlichen.«

»Was ist mit den Drachen?«

»Sie werden keine Bedrohung sein. Unsere Schiffe sind im Binnenmeer angekommen und tragen Waffen, die jeden Drachen aus dem Himmel schießen.« Ascatoîa lachte leise. »Du musst dich nicht gleich entscheiden. Es ist nicht einfach, sich zum Letzten der Berengarts zu machen. Doch bedenke: Je länger du zögerst, desto eher könnten die Mauern fallen.«

»Und damit auch Dsôn Khamateion.«

»Ich denke nicht, dass die Unterirdischen und ihre Freunde unser Reich bezwingen könnten. Und wenn doch, suchen wir uns eine neue Bleibe. Aber Brigantia ist abgeschnitten. Es gibt keinen Rückzug. Ihr steht buchstäblich mit dem Rücken zur Felswand.« Die Albin sprach säuselnd und lockend. »Der Ganyeios macht dir dieses Angebot ein einziges Mal. In sieben Umläufen kehre ich zurück und hole mir deine Antwort.«

Klaey lauschte, ob er sich entfernende Schritte oder überhaupt irgendein Geräusch vernahm. »Und wenn ich mich früher entschließe?«

Stille.

»Ich sage Ja!«, rief er laut. »Hörst du mich? Ich sage Ja zu deinem Vorschlag!«

Doch um Klaey blieb es stumm.

***

DAS GEBORGENE LAND, BRAUNES GEBIRGE, BRIGANTIA, 1023 N. B. (7514. SONNENZYKLUS NACH ALTER ZEITRECHNUNG), SPÄTHERBST

Goïmron trat vor das geräumige Besprechungszelt, das auf dem künstlich aufgeschütteten Hügel errichtet worden war. Er benötigte frische Luft und etwas weniger Wärme, die ermüdend auf seinen Verstand wirkte. Um Hosen, Wams und Hemd hatte er einen schützenden Mantel gelegt, auf den kurzen lockigen schwarzen Haaren saß eine Fellmütze.

Während im Innern die letzten Züge und Vorgehensweisen unter den Befehlshabenden aus verschiedenen Reichen des Geborgenen Landes sowie aller Zwergenstämme und Mostro disputiert wurden, blieb es im nächtlichen Feldlager ruhig. Weder Musik noch Gesänge erschallten. Vor dem ersten anstehenden Sturm auf die Festung sammelten die Kriegerinnen und Krieger Kräfte bei gutem Essen, einem Schluck Bier und mit langem Schlaf.

Hier und da loderten kleine Feuer zwischen den Unterkünften aus Holz und Leinwand, in einigen größeren Jurten brannte noch Licht. Doch die meisten Menschen, Zwerge, Elben und Meldrith befanden sich im Reich der Träume.

Ich wünsche ihnen, dass es nur schöne Träume sind. Goïmron sah zum Krähennest hinauf, wo die Wachen in schwindelerregender Höhe darauf achteten, was sich hinter den Mauern des Bollwerks tat, in dem sich die gegnerischen Truppen auf den Angriff vorbereiteten. Zwar spannten sie Planen und Tücher über etliche

Höfe und Gassen, doch die Stoffe hatten sich vom andauernden Regen der letzten Umläufe vollgesogen und rissen, sodass es hier und da Einblicke gab. Die so gewonnenen Erkenntnisse sorgten bei keinem der Befehlshabenden für Freudensprünge. Brigantia war gewappnet und vorbereitet. Mit Leuten, Kreaturen, Waffen und den verstärkten Mauern der Festung, die im Laufe der letzten Zyklen an Dicke und Höhe zugelegt hatten.

Goïmron seufzte schwer. Irgendwo in all dem Aufgebot an Grausamkeiten, Tod und Verderben steckte Rodana. Zu gerne würde er mit ihr sprechen. Wissen, wie es ihr ergangen war, was sie gerade tat. Aber zwischen ihr und ihm lagen Hunderte Schritte Distanz, gespickt mit fürchterlichen Gegnern und schrecklichen Missverständnissen. *Ich sollte hinauf auf die Plattform und mir den Verstand vom Wind frei pusten lassen.*

Langsame Schritte näherten sich in einem Rücken, der Schlamm schmatzte verräterisch. Metall rieb auf Metall. »Dieser alte Narr«, erklang Gatas ungehaltene Stimme. »Er hätte den Pakt mit dem Schwarzauge niemals ablehnen dürfen.« Dann stand die blonde Zwergin neben Goïmron und warf sich den weißen Wolfsfellmantel, den einst ihr Vater getragen hatte, über die dunkle Rüstung. Die Trauerarmbinde hatte sie längst abgelegt. »Die Schweineschnauzen hätten sich anstelle von uns über die Zinnen schwingen und Pfeile einfangen können.«

Goïmron wusste schon nicht mehr, wie oft er ihre Meinung zu hören bekommen hatte. Die Königin der Dritten ahnte nicht, dass die Entscheidung nicht von Tungdil Goldhand gekommen war. Er, Goïmron, hatte Mòndarcais Angebot verworfen, ein Bündnis einzugehen. *Ich ganz alleine.*

Dass Goldhand diese Entscheidung weder bestätigt noch verworfen hatte, nachdem dessen Sinne zurückgekehrt waren, beruhigte ihn nicht im Mindesten. Und Gatas Monieren verstärkte seinen vagen Eindruck, einen Fehler begangen zu haben.

»Wer weiß?«, sagte er dahin und hoffte, dass sie nicht weiter darauf einging.

»Nun, wir werden es nie wissen. Dass dieses Schwarzauge nochmals erscheint, um seine Aufwartung samt Offerte zu machen, wage ich zu bezweifeln.« Gata richtete den Blick auf die mächtigen Mauern, zwischen deren Zinnen viele Feuer brannten. Hunderte Dämonen schienen zu ihnen herüberzustarren und zu lauern, um sie in der Nacht anzugreifen. »Bei Lorimbur! Hätte mir einer gesagt, dass ich einmal ein Werk der Vierten *nicht* belächle und als elbenhaften Kunstkram abtue, ich bezichtigte ihn der Lüge.«

Goïmron hüstelte. Die Herbstnacht machte seinen Atem zu hellem Dampf, im glatt rasierten Gesicht spürte er die klamme Kälte deutlich; die dunklen Koteletten wärmten nicht.

»Oh, nein! Ich meinte es anders«, schob sie rasch hinterher.

»Ich weiß schon, wie und was du meintest.« Er sah zu den insgesamt sechs beleuchteten Warwölfen rings vor der Festung, die ihre Steine bei Sternen- und Sonnenschein unablässig gegen den Wall schleuderten. Die Bedienmannschaften wurden regelmäßig ausgetauscht, damit es keine Unterbrechung im Beschuss gab. Aber die erhoffte Bresche hatte sich nicht aufgetan, ganz gleich, welche Stelle von den Schützen ausgesucht worden war. Es gab einige Abplatzungen, aber die federnde Schicht im Mauerwerk absorbierte die Einschläge; außer zwei Türmchen und den meisten Zierblenden war nichts zerstört. Das Bollwerk blieb standhaft, wie seine Erbauer es vorgesehen hatten. »Es bleibt beim Sturm auf die Wehrgänge?«

Gata nickte grimmig. »Da wir nicht durch die Mauern dringen, geht darüber der einzige Weg.«

»Neues von den Mineuren?«

»Die Vierten … deine Ahnen haben ganze Arbeit geleistet und Fallenstollen angelegt, die uns bereits vier Trupps kosteten. Und natürlich Alarm in der Festung auslösten. Mit etwas Zeit könnten sie zwar einen Zugang schaffen« – Gata zeigte auf das riesige, eckige Besprechungszelt –, »doch sie alle sind der Meinung, dass wir uns Geduld nicht leisten können. Nicht nach den zwei Herbststürmen und bei der Macht der Ragana. Sie ist stärker als erwartet. Das macht den Famulus nervös.«

Goïmron erinnerte sich an die heftigen Unwetter, die binnen weniger Umläufe durch die Zeltstadt gefegt waren und gehörige Verwüstung angerichtet hatten. »Ich denke nicht, dass dies das Werk der Ragana war.« Die Böen hatten beinahe einen der Warwölfe umgefegt, kleine Katapulte und Schleudern mit sich gerissen und an den Mauern zerschmettert. Behausungen mussten neu geschaffen, Verletzte versorgt und nicht wenige Tote im kargen Hinterland bestattet werden. »Sie besitzt ihren Diamanten nicht mehr und ist kaum eine Gefahr.«

»Gewiss doch! Natürlichen Ursprungs waren diese Sturmwinde nicht.«

»Sie ist eine *Moor*hexe. Sieht es für dich ringsum nach Sumpf aus?«

»Schau genauer hin: Nach dem Regen war das Lager ein einziger Morast. Dadurch erlangte Chòldunja ihre wahre Stärke. Für den verlorenen Diamanten kann sie Ersatz gefunden haben. Wer weiß, wie viele Säuglinge sie schon gefressen hat?«

»Sie ist selbst noch ein halbes Kind. Niemals besitzt sie eine solche Macht, den Elementen zu befehlen.« Goïmron gab es auf, Gata vom Gegenteil überzeugen zu wollen. Mostros unentwegte Brandreden gegen die Aprendisa hatten ihre Wirkung entfaltet und ließen sich nicht mehr umkehren. Daher wechselte er den Inhalt der Unterredung. »Wo bleibt Vanéra? Wollte sie nicht erscheinen?«

»Die ehrenwerte Maga sandte zwei Fuhren Artefakte aus ihrer Kammer der Wunder, zusammen mit einer Liste von Ausreden, weswegen sie in Rhuta bleiben müsse.« Gata hörte sich verbittert an. »Wir sind weiterhin auf den Möchtegernmagus angewiesen. Und den magischen Plunder, von dem man nicht weiß, was er vollbringt.«

»Das weiß niemand so recht.«

»Was es nicht besser macht, oder?« Gata sah zum Warwolf am äußersten rechten Rand der Belagerung. »Gut, dass er wenigstens wieder schießt. Die Zimmerleute schufteten acht Umläufe, um die

Schäden zu reparieren. Insofern stimme ich Mostro zu: Je länger wir warten, desto größer wird die Macht der Ragana. Der Winter naht obendrein früher als gewöhnlich. Es gibt keinerlei Schutz vor der eisigen Kälte im Nordosten. Alles um uns herum wird zehn Schritt tief im Schnee versinken, und mit Verwehungen türmen sich die Lasten bis zu zwanzig. Das werden unsere Truppen nicht aushalten.«

»Du denkst, der morgige Angriff wird gelingen?« Gäbe es wirklich so viel Schnee, wie die Zwergin vorhersagte, fände es Goïmron einleuchtender, bis zum Einbruch des Winters zu warten. Um Rampen aus Eis und Schnee zu errichten. *Aber das wird keiner tun wollen.*

»Das ist keine Frage des Denkens. Sondern der Planung. Die Aufstellungen sind gemacht, die Artefakte an die Truppen aufgeteilt.«

»Ich fragte aber dich, was du darüber denkst.« Goïmron hob abwehrend eine Hand. »Und fang nicht wieder mit Mòndarcai an.«

»Meine Ansicht? Ich denke, dass morgen sehr viele gute Leute sterben werden, weil es nicht der perfekte Angriff mit perfekter Vorbereitung ist«, antwortete Gata. »Doch es ist zu schaffen. Einzelheiten erspare ich dir. Du bist kein Zwerg des Kriegshandwerks, Goïmron.«

»Sondern ein Gemmenschnitzer, ich weiß. Die mit dem elbenhaften Kunstkram.« Da es dieses Mal vor dem Beginn des Angriffs nicht auf eine Rede von Goldhand ankam, konnte Goïmron entscheiden, was er beim Angriff tun wollte. Es war abgesprochen, dass der greise Held auf dem Feldherrenhügel verblieb, weithin sichtbar auf einem Thron sitzend wie ein anspornendes Denkmal.

An Goïmron war kein Krieger verloren gegangen. Mit Wurfpfeil und Schleuder gewann man allenfalls Zweikämpfe. Er würde sich daher nicht aufs Schlachtfeld begeben. Unauffällig schielte er zum Krähennest, das um etliche Plattformen erweitert worden war und an einen verkorksten Baum mit riesigen, waagrechten

Blättern erinnerte. *Von dort könnte ich viel ausrichten.* Seine Hand glitt in die Umhängetasche, wo sie den Meeressaphir samt Drachenfigürchen umschloss. *Heimlich. Alle sollen ihre Aufmerksamkeit auf den Famulus lenken.*

»Du bist längst kein Gemmarius mehr. Du hast Einigkeit ausgelöst, wie sie das Geborgene Land und die Zwergenstämme seit Langem nicht mehr hatten. Seit eintausend Zyklen nicht mehr.« Gata rempelte ihm freundschaftlich in die Seite. »Und du hast Goldhands Pläne an den Durchgängen beinahe versaut. Dies wird dir keiner nachmachen können.«

Goïmron lachte in seinem Elend. Er konnte nicht anders, und seine Freundin stimmte mit ein. »Wir trinken morgen gemeinsam auf den Sieg.« Seine Pupillen entdeckten die Brosche, die sie am Kragenspiegel des Rüstungsuntergewands trug. »Damit ich nicht dumm sterbe, verrate mir doch, was sie zu bedeuten hat. Du trägst sie stets.«

»Das?« Gata rieb mit dem Daumen versonnen darüber. »Ein Andenken. An einen Ahnen.«

»So?«

»Es gehörte dem letzten Kanzler meines Clans. Es gibt Zeichnungen von ihm, auf denen er es trug. Angeblich ein Geschenk der Elben aus Dankbarkeit. Seit seinem Tod war es verschwunden, bis es mein Vater durch eine Fügung vor der Ostfestung fand. Er gab es an mich weiter, weil es ihm nicht gefiel. Er fand es unheimlich.«

Goïmron blickte genauer hin, wurde aber nicht schlau daraus. »Was bedeuten die Zeichen? Es sind keine Zwergenrunen. Zumindest keine, die ich kenne.«

»Ich weiß es nicht, und selbst Telinâs konnte mir damit nicht weiterhelfen. Aber die Brosche gibt mir ein gutes Gefühl. Zu wissen, dass sie mein Ahne trug, verbindet mich mit ihm.« Gata lächelte versonnen, als sie noch einmal darüber rieb. »Sobald wir gewonnen haben und der Friede zurückkehrt, bringe ich sie nach Enaiko, in die Stadt des Wissens. Jemand dort wird mir sagen können, was sie bedeutet.«

»Es wird gewiss etwas Wundervolles sein.« Goïmron fand sein Vorhaben, die Schlacht aus dem Krähennest zu verfolgen und mit seiner Edelsteinmagie von dort einzugreifen, inzwischen außerordentlich gut. Nun bedurfte es eines guten Ziels für seine Zauberkräfte. »Sag, gibt es einen besonders … nachgiebigen Punkt in den Wällen?«

Gata deutete übertrieben wie in einem Theaterstück über die sich erhebende Festung. »Siehst du irgendwo einen Riss?«

»Nein.«

»Dann sei dies die Antwort.« Gata seufzte. »Abgesehen von den beiden Türmchen, die wir ihnen zertrümmerten, ergab sich nichts. Wir bräuchten vermutlich Geschosse von der Größe eines dreistöckigen Hauses, um ein Loch zu schlagen. Aber bis wir einen derartigen Warwolf ersonnen, berechnet, gebaut und mit Gegengewichten versehen haben, sind sogar *wir* an Altersschwäche gestorben. Und die Elben. Sogar Goldhand.« Sie blickte ihn verwundert an. »Wieso fragst du?«

»Um … Hoffnung zu haben.« Goïmron zeigte rasch auf das Besprechungszelt. »Sollen wir zurückkehren, um uns aufzuwärmen? Es gibt gewiss frisch angesetzten Glühpunsch. Ganz ohne Rum oder Branntwein darin.« Er wandte sich um und sah unauffällig zum Ausguck. Die Entscheidung war gefallen. *Das ist der Ort, von dem aus ich zuschlagen werde.*

»Oh, bevor es mir entfällt: Brûgar suchte dich den ganzen Umlauf.«

Goïmron fiel siedeheiß ein, was ihm der kahle Krieger mit dem blauen Spitzbart nach der Schlacht am Zweistromhügel versprochen hatte. *Er wollte mir auf die Schliche kommen und beweisen, dass ich ein Magus bin.* Goïmron hatte gehofft, dass Brûgar die Vorkommnisse auf sich beruhen ließ. »Weswegen denn?«

»Er meinte, es sei eine Angelegenheit, die nur ihn und dich beträfe.« Sie machte ein besorgtes Gesicht. »Gab es Ärger zwischen euch beiden?«

»Nein!«, antwortete er viel zu schnell.

KAPITEL II

DAS GEBORGENE LAND, BRAUNES GEBIRGE, BRIGANTIA, 1023 N. B. (7514. SONNENZYKLUS NACH ALTER ZEITRECHNUNG), SPÄTHERBST

»Goïmron!«

Bleischwer fühlten sich seine Lider an, doch beim Klang seines Namens hob er sie langsam und schaute in das mit Schal und dicker Fellkapuze vermummte Gesicht eines Zwergs. Reif und Eiskristalle hingen in dessen dunklem Bart.

»Ja?«, sagte er mit müder Stimme und konzentrierte sich darauf, seine Sinne zu wecken.

»Was machst du im Krähennest?«

Mit Mühe vermochte er, den Oberkörper aufzurichten und die Arme zu bewegen. Die Glieder waren steif und froren, die kalten Muskeln rebellierten gegen die abrupte Beanspruchung. »Darauf warten, dass die Schlacht beginnt.« Er rieb sich die Augen. »Ich wollte nichts verpassen und erklomm vor Morgengrauen –«

»Aber sie kämpfen doch schon!«, unterbrach ihn der Späher verwundert.

Bei allen Dämonen Tions! Mit einem Fluch sprang Goïmron ungelenk auf die Beine und sah über die Brüstung der rechten Plattform, auf der er heimlich in Stellung gegangen war. Und eingeschlafen war. *Wie konnte mir das passieren?*

Die Sonne hatte sich über das Gebirge geschoben, die verschneiten Gipfel und vereisten Hänge leuchteten hell im Schein des Taggestirns.

Goïmron zückte sein Fernglas aus der Umhängetasche und schwenkte es hin und her. »Wie steht es?« Ohne die Deckung der Balustrade biss ihm der schneidende Wind ins Gesicht und blies durch den Mantel, den er sich umgelegt hatte. In hundert Schritten über der Erde pfiff es eisig und winterlich.

»Nicht sonderlich gut. Es geht zäh voran.« Der Späher harrte ratlos neben ihm aus. »Wir versuchen, von oben so viel wie möglich Feindbewegungen auszumachen, aber unmittelbar mit dem ersten Angriff zog Nebel auf. Das Werk der Ragana, wenn du mich fragst.«

Goïmron biss sich auf die Zunge, um keine Widerrede zu geben. Mostro hatte mit seinen unermüdlichen Worten gegen Chòldunja beinahe jeden und jede dazu gebracht, die junge Aprendisa als exzellente Hexe zu fürchten. *Ansporn durch Angst.*

Der Blick durch das Fernglas brachte Goïmron so gut wie nichts.

Grauer Dunst sackte von den gleißenden Hängen in die Festung und schien sie bis an die Mauerkrone des Walls gefüllt zu haben. Aus den Ausgüssen für Pech und Schlacke ergossen sich Nebelfahnen und rannen in die tiefer liegenden wallenden Gespinste. Schemen rannten darin umher. Die sechs Warwölfe waren nur als titanische Umrisse erkennbar und erinnerten an liegende Riesen, die ab und zu die Hand ruckartig hoben, um mit Steinen zu werfen.

»Es sieht aus, als schwebte die Festung in den Wolken«, murmelte Goïmron. Verzweifelt suchte er nach einer Stelle, wo er mit seinen magischen Kräften heimlich helfen konnte.

Mancherorts stachen lange Leitern aus dem Nebel und streckten sich nach den Burgzinnen. Doch die Verteidiger waren zur Stelle und schoben die Klimmhilfen mit Stangen weg oder bedachten die Angreifer am Boden mit einem Hagel aus Steinen, Pfeilen und Bolzen, noch bevor Goïmron mit Magie einzugreifen vermochte.

»Wir können keine Signale an die Truppen geben. Der Nebel ist zu dicht«, berichtete der Späher. »Sofern wir überhaupt etwas zu melden hätten. Wir sehen nichts.« Er reichte Goïmron einen Becher mit heißem Tee und zog seinen Schal etwas herab, damit er besser verstanden wurde. »Zum Aufwärmen. Du musst doch beinahe erfroren sein, wenn du seit drei ganzen Sanduhren hier herumliegst und schläfst.«

Mit einer Hand langte Goïmron nach dem Gefäß. Unablässig hielt er Ausschau. *Ich kann vielleicht den Nebel verschwinden lassen. Damit wäre uns geholfen.*

Im gleichen Moment blitzte und funkelte es in den wabernden Gespinsten. Leuchtende Sterne zischten vorwärts und knallten berstend gegen den Wall, Funken stiegen auf und rasten verglimmend in den Himmel.

»Da! Endlich!« Goïmron schwenkte das Fernglas hoffnungsvoll auf die Stelle, wo Mostro zugeschlagen haben musste.

Neben ihm lachte der Späher unglücklich. »Nein, das ist wieder nichts.«

»Was meinst du damit?«

»Mit Sicherheit ein nutzloses Artefakt. So geht es schon seit Beginn des Angriffs.« Der Zwerg mit dem reifbesetzten Bart machte ein verdrossenes Gesicht. »Es zischt und knallt und stinkt, dann erklingen Tierlaute oder ein Orchester oder lautes Lachen wie von einem Riesen, danach steigt ein grellbunter Vogelschwarm empor und löst sich in Seifenblasen auf. Oh, und vorhin ging ein Hagel aus Karamell auf die Wehrgänge nieder. Als sollten sich die Brigantiner die Zähne daran verderben.«

O nein. So war das nicht gedacht. Goïmron konnte sich das Gesicht von Brûgar vorstellen, der mit Magie nichts am Helm hatte und sich nun bestätigt sah. Was in der Schlacht einigermaßen taugte, scheiterte bei der Belagerung.

»Vorhin muss irgendeine ausgestopfte Bestie zum Leben erwacht sein«, erzählte der Bärtige und blies über den heißen Tee. »Den Schreien nach gab es Verwundete.«

»Immerhin.« Goïmron dachte an sein eigenes Erlebnis in der Kammer der Wunder, als der Drinx zum Leben erwachte und ihn beinahe getötet hatte. »Diese Wesen können sehr gefährlich sein, sobald sie –«

»Bei uns«, unterbrach ihn der Späher und seufzte. »Nicht bei den Brigantinern.«

Bei Vraccas! Damit ist jetzt Schluss. Goïmron stellte den Becher ab. Seine Hand glitt in die Tasche und umfasste den Meeressaphir. *Der Nebel soll sich lichten!*

DAS IST ZU WEIT WEG, vernahm er umgehend die Antwort des Steins in seinem Kopf. UND ES IST ZU VIEL DAVON.

Und … ein kräftiger Wind? Wäre das nicht möglich?

SOLANGE DUNST VON DEN HÄNGEN NACHROLLT, IST ES VERGEBLICHE MÜHE. SIE SOLLTEN DEN ANGRIFF ABBRECHEN. DIE VERLUSTE SIND UNNÖTIG UND FÜHREN ZU NICHTS.

Goïmron fand die Empfehlung einleuchtend und sinnvoll. Er sah zum Späher. »Können wir das Signal zum Rückzug geben? Mit einem Rufhorn? Die Offensive bringt in dieser dicken Suppe nichts.«

»Wir haben mehrere Hörner aufgebaut, die man gewiss unten vor den Mauern hören wird. Aber wir bestimmen nicht, was zu tun ist«, entgegnete der Zwerg. »Das kann nur die Versammlung der Befehlshabenden anordnen. Oder Tungdil Goldhand.«

Schon steckte Goïmron das Fernglas weg und eilte zur schmalen Leiter. »Ich gehe und frage ihn. Unser Angriff dient lediglich Brigantia.« Schon stieg er die hundert Schritte Sprosse für Sprosse abwärts, was bei der eisigen Kälte und gelegentlichen Böen vollste Konzentration von ihm verlangte.

Der Feldherrenhügel war nicht weit entfernt. Dort wartete der legendärste aller Zwerge in einem mit Kohlenschalen geheizten, offenen Achteckzelt darauf, dass ihm ein erster Sieg verkündet wurde. Dazu würde es an diesem Umlauf nicht kommen. Weder der Famulus noch die Artefakte hatten ihre Erwartungen erfüllt.

Werden sie auch nicht. Nicht heute. Goïmron sprang die letzten Sprossen abwärts und eilte durch den Nebel den Hügel hinauf zum Umriss der Jurte, deren Vorderwände in die Höhe gerollt waren, damit Goldhand gute Sicht hatte, wären die Gespinste nicht gewesen. Warm fiel das Licht der Feuerstellen und der Leuchter aus dem Inneren heraus und wiesen den Weg.

Mehrmals zischte und heulte es aus Richtung des Walls, als irgendwelche Artefakte entlang der ersten Angriffswelle auslösten – Effekte, die auf Jahrmärkten oder Feiern bei Spectatores und Gästen gut angekommen wären. So aber verpuffte die magische Energie sinnlos an den dicken Mauern. Die Brigantiner auf den Zinnen und hinter den Schießscharten wurden nicht einmal genügend abgelenkt oder irritiert, um daraus einen Vorteil ziehen zu können.

Goïmron staunte, als er endlich in das große Besprechungszelt sehen konnte und darin nicht nur Goldhand, sondern auch Mostro vorfand. Der Famulus hatte sich aus dem gefährlichen Bereich an den Mauern zurückgezogen. *Und unsere Leute im Stich gelassen.*

»Was tut Ihr hier, Famulus?«, rief Goïmron ihm zu. »Solltet Ihr nicht den Truppen beistehen?«

Mostro, großspurig in ein blaugoldenes Gewand gekleidet und einen Zobelmantel um die Schultern gelegt, winkte ab. »Das ist vergebens. Die Ragana hat ihre verwerflichen Mächte spielen lassen und uns mit Dunst und Trugbildern geschlagen.« Er fuhr sich über den dunkelblonden Schopf, um den Sitz seiner welligen Haare zu prüfen, und sah zum greisen Zwerg, der auf einem mit Fellen und Polstern ausgekleideten Lehnstuhl ausharrte. »Sie veränderte sogar die Wirkungsweisen der Artefakte, die uns Vanéra sandte! Tion soll diese Moorhexe holen!«

»Dabei tragt Ihr doch den Diamanten um den Hals. Wie könnte sie da zaubern?«, wandte Goïmron ein.

»Sie wird sich einen neuen Stein gesucht haben. Im einstigen Reich der Vierten wird es genug edle Steine geben, die sie nutzen kann.« Mostro bedachte ihn mit einem misstrauischen Blick und fuhr sich über das schwarze Federkielbärtchen. »Seid Ihr ein Fürsprecher der Kinderfresserin und wollt sie in Schutz nehmen?«

»Nein. Ich denke nur nicht, dass sie etwas damit zu tun hat.«

»Ihr habt keine Ahnung von Magie und Zauberei, Meister Schnitzeisen. Überlasst die Einschätzung getrost mir. Ich sehe mich dank meines Könnens mittlerweile mehr als Magus denn Famulus. Berücksichtigt dies in Eurer Anrede.« Der Famulus reckte die Hände gegen eine Feuerstelle. »Wie lange sollen wir es noch versuchen? Kann es nicht sein, dass sich in drei, vier Sanduhren eine Bresche auftut?«

Goïmron sah zum schweigenden Goldhand, der seine wachen Augen auf den wallenden Nebel gerichtet hielt, als erschiene darin die Antwort. In polierter Rüstung und mit einem Pelzkragenmantel ausgestattet, dem langen silbernen Bart und Haupthaar, eine Hand um den Griff eines Kriegshammers gelegt, war er der Inbegriff eines Großkönigs, ohne es zu sein. Die zurückgenommene Eleganz wirkte tausendmal mehr als das arrogante Auftreten von Mostro. »Ich finde, wir sollten abbrechen.«

»Ach? Findet Ihr das?«, ätzte der selbst ernannte Magus sofort. »Dann wisst Ihr, wie viele Verluste wir haben? Sie werden nicht der Rede wert sein.«

»Bislang etwa eintausendvierhundert gute Leute«, kam die Antwort aus dem Mund von Telìnâs, der lautlos ins Zelt trat. Seine elegante Rüstung zeigte mehrere Schrammen, aber auch Blutspritzer, die von Getroffenen stammten. Er selbst schien keinerlei Verletzungen davongetragen zu haben. »Ich bin gekommen, um von Euch im Namen meines Kommandanten den Rückzugsbefehl zu erbitten, Meister Goldhand.« Er ging auf ein Knie herab. »Es bringt nichts, länger gegen die Mauern anzurennen. Selbst unsere Elbenaugen finden in diesem Nebel kein Ziel auf den Zinnen. Dafür regnet es Tod von oben.«

»Nein«, widersprach Mostro kühl. »Versuchen wir es noch ein, zwei Sanduhren lang.«

»Was seid Ihr für eine kalte Kreatur? Jedes winzige fallende Körnchen bedeutet ein weiteres wertvolles Leben«, erwiderte Telìnâs scharf. »Für nichts.«

»Gebt Euch eben mehr Mühe, *Meister* –« Weiter kam Mostro

nicht. Der blonde Elb hatte einen unfassbar schnellen Sprung neben ihn gemacht und ihm einen Stoß versetzt, sodass er beinahe in eine Feuerschale gefallen wäre. Mit der gleichen Hand hinderte Telìnâs den jungen Mann daran, in die Flammen zu stürzen, indem er ihn am hinteren Mantelkragen ergriff. »So schnell geht es mit dem Ableben«, warnte er. »Ihr steht sehr, sehr weit weg von unseren Einheiten, Famulus Mostro. Da lässt's sich gut fordern und verlangen.«

Mit einem Ruck riss sich Mostro los, das Gesicht lief vor Wut rot an. »Wie könnt Ihr Eure Finger an mich legen?«

»Da Ihr fragt: mit Absicht«, gab der Elb entspannt zurück.

»Goïmron, steige hinauf ins Krähennest und lass die Späher das Zeichen zum Rückzug geben, bitte. Es war ein Fehler, den Angriff ohne ausreichende Vorbereitung und trotz des Nebels zu beginnen«, sprach Goldhand bedächtig. »Diese Anweisung siegle ich dir.« Langsam drehte er den Kopf und schaute zum Famulus. »Ihr werdet auf der Stelle zum vordersten Angriff an der Mauer zurückkehren und mit Eurer Macht dafür sorgen, dass weitere Tote unterbleiben.«

Mostro erbleichte so rasch, wie er zuvor errötet war. »Wie soll ich das bewerkstelligen?«

»Ihr bezeichnet Euch selbst als Magus und habt die verlangten Edelsteine bekommen. Nutzt, was immer Ihr nutzen könnt. Und beeilt Euch. Ihr tragt die Verantwortung für das erste Scheitern.« Goldhand machte eine unmissverständliche, auffordernde Geste. »Ihr verspracht uns mächtige Zauber. Davon war nichts zu sehen. Niemand soll Euch einen Angeber oder gar Lügner nennen, nicht wahr?«

Mostro biss die Zähne zusammen und eilte in den grauen Dunst, in dem es schrill pfiff und knatterte, danach erschallten heitere Tierlaute.

»Danke, Meister Goldhand.« Telìnâs verneigte sich vor dem greisen Zwerg.

»Wir hätten standhaft bleiben und nicht auf das Drängen des

Famulus eingehen sollen«, befand Goldhand selbstkritisch. »Die Gefallenen und Verwundeten werde ich zuallererst mir ankreiden. Ich hätte es besser wissen müssen, als der Nebel aufzog.«

Goïmron wollte so vieles darauf erwidern, aber erst musste er wie befohlen den Rückzug vom Krähennest aus in die Wege leiten. Schnell ging er zum Schreibpult und setzte den Befehl auf, gab etwas Siegelwachs darauf und hielt es Goldhand hin, der seinen Wappenring eindrückte. »Sei nicht zu streng mit dir. Ich bin gleich wieder zurück.« Dann rannte er los.

Unterwegs ärgerte er sich über Mostro. Die Mischung aus Überheblichkeit und Selbstüberschätzung, gepaart mit Geltungsdrang und Kurzsicht hatten zum fatalen Ergebnis dieses Umlaufs geführt. Für den Famulus blieben die Gefallenen lediglich Namen, eine Anzahl von verlorenen Leben, die bei dem Sturmversuch umgekommen waren.

Er hat keinerlei Bezug zu den Verlusten und was sie bedeuten. Es sterben Söhne und Töchter, die betrauert werden. Goïmron wünschte sich nahezu, dass bei der nächsten Versammlung Goldhands Geist aussetzte, damit er selbst Entscheidungen treffen konnte. Wie die Ablehnung des Paktes mit Mòndarcai. *Auch seine mehrere Tausend Orks hätten uns nicht zum Sieg verholfen.*

Endlich hatte er die hundert Schritt hohe Leiter erklommen und die Nachricht überbracht. Sogleich dröhnten die langen Hörner, um die Angreifer an sämtlichen Abschnitten der Mauer zurückzubefehlen. Sie sollten sich im Lager sammeln und die Verwundeten behandeln lassen.

Doch als wollte der Nebel Goïmron beweisen, dass die Ragana sehr wohl etwas mit ihm zu tun hatte, lösten sich die Schwaden in einem unvermittelt einsetzenden Nieselregen auf, während sich die Truppen des Geborgenen Landes von der Festung wegbewegten. Und vollkommen sichtbar wurden.

Die Brigantiner nutzten die Gelegenheit und eröffneten den Beschuss aus sämtlichen Geschützen, die sie auf den Wällen und den angebauten Plattformen errichtet hatten. Speere, Bolzen, Pfeile,

Kugeln schwirrten durch die Luft, leises Prasseln und gedämpfte Schreie erklangen von der Ebene. Die Zahl der Verletzten und Toten stieg.

Ich muss die Geschosse ablenken. Goïmron umklammerte erneut den drachengefassten Edelstein.

WIR SIND ZU WEIT WEG. DIE KRAFT REICHT NICHT AUS. NICHTS FÜR UNGUT, ABER ES LIEGT AN DIR, sprach der Meeressaphir. DU MUSST MEHR ÜBEN, MEIN FREUND. ES TUT MIR LEID. ICH KANN NICHTS FÜR DEINE LEUTE TUN.

»Da! Sie haben die Planen weggenommen, um die hinteren Katapulte einsetzen zu können«, rief der Zwerg neben Goïmron entsetzt und hob sein Fernrohr. »Rasch! Erfasst, soviel ihr könnt!«, rief er den anderen Spähern aufgeregt zu. »Prägt es euch ein und zeichnet danach, so gut es geht.«

Goïmron ließ sich nicht zweimal bitten und nahm sein Fernglas hervor. Es half gegen das Gefühl der Hilflosigkeit, das sich in ihm sauer und ätzend ausbreitete. *Es ist tausendfach besser, als den Unsrigen beim Sterben zusehen zu müssen.* Gewissenhaft und zügig begutachtete er von hoch oben aus dem unterstandgleichen Krähennest heraus, wie es hinter den aufgestockten und verstärkten Wällen aussah, blickte aufmerksam in die Gassen und auf die Treppen dahinter, bis …

Was, bei Vraccas, ist DAS?

Goïmrons Hand hielt in der Bewegung inne.

Die Linse zeigte ihm ein Rudel merkwürdiger Wesen, die sich auf einer der hinteren Plattformen niedergelassen hatten und unbeeindruckt von der Hast und dem Lärm ein Schläfchen hielten. Die Kreaturen ähnelten übergroßen Wölfen, die schwarze Haut schimmerte wie gepanzert. Auch wenn sie im Treiben der Katapultmannschaften entspannt dösten, standen die Ohren spitz in die Höhe und lauschten. Sie bekamen genau mit, was um sie herum geschah. Als sich eine der langen Schnauzen zum herzhaften Gähnen öffnete, leuchteten mehrere spitze Zahnreihen bläulich weiß auf. *Die langen Krallen schneiden sich gewiss durch Ketten-*

hemden und Panzerungen! Goïmron tastete nach einem Blatt und Kohlestift, zeichnete mit einer Hand und notierte sich fieberhaft Einzelheiten zum Aussehen des Rudels. Die Männchen schienen die größeren Exemplare zu sein.

Wie auf einen Befehl hin schossen die Köpfe des Rudels gleichzeitig in die Höhe, und die Lider öffneten sich; die Augen leuchteten ebenso bläulich weiß wie die Fänge. Dann sprangen sie auf und verschwanden in einen Treppenabgang, von wo sie nicht mehr auftauchten.

»Hast du diese Bestien auch gesehen?«, erkundigte sich Goïmron bei dem Zwerg neben ihm.

»Welche denn?«

Also nein. Solche Hunde, oder was immer es gewesen war, gab es im Geborgenen Land nicht. *Sie stammen aus dem Jenseitigen Land. Aber wann kamen sie nach Brigantia?* Goïmron betrachtete seine Skizze, bevor er nochmals mit dem Fernglas über die Wälle und Wehrgänge der Festung blickte.

Während die Zwerge, Menschen, Elben und Meldrith das sichere Lager erreichten, wo die Heilkundigen bereits auf sie warteten, um den Verwundeten Linderung zu bringen, zogen die Brigantiner neues schirmendes Segeltuch an Seilen in die Höhe.

Aus einer der engen Gassen, die hinter die nächste Bastion führte, erstrahlte unvermittelt grellgelbes Licht, gebündelt wie aus einer starken Blendlaterne. Die Verteidiger, die sich auf dem engen Sträßchen befanden, spritzten hastig auseinander, um damit nicht in Berührung zu kommen. *Noch mehr Überraschungen.* Goïmron wünschte sich, dass die Linse mehr verstärkende Wirkung besäße.

ES SEI, sprach der Stein. SO GUT ES MIR MÖGLICH IST. EILE DICH. LANGE VERMAG ICH ES NICHT.

Ein Flirren ging über das geschliffene Glas des Fernrohrs. Die Genauigkeit und die Größe, mit der er das Lager der Brigantiner betrachten konnte, verdreifachte sich auf magische Weise. *Warum bin ich nicht früher darauf gekommen?*

MANCHMAL KOMMT MAN NICHT AUF DIE EINFACHSTEN DINGE, MEIN FREUND.

Gleich darauf stockte Goïmron der Atem vor Schreck.

Ein Wesen in einer silbernen, kunstvoll gearbeiteten Vollrüstung stampfte zwischen den Mauern der Gebäude auf dem Kopfsteinpflaster vorwärts. Die Leute machten rasch Platz und wichen bis an die Steine zurück.

Gemessen an der Größe der Umstehenden, war es etwa drei Schritte groß und sehr breit gebaut, auf dem Rücken und an der Seite trug es verschiedene Waffen. Das Visier des geschlossenen Helms war einer dämonischen Fratze nachgeformt, rings um die Stirn wand sich ein Kranz aus handlangen, spitzen Eisendornen. Das grellgelbe Licht, das Goïmron aufgefallen war, fiel aus den Augenschlitzen und brannte den Weg frei.

Mit den wolfsartigen Tieren hatte Goïmron nichts anfangen können, doch bei diesem Anblick wusste er sogleich, um welche legendäre Kreatur es sich handelte. *Ein Acront! Aber… warum leuchten seine Augen gelb? Sollten sie nicht … violett sein? Und was sucht er auf der Seite der Brigantiner?*

Gleich darauf verschwand der Acront in einem Torbogen, und das gelbliche Leuchten erlosch.

»Das habe ich auch gesehen«, flüsterte der Späher neben Goïmron fassungslos. »Vraccas stehe uns bei.«

Goïmron schnappte sich seine Skizzen und eilte los. Jetzt brauchte er wirklich den Rat von Tungdil Goldhand.

***

DAS GEBORGENE LAND, VEREINTES GROSSKÖNIGREICH GAURAGON, PROVINZ GRASENTIN, 1023 N. B. (7514. SONNENZYKLUS NACH ALTER ZEITRECHNUNG), SPÄTHERBST

Der gestohlene schwarze Flugmahr, mit dem sich Stémna vom Schlachtfeld entfernt hatte, gehorchte Schenkeldruck und Zügelanweisungen nur, weil er spürte, dass er sonst sterben würde. Die glimmende, orangefarbene Feder in ihrer Hand ließ einen Teil ihrer explosiven, vernichtenden Kraft ausströmen. Ohne diese permanente Drohung wäre die einstige Botin der weißen Drachin längst abgeworfen worden.

»Ich weiß, dass du mich hasst«, raunte Stémna dem Rappen zu. Sie flog auf seinem Rücken in südlicher Richtung und hatte das verbrannte, verwüstete Land, das die Truppen des Omuthan den siegreichen Zwergenstämmen und ihren Verbündeten zum Geschenk machten, seit geraumer Zeit hinter sich gelassen. »Aber so ist es im Leben. Manchmal muss man gehorchen, ohne es zu wollen.«

Stémnas Hoffnung, den Mörder ihrer Herrin auf dem Schlachtfeld des Zweistromhügels anzutreffen, hatte sich nicht erfüllt. Danach war sie auf dem Flugmahr in sicherer Höhe um die Festung der Vierten und das Braune Gebirge gekreist, ohne eine Spur von Mòndarcai zu entdecken. Da der ungewöhnliche Alb nicht zu Dsôn Khamateion gehörte, ersparte sie sich den gefährlichen Ausflug dorthin.

Nun begann die Suche.

Gerüchten zufolge schlossen sich die Salzseeorks und die Bestien aus der Festung Kràg Tahuum unter Mòndarcai zusammen. Stémna würde den Alb also früher oder später in der gewaltigen Burganlage finden. Sie brauchte Geduld und ein gutes Lager, um die Orkfestung zu beobachten. Wärmende, unauffällige Kleidung hatte sie sich unterwegs gestohlen, die Luft in dieser Höhe und bei der Geschwindigkeit fühlte sich vor allem nachts an wie ein eisiger Wintersturm. Ihr kreisrunder, weißer Hut mit den Federn half nur bedingt gegen die Kälte. Noch schien die Nachmittagssonne, es ließ sich problemlos aushalten.

Der Hengst schnaubte und ging tiefer, ohne dass Stémna es verlangt hatte.

»Was ist? Müde?« Sie mochte es, auf diese Weise zu reisen. Sie verstand nun, wie majestätisch, wie unantastbar sich ihre Herrin gefühlt haben musste, als sie noch durch die Lüfte geflogen war – bis zu jenem unglückseligen Umlauf ihres Todes durch den verräterischen Drachen Ardin, der sich Mòndarcai zur Verfügung gestellt hatte, um Ûra zu attackieren. »Jetzt noch nicht. Hier ist keine gute Gegend für eine Rast.«

Aber der Rappe senkte sich und spreizte die Schwingen, um die Geschwindigkeit zu drosseln; der Wind rauschte durch das dunkle Gefieder. Unter ihnen erschien ein Bachlauf, den er offenbar für einen Trinkhalt auserkoren hatte.

»Meinetwegen. Aber mach schnell.« Stémna nahm die Hand mit der glimmenden Feder nicht vom Hals des Hengstes. Das von Albae magisch veränderte Tier würde sie sonst ohne Zögern mit seinen gefährlichen Reißzähnen angreifen und sie binnen weniger Herzschläge zerfetzen. »Wir müssen am Landsriegel vorbei weiter nach Südwesten.«

Stémna hatte nicht vor, den achttausend Schritt hohen Gebirgszug zu überfliegen, auch wenn sein einstiger Bewohner Ardin nicht mehr lebte. Der blaue Drache hatte seinen Verrat mit dem Tode bezahlt. Aber die enorme Höhe würde ihr nicht bekommen, es gab kaum genügend Luft für sie. Das würde der Flugmahr gewiss gegen sie nutzen, und diese Gelegenheit wollte sie ihm nicht geben.

Der Rappe schwenkte elegant ein. Langsamer als gewöhnlich ging er nieder und verharrte zwanzig Schritte hoch in der Luft, als fürchte er, mit den Hufen den Boden zu berühren.

»Was wird das?« Stémna ließ die orangefarbene Feder am Hals

des Tieres heiß werden, es roch nach verbranntem Fell. »Versuche nicht, mich –«

Mehrmaliges Sirren erklang, und zwei Pfeile verfehlten um eine Handbreit ihren Kopf und ihre Schulter.

»Verflucht! Hoch mit dir«, verlangte Stémna und duckte sich.

Doch der Flugmahr schnaubte wütend auf und lehnte sich stattdessen zur Seite – genau in die nächsten nahenden Geschosse. Eine Spitze bohrte sich in seinen rechten Vorderlauf, drei weitere Pfeile erwischten Stémnas Bein und ihre Seite. Nach einer weiteren abrupten Drehung des Hengstes verlor sie vor Schmerzen sowohl Kraft als auch Halt – und fiel aus dem Sattel.

Grell wiehernd schwang sich der Flugmahr über ihr in die Höhe und schlug dabei Haken, womit er den nachfolgenden Geschossen entging.

Stémna brach durch einen halb kahlen Zunderbaum. Die trockenen Äste und Zweige fingen sie ab, rissen und zupften an ihr, peitschten sie, bis sie in einem weichen Gebüsch landete, umgeben von roten und gelben Blättern, die auf sie niederregneten.

Das tat das Vieh mit Absicht. Ächzend richtete sie den Oberkörper auf und zog die beiden Pfeile aus dem Bein. Der Beschaffenheit der Spitzen nach wurden sie zur Jagd benutzt. *Keine Soldaten. Das ist gut.* Der dritte Pfeil steckte quer in ihrer linken Seite. Stémna begnügte sich damit, den gefiederten Schaft abzutrennen. Das Geschoss herauszuziehen wäre dämlich, der Blutverlust könnte sie umbringen. *Diese Dämonenbrut von Flugpferd wollte mich loswerden und nahm die eigene Verletzung in Kauf.*

Mit zusammengebissenen Zähnen zog sie sich am Stamm in die Höhe, presste sich an die Rinde und lauschte.

»… drüben runtergekommen«, rief eine aufgeregte Männerstimme durch den kargen Wald.

»Was war das für ein Ding?«, erkundigte sich eine zweite.

»Der Flugmahr, von dem alle erzählen. Aber es war eine Frau, keine Albin«, antwortete eine dritte Stimme. »Da, seht! Da ist etwas von ihr.«

Stémna atmete, so leise es ihr trotz der Schmerzen möglich war. *Kommt nur näher, und ich lasse euch brennen.* Sie griff nach oben – und ins Leere. Ihr Hut mit den zaubermächtigen orangefarbenen Federn war verloren gegangen. *Bei tausend Dämonen!*

Das Rascheln der Schritte näherte sich, die Männer befanden sich nicht mehr weit entfernt.

Rasch sah sich Stémna nach einem Versteck im Hain um. Der Herbst hatte das Laub von den Bäumen und Sträuchern gerissen, sodass es schwer wurde, ungesehen zu bleiben, trotz der tarnenden braunen Kleidung und des Schaffellmantels.

In einiger Entfernung entdeckte sie einen hohlen Baum. *Bis dahin muss ich es schaffen.* Behutsam humpelte sie voran, hielt sich die Seite und spähte umher.

»Da ist Blut!«, rief ein Mann freudig.

»Ich habe ihre Spur«, stimmte ein zweiter ein.

Stémna duckte sich leise stöhnend hinter einen Grünbeerenbusch. Bis zum auserkorenen Versteck waren es dreißig, vierzig Schritte. *Und ich lege ihnen eine hübsche Fährte.* Sie sah auf die Löcher im Bein, aus denen das flüssige Rot tropfte. *Vielleicht …*

»Hab ich dich«, sagte jemand hinter ihr. Sie bekam erst einen Tritt in den Rücken, danach einen Schlag gegen den Kopf, der ihr schwarz vor Augen werden ließ.

Als Stémna die Lider hob, sah sie die abendlichen Ruinen eines halb verbrannten Dorfes vor sich, das just wiedererstand. Baugerüste, zurechtgeschlagene Kalkfeldsteine und Balken lagen verteilt vor den Häusern.

Sie selbst stand aufrecht an einen Pfahl gefesselt, die Hände auf dem Rücken gebunden und die Füße auf einem Stapel trocknen Reisigs. *Ein Scheiterhaufen!*

Umringt wurde sie auf dem großen Platz an einer Kreuzung von geschätzt fünfzig Männern, Frauen und Kindern in heruntergekommener Kleidung, die sie in einer Mischung aus Wut und Freude anstarrten. Etliche hielten improvisierte Fackeln in den Händen.

»Seht! Die Stimme der Drachin ist erwacht«, rief eine ältere Frau voller Hass und lachte. »Wenigstens erlebst du jetzt von Anfang an mit, wenn wir dich verbrennen.«

Die Umstehenden stießen Jubelrufe aus, Steine und Unrat flogen gegen Stémna. Mehrmals wurde sie im Gesicht getroffen, der Gestank von Exkrementen und Verfaultem biss in ihre Nase.

»Wir wissen genau, wer du bist«, sprach die Frau weiter und nahm sich eine Fackel von einem Mann. Ein Teil ihres Gesichtes zeigte Brandnarben, zwischen den langen grauen Haaren zeigten sich kahle Stellen am Schädel. »Ich sehe deinem Gesicht an, dass du dich hingegen nicht entsinnst. Du bist in Richenkrume. Vor vielen Umläufen kamst du zu uns und verbranntest unsere Siedlung als Warnung für die umliegenden Städte, damit sie Tribut bezahlen.«

»Nun ist Ûra tot. Und das solltest du auch sein!«, rief ein Mann und hob den nächsten Stein auf, um ihn gezielt gegen Stémnas Oberkörper zu werfen. Der Einschlag auf dem Brustbein schmerzte.

»Du sollst jenen Tod bekommen, den du so vielen anderen brachtest«, verkündete die ältere Frau genüsslich. »Wir wählten Reisig und tränkten es, damit es schwerer brennt. Damit du röstest. Hustest. Die Hitze spürst. Wie sich die Flammen durch deine Sohlen fressen, die Kleidung und die Haut tilgen, deine hübschen hellen Haare auflodern lassen.«

Stémna überlegte fieberhaft, was sie tun konnte. Gegen die Fesseln kam sie nicht an, sosehr sie die Handgelenke wand und zu drehen versuchte. Sie hing am Pfahl fest.

Ich habe versagt. Stets hatte sie damit gerechnet, dass es einmal nach dem Tod ihrer Herrin so enden könnte. Irgendwann, nachdem sie den Alb zur Strecke gebracht hatte. Aber nicht an diesem Umlauf. Nicht so überraschend schnell. Nicht ohne Rache und Gerechtigkeit verübt zu haben. *Kläglich versagt.*

Stémnas Stolz verbat ihr, sich mit einer Lüge herauszuwinden. Die Menschen glaubten ihr ohnehin nicht. »Ich hätte dich ebenso verbrennen sollen«, drang es stattdessen leise aus ihrem Mund.

Die ältere Frau trat nach vorne, die Brandwunden hatten ihr

Gesicht übel gezeichnet. »Dann stünde jemand anderes an meiner Stelle.« Sie senkte die Fackel langsam, das Feuer sprang auf das äußere Reisig über. Knackend und knisternd fraßen sich die Flämmchen vorwärts, Qualm stieg auf. Das nasse Holz brannte schwer, wie von der Dörflerin versprochen. »Wir lassen dich leiden. Wir richten dich stellvertretend für alle Opfer, die du und die weiße Dämonin verantworten müssen. Und für alle Angehörigen, denen du Leid zufügtest.«

Der Rauch brannte in Stémnas Augen, sie hustete. Die stechenden Wunden in ihrer Seite und im Bein hielten sie hellwach, sodass sie jeden qualvollen Moment ihres Todes erfahren würde. »Solltest du hoffen, dass ich flehe und bettle, enttäusche ich dich«, stieß sie hustend aus. »Ich tat, was ich für richtig hielt.«

»Es reicht uns völlig aus, wenn du qualvoll stirbst«, erwiderte die Frau verächtlich. »Mehr erwarten wir nicht von dir.« Sie spuckte Stémna ins Gesicht. »Folge deiner Herrin in den Tod.«

Erneut kamen Hoch- und Jubelrufe auf, während das Reisig mehr und mehr Feuer fing.

Wärme wallte gegen Stémna, was sich in der kalten Herbstnacht gut anfühlte. Noch. Der beißende blaugraue Dunst nahm zu, das Atmen gelang ihr nur unter anhaltendem Keuchen. Sie sah kaum mehr etwas, Blutverlust und Rauch trübten ihre Sicht.

»Dieses Ding soll mit dir vergehen!« Ein Mann trat in den Schwaden nach vorne und schleuderte etwas Helles, Rundes an den äußeren Rand des Scheiterhaufens. »Verhasst wie du. Brennend wie du.«

Stémna konnte durch den Qualm zunächst nicht erkennen, worum es sich handelte. Als sie genauer schaute und die Tränen wegblinzelte, sah sie: *Mein Hut!*

Die Flämmchen hatten den weißen Filz bereits erreicht, die Krempe krümmte und rollte sich. Noch bevor Stémna ihre Gedanken zu ordnen vermochte, stach eine Lohe durch die Seitenwand des Hutes und erreichte die verbliebenen Federn in den Hülsenhalterungen am Ripsband.

Die Detonation geschah mit einer Wucht, dass es die Gebundene zusammen mit dem Pfahl durch die Luft schleuderte, umtost von orangefarbenen Flammenwolken, die sich dunkel fauchend auf alles warfen, was sie zu verschlingen bekamen. Schreie gellten in vielen Tonlagen aus zahlreichen Kehlen, die in anhaltendes Gebrüll und Jammern übergingen.

Benommen lag Stémna bäuchlings auf der Erde, die Hände noch immer auf dem Rücken gebunden, aber befreit vom Pfahl. Bewegen konnte sie sich kaum, Schmerzen rasten durch ihren Leib.

Der Feuerschein vergrößerte sich. Es roch nach schmorenden Haaren und verbranntem Fleisch der Dörfler. Der Brand wütete unter den umgeworfenen Baugerüsten und übrig gebliebenen Gebäuden von Richenkrume, die Explosion hatte nicht wenige von ihnen einstürzen lassen. Orangefarbenes Feuer leckte über umherliegende Leichen und brannte sich bis zu den Knochen durch, Stein barst unter der immensen Hitze. Manche Tote waren bereits zu einem Umriss aus Asche geworden.

Stémna atmete lange aus und rang mit der Erschöpfung, die sich wohltuend über ihre Schmerzen legte. Gäbe sie sich der Mattheit hin, würde sie niemals mehr erwachen. *Aber ich muss überleben. Ich will den Alb vernichten. Ich …*

Jemand drehte sie auf den Rücken. »Das ist sie.« Über ihr schwebte ein undeutliches Gesicht als heller Fleck mit Löchern statt Augen, Mund und Nase. »Sie lebt noch.«

»Bring es zu Ende«, stieß Stémna verächtlich aus. »Aber deine Heimat wird nie wieder –«

»Wir sind nicht aus Richenkrume«, wurde sie unterbrochen.

Ein zweites Gesicht schob sich als fleischfarbenes Oval ins Blickfeld. »Wir können dich liegen lassen, Stémna. Oder dich retten. Sofern du deinem alten Leben abschwörst und eine von uns wirst. Mit allen Konsequenzen. Weil du schon immer eine von uns warst.«

»Was… was bei …?«, stammelte sie verwirrt.

»Du warst stets eine Sklavin. Die Sklavin von Ûra. Wir sind Doulia. Wir sind Sklaven aus freiem Willen wie du«, erklärte eine Frauenstimme aus dem rechten Oval. »Schwöre deinem bisherigen Leben ab und schließe dich unserer Gemeinschaft an. Widme dich mit uns dem großen Ziel. Mit deinen Kräften, derer wir soeben Zeugen wurden.«

»Oder wir lassen dich zurück. Damit du sterben kannst. In deinem alten Dasein«, ergänzte der gesichtslose Mann.

Stémna verstand kaum, was aus den Mündern kam. Doch sie wusste, dass sie ohne Hilfe verloren war und niemals mehr den Mörder ihrer Herrin würde jagen können. Für diese Gerechtigkeit wollte sie auf alles, auf jedes Ziel und jeden Gott schwören.

»Ich gelobe, eine Doulia zu werden«, sprach sie abgehackt.

»Mit allem, was es bedeutet, eine von uns zu sein?«, setzte der Mann freundlich nach.

»Mit allem. Mit scheiß allem«, stieß Stémna aus und schmeckte Blut im Mund.

»Ich weiß nicht, Enes«, sagte die Frau misstrauisch. »Ist so ein Schwur glaubwürdig? Ich meine, sie muss es sagen. Sonst vergeht sie. Der Schwur kann eine Lüge sein.«

»Nein! Nein, ich meine es todernst«, ächzte sie und hustete. »Bitte! Lass mich eine Doulia werden. Eine von euch. Wie ihr sagtet. Ich gelobe es bei meinem Leben!«

»Einstweilen lassen wir es gelten«, entschied Enes. »Wir fragen sie noch mal, sobald sich ihr Zustand besserte. Bis dahin ist sie eine von uns. Eine Doulia.«

Gleich darauf wurde Stémna von vielen Händen behutsam gepackt und vorsichtig angehoben. Vor Erleichterung brach sie in Tränen aus.

* * *

»Einst ging ein Mägdelein aufs Gebiet der Wunder, ohne es zu bemerken.
Sie steckte sich unterwegs kleine Andenken ein, darunter auch drei verzauberte Nüsse. Als sie in ihrem ärmlichen Zuhause ankam und seufzte und sich einen Sack voller Gold wünschte, siehe, da erschien er sogleich. Die erste Nuss hatte es wahr gemacht.
Da rief das Mägdelein vor Verwunderung: ›Ja, da soll mich doch ein Ork küssen‹ – und siehe, da erschien er sogleich. Die zweite Nuss hatte es wahr gemacht.
Und der Ork küsste das Mägdelein und fraß es hernach.
Aber die dritte Zaubernuss liegt noch immer auf den blutigen Dielen ihres ärmlichen Zuhauses.
Vielleicht findest du sie ja.«

Kurzmärchen aus Ribasturian

KAPITEL III

DAS GEBORGENE LAND, BRAUNES GEBIRGE, BRIGANTIA, 1023 N.B. (7514. SONNENZYKLUS NACH ALTER ZEITRECHNUNG), WINTER

Goïmron sah in die Gesichter der Anwesenden, von denen sich manche im Eifer der Besprechung, vielleicht auch wegen der Wärme und des Alkohols gerötet hatten. Einmal mehr trafen sich die Abordnungen der Menschen, Zwerge, Elben und Meldrith im großen Zelt, um sich zu besprechen.

Nach den zwei gravierenden, beunruhigenden Entdeckungen, die Goïmron vom Krähennest aus gemacht hatte, ging es nicht mehr um einen neuerlichen Versuch, die Mauern vor dem Winter zu erstürmen. Sondern um die Bedeutung dessen, was er skizziert hatte.

Und die Folgen daraus.

Goïmron saß neben dem hoheitlich gewandeten Goldhand, der beim Anblick der Zeichnungen unverzüglich gewusst hatte, welche wolfsartigen Tiere der Gemmarius auf der Plattform gesehen hatte: Narshân-Bestien.

Der greise Zwerg kannte sie aus seiner Zeit in der Schwarzen Schlucht. Er hatte sie selbst gehalten und als Botengänger benutzt, weil sie kaum aufzuhalten und zu bezwingen waren. Abgesehen von ihrer Panzerhaut und ihren Metall schneidenden Krallen besaßen sie nicht nur scharfe und eisenharte, sondern auch oft giftige Fänge.

»Aber wie passt ein Acront in dieses brigantinische Sammelsurium aus Halsabschneidern, Scheusalen und sonstigem Abschaum? Hieß es nicht, die wandelnden Türme wären alle tot?« Gata, die auf ihre Rüstung nicht hatte verzichten wollen, schaute in die Runde. »Sollte er sie zudem nicht attackieren? Ich hörte in den alten Geschichten über die Acronta von einer ewigen Fehde mit den Schwarzaugen. Und Dsôn Khamateion ist bekanntermaßen der Verbündete von Brigantia.«

»Vor allem müssten seine Augen violett leuchten. Nicht gelb«, gab Goldhand mit sonorer, fester Stimme zu bedenken. »Das bereitet mir die größeren Sorgen. Etwas veränderte den Acronten.«

Dass etwas Unerwartetes im Bollwerk vorging, was neuerliche Fragen aufwarf, stand für die Versammlung außer Frage. Allerdings mangelte es an schlüssigen Erklärungen. Von außen würden sie das Rätsel nicht lösen, da war sich Goïmron sicher. *Wir benötigen einen Spion aus dem Inneren.* Seine Gedanken glitten zu Rodana. Wenn es ihm gelänge, sie auf irgendeine Weise zu erreichen, wären sie einen großen Schritt weiter. *Mit Magie vielleicht?*

»Unter diesen Umständen wird es vorerst keinen weiteren Versuch geben, die Festung zu erstürmen«, sprach Telînâs, gekleidet in eine fließende Robe in Grün- und Brauntönen; darüber lag die bestickte Schärpe der Fîndaii, die ihn als Mitglied der Leibwache der Kaiserin auswies. Vor ihm stand ein fingerhoher Acront aus Papier, den er beim Zuhören gefaltet hatte. »Fehlte es uns bislang an nötiger Macht, die Mauern einzunehmen, scheinen unsere Gegner zusätzlich Verbündete bekommen zu haben. Das ist keine gute Mischung.«

»Es gab noch nie Narshân-Bestien in Brigantia. Auch keinen Acronten«, sprach der schnauzbärtige Bendoïn Feinunz vor sich hin. Als einstiger Gesamtkommandant der Grenzfestungen kannte er den Feind am besten und befahl die vereinten Truppen der Vierten. »Das hätte sich längst bis zu uns herumgesprochen.«

»Und da sie nun erst eintrafen: Woher sind sie gekommen? Der Zugang nach Nordosten ist geschlossen, wie es Meister Goldhands Plan vorsah. Oder?« Mostro gab sich nicht einmal ansatzweise Mühe, auf einen Vorwurf in seinen Worten zu verzichten. Sein überprächtiges Gewand weckte den Eindruck, er stünde über ihnen allen.

»Ihr meint, dass es eine Lücke in den Einstürzen gibt, durch die solche Kreaturen gelangen?« Goldhand schüttelte das lange weiße Haar. »Der Durchgang ist geschlossen. Dafür lege ich meine Hände in die heißeste Esse, die ein Feuer erschaffen kann.«

Gata verzog skeptisch den Mund. »Warum sollten sie überhaupt nach Brigantia kommen? Sie kämen in ein sterbendes kleines Reich, vor dessen Toren eine Übermacht steht.«

»Wer weiß, was ihnen der Omuthan verspricht, damit sie ihm zu Hilfe eilen?«, konterte der Famulus. »Es mag sich ein unaufhaltsamer Strom durch eine Lücke nach Brigantia ergießen. Das ist Nachschub, den wir nicht haben.«

»Wohl gebellt! Hätten wir doch bloß Magie, die uns beisteht«, ätzte Hargorina. »Stattdessen gibt es Kinderkram, Feuerwerk und Zauberkreaturen, die unsere eigenen Reihen lichten. Berengart benötigt nicht mal neue Kräfte, um uns zurückzuschlagen.« Sie reckte das kantige Kinn. »Die versprochene mächtige Magie, die alles übertrifft, was auf dem Schlachtfeld beim Zweistromhügel geschah, sah ich jedenfalls nicht.«

»Es liegt an der Ragana. Sie blockiert meine Kräfte.« Mostro funkelte die kräftig gebaute Zwergin mit dem Kupferhaar giftig an. »Ihr und Meister Feinunz habt es nicht einmal geschafft, eine Leiter mit Leuten zu besetzen, die zu den Zinnen gelangen. Wie sollte –«

»Genug«, verlangte Goldhand, und die Versammlung schwieg ehrfürchtig. »Den Winter müssen wir für einen Angriff auf das Braune Gebirge als verloren betrachten. Deswegen richten wir das Augenmerk auf das Kommende.« Er sah zum Famulus. »Ihr ahnt, worauf ich anspiele, Meister Mostro?«

Geschickt, wie er die verlangte Anrede Magus umgeht, dachte Goïmron.

»Auf übermorgen.« Der Famulus kniff die Mundwinkel zusammen und fuhr sich fahrig über das kunstvoll gewellte Haar, als müsse er es beruhigen. »Der letzte Umlauf des Zyklus.«

Auch das noch! Goïmron hatte das äußerst wichtige Datum

schlicht aus seinen Überlegungen verloren. In der anstehenden Winternacht erlosch der 1023. Zyklus – und somit jegliche Magie, sofern sie nicht angeboren oder in Artefakten spruchgebunden worden war.

Irgendwo im Geborgenen Land entstand in den darauffolgenden drei Umläufen ein neues Gebiet der Wunder, auf dem magisch Begabte frische Energie gewinnen konnten wie Wasser aus einem Brunnen. Ein Ritual seit vielen Zyklen.

Nur *wo* es entstand, war unklar.

Und in dieser kniffligen Lage die alles entscheidende Frage.

»Ihr rechnet an diesem besonderen Umlauf mit einem Ausfall der Brigantiner, Meister Goldhand?« Telìnâs betrachtete das Modell von Festung und Belagerungsring. Zwischen seinen Fingern entstand das nächste kleine Kunstwerk aus Papier. »Die Ragana benötigt neue Kraft, richtig?«

»Lasst sie ruhig außen vor. Chòldunja hat ihren Moordiamanten verloren. Er hängt um Mostros Hals«, warf Goïmron ein. Er hatte es satt, dass die junge Frau für das Versagen des Famulus herhalten musste. »Wenn ich mich recht entsinne, ist es nicht einfach für sie, Ersatz zu finden. Sie kann derzeit keine Hexerei anwenden. Der Nebel ging ebenso wenig auf ihre Kappe wie alles andere, was der Famulus verbockte.«

Mostro sprang wutentbrannt auf. »Das ist eine Ungeheuerlichkeit!«, rief er mit hochrotem Gesicht.

»Es ist die Wahrheit, und Ihr wisst es, Meister Mostro.« Goïmron ließ sich nicht einschüchtern. Viel zu lange hatte er geschwiegen, und in dieser Runde galt seine Stimme etwas. »Wegen Chòldunja werden die Brigantiner keinen Ausfall wagen. Aber wer weiß, was sie noch hinter ihren Mauern haben?« Er zeigte auf den selbst ernannten Magus, der von Telìnâs mit einer Hand zurückgehalten wurde. Andernfalls wäre er womöglich auf Goïmron losgegangen. »Aber *Ihr* benötigt neue Energie. Demnach müssten wir Euch eine Truppe geben, mit der Ihr durch das Land zieht und nach dem Gebiet der Wunder forscht.«

»Habt Ihr damit Erfahrung, Meister Mostro?«, erkundigte sich Goldhand. »Ihr seid doch beinahe ein echter Magus und beherrscht verschiedenste Zauberformeln. Auch zum Aufspüren des Feldes?«

Sämtliche Augenpaare im Zelt richteten sich auf den dunkelblonden Mann in der angeberischen Robe.

»Die ehrenwerte Maga Vanéra bildete mich sehr gut aus«, antwortete er ausweichend.

»Das bedeutet?«, hakte Goïmron nach. Er war die Spielchen und Ausflüchte des aufgeblasenen Menschen ein für alle Mal leid.

»Dass ich mich mit einigen Formeln vertraut machte«, lavierte er vor sich hin. »Das habt ihr alle im Gefecht gesehen. Am Zweistromhügel und hier.«

»Also nein«, fasste Gata zusammen und stieß einen deftigen zwergischen Fluch aus. Sie zeigte mit der Linken über die Karte des Geborgenen Landes, die neben dem Modell ausgerollt lag. »Na schön. Das wird eine elend lange Suche. Das Gebiet kann überall entstehen.«

»Nicht so hastig. Ich leistete ein wenig Vorarbeit.« Mostro deutete auf die unscheinbaren Markierungen, die mit Grafitpunkten auf dem Papier gesetzt waren. »Das sind jene Stellen der letzten fünfzig Zyklen, in denen das Gebiet der Wunder lag«, erläuterte er. »Nach weiter zurückliegenden Aufzeichnungen müsste ich in Archiven suchen, die weit weg vom Gebirge sind. Jedenfalls« – er deutete auf eine Stadt in Khalteran und im Sinterreich – »wiederholten sich zwei Stellen. Daher schlage ich vor, wir arbeiten uns bei der Suche von Osten nach Westen durch und hoffen gleichzeitig, dass sich das Wunder hier oder hier ein drittes Mal ereignet. Senden wir Boten in die Städte, damit sie die Augen offen halten.«

»Verdreifachungen gab es bisher keine?«, wollte Goïmron wissen.

»Ein einziges Mal. In einem Silbertannwald östlich von Silândur«, antwortete Telînâs und stellte eine kleine Narshân-Bestie neben den papiernen Acronten. »Seitdem niemals wieder.«

Goïmron überlegte. Angesichts der vielen wichtigen Persönlichkeiten sollte er schweigen, wie es sich für einen Gemmenschnitzer gebührte. Andererseits war er ein Edelsteinmagus, der als Einziger seine Zauberkräfte nicht in zwei Umläufen verlor – dank seiner Gabe und dem Meeressaphir, von dem niemand außer ihm wusste. *Für mich ist er kein Unglücksstein.* »Wäre es nicht sinnvoll, wenn Vanéra zur Belagerung stößt, zusammen mit einer frischen Ladung Artefakte? Sie beherrscht keinerlei Spruchmagie.« Er deutete auf den Famulus. »Mostro hingegen benötigt Energie, um seine Zauber zu wirken.«

»So sehe ich das auch«, sagte Gata und wandte sich an Mostro. »Wir geben Euch eine Truppe unserer Besten mit, die Euch beisteht, solange Ihr keine magische Verteidigung für Euch wirken könnt, Meisterfamulus.«

»Und wir Übrigen halten in der Zwischenzeit den Belagerungsring um die Festung«, setzte Goldhand an, »und verhindern, dass Brigantia seine eigenen Magier, so sie überhaupt welche haben –«

»Außer der Moorhexe«, murmelte Mostro.

»Dass sie ihre Magier aussenden, um Energie aus dem Gebiet der Wunder zu schöpfen. Das wäre der strategische Vorteil. Der nächste Sturm auf die Mauern wird gelingen«, beendete der greise Heldenzwerg seinen Vorschlag. »Wir brauchen Euer Können dringend, Meister Mostro! Sonst reiben wir unsere Truppen an den Mauern auf, und Brigantia bekommt unnötigen Aufwind. Am Ende wagen sie wahrlich einen Ausfall.«

»Oder die Albae kriechen aus den Schatten. Oder dieses Schwarzauge mit seinem Heer aus Schweineschnauzen kreuzt auf«, ergänzte der schnauzbärtige Bendoïn missmutig. »Was unternehmen wir gegen ihn?«

»Wir reden von einem tödlichen Krieger, der uns Ûra vom Hals schaffte.« Telînâs legte den Zeigefinger auf das eingezeichnete Kràg Tahuum. »Ich will nicht sagen, dass Mòndarcai gefährlicher als Brigantia ist, aber … fällt er uns in den Rücken, sind wir verloren.«

»Von wie vielen Orks reden wir?« Goïmron schaute fragend in die Runde.

»Wir können nur schätzen, was die Salzseeorks angeht. Niemand konnte tief genug in ihr tödliches Refugium vorstoßen. Aber mehr als acht- bis zehntausend Krieger werden es nicht sein«, sprach der Kommandant der gauragonischen Einheiten.

»Kràg Tahuum liegt umgeben von einem breiten, hundert Schritt tiefen Graben, erstreckt sich auf einer Grundfläche von tausend mal tausend Schritten und schwingt sich mit seinen Gebäuden und Türmen in große Höhe. Die Festung bietet sicherlich Platz für mindestens zwei- bis dreitausend ausgebildete Krieger samt ihren Sippen.« Telìnâs legte eine Münze über die Stelle, um die Festung zu markieren. »Sie verstehen sich auf die Abwehr, aber weniger auf die offene Feldschlacht.«

Goïmron wunderte sich, wie souverän der junge Elb klang, seit er zur Leibwache der Elbenkaiserin gehörte. *Man könnte glauben, er war schon einmal in Kràg Tahuum.*

»Die Verbindung der Orkstämme ist äußerst gefährlich für uns. Doch der Winter ist nicht ihre Zeit. Sie bleiben lieber hinter den Mauern und in der Salzebene«, sagte Hargorina. »Sie werden ab dem Frühjahr eine Bedrohung. Vor allem, wenn sie von diesem gewitzten, gefährlichen Schwarzauge angeführt werden.«

»Bis dahin wird das Braune Gebirge uns gehören«, prognostizierte Mostro selbstbewusst. Er hatte sich von den Angriffen gegen ihn erholt und die alte Arroganz zurückgewonnen. »Ich schwöre Euch, die Ihr in diesem Zelt versammelt seid, dass ich für eine Bresche sorge, sobald ich mit magischer Kraft zurückkehre.«

Goldhand nickte langsam. »Für mich klingt es nach guten Vorgehensweisen. Dazu lassen wir im Geborgenen Land verkünden, wie wichtig es ist, dass *wir* das Gebiet der Wunder zuerst finden. Ein jeder Mann, eine jede Frau, ein jedes Kind soll die Augen offen halten und der nächsten hochrangigen Amtsperson des Landes bei einer Entdeckung Bescheid geben, damit wir schnellstmöglich Kenntnis erhalten.«

»Es werden viele falsche Meldungen kommen«, mutmaßte Mostro. »Für Laien erscheinen natürliche Phänomene oftmals wie Magie.«

»Das ist gewiss. Aber besser so, als dass die Schwarzaugen oder Mòndarcais Bestien vor uns dort sind.« Gata atmete lange ein und schien etwas hinzufügen zu wollen, aber sie schloss nach einem Blick zu Goïmron den Mund.

Er ahnte, dass die Königin der Dritten erneut hatte kritisieren wollen, den Pakt mit dem mächtigen Alb nicht eingegangen zu sein. *Gut, dass sie davon absah.*

»Es gibt keinen Zauberspruch, um das Gebiet aufzuspüren?«, erkundigte er sich.

»Welch Frage! Ohne magische Kraft ist es wohl kaum möglich«, erwiderte Mostro herablassend. »Denkt nach, bevor Ihr etwas ratet, Meister Schnitzeisen.«

»Kein Artefakt, das den Weg weist?«

»Nein.«

»Und kein Zauber, der gesprochen wird, *bevor* die Macht erlischt?« Goïmron erschien es unlogisch, dass das Finden des Gebiets der Wunder alleine vom Zufall abhängig sein sollte.

Mostro rieb sich über das Federkielbärtchen. »Mein werter, lieber Meister Schnitzeisen. Seit Hunderten von Zyklen stehen magisch Begabte vor just *dieser* Schwierigkeit. Denkt Ihr wahrlich, niemand hätte sich vor Euch diese Frage gestellt?«

»Manchmal ist das Offensichtlichste und Einfachste nicht in Betracht gezogen worden.« Goïmron richtete den Blick auf die Karte des Geborgenen Landes. Noch eine Sache beschäftigte ihn. »Was tun wir, wenn das Gebiet im kommenden Zyklus gar nicht gefunden wird? Von niemandem?«

Auf diese Frage bekam er keine Antwort.

Auch nicht nach längerem Warten.

Alle im Zelt wussten, dass die Truppen des Geborgenen Landes in diesem Fall vor Brigantia in arge Bedrängnis gerieten. Orks und Albae lauerten auf eine Gelegenheit, die gierigen Finger nach der

Macht auszustrecken. Noch dazu gab es die albischen Schiffe mit den blutroten Segeln und ihren Verbündeten von Undarimar. Einen Krieg an vielen Fronten würde die Streitmacht aus Menschen, Zwergen, Elben und Meldrith nicht bestehen.

Goïmron spürte regelrecht, wie Mut und Zuversicht nach seinen Worten aus den gespannten Leinwänden entschwanden. *Ich hätte schweigen sollen.*

Der Eingang öffnete sich.

Zusammen mit eisiger Luft und einer Prise schwachem Rauchgeruch trat der Srgāláh Sònuk herein, einen langen Mantel gegen die Kälte um sich gelegt; in der Hand hielt er einen Speer mit kurzem Schaft und einer überlangen, breiten Klinge. »Die Versammlung der Ehrenwerten mag mir meine Verspätung verzeihen.« Er deutete eine Verbeugung an. Mit seinem ebenso auffälligen wie beeindruckenden Hundeantlitz auf dem menschlichen, muskulösen Körper hob er sich von allen anderen Verbündeten der ungewöhnlichen Allianz ab. »Ich sicherte im Norden des Lagers eine Felsspalte ab, aus der verräterischer Geruch drang. Es hätte sein können, dass die Brigantiner versuchen, sich daraus einen Weg zu bahnen, um uns mit einem Meuchelkommando in den Rücken zu fallen.«

Goïmron mochte den Srgāláh sehr. Gleichzeitig wunderte er sich, was Sònuk bei der Besprechung wollte, denn normalerweise hielt er sich von solchen Zusammenkünften fern.

»Das ist löblich, mein Freund. Aber wir haben andere Sorgen«, maßregelte ihn Mostro sanft, aber deutlich.

»Ich hörte davon. Es geht Euch um das Gebiet der Wunder.« Sònuk grinste und entblößte dabei die fingerlangen Fänge, was sein Lächeln stets wie eine halbe Drohung wirken ließ. »Deswegen bin ich hier.« Dann tippte er sich mit dem langen Nagel des linken Zeigefingers gegen seine lang gezogene Schnauze, an deren Ende die goldlederne Nase saß. »Ich kann es aufspüren.«

***

Klaey ging verwundert durch das südliche Stück des Haupttunnels, der noch vor wenigen Umläufen bis ans andere Ende des früheren Zwergenreichs der Vierten geführt hatte, um die Zerstörung mit eigenen Augen zu sehen. Weniger als ein Drittel war von dem Tunnel geblieben, der Rest war ohne Vorwarnung eingebrochen und schnitt Brigantia vollständig vom Nordosten ab.

Klaey staunte über die vielen unbekannten Wesen und Gesichter, die er beim Umherwandern sah. Sie mussten kurz vor dem Einsturz des Ganges aus dem Jenseitigen Land zu ihnen gestoßen sein. *Aber weswegen? Was wollen sie hier?*

»Du bist weit von der Festung entfernt«, vernahm er Kawutans vorwurfsvolle Stimme in seinem Rücken. »Als Banneroffiziant solltest du die Vorräte prüfen, anstatt dich auf einen Ausflug zu begeben.«

Klaey verdrehte heimlich die Augen. Da die Albin nach ihrem verführerischen Angebot nicht wieder aufgetaucht war, durfte er sich nach wie vor mit Kawutans Hochmut und Orweyns Abwesenheit herumschlagen.

»Ich mache keinen Ausflug. Sondern prüfe, ob sich noch etwas aus den Seitenstollen retten lässt«, log Klaey krächzend und drehte sich dabei um. »Ich nehme meine Aufgabe sehr ernst. Die Belagerung wird lange dauern.«

Sein älterer Bruder Kawutan stand gepanzert wie für eine Schlacht mit einer fünfköpfigen Leibwache vor ihm. Seine Gemahlin Ilenis folgte in Begleitung ihrer Dienerschaft und einigen Doulia-Sklaven fünf, sechs Schritte dahinter. Sie verteilte Almosen an Bedürftige, die der Zerstörung knapp entkommen waren und ihre Bleiben in Nischen und Hohlräumen errichtet hatten. Dass Ilenis dabei ein teures, weißes Kleid und einen roten Seidenumhang trug, machte die Szene umso seltsamer.

»Und? Wurdest du fündig?«, wollte Kawutan wissen.

»Nein. Die meisten seitlichen Tunnel sind ebenso eingebrochen.« Klaey warf Ilenis einen raschen Blick zu, den sie mit einem verstohlenen Lächeln beantwortete. »Und du?«

»Ich verschaffe mir einen eigenen Eindruck von dem Unglück.«

Klaey hörte die Unwahrheit heraus. *Zwei Lügner begegnen sich und denken, sie könnten einander täuschen.* »Wie löblich von dir. Wie geht es unserem guten Orweyn?«

»Er erholt sich.«

»Weiß er, was geschehen ist?«

Kawutan schüttelte den Kopf. »Das könnte seiner Genesung abträglich sein, befanden die Heiler.« Dabei sah er sich unauffällig um, als wollte er nicht, dass Klaey dies bemerkte. »Du wirst ihn auch nicht treffen können.«

»Auf Anweisung der Heiler?«

»Auf meine. Unser großer Bruder soll selbst entscheiden, ob er dich empfängt, sobald er dazu in der Lage ist. Ich greife ihm gewiss nicht vor.« Kawutan deutete auf den Gang nach Süden. »Zurück mit dir in die Festung und kontrolliere die Listen, Bannerofiziant. Ich denke, dass wir mit den Vorräten drei Zyklen durchkommen. Die Belagerer werden sich die Zähne an uns ausbeißen.«

»Aber natürlich, mächtiger Behelfsomuthan.« Klaey verbeugte sich überschwänglich. »Soll ich etwas Bestimmtes für dich zur Seite schaffen, das nur du haben willst? Ein bestimmtes Bier? Rauschmittel?«

Die Anspielung auf die Vorlieben seines Bruders sorgte für mühsam unterdrückte Belustigung auf den Gesichtern der Wache.

»Lass mich nachdenken«, sagte Kawutan. »Ja, ich weiß etwas! Besorge uns einen fliegenden Nachtmahr. Damit wäre mir am meisten geholfen.« Kawutan ging an ihm vorbei und tat so, als begutachte er die von Rissen überzogene Felsendecke des zehn Schritt breiten und hohen Tunnels. »Und verliere ihn nicht wieder.«

Klaey schlenderte zu Ilenis und umarmte sie zur Begrüßung. Sie ließ es sich nicht nehmen, unauffällig seinen Nacken dabei zu streicheln. »Was tut der Idiot da?«

Die Mittvierzigerin lachte. »Ist es dermaßen offenkundig, dass er nicht zur Inspizierung herkam?«

»Er hat keine Ahnung von Bergbau und niemanden dabei, der ihm einen Rat geben kann. Für einen Ausflug mit dir wüsste ich schönere Orte. Ohne Leibwache.« Klaey kreuzte die Arme vor der Brust und sah zu Kawutan. »Ich bemerkte einen silbergerüsteten Acronten in der Festung. Und schwarze Panzerwölfe mit weiß leuchtenden Augen und Fängen. Sie kamen aus dem Jenseitigen Land. Hat mein Bruder sie gerufen?«

Ilenis lachte einmal auf. »Nein. Das veranlasste Orweyn. Noch vor dem Ausfall der brigantinischen Truppen nach Gauragon. Da er fürchtete, es könnten ihm bei seinem Eroberungszug die Soldaten ausgehen, ließ er Boten ins Jenseitige Land aussenden und Freiwillige anwerben.«

»Einen Acronten? Diese Kreatur würde sich niemals zu einem Bündnis mit uns geschweige denn Albae herablassen.« Klaey lehnte sich an die attraktive Frau.

Ilenis ließ sich nicht anmerken, wie vertraut sie miteinander waren, und behielt ihre Finger bei sich. »Ein Wunder, findest du nicht?«

»Also kamen sie mit dem letzten Sandkorn durch den Tunnel, bevor er hinter ihnen einstürzte.«

»So nehme ich es an.«

»Wenn sie angeworben wurden, werden sie bald ihren Sold verlangen. Ich hoffe, Kawutan ist darauf vorbereitet.« Klaey beschlich die Ahnung, dass sein Bruder aus diesem Grund an diesen Ort gekommen war. Fünf Leibwächter, volle Panzerung und Bewaffnung. *Zu wenige für einen echten Kampf, aber es soll Stärke und Bereitschaft zeigen. Wir können es uns nicht leisten, diese Kreaturen und Leute als Feinde in unserem Rücken zu haben, während wir belagert werden.* »Haben diese Söldner einen gemeinsamen Anführer?«

»Der Acront ist es nicht. Er läuft die ganze Zeit rastlos umher, als suche er etwas in der Festung«, erzählte Ilenis freimütig und richtete den roten Seidenumhang, der sie umfloss und umschmeichelte. »Da gibt es einen unscheinbaren Mann, der sich in ein stinkendes Fellgewand hüllt und den schwarzen Panzerwölfen befiehlt. Die Biester erscheinen mir hochgradig ausgebufft und schlau. Ihre Augen leuchten unheimlich in der Dunkelheit, und sie erkennen die Angst in jedem Lebewesen, sagt man.«

»Also befehlen sie *ihm?*«, scherzte Klaey. Er hätte durchaus Verwendung für die Wölfe.

»Wer weiß?« Ilenis nahm weitere Brote aus dem Korb, den ihm eine Dienerin hinhielt, und verteilte sie an die näher kommenden Kinder, die sogleich mit ihrer Beute davonrannten. Die Doulia trugen derweil gedörrtes Fleisch und Obst an die Behausungen.

»Weswegen ist …« Klaey unterbrach seine Frage.

Aus einem Seitengang trat ein ebenso schmächtiger wie unförmiger Mann, dem eine boshafte Gottheit die Glieder im Mutterleib verdreht haben musste. Die Schultern standen unterschiedlich hoch, der Rücken beschrieb eine eklatante Verkrümmung, und beim Gehen zog er ein Bein nach. Die rechte Hand zitterte unentwegt, sodass sie niemals Besteck oder ein volles Glas halten konnte. Seinen missgestalteten Körper versuchte er unter einer weiten Robe aus zusammengenähten Flickstücken zu kaschieren, während er auf Kawutan zutrat.

»Endlich, Omuthan!« Im Widerspruch zu seinem missgeformten Leib stand das wunderschöne, glatt rasierte Antlitz, auf das sogar Elben neidisch wären. »Ihr habt mich warten lassen. Und das mag ich nicht.« Zwei Leibwächter versperrten ihm mit gekreuzten Speeren das Durchkommen. »Das übrigens auch nicht«, kommentierte der Verkrüppelte und warf die Bändel seiner weißen Stoffhaube auf den schiefen Rücken.

»Jetzt wird es interessant.« Klaey zog Ilenis mit sich, damit er eine Ausrede hatte, falls er gefragt wurde, weswegen er noch im Tunnel verweilte und zuhörte.

»Du denkst, *das* ist ihr Anführer? Diese Schreckgestalt?«, fragte sie ungläubig und gab der Dienerschaft sowie den Doulia die Anweisung, auf dem Hauptgang zu warten. »Warum sollten sie dem folgen?«

Kawutan hielt Abstand zu dem Unbekannten und bemerkte das Nahen von Klaey und seiner Gemahlin nicht. »Es ging nicht früher, Hantu. Du weißt, dass wir belagert werden und mein Bruder … im Gefecht verwundet wurde. Ich habe Dringenderes zu tun, als mir dein Gejammer anzuhören.«

»Redet nicht mit mir, als wäre ich ein Bittsteller!«, fauchte Hantu. »Euer Bruder bat mich, *mich,* zu *Euch* zu kommen, um bei der Eroberung zu helfen. Und was bekam ich anstelle meines versprochenen Lohns?« Er deutete mit der zitternden Hand auf den Gang, aus dem er gekommen war. »Eine Unterkunft, in die nicht einmal Orks scheißen würden!«

»Ich habe nachgesehen und deinen Namen auf der Liste …«

»Redet anständig mit mir!«, schrie Hantu. »Zollt Respekt, wie ich ihn Euch zolle.«

»Ich fand Euren Namen auf der Liste meines Bruders. Nur aus diesem Grund kam ich. Um meinen guten Willen zu zeigen.« Kawutan schaute an dem Mann vorbei in den Stollen. »Wie viele seid Ihr?«

»Ich kam alleine. Meine Familie sitzt nun jenseits des eingebrochenen Tunnels.« Hantu faltete die Hände vor dem flachen Bauch zusammen, was die Schiefheit seines Körpers betonte. »Gebt mir die Unterkunft, die mir gebührt.«

»Da ich nicht weiß, was Ihr und mein Bruder –«

»Fragt ihn.«

»Erst muss er sich erholen. Dann frage ich ihn.«

Hantu machte einen halben Schritt vorwärts, sodass seine Nasenspitze beinahe die gekreuzten Speerschäfte berührte. »Mir ist in Absolutheit gleich, wie es um Euren Bruder steht, *Omuthan* Kawutan Berengart. Die Abmachung mit ihm und Brigantia ist bindend. Ich habe einen gesiegelten Vertrag mit dem Namen Eurer Familie und eine Unterschrift. Zwingt mich nicht, auf die Einhaltung mit allen Mitteln zu bestehen.«

»Das ist keine Drohung, sondern eine Feststellung, nehme ich zu Euren Gunsten an«, erwiderte Kawutan verärgert.

»So ist es, Omuthan anstelle des Omuthan.« Hantu bedachte die Leibwachen mit raschen Blicken. »Bis mir der versprochene Zugang ins Geborgene Land als Teil unserer Abmachung gewährt wird, kann es dauern, schätze ich. Die Eroberung Eures Bruders verlief anders als geplant.«

»Leider.« Kawutan wandte sich halb um. »Ich lasse Euch wissen, wohin Ihr gehen könnt, um eine bessere Bleibe zu finden.«

»Keine bessere. Ihr werdet mir eine *angemessene* Unterkunft verschaffen, Omuthan anstelle des Omuthan. Auch das steht in meiner Abmachung mit Eurer Familie. Ich kenne Wege, Euch von Sonnenaufgang bis Sonnenuntergang daran zu erinnern.« Hantu legte die ruhige Hand auf die gekreuzte Stelle der Speerschäfte vor sich. »Oder ich verhelfe Euch zum Sieg gegen die Belagerer. Unter bestimmten Bedingungen. Damit könnte ich auch ins Geborgene Land. Ist Kràg Tahuum weit entfernt?«

Klaey horchte auf. *Was will er in der Orkfeste?*

Kawutan blieb stehen und warf Hantu einen geringschätzigen Blick zu. »Ihr mir helfen? Dann solltet Ihr Euch beeilen, so Ihr ein Magus seid. Die magische Energie wird bald schwinden. Der Wechsel der Zyklen steht an.«

»Was stand auf der Liste Eures Bruders über mich zu lesen?«

»Dass Ihr ein … Amrach seid. Oder so ähnlich.«

»Es heißt *Rhamak*. Ihr denkt, es wäre eine andere Bezeichnung für einen Magus, irgendwas mit Hexerei, Zauberei, magischen Kräften?«

Kawutan wurde unsicher. »Ist es das nicht?«

Hantu stieß ein lautes, strafendes Lachen aus. »Nicht im Ansatz. Doch es sind Kräfte, die es mit jenen von Zauberern und Hexen aufnehmen können.«

»Was benötigt Ihr, um Eure Macht einzusetzen?« Kawutan war neugierig geworden.

»Das täte ich sogar, ohne mehr zu verlangen, als in meiner Abmachung steht. So käme ich rascher nach Kràg Tahuum. Sonst sitze ich auf Zyklen in diesem Felsenloch fest.« Hantu langte in seine

Umhängetasche und zückte einen Kohlestift sowie ein Blatt Papier, schrieb hastig mit seiner ruhigen Hand. »Das ist nur für Eure Augen bestimmt, Omuthan anstelle des Omuthan. Ihr tätet gut daran, es für Euch zu behalten, wenn Ihr keinen … Ach, lest selbst.« Er reichte das Geschriebene an Kawutan.

Klaey sah, wie sich das Antlitz seines Bruders weiß färbte, Schreck oder Schock ließ ihm das Blut weichen. Gleich darauf zerriss er das Blatt in winzige Fetzen und warf es gegen Hantu. »Das wird niemals geschehen.« Abrupt wandte er sich um und sah zu Klaey und seiner Gemahlin, stürmte nach knappem Zögern voran und an ihnen vorbei. »Niemals!«

»Dann hoffe ich, dass Euer Bruder bald in der Lage ist, seine eigenen Entscheidungen zu treffen«, rief ihm Hantu gehässig nach. »Sonst fällt diese Festung, und Ihr habt alles verloren. Alles! Und das ist mehr, als ich verlangte!« Auch er verschwand.

Klaey und Ilenis sahen sich an. »Geh deinem Mann nach. Finde raus, was geschehen ist«, raunte er ihr zu und küsste sie beim Umarmen sachte auf die Wange. »Wir dürfen nicht zulassen, dass er unsere Rettung verspielt.«

»Ich weiß, dass du der bessere Omuthan wärst«, flüsterte sie und löste sich von ihm. »Ich sorge dafür, dass es so kommt.« Schnell folgte sie Kawutan mit ihrer Dienerschaft und den Doulia.

Klaey eilte an die Stelle, an der sich die Papierstückchen auf dem Steinboden verteilt hatten. Hantus Schrift wirkte ungelenk, es war offensichtlich nicht seine Sprache. Einige Fragmente fehlten zudem, sodass die Forderung nicht mehr nachzulesen war.

Verflucht! Kawutan, dieser Narr. Es schmerzte Klaey, zu wissen, dass Brigantia obsiegen könnte. *Aber zu welchen Bedingungen?* Orweyn hatte Hantu bewusst angeworben. *Er kennt die Antwort.* Klaey musste seinen unfähigen Bruder Kawutan absetzen, indem er dafür sorgte, dass Orweyn so rasch wie möglich vollständig genas. *Er muss Brigantia befehligen und Hantu freie Hand gewähren.* Sonst kehrten die Belagerer bald mit einem Magus zurück.

Oder mehreren. *Und dem elenden Zwerg, der mich aus dem Himmel holte.*

Klaey wusste auch schon, wie er die Heilung beschleunigen konnte.

Auf Ilenis alleine wollte er sich nicht verlassen. Sie konnte Informationen aus ihrem Gemahl herausvögeln, aber sie brachte ihn gewiss nicht um. Zudem war mit Kawutans Tod nichts gewonnen, solange Orweyn nicht wieder regierte.

Die kleine Ragana wird mir helfen. Sie kann Orweyn heilen. Klaey eilte zurück. *Sonst lasse ich sie ergreifen und hinrichten.*

In kürzester Zeit erreichte er die Bleibe, die er der Puppenspielerin und der Moorhexe zugewiesen hatte. Schnell war das Schloss aufgesperrt, und er betrat die Räumlichkeiten. »Chòldunja!« Klaey warf die Tür laut zu. »Komm her!«

Die beiden Frauen erschienen. An ihren Händen und auf den Kleidern hafteten Kleberreste und Schnitzspäne. Sie hatten mit dem Bau neuer Stabfiguren begonnen. Die Haare lagen unter schützenden Kopftüchern.

»Du musst mit deinen Kräften dafür sorgen, dass mein Bruder gesund wird.« Er eilte auf die junge Aprendisa zu und packte sie an den Oberarmen. »Heute noch! Sonst vergeht deine magische Kraft.«

»Aber … aber ich …«, stammelte sie.

»Ich weiß, es ist nicht die Spezialität von euch Kinderfresserinnen, die Leiden anderer zu lindern.« Klaey zerrte sie zum Ausgang und warf ihr einen hellbraunen Glockenmantel zu. »Leg den an, und achte darauf, dass dir die Kapuze ins Gesicht fällt.«

»Ich kann es nicht!«, begehrte Chòldunja auf.

»Du *wirst!*« Er blieb stehen und funkelte sie wütend an. »Sonst wird die Puppenspielerin es zu spüren bekommen, das schwöre ich! Ohne mich seid ihr beide in Brigantia verloren.«

Rodana trat nach vorne und wischte die schmutzigen Hände an der Schürze ab; die dunklen Fingerkuppen und Lippen wirkten wie angemalt, durch eine Laune der Natur waren sie fast schwarz. »Sie kann es nicht. Weil ihr Mostro den Moordiamanten stahl.«

»Na und?« Klaey sah zur Puppenspielerin, die eine kinnlange, blonde Strähne hinters Ohr klemmte, die unter dem Kopftuch herausgerutscht war. »Dann muss es ohne gehen. Bei der Explosion gelang es doch auch.«

»Der Diamant barg einen Großteil der Energie, die aus den Seelen der Kinder herrührte.« Rodana räusperte sich. »Ohne diese Kraft kann Chòldunja keinerlei Fluchmagie wirken, wie es eine Ragana vermag. Oder Heilung. Die Explosion verbrauchte das letzte bisschen Kraft.«

Klaey stieß einen frustrierten, heiseren Schrei aus. »Aber du könntest heilen, sofern du genug Energie besäßest?«

»Selbstverständlich.«

»Und wenn ich dir einen neuen Stein beschaffe? Muss es ein Moorklunker sein?«

»Das … wäre besser«, stammelte Chòldunja und blickte Hilfe suchend zur Puppenspielerin.

Klaey hörte heraus, dass es ein herkömmlicher Diamant ebenso tat. *Gut! Dann habe ich Hoffnung. Brigantia hat Hoffnung.*

Rodana kam auf ihn zu. »Wir sind Euch dankbar, dass Ihr uns –«

»Sei still! Ich rede mit der Ragana!« Klaey packte die Schultern der jungen Frau. »Wenn du meinen Bruder nicht heilst, und zwar in den nächsten Umläufen, wird Brigantia fallen. Die Belagerer werden euch finden, fassen und hinrichten. Ihr geht mit dieser Festung unter. Willst du das?«

Chòldunja schüttelte unter Tränen den Kopf.

»Dann heile meinen großen Bruder. Er kann unsere neuen Verbündeten dazu bringen, die Belagerung zu sprengen«, erklärte Klaey. »Nur er. Hast du das verstanden?«

Chòldunja nickte. »Welche … welche neuen Verbündeten?«

»Ein Acront ist gekommen. Und schwarze Panzerwölfe und noch viele andere Leute, die aber ausschließlich auf den Befehl meines ältesten Bruders hören.« Klaey atmete tief ein und überlegte. »Weißt du zufällig, was ein Rhamak ist?« Sie verneinte.

»Nicht so wichtig. Gut. Um deinen neuen Zauberstein mit frischer Macht zu laden, benötigst du junges Leben, das du verschlingen kannst. Richtig, Ragana?«

»Ja. Aber –«

»Einverstanden.« Klaey ließ sie los und wandte sich zum Ausgang. »Ich hoffe, du hast einen großen Magen. Ich bringe dir so viele Kleinkinder und Säuglinge, dass du mit Verzehren nicht nachkommst. Und den besten, seltensten Diamanten, den ich in Brigantia finden kann.« Er riss die Tür auf, küsste sein Glücksamulett und eilte davon.

***

»Der GRANAT
Der Stein hat Farben von reinem Karmesinrot bis zu tiefem Dunkelrot.
Er vertreibt unkeusche Gedanken, schützt vor Blitzen und Ansteckung durch die Pest, aber leider nicht gegen die Suihhi. Zahlreiche Menschen bezahlten diesen Irrtum mit ihrem Leben.
Was ihn noch wertvoller macht, ist seine Wirkung gegen dämonische Einflüsse.
Seltsamerweise lehnen vor allem junge Leute den Granat als Schmuck ab. Man könnte annehmen, sie hätten nichts gegen das Unkeusche.«

Aus: Die vergessene Kraft der edlen und unedlen Steine,
von Funkelstein & Kinder

KAPITEL IV

DAS GEBORGENE LAND, IM NORDEN DES VEREINTEN GROSSKÖNIGREICHS GAURAGON, AN DEN AUSLÄUFERN DES GRAUEN GEBIRGES, 1023 N. B. (7514. SONNENZYKLUS NACH ALTER ZEITRECHNUNG), HERBST

Ich hocke mitten in meinem eigenen Albtraum. Barbandor verfolgte aus seinem Käfig heraus, den ihm die Orks aus dicken, massiven Knüppeln gebaut hatten, wie die letzte Siedlung der Feuerfresser an Borkon und seine Kriegerschaft fiel, nachdem Verhandlungen fehlgeschlagen waren. *Es wird nicht besser.*

Nicht nur, dass er in Gefangenschaft geraten war, sie raubten ihm zudem seine Würde. Die Bestien hatten ihn am Rand des Orkdorfes wie einen putzigen Singvogel in seinem Käfig an den Ast einer Lavabuche gehängt, damit er von dort eine gute Sicht auf das Geschehen hatte. *Zu Tion mit diesen Schweineschnauzen!*

Der nachtblaue Ork mit den weißen Tätowierungen am ganzen Leib hatte mehrmals versucht, Barbandor in einem freundlichen Gespräch Wissenswertes über Vraccas' Kinder zu entlocken. Borkon schien besessen davon zu sein, und bei seinen grüngrauhäutigen Untergebenen verhielt es sich ebenso.

Sie behandelten Barbandor gut, ließen ihm sogar Kettenhemd und Ratsschärpe, achteten auf Nahrung und Wasser und Reinlichkeit. Gegen die zunehmende Kälte hatten sie ihm einen viel zu großen Fellmantel gegeben.

Umso grausamer erschien es ihm, dass sie die Überreste der unglücklichen Gyndala verspeist hatten: über dem Feuer gebraten; roh aufgeschnitten in dünnen Scheiben; und aus den Knochen und dem sehnigeren Fleisch hatten sie eine Suppe gekocht. Über die Köstlichkeit ihres Mahls waren die Scheusale in Verzückung geraten. Barbandor hatte es nicht mit ansehen können, sondern die Augen geschlossen und die Finger in die Ohren gesteckt. Es hatte nur bedingt geholfen.

Unentwegt betete er zu Vraccas, dass er überleben und Rache für Gyndala und jene nehmen können würde, die den Bestien zum Opfer fielen. Als Fraß dienten.

Die letzte Siedlung der sogenannten Feuerfresser lag weit im Osten am Fuß des südlichen Grauen Gebirges. Erhaben thronte das Orkdorf auf einer Insel inmitten der Lava, erreichbar nur über einen stegähnlichen Stein in der flüssigen, brodelnden Hitze, an dessen Ende ein massives Tor den Aufstieg versperrte. Durch die sengende Wärme hielten die Sohlen nur, wenn man rannte. Brannten sie durch oder fingen sie Feuer, machte man es den Verteidigern leicht: Sie mussten die Angreifer lediglich verlangsamen, dann starben sie von selbst auf der natürlichen Brücke.

Und dennoch hatte Borkon die Siedlung im Handumdrehen eingenommen.

Wie genau es ihm gelungen war, hatte Barbandor aus seinem Käfig heraus nicht sehen können. Was er wahrnahm, war das übliche Gemetzel, das Barbandor von tumben Orks erwartete. Er hörte die Schreie und das Klirren der Waffen, bis nahezu Stille einkehrte, durch die alsbald Siegesgebrüll und Trommeln in schnellem, heiterem Takt erschallten. Die Feuerfresser-Fahne hoch oben wurde eingeholt und durch eine weiße mit dunkelblauen Runen und einem Stern ersetzt.

Nach einer Weile erschien ein gepanzerter, grauhäutiger Ork und hängte Barbandors Käfig von der Lavabuche ab, um ihn über den Stein zum eingenommenen Lager zu tragen.

»Hey, Plattnase. Sag, bin ich euer Siegesmahl?« Barbandor stand auf und legte die Hände um die Holzknüppel. »Sind die übrigen Siedlungen schon an Borkon gefallen?«

Der Ork ignorierte ihn, trabte voran und eilte über den heißen Brückenstein, um auf den Weg einzuschwenken, der hinauf zu den Hütten führte.

Das Blut der Verlierer rann in Rinnsalen den Hügel hinab. Ein abgeschlagener Kopf hopste den steilen Hang abwärts, die heraushängende Zunge baumelte und schlackerte bei jeder Umdrehung aus dem Maul, während die Ohrringe klingelten.

Barbandor sah beim Anstieg auf die Kuppe die Schlachtbänke, an denen die Orkfrauen die Leichen ihrer eigenen Männer aufbrachen und ausweideten. Ungenießbare Innereien wurden über den Felsrand in die Lava geworfen. »Bei Vraccas! Zu fressen habt ihr wahrlich genug! Ihr braucht keinen Zwerg als Futter.« Ungläubig sah er, wie die Orkinnen arbeiteten, ohne dass sich Trauer oder Wut auf den Mienen zeigte. Die Kinder gingen ihnen dabei zur Hand. »Das ist grausam!«

»Sie tun es freiwillig. Es gab schon lange kein Fleisch mehr«, widersprach Borkon und trat von der Seite heran. »Wir befreiten sie von der Herrschaft ihrer Männer.« Der grauhäutige Ork stellte den Käfig ab, und der Anführer setzte sich daneben. Er trug eine schwere Plattenrüstung, an der reichlich Blut klebte, am Wehrgehänge baumelten zwei unterschiedlich große Keulen mit Haken daran. »Das taten wir auch mit den übrigen Feuerfressern in den vorangegangenen Siedlungen. Die Frauen hatten genug von ihren Unterdrückern und halfen uns sogar im Kampf.«

Barbandor konnte es kaum glauben. Da wurde ihm bewusst, wie wenig er von den Bestien wusste, die ihre Todfeinde waren. »Jetzt werdet ihr die neuen Unterdrücker.«

»Nein.« Borkon ließ sich einen Wasserschlauch bringen und nahm einen Schluck. Danach gab er einen satten Strahl auf seine schwarze Mähne, reinigte die Golddraht-Strähnen von Blutspritzern. Die schmutzigen Tropfen perlten über die blaue Haut und die weißen Symbole, über die Rüstung und auf die Erde. »Wir sind ihre Erlöser. Und dabei wird es bleiben. Ein Anfang.«

Barbandor versuchte, die Worte einzuordnen. »Das bedeutet, ihr wollt das Gleiche mit den Salzseeorks und Kràg Tahuum vollbringen?« Ungläubig kichernd betrachtete er das Schlachtfest um sich herum. »Wie viele waren das? Hundert? Wenn überhaupt.«

»Sie waren ein Leichtes.«

»Die Salzsee beherbergt Tausende Orks. Von der Festung aus wird man euch zusammenschießen. Ihr kommt nicht einmal über den Graben.«

»Es sind demnach auch Tausende Orkinnen, die ebenso behandelt werden wie diese hier. So erzählte mir man es.« Borkon deutete auf die Frauen, die hackten, sägten und schabten. »Sie schälen nicht einfach Fleisch von den Knochen. Sie streifen ihre Vergangenheit ab, die sie aufzehrte. Und nun wird sie von ihnen verzehrt.«

»Das ist deine Masche?« Barbandor sah Borkon an. »Sehr gewitzt. Das muss ich dir lassen. Du säst den Verrat hinter den Linien des Feindes.«

»Es ist keine Masche und kein Plan mit Hintergedanken, um ihnen die nächsten Ketten anzulegen.«

»Ein Ork, der sie von Orks befreit.« Barbandor versuchte, in den ungewöhnlich wässrig grünen Augen seines Gegenübers zu lesen.

»Es hätte Generationen bedurft, bis die Orkinnen den Mut gefunden hätten, um einer aus ihren Reihen zu folgen und einen Aufstand zu beginnen.« Beim Sprechen wurden die kräftigen, silberbemalten Eckzähne sichtbar, die durch das schwarze Gebiss betont wurden. »Die Männer sind sehr stark. Das weißt du aus eigener Erfahrung.«

Barbandor brummte nachdenklich. »Was hast du vor?«

»Ich werde mein Volk vereinen. Und wir werden uns vermehren. Eine neue Generation auf den Weg bringen. Vorbereitet sein, wenn sich die Dinge im Geborgenen Land ändern.« Borkon, von dem ein durchdringender Geruch nach Schweiß und Blut ausging, zeigte mit dem halb vollen Wasserschlauch zu seinem wehenden Banner. »*Ich* bin erst der Anfang.«

Barbandor hatte das Gefühl, dass ihm sehr wichtiges Wissen fehlte. Hier ging es um mehr als die Befreiung der Orkinnen von ihren despotischen Männern. Zudem stand nicht fest, dass es sich in Kràg Tahuum und in der Salzsee ebenso verhielt. Möglicherweise wurden die Orkinnen dort anders behandelt, sogar bevorzugt. *Wir wissen viel zu wenig über die Bestien.* »Du siehst dich allen Ernstes als Auserwählter? Warum? Wegen der betörend dunkelblauen Haut und den hübschen silbernen Beißerchen?«

»Du hast meine Unsterblichkeit vergessen.« Borkon reichte ihm grinsend den Wasserschlauch in den Käfig, den der Zwerg zögernd nahm. Er musste trinken, auch wenn die Lippen des Scheusals daran gewesen waren. »Du und deinesgleichen, ihr wart für mich und meine Begleiterschar nichts als ein Mythos. Eine Legende. Knochen und zerfallene Rüstungen in verwaisten Stollen, Bilder an Wänden und in Büchern, Reliefs und Statuen aus vergangenen Zeiten. Doch dann sahen wir, dass es das Geborgene Land gibt. Dass es Unterirdische gibt.« Sein Blick wurde entschlossen. »Und damit wurde so viel mehr wahr als das, was die meisten von uns als hoffnungsvolles Hirngespinst abtaten.«

»Also existiert eine Geschichte über dich?«, mutmaßte Barbandor und versuchte, aus dem Gehörten schlau zu werden. »Ist das der Grund, warum die Orkinnen auf deiner Seite sind?«

»Wie gesagt: Ich bin nur der Anfang. Der Vereiner. Der den Sieg über die Unterirdischen bringen wird, die das leckerste Fleisch haben, das ich jemals kosten durfte.« Borkons Lippen umspielte ein genießerisches Lächeln. »Doch Nahrung ist nicht der Grund, weswegen ich mich aufmachte und mein Leben aufs Spiel setzte.«

Ersticken sollst du an jedem Bissen, den du von meinen Knochen schneidest. Barbandor beherrschte sich. Noch war er nicht zu Borkons wahrem Grund für seine Taten vorgedrungen. *Ich versuche es anders.* »Warum griffen deine Leute Kleinfluxwasser an? Was wollten sie mit der Kiste? Ging es wirklich um Goldhands Buch?«

Borkon zog die schwarzen Brauen zusammen. »Welche Kiste und welches Buch?«

Rasch schilderte Barbandor sein erstes Zusammentreffen mit den Orks am Fluss und deren Ende im Geschützhagel vor den Toren von Platinglanze. »War dies Teil deines Plans?«

»Ah, dieser Teil des Unterfangens verlief anders als von mir vorgesehen und befohlen.« Borkon stieß eine Verwünschung in seiner Sprache aus. »Divoc der fiebrige Hüstler wollte nicht warten und machte sich auf die Suche. Beinahe hätte er die ganze Unternehmung in Gefahr gebracht. Sein Tod war gerecht, und nachdem Platinglanze abbrannte, fragte keiner mehr nach ihm. Dank dir und deiner Freundin konnten wir eine weitere Entdeckung mit einer falschen Fährte vereiteln.«

Damit stand für Barbandor fest, dass er den Käfig nicht mehr lebend verlassen würde, wenn es nach den Orks ginge. *Borkon weiß, dass ich mein Volk und das Geborgene Land unverzüglich warnen würde.* Daher beschloss er, mehr von den Geheimnissen rund um den blauhäutigen Ork und seine Mission zu erfahren, bevor er ausbrechen und die Flucht antreten würde. »Wie kommt es, dass du unsterblich bist? Eine angeborene Fertigkeit? Magie?«

Borkon lachte leise, die Silberfänge glänzten. »Solange du mir nichts über die Unterirdischen in den Bergen berichtest, werde ich dir nichts von mir offenbaren, Barbandor. Aber lass es mich so sagen: Ich war nie der Einzige. Und bald sind es noch viel mehr.« Elanvoll erhob er sich und ging zu zwei Orkinnen mit einer Handvoll Kinder, um ihnen zu helfen, eine besonders fette Bestie auf den Zerlegetisch zu hieven. Den Insignien nach handelte es sich dabei um Grushuk Flammenschrei, der gefürchtetste Feuerfresser von allen.

Jetzt wird er zum Happen. Barbandor schauderte und spritzte sich Wasser aus dem Schlauch direkt in den Mund, ohne den Auslass mit den Lippen zu berühren. Er sah den gelegentlichen Blicken der Orkmeute an, dass man ihn zu gerne gleichermaßen zerteilen und von ihm kosten würde.

Bislang hatte der Zwerg geglaubt, dass die Brigantiner die größte Bedrohung darstellten.

Oder die Albaeschiffe mit den blutroten Segeln.

Oder die verbliebenen Drachen.

Oder irgendwelche Schurken und Scheusale, die man kannte und die man im Verbund mit allen Völkern besiegte.

Borkons Auftauchen, die Andeutungen und seine Fertigkeiten ließen Barbandor umdenken. Umso wichtiger wurde es, dass er überlebte. Es half keinem, wenn er sein Wissen mit ins Grab nahm. *Oder in den Kochtopf.*

***

DAS GEBORGENE LAND, KAISERREICH GAUTAYA, 1024 N. B. (7515. SONNENZYKLUS NACH ALTER ZEITRECHNUNG), WINTER

Ascatoîa beobachtete den Alb, den sie als Kundschafter vorausgesandt hatte, durch das große Fernrohr aus ihrer Deckung mit ihrem schwarzen Auge. Er ging über die von einer dünnen Schneeschicht bedeckte Ebene an den Südhängen des Schwertspitzengebirges und hinterließ trotz des schweren Tragesacks auf dem Rücken kaum Fußspuren.

Das hellgraue Massiv war vor knappen eintausend Zyklen durch ein Beben entstanden und damit vergleichsweise jung. Es schob sich im Nordwesten des Geborgenen Landes mitten in das Kaiserreich Gautaya und bildete durch erkaltete Lavakegel an den höchsten Stellen Ausformungen, die an aufragende Schwertspitzen erinnerten. Jede davon trug einen eigenen Namen und hatte ein erklärendes Märchen von den in der Gegend lebenden Menschen erhalten. Die Orks in der im Nordosten angrenzenden Salzsee nannten das Massiv schlicht Stachelrücken und erzählten eigene Legenden dazu.

Für Ascatoîa spielten die Geschichten keine Rolle. *Stein bleibt Stein.*

Sie war aus einem bestimmten Grund mit einer kleinen Truppe der Besten hierhergekommen. Das Weiß strahlte in der hellen

Sonne und blendete sie, obwohl eine getönte Glasscheibe vor der Linse des Fernrohrs angebracht worden war. »Das macht der Junge sehr gut«, sagte sie halblaut zu Ophîras, der neben ihr kauerte. »Es dauert nicht mehr lange.«

»Vor wem verbergen wir uns, Ascatoîa?« Zusammen mit ihm lagen dreißig Albae in dicker, heller Fellkleidung hinter dem Felsvorsprung unterhalb der Nagelklinge und achteten darauf, nicht entdeckt zu werden. In den grauweißen Übergewändern fielen sie im Schnee kaum auf.

»Vor Augen, die uns nicht sehen sollen. Man weiß nie, ob es nicht umherstreifende Fallensteller oder Jäger gibt, die nach Schneeleoparden suchen.« Sie ließ den Kundschafter nicht aus dem Fokus der Sehhilfe. »Es war übrigens exzellente Arbeit, wie du uns aus dem Gebirge und durchs Geborgene Land führtest, ohne dass man uns entdeckte. Das wird dir mehr als eine Belobigung des Ganyeios einbringen. Rechne mit großzügiger Entlohnung.«

Zum Schutz vor Kälte und Sonnenstrahlen hatte Ascatoîa eine Ledermaske mit schmalen Augenschlitzen über das halb dunkle, halb weiße Antlitz gelegt. Ihr ungewöhnliches Äußeres rührte von alchemistischen Mitteln her, die ihre Vorfahren einst eingenommen hatten, um sich als Elben zu tarnen und die Einwohner des Geborgenen Landes zu täuschen. So waren sie durch die von Zwergen gesicherten Eingänge gelangt. Die Nebenwirkungen der Substanzen, die das Blut und die verräterischen Augenreaktionen auf Sonnenlicht wandelten, zeigten sich über Generationen. Anhaltend.

»Es war recht leicht. Die Schleichpfade kannte ich seit Langem«, erklärte Ophîras. »Unsere Spione nutzen sie. Aber dennoch danke ich Euch für das Lob.«

»Nicht zu früh. Wir müssen noch zurück.« Ascatoîa lächelte verhalten. *Doch dann wird es keinem gelingen, uns aufzuhalten. Nicht einmal Mòndarcai.*

»Woran erkennt Ihr, ob der Kundschafter das Gebiet der Wunder betrat?« Ophîras zog hörbar sein Fernrohr aus der Hülle und beobachtete, wie der Alb sich behutsam über die freie Fläche bewegte. »Und woher wusstet Ihr, dass es sich an diesem Ort befindet?«

»Hast du die Ygota in dem Glas gesehen, das ich bei mir trage?«

Ophîras senkte das Fernrohr und sah auf das Glas, das neben der Zhussa im Schnee stand. »Diese fingergroßen Fliegen mit den bunten Panzern sind Ygota?« Die Insekten saßen in Gänze auf der Wandseite, die nach Westen zeigte.

Genau dorthin ging der Kundschafter.

»Ygota sind schwer zu fangen und lebten früher, als es noch ausgedehnte Magiefelder im Geborgenen Land gab, in den Behausungen der Magi und Magae. Sie mögen die Ströme der unsichtbaren Kräfte, die im Boden und der Umgebung wirken. Ihre Flügelmuster werden dadurch zum Aufleuchten gebracht.« Ascatoîa sah, wie der Kundschafter in der Ebene strauchelte und auf alle viere fiel, hustete und sich würgend übergab. Klumpiges, schwarzrotes Blut schwappte über seine gerissenen Lippen und tropfte in den weißen Schnee, verseuchte die Reinheit. Doch der Alb rappelte sich auf und ging weiter. Ophîras hatte es nicht bemerkt. »Magie zieht die Ygota an. Schon in geringster Dosis. Es gibt sie kaum noch. Als ich welche in Dsôn Khamateion am Inàste-Tempel entdeckte, fing ich sie. Schon vor vielen Zyklen. Für meine eigenen Experimente.« *Als hätte ich es geahnt.*

»Cintalôr läuft in die rechte Richtung. Aber ich sehe die Flügel der Ygota nicht leuchten«, befand Ophîras nach einer Weile. »Auch nichts an den Körpern. Seid Ihr sicher?«

»Hab Geduld.«

Ophîras setzte das Okular an das rechte Auge. »Was ist so gefährlich an dem Gebiet der Wunder, dass wir ihn vorschicken?«

»Die Magie verändert oftmals alles. Das Land und jedes Lebewesen, das sich darauf befindet. Gerade unmittelbar nach dem Entstehen möchte ich uns nicht auf gut Glück Gefahren aussetzen.« Ascatoîa warf Ophîras einen Seitenblick aus ihrem weißen

Auge zu. »Es gibt schlimme Berichte über Leute, die unbedacht einen Fuß auf das Gebiet der Wunder setzten. Von aufplatzenden Körpern und spontanen Veränderungen, wodurch sie sich zu Bestien wandelten.« Ophîras nickte verstehend. »Es ist zu unser aller Schutz. Sollte Cintalôr sich in ein Scheusal verwandeln, bleibt uns genügend Zeit, darauf reagieren zu können. Er ist weit genug weg. Ganz zu schweigen von fürchterlichen Kreaturen, die aus dem Hinterhalt angreifen könnten.«

»Wieso Cintalôr?«

Ascatoîa wandte den Blick auf die Ebene. »Weil er sich freiwillig meldete.« *Und weil ich ihm viel versprach.*

Ein schwacher Wind wagte sich über das Plateau, an dessen Südseite es Hunderte Schritte senkrecht nach unten ging. Bei gutem Wetter konnte man von dieser Stelle viele Meilen bis zur gautayanischen Küste und zum Binnenmeer sehen. Genau auf der anderen Seite des Schwertspitzengebirges lag die südliche Salzebene, in der sich die Orks niedergelassen hatten. Sie verließen die schützende salzige Hitze selten, und schon gar nicht wagten sie sich in die Kälte des Winters oder dünne Luft, was die Albin beruhigte.

»Wie lange wird das Geborgene Land brauchen, bis es herausgefunden hat, wo das Gebiet der Wunder liegt?« Ophîras verlagerte das Gewicht von den Ellbogen auf die Unterarme, der Schnee knirschte nicht einmal.

»Man wird es nie finden. Falls doch, sind wir vorbereitet und voller magischer Energie, mein guter Ophîras.« Ascatoîa sah einen geflügelten Schatten, der auf dem Schneeweiß über Cintalôr hinwegzog. Sogleich hob sie die Augen alarmiert gen Himmel und suchte nach dem passenden dunklen Umriss. *Was zu …?*

»Das ist der Flugmahr!«, brach es aus Ophîras heraus. »Bei Inàste! Er muss uns aufgespürt haben und will zu uns zurück!«

Ich weiß, warum. Ascatoîa sah zu Cintalôr. »Sein Name ist Phlavaros, und er giert nach unserem Fleisch. Dieser beschissene Brigantiner richtete ihn auf Albae ab.«

Der schwarze Hengst stieß mit einem lauten, schrillen Wiehern aus der Sonne auf den Kundschafter nieder, den Hals lang gestreckt und das Maul mit den Zähnen zum tödlichen Biss geöffnet. Cintalôr sah auf den Schatten, der im Schnee vor ihm groß und größer wurde, taumelte zur Seite und fiel, als die Fänge mit einem *Klack* zuschnappten, das die Zhussa noch in ihrer Deckung vernahm. Ein großer Brocken wurde samt Kleidung aus Cintalôrs Oberarm gerissen. Der gleitende Phlavaros zog seine Bahn aufwärts, um mit seinem Bissen zu entkommen. Glitzernde Kristalle stoben im Tiefflug unter den Schwingen auf und hüllten den verletzten Kundschafter in eine blickdichte Wolke.

»Erledigen wir das Vieh!«, rief Ophîras und wollte sich erheben, den geschwärzten Stahllangbogen schon in der Hand, dessen Korpus er mit weißem Stoff umwickelt hatte.

Aber Ascatoîa drückte ihn zurück. »Bleib unten, wenn dir dein Leben lieb ist!«

Im gleichen Moment rauschte es laut in der Luft. Ein dröhnendes Brüllen erklang, das durch Mark und Bein ging, in das sich das erschrockene Wiehern des Rapphengstes mischte.

»Ein Drache!«, raunte Ophîras gebannt und versuchte, etwas durch den aufstiebenden Schnee zu erkennen.

»Zwei.« Ascatoîa deutete nach Süden, wo sich ein weiterer Umriss aus dem hellblauen Firmament warf und hinab in das wirbelnde Weiß stieß. *Slibina und Szmajro! Wie ich es wollte.* Dass Phlavaros erschien, hatte nicht zu ihrem Plan gehört und ihn beinahe verdorben. *Sollen sie dich in Stücke reißen und dich verzehren!* »Keiner rührt sich«, befahl sie ihren Begleitern leise. »Bleibt hinter dem Felsen und unter dem Vorsprung. Sonst sind wir verloren.«

In das Brüllen und Schnauben der Drachengeschwister mischte sich das angstvolle Wiehern des Flugmahrs, gefolgt vom Todesschrei des Kundschafters. Danach gab es nichts außer Ratschen und Reißen. Cintalôrs Körper geriet hörbar zwischen die Zähne der Geschuppten, die sich fauchend um den Alb stritten.

Allmählich legte sich die Schneewolke.

Die Kristalle senkten sich auf die beiden dunkelbraun-rostfarbenen Drachen, die auf der Ebene lagen und schwach zuckten, während das Blut des Spähers aus ihren Mäulern lief. Ihre Schädel waren von je drei langen Stoßhörnern und einem Dornenkranz geziert.

Am blauen Himmel versuchte der verletzte Flugmahr derweil, sich mit linkischen Schlägen seiner Schwingen in Sicherheit zu bringen, bis sein blutender, geknickter Flügel vollends die Kraft verlor und das Tier wie ein drehender Stein in die Tiefe rauschte, um zwischen den tiefer liegenden Gebirgskronen zu verschwinden.

Ascatoîa sprang erregt auf und nahm das Glas mit den Ygota.

»Rückzug!«, rief Ophîras neben ihr. »Rückzug, solange …«

»Schweig! Niemand geht irgendwohin, bis ich mir die Drachen geholt habe.« Die Zhussa flankte über den Steingrat und rannte auf die betäubten Wesen zu, die jeweils zehn Schritte lang waren. Slibina und Szmajro waren viel kleiner als Ûra oder Ardin, denen sie sich untergeordnet hatten. Die Stärkeren befahlen den Schwachen. *Aber sie sind die beinahe letzten Geschuppten, mit denen man etwas anfangen kann.*

Ascatoîa näherte sich ohne Scheu den Drachengeschwistern, die durch das Gift der Schwarzsaftblume außer Gefecht gesetzt worden waren. Cintalôr hatte es sowohl in seinem Blut als auch im Köderfleisch im Rucksack getragen, von beidem hatte er nichts gewusst. Ums Kundschaften war es bei seinem Auftrag nie gegangen; sie befanden sich wahrscheinlich weit vom Gebiet der Wunder entfernt. Der Zhussa war es einzig um den Fang der Drachen gegangen, von denen sie wusste, dass sie sich im Winter nahe der Nagelklinge einfanden, wo es verborgene heiße Luftströme gab.

Dem albischen Köder haben sie nicht widerstehen können. Ascatoîa legte die Linke auf Szmajros Schnauze und spürte die Wärme des rostfarbenen, geschuppten Körpers durch ihren dicken Handschuh. *Wie ich es wollte.* Das Auftauchen des abtrünnigen Flugmahrs hatte beinahe alles ruiniert. *Wenigstens sind wir ihn los.*

Ophîras erreichte sie als Erster. Die übrigen Albae verteilten sich mit gezogenen Schwertern um die benommenen Bestien. »Bei Inàste! Warum schlafen sie?«

»Mir scheint, dass ihnen das Fleisch unseres guten Cintalôr nicht bekam.«

Der Alb spuckte auf Szmajros Bauch; die schindelgroßen Schuppen schimmerten wie angelaufenes Kupfer und rostendes Erz. »Schlitzen wir ihnen die Kehlen auf! Sie haben einen von uns umgebracht!«

»Nein. Ihnen wird kein Leid getan. Ich sorge mit meinen magischen Kräften dafür, dass sie in diesem harmlosen Zustand verharren. Du und deine Leute, ihr baut Schlitten aus unserer Ausrüstung, mit denen wir sie den Berg hinabschaffen. In der Ebene besorgen wir uns Pferde und richtige Transportschlitten.« Ascatoîa hob das Glas mit den Ygota, die aufgeregt schwirrten und sich an eine Wand des Glases drängelten. »Ich täuschte mich wohl. Wir müssen viel weiter nach Westen.«

»Aber … was wollen wir mit den Geschuppten?« Ophîras sah ratlos auf die geflügelten Drachen, die im Schlummer friedlich und harmlos wirkten. »Sie gehorchen uns niemals. Sobald sie erwachen –«

»Lass das meine Sorge sein.« Sie fuhr mit der flachen Hand einmal über das armlange, schwarze Horn des schlafenden Szmajros, der tief und lange ein- und ausatmete. Es war richtig gewesen, nicht wieder bei Klaey Berengart zu erscheinen. Der Brigantiner brachte nichts, ihr neuer Plan war der bessere. Das Gebiet der Wunder würde ein größeres Mirakel vollbringen, als sich das Geborgene Land ausmalen konnte.

***

Goïmron war eiskalt im Sattel, aber er wollte vor den anderen der berittenen Reisegruppe aus Menschen, Elben, Meldrith und Zwergen keine Schwäche zeigen. Die Temperaturen sanken auf halber Höhe des Schwertspitzengebirges weit unter die Frostgrenze. Dagegen half die Sonne kaum.

»Bist du sicher, dass die Albae diesen Weg nahmen?«, rief er durch den dicken Schal nach vorne, wo Sònuk im frisch gefallenen Schnee kniete und mit einer Hand den Boden abtastete.

Der Srgāláh antwortete nicht und untersuchte den Untergrund. Ihm schien die Kälte nichts auszumachen, lediglich ein Umhang lag über seiner Lederpanzerung.

»Was sollten sie auf dem Berg wollen?« Brûgar rieb sich die Eiskristalle aus dem blau gefärbten Bart. »Die Aussicht genießen?« Er hatte den Mantel über seiner Rüstung offen, als herrschte ein lauer Frühlingstag. In seinem Mundwinkel steckte eine schwach qualmende Pfeife, der Tabak brannte schlecht. »Muss ich mir rasch ein Kriegspfeifchen stopfen?«

»Das Gebiet der Wunder mag überall liegen. Sogar auf der Spitze eines Gebirges.« Mostro deutete hinauf zu einem rauchenden Vulkan. »Oder dort.«

»Woher wissen die Schwarzaugen überhaupt, wo sie suchen müssen? Haben sie auch einen Srgāláh, der ihnen hilft?« Gata rückte das dicke Tuch vor dem Gesicht zurecht, damit es über die Nase ging. Der austretende Atem hatte auf dem Stoff eine Eisschicht gebildet, die knackend zersplitterte.

»Mir ist es ein Rätsel.« Mostro trug mehr kostbare Mäntel und aufwendig gefertigte Jacken übereinander als sonst jemand. Schnelles Laufen wäre ihm so gut wie unmöglich. Die Pelzmütze ließ ihn wie einen verkleideten Bären wirken. »Vielleicht suchen sie gar nicht danach, sondern etwas anderes?«

»Das wäre mir recht«, grummelte Brûgar und paffte, doch der Tabak verlosch mehr und mehr. »Hat noch jemand von diesen alchemistischen Reibhölzern?«

»Sònuk sagte aber, dass er einen Hauch Magie fühlen kann.«

Goïmron war erleichtert, dass sie jemanden dabeihatten, der sich aufs Spurenlesen verstand und eine Spürnase besaß, die Gefahren witterte und half, wenn es keine erkennbaren Abdrücke auf dem Untergrund gab.

Einige Umläufe nach ihrem Aufbruch aus der Zeltstadt mit einigen Bewaffneten hatte der Srgālàh die Fährte von Albae aufgenommen, die ohne Umschweife nach Westen ritten. Die Feinde hatten gewöhnliche Pferde anstatt ihrer Nachtmahre gewählt, um sich nicht durch die eingebrannten Hufabdrücke zu verraten.

Aber Sònuks Nase konnten sie nicht so leicht täuschen.

Da es in dieser Himmelsrichtung keinerlei Verbündete von Dsôn Khamateion gab, ließ die Spur nur den Schluss zu, dass die Albae sich ebenfalls auf die Suche nach dem Gebiet der Wunder begeben hatten. Der Grund lag für Goïmron auf der Hand: *Um zu verhindern, dass es jemand anderes findet und die Energie nutzt.* Der Ganyeios wusste, dass Vanéra, ihr Famulus und ihre Famula auf diese Kraft angewiesen waren.

»Sie waren hier.« Sònuk kehrte zu ihnen zurück und schwang sich auf sein Visok-Pferd, das anderthalbfach größer war als ein gewöhnliches Pferd. Das machte den Anblick des Srgālàh, der in der Rechten seine Speerwaffe hielt, noch beeindruckender. »Die meisten lagen hinter dem Steingrat und unter dem Überhang der Nagelklinge in Deckung und beobachteten die Ebene vor uns. Einen schickten sie nach unten.« Er ließ sein Tier angaloppieren. »Kommt. Das wird aufregend!«

»Dann ist es nicht das Gebiet der Wunder?«, wollte Goïmron wissen.

»Nein. Aber wir kommen näher.«

Die Gruppe folgte Sònuk auf die Ebene, die etwas unterhalb des natürlichen Sichtschutzes lag.

Goïmron entdeckte nichts Auffälliges. Der Schnee bildete unregelmäßige Haufen, Verwehungen schmiegten sich an Felsen und Vorsprünge, als suchte das Weiß selbst Schutz vor dem schneidenden Wind.

Sònuk sprang aus dem Sattel, eilte aufgekratzt umher, ging immer wieder auf ein Knie, wischte im Schnee und klaubte winzige Dinge auf. Danach eilte er an den äußersten Rand der Ebene und blickte nach Westen, hob die lange Schnauze in den Wind und atmete tief ein; beim Ausatmen schoss die Luft aus den golden-ledrigen Nasenlöchern wie Drachenbrodem.

»Man könnte denken, er habe zu viel von dem schwarzen Tee getrunken, den sich Brûgar zubereitet«, kommentierte Gata.

»Oder von meinem Pfeffertabak genascht.« Brûgar hielt neben Goïmron und stellte sich in die Steigbügel, um besser sehen zu können. »Was hat er da aufgehoben?«

Mostro ritt einfach an ihnen vorbei, als wären sie Bedienstete, die ihm nichts zu sagen hatten. »Hey! Sònuk! Was gab's zu finden?«

»Denkt noch jemand, dass er sich benimmt, als sei *er* an die Stelle von Ûra getreten?« Brûgar tätschelte seinen Dreschflegel, der in einer Sattelhalterung steckte, und klopfte seine erloschene Pfeife am Sattel aus. »Ein Schlag damit könnte ihn erden.«

»Oder töten«, entgegnete Telìnâs trocken. Die elbische Winterkleidung wirkte im Vergleich zu den Mänteln und Umhängen von Menschen und Zwergen elegant und dennoch wärmend. »Was schlecht wäre, solange wir ihn brauchen.«

Brûgar nickte dem Elb zu. »Kein schlechter Sinn für Witze, mein spitzohriger Freund.«

»Man dankt.« Telìnâs hatte aus etwas gepresstem Schnee einen Zwerg geformt, dem er eine gedrehte Wollfaser als Pfeife in den Mund steckte. Grinsend stellte er ihn im Vorbeireiten auf einem Felsbrocken ab.

Zusammen mit den anderen schloss Goïmron zu Mostro und dem Srgāláh auf.

»Sie haben Slibina und Szmajro mitgenommen«, eröffnete Sònuk und hielt zwei winzige erd- und rostfarbene Schuppenstückchen in die Höhe. »Es gelang den Albae, die beiden Bestien einzuschläfern und mit selbst gebauten Schlitten wegzuschaffen.«

Mostro brach in schallendes Gelächter aus, in das einige ihrer Begleiter aus der Belagerungstruppe vor Unglauben einstimmten. »Zuerst dachte ich, du wärst unruhig und fahrig, guter Srgäláh. Aber nun scheint es mir, dass die Schwarzaugen ein Gift für deine Sinne auslegten, das dich betörte.«

Goïmron hütete sich, die Worte ihres besten Kundschafters anzuzweifeln. Er wusste, dass er sich auf ihn verlassen konnte. »Wie kommst du darauf? Wegen der Hornfragmente?«

Sònuk machte sich nichts aus dem verebbenden Lachen. »Ich rieche die Drachen. Außerdem könnt ihr Krallenspuren unter dem Schnee im Gestein ertasten. Die Albae haben die Geschwister mit einem vergifteten Alb angelockt. Nachdem sie ihn verspeist hatten, fielen sie in erzwungenen Schlaf. Ich vermute das Destillat einer Schwarzsaftblume.« Er deutete nach Westen, wo sich in etlichen Meilen die Umrisse einer großen, befestigten Stadt vor den Hängen des Roten Gebirges abhoben. »Sie sind dorthin. Wo auch das Gebiet der Wunder liegen wird. Ich kann die Ausläufer der Magie deutlich fühlen.«

»Mit Slibina und Szmajro im Schlepptau, nehme ich an?« Mostro gluckste. »Drachen als Gefangene. Das ist doch albern.«

»Ist es das?« Gata schaute zu der eindrucksvollen Siedlung. »Das müsste Wehrstadt sein. Sollte das Magiefeld dort entstanden sein, sehe ich schwarz für uns.«

»Weswegen?« Telìnâs blickte ahnungslos in die Runde. »Sie gehören zum Geborgenen Land. Sollten sie demnach nicht auf unserer Seite sein?«

»Sie werden weder den Schwarzaugen noch uns Einlass gewähren.« Brûgar zog den Helm etwas tiefer herab, damit der kurze Schirm die Glatze und seine Augen vor den Sonnenstrahlen schützte. »Es sind Eigenbrötler.«

»Bin ich der Einzige, der sich darüber wundert, dass die Albae die Drachengeschwister mitgenommen haben sollen?« Mostro blickte verblüfft in die Gesichter der Umstehenden. »Das kann nicht sein! Blanker Unfug. Die Biester gehorchen ihnen niemals.

Sobald sie die Wirkung des Giftes abschütteln, über das unser Srgâláh bestens informiert zu sein scheint, fallen sie unverzüglich über die Albae her.«

»Sie taten es nicht ohne Grund.« Sònuk sah nicht im Mindesten verunsichert aus. »Die Spuren der selbst gemachten Schlitten führen talwärts. Schaut mit euren Ferngläsern nach. Ihr werdet sicher Abdrücke finden, die nach Wehrstadt führen.«

Goïmron überlegte, was er über eine der wenigen freien Städte wusste. Wie Malleniaswacht unterwarf sie sich nicht dem Herrschaftshaus, und sie barg um die zehntausend Bewohner, die bis an die Zähne bewaffnet waren. Geführt wurde die Stadt von einer Art Rat, der sich Consortio nannte. *Gehör zu finden, wird nicht einfach werden.*

Der Legende nach hatte ein abtrünniger General der gautayanischen Armee unmittelbar nach dem ersten Beben und den Veränderungen im Geborgenen Land einen sicheren Platz für sich und seine Familie gesucht. Ihnen waren große Teile seines Heeres mitsamt ihren Nächsten gefolgt. Mit dem Roten Gebirge und dem Schwertklingenmassiv als Flankenschutz hatten sie die Stadt errichtet und nach und nach Verteidigungsringe hinzugefügt, die mit selbst ladenden Schussmaschinen verschiedenster Bauweise besetzt waren. Über ein raffiniertes System aus Ketten und Zugvorrichtungen konnten wenige Verteidiger ganze Wallabschnitte mehrere Umläufe lang halten.

»Mit etwas Glück liegt das Gebiet der Wunder nicht ausschließlich auf deren Stadtgebiet«, sagte Gata hoffnungsvoll.

»Oh, die Schwarzaugen können sich ruhig die Zähne an Wehrstadt ausbeißen.« Brûgar schniefte hinter seinem Schal. »Aber wir haben den einzigartigen, legendären Mostro mit seinem Sack voller Artefakte, mit denen er uns das Tor öffnen wird.«

»Ich mag diese schlichte Art zu denken«, kommentierte Telìnâs. »Wirklich, ich wünschte, ich besäße diese Gabe.«

Brûgar zwinkerte. »Es sollte Spott sein«, erwiderte er halblaut. »Sag es dem Stabfuchtler nicht.« Er hatte das nächste Rauchgerät gezückt. »Nun tut ein Kombinierpfeifchen not. Ich muss nachdenken.«

Goïmron seufzte. »Ich befürchte, dass es auf langwierige Verhandlungen mit dem Consortio hinauslaufen wird.« Als er Telìnâs' fragenden Blick sah, fügte er rasch hinzu: »So nennt sich der Rat der Stadt.«

Der blonde Elb nickte dankend. »Nun, wie viele sind es? Vielleicht kann man sie bestechen.« Er langte in die Tasche und reichte Brûgar ein Päckchen Reibehölzer.

»Das Consortio umfasst sämtliche volljährige Bewohner, die mehr als fünf Zyklen in Wehrstadt lebten.« Goïmron versuchte sich vorzustellen, wie lange Befragungen und Abstimmungen dauern mochten. Jeder Umlauf, der verging und an dem sie nicht auf das Gebiet der Wunder gelangten, spielte dem Omuthan in die Hände.

»Wer weiß, was das Magiefeld mit den Bewohnern anrichtete.« Sònuk stieg zurück auf sein Visok-Pferd. »Vergesst nicht, was durch diese ungezügelte Energie geschehen kann. Gutes und Schlechtes.«

»Bei unserem Glück«, setzte Mostro an, »wage ich zu behaupten, dass –«

»Dass wir das Consortio überzeugen können, uns Zugang zu gewähren«, vollendete Gata den Satz. »Wir bräuchten übrigens nicht hier zu sein, wenn Goldhand sich mit Mòndarcai auf einen Pakt eingelassen hätte.« Sie ließ ihr Pferd in langsamem Schritt losgehen. »Jeder Verlust, jede Niederlage werde ich dem alten Zwerg anlasten. Wir hätten den Alb und seinen Speer sehr gut gegen Slibina und Szmajro gebrauchen können. Er weiß genau, wie man diese Viecher vernichtet.«

»Ha! Ich auch!« Brûgar hob den Kriegsdreschflegel aus der Halterung und legte ihn über die Schulter. »Mir fehlt eine solch prächtige Trophäe für mein Kaminzimmer. Die Hörner von Szmajro hänge ich mir über den Sims. Und Slibinas Schädel kommt als Lampenhalter neben meinem Lesesessel.« Schnell hatte er sein

Nachdenkpfeifchen entzündet und warf die Hölzer dem Elben zurück.

»Weder hast du einen Lesesessel, noch sah ich dich jemals die Nase in ein Buch stecken«, entgegnete Gata verblüfft und musste lachen. »Bei Lorimbur! Wie drollig das aussähe! Du und ein Buch!«

»Was würdest du denn lesen?« Goïmron grinste hinter seinem Schal. »Gedichte etwa? Sonette? Eine Ode an die Macht der Liebe?«

Die Zwergenschar lachte laut.

»Ich schrub selbst welche«, gab Brûgar überzeugt zurück.

»*Schrub?* Was für ein Wort soll das sein?« Gata schüttete sich aus vor Lachen.

»Dann *schreibte* ich eben, ihr Banausen! Die inneren Werte zählen, auch beim Gedicht. Die Form ist vernachlässigbar.« Brûgar kämpfte selbst mit einem Heiterkeitsanfall und unterdrückte mit Mühe ein Herausplatzen.

Goïmron genoss diesen seltenen Moment Fröhlichkeit, angesichts dessen, was ihnen bevorstand. »Lass hören, Blaubart«, verlangte er. »Beeindrucke uns mit deinem Werke, o Dichter.«

»Wohlan, höret, höret! Lasst mich noch ein, zwei Züge machen.« Brûgar stellte sich erneut in die Steigbügel, damit ihn alle sahen. »Vernehmt eines meiner vielen Gedichte.« Er räusperte sich und sprach getragen, während der Rauch aus seinem Mund quoll:

»Einen Ork,
gewiss die Tugend in Person,
erschlug ich. Einfach so.
Was weiß ich Kind des Schmieds
von Orkes Tugend schon?«

Die Zwerginnen und Zwerge klatschten grölend Beifall. Auch auf den Gesichtern der restlichen Reisegruppe zeigte sich Belustigung.

»Ein Meisterwerk«, stieß Mostro spöttisch aus. »Wahrlich! Ihr habt trefflich zusammengefasst, was Euch ausmacht!«

»Wie meinst du das, angehender Stabfuchtler?« Brûgar sah böse zu ihm, die gute Laune verflog.

»Ihr tötet lieber, was Ihr nicht versteht, ohne zu hinterfragen, ob das Wesen vielleicht nicht zu etwas gut gewesen wäre«, erklärte Mostro.

Goïmron wunderte sich, wie ernst der Famulus das dahingesagte Spottgedicht deutete.

»Ei der Blitz! Erinnere mich, Gata, dass ich von nun an vor jedem Schlag gegen eine Schweineschnauze innehalte und sie befrage, ob sie vielleicht die Seiten wechseln möchte. Ich kann sie auch zu Tee und Kuchen einladen, um ein wenig zu parlieren. Um sie besser zu verstehen.« Brûgar lachte dröhnend über seinen eigenen Scherz und schmauchte. »Vielleicht biete ich Slibina und Szmajro auch ein Zicklein an. Das wird ein Spaß!«

Erneut stimmten die Kinder des Schmieds in sein Gelächter ein.

Goïmron musste Mostro insgeheim beipflichten. Aber unter den gegenwärtigen Umständen war nicht daran zu denken, dass es zu einem Friedenspakt zwischen Orks und den sonstigen Bewohnern des Geborgenen Landes kam. Dafür gab es zu viel Hass, zu viele alte Wunden und vor allem: *keinen gemeinsamen Feind. Sonst sähe es vielleicht anders aus.* Er reihte sich an fünfter Stelle ihres Zuges ein, der sich die breiten, verschneiten Windungen des Schwertklingengebirges unterhalb der Nagelklinge hinabbewegte. *Aber nur vielleicht.*

Sein Pferd folgte den sicheren Trittspuren des Vordertieres, sodass er es wagte, sein Fernglas aus der Gürtelhalterung zu nehmen und in der flachen Landschaft nach frischen Spuren zu suchen.

Wehrstadt lag nahe den Hängen des steil aufragenden Gebirges, wo das Grau in ein Rot überging. Sie ragte damit ins Gebiet der Ersten hinein, die mit ihrem eigenen Reich tiefer im Süden zu finden waren. Im Norden schützten die Ausläufer des Schwertklingengebirges die Stadt vor Angriffen, wie es Goïmron vor Zyklen in einer Abhandlung über die freien Städte des Geborgenen Landes gelesen hatte. Ansonsten erstreckten sich ringsherum viele kleine Seen und niedrig wachsende Wälder, deren Bäume sich überwiegend nach Osten neigten. Der starke und stete Wind hatte sie vom ersten Sprießen eines Schösslings an geformt.

Wie Sònuk es vorhergesagt hatte, fand Goïmron alsbald Schleifspuren. Sie führten von Wäldchen zu Wäldchen, die Albae huschten also von Deckung zu Deckung – und ihr Weg führte sie erkennbar auf die ahnungslose Stadt zu.

Was wollen sie mit den Drachen? Goïmron senkte das Glas und sah eine dunkle Rauchwolke aus dem Hain aufsteigen, wohin die letzten tiefen Schlittenspuren führten. Slibina und Szmajro waren jung und klein, verglichen mit Ardin und Ûra, aber sie wussten gewiss zu kämpfen und hatten sich einen Namen als Viehräuber gemacht. Goïmron kamen Brûgars Worte in den Sinn. … *Trophäe für mein Kaminzimmer. Die Hörner von Szmajro …* Er hielt inne. Unvermittelt wanderten seine Überlegungen bei dem Wort *Hörner* in eine andere Richtung. *Oh, Vraccas! Lass nicht geschehen, was ich befürchte!*

* * *

»Ihr könnt nicht ermessen, wie ich zu einem Wesen mutierte, gemacht wurde, das halb Alb und halb Zwerg war.
Wie das vonstattenging?
Tränke und Elixiere, destilliert, gebraut, ersonnen von albischem Verstand. Die alchemistischen Mittel haben aus mir einen verlässlichen Diener geformt, der sich seiner Veränderung nicht bewusst war.«

Aus: Die Abenteuer von T u n g d i l G o l d h a n d,
am eigenen Leib erlitten und erlebt
in der Schwarzen Schlucht
aufgeschrieben von ihm selbst,
Entwurf eins

KAPITEL V

DAS GEBORGENE LAND, KAISERREICH GAUTAYA, 1024 N. B. (7515. SONNENZYKLUS NACH ALTER ZEITRECHNUNG), WINTER

Beim Näherkommen erkannten Goïmron und seine Begleiterschar, dass inmitten der weitläufigen flachen Landschaft eines der Wäldchen zwischen mehreren kleinen Seen in Flammen stand. Wie eine Mauer erhoben sich die Flammen vor ihnen, undurchdringbar für jedes Lebewesen, das nicht feuerfest war. Dunkelgrauer Rauch stieg weithin sichtbar aufwärts.

Genau ins Flammenmeer führten sowohl die tiefer gewordenen Schlittenspuren als auch die starken Abstrahlungen von Magie, die Sònuk ausmachte. Anstatt sich in Abwehrgefechten aufzureiben, hatten die Albae das einfachste Mittel gewählt, um sich die Verfolger und Feinde vom Leib zu halten: vernichtendes Feuer.

Wenn auch nur für eine begrenzte Zeit. Irgendwann sind die Bäume Asche geworden. Goïmron zügelte das unruhige Pferd, das sich vor dem Qualm in Sicherheit bringen wollte. *Sie verschaffen sich Vorbereitungszeit. Wie ich es befürchtet hatte!*

Die Gruppe hielt hundert Schritte vor dem Waldrand an. Sònuk hatte davor gewarnt, ins Dickicht einzudringen und der schmalen Schneise der Schlitten zu folgen. Einige der Albae konnten im Geäst sitzen und sie kinderleicht mit ihren schwarzen Pfeilen erlegen.

»Gepriesen sei Lorimbur.« Gata schaute zu Mostro. »Das Gebiet der Wunder fanden wir. Nun ist es an uns, einen Plan zu ersinnen, wie wir dich auf das Areal bringen. Sobald du frische magische Energie in dich aufgenommen hast, benötigen wir deine Zauberei. Sonst werden wir gegen die Schwarzaugen in arge Bedrängnis geraten.«

»Sollte es stimmen, was Goïmron vermutet, haben wir keine Zeit zu verlieren.« Telìnâs nickte dem Vierten zu. »Danke für deine Warnung.«

»Ich bin anderer Ansicht«, entgegnete Mostro sogleich auf seine unvergleichliche Art. »Die Albae werden sich damit begnügen, das Gebiet gegen uns zu verteidigen.«

»Das Verteidigen ergäbe nur Sinn, wenn in der Zwischenzeit ein Angriff auf unser Lager im Braunen Gebirge stattfindet«, widersprach Brûgar, der rauchte, als wollte er gegen den Qualm des Feuers ankommen. »Die Schwarzaugen wissen, dass sie das Gelände nicht ewig halten können und der Wald irgendwann verbrannt ist. Dann schützt sie nichts mehr. Schon gar keinen vollständigen Zyklus.«

»Beeilen wir uns.« Gata betrachtete die leuchtend roten und orangefarbenen Lohen, die man vereinzelt durch die Stämme sah und die gelegentlich über die hohen Wipfel hinausschossen. Der dichter werdende Rauch bildete im Aufsteigen Formen und Figürchen, als wollte er diese am Himmel zum Leben erwecken. »Wir haben wahrlich genug Gründe.«

Goïmron dachte beim Anblick der gespinstigen Gestalten hoch über ihren Köpfen an Rodanas große Schattenspielkunst. »Die Magie scheint ihren Spaß zu treiben«, murmelte er.

»Solange der Spaß so harmlos bleibt, soll es mir recht sein.« Brûgar schulterte den Kriegsdreschflegel. »Sònuk, wie weit sind wir von diesem verdammten Magiefeld entfernt?«

Der Srgāláh blickte unvermittelt nach rechts. »Wir bekommen Besuch. Reiter. Etwa fünfzig, und sie tragen das Banner von Wehrstadt an den Speeren.«

»Verstärkung!«, rief Gata freudig.

»Oder weitere Feinde«, brummelte Brûgar in seinen blauen Bart. »Los, Stabschwinger. Halte dich bereit und zieh das passende Artefakt aus dem Sack. Ich will meine Kräfte nicht an die Langen aus Wehrstadt vergeuden. Wir müssen uns noch mit den Schwarzaugen und zwei Drachen prügeln.«

Mostro wandte sich an Telìnâs. »Würdet Ihr ihnen entgegenreiten und fragen, was sie wollen?«

»Einen Elb vorzuschicken, wenn sich Albae im Land herumtreiben, ist vielleicht nicht die beste Eingebung. Das kann schlecht enden.« Gata wendete ihr Pferd um und galoppierte los. »Komm, Goïmron. Wir übernehmen das.«

Überrumpelt von ihrem Vorschlag, folgte er der Königin der Dritten. Dabei sah er erneut zum Rauch, der über dem brennenden Wald stand. Die Schwaden wirbelten und drehten sich zu stetig wechselnden Fabelwesen, die einander angriffen und rangen, bis eine gewann und zerstob, während bereits eine weitere aus den dichten Qualmsäulen erschien. *Wir fanden tatsächlich das Gebiet der Wunder. So etwas erblickte ich noch nie.*

Der leicht gepanzerte Tross mit den dunkelroten Umhängen, der das Banner von Wehrstadt an den Lanzen führte, kam auf weniger als zehn Schritte heran.

»Halt!«, rief der Gepanzerte an der Spitze. Der Fünfzigjährige hatte das Visier des Helms in die Höhe geschoben, sodass ein narbengeziertes, bartloses Gesicht zum Vorschein kam. »Was haben Zwerge in Gautaya verloren? Habt ihr mit dem Brand des Stadtwaldes zu schaffen?« Dann fiel sein Blick auf Gatas Insignien auf dem Mantel und am Helm. »Oh, hoheitlicher Besuch. Ich entbiete Euch meinen Gruß, Königin Regnorgata.«

»Ich bin geschmeichelt, dass Ihr meinen Namen kennt«, erwiderte sie freundlich. »Doch wer seid Ihr?«

»Ein einfacher Obrist der Stadtwehr. Emaro von Stiyn heiße ich. Dass Ihr auf dem Thron der Dritten sitzt, vernahmen selbst wir im abgelegenen Nordwesten des Landes.« Er deutete auf dem Pferd eine Verbeugung an. »Aber das entbindet Euch nicht von einer Erklärung. Der Brand brachte Euch nicht zu uns, nehme ich an?«

Goïmron musterte die Berittenen, die unter den roten Umhängen gehärtete Lederharnische, Speere, Kurzschwerter und leichte Schilde mit sich führten. *Sie bestehen niemals gegen die Albae.*

»Der Brand als solcher, nein. Aber das, *was* dazu führte. Oder besser: *wer.*« Gata deutete zu Goïmron. »Wir und unsere Begleitung, die Ihr im Hintergrund um Famulus Mostro versammelt seht, versuchten, das Gebiet der Wunder vor dem Zugriff der Albae zu bewahren. Leider zu spät. Jetzt sind sie hinter den Lohen in Sicherheit, zusammen mit zwei betäubten Drachen. Wir brauchen Eure und Wehrstadts Hilfe, um sie ihnen zu entreißen.«

»Das Gebiet der Wunder? Bei uns?« Emaro schlug mit der Faust auf den Sattelknauf. »Oh, Palandiell, ich *wusste* es! Ich hatte einen Verdacht, dass es so sein könnte. Vor zwei, drei Umläufen fanden wir mehrere Krähen, deren Krächzen sich zu lieblichem Gesang gewandelt hatte und deren schwarzes Gefieder in bunten Pfaufarben leuchtete. Ihre Töne trugen weiter als der Schall einer Trombone. Das konnte niemals eine Laune der Natur sein. Höchstens eine der Götter.«

»Oder Magie.« Gata betrachtete die Ausrüstung seiner Begleiter. »Eure Reiter sind nicht sonderlich schwer gepanzert.«

»Wir wussten nicht, dass wir gegen Albae ausrücken. Sonst hätten wir ein Heer gebracht.« Emaro machte ein erschrockenes Gesicht. »Oder Drachen! Ihr sagtet, *zwei?* Das können nur …«

»Slibina und Szmajro. Ja. Leider.«

»Ihr bekamt von euren Türmen aus nicht mit, wie die Albae mit zwei Schlitten, auf denen betäubte Drachen lagen, an der Stadt vorbei von Hain zu Hain zogen?« Goïmron konnte es kaum glauben.

»Die Spuren sahen wir. Aber wir dachten, es seien Holzfäller. Es ist im Winter üblich, Bäume zu schlagen.« Emaro atmete durch. »Slibina, Szmajro und Albae. Palandiell sei mit uns! Was wollen sie im Gebiet der Wunder?«

»Ich befürchte, dass sie –«, setzte Goïmron an, um seine schlimmste Befürchtung mit dem Obristen zu teilen. Wehrstadt würde mit allen Bewaffneten und tragbaren Katapulten anrücken müssen.

»Dass sie nur Schlechtes im Sinn haben und Famulus Mostro daran hindern wollen, etwas von der Energie zu erlangen«, fing Gata seine Erklärung ab. »Wir brauchen ihn und seine Magie am

Braunen Gebirge. Die Schwarzaugen fürchten, dass Brigantia fällt. Weil sie annehmen, dass Dsôn Khamateion danach Besuch von den Kindern des Schmieds erhält.«

»Ich verstehe.« Emaro rief einen seiner Leute zu sich und gab ihm den Auftrag, Wehrstadt in Alarmbereitschaft zu versetzen und mit sämtlichen verfügbaren gepanzerten Streitern sowie fahrbaren Katapulten zurückzukehren. »Möglicherweise wollen sie die geflügelten Drachen mit Magie zähmen? Slibina und Szmajro wären bestens dafür geeignet, eine Belagerung aufzulösen. Wobei ich es gefährlich finde, zwei Drachen der ungezügelten Magie auszusetzen. Wer weiß, was geschieht?«

»Ach, denkt einfach an die Krähen. Deren Verwandlung war harmlos und hübsch, nicht wahr?«, entgegnete Gata vermeintlich gelöst.

Goïmron verstand, dass sie eine Panik bei den Menschen verhindern wollte. Nicht rechtens fand er jedoch, den Mann und die Stadt im Unwissen zu lassen, wonach die Albae noch trachten mochten.

»Was tun wir gegen das Feuer, Obrist?«, fragte er.

Emaro sah zur bunt zusammengewürfelten Truppe aus Zwergen, Menschen, Meldrith und einem Elb. »Sagtet Ihr nicht, dass Ihr einen Famulus dabeihabt? Er wird doch –«

»Ohne die Kraft aus dem magischen Feld taugt er nichts«, sagte Goïmron und klang gehässiger, als er wollte. *Aber es stimmt. Im Gegensatz zu mir …* Noch immer hatte er Chòldunjas Warnung im Hinterkopf, anderen gegenüber seine Magie nicht zu offenbaren. *Nein. Nur, wenn es absolut keinen anderen Weg gibt.*

»Erlischt das Feuer nicht von selbst, wird der kleine Wald noch zehn, elf Umläufe brennen, bis es die Ränder erreicht. Vorher kann man nicht hindurchdringen. Es war ein trockener Sommer, das Reisig und das Dickicht am Boden brennen wie Zunder. Das Holz der Eisendornbäume hingegen vergeht nicht so rasch zu Asche wie Rotfichte oder Westtanne.« Emaro überlegte bereits. »Wie viele Albae sind es?«

»Das wissen wir nicht genau«, antwortete Gata gespielt zerknirscht.

Auch das war gelogen. Sònuk hatte die Zahl der Gegner und ihrer Pferde genau bestimmt. Goïmron fand das Verhalten der Zwergin zunehmend rätselhafter. *Es fehlt nur noch, dass sie den Albae im Wäldchen einen Pakt anbietet, um gegen Mòndarcai zu ziehen.*

»Wir schätzen, dass es um die dreißig sind«, fügte er rasch hinzu.

»Das mag viel klingen, aber da sie keine Magischen in ihren Reihen haben, profitieren sie nicht vom Gebiet der Wunder. Allenfalls indirekt, indem sie die Drachen für sich einnehmen wollen«, sagte Gata sogleich. »Ihr wisst um die angeborenen Kräfte der Albae, Obrist von Stiyn? Sie bringen Furcht und Dunkelheit.«

Emaro nickte zögerlich. »Wenn auch aus Geschichten und Erzählungen. Wir hatten noch nie mit den Schwarzaugen zu tun, geschweige denn gegen sie gekämpft. Ich bin sehr froh, Euch bei uns zu wissen, Königin Regnorgata.«

Gata lächelte ihn an. »Ausgezeichnet, Obrist. Wir planen zusammen mit dem Famulus, wie wir schnell durch den Feuerring gelangen. Sobald Eure Verstärkung aus Wehrstadt eintrifft, legen wir los.«

»Ich nehme an, die Soldaten kommen nicht alleine. Einige der alteingesessenen Familien unserer Stadt werden es sich nicht nehmen lassen, dem Ganzen beizuwohnen«, bereitete Emaro sie vor.

»Werden sie uns denn behindern wollen?« Gata wendete ihr Pferd. »Das könnten wir nicht zulassen. Versteht es bitte nicht als Drohung, doch es steht viel mehr auf dem Spiel als die Rückeroberung des Braunen Gebirges. Wir sind Ûra und Ardin erst durch günstige Umstände losgeworden. Das Letzte, was wir brauchen, sind zwei Drachen, die den Albae gehorchen wie treue Hunde. Mögen sie noch so klein sein.«

»Ich denke, die Familien werden Fragen haben. Und sich hernach mit uns Seite an Seite ins Gefecht werfen, um in die Geschichte einzugehen. Obgleich man sie nicht in vorderster Linie finden wird.« Emaro gab seiner Truppe den Befehl, die Waffen zu prüfen und sich bereit zu machen.

»Ich sorge dafür, dass Euer Name auf alle Fälle erwähnt wird«, sagte Goïmron. »Ihr werdet ein Held werden.«

»Solange ich es lebend erleben darf, bin ich das gerne.« Der etwa fünfzigjährige Recke tippte sich mit einer Hand zum Gruß gegen den Helm.

Goïmron und Gata ritten langsam zur Gruppe zurück, die ins Disputieren verfallen war. Mostro verteilte Artefakte aus seinem Beutel und schien sie dabei zu erklären. Brûgar verweigerte schmauchend die Annahme, während Telìnâs den vasenähnlichen Gegenstand mit spitzen Fingern anfasste.

»Warum hast du Emaro nicht gesagt, was die Albae planen?« Goïmron beobachtete Gata von der Seite.

»Ich dachte, es wäre besser, keine Ängste zu schüren. Und sie *planen* es nicht. Es ist nur eine Vermutung. *Deine* Vermutung.«

»Das ist richtig.« Goïmron warf einen Blick zurück zu den fünfzig berittenen Wehrstädtern. »Sie scheinen es gut aufzufassen, dass wir gegen zwei Drachen und drei Dutzend Albae antreten.«

»Betäubte Drachen. Deswegen sputen wir uns. Hätten wir Mòndarcai bei uns, wäre es eine Sache von weniger als einer halben Sanduhr, diese Schwarzaugen aus Dsôn Khamateion, Slibina und Szmajro zu zerlegen.« Gata sagte es wie nebenbei.

Das steigerte Goïmrons Verblüffung. »Niemals könnte man diesem Alb trauen!«

»Nun ja. Er hat gute Gründe, seinesgleichen zu hassen. Jetzt steht er mit Tausenden verbündeter Orks in Habachtposition und kann sich aussuchen, was er mit ihnen tut, anstatt dass wir die Schweineschnauzen für uns kämpfen ließen.«

»Das denke ich nicht. Die Orks gehen ihm bald von der Fahne, wenn sie nichts zu erobern bekommen.«

»Wir hätten sie ruhig durch Brigantia stürmen lassen, um uns die … ach, was rede ich überhaupt mit dir darüber?« Gata blickte ihn vorwurfsvoll an. »Du und Goldhand, ihr seid immer einer Meinung. Immer!«

»Das sind wir meistens. Aber nicht immer.« Goïmron dachte an das Schweigen des Heldenzwergs, als er von dem abgelehnten Bund mit Mòndarcai erfahren hatte. »Einerlei. Heute ziehen wir gegen Albae, die zwei Drachen in … wie sagt man dazu? Nachtdrachen? Sie wollen Slibinas und Szmajros Natur jedenfalls zu ihren Gunsten verändern.«

»Nimmst du an. Und ich räume ein, dass es plausibel erscheint.« Gatas Tonfall wurde besänftigender. »Erst diese Aufgabe, danach die nächste. Und wer weiß? Am Ende ändert Goldhand seine erste Absage an Mòndarcai und lässt nach dem Schwarzauge und seinen Orks schicken?«

Bloß nicht. Goïmron gefiel der Gedanke keinen Herzschlag lang. »Wo fände man ihn?«

»In Kràg Tahuum, nehme ich an. Wohl kaum in der Salzwüste. Da trocknet er aus wie Fleisch in der Dörrsalzwanne.« Gata pfiff durch die Zähne, um auf sich aufmerksam zu machen, und bekam auf einen Wink ein Artefakt von Mostro zugeworfen. Sie gab es an Goïmron weiter. »Da, liebster Gemmenschnitzer. Du kannst doch bestimmt etwas damit anfangen. Überlass mir das Kämpfen.«

»Werde ich.« Er wendete den faustgroßen Gegenstand, der wie die Miniaturausgabe einer chirurgischen Zange aussah. »Was vermag dieses Ding?« Goïmron hob den Blick. »Hey, Meister Mostro! Was kann das hier?«

»Woher soll ich das wissen?«, erwiderte der Famulus entnervt. »Es war übrig. Brûgar wollte es nicht.«

»Ich bin Krieger, kein Artefaktschwinger«, rief der blaubärtige Zwerg mit der Pfeife im Mundwinkel und ließ seinen Kriegsdreschflegel zum Beweis rauschen. »Unter diesem Knüppel will ich Schwarzaugenköpfe zerplatzen sehen und nicht irgendwelchen Hokuspokusfirlefanz bedienen, der mir die süße Arbeit und den Lohn verdirbt.«

Die übrigen Zwerginnen und Zwerge riefen ihre Zustimmung.

»Ich vertraue nicht auf etwas, von dem ich nicht ansatzweise weiß, was es tut. Mit mir oder der Umgebung.« Telìnâs gab sein Artefakt zurück, das einem Schreibkiel ähnelte. »Ihr werdet das schon besser zu handhaben wissen, Meister Mostro.«

Der Famulus reichte es mit einem düsteren Blick an einen Krieger aus Gauragon, der es zögerlich und ratlos zwischen Daumen und Zeigefinger hielt. »Vorschläge, wie wir durch die Feuerwand gelangen, ohne zu Asche zu werden? Haben die Wehrstädter einen –«

Sònuk hob die Hand. »Wir sind nicht alleine. Wie damals unter der Erde im Grauen Gebirge.« Er zeigte mit dem Arm zum hundert Schritt entfernten Wald aus Eisendornbäumen, aus dessen Mitte unverändert Qualm aufstieg und Formen am Himmel zauberte. »Die Albae haben Späher auf unserer Seite der Flammen postiert. Zwei von ihnen wittere ich, einer davon beobachtet uns aus dem Dickicht heraus.«

Dieses Mal machte sich keiner über die feine Nase des Srgālàh lustig. Er hatte auf der Suche nach Goldhand in den Stollen, Minen und Gängen bewiesen, wie gut er zu riechen vermochte.

Goïmron fühlte sich unwohl. Sie waren in Schussweite der stählernen Kriegsbögen der Albae. Der Abstand müsste mehr als fünffach so weit sein, um nicht getroffen zu werden. *Sie haben an vieles gedacht.* Langsam umschloss er den Meeressaphir mit der Linken. *Aber sie ahnen nicht, was ich vermag.*

ICH STEHE GERNE ZUR VERFÜGUNG, sagte der Stein mit ruhiger Stimme in seinem Kopf. ABER BEDENKE DIE ENTFERNUNG. ICH KANN NICHT UNENDLICH WEIT WIRKUNG ENTFALTEN.

Das musste der Saphir auch nicht.

Goïmron drehte sich zum nahe gelegenen kleinen See um. Eine dicke Schneeschicht lag über dem Eispanzer, der sich über dem Wasser gebildet hatte. »Ich habe eine Idee«, sagte er laut, sodass sich seine Begleiterschar zu ihm wandte. »Eis.«

»Eis?« Gata runzelte die Stirn. »Erkläre es, bitte.«

»Wir zersägen das Eis, das sich auf dem See gebildet hat, und lassen die einzelnen Blöcke und Stangen zu den Flammen schweben«, fasste Goïmron sein Vorhaben zusammen. »Das Schmelzwasser wird das Feuer löschen und den Boden feucht halten. Je mehr Eis wir herbeischaffen, desto breiter wird die Schneise, die wir benötigen, um zu den Albae zu gelangen.«

Telìnâs nickte ihm anerkennend zu. »Guter Einfall!«

»Mit Zersägen kennt er sich als Gemmenschnitzer aus.« Brûgar grinste. »Aber nicht, dass du uns niedliche Figürchen hineinfrickelst. Das hält uns nur auf.«

»Keiner dreht sich zum See«, sprach Sònuk warnend. »Denkt daran, dass wir beobachtet werden. Der Späher wird die anderen warnen, sobald er versteht, was wir planen.«

»Jagen wir ihn doch aus seinem Versteck und bringen ihn zur Strecke!«, rief Brûgar angriffslustig. »Ich muss nur noch mein Kriegspfeifchen –«

»Nein. Keine Jagd. Nichts Offensichtliches, was uns in Gefahr bringt. Ich sehe Hargorina und Goldhand noch immer vor mir, gespickt mit den Pfeilen der Schwarzaugen.« Gata wandte sich an Telìnâs und Sònuk. »Traut ihr euch zu, die Kundschafter zu überrumpeln? Sobald das geschehen ist, können wir mit dem Eissägen beginnen.«

»Einen Augenblick! Wieso freut ihr euch?« Mostro hob beschwichtigend die Hände. »Der Einfall mag gut sein – aber wie wollt ihr die Blöcke fliegen lassen? Woher wisst ihr, dass eines der Artefakte derlei vermag?«

LOS! LASSEN WIR IHN GEGEN SEINEN WILLEN ABSITZEN!, bat der Saphir freudig.

»Weil ich weiß, was das Artefakt kann, das Ihr mir gegeben habt.« Goïmron hob die kleine Zange und tat so, als fasste er Mostro damit auf drei Schritt Entfernung am Kragen des angeberischen Mantels, schloss die spitzen Enden – und hob sie an, während seine Faust um Figürchen und Stein in der Tasche geschlossen blieb.

UND HOCH MIT DEM ANGEBER! Ein leises Lachen erklang. DU STEUERST IHN MIT DEINEN GEDANKEN UND MEINER MAGISCHEN KRAFT.

Goïmron ließ den überraschten Mostro, der mit Armen und Beinen zappelte, aus dem Sattel schweben und bugsierte ihn auf magische Weise etwa eine Zwergenhöhe über der Erde neben das Pferd, das verwundert schnaubte. »Dieses chirurgische Instrument ist ganz ausgezeichnet geeignet, um die Eisblöcke zu transportieren«, sprach er fröhlich. »Gut gewählt, Meister Mostro!«

»Lasst mich auf der Stelle herab!«, zeterte der Famulus mit errötendem Kopf unter der Fellmütze, was für die ersten Lacher sorgte. »Ihr untergrabt meine Autorität und schmälert meine Würde!«

»Aber ich kann Euch auch wieder zurück in den Sattel …«

»Lasst mich runter, Meister Schnitzeisen«, rief Mostro wütend und peinlich berührt, schwebte er doch wie ein junger Welpe, der von seiner Mutter gehalten wurde. Die Kleidung verrutschte mehr und mehr, was den Anschein erweckte, als fräße sie den jungen Mann. »Jetzt!«

»Wie Ihr wünscht.« Darauf hatte sich Goïmron gefreut.

Er ließ die Zange aufschnappen, beendete mit einem einfachen Gedanken das Schweben, und der Famulus fiel aus anderthalb Schritt Höhe in den Schnee. Mit seinen schweren, angeberischen Gewändern plumpste er rücklings in das Weiß und verschwand unter dem Lachen der Gruppe in einer glitzernden Wolke.

Fluchend schnellte Mostros Oberkörper in die Senkrechte, der Famulus wischte sich die Kristalle aus dem Gesicht und versuchte, seine Sachen zu richten. »Das werdet Ihr zurückbekommen«, versprach er Goïmron lautlos, sodass es die Übrigen nicht mitbekamen. »Her mit der Zange!«, verlangte er sogleich. »Ich bediene sie.«

»Nein. Ihr gabt sie mir«, widersprach Gata. »Ich überließ sie Goïmron, und er kann damit umgehen.«

»Ganz ausgezeichnet kann er das«, fügte Sònuk hinzu und ließ sein riesiges Visok-Pferd antraben. »Suchen wir die albischen Späher, Telìnâs. Damit die Eisblöcke bald fliegen.«

Die beiden preschten davon und umrundeten den Wald, um die Gegner abzulenken.

»Meinetwegen. Dann sei es so.« Mostro erhob sich und sammelte umständlich die Ausrüstung ein, die er beim Fall aus seiner Umhängetasche verloren hatte. Die vielen Lagen aus teuren Stoffen und der Pelzmantel machten seine Bewegungen ungelenk. »Aber danach will ich meine Zange zurück. Die ist wertvoll.«

Unter den umherliegenden Dingen befand sich ein Stöckchen aus Sigurdazienholz, das er mit einem Stirnrunzeln betrachtete und dann einen langen, verdutzten Blick auf den Vierten warf.

Das schmeckte Goïmron überhaupt nicht.

***

DAS GEBORGENE LAND, BRAUNES GEBIRGE,
BRIGANTIA, 1024 N. B. (7515. SONNENZYKLUS
NACH ALTER ZEITRECHNUNG), WINTER

»Meisterin?«

Rodana schreckte aus dem Schlaf hoch und sah den Umriss von Chòldunjas Gesicht im schummrigen Licht vor sich schweben. Der Lampendocht war beinahe gänzlich heruntergedreht.

»Was gibt's?«, murmelte sie.

»Flucht. Es führt kein Weg daran vorbei.«

Rodana setzte sich auf und lehnte sich mit dem Rücken gegen die Wand, zog die Bettdecke über das dünne Schlafgewand. Ihre junge Aprendisa war vollständig bekleidet und offenbar bereit für den Aufbruch.

»Bitte glaube nicht, dass ich daran nicht schon mehrmals dachte«, sagte sie verschlafen. »Aber der Tunnel nach Nordosten ins Jenseitige Land ist zugeschüttet.«

»Nein, *Ihr* sollt flüchten. Über die Mauern der Festung. Zu den

Belagerern«, erwiderte Chòldunja mit solch fester Stimme, als habe es niemals einen Zweifel an dieser Entscheidung gegeben.

Nun wurde Rodana wacher. »Wovon sprichst du denn da?«

»Vom Wichtigsten, was wir tun können, Meisterin.« Die Ragana setzte sich neben sie und nahm ihre Hand. »Denn ich weiß ganz genau, was ein Rhamak ist.«

»Rhamak«, wiederholte Rodana überlegend. Sie hatte das Wort schon einmal vernommen, konnte sich jedoch nicht an den Zusammenhang erinnern.

»Der Neuankömmling, von dem Klaey Berengart sprach, bevor er losrannte, um mir Säuglinge zu beschaffen«, sagte Chòldunja. »Und einen Diamanten. Weil er meine magischen Kräfte benötigt, solange das Gebiet der Wunder noch nicht gefunden ist.«

»Ah, ich entsinne mich.« Rodana wischte sich den Schlaf aus den Augen. »Erkläre mir, warum ich flüchten soll. Zu den Belagerern. Alleine.« Sie spürte neben der Entschlossenheit einen Anflug von Furcht bei ihrer jungen Aprendisa. »Und was willst du derweil in Brigantia tun?«

»Nicht zu einer Ragana werden.« Chòldunja drückte die Finger ihrer Meisterin fester. »Meine Leute in den Sümpfen kennen die Kunst, die ein Rhamak beherrscht. Es gab einst wenige von ihnen im Geborgenen Land, doch ihr Wissen geriet in Vergessenheit. Bis es nun durch den Omuthan zurückkehrte.« Sie seufzte. »Ich bin sicher, Berengart hat keine Vorstellung, was er sich in seine Reihen holte.«

Rodana wurde von der unterschwelligen Angst der jugendlichen Frau angesteckt, ihr Herz pochte rascher. »Du machst es sehr … spannend.«

»Verzeiht. Ich lernte von Euch, wie man eine Geschichte vorbereitet.« Ihr Lächeln fiel schwach aus, das verdunkelte Licht betonte die Schatten auf Chòldunjas Gesicht. »Mein Volk nannte einen Rhamak anders. Sie sagten Taikhom zu ihm, was übersetzt *der Rufer des Verborgenen* oder *Seelenrufer* bedeutet. Wobei die Begriffe irreführend sind.«

Rodana strich ihrer Aprendisa beruhigend über den Kopf. »Das ist gleich, solange er keine frische magische Kraft erhält. Sie ist erloschen. Über die Mauer und durch die Belagerung gelangt er nicht.«

»Ein Taikhom benötigt keine Magie. Das macht ihn so gefährlich.« Chòldunja legte zwei Finger an die Schläfe. »Seine Kraft funktioniert über den Verstand. Über sein Bewusstsein, das sich auf andere Ebenen des Seins begeben kann, sobald er in Trance fällt. Und Kreaturen ruft, um sie von diesen Ebenen zu uns zu führen.«

Rodana runzelte die Stirn. »Das verstehe ich … schwerlich.«

Chòldunja überlegte. »Es ist, als könnte ein Mensch kraft seiner Gedanken Verbindung zu einem Fisch aufnehmen, viele Meilen entfernt und durch das Wasser hindurch, und ihn dazu bringen, aus dem See an Land zu springen«, erklärte sie. »Um uns herum gibt es weitere Ebenen, weitere Welten, die ein normales Auge nicht sieht. Nicht erfassen kann.«

»Wie die Welt der Götter, in welche die normalen Sterblichen gar nicht oder erst nach ihrem Tod einfahren?«

»Vergleichbar, Meisterin. Ich weiß, dass es schwer zu verstehen ist. Der Taikhom löst seinen Astralleib und taucht damit durch die verschiedenen Welten, die uns verwehrt sind. Sein Geist kann Bewohner anderer solcher Ebenen erreichen und zum Mitkommen in unsere Welt bewegen. Oder zwingen«, führte Chòldunja aus. »Jetzt nehmt an, wir sind Ameisen. Und ein Taikhom zieht ein Wesen in unsere Ameisenwelt, das groß wie ein Bär ist. Was können Ameisen gegen ihn ausrichten?«

Wir wären ihm schutzlos ausgeliefert. »Das vermag der Taikhom ganz ohne Magie?«, vergewisserte sich Rodana mit wachsendem Entsetzen.

»Völlig ohne Zauber.« Chòldunja drückte die Finger ihrer Meisterin ein letztes Mal und löste den Griff. »Manche dieser Wesen bleiben nur kurze Zeit. Andere für immer. Einige gehorchen einem Taikhom, andere wiederum nicht.«

Ihr Götter steht uns bei! »Er kann eine Gefahr ins Geborgene Land bringen, die … ohne Beispiel ist«, raunte Rodana.

»Sobald er seine Vorbereitungen abgeschlossen hat, ja. Manche Wesen benötigen ein Lockmittel, damit sie die anstrengende Reise durch die Ebenen auf sich nehmen.«

»Es wird kein Honig wie bei einem Bären sein«, sagte Rodana.

»Nein, Meisterin. Meistens ist es … nun ja. Blutkraft. Lebenskraft. Deswegen sammelte manch ein Taikhom eine Anhängerschaft um sich, die fanatisch genug war, etwas von ihrem Blut zu geben, damit er seine Künste ausleben konnte. Oft zum Vorteil für die Überlebenden.« Sie stockte einen Moment. »Es kam jedoch auch vor, dass Menschen gezwungen wurden, sich zu opfern. Und all ihr Blut zu geben.«

»Das klingt, als waren die Taikhom nicht besser als die Ragana«, entfuhr es Rodana. »Oh, verzeih, ich meinte nicht dich.«

»Ihr habt recht. Die Ragana tun schreckliche Dinge. Doch was ein Taikhom, ein Rhamak anrichten kann, übertrifft in den Auswirkungen alles.« Chòldunja nickte ihr auffordernd zu. »Ihr müsst Goldhand und den Belagerern sagen, was sich in der Festung tut. Dass sie angreifen müssen. Unverzüglich! Bevor sich ein Wesen aus einer anderen Ebene zeigt, das kaum mehr aufzuhalten sein wird. Jetzt und in Tausenden Zyklen nicht.«

»Aber … was ist mit dir?« Rodana schob den Gedanken vorerst beiseite, wie schwer es werden würde, ungesehen und unerkannt durch den Rest von Brigantia zu laufen. Um das Abseilen von der Mauer, wenn sie diese erst mal erreicht hätte, machte sie sich keine Sorgen. Sie verstand sich aufs Klettern.

»Ich bleibe.« Chòldunja erhob sich und schwenkte die Lampe zur Tür. »Geht nun! Ich werde versuchen, den Rhamak so lange aufzuhalten, wie ich es vermag.«

»Wie das? Ohne deine Ragana-Kräfte? Hat er Schwachstellen?«

»Ja.«

Rodana vernahm die Lüge genau. »Ich sollte dir besser helfen, ihn aufzuhalten.«

Chòldunja sah ernst und traurig drein. »Ich habe noch eine Schuld zu begleichen. Eine bessere Gelegenheit bekomme ich nicht.« Bevor Rodana nachhakte, sprach sie weiter. »Ich muss außerdem aus diesem Gefängnis verschwunden sein, wenn Berengart mit Säuglingen und einem Edelstein hier aufläuft. Denn dann fliegt mein Schwindel auf, und ich werde so oder so hingerichtet.«

Es schmeckte Rodana nicht, ihre Aprendisa in der Festung zurückzulassen. »Ich habe dich nicht vor Mostro und dem Pöbel gerettet, um dich an Berengart oder sonst wen zu verlieren«, sagte sie und erhob sich vom Bett. »Du bist meine Aprendisa! Ich will dich in der Kunst des Schatten- und Puppenspiels unterweisen. *So* sollte unserer *beider* Leben aussehen.«

»Und das wird es wieder, sobald wir das Übel aufgehalten haben. Ein Übel, von dem keiner etwas ahnt, Meisterin. Nicht einmal Berengart«, erwiderte Chòldunja. »Ich bitte Euch: Flieht aus der Festung und warnt Goldhand. Euch wird man anhören. Sie müssen angreifen. Rasch! Mit allen Mitteln!«

Aber wird man mir glauben? Rodana hoffte auf die Vernunft ihres Freundes Goïmron, der sich bei den Belagerern befand. *Bis zu ihm muss ich es schaffen. Er hat ein offenes Ohr für meine Warnung.* »Gut, ich tu's. Du versprichst mir, dass du auf dich achtgibst, Aprendisa?«

Sie nickte hastig. »Das werd ich! Schon um den Rhamak aufzuhalten. Aus dem Hinterhalt, wie ein Mäuschen. Verderben werde ich ihm seine Kunst und eilends davonhuschen, um mich in einem Loch zu verkriechen, aus dem Ihr mich befreien könnt.«

Chòldunja umarmte ihre Meisterin. Rodana erwiderte die Umarmung und hielt die junge Frau lange, innig an sich gedrückt.

»Nun knackt dieses vermaledeite Schloss, damit wir verschwinden können. Unsere Aufgaben dulden keinerlei Aufschub mehr.« Chòldunja ließ sie los und leuchtete auf den Beschlag unterhalb des Griffs. »Ihr seid darin ungeschlagen, Meisterin.«

Rodana beugte sich lachend herab und nahm das Werkzeug,

das ihr die Aprendisa hinhielt. Nach wenigen Atemzügen öffneten sich die Zylinder für die beiden Frauen.

Schnell warf sich Rodana in passende Kleidung, raffte einige Habseligkeiten an sich und stopfte sie in eine Umhängetasche. Chòldunja war bereits ausgerüstet. Gleich darauf traten sie nacheinander auf den Gang, zogen die Kapuzen ihrer Überwürfe ins Gesicht, umarmten sich ein letztes Mal und trennten sich.

Erst als Rodana um mehrere Ecken gebogen war, fiel ihr ein, dass sie vergessen hatte, eine wichtige Frage zu stellen. Und zwar, von welcher Schuld Chòldunja gesprochen hatte, die es zu begleichen galt.

***

DAS GEBORGENE LAND, VEREINTES GROSSKÖNIGREICH GAURAGON, PROVINZ TSCHOBAD, 1024 N. B. (7515. SONNENZYKLUS NACH ALTER ZEITRECHNUNG), WINTER

»Dann bist du kein Untoter?« Barbandor nutzte jede Gelegenheit, das Wunder der Unsterblichkeit von Borkon zu ergründen. Wie auch in diesem Moment, als der blauhäutige Ork mit den eintätowierten weißen Symbolen neben seinem Käfig trabte, den ein Grauhäutiger auf seinem Rücken trug.

Borkon lachte grunzend. »Nein.«

»Ist es eine angeborene Gabe?« Barbandor wurde in dem kleinen Gefängnis durch das rasche Traben des muskulösen Trägers, für den er nicht mehr als ein Käselaib wog, leicht hin und her geworfen. Man hatte ihm zum Mantel zwei stinkende Decken gegen die eisige Kälte gegeben. Wenigstens musste er nicht selbst laufen. Die Orks legten Geschwindigkeit und Ausdauer vor, mit denen der dunkelbärtige Zwerg niemals hätte mithalten können. *Allenfalls auf einem Pferd.*

»Es lässt dir keine Ruhe.« Borkon und zwanzig Kriegerinnen und Krieger eilten mit dem Gefangenen durch das Geborgene Land nach Norden. Sie hatten das einstige Gebiet der Feuerfresser hinter sich gelassen, die befestigten Zwergensiedlungen Bergesschein und Güldenwall in großem Abstand passiert, und brachten jeden Umlauf viele Meilen hinter sich. Unentwegt und unermüdlich. Die Rotte schaffte je nach Gegebenheiten der Landschaft zwischen sechzig und hundert Meilen von Sonnenauf- bis Sonnenuntergang. Mit vollem Gepäck und Ausrüstung. Damit waren sie zu Fuß Menschen, Zwergen, Meldrith, Elben und sogar den Albae überlegen.

»Ich bin eben neugierig. Zuerst dachte ich, du bringst einen Dämon zurück. Vor mehr als eintausenddreihundert Zyklen tobte er im Geborgenen Land, und alles, was lebendig gewesen und auf seinem Land gestorben war, ließ er als Untote zurückkehren.« Barbandor wurde durch einen Sprung seines Trägers über ein Hindernis durchgeschüttelt, dass seine Zähne aufeinanderschlugen und er beim Sprechen aufpassen musste, um sich nicht auf die Zunge zu beißen. Ihm tat jeder Knochen im Leib weh. An die ständige Übelkeit durch das Schwanken seines tragbaren Kerkers hatte er sich gewöhnt, doch nicht daran, dass er abgenommen hatte. Seine Kleidung und das Kettenhemd hingen weiter als sonst um ihn, den Gürtel hatte er enger schnallen müssen.

»Nein, ich gehorche keinem Dämon oder einem anderen Zauberwesen.« Borkon gab einige knappe Befehle auf Orkisch, und die Geschwindigkeit der Rotte verringerte sich. »Aber ich würde einem ganz Bestimmten gerne begegnen.«

»Welchem?«

»Hab Geduld. Ihr Zwerge werdet alt. Benimm dich und sei weiterhin unser Glücksbringer, und du könntest es noch erleben.« Borkon zwinkerte und lachte schallend, sodass die silbernen Eckzähne im schwarzen Gebiss deutlich sichtbar wurden. »Du solltest dein Gesicht sehen!«

»Das muss ich nicht. Ich kenne es.« Barbandor vermochte mit

den kryptischen Aussagen wenig anzufangen. Noch immer tappte er im Dunkeln, warum sich der Anführer dem Tod verweigern konnte. Dass man ihn selbst als Zwerg als drolligen Glücksbringer betrachtete, schmerzte auf vielfältige Weise. Keinesfalls wollte er den Orks mit seiner Anwesenheit Heil bringen. »Na schön, da du um deine Unsterblichkeit ein unergründliches Rätsel machen willst, sag mir wenigstens, wohin ihr mich verschleppt.«

»Du warst demnach nie weit außerhalb von Platinglanze.«

»Nein. Ich wurde dort geboren und bin stolz darauf, bei Vraccas!«

Borkon zeigte nach links, wo sich ein Gebirge abzeichnete. »Die Bergflanken gehören zum Landsriegel. Du siehst mit dem nächsten Sonnenaufgang seine äußerste Westseite. Heute lagern wir früher als gewöhnlich. Ich will morgen mit meinen Leuten ausgeruht sein.«

Barbandor versuchte, die zurückgelegte Entfernung zu überschlagen. Den Positionen der Nachtgestirne nach könnten sie sich fast bis in die Mitte des Geborgenen Landes bewegt haben.

Schlagartig begriff er. »Du willst nach Kràg Tahuum.«

»Ganz recht.«

»Und dich dem Schwarzauge andienen, das angeblich der Feind von Dsôn Khamateion ist. Verständlich, einen wie dich kann er gebrauchen: Du bist unsterblich, anders. Er wird dich zu seinem Unteranführer machen«, mutmaßte Barbandor. »Das ist sehr schlau von dir.«

»Besten Dank.« Borkon fletschte die eindrucksvollen, bemalten Zähne. »Aber du irrst dich, kleiner zorniger Mann.«

»Nenn mich nicht so!«

»Aber das bist du. Seit wir uns das erste Mal begegneten.« Der blauhäutige Ork ließ seine Truppe hinter einem felsigen Hügel in der Dämmerung anhalten und in dessen Schutz das Lager errichten. »Ahnst du, warum du am Leben bist und nicht als Mahl dienst wie deine Freundin?«

Barbandor umfasste die Holzknüppel des Käfigs. »Weil Vraccas mich beschützt und mir die Gelegenheit geben wird, dich zu töten!«

»Oh, eine sehr gute Antwort. Aber nein, deswegen nicht.« Ein Ausguck wurde nach Borkons kurzem Befehl auf einer nahen Sitalia-Eiche am Hügel besetzt und die Feuer klein gehalten, um keine Aufmerksamkeit zu erregen. »Es gibt Prophezeiungen, Barbandor. An sie will ich mich halten, um das zu erreichen, wonach ich strebe.«

»Und was wäre das?«

Borkon zuckte mit den breiten Achseln. »Ich sagte doch: Zwerge werden alt. Du kannst es miterleben. Streng dich an.« Barbandors Träger stellte den Käfig neben einem wärmenden Feuer ab und streckte sich mit einem lang gezogenen Ächzen, massierte sich mit beiden Händen Schultern und Rücken. »Ich wünsche dir eine gute Nacht, kleiner zorniger Mann. Morgen wird ein aufregender Umlauf.« Borkon trat aus dem Schein des Lichts und erklomm den Hügel, als habe ihm das lange, anhaltende Traben nichts ausgemacht.

Niemand achtete mehr auf Barbandor.

Die Orkschar errichtete ihre Nachtlager, Wachen wurden bestimmt, Trockenfleisch verteilt, und nach einem raschen, anspruchslosen Mahl legten sich die Bestien schlafen. Bald schnarchte und pfiff es um den Zwerg herum.

Sie sind laut genug, um sie über Meilen zu hören. Barbandor hatte einst angenommen, dass sich die Orks jede Nacht in den Schlummer soffen, vorher die umliegenden Ortschaften heimsuchten und sich dann Ausschweifungen untereinander hingaben. Doch er hatte rasch erfahren, dass Borkons Gruppe disziplinierter war. Sehr sogar. Auch das sorgte für Unruhe bei dem Zwerg. *Es ist eine gänzlich andere Sorte von Scheusal.* So gut es ging, reckte und streckte sich Barbandor im Käfig und suchte sich eine gemütliche Schlafposition.

Gerade wolle er die Lider schließen, um sich auszuruhen, ohne durch Geschaukel und heftige Hopser geweckt zu werden, als er einen schwarzen Ork mit weißen Flecken auf der Haut bemerkte, der einen kleinen Kupferkessel auf ein Feuer stellte. Er trug ein sauberes, graues Untergewand mit Stickereien, um Unterarme und den Hals lagen zahlreiche Amulette und Bänder, die ihn von den anderen unterschieden. Neben dem Kessel setzte er eine Reisewaage zusammen, wie sie von Heilern zum Abmessen von Ingredienzen genutzt wurde, und wog verschiedene Kräuter ab, die er nacheinander in das Behältnis gab.

Kräuter! Wie jene, die Gyndala bei den verbrannten Hinterlassenschaften der Schweineschnauzen in Platinglanze fand? Sogleich wurde Barbandor hellwach, tat aber so, als befände er sich längst im Reich der Träume. *Ich muss mehr erfahren.*

Aufmerksam beobachtete er, wie der schwarz-weiß gefleckte Ork einige Pülverchen aus Wachspapierbriefchen zu den Kräutern schüttete und mit einem Kupferlöffel umrührte. Ein stechender Geruch stieg zusammen mit dem Dampf aus dem Kessel auf und verbreitete sich im Lager.

Unvermittelt trat Borkon aus dem Dunkel und begab sich neben den Kesselrührer. Sie unterhielten sich, ohne dass Barbandor ihre Worte verstand. Doch er entnahm dem Gespräch, dass der andere Torsuk hieß.

Als Nächstes weckte Borkon einen Untergebenen und ließ ihn einen Löffel von dem Gebräu kosten. Der grauhäutige Ork trank, ohne zu zögern. Der helle, wässrige Sud lief ihm aus den Mundwinkeln und rann über den Pelzkragen, wo die Flüssigkeit im Schein des niedrigen Feuers zwiebelrot leuchtete.

Gleich darauf veränderten sich die Augen des Orks und nahmen die violettrötliche Färbung an, während die Bestie leise würgend auf die Knie sank und sich die Kehle hielt.

Hoffentlich stirbt er. Das wäre einer weniger von den Bastarden. Barbandor verfolgte, wie der Vorkoster sich nach einem nassen Husten erhob, den Dolch zog – und ihn sich quer über den Unterarm zog. Das schwarze Blut rann aus der Wunde. Enttäuscht sah der Grauhäutige auf die Verletzung und biss die Zähne zusammen.

Torsuk sagte etwas und machte sich daran, den Schnitt zu verbinden. Borkon klopfte dem Verletzten anerkennend auf die Schulter.

Gleich darauf war der nutzlose Inhalt des Kesselchens ins Feuer geschüttet, woraufhin sich die Lohen krümmten, als litten sie Schmerzen, und die Flammenfarben für mehrere Herzschläge zu grellem, lichtem Rot wandelten.

Geblendet schloss Barbandor die Augen. *Was ist das für ein Mittel?* Als er es wagte, nach Torsuk zu sehen, war der schwarz-weiße Ork verschwunden. Mitsamt der Ausrüstung. *Ich vermute, er forscht nach einer Möglichkeit, den anderen die gleiche Gabe wie ihrem Anführer zu geben. Auch das muss ich verhindern.*

Dafür, dass er ein eingesperrter Zwerg und umringt von Feinden war, standen eine Menge Aufgaben auf seiner Liste, eine dringlicher als die andere.

Vraccas beschützt mich. Erneut senkte er die Lider. *Ich werde bald dazu kommen. Das fühle ich. Rache für Gyndala.*

Noch einen Entschluss fällte Barbandor im Wegdämmern. Sollte es Torsuk gelingen, einen passenden Trank zu brauen, wäre er einer der Ersten, der sich davon nahm. Denn wie Borkon richtig feststellte, wurden Zwerge alt. *Mit dem Schutz vor Klingen und anderen Waffen noch älter.*

* * *

»Diese Beben, die Verwerfungen brachten dem Geborgenen Land auch Faszinierendes. So habe ich Gestein gefunden, das wegen seines hohen Eisenanteils rostet und zerbricht, sobald man darauf tritt oder einen Haken hineinschlagen will. Ich sah Basaltlava, die schneller als Wasser fließt und vor der es kein Entrinnen gibt.
Aber das Beste sind die unbekannten Mineralien, welche aus der Tiefe gespült wurden, die eventuell für das Wirken von Magie wichtig sind. Diese Mineralien sind so neu, dass es keinen Namen für sie gibt, und so selten, dass sie nur einmal in hundert Zyklen gefunden werden. Ihr Wert übertrifft alles.
Aber wie der Brodem beschaffen ist, dieser Dampf, der das Granitgestein angreift und schmelzen lässt wie Butter am Feuer, das bleibt mir ein Rätsel.«

Aus: Historie des Geborgenen Landes
nach dem großen Beben, Band I, S. 342
aufgezeichnet von Ukentro Kleinfeder, Magister in Enaiko

KAPITEL VI

DAS GEBORGENE LAND, KAISERREICH GAUTAYA, 1024 N. B. (7515. SONNENZYKLUS NACH ALTER ZEITRECHNUNG), WINTER

Die nächste zehn Schritt lange und unterarmdicke Eisplanke schwebte glitzernd durch die Luft und wurde von Goïmron genau neben der ersten erkennbaren Schneise in den Flammen abgesetzt. Das gefrorene Wasser schmolz in der Hitze und benetzte den angefeuchteten Untergrund, das züngelnde Feuer erlosch zischend und rauchend.

Dann lief er durch die Schneise raus aus dem Wäldchen. »Sehr gut«, rief er den Leuten zu, die auf dem See mit langen Sägen die Eisstücke schnitten, und rannte zu seinem Pferd. »Weiter! Mehr Eisplanken. Macht sie notfalls kleiner, wenn ihr nicht nachkommt. Wir sind gleich durch!«

Schnell schwang er sich in den Sattel und preschte mit Brûgar gute fünfzig Schritte weiter, wo sie an einem weiteren Durchlass durch den Waldbrand arbeiteten. Eine dritte Stelle befand sich in der entgegengesetzten Richtung. Die Albae sollten nicht nur eine Lücke verteidigen müssen. Telînâs und Sònuk hatten die albischen Späher ausgeschaltet, bevor sie ein Signal an die Gegner im Innern des Eisendornwaldes hatten geben können. Somit käme der Angriff von drei Seiten einigermaßen überraschend.

Vor jeder wachsenden Bresche warteten jeweils vierhundert Berittene, schwer gepanzert und bis an die Zähne bewaffnet, geschult und versiert im Gefecht, wie es Wehrstadt von sämtlichen Einwohnern erwartete. Die Tradition einer Heeresstadt verlangte Kampferprobung von jedem gesunden Bewohner und jeder gesunden Bewohnerin.

Pfeil-, Speer- und Bolzenkatapulte folgten dahinter auf leichten Wagen, für den Fall, dass die Flugdrachen aus der künstlichen Betäubung erweckt wurden. Slibina und Szmajro waren jung, kaum zehn Schritte lang und durchaus mit herkömmlichen Geschossen zu töten. Ihre bräunlich rostfarbenen Schuppen hatten längst nicht die Härte eines ausgewachsenen Exemplars.

Diesen Gedanken fand Goïmron sehr beruhigend. *Ich hoffe so sehr, dass sich meine Befürchtungen, was die Albae mit den beiden beabsichtigen, als falsch erweisen.*

Wehrstadt sammelte bereits Nachschub, um ihn auf den Weg zu senden, es würde jedoch bis zum Abend dauern, bevor noch mal zweitausend Männer und Frauen schwerstens gerüstet unter Waffen standen. *So lange können wir nicht warten.*

Goïmron und Brûgar erreichten die westliche Schneise, wo der Durchbruch unmittelbar bevorstand. »Dann bereiten wir alles vor«, verkündete er und hielt sein Pferd an. »Danach die anderen zwei Stellen.«

Brûgar nickte und sprang ab, noch während sein Tier langsamer wurde. Nie hatte Goïmron einen besseren Reiter unter seinem Volk gesehen. Die gedrungene Gestalt bedeutete keinen Nachteil für den blaubärtigen Zwerg, der ein Kriegspfeifchen sicher im Mundwinkel trug.

»Ich brenne darauf, einem Schwarzauge das Lebenslicht auszuschlagen!«, verkündete er. »Mein Dreschflegel ist eine wahre Lebenslichtpatsche.«

Mostro und seine Artefakte befanden sich auf der östlichen Seite. Es war abgemacht, dass der Famulus das Signal zum Sturm gab. Sosehr er auch im Sammelsurium an magischen Gegenständen gesucht hatte, er hatte nichts ähnlich Praktisches wie die chirurgische Zange gefunden, um Eisstücke zu bewegen.

Woher soll er wissen, dass ich es vermag und nicht das Artefakt? Goïmron betrachtete den Stapel, den die Helfer auf dem Eis errichtet hatten. Die Planken aus gefrorenem Wasser hoben sich auf sein mentales Kommando und durch die Macht des Meeressaphirs, der verborgen in seiner linken Faust lag, während er die Zange mit der anderen Hand schwenkte.

Die Wehrstädter staunten weniger offensichtlich über die Macht der Magie als zu Beginn der Löscharbeiten, aber sie wichen immer noch vor den dahinfliegenden Eisstücken aus, die in die Lohen glitten, schmolzen und das Feuer bezwangen.

»Es sind keine zehn Schritte mehr«, warnte Brûgar, der sich nahe an die Flammen wagte. »Die Schwarzaugen könnten uns gleich bemerken, wenn sie aufmerksam sind.«

»Ich weiß. Ich bin vorsichtig.« Schnell ließ Goïmron die letzten Eisbohlen in der Schneise herab und gab Anweisungen, wie die Helfer sie rasch auf den letzten Schritten verlegen sollten, sobald das vereinbarte Hornsignal ertönte. »Danach stürmt ihr vorwärts«, sprach er zu Obrist Emaro von Stiyn, der die Truppen an dieser Stelle befehligte.

»Verstanden, Meister Schnitzeisen. Wir töten alles, was sich uns entgegenstellt.« Der Fünfzigjährige wirkte angespannt, die Hand lag unentwegt am Griff seines Schwertes. Seine Wehrstädter trugen schwere Panzerung, Lanzen und lange Schilde. »Weder Drachen noch Albae werden überleben und das Gebiet der Wunder für sich beanspruchen.«

»Ihr tut dem Geborgenen Land und meinem Volk einen großen Dienst«, sagte Goïmron, obgleich sein Dank Emaro sichtlich unangenehm war. »Niemand sonst hätte die Albae aufhalten können. Nicht so schnell.«

»Das sagt Ihr nun zum achten Mal, Meister Schnitzeisen.«

»Weil es so ist.«

»Das müsst Ihr nicht. Wehrstadt mag dem Kaiserreich Gautaya gegenüber nicht verpflichtet sein, aber wir wissen um die Tragweite, was das Schicksal des Geborgenen Landes angeht.« Emaro sah in die lodernden Flammen, die einen hellen Schein auf das vernarbte, blanke Gesicht warfen. »Was denkt Ihr, was uns erwartet? Sagte der Famulus etwas?«

Goïmron wusste, was sich hinter der Frage verbarg: Angst, dass das magische Feld den Obristen und seine Leute veränderte, sobald sie es betraten. Sie mutieren ließ. Sie zu Bestien machte oder sie in einer schmerzhaften Explosion vergehen ließ. »Ehrlicherweise muss ich gestehen: Ich weiß es nicht. Mostro meinte, es sei harmlos, wenn man jetzt hineinträte. Anders verhielte es sich, wäre es noch im Entstehen begriffen.«

»Er ist sicher, dass das Entstehen abgeschlossen ist?«

Goïmron tat es leid, nichts Genaues sagen zu können. Auch ihm war mulmig zumute, trotz des Meeressaphirs in der Tasche, der ihm mehrfach beruhigend zugesprochen hatte, dass alles in bester Ordnung sei. »Ich würde Euch gerne mehr berichten, aber … es wäre unredlich.«

Emaro atmete durch. »Wir haben keine andere Möglichkeit, das Übel aufzuhalten. Das Risiko gehen wir ein. Für das Geborgene Land.«

Goïmron bewunderte den Obristen, der das perfekte Vorbild für eine Veteranenstatue hätte sein können. »Vraccas wird mit uns –«

Laut und plötzlich tönte das Hornsignal von der dritten Schneise, an der sich Mostro befand. Der Famulus rief zum Angriff auf Albae und Drachen.

Emaro sah Goïmron überrascht an. »Ist das ein Irrtum?«

Gerne hätte er es geglaubt, doch die Tonfolge wurde zur Bestätigung wiederholt. »Das Feuer mag schneller erloschen sein als an den anderen Stellen«, sagte Goïmron und wuchtete die gelagerten Eisplanken auf magische Weise selbst die Schneise entlang, damit sie die Lohen löschten. Nun musste es schnell gehen. »Macht Euch bereit.«

»Als hätte ich es geahnt, als ich mein Kriegspfeifchen stopfte.« Brûgar spurtete los und schwang sich in den Sattel, nahm den Dreschflegel aus der Halterung. »Ich gebe auf dich acht, Gemmenschnitzer. Die Schwarzaugen werden dich nicht kriegen, solange ich lebe.« Er rempelte ihm in die Seite. »Aber am Ende könnte es sein, dass du derjenige bist, der mich vor Zauberei rettet, was?«

Hastig paffte er und zwinkerte, das Aroma von Kirsche verbreitete sich.

Goïmron verbat sich jedes weitere Wort mit einem warnenden Blick und verschob die Eisbohlen eine nach der anderen. Der Brand wurde auf drei Schritt Breite gelöscht.

Verflucht. Ich dachte, er hätte es vergessen. Aber der blaubärtige Zwerg erinnerte sich wohl sehr gut, dass es in der Schlacht am Zweistromhügel sehr viele magische Wunder gegeben hatte, die nicht alleine auf die Artefakte und Mostro zurückgingen. Dennoch schwieg Brûgar anderen gegenüber, weil er sich seiner Vermutung nicht sicher war. *Ich darf ihm keinen Anlass bieten, mehr zu erahnen.*

Emaros Reiterei machte sich zur Attacke bereit, auch wenn sie wusste, dass sie nicht überraschend für den Gegner vorstoßen würde.

Dann gab der Obrist den Befehl zum Sturm. Die Kriegerinnen und Krieger donnerten durch den schmalen Pfad vorwärts, um ins abgebrannte Zentrum und damit ins Gebiet der Wunder zu gelangen. Flammenumweht preschten sie mit gehobenen Schilden und gesenkten Lanzen voran, Asche und heiße, schwarze Kohlestücke wirbelten unter den beschlagenen Hufen auf, Funken stoben in die Höhe, als flüchteten sie vor den Angreifern.

»Das ist mal ein Schauspiel.« Brûgar blieb neben Goïmron, auch wenn es ihm sichtlich schwerfiel, nicht in der ersten Reihe zu sein. »Diese Langen haben wirklich … Stahl in den Knochen.« Aufgeregt deutete er mit dem Mundstück auf die Schneise. »Was ist jetzt? Sollten wir nicht auch los? Mit der Artefaktzange kannst du die Albae packen und durch die Luft werfen und hilfreich sein, ohne deine süße kleine Axt ziehen zu müssen.«

Mostro wird es von nun an mit seinen magischen Formeln und Zaubern richten. Goïmron war viel nervöser als am Zweistromhügel. Der Kampf fand auf engerem Terrain statt, es gab wegen des tobenden Brandes wenig Möglichkeiten, auszuweichen. *Aber ich muss hinein, auch wenn sie mich vielleicht nicht brauchen.*

»Sehen wir, was wir tun können.«

Gemeinsam folgten sie Emaro und seiner Truppe aus vierhundert gepanzerten Berittenen, denen die Wagen mit den aufmontierten Katapulten nachrollten. Die Lohen schlugen rechts und links in die Höhe. Das Feuer versuchte, sich den verlorenen Boden zurückzuholen. Die Hitze im Innern der Flammenschlucht raubte Goïmron den Atem, er musste husten und zog sich den Schal höher vor Mund und Nase. Es ging wie durch einen Backofen, in den der Lehrling zu viel Holz zum Anfachen eingeschossen hatte.

Dann waren er und Brûgar endlich hindurch.

Sie standen auf einer kreisrunden, großen Lichtung, bedeckt von grauer Asche, die vom Wind emporgewirbelt wurde. Der gebrannte Boden strahlte gespeicherte Wärme ab. Vereinzelte verkohlte Baumskelette ragten wie Mahnmale empor, schwarz, wie Knochen von unbekannten Wesen, welche die Lohen vernichtet hatten.

»Dort drüben!«, rief Brûgar und hielt den Dreschflegel schlagbereit. Die gebogene Pfeife hing im linken Mundwinkel. »Sieh doch!«

Bei Vraccas! Wir … wir lagen alle falsch! Goïmron konnte sich nicht rühren, saß wie festgeklebt im Sattel, eine Hand um den Saphir, die andere um die Zügel gekrampft.

Wie er vermutet hatte, lagen Slibina und Szmajro im Gebiet der Wunder, die größten drei Hörner abgeschlagen und quer auf den Stümpfen jeweils ein zappelnder Alb, der sterbend sein Blut gab, um die Drachen umzuwandeln. So wie aus Einhörnern auf diese Weise Nachtmahre wurden, sollten aus den Geschuppten grausamere, schlimmere Wesen werden, durchsetzt von Bosheit, Niedertracht und ausgestattet mit größeren Kräften.

Eine Albin stand zwischen den betäubten Drachengeschwistern, die Hände erhoben und magische Symbole in die Luft malend. Ihr Gesicht war längs in eine helle und eine dunkle Seite geteilt, ein Auge war weiß, das andere schwarz. Die beschriebenen Zeichen wurden in düsterem Rot und Violett vor ihr sichtbar, überlappten sich und formten neue Muster, die eine abwehrende, unsichtbare Wand rings um sie und ihre Begleiterschar bildete.

Die Wehrstädter drangen weder auf ihren Pferden noch mit ihren Geschossen hindurch, während die schwarzen Pfeile der Gegner hinaussirrten und den Tod in die Reihen der Angreifer brachten. Die mörderische Wucht von den geschwärzten Stahlbögen durchschlug die Langschilde und die Rüstungen dahinter.

Die Albae haben eine Maga! Was Goïmron niemals vermutet hätte, war Wirklichkeit geworden. *Auch aus diesem Grund wollten sie an diesen Ort.* Auf dem Gebiet der Wunder schöpfte sie magische Kraft, um die Umwandlung der Drachen zu schützen. *Und sie sich untertan zu machen.*

Eben noch hatte Goïmron Zuversicht verspürt, die Dinge zum Guten wenden und die Belagerung der Festung im Braunen Gebirge bald beenden zu können. Nun aber tat sich ein neuer Schrecken auf, schlimmer, als Ûra und Ardin ihn je hätten erzeugen können.

»Was ist mit dem Stabfuchtler? Wieso taugt der nichts?« Brûgar deutete zu Mostro, der mit einer Edelsteinkette in der Hand nahe der unsichtbaren Barriere hinter einem Schildwall kniete und versuchte, die magische Sperre zu lösen. »Los!«, schrie er wütend über das Schlachtfeld und hielt sein Kriegspfeifchen mit der freien Hand fest. »Taug was, du Rotzlöffel! Oder ich komme zu dir und … beschleunige dich!«

WIR KÖNNEN VERSUCHEN, DIE BARRIERE ZU BRECHEN, sprach der Saphir. DU MÜSSTEST DAZU NÄHER HERAN.

»Wie nahe?«, murmelte Goïmron.

SO NAH, DASS DU EINE HAND DARAUFLEGEN KANNST.

Aus dem erhofften Gefecht mit der Übermacht war ein Abschlachten geworden. Jeder schwarze Pfeil ging durch Schilde und Körper, die tapferen Wehrstädter fielen Schuss um Schuss, ohne selbst etwas ausrichten zu können. Auch Zwerge, Meldrith, Menschen und Elben aus der Belagerungstruppe wurden getroffen und lagen am aschigen Boden, gerieten unter die Hufe der panischen Pferde und wurden zertrampelt.

ICH SCHWÖRE DIR, DASS WIR ES GEMEINSAM SCHAFFEN! LOS! BEVOR DIE DRACHEN ERWACHT SIND. DANACH IST NICHTS MEHR ZU RETTEN!

Goïmron atmete tief durch – und richtete sich im Sattel auf. »Brûgar, bring mich nach vorne. Du hast ein besseres Auge dafür, welche Lücken wir nutzen können.«

»Was hast du vor?« Brûgar starrte ihn ungläubig an. »Denkst du, die Zange richtet etwas gegen die Barriere aus?«

»Nein. Es reicht völlig, wenn ich die albische Maga zu fassen bekomme. Ich zwicke sie so lange, bis sie die Konzentration verliert«, antwortete er.

»Guter Einfall! Reiß ihr lieber gleich den Kopf ab. Dann ist Ruhe.« Brûgar preschte los, zog eine Kirschrauchwolke hinter sich her. »Mir nach! Ich leite dich, aber bleib dicht hinter mir.« Er zog den Schild aus der Sattelhalterung eines herrenlosen Pferdes und nahm ihn hoch. »Sollte ich fallen, dann –«

»Das wirst du nicht.« Goïmron ritt ihm nach, blieb in der Spur des blaubärtigen Zwergs.

In halsbrecherischem Tempo ging es über die verbrannte Erde, gelegentlich wurden sie eingehüllt in Aschewolken. Als es zu schneien begann, konnte man den Schnee kaum mehr von den Ascheflocken unterscheiden. Die verbrannte Lichtung versank mehr und mehr darin.

Brûgar schlug einen Haken und näherte sich der unsichtbaren Wand, hielt das Pferd an und stieg ab. Er klopfte seine Pfeife aus und steckte sie weg. Es wurde ernst. »Runter mit dir.« Den Schild ließ er zurück, er störte beim Kriechen. »Nun machen wir es wie die Würmchen. Nicht picken lassen!«

Goïmron kroch neben dem Krieger vorwärts. Das Herz schlug ihm bis zum Hals, er schwitzte unter der dicken Kleidung Blut und Wasser. Ab und zu eilte ein Alb hinter der Barriere vorbei, ohne sie in dem Gestöber aus Asche und Schneeflocken zu entdecken, stets einen Pfeil schussbereit auf der Sehne.

»Dort, zu dem mannsdicken Baumstumpf«, sprach Brûgar und

robbte durch die Ablagerungen, während die Kristalle ihn von oben bedeckten. »Da sehen sie uns nicht sofort.«

Keuchend gelangte Goïmron mit ihm zusammen hinter den Überrest eines Eisendornbaumes, der ihnen Schutz bot. Tatsächlich erreichte er das Flirren der Barriere, sobald er die Rechte ausstreckte. Schnell zog er den Handschuh aus. *Bereit?*

BEREIT.

»Was machst du da?« Brûgar hielt ihn an der Schulter fest. »Nimm die Zange und reiß dem zaubernden Schwarzäuglein den Kopf ab!«

»Mir … ist etwas Besseres eingefallen.« Goïmron hatte keine Zeit für Erklärungen. Er legte die Handfläche gegen die magische Sperre und konzentrierte sich, den Zauber zu brechen.

»Ich wusste es«, murmelte Brûgar neben ihm. »Meine Kombinierpfeife brachte mich auf den rechten Pfad. Ich wusste gleich, dass du es am Zweistromhügel –«

»Sei still, bitte. Und danach kein Wort hierüber zu irgendjemandem. Schon gar nicht zu Mostro.« Goïmron konzentrierte sich.

Ein heißes Gefühl strömte aus dem Stein durch seinen Körper und zur anderen Hand hinaus, die er gegen die Barriere presste. Rings um die Finger zeigten sich Risse und Sprünge wie bei berstendem Eis, die sich in sämtliche Richtungen ausbreiteten.

Aber die unsichtbare Mauer hielt.

DU KANALISIERST ZU SEHR, sprach der Saphir. WIE EIN NADELSTICH ANSTATT EINES KEULENHIEBS. SETZE MEHR FREI! SETZE *VIEL MEHR* FREI!

Ich muss es wagen. Goïmron schloss die Augen und ließ der gezügelten Kraft freien Lauf.

»Beeile dich, Goïmron! Die Maga schaut zu uns! Sie weiß, dass wir hier sind.«

Leises Sirren zeigte Goïmron, dass die Pfeile nun in ihre Richtung flogen. Der dicke Stumpf des Eisendornbaumes fing die Geschosse ab, die Deckung hielt. Noch.

Hinfort mit der Mauer! Goïmron schrie auf, als die Energie plötzlich als anhaltender heißer Schmerz durch ihn flutete. Gepeitscht wie von tausend Blitzen, bebte sein Körper unter der Macht, die Hitze schien seine Innereien zu garen und ihn auszubrennen. *Vraccas, ich … ich vergehe inwendig!* Sein Atem, der beim Schreien aus dem Mund strömte, fühlte sich an wie Lavawind. Er riss die Augen auf und wollte die Hand unter Qualen wegziehen. *Ich kann nicht mehr!*

NEIN, TU DAS NICHT. DU HAST ES GLEICH GESCHAFFT, MEIN FREUND!

Goïmron konnte nichts erwidern – und rings um seine Finger detonierte die magische Barriere. Der Zauber der Albin zerfiel mit einem bunten Flimmern wie von Millionen meeresblauer Irrlichter.

Gleich darauf ertönte ein Horn und rief die Reiterei zu jenem vernichtenden Angriff, der von Beginn an vorgesehen war. Die schwer gepanzerten Wehrstädter wollten ihre Überzahl gegen die dreißig Albae endlich ausspielen.

»Ich …« Ein schwarzer Pfeil surrte heran und traf Goïmrons ausgestreckte Hand, glitt gänzlich durch Knochen und Fleisch, bevor er sich in das Holz des Baumstumpfs bohrte. Aufschreiend und matt von der Anstrengung des Zaubers, brach er hinter der Deckung zusammen.

»Du hast es geschafft!«, rief Brûgar begeistert und schlug ihm, außer sich vor Freude, auf den Rücken. »Bei Lorimbur! Ein Zwerg, der zaubern kann, als wäre er Vanéra persönlich! Kann ich dich alleine lassen? Ich muss in den Kampf und Gata helfen, die Schwarzaugen zu Brei zu schlagen, bevor die Langen mir alles verderben.« Er sprang auf die Füße und wickelte gebückt einen Leinenfetzen aus der Verbandstasche um die durchschossene Hand, um die Blutung zu stoppen. »Ich bringe dir auch den Kopf der Zauberin!«

Goïmron rang nach Atem und presste die verletzte Hand gegen die Brust. Weil er vor Erschöpfung nicht sprechen konnte, nickte er. *Ich bewege mich keinen Schritt mehr. Nie wieder.*

»Danke, Gemmenzauberer!« Im Überschwang gab Brûgar ihm einen Kuss auf die Stirn und steckte dann die Kriegspfeife zurück in den Mund. Er hetzte davon, Asche stob unter seinen Sohlen auf.

Vraccas, ich danke dir. Goïmron wälzte sich herum und wagte einen vorsichtigen Blick am dicken Stammrest vorbei, in dem ein Dutzend schwarzer Pfeile steckten, die ihm gegolten hatten. Ohne den Eisendornbaum lägen er und Brûgar durchlöchert in Asche und Schnee, jedes andere Holz wäre durchschlagen worden.

Die Reiterei formierte sich unterdessen in Wellen und attackierte die Albae aus drei Richtungen, damit die Gegner sich aufteilen mussten. Dahinter wurden die Wagen mit den Katapulten neu in Stellung gebracht.

Die albische Maga riss unterdessen die Leichname ihrer Leute von den Hornstümpfen der Drachen und kniete sich zwischen die dösenden Geschuppten. Dann legte sie jeweils eine Hand an die Schnauzen, senkte das Haupt und bewegte die Lippen unablässig. Das Geschmeide um ihren Hals, an den Unterarmen, den Handgelenken und Fingern leuchtete auf. Das magische Schimmern kroch über zu den Wesen und verschwand in den Nasenlöchern.

Gleich darauf sah Goïmron die Drachen zucken. Die Schwänze schlugen leicht, und der Brustkorb hob und senkte sich schneller. *Nein! Sie weckt die Bestien auf!*

Die Albin wusste, dass dies für sie die letzte Möglichkeit war, das Gebiet der Wunder lebend zu verlassen. Dank Slibina und Szmajro konnte sie vielleicht sogar als Siegerin aus dem Gefecht hervorgehen.

»Was können wir tun?«, fragte Goïmron den Stein angespannt.

ICH MUSS MICH ERHOLEN. DAS WAR AUCH SEHR ANSTRENGEND FÜR MICH. WIR KÖNNEN NUR HOFFEN, DASS –

Unvermittelt schossen drei lange, grelle Blitze krachend aus dem Boden und ließen Schneeasche viele Schritte in die Höhe fliegen.

Eine knisternde Entladung traf die albische Maga mitten in

Hals- und Stirnschmuck. Die anderen jagten in die Brust der rostfarbenen Geschuppten, die mit einem lauten Brüllen aus dem erzwungenen Schlaf erwachten.

Die Augen der Bestiengeschwister leuchteten blutrot wie die von Nachtmahren, und als die Krallen über den Boden kratzten, flogen weiß glühende Funken umher. Die Drachenleiber krampften und bebten, wuchsen und verbreiterten sich. Aus den zehn Schritten Länge wurden, dreizehn, achtzehn, zwanzig und mehr. Das Rostbraune der Schuppen erhielt aderngleiche schwarze Muster. Das Gebiet der Wunder tat das, wovon es zahlreiche Schilderungen gab: Es veränderte.

Die tapferen Wehrstädter ritten ungebrochen ihre Attacke, obgleich die Drachen erwacht waren, die Oberkörper drohend aufrichteten und die Flügel spreizten, um gefährlicher zu wirken. Wütend rissen sie ihre Mäuler auf und zeigten brüllend ihre langen Zähne. Die Geschuppten waren vor ihrer Umwandlung zu jung gewesen, um Feuer zu speien. *Aber nun?* Goïmron kämpfte gegen die steigende Müdigkeit. *Wenn Slibina und Szmajro Flammen spucken, sind wir tot. Ich muss etwas…*

WIR KÖNNEN DERZEIT NICHTS UNTERNEHMEN. ICH MUSS MICH ERHOLEN UND MEHR MAGISCHE KRAFT AUS DER ERDE ZIEHEN.

Szmajro schrie unvermittelt in Schmerz auf und drehte sich, schlug mit dem Schweif um sich und fegte etliche Albae und Wehrstädter davon. Die Angriffe gerieten ins Stocken, die Pferde brachen in alle Richtungen aus. An seinem Halsansatz öffnete sich ohne Zutun eine Wunde, aus der ein weiterer Schädel brach und an einem schlanken Hals emporwuchs, rasch an Umfang und Länge zunahm, während die flatternden Schwingen sich vergrößerten und einen Wirbelsturm entfachten. Die Böen warfen einige Geschützwagen um, Pferde und Kriegerschar stürzten übereinander und wurden auf dem Boden zu Knäueln.

Nein! Er bekommt einen weiteren Kopf! Goïmron zog sich am Baumrest in die Höhe. *Und sie wachsen immer noch. Beide!*

Slibina und Szmajro hatten inzwischen eine Gesamtlänge von vierzig Schritt erreicht und brüllten ihre Verwunderung sowie ihren Triumph hinaus. Dort, wo die Albin ihnen die längsten drei Hörner abgeschlagen hatte, um die Wandlung zu initiieren, brannten grellweiße Flammen, welche die Form des einstigen Stirnauswuchses nachahmten.

Gelegentlich flogen Pfeile in die Richtung der Drachen, aber die Eisenspitzen richteten nichts gegen die Panzerung aus. Ein Bolzen schwirrte in ein Feuerhorn und verging im nächsten Moment. Was immer die Geschuppten damit rammten oder berührten, es würde spurlos verbrennen.

Die Albin hat schlimmste Bestien erschaffen. Schlimmer, als Ardin und Ûra gewesen waren. Goïmron richtete sich auf. *Das Gebiet der Wunder trägt daran den geringsten Teil der Schuld.*

Um ihn herum herrschte heilloses Durcheinander. Albae, Wehrstädter, Pferde rannten umher und versuchten, Szmajro und Slibina zu entkommen. Doch die drei Schneisen in dem tobenden Waldbrand hatten sich geschlossen, die Verstärkung aus der Stadt würde nicht zu ihnen gelangen. Goïmron war der Einzige, der sich nicht bewegte, sondern die Drachen betrachtete, die ihre Köpfe schüttelten und brüllten. Das ankündigende Fauchen aus den Kehlen versprach ein baldiges Feuer, in den Schlünden glomm und glühte es bereits.

Sogar Brûgar, Gata, Telînâs und Sònuk hatten den Rückzug angetreten. Niemand gelangte an die magische Albin heran, die sich auf die Füße gekämpft hatte und wankend zwischen den Drachengeschwistern stand. Sie hielt sich mit einer Hand den Kopf, aus ihrer Nase rann Blut und tropfte auf das Geschmeide und die schwarze Gewandrüstung unter ihrem aufklaffenden weißen Fellmantel. Umspielt von Asche und Schnee, reckte sie die Handfläche gegen Slibina und rief ihren Namen.

Die rostbraune Drachin beugte sich langsam herab und neigte ihren riesigen Schädel, die gepanzerte Schnauze berührte zärtlich die Finger der Albin. Die schwarzen Linien in den Panzerschuppen wurden düsterer, die Augen leuchteten kohlenglutgleich.

Slibina erkennt sie als ihre Herrin an. Goïmron umfasste den Stein und riss ihn aus der Tasche. Die Zeit der Geheimnistuerei war vorbei. *Ich werde etwas tun.* Er reckte den schimmernden Meeressaphir gegen die drei Gegner, die keine dreißig Schritt entfernt standen. »Wer immer du bist, Albin«, rief er. »Ich werde dich vernichten!« All seine Gedanken richteten sich auf die Vorstellung, wie die Maga in einem Blitzsturm aus dem Edelstein verging.

Doch es geschah nichts dergleichen.

»Wer immer ich bin?« Sie stieß ein lautes Lachen aus. »Ich bin eine Zhussa! Und du hast keine Ahnung, wie nahe du dem Sterben bist.« Sie hob den anderen Arm und rief nach dem doppelköpfigen Szmajro. »Gleich zeige ich dir meine ganze Kraft! Dein Tod wird meinen Namen tragen.«

Langsam und widerwillig neigte der größere Geschuppte die zwei Hälse vor der Albin, als wollte er ihrem Befehl nicht gehorchen. Ein dunkles, gefährliches Grollen drang aus den Kehlen und ging Goïmron durch Mark und Bein. Die Flammenhörner flackerten düster, die schwarzen Adern in den Schuppen absorbierten das Licht.

KOMM, hörte Goïmron zu seiner Verwunderung in seinem Kopf. ERKENNE MICH AN!

Szmajro zuckte herum, noch ehe eine rostbraune Schnauze die Hand der Zhussa berührte. Die zwei Augenpaare flammten vor Wut rubinrot auf. Mit einem gewaltigen Satz landete er vor dem erschrockenen Goïmron, der den leuchtenden Meeressaphir unverändert am langen Arm in die Höhe und gegen den Drachen reckte; unter den Krallen zuckten weißliche Entladungen, die der Zwerg als feines Kribbeln am Körper bemerkte.

»Das ist Irrsinn! Was tust du da?«, rief er dem Saphir zu.

Szmajro packte mit einer Klaue zu – und umfasste Goïmron vorsichtig, dann wirbelte er zur Albin herum. Sein Grollen war lauter, bedrohlicher geworden.

Die Zhussa stieß einen Fluch aus und wich zurück. »Wag es nicht!«

Noch bevor Goïmron etwas zu sagen vermochte, drückte sich Szmajro ab und schwang sich mit ihm zusammen in die Lüfte.

***

DAS GEBORGENE LAND, BRAUNES GEBIRGE, BRIGANTIA, 1024 N. B. (7515. SONNENZYKLUS NACH ALTER ZEITRECHNUNG), WINTER

Klaey öffnete die Tür zur Unterkunft, in der er die Ragana und die Puppenspielerin eingesperrt hielt. Niemand hatte ihn unterwegs gefragt, was er mit dem geschlossenen, massiven Handwagen wollte, den er hinter sich herzog und mit viel Gekurve in die Räumlichkeiten schob. Es war für einen Banneroffizianten des Nachschubs vollkommen üblich, Vorräte durch die Gegend zu karren.

»Ich bringe, was du verlangt hast, Moorhexe.« Klaey schloss die Tür hinter sich und öffnete die Abdeckung des Wagens. Darunter kamen im schummrigen Licht sechs Säuglinge zum Vorschein, die er mit Mohnmilch zum Einschlafen gebracht hatte. In seiner Tasche verwahrte er einen klaren Monddiamanten, der weniger wertvoll, aber durchaus selten außerhalb des Braunen Gebirges war. Mit guten Beziehungen ließ sich in einer belagerten Stadt vieles beschaffen. »Nun mach dich ans grausame Werk. Ich brauche deine heilenden und vernichtenden Kräfte gleichermaßen.«

Langsam ging er durch die Räumlichkeiten, in denen es verdächtig still war.

»Wisse, dass ich es nicht billige, dass du unschuldigen Kindlein das Leben nehmen wirst. Aber du musst ja wohl. Oder fiel dir Besseres ein?« Klaey drehte den Docht der Tischlampe höher, und Helligkeit breitete sich in den beiden Zimmern aus. »Ragana? Puppenspielerin? Wo steckt ihr?«

Niemand antwortete ihm.

Verdammt! Klaey durchforschte rasch die Schränke, sah unter die Betten, aber die beiden ungleichen Frauen blieben verschwunden. »Kommt raus! Das ist kein Spiel! Ich muss meinen Bruder heilen, und mir rinnt die Zeit durch die Finger.«

Er nahm die Lampe und betrachtete das Türschloss. Die Kratzer am Beschlag sprachen eine deutliche Sprache. Seine Gefangenen hatten sich aus dem Staub gemacht und dabei das Risiko auf sich genommen, innerhalb der Festung entdeckt und ergriffen zu werden.

Welchen Sinn ergibt diese Flucht? Klaey richtete sich auf. Die Belagerer würden die Frauen fassen und verurteilen, wie es auf ihren Flugblättern angekündigt wurde. Sofern sie Brigantia entkamen. Hatten sie vor, sich sogar an der Belagerung vorbeizuschleichen? Das war ein unmögliches Unterfangen. Dafür achteten die gegnerischen Wachen zu gut auf das Vorfeld. *Wohin wollen sie dann?*

Klaey fiel eine Möglichkeit ein, die entkommenen Frauen zu finden, auch wenn er davon ungern Gebrauch machen wollte. Diese Häscher bargen ein gewisses Maß an Risiko, *zu* eifrig bei der Suche zu sein. *Doch ich muss wohl, wie –*

Ansatzlos legte sich eine scharfe Klinge an seinen Hals. »Du bist kein besonders guter Sucher, Krächzer«, sagte Chòldunja hinter ihm und packte mit der anderen Hand zwischen seinen Beinen hindurch sein Skrotum.

»*Wisperer* klingt besser.« Klaey zwang sich zur Ruhe. Die Ragana hatte ihn buchstäblich in der Hand. »Wo ist deine Meisterin?«

»Das ist nicht von Belang.«

»Und was hast du nun vor?«

»Du wirst mich zum Rhamak führen.« Sie verstärkte den Druck der Schneide an seinem Hals. »Ich kann deine Kehle schneller öffnen, als du zu zucken vermagst.«

»Nicht so hastig. Ich habe dir die Säuglinge und den Stein besorgt.« Ganz vorsichtig nahm Klaey den Monddiamanten aus der Tasche und hielt ihn zum Beweis in die Höhe. *Noch ist nichts ver-*

loren. Gut! Der milchig trübe Stein funkelte silbrig in seinen Fingern. »Um deine Macht –«

»Ich würde den Kindern nie etwas antun.«

Das verwirrte Klaey. »Du bist eine Ragana, dachte ich?«

»Das sagte ich nur, um dich loszuwerden und meiner Meisterin einen Vorsprung zu verschaffen. Ich schwor dem Glauben ab, dem meine Schwestern und Ahninnen folgen.«

»Bei Cadengis Mutter! Sie ist demnach wirklich geflohen.«

»Vielleicht.« Chòldunja verstärkte den Griff um das Skrotum, sodass es schmerzhaft wurde. »Beuge dich nicht nach vorne. Du würdest dir den Hals aufschneiden.«

Klaey unterdrückte den Reflex. »Was willst du vom Rhamak?«, presste er hervor.

»Ihm meine Dienste und meine Treue antragen. Keinem von euch Berengarts. Eure Zeit ist bald um.«

»Wie weit kommen wir wohl, sobald wir das Zimmer verlassen? Jeder kennt dein Gesicht«, log er.

Aber sie lachte ihn aus. »Das glaube ich kaum.« Chòldunja trat neben ihn, ohne die Klinge zu senken. »Wir gelangen sehr einfach bis zu ihm. Du weißt, wo wir ihn finden.«

Klaey atmete auf, als seine Männlichkeit vom schmerzhaften Druck befreit wurde. »Gut. Meinetwegen. Lass das Messer ruhig an meiner Kehle. Das wirkt weniger auffällig«, empfahl er ironisch.

»Ich habe mir schon etwas ausgedacht.« Chòldunja lächelte kühl. »Der Rhamak wird sich freuen, eine Ragana bei sich zu wissen.«

Klaey glaubte ihr kein Wort. Da sie sich weigerte, ihre Stärke als Moorhexe zurückzuerlangen, war sie für den Rhamak bedeutungslos. Es sei denn, sie hatte die Absicht, ihm als wärmende Beigabe im Bett zu dienen. Doch so schätzte er die kämpferische junge Frau nicht ein. *Was will sie wirklich von ihm?* »Du weißt also doch, was er ist?«

»Ja.«

»Und du kennst seine Macht?«

»Im Gegensatz zu euch«, erwiderte sie verächtlich. »Dein Bruder Orweyn hat keinerlei Vorstellung, welches Ungeheuer er sich in seine Festung holte. Er wird zum Dank mehr als die Hälfte seiner Leute verlieren, das ist gewiss.«

Klaey horchte auf. Eigentlich hatte er vorgehabt, Orweyn von der Ragana heilen zu lassen, damit dieser Hantu freie Hand gewährte und die Belagerer vernichtete. Kawutan hingegen hatte die schriftlichen Forderungen des Rhamak zerrissen und sie von sich gewiesen. Bislang.

»Los geht's.« Chòldunja schmiegte sich plötzlich an ihn. Die Klinge wanderte geschickt mit ihrem Arm unter Klaeys sandfarbene Uniformjacke und Hemd, legte sich oberhalb des Steißes mit der Spitze genau auf die Wirbelsäule. »Ein Stich in dein Rückgrat, und du verlierst innerhalb eines Atemzugs das Leben. Die Schneide ist vergiftet«, erklärte sie und warf sich eine geknüpfte dunkle Stola um, die ihr Haar, Stirn und Augen verdeckte. »Einiges Wissen über Kräuter beherrscht eine Ragana ganz ohne Magie.«

Klaey öffnete die Tür, damit sie hinaustreten konnten.

»Sollte dich unterwegs jemand fragen, wer ich bin, sagst du –«

»Meine neue Lieblingshure. Das glaubt man am ehesten.« Klaey hatte nicht vor, Chòldunja abzuschütteln. Sie bot ihm die Gelegenheit, etwas über Hantu zu erfahren. Wie es schien, war das dringend nötig. »Es wird ein längerer Weg. Mein Bruder Kawutan brachte den Rhamak im hinteren Teil der Festung unter.«

»Ich habe keine Eile.«

Eng umschlungen gingen sie los.

»Was weißt du über diesen Kerl?«, fragte Klaey erneut.

»Warum weißt du nichts über ihn?«

»Ich … habe momentan nicht das Sagen in der Festung. Man verheimlicht mir vieles«, gab Klaey zu. *Ich ahne, nach was du trachtest.* Chòldunja wollte zum Rhamak gelangen, um ihn zu töten und dadurch einen Sieg der Belagerer zu ermöglichen. *Das werde ich verhindern. Bei passender Gelegenheit.*

»Wie ich dich einschätze, liegt dir das Leben deiner Leute nicht am Herzen.«

»Sag das nicht. Aber warum sollte ich mich wegen Hantu mehr um sie sorgen als um das Heer vor den Mauern Brigantias, das uns allen an den Kragen will? Auch an deinen, falls ich dich daran erinnern muss.«

»Frag deinen Bruder Orweyn. Der holte ihn.«

»Er liegt im Krankenbett und will mich nicht sehen. Besser gesagt, sein Stellvertreter lässt mich nicht zu ihm.«

Chòldunja lachte bitter auf. »Ich wette, der Omuthan hat keinen Schimmer, was er rief. Er hält diesen Kerl für einen einfachen Magus oder einen Hexer.«

»Dann erkläre es mir.«

»Weswegen die Mühe? Als würdest du Hantu aufhalten wollen! Du willst den Sieg und dein Leben behalten.«

Spätestens jetzt hatte ihm die Ragana ihre wahren Absichten verraten. *Sie will ihn wirklich töten.* Dabei musste ihr klar sein, nicht lebend vom Ort ihrer Tat flüchten zu können. Wenn sie bereit war, ihr eigenes Leben zu geben, lag mit Hantu etwas gewaltig im Argen. »Überzeuge mich.«

Ihnen kamen Leute entgegen, die ihnen kaum einen Blick zuwarfen. Nur ein einziges Mal wurde Klaey gegrüßt.

»Das werde ich nicht können.« Chòldunja himmelte ihn mit einem falschen Lächeln an, das einem Freudenmädchen alle Ehre machte. »Aber es stimmte, als ich sagte, dass ihr die Hälfte der Besatzung verlieren werdet. Bei dem, was der Rhamak benötigt, um Tausende Belagerer und deren Maschinen zu vernichten.«

»Wie kann er sie ohne Magie vernichten?«

»Er benötigt keine. Sein Geist ruft grausame, verderbte Wesen aus einer anderen Ebene, zu der wir Magischen keinen Zugang haben. Man speist sie meistens mit Blut. Oder purer Lebenskraft.« Sie senkte den Kopf, womit ihr jugendliches Gesicht von der Stola gänzlich verdeckt wurde. »Sind diese Wesen erst erschienen, gibt es kaum ein Mittel gegen sie.«

Jetzt verstand Klaey, warum Kawutan den Zettel des Mannes zerrissen hatte. *Es war die Anzahl der Seelen, die er von uns verlangt. Mordopfer.* Orweyn hingegen hätte den Blutsold an Hantu bezahlt. Rücksichtslos.

»Ich wusste, dass es dir nichts ausmacht. Du hast mir Säuglinge gebracht, damit ich dir helfen kann«, spie Chòldunja aus. »Euch Berengarts muss man ausmerzen. Ihr brachtet dem Geborgenen Land nichts Gutes.«

»Das sagt ausgerechnet eine Ragana?« So wie es Klaey nicht geschmeckt hatte, Säuglinge als Mahl zu bringen, sagte es ihm noch weniger zu, Hunderte Bewohner in Brigantias Resten abschlachten zu lassen.

»Ich bin keine Ragana mehr. Vergiss das nicht. *Weil* ich keine unschuldigen Leben nehme.«

»Deine wahre Absicht, warum du Hantu sehen willst, habe ich längst erkannt«, sprach Klaey nachdenklich. »Damit gehst du in deinen sicheren Tod.«

»Ich habe mein Leben verwirkt. Weil ich meinen Moordiamanten nicht mehr besitze und mich aus Kopflosigkeit zu etwas hinreißen ließ, was ich niemals hätte tun dürfen. Kümmere du dich danach um die Säuglinge, die du herbeigeschafft hast. Woher auch immer.« Chòldunja verstärkte den Druck des Messers. »Aber nun schau fröhlicher, Berengart. Wie ein Freier, der bald eine herrliche Zeit mit mir verleben wird.« Sie lachte laut und falsch, als ihnen erneut Menschen entgegenkamen, die sie interessiert musterten. »Oh, ich werde dich so glücklich machen«, rief sie und drückte ihm überraschend einen Kuss auf den Mund.

Auch wenn Klaey von ihrem Schauspiel überrumpelt wurde, genoss er es zum einen – und nutzte es zum anderen: Die Aufwärtsbewegung ihres Körpers nahm den Druck leicht von der Klingenspitze.

Schnell riss er den rechten Ellbogen nach hinten und schlug Chòldunjas Arm mit dem vergifteten Messer weg von seinem Rückgrat, drehte sich halb zu ihr um und stieß sie mit der flachen

Hand von sich. Ratschend gaben Uniformjacke und Hemd nach, als die Schneide durch den Stoff schnitt.

Die vorbeischlendernden Brigantiner waren bereits hinter der nächsten Biegung verschwunden.

Die Ragana fluchte und reckte die Klingenspitze gegen ihn. »Bleib mir vom Leib, Berengart!«

Klaey verzichtete darauf, sein Rapier zu ziehen, und küsste stattdessen zum Dank sein Glücksamulett. »Willst du ohne mich bis zu Hantu gelangen?«

»Es geht nicht anders.«

»Ich muss nur rufen, und die Wachen sind bei uns.«

Chòldunja fasste den Griff nach. »Warum tatest du es noch nicht?«

»Deine Geschichte über den Rhamak brachte mich zum Nachdenken. Ein Sieg, bei dem wir die Hälfte unserer Leute verlieren, stärkt lediglich die Albae. Sie werden leichtes Spiel haben, Brigantia einzunehmen, sobald Hantu weitergezogen ist.«

»Gut überlegt. Was tust du mit diesen Gedanken?« Die Ragana sah angespannt nach rechts und links, ob sich jemand zeigte.

Sie ist mir tatsächlich weiterhin von Nutzen. Klaey improvisierte. »Ich werde dir helfen, den Mann –«

Ein schwarzer Schatten mit weiß leuchtenden Augen sprang knurrend aus dem Seitengang gegen Chòldunja und stieß sie mit seiner langen Schnauze nieder. Ihr rascher Messerstoß traf auf die gepanzerte Haut der Narshân-Bestie, das Metall zerbrach in zwei Teile.

Grollend schnappten die Kiefer zu, die langen leuchtenden Fänge gruben sich in die Kehle der Ragana und rissen sie auf. Der Schrei der jungen Frau wurde zu einem nassen, gurgelnden Laut.

»Nein! Nicht«, rief Klaey und wagte es nicht, das mehr als wolfsgroße Raubtier zu packen und wegzuziehen. »Weg mit dir!«

Doch die Narshân-Bestie dachte nicht daran, ihre Beute aufzugeben. Brutal schüttelte sie den Kopf hin und her, knurrte und schleuderte die blutende Chòldunja zwischen ihren Fängen mühelos von rechts nach links, ging einige Schritte rückwärts und zerrte sie hinter sich her wie eine Wattepuppe.

Klaey breitete die Arme aus und wedelte damit, rief und versuchte schreiend, Eindruck auf das Raubtier zu machen, das so lang und so schwer wie er selbst war. »Verschwinde!«, krächzte er heiser.

Die Bestie grollte warnend, ihre lähmend grellweißen Augen auf ihn gerichtet und die langen Zähne in den Hals geschlagen. Leise klackend schlossen sich die Kiefer. Chòldunjas Kopf trennte sich vom Rumpf wie mit der Schere abgeschnitten.

Das schwarz gepanzerte Tier schnappte sich den Leib und wollte damit flüchten, um ihn in Ruhe zu verspeisen. Vom Lärm angelockt, erschien eine Abteilung gerüstete Gardisten. Die Bestie ließ von der Leiche ab und trabte sichtlich beleidigt davon.

Klaey huschte in einen Seitengang und beobachtete.

»Ist … ist das die Ragana? Ich kenne die Züge von den Zeichnungen, die wir auf dem Rückzug zu sehen bekamen«, sagte eine der Wachen beim Näherkommen und drehte Chòldunjas losen Schädel mit dem Fuß, sodass ihr Gesicht vollends sichtbar wurde. »Ja, das ist sie. Es war im Geborgenen Land schon lange ein Kopfgeld auf sie ausgesetzt. Diese verfluchte Narshân-Bestie hat die Ragana gefunden!«

Unter den Gardisten wurden Mutmaßungen ausgetauscht, wie die Moorhexe in die Festung gekommen sein könnte und wer nun die Belohnung bei den Belagerern geltend machen konnte, ohne selbst gefangen und gehängt zu werden.

Trottel. Klaey nutzte die Gelegenheit und setzte sich ab, bevor man ihn entdecken konnte. *Cadengis Mutter soll sie verschlingen.*

Er machte sich schwere Vorwürfe. Letztlich war es seine Schuld, dass Chòldunja von der Bestie getötet worden war. Er hatte das Narshân-Rudel unter den Augen des Bestienmeisters an alten Kleidungsstücken der Frauen riechen und den Geruch aufnehmen lassen – um sie zu finden, falls sie verschwinden wollten. Allerdings hatte Klaey den Jagdtrieb unterschätzt, vor dem ihn der Bestienmeister mehrfach gewarnt hatte. Auch für reichlich Goldmünzen hatte der Mann keine Garantie auf Unversehrtheit der Frauen geben wollen.

Aus gutem Grund. Die Bestie kümmerte sich nicht um meine Anweisung. Klaey machte der Tod der Ragana mehr zu schaffen, als er angenommen hätte. Ihre Entscheidung, auf ihre Kräfte zu verzichten, hatten ihr das grausame Ende gebracht. *Nein. Ich war es. Ich brachte ihr den Tod.*

Er wandte seine Schritte zur Unterkunft, wo die Säuglinge friedlich im Handwagen schlummerten und nichts von alldem ahnten.

Den Kuss der jungen Ragana schmeckte er noch immer auf seinen Lippen, als wollte er für alle Zeiten unter seiner Haut bleiben und ihn erinnern. Mahnen. Strafen. Er würde die Kinder unter allen Umständen wohlbehalten zurückbringen, wie Chòldunja von ihm verlangt hatte.

In seinem Innern spürte Klaey eine Wandlung, ausgelöst durch Chòldunjas eindringliche Worte und nicht zuletzt ihre Opferbereitschaft. Möglicherweise war dies ein weiteres Zeichen der Götter an ihn, nachdem die Albin nicht zum verabredeten Zeitpunkt erschienen war, um seine Entscheidung zu vernehmen.

Die Belagerung muss ohne Hantus Macht niedergerungen werden. Kawutan würde sich dabei auf seine Unterstützung verlassen können. Nachdenklich rieb er über seinen Mund, suchte nach Brandspuren, die Chòldunjas Lippen hinterlassen hatten. *Sie gab ihr Leben. Ohne dass sie –*

»Hey, Banneroffiziant«, erklang es unvermittelt hinter ihm.

Klaey blieb stehen und drehte sich zu dem Gardisten um, der ihm nachgeeilt war. »Was gibt es?«

»Du sollst in die Besprechungshalle kommen. Dein Omuthan will dich sehen.«

»Sag Kawutan, dass ich –«

»Der Omuthan. Nicht sein Vertreter«, unterbrach ihn der Gardist drängend. »Orweyn Berengart ist erwacht. Los, Abmarsch.«

Er deutete auf seine höheren Rangabzeichen auf den Schultern. »Sofort.«

Bei Cadengis! Ausgerechnet jetzt! Klaey hastete zutiefst beunruhigt los.

***

DAS GEBORGENE LAND, ROTES GEBIRGE, DAS REICH DER ERSTEN, MEERESHALT (OSTHAFEN), 1024 N. B. (7515. SONNENZYKLUS NACH ALTER ZEITRECHNUNG), WINTER

Xanomir Wogenherz atmete die Seeluft tief ein, die landeinwärts strömte, sanft über sein graubärtiges Gesicht und die langen lockigen Haare glitt. Sie führte den Geschmack nach schwindendem Winter und beißendem Salz mit sich, verteilte zugleich die Werkzeuggeräusche der improvisierten Werft, die einmal die Festung Meereshalt gewesen war, und trug das Knarren der zahlreichen vertäuten Schiffe zu ihm. *Es geht voran. Die Schwarzaugen werden nicht einmal wissen, was sie getroffen hat.*

Aus den umliegenden Dörfern und Städten waren die Menschen herbeigerudert und -gesegelt. Kaum dass die Nachrichten vom zurückgeschlagenen Angriff der Albae und von den Verwüstungen bekannt geworden waren, hatten sie Zimmerleute, Handwerker und Material gebracht, um den Ersten zur Hand zu gehen. Diese gelebte Gemeinschaft der Völker gefiel Xanomir.

»Kommst du? Sie haben einige Fragen, die nur du beantworten kannst.« Buvendil Muschelgreif kletterte zu ihm auf das Baugerüst, das er um sein Werk errichtet hatte, um von außen arbeiten und es prüfen zu können. Wie sein Freund trug er ein leichtes Gewand, das ihn bei der Arbeit nicht einengte. In seine blonden Bartsträhnen hatte er kleine schwarze Stachelmuscheln eingeflochten.

»Aber natürlich.«

Xanomir hatte es geschafft, einen Teil der Arbeitskräfte für sein Unterfangen abwerben zu können, das nichts mit den Instandsetzungen der angeschlagenen Festung zu tun hatte. Zu seiner Freude befanden sich zwei Schiffsbauer und eine -bauerin darunter, die sogleich verstanden hatten, was er von ihnen wollte. Während er an seinem Unterwasserschiff die fein gewalzten und gehämmerten Bleche auf die Spanten montierte, baute seine Mannschaft ein schnittiges Handelsschiff zu einem Träger um. Damit würde seine Erfindung schneller über Wasser in jene Gegend gelangen, wo getaucht werden sollte. Unter Wasser fuhr sein noch namenloses Gefährt zu langsam, und an der Oberfläche ähnelte es einem Korken. Seine Vorteile spielte es unter den Wogen aus.

Arbeitspausen gab es lediglich schichtweise zum Schlafen und Essen. Tag und Nacht wurde gehämmert, verbunden, geschliffen und improvisiert. Inzwischen waren die Arbeiten am Trägerschiff und am Tauchboot so gut wie abgeschlossen. Eine erste Sinkprobe stand an, bevor sie aufbrechen würden.

»Du kommst gut voran.« Buvendil pochte gegen das dünne Blech. »Wie tief können wir damit tauchen? Du weißt, der Druck ist nicht zu unterschätzen.«

»Ich bin fertig. Ich prüfe nur noch die Nahtstellen und dichte sie erneut. Dreißig Schritt sollten drin sein.«

»Dreißig?« Buvendil machte große Augen. »Das ist keine Elriahaube mit dicken Eisenwänden. Es ist … gewalztes Blech. Auf Holzspanten. Zehn Schritte lang, vier hoch und zwei breit. Und es wird eng und stickig.«

Xanomir lächelte seinen Freund verständnisvoll an. »Höre ich da Angst?«

»Respekt vor dem Meer, Elria und den Strömungen, die uns auflauern«, zählte Buvendil auf und grinste zurück. »Aber Angst? Nein.«

Xanomir legte einen Arm um seine Schulter und schüttelte ihn freundschaftlich durch. »Gut so! Ich will dich an meiner Seite haben, wenn wir mit den Fischen um die Wette tauchen.«

»Ich bin an Bord.« Neugierig erklomm Buvendil einige Stufen und sah in den obersten Zugangsschacht. »Du hast unser Antriebsproblem gelöst?«

»Ja. Ein Doppeluhrwerk. Aufziehbare Zahnräder trieben die hinteren Schrauben an. Notfalls können wir auf manuell umschalten, wenn zu viele Federn und Rädchen unter der Belastung brechen. Ballasttank, natürlich auspumpbar, verschiebbares Tauchgewicht und externe Luftfässer«, ratterte Xanomir stolz runter, »damit wir vier Sanduhren am Stück unter Wasser bleiben können, ohne aufzutauchen.«

Buvendil staunte ihn an. »Das hast du alles in den letzten Umläufen ersonnen?« Er spielte mit den schwarzen Muscheln im hellen Bart.

»Nein. Ich hatte meine Pläne schon in meinem Verstand.«

»Mit diesen ... vielen Kleinigkeiten?« Sein Freund schüttelte ungläubig den Kopf. »Du baust schneller ein Unterwasserschiff als andere ein herkömmliches.«

»Ich habe die besten Schmiede und Zimmerleute, die man sich vorstellen kann. Außerdem hatte ich bei diesem Modell die Möglichkeit, die Fehler des ersten auszumerzen, die mein Vater noch machte.« *Und die er mit seinem Leben bezahlte.*

»Elria wird dich hassen. Und lieben.« Buvendil sprang das Gerüst hinab. »Ist im hinteren Bereich ein Geschütz, das nach oben gehievt werden kann, oder täuschten mich meine Pupillen?«

»Das erkläre ich dir auf See. Nicht im Trockendock. Du wirst staunen, was ich mir ausdachte.« Xanomir pochte gegen die ebenso dünne wie beständige Blechwand des Gefährts. »Wir ändern die Regeln der Seegefechte, mein Mit-Ingenius. Wir Zwerge kennen uns eben damit aus, wie man sich unterhalb der Oberfläche bewegt. Zu Lande und zu Wasser.«

Gemeinsam eilten sie zum fertiggestellten Trägerschiff, das ebenfalls mit Elementen aus den Albaeschiffen verbessert worden war. Die Wrackteile waren wie ein Baukasten, aus dem man schöpfen konnte.

Xanomir erfüllten die Veränderungen jedes Mal mit Stolz. Zwei zusätzliche Leichtmaste waren dazugekommen, außerdem zwei Winden am Bug, um bei passenden Böen zusätzlich Segeldrachen aufsteigen zu lassen, um noch mehr Geschwindigkeit aufzunehmen. Rechts und links am Rumpf saßen Ausleger, um das schmale Gefährt auf dem Wasser zu stabilisieren.

Alreth, der Vorarbeiter der Handwerker, kam mit einem begeisterten Gesicht auf sie zu. »Es wird großartig werden«, sagte er euphorisch. Der kräftig gebaute Hüne hatte Sägespäne auf seiner dicken Kleidung, der Lederschürze und in den langen schwarzen Haaren. »Selbst mit zwei Tauchbooten an Bord läuft sie am Wind schneller als alles bisher Bekannte auf dem Meer.«

»Das verdankt sie nur deinen Einfällen.« Xanomir reichte ihm zur Begrüßung die Hand. »Welche Fragen gibt es?«

Alreth feixte. »Nur eine.«

»Und die wäre?«

»Wann?«

Xanomir war verwundert. »Könntest du –«

»*Wann* geht es los?« Er ging einen Schritt zur Seite, damit das Schiff in ganzer Pracht vor den Zwergen zu sehen war. »Die *Meeresklinge* ist fertig.«

Die Männer und Frauen an Bord des Trägers brachen in Jubel aus und warfen ihre Mützen in die Luft, applaudierten den Zwergen und sich selbst für das Geleistete.

»Bringen wir den unsichtbaren Tod nahe zu den Albae. Und den Rest übernehmt ihr beide mit dem Tauchboot.« Alreth ging auf die Planke zu, die hinauf zum Heck des Schiffes führte. »Kommt, ich zeige euch die letzten Verbesserungen.«

»Das ist … unbeschreiblich!«, rief Xanomir und flog den Steg hinauf, um den Leuten die Hand zu schütteln und sich ausgiebig zu bedanken. »Elria und Vraccas sollen euch segnen!«

Mit dem Vorarbeiter gingen und krochen die Zwerge durch das

Schiff ließen sich alles erklären. Die Mannschaft befand sich bereits an Bord der *Meeresklinge* und wartete darauf, die weiß-roten Segel zu setzen. Die erbeutete Seide der Albaeschiffe war mit herkömmlichem Segeltuch kombiniert worden. Im Laderaum, wo das Tauchboot untergebracht sein würde, befand sich auf Xanomirs Wunsch hin eine Werkstatt, um Reparaturen auf See vornehmen zu können.

»Wir haben noch keine Prüffahrt gemacht, aber die *Meeresklinge* wird unter Vollzeug gewiss zwanzig Knoten und mehr erreichen. Je schneller sie ist, desto weiter hebt sie sich aus dem Wasser und verringert den Widerstand des keilförmigen Rumpfs und der Ausleger«, schloss Alreth seine Erklärungen auf dem Hauptdeck. »Es wäre mir eine Ehre, als Kapitän fungieren zu dürfen.«

»Wer auch sonst, wenn nicht du? Niemand kennt sie besser.« Xanomir reichte ihm vor Freude und Erleichterung erneut die Hand. »Das ist eine unglaubliche Arbeit.« Er wandte sich an die Handwerkertruppe, die bereits Humpen voller Bier hielten und zur Feier bereitstanden. »Die *Meeresklinge* soll fortan dem Wohl des Geborgenen Landes dienen! Wo immer Ungerechtigkeit ist, sind wir zur Stelle!«

Wieder kam Beifall auf, dieses Mal erklang Applaus auch von der Kaimauer. Immer mehr Zwerge und Menschen fanden sich ein, bestaunten gemeinsam die fertige *Meeresklinge*.

»Wann bist du mit deinem Tauchboot so weit?«, erkundigte sich Alreth. »Wir können es jederzeit an den Haken nehmen und im Laderaum verstauen.«

»Ich will es mindestens einmal im Hafen ausprobieren. Dichtigkeit, Antrieb, Steuerung«, zählte Xanomir auf und bekam zustimmendes Nicken von Buvendil. »Sollten sich Schwierigkeiten ergeben, können wir aussteigen und es bergen.«

»Was im Meer schwer werden wird. Zumindest das Bergen«, warf sein Freund ein.

»Achtung!«, schallte es plötzlich vom Ausguck der *Meeresklinge*. »Der Kran beim Tauchboot fällt gleich!«

Sämtliche Köpfe wandten sich zur offenen Werft, und ein kollektiver Aufschrei erklang. Die Hebevorrichtung war an zwei Stellen aus der Bodenverankerung gebrochen. Der lange Schwenkarm neigte sich und zielte mit seiner Spitze auf die Einstiegsluke des Unterwassergefährts.

Wenn er einschlägt, durchbohrt er mein Werk wie ein Nagel einen Apfel. »Los, Buvendil! Rasch!« Xanomir rannte die knarrende Planke hinab auf die Kaimauer und drängte sich durch die Menge.

»Was hast du vor?« Sein Freund folgte ihm auf den Fersen.

Das wusste er selbst noch nicht genau. *Der Kran darf nicht in diese Richtung stürzen.* »Greift euch Umlenkrollen und Seile. Werft Schlingen um den Ausleger und zieht daran, sobald er stürzt. Korrigiert den Fall«, befahl er laut an die Umstehenden. »Alle auf die linke Seite.«

Die Leute gerieten in Bewegung und rannten los, um der Aufforderung nachzukommen. In Windeseile flogen beschwerte Taue in die Höhe und wickelten sich um den abbrechenden Kranarm. Als das Holz krachend barst, gab Xanomir die Anweisung zum Ziehen – und Dutzende Hände rissen gleichzeitig. Der Schwenkausleger stürzte abwärts und zuckte durch den Ruck nach links, verfehlte das Tauchboot um entscheidende Schritte und zerbrach am Boden in mehrere Teile.

Elria sei gedankt! Der Schaden ist abgewendet. Xanomir wollte gerade aufatmen und in den lauten Jubel am Kai einstimmen, als wie aus dem Nichts eine Stützstrebe am Arbeitsgerüst wegknickte. Klingelnd und scheppernd setzte sich die Kaskade der Zerstörung nach unten fort und würde innerhalb weniger Atemzüge die Haupthalterung des Unterwassergefährts erreichen. *Das ist nicht mehr aufzuhalten.*

Xanomir sah zu Buvendil und Alreth. »Schnell!«, schrie er durch den fröhlichen Lärm. »An den Haken mit dem Boot!«

Da bemerkte Xanomir den menschlichen dunklen Umriss, der sich aus dem einstürzenden Gerüstwald herauswand und in Sicherheit brachte. *Das waren keine Unglücke. Jemand sabotiert un-*

ser Unterfangen. »Dort!«, brüllte er und streckte den Finger aus. »Haltet den Mann! Er ist ein Saboteur! Wache, haltet ihn auf!«

Während Alreth und die Besatzung der *Meeresklinge* sogleich verstanden und den Ladekran des Trägers ausfuhren, um das Boot an den Haken zu nehmen, sickerte der Ruf des Zwergs nicht zu den Umstehenden durch. Erst als immer mehr Streben, Leitern und Laufbahnen des Gerüsts rappelnd zu Boden fielen, sprangen die Leute auseinander. Xanomir machte sich an die Verfolgung des Saboteurs, verlor ihn jedoch alsbald aus den Augen. Das Durcheinander schirmte den Übeltäter ab. *Verflucht! Wer war das?*

Ein Schrei erklang, und eine Wache am Eingang in die Vorfestung brach zusammen. Der Saboteur hatte offenbar versucht, sich im Bollwerk zu verbergen, war jedoch von einem Gardisten bemerkt worden. Die alarmierten Wächter deckten die Gestalt im langen Mantel von den Mauern herab mit Bolzen und Pfeilen ein.

Gelang es ihr zunächst noch, den Geschossen geschickt auszuweichen, wurde sie vom sechsten Bolzen in die Brust getroffen und geriet ins Taumeln. Das machte sie zum leichten Ziel. Gespickt und blutend brach sie zusammen.

Xanomir traf als einer der Ersten beim Saboteur ein und sah, dass unter der verrutschten Kapuze ein fein geschnittenes Gesicht verborgen lag. Die Augen blieben nach dem Tod klar und hellblau, das aus den Wunden austretende Blut glänzte frisch und rot.

»Ein Elb!«, entfuhr es ihm verdutzt. »Warum tat er das?«

»Zur Seite! Lasst mich durch.« Ein Hauptmann trat näher und durchsuchte den Toten, zog abgebrüht Bolzen und Pfeile aus dem Leib, damit er die Kleidung besser abtasten konnte. Das Blut schreckte ihn nicht. »Das Spitzohr hat nichts dabei. Außer dem hier.« Er hielt die zerbrochenen Überreste eines dünnen Glasröhrchens in die Höhe. »Das ist nicht gut«, murmelte er und roch vorsichtig daran. »Ohne Geruch. Die Tropfen darin wird ein Alchemist untersuchen müssen.«

Ich ahne, was sich dabei herausstellen wird. Die Albae hatten einen Weg gefunden, nicht nur die Augen dauerhaft zu färben, sondern auch ihrem Blut den harmlosen Anschein zu verleihen, es wäre frei von Bosheit.

»Er ist mit Sicherheit nicht alleine«, sagte Xanomir zu Buvendil, der außer Atem neben ihm erschien. »Wir verladen das Tauchboot auf die *Meeresklinge* und stechen in See.«

»Gute Idee. Prüfen wir die Nähte und die Funktionen in seichtem Gewässer.«

»Nein. Wir segeln nach Undarimar. Die Albae wissen, dass wir ein Tauchboot haben, gegen das sie nichts tun können. *Noch* nicht. Bis ihnen eventuell etwas dagegen einfällt, will ich deren Flotte versenkt haben.«

»Aber ... wenn uns ein Fehler bei der –«, widersprach Buvendil.

»Das sehen wir bald«, unterbrach ihn Xanomir und wandte sich zur Kaimauer. Der nächste Sabotageakt würde den Albae und ihren Verbündeten vielleicht gelingen. Das musste er unbedingt verhindern.

* * *

»Ihr kennt das Elbenreich Tî Silândur.
Geführt wird das Reich von einer Kindkaiserin, Kisâri genannt, die ihr Äußeres niemals änderte und als Jungfrau gilt – seit vierhundert Zyklen. Denn solange sie sich einem elbischen oder sterblichen Wesen verweigert, wird sie auf immer ihr Äußeres und ihre Macht behalten.
Die Kisâri verfüge über besondere Kräfte, sagt man. Sie sei eins mit der Natur und könne sie überall in Tî Silândur beeinflussen. Sie sei aber auch eins mit dem Tod, was manche befürchten lässt, die Kisâri trüge albisches Blut in sich.«

Ucerius, Palandiell-Priester

KAPITEL VII

DAS GEBORGENE LAND, KAISERREICH GAUTAYA, 1024 N. B. (7515. SONNENZYKLUS NACH ALTER ZEITRECHNUNG), WINTER

»Bei Lorimburs Axt! Er hat Goïmron mitgenommen!«, rief Gata aufgebracht und deutete zum zweiköpfigen Drachen, der in weiter Entfernung am Himmel sichtbar wurde, nachdem sich die wirbelnde Wolke aus Schnee und Asche über der Lichtung gelegt hatte. »Er wird ihn verschlingen!«

Noch immer tobte der Kampf zwischen den verbliebenen Albae und Slibina gegen die Belagerungstruppe um Telìnâs und Sònuk mit den verbündeten Wehrstädtern.

»Nein, das wird Szmajro nicht. Sonst hätte er es vor unseren Augen getan.« Brûgar wich einem heransirrenden Pfeil aus und drosch einem abgelenkten Alb das schwere, eisenbeschlagene Nietenende des Dreschflegels ins Gesicht, sodass sich Visier und Gesicht dahinter knackend verschoben. Keuchend ging der Gegner zu Boden und blieb liegen. »Wir kümmern uns erst um diese Schwarzaugen und ihren Drachen. Die sind unsere dringenderen Sorgen.« Sicherheitshalber schlug er erneut zu und zerschmetterte den Schädel des Albs. »Telìnâs steht am Katapult und hält das Schuppenvieh auf Abstand.«

Gata sah dem davonfliegenden Szmajro hinterher und stieß einen Schrei der Frustration aus, schlug mit ihrem Axtschwert in die Luft. »Wie kannst du so sicher sein?«

»Glaub mir, Königin. Der Gemmenschnitzer kommt zurecht. Er weiß sich mit seinen Zauberkräften zu helfen.« Brûgar duckte sich, um nicht von Pfeilen getroffen zu werden, und schaute sich nach einem neuen Gegner um.

»Sagtest du *Zauberkräfte?*« Gata wandte sich verblüfft zu ihm um.

»Ja. Ich hatte ihn schon seit der Schlacht am Zweistromhügel im Verdacht.« Brûgar zog sie am Arm in Deckung. »Er hat einen Saphir mit einem geschnitzten Figürchen, mit dem er magische Wunder wirkt. Bestimmt aus dem Hort der Maga. Mach dir keine Sorgen um ihn. Er wird gewollt haben, dass ihn Szmajro mit sich nimmt.« Er versuchte sich an einem aufmunternden Lächeln. »Ich wette, er fliegt mit dem Drachen zur Festung der Vierten und vernichtet die Brigantiner.«

Lorimbur sei mit ihm!, dachte Gata und beschloss, nicht länger über Goïmrons Schicksal zu grübeln, so schwer und hilflos es sich auch anfühlte. Es lag nicht in ihrer Hand. »Du hast recht. Kümmern wir uns um diese Feinde.«

Brûgar deutete nach vorne zur zaubernden Albin und Slibina. »Die beiden sind für *uns.* Zeigen wir den Schwarzaugen, dass wir uns nicht vor einer Drachin fürchten. Trotz ihrer Größe und ihrer drei Hörnern aus purer magischer Kraft.« Er erhob sich und spurtete über das Durcheinander aus Baumresten, Pferdekadavern und Leichen hinweg. »Mir nach, meine Königin!«

»Das hättest du gerne! *Du* eilst *mir* nach, nicht umgekehrt!« Gata schob ihre Sorge um Goïmron zur Seite und spurtete an ihm vorbei, das schwere Axtschwert in einer Hand.

Unter dem Deckungsbeschuss von Sònuk und Telìnâs, die zwei schwere Bolzen- und Kugelkatapulte aufgerichtet und einsatzbereit gemacht hatten, gelangten Gata und Brûgar zusammen mit einer Handvoll Wehrstädter und Zwerge dichter an die Drachin heran.

Aus der Nähe machte das haushohe, mehr als drei Dutzend Schritte lange Monstrum gehörigen Eindruck. Mit herkömmlichen Klingen kamen sie gegen die dicke Haut und die rostbraune, schwarz geäderte Hornpanzerung nicht mehr an. Die Gelegenheit war vertan. Gata gab Anweisungen, die magische Albin zuerst anzugreifen. Fiel ihre Herrin, würde Slibina das

Weite suchen oder zu einer leichteren Gegnerin werden. *Hoffe ich.*

Die Zahl der übrigen Wehrstädter war unterdessen erschreckend geschrumpft. Obrist Emaro von Stiyn führte sie tapfer gegen die heimtückischen Albae, die ihre angeborenen Kräfte gegen die Menschen einsetzten. Momente der Dunkelheit und das Gefühl unsäglicher Angst brachen über die Angreifer herein und lähmten sie. Dies nutzten die Gegner gnadenlos aus, um sie mit Schwertern und Dolchen niederzustechen.

Abrupt erklang ein neuerliches Hornsignal. Gleich darauf galoppierten zweitausend weitere Wehrstädter durch eine sich auftuende Schneise in der Feuerwand und warfen sich in die Schlacht. Die restlichen Eisbohlen waren von außen mit Muskelkraft in die Flammen geschoben worden, und das Schmelzwasser hatte erneut gegen den Brand gewirkt.

Der unaufhörliche Hagel aus überschweren Bolzen und Stachelkugeln setzte Slibina zu. Gata erkannte die Wunden in den braunschwarzen Hornplatten und sah das kochende hellrote Drachenblut, das in langen Bahnen auf die Erde rann. Wann immer sich die riesige Bestie anschickte, die lästigen Fernwaffen zu stürmen, verstärkten Telìnâs und Sònuk den Beschuss und drängten sie mit Treffern in die empfindliche Schnauze und gegen die Augen zurück.

Sie mag gewachsen sein, aber sie bleibt eine unerfahrene Drachin. Ûra oder Ardin hätte längst kurzen Prozess mit den Angreifern gemacht.

Derweil richteten Soldaten die umgekippten Katapultwagen auf und machten die Maschinen einsatzbereit. Der stählerne Regen gegen die Drachin schwoll an, mehrere Löcher zeigten sich in den Schwingen.

Gata und Brûgar erreichten die Albin, die den schweren Fellmantel abgestreift hatte und in einer schwarzen Gewandrüstung kämpfte. In ihrer Linken führte sie ein geschwungenes, schlankes Schwert mit einer Eleganz gegen vier attackierende Wehrstädter, dass es mehr einem Tanz als einem Kampf ähnelte, an dessen Ende die mutigen Soldaten auf die aschebedeckte Erde fielen. Durch das schwarze und das weiße Auge in ihrem bleich und dunkel geteilten Gesicht wirkte sie wie eine leibhaftige Todesdämonin, gesandt von Tion und Inàste höchstselbst.

Ein Pfeil schwirrte aus dem Getümmel, den die Albin nicht kommen sah. Das Geschmeide an ihrem Körper glomm auf, und das Geschoss löste sich eine Armlänge von ihr entfernt auf, ohne dass sie einen Zauber sprach.

Sie schützt sich mit Artefaktmagie. Gata gab dem ungestümen Brûgar hinter sich ein Zeichen, nicht anzugreifen. *Wir brauchen Mostro und seine Formeln! Dringend!*

Auf dem Schlachtfeld kehrte unvermittelt eine seltsame Ruhe ein; die Katapulte schwiegen.

Als Gata sich rasch umblickte, sah sie die Albae niedergestreckt und durchbohrt auf dem Boden liegen oder auf Piken gespießt in die Höhe gereckt – alle bis auf die Maga. Truppen aus Wehrstadt kreisten sie allmählich ein. Slibina stand auf allen vieren hinter ihr, fauchte und brüllte drohend in verschiedene Richtungen, wagte aber keinen Angriff.

Telìnâs und Sònuk wechselten zusammen mit Soldaten die Magazine der Schleudern und spannten die Vorrichtungen neu, die Läufe auf die Drachin und die letzte Albin gerichtet.

»Haltet ein«, verlangte Mostro mit fester Stimme und vollkommen unnötig, da sich ohnehin niemand regte.

»Derselbe Idiot wie bei seiner Ansprache auf dem Hügel«, raunte Brûgar seiner Königin zu. Er nutzte die Pause, um seine Kriegspfeife zu zücken und in den Mund zu klemmen. »Ich hoffe, der Stabfuchtler trägt einen Zauber in seinem Verstand, der uns hilft.«

»Sei bereit«, gab Gata zurück. »Sobald er die schützende Wirkung ihres Schmucks aufhebt, stürmen wir. Sag es den anderen.« Sie hielt ihr Axtschwert fester, die hellen Augen auf die letzte Gegnerin gerichtet.

»Eine Albin, die sich auf Magie versteht.« Mostro genoss den großen Auftritt sichtlich. Die Reihen bildeten ein Spalier für ihn, das sich hinter ihm schloss, während er in einem kaiserlich anmutenden Zobelpelzmantel an den Rand der Einkreisung schritt. Die Pelzkappe hatte er eigens für die Schlacht gegen einen kostbar funkelnden Helm getauscht, der einer Krone ähnelte. »Welch ein Wunder uns Inàste mit dir sandte. Obgleich es keines ist, das mir gefällt.«

Die Albin musterte ihn aus ihren unheimlichen Augen. »Du bist der Famulus, der dem Omuthan seine Niederlage bescherte.« Sie stellte sich aufrecht und deutete lässig mit der freien Hand auf Slibina hinter ihr. »Es wird nicht wieder so leicht. Eine vierzig Schritt lange Drachin ist schwerer zu besiegen.«

»Verschließe dich nicht dem Offensichtlichen. Du hast so gut wie verloren. Ergib dich uns, und ich verschone dein Leben«, versprach Mostro großspurig und ohne Absprache mit Gata, was ihren Zorn anschwellen ließ. »Slibina wird fortan mir gehorchen. Dir verspreche ich im Gegenzug, dass du das Geborgene Land verlassen kannst. Ohne ein gekrümmtes Haar.«

Verwundertes Gemurmel setzte unter den Verbündeten ein. Ein solches Versprechen war keinesfalls im Interesse aller.

»Zu Tion mit dem Narren! Gleich mähe ich den Fuchtler nieder«, grummelte Brûgar in seinen blau gefärbten Bart. Der Pfeifenkopf glühte, so sehr sog er am Mundstück. »Was geht in seinem Schädelchen vor?«

»Nur dumme Gedanken.« Gata konnte nicht länger schweigend zusehen und machte einen Schritt nach vorne neben Mostro. »Ich bin Regnorgata Sterbenshieb aus dem Clan der Orkschlächter, Königin der Dritten«, stellte sie sich vor. »Wie lautet dein Name? Und was bist du?«

»Was tut Ihr?«, zischte Mostro aus dem Mundwinkel.

»Zeit schinden«, gab sie leise zurück. »Damit Ihr Euren Zauber vorbereiten könnt, um ihre magische Sperre zu durchbrechen. Das Schwarzauge wird das Gebiet der Wunder nicht lebend verlassen. Konzentriert Euch auf ihren Schmuck. Es ist ein Schutzartefakt.« Laut sprach sie: »Wir hatten keine Ahnung, dass die Albae in der Lage sind, Magie zu wirken.«

»Und ich hätte es nicht von einem Unterirdischen erwartet«, erwiderte die ungewöhnliche Albin. »Der mir dazu noch meinen Drachen stiehlt. Es scheint, als bräche eine interessante Epoche im Geborgenen Land an. Meinst du nicht, Königin der Dritten?«

»Was?« Mostro lachte laut. »Dieser … Goïmron soll sich auf die Kunst der Magie verstehen? Bei Palandiell!«

»Das tut er«, bekräftigte die albische Maga. »Ich sah einen Meeressaphir in seiner Hand. Damit zerstörte er meinen Zauberwall.«

»Nein, niemals! *Mir* gebührt der Dank! *Ich* vernichtete deine Barriere!« Mostro regte sich etwas zu sehr auf, um glaubhaft zu sein. Das Murmeln der Verbündeten wurde lauter. »Außer Famula Adelia und der ehrenwerten Maga Vanéra vermag keiner, einen Schutzzauber zu brechen. Niemand sonst, hörst du?«

»Ich höre. Und doch vergisst du mich, Famulus.« Die Albin wischte ihr blutiges Schwert an einem toten Wehrstädter zu ihren Füßen ab. »Du fragtest, wer und was ich sei, Königin der Dritten. Mein Name ist Ascatoîa, und ich bin eine Zhussa. Solltest du glauben, du und deine Freunde könnten mich besiegen, werdet ihr sterben.«

»Das wird nicht geschehen!« Mostro öffnete seine Fäuste und hob dabei die Handflächen nach oben. Darauf lagen ein weißer Nephrit und ein dunkelgrüner Jaspis, um die dezente Entladungen zuckten. »Wir stehen auf dem Gebiet der Wunder. In mir pulsiert überbordende magische Energie, Zhussa! Ich beherrsche etliche Zauberformeln, mit denen ich dich –«

»Weißt du denn, was eine Zhussa ist?«, unterbrach ihn Ascatoîa lauernd. »Was ich vermag? Was Slibina dank meiner Umwandlung kann, als ich Albaeblut ihrem hinzugab und es sich unter dem Einfluss des Magieblitzes vermengte?«

Gata sah, dass Mostros Arme zu zittern begannen. *Er weiß nichts darüber.*

»Du bist zu töten, wenn es sein muss«, gab sie zurück. »Deine Drachin auch.«

»Ich weiß, dass der Famulus ohne jegliche Befugnis sprach, als er mir sein großmütiges Angebot unterbreitete«, sprach Ascatoîa. »So lasst *mich* eines machen, das mir der Ganyeios für euch mitgab.« Langsam steckte sie das Schwert in die Hülle. »Dsôn Khamateion lässt euch freie Hand in Brigantia. Nehmt die Festung ein, tötet die Brigantiner und was ihr sonst noch in den Gängen und Stollen vorfindet. Die Vierten mögen ins Braune Gebirge zurückkehren. Wir lassen sie in Ruhe, sofern das Geborgene Land uns Albae in Frieden leben lässt. Bedenkt, dass wir am Zweistromhügel nicht eingegriffen haben und euch den Sieg ließen.« Sie legte eine Hand auf ihre Brust, und das Geschmeide an ihrem Leib leuchtete heller auf, wie um ihre Worte zu unterstreichen. »Das kann ich euch im Namen des Ganyeios versprechen. Sendet gerne eine Delegation, um weitere Abmachungen zu treffen.«

Mostro sah verunsichert zu Gata und schloss langsam die Finger um Jaspis und Nephrit. »Wir … werden es beraten, sobald wir bei der Belagerung sind. Oder, Königin Regnorgata?«

Niemals würden die Albae ein solches Abkommen gewähren. *Sie wollen das Geborgene Land unter ihrer Knute haben, um die Völker zu versklaven und die Elben zu vernichten.* Gata hielt das Angebot für eine dreiste List der Zhussa. Gleichzeitig fand ein anderer Teil in ihr den Vorschlag sehr gut. »Woher der Sinneswandel?«

»Verwechselt uns nicht mit jenen Albae, die vor uns in eurer Heimat lebten«, sagte Ascatoîa. »Jene, die sich die Ursprünglichen nennen, trachteten gewiss nicht nach Frieden. Wir schon.«

Brûgar prustete los. »Ihr habt euch gewandelt, was, Schwarzweißäuglein? Weil ihr aus dem Jenseitigen Land kommt?«

»Wir waren schon *immer* anders, doch von euch missverstanden.«

»Ah, *missverstanden!*«, brach es aus dem aufgebrachten Zwerg heraus. »Wie kommt es dann, dass ein Schwarzauge mit einem Runenspeer uns seine Dienste und die seiner Schweineschnauzen –«

»Brûgar«, rief ihn Gata zur Ordnung.

Ascatoîas Lider wurden für die Dauer von zwei Herzschlägen zu Schlitzen, schwarze Wutlinien zuckten über ihr Antlitz, als wollte es von innen heraus aufbrechen und in tausend Stücke bersten. »Die Drachen brauchen wir zu unserem Schutz. Vor *euch.* Trachtet ihr Dsôn Khamateion nach seiner Existenz, werden wir euch vernichten. Eine Warnung sandten wir euch schon. Denkt an die Delegationen und unsere Attentäter«, sprach sie ruhig und ging langsam rückwärts; dabei schwebte sie mit jedem Schritt behutsam vom Boden weiter in die Höhe, bis hinauf zu Slibinas Rücken, auf dem sie sich langsam niederließ. Erneut glomm ihr Geschmeide auf, und die Wunden der jungen Drachin schlossen sich, das Bluten endete. »Nehmt euch Brigantia und belasst es dabei. Wir sind nicht die Feinde des Geborgenen Landes. Hütet euch lieber vor Mòndarcai. Er ist ein Lügner und Betrüger.«

»Mostro«, raunte Gata. »Seid Ihr bereit? Sie wird gleich losfliegen, wenn wir nichts unternehmen.«

Slibina hob den Schädel mit den drei magischen Hörnern und blies heißen Brodem aus den Nasenlöchern, spannte die verheilenden Schwingen. Ihr Abheben stand unmittelbar bevor.

»Greift mich oder meine Drachin an, und euer Tod heißt Ascatoîa«, sprach sie gelassen und fuhr mit der rechten Hand streichelnd über die rostfarbenen Schuppen. »Lasst ihr mich ziehen, haben wir ein Abkommen.«

Die mächtigen Muskeln an Slibinas Hinterleib und den Läufen spannten sich, sie duckte sich zum senkrechten Sprung, um sich in die Luft zu schwingen.

»Mostro!« Gatas Kopf schnellte herum, sie sah ihn auffordernd an. »Werdet Ihr etwas tun?«

Die Schwingen schlugen einmal, und Slibina drückte sich ab.

Der Wind wirbelte graue und weiße Flocken in die Höhe, peitschte sie den Wehrstädtern und ihren Verbündeten in die Gesichter. Vergebens wartete Gata darauf, dass sich gleißende Strahlen aus den Steinen lösten oder dass der Famulus Bannzauber schleuderte oder sich irgendein magisches Wunder ereignete, um die Zhussa samt Drachin aus dem Himmel zu holen.

»Ihr seid ein Feigling«, flüsterte sie in den künstlichen Sturm, der sich alsbald legte. Das Rauschen der Flügel entfernte sich schnell, und es pfiff irritierend schrill, als der Wind sich in den schließenden Löchern brach. »Ein Feigling und ein Nichtskönner, der meinetwegen zu Tion fahren kann! Für mich werdet Ihr stets ein kleiner Famulus bleiben, der sich eher in die Hose scheißt, als den Kampf anzunehmen.« Gata wandte sich um. »Alle zu den Pferden!«, rief sie. »Wir müssen zurück nach Brigantia. Unser mächtiger Möchtegernmagus strotzt vor Kraft. Das muss genutzt werden.«

Nach mehreren Schritten vernahm sie Mostros bebende Stimme hinter sich: »Diese beleidigenden Worte werde ich Euch niemals vergessen, Königin der Dritten.«

Sollst du auch nicht. Gata spuckte in seine Richtung aus und ging zu ihrem Pferd. Es gab sogar einen Teil in ihr, der sich freute, dass Ascatoîa unbehelligt entkommen war. Damit gab es nach den Worten der Zhussa ein Friedensabkommen mit Dsôn Khamateion.

* * *

DAS GEBORGENE LAND, BRAUNES GEBIRGE, BRIGANTIA, 1024 N.B. (7515. SONNENZYKLUS NACH ALTER ZEITRECHNUNG), WINTER

Rodana eilte über den vorderen Wehrgang, weithin erkennbar mit einer Lederrolle in der Hand, und keuchte unter dem schweren, geschlossenen Helm. *Wie kann man darin überhaupt kämpfen?*

Sie hatte die eiserne Kopfbedeckung zusammen mit einem brigantinischen Wappenmantel und einem geprägtem Lederetui in einem günstigen Moment aus einer der Rüstkammern gestohlen. Der Helm barg ihr Gesicht mit den auffällig dunklen Lippen vor Blicken und schützte es zudem bei Pfeil- und Bolzenbeschuss. Die Hülle wiederum sorgte dafür, dass jeder sie für eine Meldegängerin hielt, die eilige Nachrichten zwischen den Wallabschnitten transportierte. Keiner stellte Fragen oder hielt sie auf. Dafür war ihre Aufgabe zu wichtig.

In Wahrheit lief Rodana unablässig hin und her, um eine günstige Stelle für den Abstieg zu erkunden. Geheime Mauerpforten ließen sich von ihr auf die Schnelle nicht entdecken, also bereitete sie sich auf das Klettern vor. Zwei lange Hanfseilrollen zu je fünfzehn Schritten hatte sie bereits gesichert und griffbereit gelegt.

Dabei musste sie einen Augenblick abpassen, in dem sie weder von den Brigantinern über sich noch von den Belagerern unter sich gesehen wurde. Die einen hielten sie für eine Spionin, die aus Brigantia entkommen wollte, die anderen für eine Saboteurin mit dem Auftrag, die Warwölfe zu vernichten oder das Wasser zu vergiften. Beide würden sofort auf sie schießen.

Rodana blickte zum abendlichen Himmel, der sich zunehmend verfinsterte. Die Wolken zogen sich zu, es sah nach einem neuerlichen Schneesturm aus. *Perfekt, um meine Flucht anzugehen.*

Unter dem Helm stank es nach altem Schweiß, der sich im ledernen Kopfpolster festgesetzt hatte. Rodana konnte sich nicht vorstellen, dass man Gewicht und Geruch länger als eine Sanduhr aushielt, schon gar nicht unter sengender Sonneneinstrahlung.

An der nördlichsten Stelle des ersten Walls hatte sie eine Stelle ausgemacht, an der sie mit dem ersten Seil hinab bis zu einem feststeckenden, massiven Haltebolzen gelangte, an dem sie das zweite Seil befestigen konnte. Die Belagerer mussten den Bolzen in die Mauer geschossen haben, um eine Sturmleiter daran zu verankern.

Alles in allem galt es, in kleinen Sektionen achtzig Schritte abwärts zu bewältigen, bevor sie den verschneiten Boden erreichte. Weiter unten gab es eine zerborstene Stachelkugel, die an eine übergroße Kastanienschale erinnerte und mit zwei Krallen im Stein stak. Auch wenn es ihr nicht schmeckte: Von dort aus musste sie improvisieren und etwas finden, was als Kletterhilfe taugte.

Sobald Schnee und Sturm einsetzen, beginne ich. Rodana trat in den Windschatten eines Erkerturms und verbarg sich vor den Blicken der Wachen. Die Brigantiner sollten denken, sie holte neue Befehle aus der Stube des Abschnittskommandanten. *Palandiell und Samusin, bitte seid mir gnädig!*

Die Warnung über das Auftauchen des Rhamak namens Hantu musste die Belagerer erreichen, sonst wäre verloren, was am Zweistromhügel gewonnen worden war. Von dem unerwarteten Verbündeten des Omuthan konnte niemand etwas wissen, denn Goldhand und seine Mitstreiter hielten den Durchgang ins Jenseitige Land für versiegelt. Das stimmte zwar, aber zuvor war genug Unbill hindurchgelangt.

Der Wind frischte auf, Flocken wirbelten aus dem bedeckten Himmel und verringerten die Sicht beständig. *Gut!* Rodana blies sich in die kalten Hände, schlang sich den Wappenrock enger um die Körpermitte. *Ich hätte zwei davon stehlen sollen. Es ist eisig.* Vor dem Klettern musste sie sich unbedingt dicke Handschuhe organisieren. Steife Finger konnte sie sich ebenso wenig erlauben wie festgefrorene Haut an eisigem Metall. Wie es am Fuß der Mauer weiterginge, würde Rodana entscheiden, wenn sie dort wäre. *Erst der gefährliche Abstieg, danach alles andere.*

Von der anderen Seite des Erkerturmes erklang unvermittelt ein leises Schnuppern, dem eine lange schwarze Schnauze folgte, die der eines Wolfs ähnelte – doch ihre Ausmaße lagen über der eines Isegrims. Anstelle von Fell bedeckte sie winzige dunkle Hornplättchen wie bei einer Schlange.

Rodana wusste, was sich ihr witternd näherte. *Eine Narshân-Bestie!* Ohne sagen zu können, wie sie auf den Gedanken kam, ging sie davon aus, dass das Raubtier nach ihr suchte. *Verflucht!*

Schnell erklomm sie den Erker über vorspringende Steinkanten, stieg drei, vier Schritte in die Höhe und sah hinab.

Die Bestie lief mit gesenktem Haupt auf dem Wehrgang, schnüffelte laut und hielt die Ohren senkrecht aufgestellt – bis sie grollend herumfuhr und die weiß leuchtenden Augen auf die Puppenspielerin richtete. Die trudelnden Flocken reflektierten das Licht.

»Geh weg! Such dir einen anderen Bissen«, rief Rodana und kletterte höher, schaute sich um. Über das Dach konnte sie auf einen nahen Querbogen gelangen, der sie zurück auf den Wall bringen würde. *Aber was nützt es, wenn mich dieses Vieh fressen will? Es ist schneller als ich.*

»Was tust du da oben?«, erklang die verwunderte Stimme eines Mannes. Der in Mantel und Helm gehüllte Gardist trug irgendwelche silbernen Abzeichen auf den Schultern, die ihr nichts sagten. »Solltest du nicht Botschaften überbringen?« Er streichelte dabei den schwarzen Kopf der knurrenden Narshân-Bestie.

»Das täte ich. Aber die da hat was dagegen. Jemand fütterte sie wohl nicht«, antwortete Rodana. »Ich bin für sie die richtige Kost, denkt sie.«

»Das ist seltsam. Sie hat eben erst gefressen, sagte mir der Bestienmeister.« Der Gardist wollte das Raubtier am Nacken ins Innere ziehen. Doch das Grollen aus der Kehle wurde drohender und lauter. »Oha! Sie hasst dich aus irgendeinem Grund.«

»Ich mag sie auch nicht.« Rodana hob die Lederhülle. »Ich muss diese Nachricht zurück an den Nordwall bringen. Der Trottel von Schreiber gab mir die falsche für dich mit, wie ich am Siegel sah. Halte mir das Vieh vom Leib.«

Der Gerüstete schloss die schmiedeeiserne Gittertür am Turm, womit der Teil des Wehrganges hinter der Bestie abgesperrt war. »Klettre übers Dach, und dann spute dich. Ich versuche, die Gute noch ein bisschen aufzuheitern und davon zu überzeugen, dass unsere Meldegänger weder Spielzeug noch Fressen sind.«

»Wieso gehorcht die Bestie dir?« Rodana kletterte mit tauben Fingern los. Sie hoffte, dass er die schwarzen Kuppen nicht sah und neugierig wurde.

Der Gardist hob einen Anhänger, der um seinen Hals vor der Brust baumelte. »Daran haftet ein Geruch, den sie mögen. Den tragen alle Zabitay. Das solltest du wissen.«

»Ach ja, richtig. Ich war zu beschäftigt damit, nicht verspeist zu werden. Wir Meldegänger sollten auch welche erhalten.« Rodana fragte nicht nach, woher der Anhänger stammte, um nicht noch mehr Argwohn zu wecken. »Ich bin gleich zurück. Dieses Mal mit der richtigen Nachricht, Zabitay.« Schnell überwand sie das Dächlein und gelangte über den Querbogen auf den gesicherten Wehrgang.

Rodana rannte los, während die Böen winzige Flocken durch das Visier drückten. Eiskalt schmolzen die Kristalle auf ihrer warmen Haut.

Und natürlich machte sie sich Gedanken.

Dass die Narshân-Bestie ihr nachstellte, hatte einen anderen Grund als Hunger. Wie ein Bluthund war das Tier ihrer Spur gefolgt, hatte sie gesucht. Die übrigen Wachen auf dem Wall hatte sie unbehelligt gelassen. Daher vermutete Rodana, dass dies das Werk von Klaey Berengart war, der sich gegen eine Flucht seiner wertvollen Gefangenen absichern wollte. *Es sah nicht aus, als brächte sie mich freundlich zurück. Sie hätte mich angegriffen.* Rodana bemerkte zufrieden, dass sich die Sicht auf dem Wall weiter verringert hatte auf kaum mehr eine Armlänge. Zeit für die Suche nach passenden Handschuhen blieb nicht mehr. Sie wollte von der Mauer verschwunden sein, bevor der Zabitay die Bestie freiließ.

Die beiden Seile mit den eingeknüpften Griffknoten daran lagen noch an Ort und Stelle. Schnell warf Rodana eines über die Schulter, befestigte das andere an der Zinne und warf es auf der Außenseite hinab. Nach einem letzten vergewissernden Rundumblick, dass ihr niemand zusah, schwang sie sich über die behauenen Steine und ließ sich am dicken Tau hinab; die Knoten vereinfachten das Zugreifen.

Als sie im dichten Schneetreiben das Ende des Seils erreicht hatte, sah sie den armdicken Bolzen in einer aufgesprungenen Fuge stecken. *Genau wie berechnet!* Erleichtert fertigte sie eine besondere Schlinge, die sie durch eine bestimmte Ruckbewegung des Taus lösen konnte, und machte das zweite Tau damit fest. Vom Haltebolzen aus ging es abwärts, Schritt für Schritt und Knoten für Knoten. Ihre Finger spürte Rodana längst nicht mehr, der Boden mochte eine Meile oder einen Sprung entfernt sein. Es machte im dichten Treiben der Flocken keinen Unterschied. *Nur wenn ich falle.*

Mit der Fußspitze ertastete sie das gesplitterte Kugelgeschoss, das sich unter ihrem geringen Gewicht neigte. Lange würden die zwei Zacken der Belastung nicht standhalten. *Das muss schnell gehen.* Rodana stellte sich auf das Geschoss und löste das Seil, band es sogleich an einen Stachel und ließ sich erneut abwärts. Ihre Muskeln in den Armen zitterten, die Hände ließen sich kaum mehr vor Kälte und Anstrengung schließen.

Sie hatte eben einige Griffknoten abwärts absolviert, als etwas Schlangenartiges an ihr vorbei in die Tiefe rauschte. *Das erste Seil!* Rodana sah hinauf. *Sie haben es gefunden.* Lange würde es nicht dauern und sie sandten ihr Steine und Schlimmeres auf gut Glück hinterher.

Eilig kletterte sie weiter, doch am Ende des Taues angekommen, fand sie nichts, an dem es erneut verknotet werden konnte. Laut ihren Berechnungen befand sie sich etwa fünfunddreißig Schritt über der gefrorenen Erde. Der Aufprall würde mit großer Wahrscheinlichkeit den Tod bedeuten. *Ich muss pendeln und einen weiteren Bolzen oder ein Geschoss finden.* Rodana sandte ein Stoßgebet an Samusin. *Lass es halten!* Dann stemmte sie die Füße gegen die Mauer und begann, nach rechts und links zu laufen, voller Hoffnung, eine Abplatzung, einen Geschossrest oder einen Speer zu finden, an dem sie sich festhalten konnte.

Die von ihr erlaufenen Bogen wurden weiter und länger, Seil und Befestigung knirschten über ihr. In der Mischung aus Dämmerung und Gestöber sah Rodana kaum mehr etwas, sie streckte sich und ertastete – nichts.

Unvermittelt surrte ein kopfgroßer Stein knapp an ihr vorbei. Die Verteidiger warfen offenbar recht gezielt nach ihr, weil sie in der Stille das Scharren der Schritte an der Wand hörten.

Das mache ich nicht mehr lange mit! Ihre Kraft schwand. *Ich …*

Ein Stein prallte oberhalb von ihr mit lautem Scheppern gegen die Seilverankerung und riss den Geschossrest aus der Wand. Dadurch löste sich die Schlaufe, und für Rodana ging es an der Mauer entlang abwärts.

Nein! Das überlebe ich nicht. Sie umfasste das grobe Tau mit beiden Händen und betete, dass sich die Schlinge beim Sturz am Wall hinab an irgendeinem Vorsprung oder Widerstand verfing.

Ruckartig hakte sich das Seil an einem Bolzenschaft ein, und Rodana schrie vor Freude auf – bis ein Wackerstein von oben gegen ihre rechte Schulter rauschte. Ihr Schrei änderte sich von überrascht zu schmerzhaft, ein heißes, lähmendes Stechen schoss ihren Arm abwärts, die Hand öffnete sich, und Rodana stürzte erneut.

Nach kurzem Fall schlug sie in einer pulvrigen Schneewehe am Fuße des Walls ein. Wie auf weichen, eisigen Decken versank sie, und die Kristalle schlossen sich über ihr, als wollten sie die Puppenspielerin vor den niederfallenden Steinen beschützen.

Geschafft! Prustend und stöhnend wühlte sich Rodana aus dem pudrigen Schnee, der überall unter ihre Kleidung glitt. *Ich bin unten!*

Um sie herum gingen faustgroße Geschosse nieder. Zwei brennende Lederbeutel folgten, platzten beim Aufschlag und brachten gleißende Helligkeit in die Dämmerung. Die Spritzer verteilten das Licht weit um Rodana herum, verfehlten sie jedoch. Keuchend torkelte und stolperte sie vorwärts, um dem tödlichen Hagel zu entkommen. Die Schneeflocken machten es ihr unmöglich zu erkennen, wohin sie lief. Alles um sie herum wurde zu fliegendem, wehendem Weiß.

Ansatzlos schnellte ein großer Rundschild vor ihr in die Höhe und traf sie gegen Brust und Gesicht. Benommen fiel Rodana rücklings in den Schnee und sah ein dunkles Augenpaar hinter einem eisverkrusteten Schal, das sie wütend anschaute.

»Saboteur!«, schrie der Mann. »Ich habe einen Saboteur gefasst.« Mit einem Ruck wurde ihr der Helm von den kinnlangen, blonden Haaren abgezogen. »Rühr dich nicht, oder ich schlitze dir den Hals auf.«

Weitere gerüstete und mit dicken Mänteln verhüllte Bewaffnete traten aus dem Sturm, die Spitzen von Speeren und Piken auf sie gerichtet.

»Das ist keine Saboteurin! Das ist die Puppenspielerin!«, stellte eine Kriegerin überrascht fest. »Diese Kinderfresserfreundin, auf die ein Kopfgeld ausgesetzt wurde.«

»Sie kann dennoch eine Saboteurin sein«, beharrte der Mann, der Rodana gefangen hatte. »Die Belohnung gehört mir!«

»Dann schlag ihr den Kopf ab und weg hier«, empfahl die Kriegerin. »Die Brigantiner haben uns bemerkt, sind schlecht gelaunt und werfen mit Steinen und Feuer. Ich will nicht zur Fackel werden, auch wenn es mir gegen die verfluchte Kälte hilft.«

Die Männer um sie herum lachten rau.

Rodana versuchte zu erklären, warum sie geflohen war, aber ihr Verstand litt unter dem Hieb mit dem Schild. Mehr als Stammeln und schmerzvolles Ächzen gelang ihr nicht. *Das darf nicht wahr sein! Ich bin der Narshân-Bestie entkommen, um durch die Hand eines Trottels für ein Kopfgeld zu sterben.*

»Ich muss zu Goldhand«, presste sie endlich bibbernd heraus.

»Ich bringe dich zu ihm«, gab der Mann zurück und setzte den Speer gegen ihre Halsgrube. »Oder wenigstens deinen Schädel. Ich gewähre dir einen raschen Tod. So ein Kopf geht nicht immer leicht ab.«

Rodana fühlte, wie die Spitze in ihre Haut eindrang – und mit einem Ruck zurückgezogen wurde, einhergehend mit einem lauten Scheppern und dem unterdrückten Schrei des Kriegers, der zur Seite stürzte.

Schützend erschien ein schwarzbärtiger Zwerg über Rodana, seine Streitaxt mit langem Stiel andeutend zum Schlag erhoben. Er musste den Krieger mit der flachen Seite getroffen haben. Die rockähnliche geschwärzte Rüstung in der Machart der Dritten, die unter seinem Mantel lag, kannte sie. Die Insignien darauf auch. *Danke, Samusin!*

»Belîngor«, ächzte sie. »Ich muss zu Goldhand. Euch droht immense Gefahr von den Brigantinern.«

»Das ist *meine* Belohnung!«, rief der Soldat entrüstet und stemmte sich im Schnee auf die Beine. »Weg von ihr!« Die Dreiertruppe schloss sich gegen den Zwerg zusammen, zückte ihre Waffen und kreiste um Belîngor wie Raubtiere um ihre in die Enge getriebene Beute.

Rodana wollte sich erheben, aber der schweigende Zwerg drückte sie mit dem Fuß zurück in den Schnee, ohne die Augen von der Garde zu wenden. Mehrfach wechselte er die Handhaltung am Axtgriff, ließ die schwere Klinge einmal über den Kopf surren als Zeichen, dass er nicht vor der Übermacht zurückweichen würde.

»Wir wollen dir nicht wehtun«, sagte die Kriegerin, offenbar auf gütige Einigung bedacht. »Wir sind Verbündete. Die Verbrecherin ist es nicht wert, dass wir uns wegen ihr an die Gurgel gehen.«

»Bei *der* Belohnung? Doch!«, widersprach ihr Kumpan. »Pass auf, Zwerg. Wir schlagen dich nur ein bisschen nieder. Aber kommst du dabei ums Leben, dann –«

»Wartet, wartet!«, griff der Dritte hastig ein. »Der Bursche gehört zu Goldhands Freunden. Ich erkenne die Axt und die Runen in seinem Gesicht wieder. Wir können ihn nicht einfach niederschlagen.«

»Aber jetzt weiß er, dass wir es bei jedem anderen Unterirdischen getan hätten«, hielt der andere Mann dagegen.

Belîngor machte eine Geste, welche das Trio zum Verschwinden aufforderte.

Zögernd blickten sich die beiden Krieger und die Kriegerin an. Inzwischen ging es nicht mehr nur um eine verlorene Belohnung, sondern um eine Bestrafung durch ihren Vorgesetzten für ihr schändliches Vorhaben. Und diese Strafe würde nicht gering ausfallen.

Ein lautes Schaben und steinernes Klirren erklangen von der Mauer. Unvermittelt sprang ein wolfsgroßer schwarzer Umriss aus dem Schneetreiben in das Licht aus brennendem Pech. Mit einer Pranke hieb er nach dem rechten Soldaten. Die langen Krallen schnitten sich durch Mantel, Rüstung und den Körper darunter, Blut spritzte durch die Luft und gefror im Flug zu roten Tränen, die gegen Rodana prasselten. Die lange schwarze Schnauze öffnete sich, und leuchtend weiße Zähne verbissen sich im Rücken des schreienden Kriegers, um ihn niederzuwerfen und die Wirbelsäule zu durchtrennen, samt Stoff und Metall darüber.

Die Narshân-Bestie! Rodana befiel schreckliche Furcht. *Sie ist mir den Wall hinab gefolgt?*

Kriegerin und Krieger droschen auf das Raubtier ein. Ein Schwert zersprang, als es die Panzerung traf, die Klinge des anderen zog sich eine Scharte zu, als habe es gegen Stein geschlagen.

Aufbellend stürzte sich die Narshân-Bestie auf die Wächterin, die gerade noch den Schild vor sich brachte, bevor sie durch den Aufprall umgestoßen wurde. Mit den Vorderpfoten stand das Tier darauf und drückte sie auf den verschneiten Boden, die Kiefer schnappten über die Kante hinweg und bissen ihr ins Gesicht. Sofort verstummte die Kriegerin, knirschend gaben Knochen und Helm nach.

Rodana richtete sich auf und blickte sich nach einer Waffe um, damit sie dem Zwerg helfen konnte. Verlor er gegen das Raubtier, wäre auch sie tot.

Belîngor holte zu einem mächtigen Schlag aus und ließ die schwere Axt von vorne ins geöffnete Maul des Ungetüms krachen, das just nach dem letzten Soldaten schnappte. Der Axtkopf rutschte zwischen den Zahnreihen entlang bis in die Winkel, wurde aber durchs Zubeißen jäh gestoppt, bevor die Schneide durch das Kiefergelenk fahren konnte.

Kurzerhand ließ Belîngor den Griff los und trat gegen das hintere stumpfe Ende der Axt, trieb das scharfe Blatt tiefer ins Maul, wo die Panzerung nur dünn war. Weiß leuchtendes Blut troff aus den aufklaffenden Wunden, jaulend sprang die Narshân-Bestie zurück. Mit den Vorderläufen versuchte sie, die Waffe zu entfernen, doch das geschliffene Eisen war in den Kieferknochen eingedrungen und steckte fest.

Geifernd und heulend schlug sie den flüchtenden Soldaten mit den messerscharfen Krallen nieder und schlitzte ihm den Bauch auf, danach wandte sie sich zu Belîngor um. Erstickt grollend duckte sie sich zum Sprung, die Axt nach wie vor im Maul.

Rodana hatte sich inzwischen auf die Füße gekämpft und das Schwert der toten Soldatin genommen. Das Adrenalin putschte sie auf. »Was machen wir?«

Der Zwerg hob die beiden Rundschilde auf, hielt sie vor sich und stapfte dem Raubtier wortlos entgegen. Als die Bestie sprang, warf sich auch Belîngor mit einem Schrei nach vorne. Sie prallten in der Luft zusammen und gingen in einem Knäuel zu Boden. Der Schnee hüllte sie ein, der Kampf verschwand zwischen den Flocken. Dann klackte es laut, als bräche ein trockener dicker Ast.

Rodana taumelte mit gerecktem Schwert an den drei Leichen vorbei. »Belîngor?« Sie kniff die Augen zusammen, um besser sehen zu können.

Der Zwerg stand keuchend neben dem Ungetüm von Raubtier. Er hielt den Axtstiel mit beiden Händen gepackt. Die Augen des gefährlichen Tieres waren geöffnet und hatten das grelle Leuchten verloren. Belîngor hatte offensichtlich den Griff als Hebel eingesetzt, um der Narshân-Bestie durch Herumreißen der Axt das Genick zu brechen. Da keine Klinge durch die äußere Panzerung drang, war Belîngor nur dieser eine gefährliche Weg geblieben.

»Ich lobe Vraccas«, stieß sie aus und ließ das Schwert fallen, ehe sie dem Zwerg entkräftet in die Arme sank. »Bring mich zu Goldhand«, raunte sie. »Rasch!«

* * *

Was geht am Morgen auf vier Füßen,
am Mittag auf zweien
und am Abend auf dreien?

Ein betrunkener Ork,
ein ausnüchternder Ork,
drei einbeinige Orks auf der Flucht vom Schlachtfeld.

Zwergischer Rätselwitz

KAPITEL VIII

DAS GEBORGENE LAND, VEREINTES GROSSKÖNIGREICH GAURAGON, PROVINZ FEYRNLAND, 1024 N. B. (7515. SONNENZYKLUS NACH ALTER ZEITRECHNUNG), WINTER

Barbandor schreckte auf, als sein Käfig einmal mehr unsanft auf den Boden gestellt wurde. Der Schlag und das Scheppern weckten seinen Geist und seinen Körper gleichermaßen schmerzhaft. »Sachte, sachte. Ihr wollt euer Essen doch nicht mit blauen Flecken«, murmelte er und blickte sich blinzelnd aus seinem Wust aus Decken und Fellen um. Dabei rieselten Eiskristalle und Schnee aus dem geflochtenen dunklen Barthaar. Die Sonne stand hoch am Winterhimmel, doch es blieb klirrend kalt.

Borkon erhob sich vor dem tragbaren Gefängnis und deutete nach vorne. »Nun wirst du Zeuge, wie etwas beginnt, das größer ist, als wir beide an diesem Umlauf ermessen«, sprach er salbungsvoll. »Oder es endet in weniger als einer halben Sanduhr. Für mich, meine Begleiter und vielleicht auch für dich.« Er ging einen Schritt zur Seite.

Barbandor staunte die Festung an, die sich vor ihnen in der flachen Gegend erhob und mit einem tiefen Graben umgeben war. *Kràg Tahuum!*

Wie oft hatte er in Platinglanze von Reisenden und Händlern die wildesten Geschichten über die Festung der Orks vernommen. Übertrieben, aufgebauscht waren sie ihm vorgekommen. Aber jetzt sah er den hundert Schritt tiefen Graben mit eigenen Augen, über den aus jeder Himmelsrichtung eine breite Brücke führte. Darüber drängten sich auf eintausend mal eintausend Schritten stufig angelegte Ringmauern und Verteidigungstürme. *Beim ewigen Schmied! Es stimmt alles, was man sich berichtet.*

Im Mittelpunkt erhoben sich mehrstöckige Gebäude ohne ein erkennbares Muster sowie runde und siebeneckige Türme, die weit über das Höhenniveau des letzten Walls ragten. Wie es hinter den Mauern aussah, konnte sich Barbandor nicht vorstellen. Orks waren nicht bekannt für Ordnung und Schönheit, weswegen ihn die Perfektion von Kràg Tahuum verwunderte. Den Baustil vermochte er auf die Ferne nicht einzuordnen. Zur Einschätzung des Handwerks und der Feinarbeiten hätte er näher herangemusst.

Darin haben Tausende Platz. Abertausende sogar. Barbandor musste lachen. »Du willst Kràg Tahuum mit deiner Handvoll Leute einnehmen. Zwanzig gegen ein Heer? *Das* ist dein Plan?«

»Daher sagte ich: Entweder beginnt oder endet etwas hier etwas Größeres binnen kürzester Zeit.« Borkon pochte auf die obere Gitterdecke aus dicken Holzprügeln, die mit Schnüren und Drähten verbunden waren. »Nur deine Augen werden stellvertretend für die Bewohner des Geborgenen Landes dabei sein. Du weißt diese Ehre zu schätzen, denke ich.«

Barbandor wusste ein gutes Bier zu schätzen. Oder einen toten Ork. *Aber das?* »Überredest du sie, sich dir anzuschließen, indem du die Frauen auf deine Seite ziehst wie bei den Feuerfressern?«

Borkon nickte mit einem Ernst, dass Barbandor schon wieder lachen wollte, aber er biss sich auf die Lippen. »Wobei ich mich lieber auf eine andere Sache verlasse.«

»Und das wäre? Gold?«, stichelte der Zwerg und streckte sich, wodurch noch mehr Kristalle von ihm und den Fellen zu Boden raschelten. »Ich tauge als Futterköder nicht für eine ganze Festung. So viel ist nicht mehr an mir dran.«

»Ich mag deinen Sinn für Scherze.« Borkon griff an seinen Gürtel und nahm ein gedrehtes, armlanges Rufhorn aus der Halterung, das eine eigentümliche Maserung in Rot und Silber überzog. Es stammte offenbar von einem Tier, das es im Geborgenen Land nicht gab. *Woher hat er das?*, fragte sich Barbandor. *Er muss es während der Reise bei der Ausrüstung verwahrt haben.*

»Nun gib acht.« Borkon setzte die Blasöffnung an die Lippen.

Einen solchartigen Klang vernahm Barbandor zum ersten Mal, und er fand ihn nicht gut. In seinem Innersten widerstrebten ihm sowohl die Tonart als auch die Melodie, die der Ork spielte.

Die Töne rollten laut durch die Umgebung, schallten hinauf bis zur Festung und wurden ganz gewiss nicht nur bei den Wachen auf den Wehrgängen und Türmen vernommen.

Während Borkon spielte, hoben seine Begleiter das weiße Banner mit den dunkelblauen Runen und dem Stern an einem dünnen Mast in die Höhe, den sie aus drei verbundenen Speeren gebaut hatten. Die Flagge flatterte im Wind, damit ersichtlich wurde, dass keine Salzseeorks vor den Toren standen und um Einlass begehrten. *Einlass, Unterredung, Kapitulation, was auch immer.*

Barbandor hielt sich die Ohren zu, um von der Hornmelodie verschont zu bleiben, doch die Schwingungen übertrugen sich in seinen Schädel, sodass es kein Entkommen gab.

Borkon spielte das Lied ein zweites Mal und setzte das Horn danach mit der Öffnung auf dem Oberschenkel ab, bevor er sich aufrichtete und den Mantel mit einer ausholenden Geste von sich warf. Darunter war sein Oberkörper nackt, sodass seine blaue Haut mit den weißen Tätowierungen und Schmucknarben sichtbar wurde. Die Muskelberge zuckten und machten jedem Betrachter deutlich, über welche Kraft er verfügte.

Barbandor rechnete mit einem Schauer aus Pfeilen und Speeren, der alsbald auf die dreiste Bande niedergehen würde, um sie danach mit einem hüttengroßen Stein zu zermalmen. *Gematschter Schweineschnauzenbrei. Zusammen mit einer Note verwahrlostem Zwerg. Welch Mahl. Die Festungsorks werden sich die Finger danach lecken.*

Stattdessen erklang nach einer Weile ein lautes Rumpeln, und das große Eingangstor jenseits des Grabens schwang auf. Heraus marschierte eine gerüstete Fünfzigschaft, vorneweg vier zweieinhalb Schritt große Turmschildträger, die mit ihren Speeren die Nachfolgenden perfekt gegen einen Angriff schützten. An ihnen gab es kein Vorbeikommen.

»Was habe ich dir gesagt?« Borkon sah süffisant lächelnd zum Zwerg und wies ihm seine Silbereckzähne.

»Noch ist nichts gewonnen. Dahinter sind bestimmt Bogenschützen«, erwiderte Barbandor. »Sie kommen, um dich komischen Blauvogel in Ketten zu legen. So was wie dich haben sie noch nicht gesehen. Du wirst dann deren Glücksbringer.«

»Denkst du das?«

»Bei Vraccas, sehen *die* friedlich aus?« Barbandor schaute genauer hin – und stellte fest, dass hinter den Schilden zwanzig Menschensklaven riesige Schalen voller Essen und Amphoren mit Getränken heranschleppten. *Verflucht! Das darf nicht wahr sein!*

»Sie bedrohen mich mit Gaben?« Borkon kostete seinen Triumph aus. »Vergiftet vielleicht?«

»Hoffentlich«, raunte Barbandor.

Flankiert wurden die Sklaven von Wachen, und ihnen folgten mehrere Orks und Orkinnen in prächtigen Fellmänteln, mit auftürmenden Kappen und Mützen, an denen Schmuck funkelte. Sie gehörten sicher zu den Höhergestellten in Kràg Tahuum. *Oder sind es Priester?*

»Zu Tion mit dir«, fluchte er. »Das hast du alles mit dem Horn und dem Lied geschafft?«

»Finden wir es heraus.« Borkon zwinkerte ihm zu und lachte schallend. »Wieder machst du ein Gesicht, das man malen müsste, um dir das Bild danach zu schenken.« Er ging langsam los. »Da du unsere Sprache nicht sprichst, wirst du dir zusammenreimen müssen, was sich ereignet. Du wirst es schon begreifen.«

Barbandor verfolgte durch die hölzernen Gitterstäbe, wie der blauhäutige Ork bis an den Rand der Brücke ging und die Delegation erwartete, während seine Truppe schräg versetzt in einer Pfeilformation Aufstellung nahm, ohne die Waffen zu ziehen. Die einschüchternd großen Turmschildträger schwenkten auseinander, die Wachen und Sklaven bildeten eine Gasse und knieten nieder. Schließlich traten die kostspielig gewandeten Orks und Orkinnen nach vorne. Borkon deutete eine Verbeugung an und wies ihnen das Signalhorn mit beiden Händen, als wäre es ein Insigne. Es wurde vom vordersten Ork nach einer Verbeugung entgegengenommen und von allen Seiten mit ritualhaften Bewegungen begutachtet. Seine hochrangigen Begleiter wiederholten unterdessen gebetsmühlenartig die gleichen Silben. Im Anschluss breitete Borkon die kräftigen Arme nach rechts und links aus, die Hände wie ein Tänzer nach oben gereckt, und drehte sich einmal langsam um die eigene Achse.

Sie inspizieren ihn und das Rufhorn. Warum? Ist das ein Ritual oder gar … eine Balz? Barbandor konnte sich keinen Reim darauf machen. *Wer ist Borkon?* Es rächte sich nun, dass sich sein Volk niemals für die Kultur der Orks interessiert hatte. *Wozu auch? Man muss sie ausrotten, weil sie eine Plage sind. Von Anbeginn an.* Was sich vor seinen Augen abspielte, trug nicht dazu bei, das alte Vorurteil, das seit Tausenden Zyklen Bestand hatte, vor Kràg Tahuum zu begraben. *Das riecht nach unfassbarem Ärger für das Geborgene Land.*

Borkon hatte seine angeberische Drehung beendet. Die Delegation stieß beeindruckte Rufe aus, bevor sich zwei aus dem Tross lösten und um den Blauhäutigen herumgingen. Sie zogen einige der weißen Linien auf der Haut mit den Fingern nach und sichteten mehrere Pergamentbögen, die sie aus ihren Umhängetaschen fischten. Manchmal legten sie die Blätter auf Borkons Nacken oder Schulter und schauten noch genauer. *Es gibt demnach Aufzeichnungen. Zu ihm? Zu den Symbolen?* Barbandor wünschte sich, er verstünde die Sprache der Bestien.

»Aus dem Weg«, erklang eine charismatische Stimme in der Gemeinsprache, die einen unverkennbaren überheblich düsteren Akzent in sich barg. »Was bei Inàste geht hier vor?«

Ein Schwarzauge! Barbandor sah einen dunkelhaarigen Alb die Brücke entlangeilen, in der Linken einen Runenspeer aus Tionium, die Rechte steckte in einem auffälligen Panzerhandschuh aus dem gleichen Material. Um seinen schlanken Leib lag ein eng geschnittener schwarzer Mantel, der weit um die hohen Stiefel schwang. *Das muss der Bezwinger von Ûra sein! Wie hieß er noch… Mòndarcai!* Entweder beherrschte der Alb die Sprache der Orks nicht, oder er weigerte sich, sie zu benutzen, was bei einem feinsinnig arroganten Vertreter seiner Art wahrscheinlicher war. *Gut für mich.*

»Das ist Borkon Gràc Hâl, der Weltenstürzer«, stellte jener Hochrangige vor, der das Rufhorn ehrfürchtig in seinen Händen hielt. »Er brachte uns das Horn von Corschnok und trägt die Symbole der Verschlungenen Fäden in seiner Haut.« Er winkte die Orks zurück, welche die Tätowierungen in Augenschein genommen hatten. »Jeder Strich ist perfekt und so gearbeitet, wie –«

»Ich fragte nicht, was für ein … Exemplar das ist und welche Geschenke es mir brachte, sondern was vor sich geht!« Mòndarcai hatte Borkon aus seinen schwarz verfärbten Augen nicht einmal angesehen, auf dem bleichen Antlitz schwelten dunkle Linien. »Wieso öffnet ihr das Tor?«

»Er spielte die Melodie von Heschbaar«, erklärte eine Orkin und betrachtete Borkon fasziniert. »Wie es in den Weissagungen von Nushrok dem Reißer geschrieben steht.«

Barbandor sah die überbordende Verwunderung auf den Zügen des Albs, der sich offensichtlich nicht erklären konnte, was soeben mit seinen Verbündeten geschah. *Oh, das wird spaßig!*

Mòndarcai stieß mit dem Ende des Runenspeeres auf. »Nun, es scheint, als müsste ich doch fragen, um diese Posse zu verstehen.« Er richtete die Spitze der einmaligen, magischen Waffe auf die breite Kehle des blauhäutigen Orks, und die albischen Symbole glommen gefährlich giftgrün. Mit der anderen Hand öffnete er den Mantel, und darunter kam eine dunkelrote Lederrüstung zum Vorschein, welche die Körperpartien frei ließ, an denen Tioniumplatten in die Haut genäht waren. »Was will ein Weltenstürzer vor meiner Festung?«

Ein erschrockenes Raunen und Grunzen lief durch die Reihen

der Abordnung. Sogar von den Mauern Kràg Tahuums herab erklangen warnende Rufe und drohende Laute, was dazu führte, dass Mòndarcai ganz langsam den Kopf drehte und über die Schulter hinaufschaute, bis die Orks auf den Zinnen verstummten.

Oh, jetzt sitzt das Schwarzäuglein in der Scheiße! Barbandor konnte es nicht fassen, dass die Orks Borkon gegen Mòndarcai verteidigten. Gegen jenen todgefährlichen Alb, der über sensationelle Kräfte verfügte und Ûra getötet hatte.

»Dies ist jetzt meine Festung«, erwiderte Borkon ohne Angst und Anmaßung, so als sei der rechtmäßige Herr soeben von einem Feldzug nach Hause zurückgekehrt und werfe nun seinen ungeliebten Stellvertreter hinaus.

Die schwarzen Wutlinien bedeckten Mòndarcais ganzes Antlitz, filigran wie von einem unsichtbaren Maler mit Tusche gezeichnet. »Du bist entweder ein Hofnarr oder ein –«

»Die Weissagungen von Nushrok dem Reißer«, schaltete sich die Orkin rasch ein. »Wir kennen sie von klein auf. Sie verkünden, dass an einem Umlauf im Winter ein Ork mit der Haut von Nacht und Sternen erscheinen wird und die Melodie von Heschbaar spielt, wie es keiner sonst vermag. Mit Blut und Silber.« Sie deutete auf die ungewöhnliche Maserung des Horns. »Seht doch! Es trifft alles zu.«

»Und steht in der Weissagung auch, dass *wir* eine Abmachung haben, Shashka, auf deren Einhaltung ich bestehen werde?« Mòndarcai hatte den Speer nicht gesenkt, sondern an der Kehle von Borkon belassen.

»Wenn der Ork mit Haut aus Nacht und Sternen erscheint, wird sich das Gefüge ändern. Und Großes erwacht schon bald«, erklärte Shashka unbeirrt. »Großes, das uns zur Macht verhilft.«

»Das höre ich gerne.«

»Uns. Den Orks. Die Albae sind in den Weissagungen nicht gemeint.« Shashka klang aufgeregt und überschwänglich vor Glück, ohne dass sie sich gewahr wurde, welche Folgen ihre Worte haben könnten.

Barbandor wünschte sich ein Glühbier, Röstkäse und knusprigen Speck, um das Schauspiel angemessen genießen zu können. *Vraccas, da geht eine Allianz in die Brüche. Ganz sicher.* Jetzt musste Mòndarcai sich nur zu einer Unbedachtheit hinreißen lassen, und die Orks fielen über ihn her, ungeachtet seiner Macht. *Er mag Ûra besiegt haben, aber gegen Tausende Schweineschnauzen kommt er nicht an. Seine Arme wären schnell müde vom Abschlachten.* Er betrachtete den Alb und entdeckte ein Loch in den Tioniumpanzerplatten, die zwischen der dunkelroten Lederrüstung in der hellen Haut angebracht waren. *Oh, eine Schwachstelle. Ein guter Schütze könnte das meistern.*

»Nun, Borkon ist erschienen, der gelobte Ork von wo auch immer«, fasste Mòndarcai spöttisch zusammen. »Und beansprucht die Festung Kràg Tahuum, welche ihr ihm überlassen werdet, einfach so, nachdem ihr sie Hunderte Zyklen gegen die Menschen verteidigt habt? Mich lasst ihr im Stich?«

Borkon verfolgte die Unterhaltung aus der Position des Überlegenen heraus und schwieg, ohne sich den Mantel wieder überzuwerfen. Eine Ausgeburt von Kraft und Selbstsicherheit.

»Die Weissagung ist älter als Kràg Tahuum und vieles andere im Geborgenen Land. Wir werden uns ihr mit Freuden beugen, da uns eine neue Zeitrechnung erwartet«, erklärte Shashka.

»Aber was« – Mòndarcai sah abschätzend zum Blauhäutigen –, »wenn ich ihn töte? Dann ist eure Weissagung hinfällig.«

»Wir würden den Pakt aufkündigen und dich fortan als Gegner betrachten, den wir zur Strecke bringen wollen. Um jeden Preis«, verkündete Shashka, ihr Gesicht verzog sich feindselig.

»Ich tötete Ûra. Denkst du, ich fürchte mich vor euch?« Mòndarcai ließ den Auserwählten nicht aus den Augen. »Aber ich möchte meinen guten Willen zeigen. Indem wir –«

Borkon machte einen Schritt nach vorne. Die Spitze des Runenspeeres glitt in seinen Hals wie in Butter, die eingravierten Symbole auf dem Schaft glommen hell – aber der Ork starb nicht.

Mòndarcai riss augenblicklich seine Waffe zurück, und die

Wunde in der Kehle schloss sich von selbst. Nur das herabrinnende schwarzblaue Blut, das über die weißen Linien sickerte, erinnerte an die Verletzung, die tödlich gewesen wäre. Lautes Rufen und freudiges Grölen hallten von der Brücke und den Wällen von Kràg Tahuum. Der Beweis war erbracht, dass es sich tatsächlich um den Bringer einer neuen Zeit handelte.

»Das ist nichts weiter als ein Trick«, sprach der Alb leise. »Angemalte Haut, aufgemalte Symbole, ein bisschen Heilzauberei, und ihr lauft ihm nach?«

»Es ist besser, wenn du Kràg Tahuum nach deiner Abreise nicht mehr betrittst«, erwiderte Shashka kühl. »Unser Pakt ist aufgehoben. Möchtest du eine neue Allianz« – sie deutete auf Borkon –, »sprich mit dem Weltenstürzer.«

Barbandor lachte innerlich, so laut er konnte. Nach außen gönnte er sich lediglich ein schadenfrohes Kichern. *So schnell verliert man eine riesige Armee und eine uneinnehmbare Festung.*

Mòndarcais Gesicht wurde von schwarzen Wutlinien durchschnitten, und die düsteren Augenhöhlen glänzten wie polierte Finsternis. Doch er war klug genug, nicht die Beherrschung zu verlieren und sich zu einer Attacke hinreißen zu lassen. »Ich habe verstanden, dass ich vorerst nicht mehr willkommen bin.« Folgerichtig ignorierte er Shashka und ihr Gefolge und wandte sich an Borkon. »Ich nehme an, du wirst auch nach Norden ziehen, um der Salzsee deine Aufwartung zu machen?«

»So ist es.«

Mòndarcai lachte freudlos. »Und wieder ein Verbündeter weniger. Inàste will mich prüfen.« Er nickte langsam. »Also, gut. Ich packe meine Sachen und verlasse Kràg Tahuum. In einem Zyklus kehre ich zurück und werde dich fragen, Borkon Weltenstürzer, ob du eine Allianz mit mir eingehen möchtest. Mit allen, die dir folgen.«

»Du bist willkommen, Alb. Ich werde dich bewirten, aber mehr nicht.« Der Blauhäutige hob seine Stimme und riss seine breite Faust in die Höhe. »Die Zeit der Dienerschaft ist vorüber!«

Frenetisch feierten die Orks und Orkinnen auf den Zinnen und der Brücke ihren Auserwählten, während sich Mòndarcai umdrehte. In der Bewegung hielt er inne und sah auf den Zwerg im Käfig. »Was soll der Unterirdische bei euch? Wegzehrung?«

»Oh, nein. Ich bin ihr niedlicher Glücksbringer«, antwortete Barbandor und zog den Schal herab, damit er den Alb angrinsen konnte. »Sie mögen mich lieber als dich. Schau: Wie einen König tragen sie mich sogar umher.« Er pochte zweimal gegen das Holzgitter. »Und beschützen mich. Sind sie nicht herzallerliebst?«

Borkon lachte laut.

Mòndarcai kehrte ein letztes Mal in die Festung zurück, während sich der blauhäutige Ork das Horn mit der silberroten Maserung erbat und an die Lippen setzte, um die Melodie von Heschbaar ein drittes Mal zu spielen.

Schnell steckte Barbandor die Finger in die Ohren. *Nicht schon wieder!* Sollte ihm die Flucht aus seinem Gefängnis gelingen, wäre das Erste, was er tat, das Instrument des Grauens zu zerschlagen.

***

DAS GEBORGENE LAND, BRAUNES GEBIRGE, BRIGANTIA, 1024 N. B. (7515. SONNENZYKLUS NACH ALTER ZEITRECHNUNG), WINTER

Gata umarmte die gerüstete Hargorina beim Eintreten in das größte der acht Langhäuser, die in den letzten Winterumläufen zur Unterbringung von Delegationen, Kommandierenden und für Besprechungen errichtet worden waren. Die Einrichtung war nicht übermäßig einladend, die Bretterwände glänzten blank ohne Verzierung und Schnörkel, aber es war im Innern warm und trocken dank der Feuerstellen, in denen Kohle und Torf brannte. Leuchter an den Decken und Wänden sorgten für genügend Licht.

»Wie schön, dich zu sehen, meine Lehrerin«, sagte Gata.

»Ich habe schon gehört, dass du Neuigkeiten bringst, die besonders sind.« Die rothaarige Hargorina blickte zur Gruppe, die nach der Königin der Dritten eintrat. »Es fehlt jemand. Wo ist der Gemmenschnitzer?«

Gata verzog das Gesicht. Mostro, Telìnâs, Sònuk und dem schmauchenden Brûgar sah man die Strapazen der raschen Reise an. Doch ein Aufschub des Treffens durfte nicht sein. »*Das* ist *eine* Neuigkeit.«

Hargorina hob die kupferfarbenen Augenbrauen, die ihre dunkelblauen Tätowierungen im Gesicht betonten. »Bei Lorimbur! Sag nicht, dass er tot …?«

Gata beließ es bei einem langen Ausatmen. »Mehr wirst du gleich dazu hören.« Sie klopfte der Kriegerin auf die gepanzerte Schulter. Dabei fiel der Blick an ihr vorbei auf die zahlreichen Versammelten aus den verschiedenen Reichen, die bereits an der großen Tafel in Hufeisenform Platz genommen hatten.

In ihrer Mitte saß Goldhand. Und unmittelbar neben ihm …

»Das ist … die Puppenspielerin!«, entfuhr es Gata ungläubig. »Wie kommt sie hierher?«

»Auch wir haben Neuigkeiten.« Hargorina führte Gata zu ihrem Stuhl. »Ich weiß jedoch nicht, ob es wirklich gute sind.«

»Dann stehen sich unsere Nachrichten in nichts nach.« Sie reichte Belîngor, der abwartend an der Wand lehnte, im Vorbeigehen die Hand. »Schön, dich wiederzusehen.«

Er verbeugte sich mit einem breiten Grinsen.

Brûgar drosch seinem Freund wuchtig auf den Rücken, nahm die Pfeife aus dem Mund und umarmte ihn danach stürmisch. »Du hast mir gefehlt! Wenn man mit Mostro unterwegs ist, weiß man dein Schweigen noch mehr zu schätzen.«

Die beiden Zwerge lachten.

»Belîngor war es, der Rodana rettete«, erklärte Hargorina.

Gata setzte sich nahe zu Tungdil Goldhand. »Du meinst *festgenommen*.«

»Nein, gerettet. Vor einer Narshân-Bestie und drei übereifrigen

Soldaten aus Gauragon, die unbedingt ihren Kopf zu Goldhand bringen wollten. Ohne den Rest.« Die Kriegerin blieb wie Belîngor und Brûgar hinter Gata stehen.

»Vanéra ist auch erschienen, wie ich sehe.« Gata schaute zu der braunhaarigen Maga in dem Kleid aus changierenden Weiß- und Goldtönen, die mit einem wohlgewandeten Elben sprach. »Wann kam sie an?«

»Kurz nach eurem Aufbruch. Sie brachte ausgesuchte Artefakte, die im Kampf nützlich sein sollen«, antwortete Hargorina. »Ihre Ankunft beruhigte die Truppen, die sich ohne Mostro unsicher fühlten. Es machen die seltsamsten Geschichten über Brigantias Zaubermacht in der Zeltstadt die Runde.«

Telìnâs wählte einen Stuhl in der Delegation der Elben. Sònuk setzte sich kurzerhand nahe an den offenen Kamin und richtete die Hände gegen die Flammen des niedrig brennenden Feuers.

Mostro ließ es sich nicht nehmen, seinen Sessel nach vorne zu schieben, um unmittelbar neben Vanéra zu sitzen, als befände er sich mit ihr auf der gleichen Stufe, was Wissen und Ausbildung anging. Der leicht maßregelnde Blick der Maga, die selbst in ihrem aufwendigen weiß-goldenen Kleid nicht gegen seine angeberische Garderobe ankam, kümmerte ihn nicht.

Seit dem Sieg am Zweistromhügel wächst sein Selbstbewusstsein übermäßig – im Gegensatz zu seiner Leistung, fand Gata. Sie nahm sich vom heißen Tee, der ausgeschenkt wurde, und genoss die Hitze, die durch ihren Körper flutete. Sie musste aufpassen, bei der molligen Wärme und dem Zimmet-Minze-Geruch aus Brûgars Kombinierpfeifchen nicht einzuschlafen. Müde genug wäre sie, ihre Lider waren bleischwer.

Der weißhäuptige Goldhand wandte ihr das Greisengesicht zu. Er hatte auf seine Rüstung verzichtet und ein bequemes dunkelbraunes Gewand angelegt. »Bevor wir mit der Besprechung der Lage an der Festung beginnen und welche erstaunlichen, beunruhigenden und zudem wichtigen Erkenntnisse wir durch unseren Gast an meiner Seite gewonnen haben: Wo ist Goïmron?«

Gata wusste, dass der alte Zwerg seinen Vertrauten und seine zweite Stimme unbedingt um sich haben wollte, falls das albische Gift in seinen Knochen das Sprechen unmöglich machte. Sie erhob sich und tauchte durch die Rauchschwaden. Bewegung war gut, es half gegen Einschlafen. »Er befindet sich derzeit in der Gewalt von Szmajro. Oder Szmajro in seiner. Das vermag ich nicht mit Gewissheit zu sagen.«

Ein Raunen ging durch den Raum.

»Erkläre es uns, bitte.« Goldhand griff nach seinem Becher, die faltigen Finger zitterten. Golden leuchtete das Mal an seiner Hand im Schein der Lampen auf, als wollten die Sprengsel an seine Legende erinnern.

»Es begann mit dem Eintreffen am Gebiet der Wunder auf der Gemarkung von Wehrstadt«, begann Gata und berichtete von ihrem Abenteuer: wie sie auf die Zhussa und die Albae getroffen waren, wie sie mit den Wehrstädtern zusammen den Sieg errungen hatten, wie Goïmron seine Magie eingesetzt hatte und wie sich Szmajro den Zwerg geschnappt hatte und davongeflogen war. Und dass Mostro nicht eingegriffen hatte. Auf diese Einzelheit legte sie absichtlich viel Wert. *Alle im Langhaus sollen erfahren, dass der Famulus keinen Finger rührte.* »Danach kehrten wir, so schnell es ging, zur Belagerung zurück.« Sie zeigte auf den Famulus. »Damit ist seine Kraft vollends hergestellt. Mit den passenden Sprüchen vermag er nun hoffentlich, eine Bresche oder ein Tor zu sprengen, durch das wir gelangen, um den Vierten zu ihrem Reich zu verhelfen.« Leicht heiser vom Reden, setzte sich Gata wieder und trank vom Tee. Ihr Kreislauf war nun in Schwung, die Müdigkeit schwand.

»Und von Goïmron saht ihr keine Spur?«, erkundigte sich Vanéra und rieb mit den Fingerkuppen über die rote Perlenkette an ihrem Hals. »Man sollte doch meinen, dass ein doppelköpfiger Drache von vierzig Schritt Länge am Himmel auffällt.«

Gata schüttelte den Kopf, der blonde Zopf auf dem Rücken pendelte. »Auf unserem Rückweg hörten wir uns stets um, ob jemand eine Beobachtung machte. Niemand sah Szmajro.«

»Dann besteht Hoffnung, dass Goïmron nicht tot ist«, sprach Goldhand. »Bitten wir Vraccas, dass er seinen Schild schützend über ihn hält und den Drachen mit seinem Hammer zerschmettert.« Die Kunde setzte ihm sichtlich zu, die Falten in seinem weißbärtigen Gesicht waren tiefer als gewöhnlich. »Doch wir haben eine Aufgabe zu bewältigen. Zum Wohle des Geborgenen Landes und jenen, die darin leben. Nicht nur für die Vierten.« Er nickte dem Famulus zu. »Ihr, Meister Mostro, seid angefüllt mit genügend magischer Energie und werdet uns mit Euren Zaubersprüchen einen Weg in die Festung bahnen, den die Warwölfe nicht zu brechen vermochten.«

»Fürwahr.« Mostro erhob sich langsam, den Moment genießend, auskostend. Die herrschaftliche Kleidung ließ ihn noch arroganter wirken. »Doch was tun wir, wenn der Dieb zu uns zurückkehrt?«

Gata schaute verwundert drein und sah auf den übrigen Gesichtern das gleiche Unverständnis. »Welcher Dieb?«

»Goïmron Schnitzeisen ist ein gemeiner, schnöder Dieb«, eröffnete Mostro. »Ich weiß, ihr werdet jetzt anführen wollen, dass seine magische Kraft mir half, die Zhussa in die Flucht zu schlagen –«

»Oh, verdreht nicht die Geschehnisse«, unterbrach ihn Gata gereizt. »Ihr habt sie entkommen lassen!«

»Und dennoch stahl er den Meeressaphir, den er bei Wehrstadt einsetzte. Er nahm ihn sich klammheimlich, als er sich vor vielen Umläufen in die Kammer der Wunder schlich, vor der ich ihn antraf.« Mostro hob ein geschnitztes Stück Sigurdazienholz in die Höhe, das etliche Runen und einen eingesetzten Edelstein aufwies. »Dies ist ein Magieweiser. Ich nutzte ihn nach der Flucht von Chòldunja damals im Heerlager, weil ich dachte, er führt mich zur Ragana. Dabei wollte mich das Artefakt zum Meeressaphir und seinem Dieb lenken, um ihn zu konfrontieren.«

»Sind alte Geschichten an diesem Abend von Relevanz?« Telìnâs versuchte, den Famulus zu bremsen. Er faltete und riss aus einem

Fetzen Papier einen Baum mit Blüten. »Die Lage änderte sich längst.«

»Wenn Goïmron Schnitzeisen aber morgen erscheint? Ich will, dass wir festlegen, wie er für den Vertrauensbruch an der ehrenwerten Maga Vanéra bestraft wird«, beharrte Mostro. »Ein Diebstahl bleibt ein Diebstahl.«

»Aber er fand das Karneolmesser, mit dem Hargorina und Goldhand geheilt wurden«, entgegnete Gata. »Ich wusste, dass er in die Kammer wollte. Nein, ich … ich bat ihn sogar darum. Er sagte damals, dass er das Messer besser finden könne als die Maga. Weil er als Vierter ein Gespür für Edelsteine hat.«

»Und ein flinkes Händchen samt großer Tasche«, warf der Famulus ätzend ein. »Ah, dann war er es also auch, der das Durcheinander darin anrichtete und den Drinx zum Leben erweckte! Ein Zwerg, der einer fremden Kostbarkeit nicht widerstehen kann – wollen wir *dem* in Zukunft vertrauen, so ihn Szmajro nicht längst verspeiste? Sollen wir ihn Magie wirken lassen? Und wieso verheimlichte er uns, welche Besonderheit er ist? Dieser Grund bereitet mir Sorge, denn ich weiß, dass er sich mit dieser Person« – er zeigte auf Rodana – »und der Kinderfresserin sehr gut verstand. Was lehrte ihn die Ragana? Ist Goïmron in seinem Herzen und in seiner Seele noch rein, oder keimt darin die Saat der Finsternis, eingepflanzt von der Moorhexe?«

Die Zwerginnen und Zwerge in der Versammlung begehrten lautstark gegen die Unterstellungen auf.

Goldhand schlug mit der Faust auf den Tisch. »Ruhe, bitte! Das ist eine ernste Anschuldigung, die von Meister Mostro vorgebracht wird. Wir müssen darüber sprechen, auch wenn es unangenehm für alle ist.« Er wandte sich an Vanéra. »Ehrenwerte Maga, wisst Ihr in etwa, welche Art von Stein das sein könnte, den Goïmron an sich genommen haben soll?«

Vanéra erhob sich mit trister Miene. »Ich weiß es leider ganz genau. Es ist ein Meeressaphir, gefasst von einer geschnitzten Drachenfigur. Mir wollte damals nicht einfallen, was sich noch in dem

Regal befand, aus dem der Drinx und das Karneolmesser stammten. Nun kam es mir in den Sinn.«

»Ihr seid sicher?«

Vanéra nickte und machte dabei ein betrübtes Gesicht. »Leider weiß ich nicht mehr, woher das Artefakt stammt. Aber ich erinnere mich, dass die Mutter meiner Vorgängerin es einst erwähnte. Und dass in ihren Worten ebenso Angst wie Ehrfurcht schwangen.«

»Ich kann Euch sagen, weswegen, ehrenwerte Maga.« Bendoïn Feinunz hatte sich mit einer Verbeugung erhoben. Gata erinnerte sich an ihn. Nicht nur bei der Belagerung hatte er eine wichtige Rolle gespielt. Er war damals in Rhuta dabei gewesen, als ihr Vater sich mit dem immer vollen Bierhumpen zu Tode gesoffen hatte. Der Vierte mit der kräftigen Statur und dem buschigen Schnauzbart sah Vanéra direkt an. »Wir sprachen sogar einmal über ihn. Er stand auf der Liste von Edelsteinen, die Ihr mir gabt und die Euer Famulus haben wollte. Danach stellte ich Nachforschungen an. Und jetzt bin ich mir sicher: Es ist der Unheilstein.«

Erneut redeten die Versammelten leise untereinander.

»Dann … dann lagerte er seit Hunderten Zyklen in meiner Kammer?« Vanéra vermochte es offenbar ebenso wenig zu fassen wie Mostro, dem die Zornesröte ins Gesicht schoss. »Zum Greifen nahe.« Sie sah ihren Famulus an. »Dir zum Greifen nahe.«

»Und er wurde gestohlen«, wisperte er nicht leise genug, »von einem anmaßenden Zwerg.«

»Die alten Geschichten stimmten«, erklärte Bendoïn. »Der Meeressaphir erlaubt es einem Magus oder einer Maga, jede erdenkliche Formel zu bewerkstelligen, möge sie noch so kompliziert und gefährlich sein. Aber er bringt mit jedem Zauber, den er wirkt, seinen Träger und das Land, auf dem er sich befindet, dem Unheil näher.«

»Wie viele Zauber können gesprochen werden?«, warf Gata ein.

»Nun, bis das Unheil hereinbricht.« Bendoïn setzte sich langsam an seinen Platz. »Wie dieser Fluch genau aussieht, vermag ich nicht zu sagen. Ihr wisst, dass unsere Aufzeichnungen unvollständig sind. Im Braunen Gebirge oder in unserer Festung ließe sich vielleicht noch etwas finden.«

Mostro legte sich beide Hände vors Gesicht. »Wir wären schon längst durch die Tore gebrochen, hätte der Dieb *mir* den Stein gegeben«, sprach er mühsam beherrscht und richtete sich ruckartig auf. »Wegen Schnitzeisen haben wir den Saphir für immer verloren! Haben gute Leute ihr Leben in der Belagerung verloren. Und der Stein ist längst der Grundstock für einen Drachenhort!«

»Beruhigt Euch, Meister Mostro«, bat Goldhand mit brüchiger Stimme. »Beruhigt euch alle. Vraccas wird uns Goïmron zurückbringen. Hernach werden wir ihn zur Rede stellen, wie es dazu kam, dass er den Meeressaphir an sich nahm. Ich bin sicher, er hatte gute Gründe.« Er trank einen Schluck und deutete mit dem Becher auf Vanéra. »Danach ist es ausschließlich an der ehrenwerten Maga zu entscheiden, wie es mit ihm weitergeht. Denn sie wurde bestohlen. Nicht Ihr, Meister Mostro.«

Gata sah genau, wie der Famulus die Zähne zusammenbiss. Hätte er mit dem Saphir wirklich große Macht erhalten und das Festungstor sprengen können, wäre seine Reaktion bis zu einem gewissen Grad verständlich. Sehr sogar. Aber die Weise, wie der junge Mann seine Anliegen vortrug, wie er stets verlangte und forderte, erweckte generelle Ablehnung in ihr. *Er hält sich für einen wahren Meister, der gerne den Platz seiner Maga innehätte.*

»Das werden wir entscheiden, sollte Goïmron zurückkehren«, willigte Vanéra ein. »Seine heldenhaften Taten werden bei meinem Urteil nicht vergessen.«

»Seine Untaten nicht weniger, ehrenwerte Maga«, raunte ihr Mostro zu.

»Belassen wir es vorerst dabei. Kommen wir zu unserem Gast.« Goldhand sprach langsamer und konzentrierte sich sehr stark. Er rang merklich mit einem neuerlichen Schub des albischen Gifts, das aus den Knochen in sein Blut und damit in seinen Verstand gelangte. »Ihr alle kennt Doria Rodana von Psalí. Unser guter

Belîngor rettete sie an der Mauer vor einer Narshân-Bestie, die ihr aus der Festung folgte. Rodana floh aus Brigantia unter Einsatz ihres Lebens, um uns zu warnen. Vor einer Gefahr, die sofortiges Handeln nötig macht.« Er lehnte sich nach vorne. Für einen Moment sah es aus, als würde er mit dem Gesicht auf den Tisch kippen. Gerade noch rechtzeitig stützte er sich mit einer Hand an der Kante ab. »Sie beteuerte, dass die Anschuldigungen gegen sie nicht stimmen. Weder gegen sie noch ihre Aprendisa. Aber hört selbst, wie es ihr nach der Schlacht am Zweistromhügel erging.«

Mostro öffnete erneut den Mund, doch Vanéra brachte ihn mit einem Blick zum Innehalten.

Rodana erhob sich und verneigte sich vor der Runde. Man hatte ihr ein hellbraunes Winterkleid aus dem Fundus der Vierten gegeben, das leidlich saß, ein mehrlagiges Wolltuch um Schulter und Hüfte wärmte sie. Zwischen den Menschen, Zwergen und Meldrith wirkte sie zerbrechlich wie Glas, und für eine Elbin war sie zu klein.

»Bei meinem Leben und vor den Göttern schwöre ich euch, dass ich euch weder belüge noch in die Irre führen will«, schickte sie vorweg, und ihre Stimme füllte den Raum auf wundersame Weise. »Ich sorge mich um unsere Heimat. Deswegen nahm ich es in Kauf, im Kerker zu landen. Aber meine Neuigkeiten müssen von euch gehört werden.«

Wie klein und zierlich sie ist für eine Menschenfrau. Die Flucht und die Zeit in der Festung hatten sie noch dünner werden lassen. *Was immer Goïmron an ihr findet*, dachte Gata und fühlte die Eifersucht heißer brennen als gewöhnlich. *Es sind bestimmt ihre dunklen Lippen. Und diese Fingerkuppen, als wären sie in Graberde gesteckt worden!*

Rodana erzählte, wie sie und Chòldunja nach Mostros Beschuldigungen geflohen waren; wie sie auf Klaey Berengart getroffen waren, dessen Leben gerettet hatten und mit ihm nach Brigantia geritten waren; wie Hantu und verschiedenste Bestien vor dem

Einsturz des Nordostdurchgangs zum Omuthan gelangt waren und nun seine Truppen verstärkten. Schließlich berichtete sie, welche Macht der Rhamak besaß, gegen die es kaum ein Mittel gab, sobald er die Wesen aus einer anderen Ebene gerufen hatte. »Meine Aprendisa schickte mich weg, damit ich euch warne. Sie blieb, um Hantu umzubringen. Nur die Götter wissen, ob es ihr gelingen wird«, endete Rodana.

Mostro musste erneut von der braunhaarigen Maga zurückgehalten werden. Mit rollenden Augen und pulsierenden Fäusten starrte er die Puppenspielerin an.

Gata konnte sich nicht entsinnen, je von einem Magus gehört zu haben, der ohne Magie Beschwörungen zustande brachte. *Genau genommen ist es keine Magie, sondern etwas Gefährlicheres.* Wer immer diese Kunst beherrschte, konnte sie jederzeit einsetzen, vorausgesetzt, er bekam genug Opferleben oder Blut. »Habt Ihr jemals von einer … Person gehört, die Derartiges vermag, ehrwürdige Maga?«

Vanéra verneinte. »Weder unter dem Begriff Rhamak noch unter Taikhom oder Rufer des Verborgenen. Allenfalls könnte es Aufzeichnungen in der Stadt des Wissens geben. Doch ich befürchte, dass wir von einer Kunst reden, die im Geborgenen Land mit dem Einzug der Magiefelder zu Recht vergessen wurde.«

»Mit Verlaub: Ich glaube dieser infamen Frau nicht.« Mostro konnte nicht länger schweigen. »Sie will bloß das Kopfgeld loswerden. So erscheint sie vor uns, um uns Märchen aufzutischen, während die Kinderfresserin gewiss in einem Versteck nahe der Mauer abwartet, bis sie gerufen wird. Danach wird sie so tun, als habe sie alles versucht, um diesen Beschwörer aufzuhalten, aber –«

Goldhand schlug erneut auf den Tisch, dieses Mal deutlich fester, sodass Becher, Pokale und Humpen sprangen. Seine alte Stärke blitzte auf. »Ich glaube ihr! Und ich erkenne Aufrichtigkeit, wenn ich sie höre und sehe.«

Seine Machtworte verhinderten nicht, dass sogleich ein neuerlicher Disput in der Versammlung ausbrach. Es zeichnete sich binnen Lidschlägen ab, dass die meisten den Erzählungen von Rodana nicht folgen wollten und sie für eine List hielten.

Gata beschränkte sich aufs Überlegen und Zuhören. *Mutig ist sie.* Trotzdem konnten Rodanas Worte die schönsten Lügen sein, die sich um die Wahrheit legten wie Mauerwerk.

Rodana stand noch immer und sah über die Versammlung. »Was kann ich tun, um euch von meinen Worten zu überzeugen?«, fragte sie laut in die Unruhe. »Jedes Sandkorn, das fällt, jeder Umlauf erhöht die Gefahr, dass die Beschwörung erfolgt und etwas in Brigantia erwacht, was niemand aufhalten kann.«

»Pah«, machte Mostro abfällig und strich sich über das Federkielbärtchen. »Wir glauben dir selbst dann nicht, wenn du dir vor unseren Augen die Kehle aufschneidest.«

Blitzschnell zog Rodana der nächststehenden Wache den Dolch aus der Hülle und setzte ihn sich an die Kehle. »Glaubt meinen Worten. Und wenn ihr meine Aprendisa lebend findet, lasst sie am Leben. Sie ist unschuldig.«

Noch bevor sie die Klinge durch Haut und Adern ziehen konnte, um ihren Worten Nachdruck zu verleihen, packte Gata ihren Becher und schleuderte ihn zielgenau gegen Rodanas Stirn. Das Gefäß zerschellte am Kopf der zierlichen Frau, die daraufhin die Augen verdrehte und ohnmächtig zusammensackte. Der Dolch klirrte auf die Bohlen.

»Ich glaube ihr«, verkündete Gata trocken und wischte den verschütteten Tee mit ihrer Serviette ab. »Dafür muss sie nicht ihr Leben geben. Wir kümmern uns um ihren Fall, wenn wir die Festung eingenommen haben. Einverstanden?«, fragte sie in die Runde und erhielt Applaus. »Bis dahin wird ihr niemand etwas antun.«

Die Wachen hoben die Bewusstlose auf und trugen sie aus dem Langhaus.

Goldhand prostete der Königin der Dritten mit Tee zu. »Bei Vraccas! Beherzt gehandelt. So muss es sein.« Er trank einen kleinen Schluck. »Beginnen wir mit der Besprechung, wie wir die

Festung erstürmen. Mit irdischen und magischen Mitteln.« Er sah zu Vanéra. »Ihr und Euer Famulus seid eine wichtige Stütze.«

»Darf ich zuvor etwas anmerken?«, hakte Gata ein.

»Gewiss. Sprich«, forderte Goldhand sie wohlwollend auf.

»Ihr habt vernommen, welches Angebot uns die Zhussa gemacht hat: Wir bleiben von Dsôn Khamateion fern, dafür lassen uns die Albae in Frieden«, fasste sie zusammen. »Wir schlugen schon einmal einen Pakt mit einem sehr mächtigen Alb aus, der nun über ein Heer aus Orks verfügt, das uns vernichten könnte. Meiner Ansicht nach war es ein Fehler, Mòndarcais Bündnis eine Abfuhr zu erteilen.« Gata rieb behutsam über ihre Brosche am Kragen des Untergewands, die ihr Sicherheit und Ruhe gab. »Ich rate dringend, dass wir nach der Eroberung von Brigantia eine Delegation zum Ganyeios schicken, welche mit dem Herrscher über die Form des Miteinanders redet.« Sie störte sich nicht an den empörten Rufen, die vor allem aus der Ecke von Elben und Meldrith kam. »Macht euch nichts vor, Ascatoîa ist eine Zhussa, die es mit dem Famulus aufnehmen kann und ihm wahrscheinlich überlegen ist. Sie hat darüber hinaus eine ausgewachsene Drachin, die ihr gehorcht. Und vergesst nicht die Flotte von acht riesigen Albae-Schiffen, die im Binnenmeer liegt und nach Lust und Laune Tod und Verderben bei den Anrainern bringen kann.« Gata war sich der Wirkung ihrer Worte sehr bewusst. Es schadete nicht, der Versammlung nochmals vor Augen zu führen, dass Brigantias Fall nicht das Ende der Schwierigkeiten für die Völker des Geborgenen Landes bedeutete. »Dass die Schwarzaugen ohne Zhussa und geschuppter Bestie hochgefährliche Gegner sind, wissen alle in diesem Haus. Aber nun sind sie tödlicher denn je.«

»Ruhe!«, donnerte Goldhand in den größer werdenden Tumult. »Bitte, seid ruhig! Lasst sie zu Ende sprechen.«

»Goïmron war der Einzige, der die Zhussa mit seiner Macht hätte aufhalten können. Er sprengte ihre magische Barriere, niemand sonst. Aber er ist fort«, redete Gata unbeeindruckt weiter.

»Die Eroberung des Braunen Gebirges und die Kämpfe gegen die Truppen des Omuthan werden nicht ohne Verluste vonstattengehen. Danach sind wir geschwächt und leichte Beute für Feinde jeglicher Art. Wir brauchen dieses Abkommen mit Dsôn«, sagte sie eindringlich. »Verschließt euch dieser Wahrheit nicht, meine werten Freundinnen und Freunde!«

Die Elben und Meldrith lehnten den Vorstoß mit aufgebrachten Rufen und Gesten ab, auch einige Zwerginnen und Zwerge machten vor Unverständnis große Augen. Die Erinnerung an die zahlreichen Morde an den Mächtigen und Delegationen war zu frisch.

Gata ließ die sinnlose Aufregung an sich abperlen. Sie hatte ausgesprochen, was notwendig war. Das Geborgene Land musste sich gegen ein Übel entscheiden. Sie betrachtete nach längerem Grübeln die riesige Streitmacht aus Orks als größeres Übel. Früher oder später entglitt Mòndarcai die Befehlsgewalt über die launischen, unsteten Bestien, und die Orks aus Kràg Tahuum und der Salzwüste würden innerhalb eines Umlaufs ganze Landstriche verheeren oder darauf verfallen, nach Südwesten zu ziehen, um ihr einstiges Reich Toboribor neu zu gründen.

Dann müssen wir zur Stelle sein. Ein Krieg an drei Fronten war hingegen nicht zu gewinnen. *Das werden sie einsehen.* Gata ließ sich einen Becher frischen Tee bringen und wartete, bis sich die Gemüter beruhigt hatten.

Doch Goldhand war mittlerweile zu ermattet, sodass sie die Besprechung abbrechen und auf den folgenden Umlauf verschieben mussten.

Ich bekomme meinen Willen. Gata erhob sich und schlenderte Tee trinkend zum Ausgang. Sie freute sich auf ein heißes Bad – gleich nach einem kleinen Besuch, den sie unbedingt noch machen wollte.

***

Rodana saß auf der Pritsche und hielt sich den dröhnenden Kopf, drückte einen Lappen mit einem Eisstück darin auf die leicht blutende Wunde an der Stirn. Ein Stück Wachspapier verhinderte, dass das Tauwasser einen Weg zur Wunde fand.

Sie hatte den dickwandigen Becher nicht kommen sehen. Die Benommenheit nach dem Treffer hatte zum Glück nicht lange angehalten. Während sie in die schlichte Zelle in einem der Langhäuser gebracht worden war, hatte sie von einem Wächter erfahren, dass es die Königin der Dritten gewesen war, die ihren Tod mit dem Wurf verhindert hatte.

Das Licht im Langhaus war gedimmt, mehr als zwei Petroleumleuchten spendierte man Rodana nicht. Außer ihr gab es gerade keine weiteren Sträflinge. Das verschaffte ihr Ruhe, die gegen die Kopfschmerzen half. Eine lodernde Feuerstelle sorgte für Wärme, die dicke Kleidung und der Schal schützten sie zusätzlich.

Wenigstens brachte ich die Versammlung dazu, Brigantia schneller anzugreifen. Rodana betrachtete das Tuch. Die Blutung war gestillt, eine Naht war demnach nicht nötig. *Es wird eine kleine Narbe.*

Schwere Schritte näherten sich jenseits der Gitterstäbe ihrer kleinen Zelle.

»Es tut mir leid. Aber ich wollte nicht zulassen, dass du dich erst umbringen musst, damit man dich und deine Geschichte ernst nimmt.« Aus dem Halbdunkel erschien die gerüstete Gata, einen Becher dampfenden Tee in der Hand. Die Gespinste umspielten ihre blauen Tätowierungen im Gesicht. »Hab keine Sorge. Ich werfe nicht noch einen Becher nach dir.«

Rodana lächelte gequält. »Besten Dank. Mir dröhnt immer noch der Schädel.« Sie deutete ein Nicken an. »Und noch mehr Dank, dass Ihr mich gerettet habt.«

»Ahnst du, weswegen?«

Das hatte sich Rodana schon mehrmals gefragt. »Die einfachste Antwort wäre: Ihr seid eine Anhängerin meiner Kunst und wollt sie noch lange sehen«, versuchte sie einen Scherz.

»Das stimmt. Ist aber nicht der Grund.« Gata musterte sie. »Du bist meine Rivalin.«

Rodana glaubte, sich verhört zu haben. »Verzeiht, aber –«

»Goïmron. Sein Herz schlägt für dich. Ich weiß es, weil er meines ablehnte. Und ich danach sehr genau erkannte, wie er dich betrachtet. In aller Heimlichkeit.«

Rodana rief sich die vielen Gespräche in Erinnerung, die sie mit dem Zwerg geführt hatte. Mit ihrem guten Freund. Niemals wäre sie auf den Gedanken gekommen, er sei in sie verliebt. *O Himmel! Ich war blind dafür!* »Ich wusste, dass Ihr ein Auge auf ihn geworfen habt. Das sagte ich ihm auch. Weil ich denke, Ihr zwei passt sehr gut zusammen.« Sie kühlte die Stelle mit dem Eistuch.

»Zu gütig von dir.«

»Spottet nicht über mich. Es ist aufrichtig gemeint. Ich hätte mich einfach für Goïmron gefreut. Ihr seid … eine gute Partie. Eine Königin.« Rodana lachte. »Das war jedoch nicht der Grund. Ich halte Euch für eine Zwergin, der man vertrauen kann. Auf die man vertrauen kann.«

Gata lehnte sich gegen die Gitter. »Und doch hörte er nicht auf dich. Er war am Boden zerstört, als wir erfuhren, dass du und die Kinderfresserin –«

»Nennt sie nicht so, bitte. Sie schwor den Ragana ab.«

»… dass du und deine Aprendisa angeblich Spioninnen aus Brigantia seid, wie der schleimige Famulus nicht müde wird, es jedem unter die Nase zu reiben.« Gata musterte sie erneut. »In Wahrheit wird Mostro dich und deine … Aprendisa pflügen wollen. Aber weil er das niemals erreicht, will er dich vernichten.«

Rodanas Verstand arbeitete langsamer als gewöhnlich, was sie auf die Wirkung des Einschlags schob. »Dann … habt Ihr mich gerettet, weil Goïmron mich insgeheim liebt?«, brachte sie perplex heraus.

Gata nickte. »Ich möchte, dass er glücklich wird. Dass er verschwunden ist, bedeutet nicht, dass er tot ist. Und wenn er zurückkommt, soll er sehen, dass es dir gut geht. Das wiederum sorgt dafür, dass es ihm gut geht. Was mich freut.«

Rodana wusste nichts zu erwidern, ihre Gedanken kreisten, und gleichzeitig hingen sie fest.

»Ein Herz kann man nicht zwingen, jemanden zu lieben. Ist man nicht die Auserwählte, muss das Leben weitergehen. Auch wenn ich dich beneide«, sprach die Königin leicht betrübt. »Goïmron wird mir immer sehr viel bedeuten. Er ist mir wichtig, und daher versuche ich, ihm Schmerzen und Leid zu ersparen. Dein Tod wäre ein solches Leid.« Sie sah Rodana an. »Auch dein Herz kann zu nichts gezwungen werden. Aber vielleicht ändert der Umstand etwas, dass du nun von seinen Gefühlen weißt?« Sie pochte mit dem Becherrand gegen einen Metallstab. »Es wird dir hierinnen gut ergehen. Mostro kann dir nichts antun.« Sie zog einen schlanken kleinen Dolch von ihrem Gürtel und überreichte ihn. »Falls ich nicht in deiner Nähe sein kann, hast du etwas, um dich zu wehren. Damit schläfst du besser.«

»Danke.« Rodana verbarg die Waffe unter ihrem Umhängetuch.

»Sollte Goïmron zurückkehren und sich dir offenbaren, formuliere deine Ablehnung nicht zu hart«, bat Gata und wandte sich zum Gehen. »Ich will ihn nicht zu sehr leiden sehen.«

Rodana sah der Zwergenkönigin beeindruckt nach. Es gehörte viel Größe und Mut dazu, solch offene Worte zu sprechen.

Und wie von selbst entstand Goïmrons Gesicht vor ihrem inneren Auge.

***

»Das Zauberreich Rhuta hat die dümmste Form eines Reichs von allen Reichen im Geborgenen Land. Diese dämliche Raute basiert auf einer alten Berechnung von Magus Cnus Kolknat, der behauptet hat, er könne die perfekte magische Form mathematisch begründen. Seinen Berechnungen schlossen sich ein halbes Dutzend Magae und Magi an.
Vollkommener Unfug!
Magus Kolknat hat übrigens auch die perfekte Brotform, die perfekte Wolke, die perfekte Steinform und allerlei Absurditäten berechnet. Unter Vernachlässigung sämtlicher mathematischen Gesetze. Mehr muss man dazu nicht sagen, glaube ich.«

Dar Whjenn, Kundiger von Flora, Fauna und Weltgesetzen

KAPITEL IX

DAS GEBORGENE LAND, VEREINTES GROSSKÖNIGREICH GAURAGON, PROVINZ GRASENTIN, 1024 N. B. (7515. SONNENZYKLUS NACH ALTER ZEITRECHNUNG), WINTER

Stémna schob die seifenwassergetränkte Bürste mit beiden Händen vor und zurück über die Dielen, um die Flecken und den Dreck aus dem Holz zu scheuern. Ihre Finger waren aufgequollen und brannten, in ihrer Nase gab es nur den beißenden Geruch von Lauge. Das beständige *Scht-scht* der Borsten würde sie bis in den Schlaf verfolgen.

Den ganzen Umlauf lang rutschte sie in der grauen Robe der Anwärterin, ein Kopftuch über den hellen Haaren, auf Knien herum und schrubbte den langen Flur, durch den dreckige, verschlammte Stiefel ein und aus gingen. Sowie sie den letzten Schmutz entfernt hatte, kam ein Stallknecht, eine Magd, Hunde, irgendein Schuh oder eine Pfote, die ihren Erfolg ruinierten.

Stémna schrubbte, ohne zu murren. Ohne Unterbrechung. Weder fühlte sie ihren Rücken noch ihre Knie oder Beine. Sie hatte unsäglichen Durst, und ihr Magen knurrte, seit der verführerische Duft von Eintopf durch die Gemächer waberte.

Am Ende des Flurs angekommen, hob Stémna langsam den Blick und richtete sich auf. *Geschafft?* Sie lauschte, ob jemand kam und ihre Arbeit einmal mehr befleckte; durch das schmale Fenster über der Tür schimmerten die Sterne. Das Zeitgefühl hatte sie ebenso verloren, es war längst Nacht geworden.

Es blieb still.

Geschafft! Stémna erhob sich erleichtert und fühlte sich zum ersten Mal wie die alte Frau, die sie war. Seit zweihundert Zyklen wandelte sie durch das Geborgene Land, äußerlich in der Gestalt einer Vierzigjährigen, aber solche Tätigkeit hatte sie zum ersten Mal absolvieren müssen.

Genauso wie Wäsche waschen. Silberbesteck und Schmuck polieren. Latrinen reinigen. Essen zubereiten. Schuhe putzen. Wasser holen und vieles mehr.

Aus der Küche schlenderte Gubnara heran, eine anmutige Dame von geschätzten sechzig Zyklen, die eine Tasse mit Tee in der Hand hielt und auf sie herabblickte. »Das dauerte.« Wie alle Doulia trug sie die Haare fingerlang und mit einer eingeflochtenen Locke aus grauem Pferdehaar, an denen man die Zugehörigkeit erkannte. Noch hatte sich Stémna der schlichten Frisur entziehen können.

Gubnara war die Ausbilderin, die Brecherin, die Person, die entschied, wer bereit für den höheren Dienst im Geborgenen Land war und wer noch im Hauptquartier bleiben musste. Einfache Doulia wurden von ihren Gemeinschaften vor Ort ausgesandt oder angeboten. Doch wer in die Häuser und Haushalte höherer Persönlichkeiten oder Adliger oder gar Elben wollte, musste eine zusätzliche Ausbildung durchlaufen, so wie Stémna derzeit. Es ging um Gepflogenheiten, Besonderheiten, Ausdrucksweisen.

»Es war viel los. Ich musste oft neu beginnen, Herrin«, erklärte Stémna. In ihrer Stimme schwangen Unterwürfigkeit und Demut, wie sie es beigebracht bekommen hatte. Anfangs war es ihr schwergefallen. Der Stolz ihrer vielen Lebenszyklen und ihrer alten Tätigkeit als Ûras Botin wirkte nach. Mit jeder niederen Tätigkeit lernte sie mehr, Stolz und Wut beiseitezuschieben. »Darf ich essen und trinken, Herrin?«

»Sobald du fertig bist.« Gubnara strich die Falten in ihrem knöchellangen dunkelgrauen Kleid glatt, der breite schwarze Gürtel mit den weißen Stickereien bildete ein auffälliges Accessoire.

»Ich bin fertig, Herrin.« Stémna sah über die blitzsauberen Dielen, die in der Wärme der brennenden Öfen in den verschiedenen Räumen trockneten.

»Das ist gute Arbeit, Stémna. Ich bin zufrieden.« Gubnara nahm einen Schluck Tee, der Geruch von Apfel und Gewürzen verbreitete sich. »Du weißt, dass du die Einzige bist, die eine Doulia wird, ohne unserem Volk anzugehören.«

»Ja, Herrin.«

»Weil wir in dir die älteste Sklavin des Geborgenen Landes sehen, die treu diente. Bis zum Tod deiner Herrin bist du ihr bedingungslos gefolgt. Mehr verdient als du kann es keiner haben.«

»Danke, Herrin.« Stémna kannte solche und ähnliche Reden, die ihr schmeicheln und sie daran erinnern sollten, wo ihr Platz war. Und sein würde.

»In wenigen Umläufen kann es so weit sein. Dann wirst du bei uns aufgenommen, bekommst die Schur und die Locke. Und deinen neuen Namen. Du wirst dem großen Ziel Treue schwören und schon bald den Lohn für deine Treue empfangen. Deine Gaben sind ein Segen für uns.« Gubnara betrachtete den Dampf, der aus der Tasse aufstieg. »Sodann wirst du dich in einem Haus als Sklavin bewähren. Als Doulia. Was das bedeutet, erfährst du bald.«

»Danke, Herrin.«

»Einige Prüfungen erwarten dich. Versagst du bei einer, verlierst du alles, was du erlangt hast.« Gubnara kippte die Tasse langsam aus, der schwarze Tee plätscherte auf den Fußboden, Apfelstücke und Gewürze verteilten sich. »Du hast etwas vergessen wegzuwischen.«

»Ich erledige es sofort, Herrin.« Stémna kannte die Spielchen. Geduldsübungen.

»Zieh deine Robe aus und reibe es damit weg. Morgen früh will ich dich in sauberer Kleidung zum Appell sehen«, verkündete Gubnara, danach warf sie die Tasse gegen die Wand. Sie zersprang in viele Scherben und Splitter, die Fragmente verteilten sich auf dem Boden. »Das war mein Lieblingsgefäß. Setz es wieder zusammen und überreiche es mir beim Morgenappell.«

»Ja, Herrin.«

»Sehr gut, Stémna.« Gubnara drehte sich zur Küche um. »In

deiner Unterkunft wartet der Stallbursche darauf, dass du ihn zufriedenstellst. Du bist ja noch ansehnlich für dein Alter. Das wird dich bei den Herrschaften beliebt machen. Reif, doch nicht verbraucht, und somit keine dauerhafte Gefahr für die Herrin des Hauses, in dem du dienen wirst.« Die Doulia verschwand über die Schwelle. »Genieße den Burschen und schlafe dabei nicht ein.«

»Nein, Herrin. Er wird sich nicht beklagen.« Stémna zog sich aus und wischte zuerst den Tee mit der grauen Robe auf, sammelte anschließend die Scherben ein und holte den Steinleim aus der Werkstatt. Ihre Blöße bekümmerte sie nicht. Es wäre ein weiterer Umlauf, an dem sie keinen Schlaf, aber wenigstens etwas Vergnügen bekam. Hoffte sie.

Stémna spielte das Spiel mit und täuschte Gubnara vor, die perfekte Doulia werden zu wollen. Brechen lassen würde sie sich nicht. Sie hatte genug eigene Ziele, und um diese zu erreichen, eignete sich das vorübergehende Dasein als Sklavin durchaus. Es gab ihr Schutz, bis sie im Geborgenen Land vergessen war.

Bis sie von Mòndarcai vergessen war.

Dann erwische ich ihn. Wenn er am wenigsten an mich denkt. Stémna würde bis zu ihrem letzten Atemzug nach dem Tod des ungewöhnlichen, übermächtigen Albs trachten. Dazu bedurfte sie neuer orangefarbener Federn, mit denen sie heißes Dämonenfeuer auslösen konnte, das jegliches Material zum Schmelzen brachte – und dem auch die Rüstung des Albs nicht widerstand. Dieses besondere Gefieder lag in geheimen Verstecken, die sie über die Zyklen hinweg angelegt hatte, sodass ihr der Vorrat nicht ausging. Ûra hatte sie ihr überlassen, ohne ihrer Dienerin zu offenbaren, woher sie stammten. Stémna hegte einen Verdacht, hatte allerdings nie Gelegenheit erhalten, diesem nachzugehen. Nach dem Tod ihrer Herrin ohnehin nicht mehr.

Sie wollte gerade die Treppe hinaufgehen, um sich um den Stallburschen zu kümmern, bevor Scherben und Schmutzrobe auf sie warteten, als ihr ein Lichtschein neben der untersten Stufe auffiel, der von unten durch die Dielen drang.

Nanu?

Stémna erinnerte sich: Dies war die schmutzigste, sandigste Stelle von allen Ecken im Flur gewesen, die verkrustete Erde hatte zwischen den Bohlen gesteckt. Mehr als zwei Sanduhren hatte sie geschrubbt, um den Dreck zu entfernen, den sie umso verwunderlicher fand, weil es keinen Grund gab, dort herumzulaufen.

Stémna legte die Scherben auf die Treppe und streifte sich die fleckige Robe über, ging auf die Knie und brachte das Auge dicht an den Spalt. *Das ist eindeutig Kerzenlicht.* Sie schaute sich im dunklen Treppenaufgang des Flures um, entdeckte niemanden. *Ist da unten ein geheimer Keller?* Rasch erhob sie sich, tastete die Wände, die Fresken, Bordüren und jede Besonderheit ab, die ihr an den Holzvertäfelungen auffiel.

Letztlich fand sie in einem Sklavenfresko eine drehbare Peitsche. *Ich hätte es mir denken können. Eine neunschwänzige Katze.* Leise klickend schwang der Boden ein Stück nach unten und dann zur Seite weg, um eine steile Stiege freizugeben. Die Helligkeit fiel durch das Loch herauf. *Geheimnisse. Sieh einer an.* Stémna horchte, ob sich jemand näherte. Als es still blieb, stieg sie hinab und blickte sich um.

Ein gedrungenes, trockenes Kreuzgratgewölbe eröffnete sich vor ihr. Ringsum lagen Karten des Geborgenen Landes mit eingesteckten winzigen Fähnchen, an deren Wimpel Zahlen- und Buchstabenfolgen geschrieben standen. Zwei Petroleumlampen und eine Kerze brannten vergessen an der Wand. Die genauen Ausdehnungen des Kellers blieben im schwachen Licht verborgen. Rund um die Karten standen mannshohe Regale mit Schubfächern, in denen säuberlich beschriftete Kärtchen lagerten. Darauf las Stémna die Namen von Sklavinnen und Sklaven, die ihrer zugewiesenen Herrschaften – und sämtliche Geheimnisse, welche die Häuser und Personen hatten.

Sie hob den Blick und ließ ihn durch das lang gestreckte, dunkle Gewölbe schweifen. *Die Doulia spionieren das Geborgene Land aus! Sie haben sich alles notiert, was ihnen wichtig erscheint.* Stémna verlor jegliche Müdigkeit. *Das meinte Gubnara, als sie sagte, ich könne eine von ihnen werden.* Und es erklärte, warum sie keine Außenstehenden aufnahmen. *Bis auf mich. Weil ich in ihren Augen ebenfalls eine Außenstehende bin.*

Eine Schublade erweckte ihre Aufmerksamkeit, auf der *Neulinge* stand. Darin fand sie Namen, so auch ihren, samt einer Abkürzung. *Ich bin bereits eingeteilt?* Stémna suchte auf der Karte nach ihrem Fähnchen und fand es in einer Stadt im Sinterreich. *Nein. Da ist weit und breit kein Federlager.*

Kurzerhand tauschte sie die Position des Fähnchens mit dem eines anderen Neulings. Nun steckte ihr Fähnchen in Gautayas Norden, in einem ihr unbekannten Wappen. Von dort waren es weniger als zehn Meilen bis zu einem Versteck. Eine Wanderung ließe sich heimlich in der Nacht bewerkstelligen, ohne dass es die neue Herrschaft bemerkte. Aufgeregt verließ Stémna das geheime Archiv, schloss den Abstieg und beseitigte jegliche Spuren.

Ich wollte nur mein Leben behalten. Jetzt bin ich plötzlich Teil von etwas Größerem. Von einer Verschwörung. Was genau die Doulia beabsichtigten, würde sie an einem anderen Umlauf herausfinden. *Und wozu sie mich dabei brauchen.*

Danach sammelte Stémna die Scherben sowie den Leim ein, eilte hinauf in die Unterkunft und zog sich im Gehen die schmutzige Robe aus, um den Stallburschen glücklich zu machen.

Es würde schnell gehen. Sie musste noch waschen und eine Tasse zusammensetzen.

***

DAS GEBORGENE LAND, BRAUNES GEBIRGE, BRIGANTIA, 1024 N. B. (7515. SONNENZYKLUS NACH ALTER ZEITRECHNUNG), WINTER

Klaey kam zu spät.

Das erkannte er daran, dass ihm Zabitays und Zabitayas aus den Wohngemächern seines ältesten Bruders entgegengingen. Die Anweisungen waren offenkundig gegeben, die Besprechung abgeschlossen.

Im Umkehrschluss bedeutete es für ihn: Was immer der Omuthan plante zu tun, Klaey kam dabei keine tragende Rolle zu. Oder überhaupt irgendeine, die von Bedeutung war. Oder noch schlimmer: *Gehe ich gerade zur Verkündigung meines Todesurteils?*

Kurz bevor er den großen Raum mit bangem Herzen erreichte, begegnete ihm Kawutan, der die Befehlsgewalt über Brigantia mit dem Erwachen von Orweyn verloren hatte. Die Zeit seiner Zwischenregentschaft war abgelaufen, und genauso schaute er in seiner grünen Uniform auch drein. Andere hätten für den Rang eines Zabitay die größten Aufgaben übernommen, doch für Kawutan bedeutete es einen Rückschritt.

Neben ihm ging Ilenis in einem hinreißenden glitzernden Goldseidengewand und warf Klaey einen verborgenen Blick voller Zuneigung und Leidenschaft zu.

»Bruderherz! Was habe ich verpasst?«, rief Klaey überschwänglich und fühlte sich in seiner sandfarbenen Uniform mit den Insignien eines Banneroffizianten plötzlich erhabener als sein Bruder. *Ich gönne diesem Aufschneider den Absturz.* Er hatte ihm den Beinaheaufenthalt im Kerker nicht vergessen. »Hat unser Omuthan sie alle hinausgeworfen, oder habe ich mich im anberaumten Zeitraum vertan?«

»Du hast dich nicht vertan.« Ilenis lächelte und hakte sich bei ihrem Gemahl eng unter, um keinerlei Zweifel an ihrer Treue aufkommen zu lassen. »Aber leider dürfen wir dir nichts darüber sagen.« Sie sah Kawutan an.

»Was? Ihr habt Geheimnisse vor mir?« Klaey drehte sich zu den verschwindenden Zabitayas und Zabitays um. »Das halbe Braune Gebirge weiß, was geschehen soll, und bekam Anweisungen, aber ich –«

»Du weißt, weswegen du nicht unbedingt hoch in seiner Gunst stehst«, unterbrach ihn Kawutan. Er sah aufgewühlt aus und befreite sich vom Arm seiner Gattin. Etwas brodelte in ihm. »Orweyn untersagte es uns bei empfindlichen Strafen, Klaey. Also frage erst gar nicht.«

»Na schön. Dann höre ich mir selbst an, was er von mir möchte.«

Unerwartet trat Kawutan dichter an ihn heran und packte ihn an den Schultern. »Du weißt von Hantu. Dem Rhamak. Der aus dem Jenseitigen Land kam.«

»Wissen? Ich sah ihn lediglich in der Unterhaltung mit dir. Es gibt die wildesten Gerüchte über die eingetroffenen Gäste«, entgegnete Klaey. »Narshân-Bestien. Der wandelnde Turm. Und dieser merkwürdige Mystiker. Wie nanntest du ihn?«

»Ich nehme an, dass unser Bruder dir gleich Befehle erteilen wird, die … es wert sind, von dir hinterfragt zu werden.« Kawutan umschiffte mit vagen Worten die Klippen des Verrats. »Was immer du über den Rhamak gehört hast: Es ist schlimmer.«

»Viel schlimmer«, steuerte Ilenis bei, ihr Gesichtsausdruck nun auch eine einzige Sorge.

»So bedeutsam kann der Auftrag nicht sein, der mir bevorsteht«, erwiderte Klaey, dessen Nervosität langsam stieg. »Sonst wäre ich bei der Besprechung dabei gewesen.«

»Ich denke, es verhält sich genau umgekehrt. Nur die Tragweite musst du dir selbst erschließen, Bruder.« Kawutan ließ ihn langsam los. »Es kommt zur baldigen Entscheidungsschlacht. Aber sie darf nicht unter allen Bedingungen zu unseren Gunsten erzwungen werden. Verstehst du das?« Sein Blick war fest und warnend.

Klaey wunderte sich über ihn. So hatte er ihn noch nie erlebt. »Jetzt bin ich wahrlich neugierig, was mich erwartet.«

»Erwähne nicht, dass wir uns begegneten. Tu unbedarft und zerknirscht. Du siehst ihn zum zweiten Mal seit seinem Aufwachen, da ist Reue nach wie vor angebracht.« Ilenis ging an ihm vorbei und ergriff Kawutans Hand. »Solltest du danach reden wollen, du weißt, wo du mich findest.«

»Ist gut.« Klaey schenkte ihr einen tiefen Blick und durchschritt den Gang, der bis zu den Wohngemächern des Omuthan führte.

Kurz nach dem Erwachen hatte Orweyn ihn sehen wollen, jedoch kein einziges Wort gesprochen. Klaey hatte von ihm nicht mehr als Streifen Gesicht und die Augen gesehen, der Rest lag unter dicken Heilfettbandagen. Aber in den enttäuschten und vorwurfsvollen Blicken war abzulesen gewesen, was er gedacht hatte, und schon bald war Klaey erneut hinausgesandt worden.

Lass dir nichts anmerken. Die beiden Wachen ließen ihn passieren, und er trat durch die Tür in das gewaltige Wohnzimmer, um den Omuthan in einem Sessel sitzend vorzufinden. »Du hast mich rufen lassen?«

Die Dienerschaft räumte benutztes Geschirr und Gläser der Zabitayas und Zabitays von den kleinen Beistelltischen, man brachte frisches Gebäck und vier verschiedene Teesorten in kleinen silbernen Kännchen. Der Duft von warmem Kuchen und Kräutern verteilte sich in der Luft. Auf einem größeren Tisch befand sich eine Zeichnung der Festung und der Belagerung sowie von der Zeltstadt; Holzscheiben mit Symbolen bezeichneten die eigenen und gegnerischen Einheiten.

Orweyn deutete auf den Stuhl ihm gegenüber und wartete, bis die Untergebenen gegangen waren. Um ihn lag ein weicher, weiter Mantel aus weißer Seide, der seine Verbrennungen nicht einschnürte. Die Bandagen reichten bis hinauf ans Kinn; auch der Kopf war umwickelt, das Gesicht hingegen frei und rosafarben mit neuer Haut. »Du hast vernommen, dass unsere Belagerer sich anschicken, den Sturm auf Brigantias letzten Rest zu wagen?«

»Ich hörte Gerede darüber. Als Banneroffiziant des Nachschubs bin ich selten vorne auf den Wällen«, antwortete Klaey krächzend und goss sich vom weißen Tee ein.

»Kannst du dir erklären, woher der Sinneswandel rührt?«

»Wie sollte ich wissen, was in den Köpfen von Goldhand und den Trotteln vorgeht? Sie werden sich eine blutige Stirn holen, wenn sie uns attackieren.« Klaey sah abwartend zu Orweyn, um seinen Getränkewunsch zu erfüllen. Sein Bruder wählte den roten Tee. »Außerdem verstehen deine Zabitays mehr von diesem Kriegsgeschäft als ich.«

»Dass die Belagerer zum Angriff ansetzen, bedeutet: Sie haben ihren Zauberern Magie verschafft, mit der sie unsere Tore brechen können. Die Warwölfe schleudern ihre Steine nur noch, um uns abzulenken und glauben zu machen, sie besäßen nichts Besseres.« Orweyn deutete auf die Zeichnung der belagerten Festung. »Ich dachte, dass wir uns noch lange Gedanken über die Taktik unserer Abwehr machen müssen. Ein Trugschluss.«

Klaey schürzte die Lippen. »Was können wir gegen ihre Magie tun?«

»Es könnte aber auch sein, dass sie von unseren Gästen und unserem Rhamak erfahren haben«, sprach Orweyn weiter, als habe er die Frage nicht vernommen. »Man fand die Leiche der kleinen Ragana in einem Gang, wie ich hörte?«

»Ja. Totgebissen von einer Narshân-Bestie. Ihren Kopf haben ein paar Verrückte in einem Glas mit Honig konserviert, um sich das Kopfgeld im Geborgenen Land abzuholen, sobald die Belagerung überstanden ist.« Klaey konnte seine Anspannung mit Bravour überspielen und nahm sich vom Kleingebäck. »Wie du einst verlangt hast, ist die Moorhexe getötet.«

Orweyn ließ ihn nicht aus den Augen. »Dieser Gang, in dem man die Tote fand, führte zum Rhamak. Mir scheint, sie wollte ihn aufsuchen.«

»Möglich.« Klaey kaute den Kuchenbissen, ohne seinen buttrigen Geschmack richtig genießen zu können. Seine innere Anspannung stieg unaufhörlich. *Wie gut, dass meine Stimme ohnehin kratzt.* »Was beschäftigt dich daran?«

»Ich frage mich, wo die Puppenspielerin abgeblieben ist.« Orweyn ließ sich von ihm die Tasse reichen und inhalierte den aufsteigenden Dampf.

Er weiß es. Gleich kommen die Wachen und ergreifen mich! Cadengis, ich lege mein Leben in deine Hand. »Irgendwo im Geborgenen Land und sich neue Figürchen schnitzen, nehme ich an. Sie wird nicht so dumm sein und ihre Aprendisa nach Brigantia begleitet haben.« Schnell trank er vom Tee, um den Klumpen Kuchen im Mund aufzulösen.

»Bei den Belagerern gab es vor einigen Umläufen heftigen Tumult. In der gleichen Nacht, als unsere Wachen ein Seil an der Außenmauer fanden. Und eine der Bestien verschwand.« Orweyn stellte die Tasse wieder ab. »Ich glaube, Goldhand narrte uns, als ein Kopfgeld auf die beiden ausgesetzt wurde. Sie sollten hierhergelangen und uns glauben machen, sie wären welche von uns. Sich vermeintlich auf unsere Seite schlagen, um zu spionieren.«

»Aha?« Klaey entspannte sich. *Gut. Kein Verdacht gegen mich.* »Du denkst, Rodana war ebenso hier und floh über die Mauer, um Goldhand von dem Rhamak zu berichten?«

»Ganz genau. Während die Ragana zu ihm vordringen wollte, um ihn zu töten. Bedenke, wo man sie fand.« Orweyn klang absolut überzeugt. »Beim Rückzug vom Zweistromhügel ging es drunter und drüber. Wer weiß, wie viele Spione Goldhand noch bei uns eingeschmuggelt hat?«

»Ich verstehe. Sehr guter Gedanke.« Klaey lehnte sich zurück. »Was hast du nun vor, Omuthan? Und was soll ich dabei?«

Orweyn legte die Hände zusammen, auf deren Haut sich üble Brandwunden zeigten. »Sofern die Puppenspielerin genug Informationen zu Hantu sammelte und es sich so verhält, wie ich denke, wird die Gabe des Rhamak nicht mehr überraschend für die Belagerer sein. Daher ist es wichtig, dass Hantu seine Macht sogleich einsetzt.«

»Sogleich bedeutet?«

»Sogleich.« Orweyn räusperte sich. »Ich gab den Befehl zum Ausfall. In zwei Sanduhren öffnen sich das Haupttor und die zwei Nebentore, um unsere Truppen auf die Angreifer loszulassen.«

Das wiederum klingt nicht gut. »Du weißt, wir sind ihnen zahlenmäßig …«, setzte Klaey an.

»Hantu wird uns Wesen aus anderen Sphären herbeirufen, gegen die weder Klingen noch Zauberei helfen«, unterbrach ihn Orweyn siegessicher. »Seite an Seite mit unseren Leuten, mit dem wandelnden Turm, mit den Narshân-Bestien! Mit allem und jedem in der Festung fegen wir die Belagerer hinweg und vernichten dieses lächerliche Aufgebot.«

Klaey wagte keinerlei Einschätzung über das Gelingen der vorgesehenen Attacke. Viel wichtiger erschien ihm die Frage: »Und ich?«

»Hast du dein fliegendes Pferdchen wieder?«

»Nein. Todesschwinge ist verschwunden.«

»Gut! Sonst hätte ich Angst, dass du mich wieder aus der Luft in Brand steckst.« Der Omuthan lachte leise. »Du wirst dafür sorgen, dass alle, die nicht kämpfen können, sich in den großen Schutzraum zurückziehen. Er liegt kurz vor dem eingestürzten Stollenende zur Rechten. Dazu zähle ich auch sämtliche Familien.«

Der Zeitraum für diese Aufgabe erschien Klaey reichlich knapp bemessen. »Binnen zweier Sanduhren?«

»Du als Banneroffiziant bist es gewohnt, die Dinge schnell zu regeln und zu beschaffen, so rar sie auch zu finden sind. Versorge sie mit Wasser und Proviant, falls sie länger ausharren müssen. Es kann sein, dass unsere Leute nach dem Ausfall auf die Jagd nach überlebenden Feinden gehen, um die Belagerer vollends zu vernichten.« Orweyn klang, als sorge er sich um die Leben der Zurückgelassenen. »Zum Schutz der Schwachen und Familien wirst du mit deiner Einheit bei ihnen bleiben. Ich möchte nicht, dass Goldhands Spione und Attentäter ihnen aus Rache für die verlorene Schlacht ein Leid zufügen.«

Im Prinzip fand Klaey die zugewiesene Aufgabe gut. Sehr gut sogar. Somit stand er nicht an der Front und konnte in Ruhe abwarten, wie sich die Dinge entwickelten. Doch der Befehl trug eine weitere, verborgene Bedeutung, das spürte er deutlich. »Ich habe nur zwanzig Klingen unter meinem Befehl. Denkst du, es reicht aus?«

»Der Zugang in den Schutzraum ist absichtlich eng und mit wenigen Soldaten leicht zu halten.« Orweyn lächelte, und ein Stück rosafarbene Haut unterhalb des Jochbeins zeigte einen kleinen Riss, aus dem Blut sickerte. Bedächtig tupfte er es mit dem Ärmel weg. »Ich musste meinen Zabitays versprechen, dir dieses Mal keine Aufgabe zu überlassen, die den Erfolg in Gefahr bringt. Nicht wenige verlangen, dass ich dich bestrafe. Hinrichte. Weil du uns am Zweistromhügel den Sieg gekostet hast.«

»Zu Cadengis Mutter mit ihnen!« Klaey richtete sich zornig auf. »Ich habe schon so oft erklärt, dass es dieser Zwerg war, Goïmron Schnitzeisen, der mich mit seiner Magie fehlleitete und die Brandtöpfe absichtlich –«

»Beruhige dich.« Beschwichtigend hob Orweyn die Hand, fleckige Bandagen wurden am Gelenk sichtbar. »Ich weiß das, kleiner Bruder. Und wir werden diesen Unterirdischen grausam bestrafen. Nicht dich.«

»Danke.«

»Dann ab mit dir.« Der Omuthan zeigte auf den Ausgang seiner Gemächer. »In zwei Sanduhren beginnt der Ausfall. Bringe die Schutzbedürftigen sicher unter.«

Klaey verbeugte sich und stand auf, langte nach dem Teller mit dem Gebäck. »Für unterwegs. Ich hatte noch nichts gegessen.«

»Nimm nur.« Orweyn lächelte freundlich. »Wir feiern den Sieg gemeinsam, kleiner Bruder. Und ich werde dich danach befördern, auch wenn die Zabitays es nicht billigen. Was sollen sie schon tun? Ich bin ihr Omuthan!« Er lachte.

Klaey stimmte krächzend in die Heiterkeit mit ein und ging winkend hinaus.

Kaum befand er sich außer Hör- und Sichtweite, erstarb seine vorgespielte gute Laune. *Du elender Bastard! Du Schwein von einem Schwein!* Aufgebracht stopfte er Kuchen in sich und hastete dabei durch die Gänge, um zu seiner winzigen Offizianten-Schreibstube zu gelangen, in der er langweilige Listen über Proviant und Ausrüstung der Festung führte. *Dachtest du, ich weiß nicht, was du beabsichtigst?*

Die Leute im Schutzraum würden einem einzigen Zweck dienen: als Futter für die Wesen aus den fremden Sphären, die Hantu rufen sollte. Eingepfercht und ohne Aussicht, dem Tod zu entkommen. Orweyn würde den Sieg über das Heer des Geborgenen Landes gleich doppelt mit Blut erringen, sowohl auf dem Schlachtfeld als auch durch das Abschlachten der Ahnungslosen.

Frauen und Kinder, Alte und Schwache. Klaey blieben die Bissen im Hals stecken, ihm war nicht mehr danach.

Im Vorbeigehen drückte er den Teller einer verwunderten Wache in die Hand und verfiel ins Rennen. Irgendeine Ausflucht würde sich der Omuthan aus den Fingern saugen, um die Schuld an den gemetzelten Toten jemand anderem zu geben. *Goldhands angeblichen Attentätern sicherlich. Und ich soll in der Höhle mit den Menschen zusammen sterben.* Klaey hatte begriffen, dass ihn sein großer Bruder zum Tode verurteilt hatte, ohne es auszusprechen. *So ein hinterhältiges Loch von Mannesabschaum!* In seinem Kopf spielte er verschiedene Szenarien durch, was er tun und was er nicht tun konnte. Aber eine Sache beschäftigte ihn besonders: Orweyn hatte seinen Tod vorgesehen. Daran änderte sich nichts, ganz gleich, ob er die Schutzbefohlenen vor dem Abschlachteten rettete oder wie erfolgreich der Ausfall verlief. Er opferte seinen eigenen kleinen Bruder.

Ich muss aus Brigantia verschwinden. Dieses Reich wird untergehen oder durch eine Tat gerettet, mit der ich nichts zu schaffen haben will. Seinetwegen konnte sich Hantu seine Opferlämmer selbst zusammentreiben und ihnen die Kehlen aufschlitzen. *Ich tu's gewiss nicht.*

Doch eine simple, kopflose Flucht kam nicht infrage. *Ich brauche einen Plan, um durch sämtliche Linien zu gelangen.*

Und Grundzüge dieses Plans entstanden beim nächsten Atemzug in Klaeys Verstand.

***

»Die Wassergeschosse – los!«, befahl Hargorina zufrieden, die nahe bei Gata stand und die Leistungen der Bedienmannschaften überwachte, um letzte Fehler auszumerzen. Der beständige Takt musste gehalten werden.

Gata fand den Einfall so simpel wie effektiv. Die riesigen, gefüllten Blasen aus vernähten Tierhäuten zerplatzten beim Auftreffen, das Wasser schwemmte über die Wehrgänge und rann die Mauern abwärts. Bei den herrschenden Temperaturen gefror es innerhalb kürzester Zeit zu Eis. Das machte den Brigantinern zum einen das Laufen auf dem glatten Untergrund schwer, zum anderen sprengte es lose und angebrochene Stellen im Fugen- und Wallwerk auf. Damit wurden die einschlagenden Steine endlich wirkungsvoll.

Fünf riesige, runde Säcke schossen durch die Luft, trafen wie berechnet gegen das Bollwerk und zerrissen. Platschend ergossen sich die Fluten darauf und sorgten für das Ausbreiten der Eisdecke.

»Sehr gut«, befand Gata und näherte sich ihrer Waffenlehrerin. »Das hat den Omuthan ziemlich überrascht.«

»Und wie. Sie ziehen sämtliche freien Kräfte nach Osten und gehen mit heißer Kohle gegen das Eis vor.« Hargorina hob das Fernrohr vors Auge und prüfte die letzten Treffer. Das kupferrote Haar lag unter einer engen Haube, was das Anlegen des Helms erleichterte. »Das wird ihnen nichts nutzen.«

Gata sah zu den Warwölfen, deren Wurfausrichtung innerhalb eines Umlaufs mit viel Mühe neu eingestellt worden war. *Es funktioniert!* Die Steine flogen nun höher und konzentrierten sich anstatt auf den unteren Teil des ersten Walls auf die vereisten Zinnen und das obere Zehntel an der Ostseite der Festung.

Mit sichtbarem Erfolg. Die von Brigantia über Hunderte von Zyklen angebrachten Verstärkungen wurden durch die Treffer auf die vom Eis bedeckten Stellen Handbreit um Handbreit abrasiert. Rumpelnd und staubend fielen die Trümmer in die Tiefe und stapelten sich vor der Mauer.

Gata hob den Blick zum Ausguck, der mit Fahnenzeichen seine neusten Erkenntnisse zu ihnen am Boden und dem Feldherrenhügel übermittelte. »Brigantia rechnet mit unserem baldigen Angriff. Sie haben unsere Truppen gesehen, die sich zusammenziehen.«

»Wie es von uns geplant ist.« Hargorina gab den Bedienmannschaften weitere Anweisungen, und die größeren, behauenen Steindodekaeder wurden in die Schlingen der Warwölfe geladen. Die kantigen Geschosse hatten den Vorteil, durch die Ecken eine größere Sprengkraft zu entfalten. Flogen sie über die Mauern, rollten sie im Innern der Festung umher, zermalmten Gegner, Fuhrwerke, Nachschubstapel und kleinere Gebäude am Boden. »Wie lange noch?«

»Eine Sanduhr.« Gata sah zur leeren Fläche vor dem Haupttor. Die Stellungen und Gräben waren aufgegeben und leer. Zwerge, Elben, Menschen und Meldrith nahmen geordnet Aufstellung im Osten. Sie führten lange Leitern und Sturmhaken mit Kettenseilzügen mit sich; tragbare Katapulte schossen die ankergroßen Haken auf die Mauer, Gegengewichte und Umlenkrollen trugen die wagemutigsten Angreifer der ersten Welle mit Halteschlingen in die Höhe. »Dann entscheidet sich alles.«

»Brigantia wird fallen.«

»Ich hoffe sehr, dass der Rhamak nicht in der Lage ist, seine Anrufung abzuhalten. Sonst war unser Plan umsonst.« Gata zurrte einen lockeren Harnischriemen fester. In der Schlacht bliebe kein Wimpernschlag Zeit, Korrekturen vorzunehmen. »Wir sehen uns gleich.«

»Wohin willst du?« Hargorina warf ihr einen fragenden Blick zu.

»Ein letztes Mal zu Lorimbur beten. Wir brauchen seinen Beistand dringend.« Gata eilte durch die Reihen der Bedienmannschaft, vorbei an den Steinmetzen, die an den nächsten Geschossen meißelten, bis sie im rückwärtigen Bereich in jenes Langhaus trat, in dem sich ihre Unterkunft befand. Sie kniete vor der Statuette von Lorimbur nieder, dem Stammvater der Dritten, und entzündete die Kohlebecken, warf eine Handvoll Weihrauch, Dufthölzer und Kräuter hinein, zusammen mit Knochenmehl und winzigen Eisenspänchen.

»Diesen Sieg erringe ich für dich, Lorimbur«, flüsterte Gata vor dem kleinen Abbild und legte ihr Axtschwert davor. »Dir zu Ehren zerschlage ich Brigantia, auch wenn das Heer den Namen meines toten Vaters rufen wird. Die Dritten werden ihn bald vergessen haben. Dafür sorge ich.«

Gata hatte keinerlei Beweise, dass Vanéra hinter dem Tod ihres Vaters steckte. Nachweislich hatte er sich zu Tode gesoffen. Mit dem Geschenk, vor dem die Maga ihn ausdrücklich gewarnt hatte. Es könne seinen Charakter ändern, hatte sie gesagt, wenn man es missbrauche.

Die Königin der Dritten hegte keinen Groll gegen die Maga, die Gatas geheimen Wunsch hatte wahr werden lassen; wohl aber auf Goldhand, der den Pakt mit Mòndarcai verweigert hatte. *Sicher, einem Alb kann man nicht trauen. Meistens.* Aber etwas sagte ihr, dass es nicht immer so sein musste. Unbewusst rieb sie über die Brosche, die einst ihrem Vater und davor den Ahnen gehört hatte. *Lorimbur, du wirst Vraccas übertrumpfen. Alle Zwergenstämme werden es erkennen. So auch in der kommenden Schlacht.* Gata hatte angeordnet, dass die Dritten mit der Rune ihres ersten Ahnen auf den Rüstungen antraten, um dem Stammvater Ehre zu erweisen. Vraccas' Name würde nicht aus ihrem Mund erschallen.

Seufzend beendete sie das Gebet und verharrte noch. Ihre Gedanken gingen zu Goïmron, der es geschafft hatte, ihr Herz zu erobern. Jede Unterhaltung mit ihm verstärkte ihr Empfinden für ihn. Auch dass er mehr Interesse an der Puppenspielerin hatte, schmälerte ihr Gefühl nicht.

Lorimbur, lass die Finsternis und die Niedertracht nicht in mein Herz. Gata war durchaus der Gedanke gekommen, Mostro in seinen Forderungen nach einer Strafe für Rodana zu unterstützen. Ein Todesurteil würde die Nebenbuhlerin beseitigen. Für immer.

Aber das konnte sie Goïmron nicht antun. Gata setzte darauf, dass seine Liebe für die Menschenfrau erlosch, sobald er sah, dass sie seine Gefühle nicht erwiderte, und er sich ihr zuwandte. *Er wird erkennen, dass ich so viel mehr bin als sie.*

Nach dem Kampf und der gewonnenen Schlacht würde sie losziehen und die Suche nach Goïmron beginnen. Sie weigerte sich anzunehmen, dass Szmajro ihn mitgenommen hatte, um ihn lediglich in Ruhe zu verspeisen. *Was immer der Drache mit ihm vorhat, ich hole mir meinen künftigen Gemahl zurück.* Gata umfasste den Griff ihres schweren Axtschwertes und betrachtete es. *Kein Geschuppter wird das verhindern.*

Von draußen erklangen Rufhörner.

Das erste Signal! Rasch stand Gata auf und verbeugte sich vor der Lorimbur-Statuette. »Lass uns siegen und dein Ansehen steigern.« Dann eilte sie aus dem Raum und gleich darauf aus dem Langhaus. Im Trab ging es vorwärts, im leichten Bogen auf den Eingang eines Laufgrabens zu, der sie weit nach vorne brachte.

»Ah, da bist du.« Brûgar gesellte sich an ihre rechte Seite. Sein blauer Bart glänzte frisch gefärbt und eingeölt. Den Kriegsdreschflegel hatte er geschultert, und das unvermeidliche Kriegspfeifchen klemmte im Mundwinkel. Es roch nach Süßholz und Orange. »Wir dachten schon, du wolltest erst dazustoßen, wenn wir die ganze Arbeit getan haben.«

Belîngor flankierte Gatas andere Seite, die Streitaxt mit dem langen Stiel unterhalb des Kopfs in der Linken haltend. *»Das wird ein Spaß«*, sagte er in Zeichensprache. *»Für uns. Nicht für die Brigantiner.«*

Gata sah zu ihrer Überraschung eine Menschenfrau in einer

Vollrüstung unbekannter Machart: einer Kombination aus Lamellen- und Schuppenpanzer, während Brust und Rücken unter einem Starrharnisch lagen. »Ist das Vanéra?« Im Vorübereilen warf sie einen längeren Blick auf die Maga, die von einer Magd den Helm auf die zusammengesteckten braunen Haare gesetzt bekam, während Knechte die Schnallen an den Beinschienen schlossen. Ein weiterer Mann brachte einen anderthalb Schritt langen Zweihänder, der allerhöchstens von einem sehr starken Ork geführt werden konnte. »Was bei …? Sie kommt keine zwei Schritte weit damit!«

»Ein Fund aus ihrer Kammer der Wunder«, erklärte Brûgar, der durch das Traben ebenso wenig außer Puste geriet wie die Übrigen. »Angeblich trägt sich die Rüstung angenehm wie ein weites Seidenkleid und das Schwert leicht wie eine Feder.«

»*Wir werden es bald erleben*«, fügte Belîngor hinzu. »*Sie würde es nicht tun, wenn sie wüsste, dass es unsicher für sie ist.*«

»Auch wieder wahr.« Gata vermochte sich nicht vorzustellen, wie die Maga gegen einen Widersacher fechten wollte. *Sie ist keine Kriegerin.* »Hat sie überhaupt eine Ausbildung? Weiß das einer von euch?«

»Sie wird sich wie ein Kreisel drehen. Wir sollten nicht zu dicht bei ihr stehen«, empfahl Brûgar und lachte mit geschlossenen Zähnen, um die Pfeife nicht zu verlieren. »Eine Stabfuchtlerin, die mit einer riesigen Klinge um sich drischt. Das kann was werden, bei Lorimbur!« Schmatzend paffte er.

»Was hat sie noch dabei?« Gata betrat den Laufgraben, die Zwergenkrieger folgten ihr dicht auf den Fersen. »Hoffentlich bessere Artefakte als Mostro.«

»Angeblich ja. Sie stattete die erste Welle der Langen mit besonderen Waffen aus. Angeblich magische Klingen aus der Kammer der Wunder.« Brûgars Tonfall machte seine Ablehnung überdeutlich. »Solange sie damit von uns ablenken, soll's mir recht sein.«

Belîngor lachte.

Gata und ihre Krieger trabten den mannstiefen Graben entlang, ohne dass sie jemandem unterwegs begegneten. Der Schall der Hörner, das Rumpeln der Warwölfe und die Einschläge wurden in dem engen Gang leiser. Auch das Scheppern und Rasseln der aufmarschierenden Truppen schwächte sich ab, es roch nach kalter Erde und Schlamm.

Aus dem Krähennest ertönte das zweite Hornsignal.

Bald riecht es nach Blut. Sehr viel Blut. Gata hatte den vordersten Quergraben erreicht und stellte sich auf den eingelassenen Tritt, dank dem sie leichter herausspringen und angreifen könnte. »Da sind wir also.«

Keine hundert Schritte entfernt ragten das haushohe Haupttor und die Mauern uneinnehmbar und unbeschädigt vor dem Trio auf. Weit und breit um sie herum gab es niemanden, während die Einheiten aus dem Geborgenen Land sich an der Ostseite der Festung zum Sturm bereit machten.

Da erklang das dritte Zeichen des Rufhorns, und ein wilder, einstimmiger Schrei aus Tausenden Kehlen. Der Angriff begann.

Ohne uns. Gata fand es unwirklich. Erneut schaute sie sich auf der ebenen, freien Fläche vor dem doppelflügeligen Portal der Festung um. »Wir sind die Einzigen.«

»Das sind wir. Aber im Herzen stark wie tausend.« Brûgar grinste wölfisch, wobei Qualm aus Mund und Nase drangen, und hob seinen Kriegsdreschflegel. »Ich bin bereit.«

»Ich auch«, gestikulierte Belîngor und packte den langen Stiel seiner Axt. *»Nach dir, meine Königin. Die Ehre gebührt dir.«*

Gata schöpfte einmal tief Luft, packte in die eisige Erde und zog sich daran aus dem Graben, schwang ihr Axtschwert. »Für Lorimbur!«, rief sie und rannte los.

Brûgar und Belîngor folgten ihr, ohne zu zögern.

***

Menschen stolpern nicht über Berge, sondern über Maulwurfshügel.
Zwerge hingegen stolpern nie auf Bergen, was viel wichtiger ist.

Zwergische Redensart

KAPITEL X

*DAS GEBORGENE LAND, BRAUNES GEBIRGE,
BRIGANTIA, 1024 N. B. (7515. SONNENZYKLUS
NACH ALTER ZEITRECHNUNG), WINTER*

»Los! Alle zur Ostmauer!« Klaey eilte durch den einsetzenden leichten Schneefall und näherte sich dem Fuß des westlichsten Spähturms, in dem eine Truppe von fünfzig Bewaffneten Wache hielt. Vier Männer und eine Frau standen um Feuerkörbe und vor einem kleinen Durchgang im Freien. Im Wachturm brannte Licht, die restliche Besatzung blieb im Warmen. »Der Omuthan braucht euch dort.«

Eine Zabitaya löste sich aus dem Pulk, der sich an den Flammen wärmte, und kam ihm entgegen. »Seit wann hat mir ein Bannerofficiant etwas zu befehlen?« Sie hatte den Schal über Mund und Nase gezogen, der gefütterte Helm ließ nur die Augen frei, die von bestechendem Grün waren. Hinter Klaey folgten zehn Soldatinnen und Soldaten seiner Versorgungseinheit, denen er vertraute – und die mit ihm das Weite suchen wollten.

»Wir sollen Wache schieben«, log Klaey. »Kampfeinheiten wie ihr werden zur Verteidigung benötigt. Habt ihr nicht gesehen, wie groß das Heer des Geborgenen Landes ist?«

»Diese Befehle bringen normalerweise Meldegänger, Bannerofficiant.«

»Keine Zeit, Zabitaya.« Klaey zog seine Kapuze ab und wies ihr das Brandzeichen der Berengarts auf der Stirn. »Im Namen meiner Familie befehle ich es dir. Sputet euch! Sonst fällt die Festung, und wir werden alle sterben.«

Die Zabitaya zögerte und betrachtete die Leute hinter Klaey. »Der Haufen soll Wache schieben? Versorgungstruppen?«

»Wir sind nur dazu da, um Alarm zu schlagen, sollte jemand vor dem Westtor erscheinen«, erwiderte er. »Wir sind zehn Meldegänger, wenn du so willst.« Er deutete den Turm hinauf. »Sag denen dort oben Bescheid. Jedes Schwert und jeder Schild werden gebraucht. Sobald die Angreifer aufgehalten wurden, steht ein Ausfall an.«

»Ein Ausfall?« Die Zabitaya staunte ihn an. »Davon höre ich zum ersten Mal.«

»Deswegen bin ich ein Berengart und du nicht. Mein ältester Bruder will die Gegner restlos ausmerzen, um sich das Geborgene Land zu nehmen.« Klaey machte scheuchende Handbewegungen. »Hört ihr die Hörner? Los! Die Ostmauer liegt unter starkem Beschuss.«

Die Zabitaya warf ihm noch einen prüfenden Blick zu und gab zu seiner Erleichterung den Befehl zum Aufbruch. Ihre Leute stiegen die Wendeltreppe des Wachtürmchens hinauf, um die Besatzung in Kenntnis zu setzen und abzuberufen.

»Cadengis sei mit euch«, sagte sie.

»Mit euch auch.« Klaey nickte freundlich. »Wir halten die Stellung. Rette du unser Reich. Wir stehen auf ewig in deiner Schuld.«

Die Zabitaya verdrehte leicht die Augen und verschwand die Stiege hinauf.

Langsam wandte sich Klaey um und erlaubte sich ein freches, breites Grinsen. »Was habe ich euch gesagt?«

Seine Vertrauten lachten und traten nach vorne, um eilends die Riegel und Bolzen zu entfernen, mit denen das eiserne, hüftniedrige Türchen abgesichert war. Von außen wirkte es wie ein herkömmliches Stück Mauer unterhalb des Turmes. Die Zwerge hatten den geheimen Durchlass geschaffen, um Spionen das Hinauskommen zu ermöglichen und um einen schmalen Pfad zu betreten, der sich einst durch das Braune Gebirge gewunden hatte. Seit den Beben gab es diesen Weg nicht mehr. Die Pforte der Spione und Kundschafter aber war geblieben.

Natürlich wussten die Belagerer davon, aber der klappenartige

Durchgang eignete sich nicht für einen Durchstoß: zu klein, zu eng, zu massiv gesichert und viel zu gut verteidigt. Daher tobte die Schlacht im Osten, wo die Belagerer die Mauer von oben nach unten mit frierendem Wasser und würfelförmigen Geschossen abtrugen.

Klaey kam das entgegen. Somit wurde das Türchen zum Ausweg aus dem bevorstehenden Untergang Brigantias. »Kiil, Irmon. Holt unseren Proviant und die Ausrüstung. Danach nichts wie weg von hier, solange der Angriff rollt.«

Die Männer salutierten und rannten los, um die vorbereiteten Rucksäcke herbeizuschaffen.

Auch wenn Klaey versuchte, es sich nicht anmerken zu lassen: Er machte sich Sorgen. Als er das letzte Mal mit einer Truppe aufgebrochen war, um in aller Heimlichkeit Dinge zu tun und Reichtum zu finden, hatte er sie in eine Katastrophe geführt, die beinahe auch seinen Tod bedeutet hätte.

Heute nicht. Klaey hielt Ausschau, ob sich ein Zabitay oder ein Meldegänger näherte, der ihr Vorhaben auffliegen lassen konnte. Eine Hand lag am Griff seines langen Dolches, den er, ohne zu zögern, einsetzen würde. *Ich gehe nicht mit meinem beschissenen Bruder unter. Die Dämonen sollen ihn holen!*

Nach einer Weile waren die Vorbereitungen abgeschlossen, Kiil und Irmon zurückgekehrt, die Bolzen und Riegel entfernt.

»Also gut. Haltet euch an das, was wir besprochen haben.« Klaey betrachtete die Zehnertruppe. Zwei von ihnen trugen Waffenröcke von Gauragon griffbereit, um sie überzustreifen, sobald sie die Festung zwei-, dreihundert Schritte hinter sich gelassen hatten. Damit würden sie sich in Gauragonier verwandeln, die neun Spione aus Brigantia gefasst hatten und zum Verhör bringen wollten, und kämen durch die hinteren Reihen der Angreifer – sofern sie überhaupt bemerkt wurden.

Klaey öffnete das Spionloch, kroch den langen Gang durch die Mauer entlang und entfernte die eingerosteten Sicherungen vor der Außenseite. Es dauerte, bis er einen vorsichtigen Blick hinauswerfen konnte. Am anderen Ende des Bollwerks schossen die Warwölfe einen Stein nach dem anderen gegen den Wall. Die Belagerer brachten sich in Stellung, um mit dem Sturm zu beginnen.

»Niemand hier«, meldete er zufrieden über die Schulter. »Los!«

Er ging als Erster ins Freie und blieb geduckt, um nicht von der Festung aus gesehen zu werden. Der Rucksack drückte ihn gefährlich nach vorne, Bein- und Gesäßmuskulatur meldeten, dass sie dies nicht allzu lange mitmachen würden. Seine Leute folgten ihm, die Schritte knirschten über gefrorene Erde und die Schneeschicht, als sie sich auf den Weg machten.

»Seht euch das an!«, sagte einer aus der Truppe plötzlich. »Am Haupttor!«

Klaey wandte den Kopf – und erblickte drei Zwerge, die aus dem Graben stiegen und mit gezogenen Waffen auf den Eingang der Festung zugingen, als würde sich das Doppeltor ihnen von selbst öffnen und Brigantia ergeben.

»Das ist die falsche Art von Überraschungsangriff«, sagte er.

Seine Begleiterschar lachte leise.

»Banneroffiziant Klaey Berengart!«, erschallte eine wütende Frauenstimme hinter ihnen. »Halt, im Namen des Omuthan!«

Cadengis soll sie holen! Die Zabitaya war zurück. »Weiter«, befahl er seinen Leuten und machte sich noch kleiner. »Da vorne sollte ein Laufgraben kommen, in den wir springen können.«

Ein leises Sirren erklang, ein leichter Schlag ging durch seinen Rücken. Das Geschoss hatte sich in den Rucksack gebohrt, ohne die Rüstung zu durchdringen.

»Der nächste Pfeil trifft dich!«, rief die Zabitaya. »Kehre um und stell dich, oder du wirst zusammen mit deinen Leuten erschossen, wie es Feiglingen gebührt.«

Klaey blieb stehen und sah in die Gesichter seiner Truppe. »Geht weiter«, befahl er leise. »Langsam. Nicht rennen.« Er sah zur Zabitaya, die zusammen mit einer Handvoll Bogenschützen vor der offenen Spiontür stand, und winkte ihr. »Nein! Geh du zurück«, erwiderte er und täuschte Ungehaltenheit in seiner kratzigen Stimme vor. »Du verdirbst unseren Auftrag!«

»Niemand weiß etwas von einem Auftrag. Oder dass du die Pforte halten sollst.« Sie gab ein Handzeichen, und die Schützen hoben die Bögen mit Pfeilen auf den Sehnen. »Ganz im Gegenteil. Du hast einen Befehl nicht befolgt, wie es heißt. Dies ist meine letzte Aufforderung an dich.«

»Verstehe doch! Ich bin Klaey Berengart –«

»Eben. Kehr um oder stirb.« Die Zabitaya reckte den Arm weiter, die Bögen wurden gespannt. »Nun?«

Wieso sollen wir umkehren, wenn sie uns ohnehin hinrichten? Klaey musste bei allem Elend lachen. »Weder das eine noch das andere ist erstrebenswert, Zabitaya.« Es ging bei der Wahl des Todes nur um die Geschwindigkeit, mit der das Ende kam. Aber der Rucksack konnte viele Pfeile abhalten. Er würde es darauf ankommen lassen. »Ich verabschiede mich. Sag dem Omuthan, dass ich es vorziehe, nicht geopfert zu werden. Er wird verstehen, wie ich es meine.«

»Das werde ich.« Die Zabitaya senkte langsam die Hand – und gab einen erstickten Laut von sich, ohne den wortlosen Schussbefehl beendet zu haben. In ihrer Seite steckte ein Pfeil, der die Lederrüstung durchschlagen hatte. Sie machte einen halben Schritt nach hinten und fiel um, vor die offene Spionklappe.

Überrascht sah Klaey einen Srgāláh unvermittelt in Zickzacksprüngen herbeieilen und seine Stangenwaffe wirbeln. Zwei Pfeile wehrte er mit der armlangen, breiten Klinge ab, die übrigen Schüsse verfehlten ihn. *Ein Kundschafter!*

Dicht hinter dem Srgāláh eilte ein blonder Elb, der im Laufen die überrumpelten Verteidiger einen nach dem anderen mit einem Kurzbogen niederstreckte. Drei, vier schnelle Hiebe mit der speerähnlichen Waffe des Srgāláh später lagen die Brigantiner tot zu den Füßen des ungleichen Duos.

Klaey dachte nicht im Traum daran, sich den Gegnern zu stellen. Sie hatten ihm die Zabitaya vom Hals geschafft und somit seine Hinrichtung verschoben. *Und dass die Spionpforte fiel, ist auch nicht meine Schuld,* dachte er gut gelaunt. *Oh, wie sehr freue ich mich darüber.* Er ließ sich sogar dazu hinreißen, dem Elb und dem Srgālàh fröhlich zuzuwinken.

»Viel Erfolg!«, rief er ihnen zu. »Tötet den Omuthan für mich. Meinen Segen habt ihr. Wahrlich, und *wie* ihr den habt!«

Als Klaey sich umwandte, um seiner Truppe zu folgen, fiel sein Blick auf die Ebene vor dem Haupttor, auf der bis vor wenigen Herzschlägen lediglich drei vollkommen verrückte Zwerge dahingestürmt waren.

Bei Cadengis Mutter! Vor Verwunderung gerieten seine Schritte ins Stolpern, beinahe wäre er durch den schweren Rucksack vornübergekippt. Klaey musste stehen bleiben und staunend starren. *Was geht da vor?*

* * *

Gata spürte das Kribbeln, als die Wirkung des Zauberspruches nachließ, den Mostro gewoben hatte, um den wahren Ort des Angriffs zu kaschieren.

Die Warwölfe schleuderten die vieleckigen Steine und mit Wasser gefüllten Lederhäute ungebrochen gegen die Ostseite. Aber die davor aufmarschierten Truppen verschwammen, das Truggebilde löste sich auf. Gleichzeitig verfiel die Illusion der leeren Fläche vor dem Haupttor – und sichtbar wurde das Heer, das mit Leitern und Sturmhaken bereitstand, um die spärlich bewachte Hauptseite der Festung einzunehmen.

Gata, Brûgar und Belîngor hatten sich auf dem genau festgelegten Laufweg gehalten, um sich durch die Schneise des Heeres an dessen Spitze zu bewegen.

»Meister Mostro, öffnet das Tor für uns«, rief Hargorina, die zum Trio dazustieß, das kantige Kinn angriffslustig nach vorne geschoben. »Kinder des Schmieds und Lorimburs Erben: Haltet euch bereit! Befreien wir das Braune Gebirge von diesem Abschaum!«

Ein Kampfschrei aus vielen Kehlen schallte gegen die Mauern.

Die Leitern und Katapulthaken kamen zum Einsatz. Die ersten Kriegerinnen und Krieger stürmten angstfrei die himmelhohen Sprossen hinauf und ließen sich unerschrocken in die Höhe ziehen, um sich auf das kärgliche Häuflein überrumpelter Verteidiger zu werfen. Einige brigantinische Schleudern wurden zu hastig ausgelöst, das Gros der Bolzen, Speere und Pfeile ging fehl.

»Seht, ihr Kleingläubigen!« Mostro stand breitbeinig vor dem riesigen Portal und reckte mit großem Gestus einen wasserhellen Edeltopas auf der offenen Handfläche gegen den verschlossenen Eingang. »Ihr, die ihr mich als nichtsnutzigen Famulus verspottet habt!« Mit der freien Linken deutete er auf das Doppeltor. »Ich reiße ein, was uns im Weg steht! Macht euch bereit und erinnert euch an diesem Umlauf daran, wer das Wunder ermöglichte.«

Großspurig gekleidet wie der Kaiser des Geborgenen Landes, der kleine Famulus. Gata wurde ungeduldig und blickte zur Ostseite des Bollwerks. Die Brigantiner hatten begriffen, dass sie einem Blendwerk zum Opfer gefallen waren, und verlagerten ihre Kräfte in großer Geschwindigkeit. »Er spuckt zu große Töne, bevor die Arbeit erledigt ist.«

Mostro schloss langsam die Augen und senkte den Kopf, streckte die leeren Finger gespreizt gegen das Portal. Der Edeltopas strahlte auf. »Brigantia! Ergib dich meiner Macht!«

Brûgar nahm die Kriegspfeife aus dem Mund und spuckte aus. »Kann er dieses verdammte Tor nicht endlich öffnen?« Schnell steckte er sie zurück und paffte, hüllte sich in Schwaden. »Dieser selbstverliebte Narr!«

Belîngors Miene verfinsterte sich. *»Mostro verspielt unsere Überraschung!«* Er behielt die Zinnen über ihnen im Auge, auf denen die ersten Angreifer Erfolge errangen und versuchten, zu den Katapulten durchzudringen, bevor sie nachgeladen worden waren. *»Die Brigantiner sind bald hier.«*

Die in die magische Rüstung gehüllte Vanéra erschien neben

ihrem Famulus. »Tu es endlich und beende das Geschwätz«, befahl sie grob und hob den Zweihänder mit lediglich einem Arm. »Für deine heroischen Reden ist nachher noch Gelegenheit.«

Mostros Kopf wurde knallrot, die Zurechtweisung war ihm sichtlich peinlich. Dadurch erlosch der Edeltopas auf seiner Hand. Die harten Worte der Maga brachten ihn aus der Konzentration, der vorbereitete Spruch geriet ins Wanken.

»Verflucht noch eins!« Gata sah die Katastrophe nahen. Waren sie nicht innerhalb der nächsten sechzig Herzschläge durch das Tor gelangt, geriet der Sturm auf die Festung ins Wanken. Sobald der Omuthan seine Truppen umgestellt hatte, wurde das Heer auf der Ebene zu einem leichten Ziel.

Plötzlich tauchte Telìnâs neben ihr auf. »Königin, rufe deine besten Leute«, sprach er schnell, Schweiß stand auf seiner Stirn. »Und folge mir.«

»Was hast du?«

»Sònuk und ich eroberten die Spähpforte der Festung.«

»Was?«

»Sònuk witterte einen Brigantiner außerhalb der Mauern. Einen der Berengarts. Der den Flugmahr befehligte. Er wollte sich absetzen.« Der junge Elb lief los.

Gata gab rasche Befehle, und die Einheit der Dritten schwenkte nach Westen. So schnell sie zu rennen vermochten, begleiteten sie Telìnâs. »Das ist großartig.«

»Dieser verdammte Famulus!« Brûgar eilte neben sie. »Lorimburs Vorsehung gab uns die Gelegenheit, die Brigantiner hinterrücks zu überwältigen.«

»Ich wette, dass sich Mostro das ebenso auf die Fahnen schreiben wird«, unkte Belîngor in Zeichensprache.

»Sorgen wir dafür, dass uns der Sieg nicht entgleitet. Dann sind uns die Stämme auf ewig zu Dank verpflichtet.« Gata hatte den perfekt getarnten Durchgang zusammen mit ihrer Einheit erreicht.

Sònuk stand an der Schwelle und grüßte sie mit einem Salut, die spitzen Ohren aufgerichtet. Von seinem breiten Speerblatt troff Blut, vor dem hüfthohen Eingang lagen erschossene und erstochene Brigantiner. »Der Feigling und seine Freunde laufen am Horizont.« Er machte die Zwergengruppe auf die Silhouetten in weiter Entfernung aufmerksam. »Ich schnappe sie mir.« Er grollte. »Nach diesem Sieg. Berengarts Geruch vergesse ich nicht.«

»Sei nicht zu hart zu ihm. Wir verdanken ihm, dass wir durch das Schlupfloch gelangten.« Telìnâs schlug dem Srgāláh auf die Schulter und kroch hinein. »Machen wir ein größeres daraus.«

Gata packte ihr Axtschwert fester. »Also gut. Was der Famulus nicht fertigbringt, übernehmen wir. Öffnen wir das Tor!« Sie ging gebückt vorwärts, und ihre Schar folgte kampfbereit.

* * *

Mostros Selbstbewusstsein zerbarst zusammen mit dem Zauber, den er gewoben hatte.

Die Worte der Maga degradierten ihn zu einem Famulus aus dem ersten Lehrzyklus, der weder schnell noch gut genug war. Dass er als Einziger in der Lage war, Sprüche zu weben und anzuwenden, schien Vanéra nicht honorieren zu wollen. *Sie hingegen vermag Artefakte einzusetzen, mehr nicht! Was erlaubt sie sich?*

»Was ist? Worauf wartest du?«, hörte er ihre schneidende Stimme. »Die Brigantiner werden auf dem Wehrgang bald in Überzahl sein. Wir müssen das Heer in die Festung bringen.«

Mostro fühlte sich schlagartig steinschwer und verunsichert. Die auffordernden Blicke der Tausenden, die auf ihm ruhten, setzten ihm zu. Außerdem erklangen immer mehr Rufhörner aus dem Innern des Bollwerks. Er sah die vielen Schatten, die hinter den Zinnen herbeihuschten, vernahm das Scheppern und Klappern der Rüstungen und hörte die Schreie der Tapferen, die sich als Erste auf die gegnerischen Wälle geschwungen hatten. Das Sterben hatte begonnen.

Mostro wankte. Der Edeltopas auf seiner Hand tat nichts mehr.

Weder gab er Energie ab, noch wusste der Famulus etwas mit seiner eigenen inneren Kraft anzufangen. Der Sprengzauber wollte ihm nicht über die Lippen, die Silben und Wörter verschoben sich in seinen Gedanken zu einem Wust, der keinerlei Sinn ergab. Die Magie ließ sich nicht zwingen und formen, wie sie benötigt wurde.

»Bei Palandiell, Sitalia und Elria! Sprich die Formel, wie ich sie dich habe in Enaiko lernen lassen!«, tobte Vanéra. »Wozu bist du sonst gut, wenn du dein Talent und dein Wissen nicht einsetzen kannst? Soll ich Adelia aus Rhuta holen, damit sie es an deiner Stelle tut? Ich bin sicher, sie lernt es schneller als du, Mostro. Los! Sonst sterben Hunderte wegen dir!«

Auch das aufmarschierte Heer bemerkte sein Stocken. Alsbald setzte rhythmisches Trommeln gegen die Schilde und Rüstungen ein, um den Famulus anzuspornen und ihm Rückhalt zu geben.

Aber Mostro fühlte dadurch noch mehr Druck. Tausendfache Erwartungen, die er erfüllen sollte.

Silben glitten wie schlüpfrige Fische durch seinen Verstand, er bekam sie nicht zu fassen. Gleichzeitig beschwor ein anderer Teil seines Geistes das Schreckensszenario herauf: ein einziges Leichenfeld vor dem geschlossenen Doppelportal, auf das die Brigantiner von den Mauern herablachten.

Ich kann's nicht! Angst stieg in Mostro auf, schnürte ihm die Kehle zu und brachte seine Hand zum Zittern. Der Edeltopas tanzte auf seiner Handfläche. Als die eigene Vorstellungskraft Mostro eine erschlagene Vanéra zwischen den verstümmelten Leichen wies, änderten sich unvermittelt seine Gefühle: Erleichterung wurde zu Genugtuung wurde zu Freude.

»Gebt Signal an die Warwölfe«, schrie ein Kommandant in seiner Nähe durch den Lärm. »Sie sollen die Ausrichtung ändern. Der beschissene Famulus taugt nichts. Wir müssen retten, was zu retten ist. Los, die Mauern hoch. Für Rückzug ist es zu spät.«

Ich bleibe der beschissene Famulus, solange Vanéra lebt. Mostros Gedanken hingen am imaginären Anblick der toten Maga. Erst wenn sie nicht mehr existierte, wäre er gänzlich befreit. Von seiner Ausbilderin. Von seiner kritischsten Stimme. Von allen vergangenen und kommenden Erniedrigungen. *Sie muss sterben. Damit ich ein Magus sein kann.*

Dumpf krachend lösten sich die inneren Bolzen des Doppeltors nacheinander. Rumpelnd und ächzend schwangen die fünfzehn Schritt hohen Stahlflügel auf und machten den Weg für die Angreifer frei.

Laut ließ das Heer den Famulus hochleben. Man rief Mostros Namen und nahm eine keilförmige Schildwallformation ein, um sich durch die aufgestellten Verteidiger hinter dem Eingang zu bohren wie ein Pfeil durch ungeschütztes Fleisch.

»Ich weiß, dass dies nicht dein Werk war«, sprach Vanéra leise zu ihm, während der Strom aus Kriegerinnen und Krieger rechts und links an ihnen vorbeischwappte. »Bleib zurück. Famulus.« Sie hob den Zweihänder und schloss sich dem Angriff an. »Überlass das jenen, die es vermögen.«

Wie gelähmt stand Mostro inmitten des Stroms aus Waffen, Schilden und Rüstungen. Mehrmals wurde er angerempelt, doch er regte sich nicht. *Sie muss sterben,* wiederholten sich die Worte unentwegt in seinem Kopf.

Die Vorwärtsbewegung der Belagerer verlangsamte sich, als die Tore gänzlich geöffnet waren und den Anblick freigaben. Dahinter lagen regungslose Brigantiner übereinander auf dem Vorplatz, die Speere und Schilde noch in den Fingern; andere hielten sich mit beiden Händen die Bäuche, wieder andere die Kehlen. Etwas anderes als die Belagerer hatte ihnen den Tod gebracht.

Über die zuckenden, frischen Leichen schlichen mehrere Narshân-Bestien, die ihre weiß leuchtenden Augen nicht von den Angreifern wendeten, die angesichts des Grauens zum Stehen kamen.

Am Ende des Vorplatzes erhob sich ein Acront in silberner Rüstung, aus dessen fratzenhaftem Dämonenvisier grellgelbes Licht fiel. Die drei Schritt hohe Gestalt hielt eine zweischneidige Axt und einen Streitkolben in den gepanzerten Händen. Der strahlende Sehschlitz war auf die Übermacht gerichtet, als forderte er jeden Einzelnen heraus.

Schließlich hinkte ein missgeformter Mann in einer Flickenrobe neben den Acronten und hob ganz langsam die Arme, als wollte er mit dem nächsten Atemzug ein unsichtbares Orchester dirigieren; die rechte Hand zitterte unaufhörlich in einem dauerhaften Leiden. Seine schmalen Schultern standen schräg, der Rücken war gebogen wie Schilf im Wind.

Das ist der Rhamak. Mostro war gebannt von ihm. *Hat er die Soldaten getötet?*

Aus jeder einzelnen Leiche löste sich plötzlich ein goldener Schimmer und strömte aufwärts, zusammen bildeten sie eine kugelförmige, glitzernde Nebelwolke. Unvermittelt stach eine krallenbewehrte, rote Klaue aus dem Gespinst, der ein muskulöser Arm folgte. Die ledrige, rote Haut stand in Flammen, die Lohen brannten in bedrohlichem schmutzigem Gelbgrün.

»Vorwärts!«, rief Vanéra. »Greifen wir an, bevor es sich gänzlich materialisiert hat! Ich halte es auf. Ihr nehmt die Festung ein.« Sie verfiel ins Rennen und hob den Zweihänder zum Schlag. Abgefeuerte Pfeile vom Wehrgang prallten an ihrer magischen Rüstung ab, nichts brachte die Maga zu Fall. Der ins Stocken geratene Fluss aus Stahl schwappte erneut vorwärts. Ein anhaltendes Rufen erklang, mit dem sich das Heer der Belagerer Mut machte.

Gift, vermutete Mostro. *Die Brigantiner wurden geopfert, um dieses Wesen aus seiner Sphäre zu locken.* Unbeweglich wartete er ab, während die Nachhut an ihm vorbeihetzte. Aus sicherer Entfernung verfolgte der Famulus, wie die Narshân-Bestien und der Acront auf die Angreifer trafen und riesige Lücken in die Reihen rissen; wie sich eine sechsarmige Kreatur aus der Goldwolke schob, gerüstet in brennendes Metall und ausgestattet mit vier langen Schwertern und zwei Keulen. Die Erde bebte, sobald das Wesen zuschlug und traf, jeder Hieb kostete zehn, zwanzig Leben.

Aber wie Vanéra es befohlen hatte, zwängten sich die Kriegerinnen und Krieger des Geborgenen Landes in die Gänge und Gassen der Festung. Sie drängten die Brigantiner zurück und eroberten das Terrain Schritt um Schritt.

Schneefall setzte ein. Die kühlen Flocken gingen auf Mostro nieder, der einsam auf der Ebene vor dem Bollwerk stand und sich nicht rührte. Er beobachtete den Kampf seiner Maga gegen das unbekannte Wesen. Ihre magische Rüstung schlug bei jedem Treffer Funken, hielt den Hieben jedoch stand. Umgekehrt vermochte der Zweihänder nichts gegen die absonderliche Kreatur auszurichten. Doch Vanéra verhinderte geschickt, dass das Wesen sich gegen die Männer und Frauen des Geborgenen Landes richtete.

Auf den Zinnen wurden derweil die Verteidiger zurückgeschlagen und besiegt, das Klirren der Schwerter entfernte sich. Der Kampf verlagerte sich ins Innere der Festung. Der Acront fiel gegen eine Truppe Zwerge, angeführt von Gata, wenn Mostro es richtig sah. Brûgar und Belîngor legten sich mit den Narshân-Bestien an, unterstützt von Telînâs und Sònuk. Der Rhamak war inzwischen verschwunden.

Als die Zwerge in den Kampf gegen die Bestie aus der fremden Sphäre eingriffen, mehr und mehr magische Artefakte zum Einsatz kamen, gelang es Vanéra, einen glücklichen Treffer gegen den Unterleib des abgelenkten Wesens zu landen. Mit einem tönenden, durchdringenden Schrei, wie er nie zuvor im Geborgenen Land erklungen war, verging die Kreatur und fiel sterbend zur Seite. Mostro musste sich die Ohren zuhalten, während alle, die sich in der Umgebung der zuckenden Kreatur befanden, zu Boden gingen. Die Agonie in der Stimme hatte Menschen, Zwerge, Elben und Meldrith ausnahmslos ohnmächtig werden lassen. Stille senkte sich auf die Festung.

Nun ging Mostro los.

Im Hof angekommen, hob er im Vorbeigehen ein abgebrochenes Klauenstück der Bestie vom Boden auf. Vor der benommenen Vanéra blieb er stehen und sah voller Abscheu auf sie herab.

Ich bin fertig. Mit meiner Ausbildung, rasch drückte Mostro das scharfkantige Fragment in ihren Hals und durchtrennte die Schlagader, *und mit dir.*

Die Maga riss die Augen auf, ihre rechte Hand glitt zur Verletzung und wollte die Krallen herausziehen. Aber Mostro stellte den Fuß auf ihr Gelenk. Schweigend blickte er Vanéra in die Augen, sah das Leben aus den Pupillen weichen.

Ein leises Scharren ließ ihn herumfahren, wobei er sein Kurzschwert zog und es auf die verwachsene Gestalt richtete, die hinter ihm in einer Flickenrobe stand, einen Dolch in der zitternden Rechten.

»Du bist Hantu?« Die Schwertspitze legte sich an dessen Kehle.

Der Mann mit der weißen Haube auf dem Kopf nickte vorsichtig. Er war offensichtlich überfordert mit der Androhung eines Nahkampfes. Sein glatt rasiertes, ebenmäßiges Gesicht war nahezu unverschämt hübsch, als sei der Kopf auf den falschen Körper montiert worden.

»Du weißt, was sie mit dir tun, wenn sie dich erwischen?«, fragte Mostro drohend.

Hantu nickte mit aufgerissenen Augen.

»Willst du dich dem Sterben des Omuthan und der Brigantiner anschließen?«

»Nein! Bitte, nein, ich –«

»Gut. Denn ich habe ein Angebot für dich.« Mostro vergewisserte sich mit einem schnellen Rundumblick, dass keiner der Bewusstlosen erwacht war. »Ich werde dich in Rhuta verstecken und beschützen. Dafür lehrst du mich deine Kunst. Ich will der mächtigste Magus des Geborgenen Landes sein. Mit und ohne magische Energie.«

Hantu sank flehend auf die Knie und ließ den Dolch fallen. »Lasst mich Euch unterweisen. Und Euch dienen. Ich nehme alles in Kauf, wenn Ihr mich am Leben lasst, Herr.«

»Halt still.« Mostro versetzte ihm einen leichten Schnitt mit dem Schwert durch den Stoff am schiefen Schlüsselbein. Dann nahm er einen daumennagelflachen schwarzen Onyx aus seiner Steintasche und drückte ihn unter die Haut, begleitet vom leisen Murmeln einer einfachen Formel. Der Zauber legte sich sogleich über die Gestalt und die Züge des Rhamak. Aus dem Mann wurde ein Jüngling von kräftiger Statur und geradem Wuchs.

»Entfernst du die Onyxscheibe eigenmächtig, wirst du sterben. Flüchtest du vor mir und ich höre länger als einen Umlauf nichts von dir, lasse ich sie explodieren«, verkündete Mostro. »Missbrauche meine Milde nicht. Wir haben ein Abkommen. Dein Leben für dein Wissen.«

»Ich werde Euch niemals hintergehen.« Hantu küsste die Stiefel des Famulus.

»Such dir unter den Leichen Kleidung und Rüstung aus Gauragon, reib dich mit Blut und Innereien ab. Du musst der Nase des Srgāláh entgehen. Verschwinde aus der Festung und komm nach Einbruch der Dunkelheit in mein Zelt. Du bist fortan mein Diener und Leibwächter.« Mit dem Fuß stieß er den verwandelten Mann fort. »Verschwinde, bevor die anderen auftauchen oder jemand erwacht.«

Hastig stolperte Hantu über die Leichen und zerrte einen toten Soldaten vom Platz herunter in eine Nische.

Mostro sah erste Bewegungen unter den Ohnmächtigen. *Zeit, die Legende zu weben, die mehr nach meinem Geschmack ist.*

Schnell ergriff er das magische Zweihandschwert der Maga und warf sich neben die tote Kreatur, rammte die schwere Klinge tief in deren Leichnam. Vanéra würde nicht lange die Heldin dieses Umlaufs bleiben. Dafür würde er mit der passenden Geschichte sorgen. *Wer will mir das Gegenteil beweisen?* Zufrieden lächelnd schloss Mostro die Augen und wartete, dass das Erwachen begann.

***

Gata richtete keuchend den Oberkörper auf. In ihren Ohren piepste es, die Umgebungsgeräusche klangen gedämpft. Der Todesschrei des Wesens hatte ihren Hörsinn überlastet und Verstand ausgeschaltet. *Ist es noch tot?*

Brûgar war sogleich zur Stelle und half ihr auf die Beine. »Ist alles in Ordnung, Königin?« Er hob die verlorene Kriegspfeife vom Boden auf und steckte sie ein. Der Tabak war erloschen.

»Ja. Aber ich höre nicht besonders gut.« Zu Gatas Erstaunen lag der Famulus neben der sechsarmigen Kreatur, die sie ohne die Artefakte und das magische Schwert kaum hätten besiegen können. Mostro hielt den Zweihänder umklammert und hatte ihn an einer weiteren Stelle durch den Leib des übermächtigen Gegners geschoben. *Er?*

Belîngor kniete neben Vanéra. »*Tot*«, gestikulierte er erschrocken.

»Was?« Gata eilte mit Brûgar heran, ihre Schritte waren noch unsicher. Sie sah das abgebrochene Klauenstück im Hals der Maga stecken, die mit gebrochenem Blick in den grauen Himmel starrte. Die Schneeflocken landeten auf dem unbewegten Gesicht. »Nein, bei Lorimbur! Was … was ist geschehen, nachdem wir zu Boden gingen?«

Ächzend richtete sich Mostro auf und ließ den Griff der Zweihänderwaffe los. »Ist sie … ist die Maga unversehrt?«, stieß er sogleich besorgt aus und rutschte durch den blutigen Schnee über das Pflaster zu ihr. »Nein! Palandiell, nein!« Schluchzend warf er sich mit dem Oberkörper auf den Leichnam der Maga. »Ich dachte, ich hätte es verhindert.«

»Was ist passiert?« Gata schob ihn an der Schulter von Vanéra herab. »Wir hatten dieses Wesen doch erlegt!«

»Nein, es war nicht gänzlich tot.« Mostro schniefte und wischte sich die Tränen sowie das Blut mit dem Ärmel von den Wangen. »Nachdem die Kreatur aufschrie und fiel, wurdet ihr alle ohnmächtig. Ich stand vor dem Tor, wie es mir Vanéra befahl, um eure Rücken zu decken. Mir wurde wegen des Abstands nur schwindlig. Aber dann richtete es sich wieder auf. Also rannte ich herbei und wob den starken Zauber, mit dem ich auch schon das Tor öffnete, um die Bestie zum Bersten zu bringen«, redete er hastig. »Aber er misslang mir in meiner Aufregung. Daher griff ich zum Schwert, als sich dieses Monstrum auf meine ehrenwerte Maga werfen wollte. Mein Stich brachte der Kreatur den endgültigen Tod.« Er strich der Toten die blutfeuchten braunen Haarsträhnen aus dem Gesicht, rote Linien blieben pinselstrichgleich auf der Haut zurück. »Bei deren letztem Schrei verlor ich das Bewusstsein.« Erneut schluchzte Mostro. »Ich wollte Vanéra retten! Und ich dachte, es wäre gelungen.« Schnell verbarg er das Gesicht in den Händen. »O ihr Götter!«

»Du hast getan, was du konntest. Das war sehr mutig von dir«, sagte Brûgar verblüfft und fuhr sich über den blauen Spitzbart. »Wir verdanken dir dann wohl alle unser Leben.«

»Dankt mir nicht. Ich habe nur getan, was selbstverständlich war«, presste der Famulus zwischen seinen Fingern heraus.

Belîngor sah auf das Wesen, die Spuren im Schnee und die erstochene Maga. Nach einem langen Blick zu Gata schüttelte er behutsam den Kopf. Er glaubte den Worten des jungen Mannes nicht.

Auch sie hegte Zweifel an der Geschichte. »Du hast wahrlich Großes geleistet. Das Tor geöffnet, die Bestie getötet«, sprach sie betont lobend, bedeutete aber den beiden Zwergen mit einer Geste, dass sie genau das Gegenteil meinte.

Was trug sich wirklich zu? Gata konnte sich nicht erinnern, dass die Maga von dem Wesen oder überhaupt irgendetwas im Kampf getroffen worden war. Die magische Rüstung hatte es verhindert. Sie musterte den aufgelösten Famulus, der um Vanéra laut und klagend trauerte. *Würde er wirklich seine Meisterin töten? Warum? Nur um sie frühzeitig zu beerben?* Für eine Anschuldigung gab es zu wenige Hinweise und keinen Augenzeugen. Alleine die Wolken, der Wind und der Stein wussten, was sich auf dem Vorplatz zugetragen hatte. *Ich werde die Zunge des Bürschchens bei der Sie-*

gesfeier mit starkem Zwergenbier lösen. Das ist er nicht gewohnt. Warten wir ab, was ihm entschlüpft, wenn er sich brüsten und selbst loben wird.

»Wir haben ihn!« Telìnâs eilte gemeinsam mit Sònuk heran.

»Den Rhamak? Ausgezeichnet!« Brûgar versetzte der toten, vielarmigen Kreatur einen Tritt. »So was wie dieses Ding brauche ich nicht nochmals.«

»Nein, den Omuthan. Ihn, einen Teil seiner Familie und die letzten Getreuen.« Sònuk wirkte bedrückt. »Aber Hantu kann ich nicht wittern. Er scheint zu wissen, dass ich ihn aufspüren kann, und überdeckt seinen Geruch.«

»Sei unbesorgt. Auf deine Nase ist Verlass. Du findest ihn.« Telìnâs entdeckte die tote Maga. »Sitalia sei ihr gnädig! Was ist geschehen?«

Brûgar fasste zusammen, was Mostro berichtet hatte. Gata sah dem jungen Elb und dem Srgāláh an, dass sie genauso wenig an diese Version glaubten wie sie und die Zwergenkrieger.

Als Telìnâs den Mund öffnete, um vermutlich seine Zweifel kundzutun, gab sie ihm ein verstecktes Fingerzeichen, vorerst zu schweigen. Es war der falsche Moment. Sollte der Famulus sich von den Anschuldigungen bedrängt fühlen und seine Magie gegen sie einsetzen, wären sie ihm schutzlos ausgeliefert.

Wie sehr Goïmron fehlt. Gata war sicher, dass es nie mit seiner Hilfe so weit gekommen wäre. *Wo steckt er nur?*

***

»Die Orkfestung inmitten des Geborgenen Landes, um die sich zahlreiche Mythen ranken.
Übrigens ist ihr Name Kràg Tahuum keine orkische Schöpfung.
Das wusstet Ihr nicht?
Oh, die Orks haben die Bezeichnung lediglich übernommen, weil sie so schön düster klingt.
Den wenigsten von ihnen fiel auf, dass man aus den Buchstaben die Wörter *Hutu'rag Ka'm* formen kann. In einem alturgonischen Dialekt bedeuten sie so viel wie *bodenloses Übel.*
Das sollte uns zu denken geben.«

Ucerius, Palandiell-Priester

KAPITEL XI

*DAS GEBORGENE LAND, KAISERREICH GAUTAYA,
1024 N. B. (7515. SONNENZYKLUS NACH ALTER
ZEITRECHNUNG), WINTER*

Goïmron versuchte zu verstehen, was sich ereignet hatte.

Dass er dabei nahe dem östlichsten Gipfel auf dem Schwertspitzengebirge saß, zusammen mit Szmajro in einer Höhle, die von heißen Lavawinden aus dem Berginnern gewärmt wurde, machte es nicht einfacher. Die dünne Luft erschwerte ihm das Atmen.

Der zweiköpfige Drache hatte ihn vor Wehrstadt gepackt, davongetragen und war mit ihm zum Schwertspitzengebirge geflogen, wo er sich in die verborgene Höhle unterhalb des Dreizackkopfgipfels zurückgezogen hatte. Der Ort diente ihm und Slibina als Unterschlupf, wie die Knochenreste ihrer Mahlzeiten und andere gestohlene Gegenstände verrieten, die aus Scheunen, Bauernhäusern und Dörfern stammten. Nur die Größenverhältnisse passten durch seinen magisch angeregten Wuchs und die verschobenen Proportionen nicht mehr. Szmajro musste sich im Inneren zusammenrollen und die Schwingen eng anlegen.

Nachdem er Goïmron abgesetzt hatte, hatte er sich vor den Eingang gelegt, sodass der Zwerg nicht entkam, die Augen geschlossen und war eingeschlafen. Gelegentlich zuckte ein Flirren über die rostbraunen, schwarz geäderten Schuppen und Flügel. Die Bestie legte an Größe weiterhin zu, wenn auch sehr langsam.

Wie lange werde ich warten müssen? Das Leuchtmoos an den Wänden sorgte für genug Licht, um sich zu orientieren. Einen Ausgang gab es nicht, sosehr Goïmron auch danach suchte. Er wagte es nicht, den Drachen zu wecken. Aus Furcht, er könnte ihn im Affekt angreifen.

ER WIRD DIR NICHTS TUN, sprach der Meeressaphir beruhigend in seinen Gedanken.

»Was bringt das, wenn ich verhungere?« Goïmron hatte verschiedene verzehrbare Flechten- und Pilzsorten an der Wand gefunden. Zum Trinken fing er Tauwasser auf, das an einigen Stellen aus der Decke tropfte. Es schmeckte nach Salz und Stein. »Ich kann froh sein, dass es überhaupt Dinge gibt, die ich essen kann.«

Das Zeitgefühl war ihm abhandengekommen, er schlief und wachte in seinem eigenen Rhythmus. Seiner Einschätzung nach mussten mindestens sechs, sieben Umläufe seit seiner Entführung verstrichen sein. Sogar seine pfeildurchbohrte Hand verheilte ordentlich, ohne dass er mit dem magischen Edelstein nachhelfen musste.

»Ob die Schlacht schon geschlagen wurde? Und wenn sie gerade in diesem Moment in vollem Gange ist und Brigantia die Oberhand gewinnt?«, sagte Goïmron ungeduldig. »Bei Vraccas! Ich kann nicht länger ausharren! Sie vertrauen auf mich! Brauchen mich!« Er raufte sich die verschmutzten schwarzen Locken.

Zudem wurde seine Angst um Rodana mit jedem Erwachen größer. Was würde ihr geschehen, fiele sie in die Hände von Mostro oder des Omuthan? *Oder sie wird bei den Kämpfen verletzt, gar getötet!* Goïmron stieß einen lauten Fluch aus.

DANN WECK SZMAJRO AUF.

»Damit er mich attackiert?«

DAS WIRD ER NICHT. ER ERKANNTE DICH AN. WIE ICH ES VERLANGT HABE. SONST WÄRST DU VOR WEHRSTADT VON IHM GEFRESSEN WORDEN.

»Du hast recht.« Mutig wagte sich Goïmron näher an den schlafenden Drachen und nahm einen langen Knochen aus dem Gebeinhaufen, um ihn damit an der Schnauze des rechten Schädels anzutippen. »Verzeih, dass ich dich störe.« Zuerst versuchte er es behutsam, danach fester und zum Schluss mit einem deutlichen Pochen wie gegen ein großes Tor, um bemerkt zu werden. »Hörst du mich?«

Grollend öffnete Szmajro ein Lid, und die ovale schwarze Pupille wirkte, als schwömme sie auf kalter, flüssiger Glut. Unmittelbar darauf schoss ein lautes Fauchen aus beiden Nüstern. Der Drache war ungehalten ob der Störung.

»Ich bin Goïmron Schnitzeisen aus dem Clan der Silberbärte vom Stamm der Vierten«, stellte er sich vor, die andere Hand um den Meeressaphir geschlossen, ohne einen Schimmer zu haben, welche Art von Zauber er überhaupt gegen einen Drachen einsetzen konnte, der durch das Gebiet der Wunder verändert worden war. Die Bestie war ihm an Kraft, Geschwindigkeit und Magie um das Hundertfache überlegen.

SEI ÜBERZEUGENDER. FORDERNDER.

»Du hast dich mir unterworfen. In Wehrstadt, Szmajro.« Goïmron gab sich Mühe, seine Stimme war ein wenig zu hoch. »Daher befehle ich dir, mich ins Braune Gebirge zu tragen.«

»Ich habe mich nicht *unterworfen.* Ich erkannte dich an«, präzisierte Szmajro. Er sprach in Goïmrons Gedanken, ganz ähnlich, wie es der Edelstein tat. Doch die schiere Präsenz des Untiers machte es unmöglich, das Gesagte als Hirngespinst abzutun. Die schwarze Pupille blieb mit rotem Glühen auf ihn gerichtet. »Was ist mit mir geschehen, Unterirdischer?«

»Ich möchte, dass du –«

»Wir verlassen das Schwertspitzengebirge und diese sichere Höhle nicht eher, bis ich mehr erfahren habe.« Der Kopf des Drachen mit den drei Hörnern aus magischen Flammen rückte zur Seite, das zweite Auge öffnete sich. »Ich erinnere mich, dass Slibina und ich einen Alb fingen, den wir uns teilten. Er … schmeckte seltsam, und danach … erwachte ich unter unglaublichen Schmerzen. Ohne meine gewachsenen Hörner, mit diesen Feuerdingern als Ersatz. Alles in diesem brennenden Wald schrie und tobte um mich herum, und dann diese … Schwarzaugenhexe, die mich besitzen wollte. Ascatoîa! Das war ihr Name. Ist ihr Name.«

»Besitzen?« Goïmron nahm langsam auf einem Stein Platz.

Szmajro war in der überlegeneren Position, ihm blieb nur das Warten.

»Sie veränderte mich und behauptete, es mache mich stärker. Und dass meine Schwester und ich von diesem Umlauf an ihre Diener seien.« Der Drache schnaubte erneut, dieses Mal aus beiden Köpfen. »Aber … etwas in mir weigerte sich, sträubte sich, wehrte sich gegen die Albin, der ich Schmerz und Leid verdanke.«

Den Hass des Geschuppten auf Ascatoîa konnte Goïmron geradezu fühlen. »Sie hat dich gewandelt, wie Albae Einhörner zu Nachtmahren machen. Um dich an sie zu binden und dir besondere Kräfte zu verleihen«, erklärte er. »Deswegen brachte sie dich und deine Schwester in das Gebiet der Wunder.« Er erinnerte sich, wie eine lange Magieentladung in die Drachen und die Zhussa geschlagen war.

»Also verdanke ich den Energien in der Erde meine Wandlung? Ich habe eine Statur, als sei ich zweihundert Zyklen und älter.«

»Ich vermute, es war ein Zusammenspiel.« Goïmron verlor zusehends die Angst vor dem mittlerweile fast fünfzig Schritt langen Wesen, das ihn mit dem Schnippen seiner Kralle zerteilen konnte.

Szmajro lachte niedergeschlagen. »Wir schluckten ihren Köder wie dumme Anfänger.«

»Den Köder?«

»Den Alb. Im Gebirge. Die Zhussa opferte einen ihrer Leute, um uns zu fangen.« Szmajro schloss die Augen. »Ûra und Ardin sind tot. Damit sind meine Schwester und ich die ältesten und nun auch die größten Drachen des Geborgenen Landes. Außer uns gibt es nur noch Graszahn, und der hat uns nichts entgegenzusetzen.«

»Das haben vermutlich die wenigsten. Nach eurer Wandlung.« Goïmrons Ungeduld und die Sorgen um seine Freunde kehrten zurück. »Nachdem ich dir deine Fragen beantwortet habe, können wir –«

»Wir waren Viehdiebe. Harmlose Viehdiebe, die mal ein Dorf heimsuchten, um etwas zu fressen zu bekommen«, setzte Szmajro an. »Menschen verschlangen wir lediglich in der Not. Oder weil sie uns angriffen. Wir hatten keinerlei Ambitionen auf Herrschaft über Landstriche oder Königreiche. Das Leben gefiel uns. Es war gut.« Die Lider schossen in die Höhe. »Und nun? Habe ich Macht und Gestalt, die ich nie wollte! Das ganze Geborgene Land wird mich und meine Schwester töten und jagen wollen!«

Goïmron fand die Gedanken erstaunlich reflektiert. Anscheinend war die Intelligenz ebenso wie der Körper gewachsen. »Ich muss nach Brigantia«, sagte er bestimmt.

»Was ist mit meiner Schwester?«

»Ich weiß es nicht.«

Die beiden Köpfe hoben sich. »Da sie noch immer nicht hier ist, fiel sie wohl unter den Bann der Albin.« Die Schwingen zuckten und entfalteten sich leicht. »Ich hasse Schwarzaugen und werde ihnen den Tod bringen! Jedem Einzelnen! Und jenen, die ihnen folgen!«

»Da bin ich ganz bei dir.« Goïmron sah eine Gelegenheit, Szmajro zum Aufbruch zu bewegen. »Höre mir zu, bitte. Im Braunen Gebirge tobt eine Schlacht. Es kann gut sein, dass Ascatoîa dort ist. Und deine Schwester.« Er zeigte auf den Ausgang. »Wir müssten nur losfliegen und nachschauen.«

»Nein«, erklang es sofort.

»Nein?« Goïmron fasste es nicht. »Wer soll dir etwas …«

Szmajro brachte ihn mit Blicken zum Verstummen. »Ich will nicht gegen meine Schwester kämpfen. Da sie von der Zhussa unterworfen wurde, gehorcht sie ihr, fürchte ich. Daher trachte ich nach einem Weg, das Schwarzauge ohne Slibina zu erwischen.«

Goïmron versuchte es mit einer neuen Taktik. »Lass uns zuerst nach Brigantia fliegen. Danach überlegen wir, wie wir es angehen.«

»Wieso *wir?*«

»Du hast dich mir … nein, mich anerkannt. Fortan bleibe ich bei dir und du bei mir. Bis ich etwas anderes sage«, sprach Goïmron in einem Anflug von listigem Mut, den die Ungeduld gebar.

Szmajro nahm die durchdringenden Blicke seiner vier Augen nicht von ihm. »Du bist sicher, dass du ein Zwerg bist? Du siehst aus wie ein zu klein geratener Mensch. Manchmal opferten uns die Dörfer ihre Missgeburten. Daher kenne ich den Anblick.«

Die Langen sind grausam. Goïmron machte große Augen und erhob sich von seinem Sitzstein. »Ich bin ein Zwerg! Ein wahrer Vierter und ein Kind des Schmieds!«

»Ah, natürlich. Du hattest deinen Stamm erwähnt. Die Vierten sind demnach wirklich mickrig geraten. Nimm es mir nicht übel. Seit ich gewachsen bin, erscheint mir alles mickrig.« Szmajro lachte dröhnend aus beiden Mäulern, was sich wie ein Brüllen anhörte, und die Höhle bebte unter dem Schall. »Du hast lange nichts Richtiges gegessen.« Ein Schädel sah zur Höhlenwand. »Von Moos und Flechten bekommt man keine Kraft. Ich fliege rasch los und besorge uns beiden etwas. Frisches Fleisch! Es gibt nichts Besseres!« Der Drache machte sich kleiner und kroch mühsam durch den beengten Eingang. Um seine Klauen zuckten weißliche Blitze, die Bandspuren auf dem Fels hinterließen. »Komme nicht auf den Gedanken, loszulaufen, Unterirdischer. Die Kälte tötet dich innerhalb weniger Atemzüge.« Dann war er ins Freie verschwunden.

Eiskalte Luft fegte durch den offenen Durchgang.

Goïmron begab sich in eine windgeschütztere Nische und fluchte. »So war das nicht vorgesehen.«

ACH, DAS WIRD NOCH WERDEN, sagte der Meeressaphir. IHR HABT GEMEINSAME FEINDE.

»Wie kann ich ihm vertrauen? Ein Drache ist nichts Gutes. Und Szmajro wurde dazu noch von albischem Blut durchdrungen. Das setzt der Verderbtheit die Krone auf!« Schnell entfachte Goïmron mit Moos, einem Funken seines Feuerstahls und ein paar alten trockenen Knochen ein Feuer gegen die Kälte.

WER SAGTE, DASS DRACHEN NUR BÖSE SIND?

»Die Vergangenheit?«, gab Goïmron mit Spott zurück. »Oder wir alle verstanden Ûra und Ardin und diese beiden Viehdiebe über Hunderte Zyklen falsch.«

NUN, BEI ÛRA GEBE ICH DIR RECHT. ABER NUTZE DIE GUNST! SZMAJRO WIRD DIR FOLGEN. ER ERKANNTE DICH AN.

»Sag das nicht andauernd, bei Vraccas! Vom unentwegten Wiederholen allein weiß ich auch nicht, was das bedeutet.« Goïmrons Ungeduld drohte in Mutlosigkeit umzuschlagen. Er nahm einen Rippenknochen und schürte das Feuerchen damit. »Wie soll ich von diesem …?«

Schneewolken stoben unvermittelt auf, und Szmajros Silhouette schob sich durch das wirbelnde Weiß zurück in die Höhle. »Ich habe etwas gefunden.« Seine rechte Klaue schleuderte ein großes schwarzes Tier herein. »Es ersparte mir eine lange Jagd.«

Goïmron fiel vor Überraschung der Knochen aus der Hand, als er sah, was Szmajro angeschleppt hatte. »Das … ist der Flugmahr!«

»Ja, ich weiß. Er hatte versucht, den albischen Köder vor uns zu schnappen. Ich wünschte, Slibina und ich hätten es geduldet.« Szmajro lachte. »Aber nun taugt der Mahr doch zu etwas. Ich dachte mir, dass uns sein warmes Fleisch nähren kann. Außerdem vertilgen wir damit ein Stück Albisches aus dem Geborgenen Land.« Der Drache kauerte sich auf den Boden und schubste den Hengst mit einer Schnauze an. »Sieh. Er lebt noch. Damit müssen wir sein Fleisch nicht auftauen, bevor wir es essen. Du willst dein Stück gewiss über den Flammen rösten?«

»Er ist verletzt.« Behutsam näherte Goïmron sich dem zitternden Tier, auf dessen schwarzem Fell sich Eisklumpen gebildet hatten.

»Natürlich! Slibina brach ihm eine Schwinge. Zur Strafe.« Szmajro leckte einmal über den vereisten Hinterlauf. »Ich fraß schon Kühe und Schafe und Pferde und so alles an Gevieh, was ich auf einem Hof fand. Aber einen Nachtmahr noch nie.« Speichel rann aus den Mundwinkeln. »Welch eine Köstlichkeit da auf meinen Biss wartet!«

WAS HAST DU VOR?, fragte der Meeressaphir.

Goïmron legte dem Flugmahr eine Hand auf die Blesse und sah

den Stumpf, auf dem einst das Horn gesessen hatte. »So ein schönes Tier.«

»Verderbte Unschuld. Verseucht mit dem Blut eines Albs.« Szmajro öffnete das Maul des rechten Kopfes. »Erlösen wir es von seinem Leid.«

»Ich sehe in ihm einen Verbündeten.« Goïmron stellte sich dem Drachen in den Weg, eine Hand um den Meeressaphir geschlossen. »Ich bin sicher, er hasst die Albae ebenso wie du, weil sie ihm das antaten. Tief in seiner einst reinen Seele.«

»Oh, gewiss. Ich hatte auch einst eine reine Seele.« Szmajro kicherte. »Wir hatten genug Spaß. Lass mich zuerst abbeißen. Ich lasse dir etwas übrig.«

Goïmron positionierte eine Hand auf die Seite des liegenden Rapphengstes und konzentrierte sein Denken auf die Heilung der gebrochenen Schwinge sowie der erfrorenen Partien an seinem Leib.

»Es ist dein Ernst?« Szmajro schnaubte ungehalten. »Du willst mir mein Mahl rauben! Ich mag es kaum glauben!«

DER MAHR WIRD ES DIR NICHT DANKEN, prophezeite der Stein. DU VERGEUDEST KRAFT. UND FLEISCH.

»Ich brauche nichts zu essen. Außerdem kann mich der Mahr auch ins Braune Gebirge bringen. Ich will nicht warten, bis sich der feine Herr Drache dazu herablässt«, erwiderte er leise und fühlte die Kraft aus dem Saphir durch seinen Körper in den Hengst strömen.

Die Stelle rund um seine Finger erwärmte sich spürbar, die Krusten aus Eis und Schnee schmolzen auf dem Fell. Zugleich richtete sich die gebrochene Schwinge. Knackend heilte der Knochen, und das zerstörte Gefieder wuchs nach. Der Hengst öffnete die glutroten Augen und wieherte leise, der flammende Blick richtete sich auf den Zwerg.

»Ruhig. Ich tue dir nur Gutes.« Die dolchlangen Fänge und Zähne beeindruckten Goïmron, doch er rief sich sogleich ins Gedächtnis, dass Szmajro viel mehr davon hatte. »Bald wirst du wieder fliegen.« Hätte ihm jemand aus Malleniaswacht vor einem halben Zyklus gesagt, dass er eines Umlaufs lebend in einer Höhle mit einem geflügelten Nachtmahr und einem zweiköpfigen Drachen säße, hätte er ihn für wahnsinnig gehalten. Langsam nahm er die Finger vom schwarzen Fell, das nach seiner Behandlung eine lebendige Wärme abstrahlte. »Geht es wieder?«

Schnaubend sprang der Rappe auf die Beine, Blitze umspielten die Hufe. Dann wieherte er laut auf, als er Szmajro entdeckte. Die Flügel falteten sich auf, und er sprang in die Höhe, um sogleich bis unter die Decke zu fliegen.

»Beruhige dich. Szmajro tut dir nichts. Wir haben die gleichen Gegner«, beschwichtigte Goïmron. »Wieso hätte ich dir sonst helfen sollen? Wir wollen Albae finden und vernichten.«

»Uh, fliegendes Essen! Es könnte sehr praktisch sein«, grollte der Drache und leckte sich die Mäuler.

»Nein! Du wirst ihn in Ruhe lassen!« Goïmron kam sich vor wie ein Tierbändiger in einem Zirkus. *Würde ich für diese Nummer Eintritt verlangen, ich wäre der reichste Zwerg des Geborgenen Landes.* »Und du, Mahr, komm runter. Wir sind ... Verbündete.«

Tatsächlich setzte der Hengst zum Landen an, vollführte jedoch abrupt eine geschickte Kurve – und biss Szmajro in den Schweif. Brüllend und fauchend zuckte der Drache herum und schnappte mit beiden Häuptern nach dem Mahr. Doch dieser entwischte wiehernd in einem halsbrecherischen Manöver durch die entstandene Lücke zur Höhle hinaus und verschwand im Freien.

»Diesen kleinen undankbaren Dreckskerl greife ich mir!« Szmajro duckte sich, um die Kaverne zu verlassen.

»Nein. Lass ihn ziehen.«

»Aber er soll mein Essen sein, wenn er nicht dein Verbündeter sein will.«

Goïmron fühlte eine Mischung aus Enttäuschung und Erleichterung. Auf einem Nachtmahr anreiten, begleitet von Szmajro, das wäre wohl zu viel für seine Freunde gewesen. »Vielleicht gab ich ihm ein bisschen Hoffnung, dass sich auch für ihn etwas ändern kann.« Zufrieden bemerkte er, dass sein Heilzauber auch das Loch in seiner Hand vollends geschlossen hatte. Nichts erinnerte mehr an den Durchschuss.

»Oh, ihr Drachengötter! Was redest du da?« Szmajro stieß einen qualvollen Laut aus. »Er ist ein Nachtmahr. Geformt durch die schreckliche Kunst der Schwarzaugen. Verdorben bis ins Mark!«

»So wie du«, rutschte es Goïmron heraus.

»Nein, ich entstand auf dem Gebiet der Wunder. Und hasse die Albae.« Szmajros Magen grummelte derart laut, dass man es für ein aufziehendes Unwetter halten konnte. Der Anblick von frischem Fleisch, das ihm durch die Lappen gegangen war, hatte seinen Appetit geweckt. »Genug Zeit verplempert. Du wolltest ins Braune Gebirge.« Der Drache senkte eine Schwinge, um dem Zwerg das Aufsteigen zu erleichtern. »Ich bringe dich hin.«

»Ach, auf einmal?« Goïmron kletterte auf den Rücken der riesigen Kreatur. Dabei bekam er es ein wenig mit der Angst zu tun.

»Ich habe Hunger. Auf dem Berg nach mageren Ziegen und stinkenden Steinböcken Ausschau zu halten, ist mir zu umständlich. Unterwegs finden wir ein Gehöft mit leckeren Kühen.«

»Verliere mich nicht. Hast du verstanden, Szmajro?« Bevor Goïmron noch etwas hinzufügen konnte, ging es raus aus dem Unterschlupf und kopfüber die Klippe hinab.

Goïmron schrie auf. Der Ritt begann.

***

DAS GEBORGENE LAND, BRAUNES GEBIRGE, BRIGANTIA, 1024 N. B. (7515. SONNENZYKLUS NACH ALTER ZEITRECHNUNG), WINTER

Gata stand in der hintersten Ecke der großen Halle der Vierten, die dem Omuthan einst als Besprechungsraum gedient hatte, und beobachtete das muntere Treiben zum Klang der Spielleute auf der Empore.

Von dort oben hatte ein sichtlich bewegter Bendoïn Feinunz zu Beginn des Siegerfestes im Namen seines Stammes eine Rede gehalten, sich unter Tränen der Rührung bei den übrigen Zwergen, Menschen, Elben und Meldrith bedankt. Danach waren sich die Mächtigen und Hochrangigen erleichtert in die Arme gefallen, hatten Palandiell, Elria, Sitalia und Vraccas gehuldigt. Sogar Samusin hatte ein Wort des Lobes bekommen.

Nur nicht Lorimbur. Gata trank einen Schluck Bier und rieb über die Brosche am Kragen ihres Waffenrocks. *Dabei waren wir es, die das Spionloch stürmten und den Sieg ermöglichten.* Sie trank den Humpen in einem Zug leer. *Was muss ich noch tun, damit Vraccas nicht an erster Stelle steht?*

Abgesehen von Gata hatten die Anwesenden sehr gute, nahezu ausgelassene Laune. Nach zwei anstrengenden Schlachten kam die Zerstreuung mehr als gelegen. Die Vierten hatten jegliches Mobiliar aus dem großen Raum entfernt, das an Brigantia erinnerte, und in Windeseile die Schäden an Dekor und Steinarbeiten beseitigt, um hier den Sieg mit den Höchsten der Verbündeten zu feiern. Die einfachen Soldatinnen und Soldaten wurden in den umliegenden Hallen versorgt und beköstigt.

»Es wird schön sein, wenn die Gemmenschnitzer ihr Reich aufpoliert und von dem ganzen brigantinischen Mist befreit haben.« Brûgar trat an Gata heran und reichte ihr einen vollen Humpen. Er hatte eine Pfeife zwischen die Zähne geklemmt, deren Kopf so groß wie eine Teetasse war. Es qualmte wie aus einem Weihrauchfass und roch ähnlich. Er hatte irgendein Harz zum Tabak gegeben. »Ich sehe, dass du Durst hast.«

Gata nahm das Gefäß entgegen, stellte das leere zur Seite und stieß mit dem blaubärtigen Krieger an. Wie sie hatte er auf seine schwere Rüstung verzichtet und sich auf einen wattierten graublauen Waffenrock mit dem Wappen Lorimburs beschränkt. Den Dreschflegel verwahrte er in seiner Unterkunft, am breiten Gürtel hingen zwei Dolche.

»Es wird schön aussehen«, pflichtete sie ihm bei. »Und ich werde die Vierten immer daran erinnern, dass sie es zu großen Teilen uns verdanken, ihr Zuhause zurückerhalten zu haben.«

»Darauf trinke ich!« Brûgar kostete von dem Bier und machte ein angewidertes Gesicht. »Schlimm, dass wir uns mit dieser gauragonischen Pisse begnügen müssen. Bin gespannt, wie das Bier der Vierten mundet.« Er paffte einmal, und sein tätowiertes Gesicht verschwand in einer Rauchwolke. »Dass ich mir Bier schönrauchen muss, hätte ich nie gedacht.«

»Goïmron schwärmte davon in den höchsten Tönen.«

»Gibt es Neues zu ihm?«

Gata schüttelte den Kopf. »Niemand sah ihn oder den zweiköpfigen Drachen.« Das machte ihr Herz schwer. *Ich wüsste so gerne, wie es ihm ergeht. Ob er noch lebt.*

»Und was wird man gegen Szmajro tun?« Brûgar schwenkte das Bier und sah betrübt auf den Schaum. Lange sog er am Mundstück und nebelte die Ecke tüchtig ein.

»Vorerst nichts. Das Heer ist zu müde, um sich mit einem Geschuppten dieser Größe anzulegen. Außerdem brauchen wir mehr tragbare, schlagkräftige Waffen.« Gata spürte die betörende Wirkung des Harzes schon beim Einatmen. »Wer weiß, was das Gebiet der Wunder mit der Bestie anrichtete. Vielleicht hat es inzwischen drei Köpfe?«

»Wir haben den Famulus.« Brûgar schlürfte und schmauchte im Wechsel. »Mit etwas Glück versucht er sich daran und kommt dabei ums Leben.«

»Den nun ganz offiziell genannten *Magus,* meinst du.« Sie lachte auf. »Ein Freund von ihm bist du nicht.«

»Er bleibt für mich ein beschissener Famulus und ein verkackter Lügner.« Brûgar blickte grimmig zur Empore, wo der angeberisch gekleidete Mostro mit einem der Spielleute sprach. »Er hat dieses Sphärenwesen nicht bezwungen. Das sagen auch Sònuk und Telìnâs.« Er nahm noch einen Schluck Bier und hielt der Zwergin anbietend seine Pfeife hin; dankend lehnte sie ab. »Dieses dreckige Afterloch hat seine eigene Maga umgebracht!«

»Wir haben keine Augenzeugen. Spuren im Schnee sind keine ausreichenden Beweise«, warnte ihn Gata und ergriff seinen Arm, damit er leiser sprach. Das Harz machte ihn unvorsichtig. »Ja, er ist die beste Waffe gegen die Drachen, abgesehen von zwergischen Katapulten. Oder diesen albischen Schiffen in Undarimar, die immerhin Ardin aus dem Himmel schossen.«

»Also stehlen wir diese Schiffe. Oder die Baupläne. Was für uns einfacher ist. Oder wir versenken sie und bauen dann die Waffen ab.« Brûgar klang erfreut.

Gata zog die hellen Augenbrauen zusammen, schwankte zwischen Amüsement und Verwunderung. »Was, bei Lorimbur, macht dir gute Laune? Ist es nur das Harz?«

»Der Weihrauch mag ein Grund sein. Aber es ist die Aussicht auf den nächsten Kampf. Einen echten Kampf.« Er lockerte die Arme und Schultern, ohne dass sein Getränk überschwappte. »Ausgebrochene Trolle töten hat ein Ende. Endlich können wir zeigen, dass die Dritten die Besten auf dem Feld sind.«

»Dennoch wirst du unseren Verbündeten Ruhe gönnen müssen.« Gata zeigte mit dem Humpen einmal über die Runde. »Schau nur. Sie sind müde und sehnen sich nach Frieden.«

»Den es nicht geben wird. Weder mit den Schweineschnauzen noch mit den Schwarzaugen. Von beidem haben wir wahrlich genug. In allen Winkeln der Welt.« Lachend stieß er mit seinem gegen ihren Krug und trank. »Ich werde mir vorsichtshalber eine Sammlung von Dreschflegeln zulegen. Sie nutzen sich in letzter

Zeit sehr ab.« Er wackelte mit der Pfeife. »Die hier auch. Vielleicht mache ich mir welche aus Stein. Das wärmt die Hand.«

Gata schenkte ihm ein schwaches Lächeln. »Wo ist Belîngor?«

»Er hat eine taubstumme Magd entdeckt, mit der er reden kann. Und ich hoffe, sie wärmen sich gegenseitig in der Nacht.« Brûgar zwinkerte. »Aber deine Worte machen mir Sorgen, Königin.«

Noch jemand, der Zuneigung bekommt. Nur ich nicht. »Warum?«

»Na, ich freute mich auf ein Gefecht. Gegen … Dsôn zum Beispiel.«

»Daraus wird nichts«, entgegnete Gata augenblicklich.

Brûgar hatte gerade an der Pfeife ziehen wollen und hielt in der Bewegung inne. »Weswegen? Hat Goldhand befohlen, sie in Ruhe zu lassen?« Seine Miene hellte sich auf. »Ah, verstehe! Erst die Schweineschnauzen.«

»Ich werde nach Dsôn Khamateion gehen und mit dem Ganyeios sprechen, wie es die Zhussa vorgeschlagen hat.« Gata weidete sich am entsetzten Ausdruck auf dem Gesicht des Zwergenkriegers, der nun hektisch paffte. »Erinnerst du dich?«

»Ein Pakt?«

»Ja.«

»Ohne Goldhands Wissen?«

»Im Grunde ist er seit dem Moment geschlossen, in dem Ascatoîa davonflog.« Gata hatte es sich genau überlegt. »Ein Feldzug gegen Dsôn Khamateion ist zu gefährlich, Brûgar. Die Macht der Zhussa und der Drachin sind zu groß. Sie würden uns vernichten, auch wenn die Vierten sich vielleicht im Gebirge auskennen. Und ich betonte: *vielleicht.* Sie waren Hunderte Zyklen nicht mehr hier.« Dieses Mal stieß sie gegen den Humpen ihres Kriegers. »Kümmern wir uns lieber erst um die Gefahren im Geborgenen Land.«

»Wie die Schwarzaugen im Binnenmeer?«, warf Brûgar hoffnungsvoll ein.

»Nein. Soweit ich weiß, sind sie Verbündete von Dsôn. Erst

wenn ich einen Handel mit dem Ganyeios ausgemacht habe, sehen wir weiter. Ansonsten liegen diese acht Schiffe im Hafen von Arima und richten keinen großen Schaden an. Jedenfalls nicht viel. Denke ich.«

»Es wird wohl Zeit für mein Kombinierpfeifchen.« Brûgar betrachtete sie eingehend und rieb über seinen blauen Bart. »Sag: Seit wann bist du eine Freundin der Schwarzaugen?«

»Das bin ich nicht. Aber wie du schon anmerktest: Prioritäten. Wir dürfen uns nicht verzetteln. Sonst haben wir in einem Zyklus verloren, was wir eben erst für das Geborgene Land gewannen. Gerade mit Blick auf die Drachengeschwister.«

»Soso. Dann wirst du auch mit Mòndarcai sprechen wollen? Immerhin befiehlt er den Schweineschnauzen. Und er ist perfekt, um Geschuppte zu vernichten.«

»Erst will ich vom Ganyeios erfahren, was hinter den Taten des Albs mit dem Runenstab steckt. Wer die Bestien aus der Salzwüste und von Kràg Tahuum hinter sich zu einen vermag, ist mit Vorsicht zu genießen.« Gata lehnte sich an die Wand und betrachtete die Feiernden.

»Spielen wir ihn doch gegen die Zhussa aus. Sollen sich die magischen Schwarzaugen gegenseitig umbringen.« Brûgar schmatzte zufrieden und ließ den verbrannten Tabak aus der Pfeife auf den Boden der Halle fallen. »Lorimbur wird uns beistehen und dich etwas einfädeln lassen. Lob für unseren Ahnen.«

»So wäre das wohl, ja.« Sie sah ihn an. »Solange ich weg bin, Brûgar, sorgst du bei den Versammlungen dafür, dass niemand mit Mòndarcai Verhandlungen aufnimmt.«

»Sicher. Ich denke nicht, dass Goldhand auf diese Idee kommt. Keiner hat den Schwarzaugen die Mordanschläge vergessen. Du bist die Einzige, die ein Abkommen in Betracht zog, wenn ich das so anmerken darf.«

»Darfst du.« Gata winkte einen Bediensteten zu sich, der eine Silberplatte mit kleinen und großen Köstlichkeiten trug. Das Bier, so mäßig der Geschmack auch war, machte hungrig. Auch Brûgar langte tüchtig zu. »Ob es nach Sònuks Geschmack ist, was serviert wird?«

»Er ist nicht da«, sagte der Krieger mit vollem Mund.

»Hält er Wache?«

»Nein. Er hat sich auf die Fährte von Klaey Berengart gesetzt. Er ärgert sich maßlos, sagte mir Telìnâs, dass ihm der Letzte der mörderischen Familie entkam«, berichtete Brûgar. »Außerdem vermutet er Hantu unter dessen Gefolgsleuten.« Er grinste, und zwischen seinen Zähnen hingen bunte Gewürze. »Berengart wird bald zu spüren bekommen, wie es ist, einen Srgāláh an den Waden zu haben, ohne ihn abschütteln zu können.«

»Oh, sehr gut. Dann müssen wir uns um den Rhamak keine Sorgen mehr machen.«

Der Omuthan hatte seine eigenen Leute mit Wasser vergiften lassen, um dem Beschwörer genug Lebensenergie zu geben, damit er ein Sphärenwesen herbeirufen konnte. Die Menge hatte aber kaum ausgereicht, um eine der kleineren Kreaturen anzulocken, wie sie von einem Mitglied der Berengart-Familie erfahren hatten. Geplant gewesen war die Opferung von Hunderten Kranken, Schwachen, Verletzten und Familien. *Damit wären wir verloren gewesen. Wie Rodana es befürchtet hat.* Die Puppenspielerin saß wie Orweyn Berengart und dessen Familie im Kerker, bis es eine Verhandlung geben sollte. Niemand hatte damit Eile.

Gata trank langsamer, ihre Gedanken schweiften. Sie würde verhindern, dass Rodana am Strick endete, zumal ihre Leistung unter Einsatz ihres eigenen Lebens alles aufwog, was ihr vorgeworfen wurde. Ob Chòldunja wirklich eine Ragana gewesen war, ließ sich letztlich nicht beweisen. Mostro behauptete es nach wie vor. *Aber mehr kann er nicht.*

Orweyn Berengart hingegen hatte keine Gnade zu erwarten. Nicht mal von seinen eigenen Untergebenen, die ihn hassten, seit er die eigenen Truppen hatte vergiften lassen. Mehr als dreißig, vierzig Verblendete hielten ihm nicht mehr die Treue. Der Rest hatte ihm abgeschworen und hoffte auf Frieden mit dem Geborgenen Land.

Das wird noch spannend. Gata nahm sich ein Hühnerhäppchen und stopfte es sich ganz in den Mund, kaute angestrengt. Das Bier wirkte auf Magen und Gemüt. Das war teils gut, teils schlecht.

Plötzlich verstummte die Musik.

Die Blicke aller richteten sich auf die Empore, auf der Mostro mit großspurig ausgebreiteten Armen ans Geländer trat. Sein Haar und das Bärtchen glänzten gepflegt, und sein Gewand hatte gewiss mehr gekostet, als ein Gehöft an Zyklussteuer aufbringen konnte. »Meine lieben Freundinnen und Freunde«, rief er deutlich angetrunken. »Erheben wir das Glas auf die Verlorenen, die gefallen sind in den letzten Schlachten. Sie gaben ihre Leben, um das Geborgene Land von schwerem Unrecht zu befreien!«

Krüge und Gläser wurden erhoben.

»Allen voran meine ehrenwerte Maga Vanéra, ohne die wir es kaum geschafft hätten, das schreckliche Wesen in die Knie zu zwingen, das der Omuthan auf uns hetzte! Aber dafür wird Orweyn Berengart seine gerechte Strafe erhalten.«

»Hört, hört«, rief Brûgar.

»Ihr verdanke ich meine Ausbildung und wurde vom Famulus zum Magus, der euch die Tore öffnete. Das große Doppelportal und das Spionloch! Ich versetzte der Bestie den tödlichsten aller Stöße und machte meine gute Meisterin stolz«, sprach er gerührt von sich selbst. »Ich rächte sie!«

Die angetrunkene Menge bemerkte offenbar nicht, dass Mostro in erster Linie sich selbst lobte und den größten Anteil des gemeinsamen Erfolgs für sich deklarierte. So jubelten sie ihm zu.

»Wenn er sich gleich zum Kaiser ausruft, werden sie ihn anerkennen«, merkte Brûgar bissig an und orderte mehr Bier. »Noch ein Ton, und ich werfe meinen leeren Krug nach ihm. Und ich treffe. Wetten?«

»Ein Goldstück«, sagte Gata trocken. »Aber es muss die Stirn sein.«

»Lasst mich sagen, liebe Freundinnen und Freunde, dass es eine große Ehre ist, ihre Nachfolge anzutreten. Die gute Adelia wird jetzt meine Famula, und ich leite Rhuta ganz im Sinne meiner ehrenwerten Maga Vanéra«, rief er und wischte sich Tränen aus den Augenwinkeln.

Brûgar schaute verdutzt. »Ist Adelia nicht die Ältere und in der Rangfolge weiter oben als er?«

»Theoretisch.« Gata schüttelte den blonden Schopf. »Sie wird sich gehörig übergangen fühlen, während unser schwätzender Freund Tatsachen schafft. Adelia hatte ins Gebirge kommen wollen, um Vanéras Leichnam abzuholen und nach Rhuta zu überführen.«

»Aber?«

»Mostro wird sie zurücksenden, kaum dass sie angekommen sein wird.« Gata nippte an ihrem Bier. »Er begrub seine alte Meisterin zusammen mit den Toten der Schlacht. Er meinte, sie sei gefallen wie eine Kriegerin und solle zwischen Kriegern ruhen. An dem Ort ihrer größten Heldinnentat.«

Brûgar lachte böse. »Entsorgt hat er sie. Um sich nicht kümmern zu müssen und seine Rückkehr nach Rhuta als persönlichen Triumphzug zu feiern. Niemand soll Vanéra in Erinnerung behalten oder ihrer an einem Grab gedenken. Ich hoffe, Adelia nimmt sich die Zeit, um ihm die Nase zu brechen.«

»Lang lebe der ehrenwerte Magus Mostro«, rief jemand aus der Menge. »Er lebe hoch, hoch, hoch!«

Schon stimmten die Feiernden mit ein.

Brûgar holte aus und warf seinen vollen Humpen, verfehlte den jungen Mann allerdings um eine Armlänge. Einer der Spielleute bekam den Guss ab, das Gefäß zersplitterte an der Wand. »Verzeihung! Ist mir doch glatt beim Hochlebenlassen aus der Hand gerutscht«, rief er. »Los, spielt weiter. Das war genug Gerede.«

Mostro blickte ihn wütend an und öffnete den Mund zu einer Erwiderung, aber die Musik setzte ein und verschluckte die Worte. Das ausgelassene Fest ging weiter.

Gata klopfte Brûgar fest auf die Schulter und gab ihm eine Goldmünze. »Das war es mir wert. Ich gehe ins Bett. Morgen breche ich nach Dsôn Khamateion auf. Aber verrate es keinem.«

»Werde ich nicht.« Brûgar prostete ihr mit einem neuen Krug zu. »Lang leben Lorimburs Erben.«

Das werden sie. Gata musste sich auf dem Weg nach draußen an der Wand abstützen. *Länger als alle anderen.*

***

»Es ist ein oft verschwiegenes Geheimnis, dass manche Kinder des Schmieds entlang oder auf den neu entstandenen Gebirgen und Bergen ihre Siedlungen errichteten, weil es Vraccas' Werk und damit sein Wille ist, dass die Zwerge dort siedeln. Und nicht in dem ringförmigen Gebirgszug um das Geborgene Land.
Das brachte Ärger mit den lokalen Fürsten und Herrschern der jeweiligen Reiche. Es führte zur Frage: Sollen die Kinder des Schmieds wirklich dort siedeln? Ist dies ihre neue Heimat? Diese Frage ist bei den Stämmen ebenfalls nicht unumstritten, wird aber niemals vor Außenstehenden disputiert.
Gerüchteweise haben solche zwergischen Bergsiedlungen an Vulkanen ein Abkommen mit den jeweiligen Drachen geschlossen, um in Ruhe leben zu können.«

Dar Whjenn, Kundiger von Flora, Fauna und Weltgesetzen

KAPITEL XII

DAS GEBORGENE LAND, KAISERREICH GAUTAYA, 1024 N. B. (7515. SONNENZYKLUS NACH ALTER ZEITRECHNUNG), WINTER

»Wer hätte gedacht, dass es so schlimm ist, wie ich es mir vorstellte?« Barbandor hatte noch nie in seinem Leben einen Fuß in die Salzwüste gesetzt, die einen nicht unbeträchtlichen Teil des Kaiserreichs Gautaya einnahm. Dabei war weniger das Salz denn die darin hausende Orkgemeinschaft ein Problem für den Herrscher. Die Bestien zogen sich nach ihren Raubzügen im Umland tief in den Schutz der Ebenen zurück, in denen es auch im Winter unwirtlich blieb. Selbst dort, wo durch Schmelzwasser riesige Seen entstanden waren, gefror es wegen des hohen Salzanteils nicht. Kristallkrusten trieben bisweilen darauf. »Und ich hatte gehofft, es wäre warm.«

»Weil es eine Salzwüste ist?« Borkon lief neben dem Käfig des Zwergs und trank einen Schluck aus dem Wasserschlauch. »Dein Pech, Unterirdischer. Im Sommer, ja. Jetzt ist es eisig wie überall. Die Haut trocknet in diesem Salzwind so schnell aus wie Pökelfleisch. Man muss sich normalerweise regelmäßig dick mit Fett eincremen.«

Barbandor hing wie in den vielen Meilen ihrer Wanderschaft von Kràg Tahuum bis in den Nordwesten von Gautaya decken- und fellumhüllt im kleinen Holzkäfig auf dem Rücken eines gigantischen Orks, der ihn, ohne zu murren, schleppte. Daher sah er nur, was sie passiert hatten, und selten, was vor ihnen lag. »Wie lange noch?«

»Ich kann das Dorf schon erkennen.« Borkon streckte sich und tätschelte das lange, rot-silberne Rufhorn an seiner Seite. »Du wirst sehen, wie die Töne meine nächsten Anhänger erschaffen. Eben noch folgten sie Mòndarcai, und gleich gehören sie zu mir.«

»Du wirst großspuriger. Der Erfolg steigt dir zu Kopf.« Barbandor zügelte seine Zunge nicht. Es kam der Umlauf, an dem man ihn schlachtete und verspeiste, und dann wollte er sich nicht vorhalten müssen, er habe sich gegenüber dem blauhäutigen Ork nicht angemessen zwergisch verhalten. »Oder das Salz trocknet dein Hirn aus. So du eines hast.«

»Ihr Unterirdischen seid ein erstaunliches Völkchen. So ganz anders, als ich es mir vorgestellt habe.« Borkon sah ihn amüsiert an. »Aber so ist es, wenn man lediglich Aufzeichnungen von etwas hat.«

»Besser oder schlechter?«

»Du bist auf alle Fälle lustiger. Dich als Glücksbringer mitzunehmen, war eine weise Entscheidung.« Unter dem Mantel wurde seine blaue, mit Weiß tätowierte Haut sichtbar, mit der er vor den Toren des Dorfes den Beweis seiner Einmaligkeit erbringen würde.

Aus weiter Entfernung erklang ein lautes Hornsignal, danach verfielen dunkle, dumpfe Trommeln in einen bedrohlichen Rhythmus.

»Hoppla! Für mich klingt es nicht, als freute sich deine künftige Gefolgschaft auf dich.« Barbandor erhob sich, so gut es die Stäbe zuließen, und versuchte, über die Schulter des Trägerorks zu schauen. »Sie schießen gleich Salut. Mit Pfeilen. Nach dir.« Er pochte der Bestie vor sich durch die Stäbe auf den Rücken. »Wie gut, dass du so groß bist. Du fängst sie alle ab.«

»Er kann sich jederzeit umdrehen. Dann wirst du der Bolzenfänger, kleines Großmaul.« Borkons grobes Gesicht verlor das Vergnügen.

»Du hast nicht mit Kriegstrommeln gerechnet. Das sehe ich dir an. Soll ich deine entgleiste Miene malen?« Barbandor war gespannt, was als Nächstes geschah. Mit einer Rotte von zwei Dutzend mittlerweile unsterblichen Grauhäuten ließ sich ein befestigtes Dorf niemals einnehmen. Irgendwann waren auch die Auferstandenen in Stücke gehackt. Der Zwerg nahm an, dass das besondere Rufhorn dieses Mal nicht als Toröffner diente wie in Kràg Tahuum. Sie wussten, dass Borkon kam. *Und sie sind nicht erfreut, ihn zu sehen.*

Offenbar hatte der Anführer der Salzseeorks keinerlei Lust, seine Führung an einen Dahergelaufenen abzugeben, von dem irgendeine halb vergessene Weissagung kündete. »Wie viele Pfeile verträgst du, bevor du stirbst?«

»Ich kann nicht sterben.«

»Und ohne Kopf? Oder Herz?«

»Beides wirst du nicht erleben.« Borkon brüllte einen Befehl, der Tross hielt an. Ohne dass er etwas sagen musste, nahmen die Grauhäutigen eine enge, kreisrunde Verteidigungsstellung ein, hinter den Schild- und Pikenträgern positionierten sich Bogenschützen.

Ich hoffe doch sehr. Durch meine Hand! Barbandor wurde in seinem Knüppelkäfig auf dem Boden abgestellt und sah zwischen den Lücken von Beinen, Schilden und Panzerungen hindurch. Ihnen ritt eine Streitmacht auf Bastardpferden entgegen, die mehr als eintausend Orks umfasste. Die Begrüßung fiel damit größer als in Kràg Tahuum aus. Und kriegerischer.

Das werden wir nicht überleben. Barbandor stieß einen Pfiff aus, um einen der Orks auf sich aufmerksam zu machen. »Hey! Lass mich raus und gib mir eine Axt!«, verlangte er. »Ich will nicht wie ein Huhn im Käfig warten, dass mich die Salzseeorks schlachten.«

Seine Forderung wurde ignoriert.

Bei Vraccas. Dass ich mal so ende. Barbandor rüttelte an den festen Stäben, die er nicht brechen konnte. Die Befestigung aus Draht und Seilen hielt.

Borkon ließ es sich nicht nehmen, sein silbern-rotes Rufhorn zu ziehen und jene Melodie zu spielen, die ihm die Treue der Festungsorks eingebracht hatte. Derweil umkreiste die Reiterei sie, Schwaden aus Salznebel und Schnee stiegen unter den Hufen auf. Das Lied ging im Donnern des Getrappels unter, bis der blauhäutige Ork schließlich hustend aufhörte und abwartete.

Barbandor verfolgte, wie eine kräftig gebaute Orkin aus dem drehenden Ring aus Tieren und Bestien ausscherte und langsam auf ihn zuritt. Ihre hellgrüne Haut hatte sie mit weißlicher Salzpaste bemalt, den Oberkörper schützte sie mit einem Harnisch, und die langen platingrauen Haare wehten im Wind. Gebeinschmuck saß auf ihrer Stirn, in der Linken hielt sie eine martialische Schlachteraxt mit gezackter Schneide.

Auf ein Handzeichen von ihr hielt ihre Begleiterschar an. »Ich bin Akrosha die Köpferin, Gebieterin über die salzige See«, sprach sie mit grauenvollem Akzent. Zu Barbandors Freude nutzte sie die Gemeinsprache, da sie wohl annahm, der fremde Besucher verstehe sie sonst nicht. An ihren langen, spitz geschliffenen Hauern saßen goldene Ringe. »Und du bist angeblich der Ork, von dem die Weissagungen erzählen.«

Borkon wandte sich zu ihr. Der Schildwall öffnete sich für ihn, und er warf den Mantel ab, um erneut seine Tätowierungen und Linien in der Haut zu zeigen. »Das bin ich.«

Akrosha betrachtete ihn. »Du kamst, um Forderungen zu stellen?«

»Ich stelle keine Forderungen. Kràg Tahuum schloss sich mir aus freien Stücken an. Weil sie in mir jenen erkannten, auf den unser Volk wartete. Seit Tausenden Zyklen.« Borkon hob die Arme und wollte seine angeberische Drehung um die eigene Achse beginnen, sich von allen Seiten weisen. »Und nun –«

»Spare dir die Worte.« Akrosha sprang aus dem Sattel, ohne dass sie die polierte Schlachteraxt wegsteckte. Die Klinge war so groß wie ein zehnjähriges Kind. »Wir haben vernommen, dass du kommst. Einige meiner Leute glauben an die Weissagung von Nushrok dem Reißer, andere nicht.« Geschickt wirbelte sie ihre Waffe, die sich an der Spitze verdickte, um mehr Schaden beim Einschlag anzurichten. »Daher brauchen wir eine Lösung.« Sie nickte auffordernd. »Einer von uns beiden wird gleich sterben. Und damit ist die Sache entschieden.«

Barbandor grinste. *Auch wenn sie eine Schweineschnauze ist, ich mag sie.* Die Orkin erlag Borkons Charme nicht. Und da eine Frau das Sagen über die Salzsee hatte, würde er wohl keinen Aufstand der Orkinnen gegen die Männer anzetteln können.

»Werden die Zweifler nicht weiterhin ihre Bedenken hegen?«

»Falle ich, sind die Bedenken ausgeräumt. Die Salzseeorks werden dir folgen wie unsere verfeindeten Brüder und Schwestern aus Kràg Tahuum.« Akrosha schwang ihre Schlachteraxt zur Probe. Dunkel surrte es, als die Schneide die Luft durchschnitt, Eis und Salz wirbelten vor ihren Stiefelspitzen auf. »Gewinne ich, bleiben wir bei Mòndarcai. Ich gebe einen Pakt nicht so schnell auf wie diese bunt gekleideten Weicheier in der Festung.«

Die berittene Schar lachte lauthals und böse.

»Es ist deine Entscheidung.« Borkon zog seine unterschiedlich großen, hakenbewehrten Keulen vom Gürtel und trat ihr gegenüber, ohne eine Rüstung anzulegen. »Du wirst bald erkennen, wie falsch –«

Ansatzlos schlug Akrosha mit ihrer Schlachteraxt von schräg oben zu, die Muskelberge schwollen unter der Kleidung und der Rüstung sichtbar an. Borkon parierte zwar, doch seine Keule gab unter dem Treffer nach, er musste abtauchen, um nicht trotzdem erwischt zu werden.

Der Hieb hätte mich längs gespalten! Barbandor verfolgte den Kampf gebannt.

Akrosha versetzte dem blauhäutigen Ork einen Schlag mit dem Ellbogen ins Gesicht, der ihn zurücktrieb, ließ einen Tritt gegen die Brust folgen und stach mit der vorderen Axtklinge zu.

Erneut konnte Borkon nichts anderes tun, als hektisch zur Seite zu springen. Blocken ließ sich diese Urgewalt nicht.

Jetzt verstehe ich, warum sie das Sagen hat. Barbandor hütete sich, die Orkin anzufeuern, auch wenn ihm danach gewesen wäre. Er wollte nicht von seinen Bewachern aus Groll erstochen werden.

Wieder erwischte Akrosha ihren Gegner mit einem Ellbogen mitten ins Gesicht, was ihn ins Taumeln brachte. Blut schoss aus der Nase und einem Hautriss an der Stirn, lief Borkon in die Augen. Mit einem Triumphschrei hackte Akrosha ihre Schlachteraxt tief in die rechte Seite des Widersachers, setzte ihm einen Stiefel gegen die Brust und riss ihn wie ein Sägeblatt durch Fleisch und Knochen. Das brachiale Geräusch, als die scharfen Stahlzacken die Rippen teilten und das Fleisch aufrissen, würde Barbandor niemals in seinem Leben vergessen. In einem Blutschwall trat die Klinge seitlich aus Borkons Leib.

»Es ist entschieden!«, rief Akrosha lachend und riss ihre rotnasse Schlachteraxt mit beiden Händen in die Höhe.

Ist es nicht! Nein, ist es nicht. »Du bist die Köpferin! Schlag ihm den Schädel ab«, schrie Barbandor. Sein Rat ging im Siegesgebrüll der Reiterei unter. »Schneid ihm das Herz raus!«

Akrosha hatte sich einmal um die eigene Achse gedreht – und starrte Borkon an, der sich vor ihr erhob. Die Wunde hatte sich geschlossen, er schwankte nicht einmal. »Zu den Dämonen mit dir«, brüllte sie ihn an. »Wie kannst du nicht tot sein?«

»Ich bin der Weisgesagte.« Borkon machte einen Schritt nach vorne und stieß ihr einen Keulenhaken durch den Leib, rammte ihn bis zum Waffenkopf in die Anführerin und hob sie damit vom Boden hoch, während ihr das dunkle Blut aus dem Mund sprudelte. Schlagartig verstummte die Reiterschar. Entsetzen machte sich breit. »Und ich habe dich besiegt, weil ich unsterblich bin.« Hoch und höher stemmte er die ächzende Orkin, die ihre Finger in seine Halsketten schlug und daran zerrte, als wollte sie ihn im Sterben erwürgen. »Und du dich irrtest.«

Sie hätte auf mich hören sollen. Barbandor hätte Borkon den Tod gegönnt. *Jetzt werden auch die Salzseebestien ihm folgen. Zu Tion mit ihm!*

Borkon ließ die aufgespießte Akrosha mit den Füßen auf den Boden zurück. Er nahm ein kleines Fläschchen vom Gürtel und entfernte den Korken, setzte die Öffnung der Phiole an ihre Lippen. »Nun erlebe das Wunder, das jenen zuteilwird, die mir folgen.«

Akrosha versuchte, nichts von dem Mittel zu schlucken, aber im Todeskampf ließ es sich nicht verhindern. Kaum hatte sie es getan, zog Borkon den Haken aus ihrem Bauch und trat einen Schritt zurück. Keuchend fiel Akrosha auf die Knie, presste die Hände auf die Wunde. Dann wurde sie stocksteif, lediglich ihre Augen hoben sich, und der verwunderte Blick richtete sich auf ihren Bezwinger.

»Wie hast du das getan?«, raunte sie.

»Seht! Eure Anführerin lebt. Durch mein Geschenk an sie«, rief Borkon und reichte ihr eine Hand, um ihr beim Aufstehen zu helfen.

Akrosha erhob sich und riss sich den Harnisch herab, streifte das Gewand zur Seite. Sie betrachtete die Stelle, wo die Wunde hätte sein sollen. Barbandor erkannte frische, hellgrüne Haut und sogar die Abdrücke des Keulenkopfes.

»Du bist der Weisgesagte«, sprach sie ergriffen und wollte vor ihm in den salzigen Schnee sinken, was er unterband. »Du bist es wirklich! Du hast die Macht über Leben und Tod.« Sie vollführte eine weithin sichtbare Handbewegung.

Die Reiterinnen und Reiter stiegen aus den Sätteln und knieten sich nieder, senkten die Häupter und verfielen in ein gemurmeltes Gebet.

Vraccas, wieso? Wieso muss diesem Kerl einfach alles gelingen? Barbandor betrachtete die ehrfürchtig gewordenen Scheusale um ihn herum. *Nun folgen sie ihm auch. Das ist ein Heer von immenser Schlagkraft.* Er sah auf die Phiole am Gürtel des blauhäutigen Orks, in dem das Gebräu der Wiederauferstehung schwappte. *Und sie sind kaum zu töten.*

»Hört mich an.« Borkon erhob seine Stimme, und die Meute verstummte. »Die Weissagungen von Nushrok dem Reißer sind wahr! Ihr alle seid Zeuge des Wunders, das sich zutrug.« Er deutete auf seine verheilte Wunde, dann auf die Stelle an Akroshas Bauch. »Die Orkstämme sind somit unter meinem Banner geeint. Ich schwöre, dass ich euch zum Sieg führen werde, sobald der vorgesehene Umlauf gekommen ist. Auch das versprechen uns die Weissagungen.«

Erneut brüllten die Scheusale ihre Freude laut hinaus.

Jetzt kann das Schwarzauge einpacken. Das war es mit seinen Verbündeten. Barbandor setzte sich in seinem Käfig hin.

Borkon sah Akrosha an. »Du bist die stärkste Frau, die ich jemals gesehen habe. Niemand bezwang mich bislang.« Er wischte etwas von ihrem Blut vom Haken an seinen Finger und kostete davon. »Willst du meine Gefährtin sein, auf dass wir das Geborgene Land gemeinsam aus den Angeln heben?«

Akrosha nahm von seinem Blut, das von ihrer Schlachteraxt tropfte, und rieb es sich über die Lippen, um es abzulecken. »Du sollst mein Gefährte sein, Borkon. Jetzt und immerdar.«

Die Meute brach in noch wilderes Johlen und Jubeln aus.

Oh, Vraccas! Ich habe das Gefühl, ich weiß endlich, warum mich Borkon mitschleppte. Barbandors Käfig wurde erneut angehoben, es ging im schnellen Laufschritt auf das Dorf der Anführerin zu. *Ich soll der Schmaus für das entzückende Brautpaar sein! In einer riesigen Pastete.*

* * *

DAS GEBORGENE LAND, BRAUNES GEBIRGE, DSÔN KHAMATEION, 1024 N. B. (7515. SONNENZYKLUS NACH ALTER ZEITRECHNUNG), WINTER

Gata saß angespannt in dem runden Raum, der den Eindruck erweckte, sie befände sich im Innern eines riesigen Eies mit goldsilberner Innenschale, in der ein ausgezeichneter Schnitzer mit winzigen Rasierklingen filigrane Durchbrüche und Formen eingearbeitet hatte. Das Axtschwert lag vor ihr, man hatte ihr weder Rüstung noch Waffen abgenommen. Die Albae fürchteten sich nicht vor ihr.

Warmes Licht fiel von außen herein und wurde durch die reflektierende Hülle gleichmäßig verteilt. Keine Lampe brannte.

Den Tee in der dünnen Porzellanschale vor ihr auf dem Tischchen aus Gebein und schwarzem Rabenholz rührte sie nicht an, um den Abort nicht aufsuchen zu müssen. Das wäre nicht der Eindruck, den die Königin der Dritten hinterlassen wollte, wenn sie auf den Ganyeios traf: Regnorgata die Kleinblasige. Die Pinklerin.

Gata hatte Dsôn Khamateion ohne Schwierigkeiten erreicht, was vor allem daran lag, dass sie nach zwei Umläufen schnellen Marschs von albischen Spähern entdeckt worden war. Die Zhussa hatte mit ihrem Besuch gerechnet und die Kundschafter angewiesen, die Zwergin zu geleiten. An manchen Stellen ihrer Passage hatte Gata eine Augenbinde tragen müssen, damit sie sich keine Einzelheiten der Umgebung merken konnte. Die Albae hatten Abwehrfallen und versteckte Stellungen im Fels angelegt, die sie nicht sehen sollte.

Schließlich war sie auf verschlungenen Pfaden nach Dsôn gelangt und durch unterirdische Gänge geführt worden. Man wollte ihr den Anblick der Stadt vorenthalten, von der es im Geborgenen Land nichts als wunderliche Geschichten und grauenvolle Schilderungen über grausame Kunst gab.

Ich hätte Dsôn Khamateion wirklich gerne gesehen. Gata lehnte sich in das bequeme Polster. Sie mochte den Geruch von frischen Blumen, der sich mit dem von Duftstäbchen mischte. Ihre Unterkunft erwies sich als weniger morbide als angenommen. Die Albae bewiesen einen Sinn für Schönheit, der sie eigentümlicherweise ansprach. Sehr sogar, auch wenn es ihr unschicklich und verboten vorkam, es sich einzugestehen.

Unvermittelt erklang ein leises Klacken. Ein Teil der Decke senkte sich ab, und Stufen wurden auf der Rampe sichtbar. Die Einladung, zu ihrer Unterredung mit dem Oberhaupt von Dsôn Khamateion zu kommen. *Aufsteigen. Wie zu einem göttlichen Wesen.* Gata lächelte schwach über die Symbolik, die sie beeindrucken sollte, noch bevor sie den Ganyeios gesehen hatte. Sie erhob sich, nahm ihr Axtschwert und ging die Treppe aus Gold und Marmor hinauf.

Über ihr öffnete sich ein kuppelförmiger Saal von dreißig Schritt im Radius, dessen Decke ohne Säulen freitragend wie ein zweiter Himmel erschien. Lichteinlässe waren mit riesigen bunten Glasbildern versehen, die verschiedene Szenerien zeigten. Nach einem genau berechneten Muster fiel das Sonnenlicht gedimmt auf verschiedene Kunstobjekte, die frei im Raum zu schweben schienen oder auf Podesten standen.

Gata sah im Hinaufsteigen Abstraktes aus Gebein und feinstem Gold, sah perfekte Skulpturen von erdachten oder unbekannten Wesen in Lebensgröße, sah gekrümmte und gewundene Gemälde, die dem Gemalten und Gezeichneten auf der Leinwand eine weitere Dimension verliehen.

»Willkommen, Regnorgata Sterbenshieb aus dem Clan der Orkschlächter, Königin der Dritten und Erbin Lorimburs«, vernahm sie eine samtweiche Stimme von irgendwo aus dem Kuppelraum. Sie erkannte nicht, ob ein Mann oder eine Frau sprach. Der Hall gab den Worten Kraft und machte sie noch eindrucksvoller. »Es ist Uns eine Ehre, Euch kennenzulernen. Wir hörten viel von Euch.«

Das muss der Ganyeios sein. Es war ihr unmöglich, den Standort des Albs ausfindig zu machen.

Noch bevor sie etwas erwidern konnte, verschoben sich einige der Kunstobjekte vor ihr und bildeten eine Allee, an deren Ende sich ein Thron aus Licht auf einer niedrigen Plattform befand. Darauf saß aufrecht eine Gestalt in weiten, schwarzen Gewändern und mit einem transparenten Schleier vor dem Antlitz.

Langsam ging Gata los. »Auch mir ist es eine Freude, den Herrscher von Dsôn Khamateion zu sprechen. Und ihn zu sehen. Manche halten Euch für eine Legende.«

»Eine Legende sind Wir gerne. Aber kein Hirngespinst.« Die Stimme des Albs blieb in der Tonlage zwischen den Geschlechtern, die Worte in der Gemeinsprache kamen gestochen klar und ohne einen Akzent über die Lippen; die Atemluft brachte den leichten Stoff kaum merklich zum Wehen. »Kommt näher. Und verzichtet bitte auf überschwere Vorschübe vor Unserem Titel. Nennt Uns Ganyeios.«

»Und ich bin für Euch eine einfache Königin.« Gata näherte sich bis auf zehn Schritte, als dunkel gekleidete Dienerinnen und Diener hinter den Kunstobjekten hervortraten. Sie brachten einen sesselähnlichen Stuhl, ein Tischchen, etwas zu essen, eine Kanne und einen Pokal. All dies bauten sie fünf Schritte vor der Plattform auf, auf der sich der Thron erhob.

»So herrscht Gleichstand zwischen uns.« Der Ganyeios machte eine einladende Handbewegung. »Kommt, Königin. Erfreut Euch an den Erfrischungen, die Wir für Euch aussuchten, und lasst uns reden.«

Gata setzte sich und legte das Axtschwert neben sich. Sie versuchte, durch das dünne Tuch zu blicken, mit dem der Alb seine Züge verklärte. Der Thron aus gedrechseltem und geschnitztem Gebein leuchtete von sich aus, was die Intarsien aus verschiedenen Edelmetallen besonders zur Geltung brachte. »Ich bin neugierig auf Eure Worte.«

»Seid Ihr ohne das Wissen und die Zustimmung des Geborgenen Landes zu Uns gekommen?«

»Ja«, antwortete Gata freiheraus. »Niemand hätte verstanden, warum ich mich mit Feinden treffen möchte. Euch kann man nicht trauen, sagen sie. Vor allem nicht nach den Anschlägen auf die Delegationen und die Herrschaftshäuser.«

»Das ist höflich formuliert. Wir kennen die Vorurteile, die uns Albae entgegenschlagen«, sprach der Ganyeios. »Und doch haben wir uns niemals ernsthafter Gräueltaten schuldig gemacht. Denn wir haben nichts mit jenen Albae gemein, die das Geborgene Land von früher kennt und unter der Führung von Mòndarcai zu einer gewaltigen Bedrohung werden.«

»Die Anschläge sind keine Gräueltaten?«

»Nun, Wir geben zu, voreilig gehandelt zu haben. Es sollte eine Warnung sein, die wohl zu üppig ausfiel. Wir verstehen, weswegen das Geborgene Land uns derzeit zürnt. Doch Wir versprechen, für

Wiedergutmachung für die verlorenen Leben zu sorgen. Zusätzlich zu dem, was wir schon taten: Wir griffen nicht auf der Seite von Brigantia ein.«

»Ich bezweifle, dass die Nichtangriffe ausreichen, um die Toten aufzuwiegen.« Gata sah auf die Köstlichkeiten und roch den lockenden Duft des Trunks. Sie widerstand. »Wir wissen, dass Mòndarcai Euch und Dsôn Khamateion vernichten will.«

»*Das* sagte er Euch?«

»Ja.«

»Begründete er es?«

»Nicht schlüssig, meines Erachtens.« Gata verschwieg, dass sie bereit gewesen wäre, einen Pakt mit dem Alb einzugehen, und am Veto von Goldhand gescheitert war. »Aus diesem Grund kam ich zu Euch. Um Eure Sicht zu vernehmen.«

»Das ist löblich und klug von Euch, Königin Regnorgata.«

»Löblich? Oh, da widersprächen Euch alle, die ich kenne.« Gata lächelte und schaute sich in der Kuppelhalle um. »Die Baukunst ist beeindruckend.«

»Vielen Dank. Das ist nichts im Vergleich zu den Schönheiten der Stadt. Oder Unserer Kunstsammlungen. Oder den Fertigkeiten vieler weiterer Künstlerinnen und Künstler Unseres Volkes. Ihr mögt einen neuerlichen Besuch in Erwägung ziehen?«

»Warten wir ab, wie unsere Unterredung verläuft.« Gata richtete ihre Aufmerksamkeit auf den Ganyeios. »Was ist das zwischen Euch und Mòndarcai?«

»Wie Unsere Zhussa geben Wir Euch stellvertretend für das Geborgene Land den gut gemeinten Ratschlag, ihm nicht zu vertrauen. Lange hielten Wir ihn für nichts weiter als eine Erzählung, um Kindern Angst einzujagen.« Die schlanken, bleichen Hände des Albs legten sich enger um die Seitenlehnen. »Doch nun tauchte er auf. Bestahl uns. Raubte unsere Reliquien und nutzt sie, um seine Macht auszubauen. Zu unser aller Glück scheiterte er in Undarimar mit Ardin an unseren Schiffen.«

»Dann will er Dsôn nicht vernichten?«

»Oh, das will er mit Sicherheit«, stieß der Ganyeios aus. »Und das Geborgene Land. Er trachtet nach dessen Untergang, auch wenn er vorgibt, ausschließlich gegen Dsôn Khamateion zu sein.«

»Was haben wir ihm getan?«

»In erster Linie sieht er die Menschen und Elben als Schuldige, die den Tod seines Vaters zu verantworten haben. Einen sehr elenden Tod«, führte der Herrscher aus. »Er mag Euch mit seinen Worten und Versprechungen einlullen, aber er wird sich gegen Euch wenden, sobald Dsôn gefallen ist.« Er lehnte sich mit geradem Oberkörper nach vorne, ein Lichtschein drang durch den Stoff und machte die Umrisse seines anmutigen Antlitzes sichtbar. »Mòndarcai ist der Feind, der zuerst bekämpft werden muss. Er und seine Orks, die er um sich geschart hat. Alleine, dass er sich mit diesem Abschaum abgibt, zeigt seine wahre Natur.«

Gata freute sich, dem Mysterium auf die Spur zu kommen. Ohne die Hilfe des Ganyeios wäre sie niemals an diese Informationen gelangt. »Wer war sein Vater?«

»Sofern die Geschichten und Gerüchte stimmen, soll es Carmondai gewesen sein.« Der Alb setzte sich wieder gerade hin. »Ihr habt von ihm gehört, denke ich? Auch wenn es mehr als eintausend Zyklen her ist, dass er eine Rolle im Geborgenen Land spielte.«

Gata war sich nicht sicher. Sie wusste von einem Alb, der geholfen hatte, den von einem Liebeszauber wahnsinnig gewordenen Aiphatòn zu besiegen. *War er nicht Zeichner und Schriftsteller?* »Ich werde nachlesen, was wichtig ist.«

»Tut das, Königin. Wir denken, Mòndarcai nutzt eine Lüge über seine Herkunft, um sich wichtiger zu machen. Um sich mit einem bekannten Namen zu schmücken. Letztlich ist er ein anmaßender Räuber, der eine Horde von niederen Scheusalen um sich sammelt.« Der Herrscher Dsôn Khamateions saß aufrecht, als sei eine Stange in ihm verankert. »Wir möchten darauf verweisen, dass Unsere Kriegerinnen und Krieger weder am Zweistromhügel noch bei der Schlacht um Brigantia eingriffen. Wir hätten Euer Heer davonfegen können, spätestens seit Ascatoîa uns eine Drachin sicherte. Das war Unser Zeichen an das Geborgene Land, dass wir friedlich und unbehelligt von euch leben wollen. Erste Geschenke der Wiedergutmachung wegen der tragischen Vorfälle um die Delegationen. Wer weiß? Eines Umlaufs mögen sich Handelsbeziehungen zwischen unseren Ländern entwickeln.«

»Welches Land meint Ihr?«

»Nun, Dsôn Khamateion ist ein eigenes Reich.«

»Im Braunen Gebirge, das die Vierten für sich beanspruchen.«

»Es gehört ihnen seit beinahe eintausend Zyklen nicht mehr. Also haben sie keinen Anspruch. Zudem fanden Wir in diesem Gebiet keinen Hinweis, dass sich jemals ein Vierter hier herumgetrieben geschweige denn gelebt hätte.« Der Ganyeios blieb freundlich, aber unnachgiebig im Ton. »Wir möchten erreichen, dass Ihr, Königin Regnorgata, das Geborgene Land davon abhaltet, Uns zu attackieren. So lange, bis wir belegt haben, an einem friedlichen Miteinander interessiert zu sein. Wir sind nicht die alteingesessenen *Schwarzaugen.* Wir betrachten viele Dinge anders.«

Gata wollte den schönen Worten gerne Glauben schenken, da dies das Geborgene Land von einer großen Last befreien würde. »Die albische Flotte, die durch das Meerestor der Ersten kam und die Zwergenfestungen vernichtete, sagte etwas gänzlich anderes.« Sie rieb über ihre Brosche. »Wie wollt Ihr das erklären? Handelsabsichten sehen anders aus.«

»Oh, die Verwunderung war auch bei Uns unermesslich! Wir haben keine Ahnung, wer die Flotte sandte. Wir riefen sie nicht, und darauf leisten Wir einen Schwur auf Unser ewiges Leben, Königin.«

»Dann vielleicht jemand Mächtiges aus Eurem Umfeld, der Dsôn Khamateion doch als Herrscherin über das Geborgene Land sieht? Gibt es einen Rat oder Kreis von Vertrauten um Euch?«

Der Ganyeios lachte zurückhaltend. »Nein. Niemand tut etwas ohne Unsere Zustimmung. Dsôn hat in der Tat eine Geheime

Kammer, die Entscheidungen fällt. Aber Wir segnen sie ab. Auch darauf leisten Wir einen Schwur.«

Gata glaubte dem sehr mächtigen Eid. *Kein Alb verspielt sein unendliches Leben.*

»Wir wollen keinen Krieg, Königin Regnorgata. Und wisst Ihr, warum es so ist?«

»Erklärt es mir.«

»Wir hätten nichts davon. Was sollen wir mit solch einem riesigen Gebiet? Tausende Meilen Land in alle Richtungen, verschiedenste Völker und Mentalitäten und Feindseligkeiten. Man muss es verwalten, überwachen, die Untertanen bei Laune halten oder Aufstände niederschlagen, sich kümmern und wieder verteidigen. Das macht viel Arbeit. Es kostet Zeit. Kein Reichtum dieses Lebens macht verlorene Zeit wett«, zählte der Alb gelangweilt auf. »Nicht einmal bei Unsterblichen. Diese Umläufe und Zyklen investieren Wir stattdessen in Kunst. In die schönen Künste.«

Nachdenklich rieb Gata die Brosche. »Mich könnt Ihr überzeugen. Aber es gibt genügend andere, die einem Alb niemals trauen. Nicht nach all den Vorfällen.«

»Das müssen sie auch gar nicht. Sie sollen uns lediglich in Ruhe lassen. Wir wählten diesen Ort abseits von allem bewusst als unsere Bleibe. Aber will das Geborgene Land einen Krieg, angeführt und getrieben von den Vierten oder einem heroischen Wesen, das nach Ruhm trachtet, werden Wir uns wehren.« Der Ganyeios sprach gelassen, seine Stimme bekam dennoch einen düsteren Unterton. »Vernichtend wehren. Mit der Drachin. Mit der Magie der Zhussa. Mit dem Geschick und Können der albischen Kriegskunst. Dagegen wären die Schlachten am Zweistromhügel und in Brigantia ein Geplänkel.«

Auch das glaubte Gata auf Anhieb. »Angenommen, ich stimme unserem Geheimabkommen zu, was erhalte ich dafür, dass ich meine Reputation aufs Spiel setze, wenn ich einen Marsch gegen Dsôn Khamateion verhindere? Ihr wisst, dass man mir und den

Dritten aufgrund der Vergangenheit unterstellen wird, heimlich so etwas wie … Sympathie für die Albae zu empfinden.«

»Das ist über tausend Zyklen her und nicht vergessen?« Der Herrscher lachte einmal auf. »Erinnert in diesem Fall daran, dass die Dritten lediglich den Anschein erweckt haben, auf der Seite der Schwarzaugen zu stehen. Heute wie damals, Königin Regnorgata, ging und geht es Eurem Stamm einzig darum, das Geborgene Land zu schützen. Haben Wir nicht recht?«

Das hat er. Gata nickte. »Ich muss den Elben, Zwergen, Menschen und Meldrith trotzdem etwas geben, das sie bekämpfen können«, sagte sie. »Eine Bedrohung, die zu bezwingen ist. Um sie von Dsôn Khamateion abzulenken.«

»Nehmt Mòndarcai, seine Ursprünglichen und die Orks.«

»Das genügt nicht«, entgegnete Gata. »Ich brauche Eure Erlaubnis, die albische Flotte in Undarimar attackieren und vernichten zu dürfen, ohne dass Dsôn etwas zur Rettung unternimmt. Als Beweis seiner Friedfertigkeit. Außerdem sagtet Ihr, die Schiffe seien nicht auf Eure Bitte hin erschienen.«

Der Ganyeios sog scharf die Luft ein.

»Dieser Kampf wird das Geborgene Land viele Zyklen lang beschäftigen. Bis die albische Flotte sowie deren verbündetes Inselreich bezwungen sind, kann ich im Hintergrund einen Nichtangriffspakt mit Dsôn Khamateion in die Wege leiten«, schlug Gata vor. »Wir packen zahlreiche Gaben als Wiedergutmachung für die Anschläge obendrauf. Das Opfer müsst Ihr bringen, wenn Ihr das Stadtreich schützen wollt. Gebt die Flotte auf. Und Undarimar.«

Eine Weile regte sich der Ganyeios nicht. Das Tuch vor seinem Gesicht hing herab, als habe er das Atmen gänzlich eingestellt und sei auf dem Thron vor Wut und Empörung über die Forderung gestorben.

Habe ich einen Fehler begangen? Gata ließ den Herrscher nicht aus den Augen und wagte es ihrerseits nicht, zu sprechen oder sich zu bewegen.

»Königin Regnorgata, Wir willigen ein«, sprach der Alb so unvermittelt, dass sie unwillkürlich zusammenzuckte. »Wir opfern die Flotte dem Geborgenen Land und stellen eine Liste aus Kostbarkeiten zusammen, die Wir als Kompensation zu zahlen bereit sind. Mögen die Leben der Albae nicht vergeudet sein und hernach eine Ära des friedlichen Zusammenlebens beginnen.« Er hob die Linke und nahm mit der anderen einen Knochendolch aus der Lehne seines Thrones, um sich einen Schnitt in der Handfläche zuzufügen. Nicht tief, um keine Sehnen und Muskeln zu kappen, aber genug, dass es blutete. »Besiegeln wir unser geheimes Abkommen, aus dem Wohlstand und Glück für unsere Länder entstehen werden, wie Wir es uns erhoffen.« Die offene Hand streckte sich aus, von der schwarzrotes Blut tropfte, genau in einen bunten Lichtstrahl, der durch eines der Fenster fiel.

Gata kam es wie das Selbstverständlichste vor, ein derart wichtiges, besonderes Bündnis mit Blut zu besiegeln. Sie erhob sich und ging zum Podest, versetzte sich im Gehen mit ihrem Dolch eine hauchdünne Wunde in der Handinnenseite. »Für Wohlstand und Glück«, wiederholte sie die Worte und schlug ein.

Der Händedruck des Ganyeios fühlte sich überraschend fest an, die schmalen Finger brachten erstaunlichen Druck zustande.

Gata fühlte leichten Schwindel und glaubte, dass die Brosche an ihrem Kragen im einfallenden Licht besonders schön aufleuchtete. »Dann ist es abgemacht, Ganyeios.«

»Das ist es, Königin.« Er ließ ihre Finger los. »Kehrt nun zurück ins Geborgene Land und veranlasst, was getan werden muss. Denkt stets daran: Wir sind nicht der Feind. Mòndarcai ist der zweifache Verräter: an uns Albae und an sämtlichen Einwohnern des Geborgenen Landes. Ziehen wir ihn zur Rechenschaft, bevor er ruchlose Taten begehen kann.«

»So halten wir es.«

»Solltet Ihr Unsere Hilfe gegen die Orks benötigen, sendet Uns eine Nachricht. Wir schicken Euch sogleich, was angemessen ist.« Der Ganyeios deutete zur Treppe. »Habt eine gute Reise, Königin Regnorgata. Unsere Kundschafter geleiten Euch sicher bis an die

Grenze. Von dort findet Ihr alleine ins Reich der Vierten.« Er erhob sich und deutete eine Verbeugung an. »Es war Uns eine Ehre. Und ein Vergnügen.«

Gata erwiderte das angedeutete Verneigen.

Euphorie machte sich in ihr breit, als sie sich umwandte, ihr Axtschwert im Vorbeigehen aufhob und auf die Stufen zuschritt, die abwärtsführten. Obwohl es ein gefährliches Abkommen für sie war, hatte sie mehr für das Geborgene Land geleistet als die restlichen vier Stämme in den letzten tausend Zyklen. *Es kommt der Umlauf, an dem ich es verkünden kann. Und dann wird der Jubel größer sein als die Bedenken.*

Mit schnellen Schritten ging sie die Treppe hinab und fand sich zu ihrer Verwunderung in einem anderen Raum wieder. Anstelle der Eierschalenumgebung wartete ein bodentiefes und zehn mal zehn Schritt großes Fenster, durch das sie auf das abendliche Dsôn blicken durfte.

Ein Vertrauensbeweis des Ganyeios! Gata trat an die Scheibe und betrachtete die vielen Lichter, die beleuchteten Fassaden und angestrahlten Gebäude, deren Farben und Formen sie nicht in Gänze erfassen konnte.

Urplötzlich schoss die vierzig Schritt lange, rostfarbene Drachin vor dem Glas in die Höhe und versperrte mit ihren ausgebreiteten Schwingen, die sie rüttelnd in der Luft hielten, die Sicht auf die Stadt. Auf Slibinas geschupptem Rücken saß die Zhussa in ihrer schwarzen Gewandrüstung und mit einem gleichfarbigen Mantel darüber. Sie grüßte Gata mit einer ausholenden Armbewegung, die ebenso spöttisch gemeint sein konnte, und deutete nach rechts.

Was soll das? Wieso …? Gata wandte den Blick in die angegebene Richtung.

Aus dem dunkelblauen Abendhimmel glitt ein zweiter Drache, der wesentlich kleiner als Slibina war und ein weiß-grünes Muster auf den Hornplatten trug. Er stieß einen Ruf aus, um einen langen grünen Feuerstoß aus dem Rachen in die hereinbrechende Dämmerung zu jagen.

Gata begriff ihren Irrtum.

Der Ganyeios hatte ihr etwas anderes zeigen wollen: Seine Zhussa hatte die Zeit genutzt, um den letzten Drachen des Geborgenen Landes mit Slibinas Hilfe zu überwältigen und zu wandeln.

Damit besaß Dsôn Khamateion mindestens zwei geflügelte Bestien, und eine davon vermochte gleißende Lohen zu speien. Sollte es sich dabei um ein Männchen handeln, könnten die Albae bald über weitere dieser tödlichen Geschöpfe verfügen.

Lorimbur, ich preise dich. Gata wich langsam von der Scheibe zurück, vor der sich die Zhussa mit einem Lachen verabschiedete und Slibina in einen Sturzflug übergehen ließ. *Niemals ist ein Abkommen wichtiger gewesen.*

* * *

Einer Axt ist gleich, was sie trifft. Führe sie stets mit Bedacht, Schwung und sicherer Hand.

Zwergische Weisheit

KAPITEL XIII

*DAS GEBORGENE LAND, BINNENMEER, 1024 N. B.
(7515. SONNENZYKLUS NACH ALTER
ZEITRECHNUNG), WINTER*

»Verdammt sei dieser Sturm!« Xanomir schwankte im Innern des Laderaums und schaffte es kaum, das Prüfwerkzeug an die richtige Stelle zu setzen. Die *Meeresklinge* hüpfte auf und ab, rollte nach rechts und links, als kämen die Wogen von allen Seiten gleichzeitig. Ohne die stützenden Ausleger wäre das schmale Schiff längst gekippt und gesunken.

»Kapitän Alreth meinte, er habe wechselweise Wellen noch nie erlebt. Eine Anomalie«, gab Buvendil bleich zurück und übergab sich zum gefühlt hundertsten Mal in den Eimer, den er griffbereit hatte. Geschickt hielt er die blonden Bartsträhnen dabei zur Seite.

»Äußerst unschön.« Xanomir hatte die Reparaturen am Tauchboot weitgehend abgeschlossen. Das einbrechende Gerüst hatte Kratzer und tiefe Dellen im dünnen Blech hinterlassen, die er mit Flickstücken absicherte. Im empfindlichen Uhrenzahnradantrieb war durch das hastige Verladen einiges durcheinandergeraten. Es war eine enorme Herausforderung, bei dem starken Seegang winzige Rädchen an die richtige Position zu setzen und gebrochene auszutauschen. »Ich lasse es sein, bis sich der Sturm gelegt hat.«

»Ist noch viel zu tun?«

Er hängte den gummierten Hammer an die Wandbefestigung, damit das Werkzeug nicht durch den Laderaum flog. »Ich habe vorhin gesehen, dass eines der Querruder einen Schlag abbekommen hat. Ich muss die Trimmung justieren, sonst wird das Auf- und Abtauchen zum Glücksspiel.« Auch Xanomir machten die schlingernden Bewegungen zu schaffen, obwohl er sich und Buvendil als seefest bezeichnete. Diese Art von Unwetter stellte eine Besonderheit dar. »Wollen wir an die frische Luft und das gute Wetterchen genießen?«, scherzte er.

»Um von Bord gespült zu werden wie Ratten?« Buvendil rülpste mit grünem Gesicht. »Nein, danke.«

Dabei hatte die Fahrt sehr gut begonnen. Die *Meeresklinge* war schneller als von Alreth vorausgesagt, und schnitt sich wie ein Messer durch die See, um ihrem Namen alle Ehre zu machen. Als die Zugdrachen gesetzt wurden, nahm das Schiff eine solche Geschwindigkeit auf, dass es den Seeleuten mulmig wurde und sie um die Stabilität des Bugs fürchteten.

Aber die *Meeresklinge* hielt und brachte sie näher an Undarimar.

Dann waren die ersten Wolken aufgezogen, vor denen es kein Entrinnen gab. Wie ein Kessel umschloss das Unwetter das Trägerschiff, und die ersten Gerüchte von Zauberei machten die Runde. Während Buvendil glaubte, dass sich Elria mit Samusin abgesprochen habe, um die Zwerge zu vernichten, ging die Mutmaßung der Besatzung mehr in Richtung der albischen Zhussa.

Xanomir glaubte nichts von alldem. Stürme traten in dieser Zykluszeit häufiger auf. Auch von dieser Art von Wellen hatte er gehört. *Ich vertraue auf Vraccas.* Er verspürte Hunger. »Ich gehe in die Kombüse. Mal sehen, was der Smutje vorbereitet hat.«

»Du denkst *jetzt* ans Essen?«

»Ich denke nicht nur daran. Ich werde es auch tun.« Xanomir nahm sich den Wachsmantel und streifte ihn über, erklomm die schlichte Treppe, die aus dem Laderaum zur Luke ins Freie führte. »Soll ich dir etwas mitbringen?«, fragte er, bevor er die Öffnung aufschob.

Buvendil würgte nur.

Die Sturmböen packten Xanomir, sobald er den grauen Lockenkopf hinausstreckte. Sie rissen ihn förmlich unter Deck hervor, krempelten ihm Wachsmantel samt dickem Wollgewand halb über den Kopf und warfen ihn gegen die Reling, noch bevor er irgendetwas zu greifen bekam.

Der Großteil der Besatzung hatte sich verkrochen. Es gab nichts zu tun, außer zu den Göttern zu beten und dem Schiff zu vertrauen. Zwei kleinere Segel blieben gesetzt, um Vortrieb zu garantieren und nicht gänzlich zum Spielball der Wellen zu werden.

Gerade noch verhinderte Xanomir, dass er über Bord geweht wurde, indem er ein Seil der Wantenbefestigung zu fassen bekam, schon ging ein eiskalter, schwerer Guss aus dem Meer auf ihn nieder. Auch wenn der Wachsmantel das meiste abhielt, spürte er die Kälte. Die schiere Menge an Wasser holte ihn von den Beinen, er prallte gegen einen Mast und klammerte sich daran fest.

Vraccas, was ist das für eine Bestie von Unwetter? Xanomir blinzelte durch den peitschenden Regen zum Ruderhaus, wo Kapitän Alreth und drei Matrosen das Steuerrad gemeinsam drehen und halten mussten, damit die *Meeresklinge* den Kurs nicht verlor. *Ich sollte ihnen helfen, anstatt mir den Magen vollzuschlagen.*

Andererseits brauchte er Kraft, um den Naturgewalten standzuhalten. *Ein belegtes Brot wird es tun, und dann los ins Ruderhaus.* Xanomir kämpfte sich von Haltemöglichkeit zu Haltemöglichkeit übers Deck und gelangte zum Heck, wo er sich durch eine Schiebetür ins Innere warf.

Das Tosen des Sturmes verlor an Wucht, dafür klapperte und knarzte es beängstigend um ihn herum. Die Besatzung stand und saß in dicken Wachssachen stumm auf dem Gang. Sie hielt sich bereit, um auf Befehl von Alreth hinauszurennen und Aufgaben zu bewältigen, damit sie heil aus dem Unwetter kamen.

Die Männer und Frauen nickten Xanomir zu und machten Platz. Ihre bleichen Gesichter rührten nicht vom Schaukeln der Wellen. *Sie haben Angst.*

Eilends verschwand er in der Kombüse, in der Olstrum damit beschäftigt war, die letzten Töpfe gegen Umherfliegen zu sichern. Der dünne Smutje trug seine fleckige Kochjacke stolz, als bestünde sie aus purem Gold. »Ah, der Ingenius. Die Kombüse bleibt kalt. Oder hast du eine Erfindung dabei, die das Kochen bei Sturm möglich macht? Ich würde zu gerne etwas zubereiten, um mich abzulenken.«

»Leider nicht. Ich bringe nur Hunger.«

»Hunger? Da leck mir Elria meinen haarigen Arm!« Olstrum schüttete sich aus vor Lachen und rückte sein gemustertes Kopftuch zurecht, unter dem helle Haarspitzen hervorstanden. »Ihr Zwerge habt einen starken Magen.«

»Nicht alle. Aber ich schon.« Xanomir bekam Brot, Käse und ein Stück gekochten Schinken zusammen mit einer duftenden, apfelgroßen Utifrucht gereicht. »Danke. Das ist genug.« Er nahm auf einem frei schwingenden Stuhl Platz, der an vier Seilen in der Decke befestigt war, was das Sitzen bei dem Hin und Her angenehmer machte. »Die Besatzung fürchtet sich?«

»Diese Art von Sturm erlebt man selten. Noch seltener überlebt man ihn«, gestand Olstrum. »Jeder kennt Geschichten über derlei Wetter. Aber mittendrin stecken will man nicht.« Er fing einen großen Topf, der aus der Verankerung sprang. »Außer der kleine Fridgatt. Der hatte mit Beginn des Unwetters die beste Laune von allen.«

»Oh, wie ungewöhnlich.«

»Sagte ich auch zu ihm. Doch er meinte, er blühe bei Sturm auf. Es könne gar nicht genug schaukeln. Stammt wohl aus einem Meerreich. Verrückter Knirps.« Olstrum sah dem Zwerg glücklich beim Essen zu. »Wie du solch einen Appetit haben kannst.«

Xanomir zwinkerte ihm zu. »Sei froh. Fridgatt und ich sind wohl die Einzigen, die etwas gegen die Vorräte tun. Damit wird das Schiff leichter und kommt besser durch den Sturm.«

Olstrum lachte. »Wohl gesprochen.«

Rasch schob Xanomir sich die letzten Bissen in den Mund, sein Hunger war gestillt. »Ich gehe auf die Brücke. Mal sehen, ob Alreth meine Hilfe braucht. Er und die Rudermatrosen kämpften gehörig mit dem Steuerrad.«

»Sie werden die starke Hand eines Zwergs gerne nehmen.« Der Smutje drückte ihm noch ein Kistchen in die Hand. »Süßigkeiten. Für das Ruderhaus. Auch die Nerven brauchen Nahrung, nicht nur die Muskeln.«

Xanomir steckte es ein und machte sich auf den Weg zurück und hinaus.

Erneut warfen sich Wasser und Wind gegen ihn, wehten ihn beinahe von der Treppe, die hinauf zum Heckaufbau und Ruderhaus führten. Die *Meeresklinge* schlingerte und stampfte, verfiel durch die stetig wechselnde Wogenrichtung in leichte Drehbewegungen.

Es kostete Xanomir mehr Kraft als gedacht, bis er endlich die Schiebetür aufziehen und eintreten konnte. »Bitte, die Brücke betreten zu dürfen, Kapitän«, sprach er und wischte sich das Salzwasser aus den Augen.

Der Anblick ließ ihn seinen nächsten Satz vergessen.

Alreth und die drei Matrosen lagen mit aufgeschnittenen Kehlen auf den geölten Planken, ihr Blut rann nach rechts und links wie rotes Quecksilber. Das Steuerrad war zerschlagen, die Lenkkette vom Zahnrad entfernt. Klappernd ratterte sie durch die Ruderhalterung wie eine Säge.

»Nein!« Xanomir begriff auch nach mehrmaligem Blinzeln nicht, was er sah. Doch die Bedeutung erfasste er sogleich. *Wir sind ohne Steuer im Sturm verloren. Wir werden kentern und sinken.*

»Gut, dass du kommst. Dann muss ich nicht in den Laderaum«, sagte eine Stimme schräg hinter ihm.

Xanomir ließ sich aus einem Instinkt heraus fallen, und das Schwert surrte über ihn hinweg. Er drehte sich auf den Rücken und zog seinen Dolch; seine Axt befand sich in der Unterkunft. Vor ihm stand Fridgatt, vergnügt und mit einer blutbesudelten Klinge in der Hand. Der Matrose war kleiner und schmaler als der Zwerg. »Da staunst du, was? Hast einen Alb erwartet.«

»Warum tust du das?«

»Weswegen wohl? Ich bin Undarimarer! Ihr werdet mit der *Meeresklinge* niemals zu uns gelangen. Das Wissen um dieses lästige, lästerliche Tauchboot nimmst du mit in dein nasses Grab«, sprach Fridgatt. »Die Erfindung ist unehrenhaft! Eine Schande für die Meere!« Mit diesen Worten schlug er zu.

Vraccas und Elria! Xanomir parierte das Schwert mit dem Dolch im Liegen, der Aufprall schmerzte bis in die Schulter. Mit Fridgatt zu verhandeln, konnte er sich sparen. Dessen blutige Taten sprachen Bände. Daher blieb nur, ihn zu töten und die Besatzung zu warnen. Sie wussten gewiss, wie sie trotz zerstörter Steuerkette noch zu retten war. *Deswegen war Fridgatt guter Laune. Das Unwetter spielte ihm in die Karten.*

»Solch ein Gefährt dürfte niemals gebaut werden!« Fridgatt drosch mit beiden Händen um den Griff zu. »Und das wird es auch nie wieder!«

Geschickt tauchte Xanomir unter dem Hieb weg. Das Schwert hackte durch die Brust des Kapitäns in die Bohlen und steckte fest. Ohne zu zögern, stach Xanomir in die Innenseite der Oberschenkel, was Fridgatt zu anhaltendem Schreien brachte. Ächzend versuchte er, nach dem Zwerg zu treten, aber die durchtrennten Muskeln gaben nach, und er fiel zu Boden.

Genau wie Xanomir und die Leichen seiner Opfer rutschte und rollte der Undarimarer hin und her, aus den tiefen Stichwunden sprudelte Blut. »Ich bekomme dich«, verkündete Fridgatt matt und wollte das Rapier einer Matrosin ziehen. »Danach steige ich in den Laderaum und töte deinen Freund.« Doch ehe er die Waffe an sich bringen konnte, brach er über der Frau zusammen und lag still.

Xanomir rappelte sich auf, als die Tür von außen aufgeschoben wurde.

Olstrum stand durchnässt auf der Schwelle, starrte zuerst verwundert, sodann entsetzt ins Ruderhaus. »Bei den Dämonen der Untiefen«, stieß er aus. »Was …?«

»Fridgatt. Ein Saboteur und Mörder. Aus Undarimar«, fasste

Xanomir atemlos zusammen. »Ruf die anderen! Wir müssen uns überlegen, wie wir die *Meeresklinge* auf Kurs halten.«

Doch Olstrum schüttelte den Kopf. »Ich kam, um Alreth zu berichten, dass uns der Laderaum vollläuft. Dein Freund Buvendil entdeckte mehrere Löcher, die geschlagen wurden.«

»Fridgatt! Dieser undarimarische Hundsfott. Er leistete ganze Arbeit.«

Xanomir steckte seinen Dolch weg. »Was nun?«

Olstrum sah auf die Leichen. »Ich nehme an, dass der Kapitän befohlen hätte, dass du und dein Freund euch ins Tauchboot setzen und wir euch zu Wasser lassen«, sprach er gefasst. »Ihr müsst nach Arima und die albische Flotte versenken. Jetzt erst recht. Für diese Heimtücke soll die ganze Insel brennen!«

»Und was wird aus euch?«

Der Smutje lächelte gequält. »Ein Seemannsgrab. Direkt hinab in Elrias Arme.«

»Nein!«

»Die Beiboote sind Nussschalen in so einem Unwetter. Wir sterben so oder so. Aber wir gehen gemeinsam mit einem einmaligen Schiff und dem besten Kapitän unter, den man sich wünschen konnte.« Olstrum packte Xanomir am Kragen. »Hinaus mit dir und runter zu deinem Freund. Mach das Tauchboot klar, wir lassen es zu Wasser.«

»Aber –«

»Es gibt keine Zeit zum Zögern! Sonst ist unser Tod wertlos.« Olstrum bugsierte ihn unsanft aus dem Ruderhaus und schaffte ihn die Stiegen hinab aufs Deck und warf ihn beinahe in den Laderaum. »Sobald ihr fertig seid, steigt ihr hinein. Dann hieven wir euch raus«, sagte er. »Vraccas und Elria seien mit euch.«

Dann hastete der Smutje davon. Gleich danach gellte die Signalpfeife des Maats durch das Tosen des Windes. Ohne ein Wort zu sagen, arbeiteten Buvendil und Xanomir Hand in Hand, beluden das Tauchboot rasch mit Werkzeugen, die sie brauchten, um letzte Reparaturen abzuschließen. Unter Wasser.

»Wenn sie uns misslingen, saufen wir ab.« Buvendil sprach aus, was Xanomir dachte. »Wie die *Meeresklinge.*«

»Vorher bringen wir den Schwarzaugen den Tod und rächen Alreth samt der Mannschaft.« Er schwang sich über den Rand des Einstiegs und prüfte die Verschraubungen an der Klappe. »Die Luke wird halten. Rein mit dir!«

»*Diese* Luke wird halten. Hoffen wir, dass es bei den anderen ebenso ist.« Buvendil zwängte sich an ihm vorbei hinab in den Stahlblechbauch. »Bereit«, schallte seine Stimme hohl aus dem Heck.

Xanomir blickte hinauf. Die Ladeluke über ihnen öffnete sich, und drei Seile mit Haken wurden herabgelassen. Olstrum sah über die Kante zu ihm und warf noch ein Kistchen mit Süßigkeiten hinab, salutierte zum Abschied.

»Es war mir eine Ehre«, sagte Xanomir und grüßte mit dem letzten Geschenk des Smutjes, stieg die Sprossen hinab, schloss die Luke und verriegelte sie. Eine kleine Öllampe sorgte mit ihrem Spiegel für genügend Licht für die Zwergenaugen.

Gleich darauf schepperte und hämmerte es. Aus dem wankenden Stehen wurde ein beinahe sanftes Schweben, bis das Tauchboot ruckartig aus spürbarer Höhe abwärts fiel und im Meer einschlug. Da wussten Xanomir und Buvendil, dass der Lastkran gebrochen war.

Je tiefer sie sanken, umso ruhiger wurde das Geschaukel.

Stille breitete sich aus, bis das stete Ticken des Uhrwerkantriebs und das Atmen der Freunde die einzigen Geräusche waren.

Wir werden euch rächen. Xanomir sah auf den Kompass und nahm Kurs auf Undarimar.

* * *

DAS GEBORGENE LAND, KAISERREICH GAUTAYA, 1024 N. B. (7515. SONNENZYKLUS NACH ALTER ZEITRECHNUNG), WINTER

Stémna eilte auf ihren eigenen Stiefelspuren zurück durch den Wald, in dem sich das Versteck jener orangefarbenen Federn befand, denen sie befehlen konnte. Mit einem abgebrochenen Tannenast verwischte sie die Abdrücke hinter sich. Der einsetzende leichte Schneefall würde bis zum Morgengrauen die letzten Spuren bedeckt haben.

Es war tief in der Nacht. Der Mond stand hoch und leuchtete ihr bei dem unerlaubten Ausflug. Daher benötigte Stémna keine Laterne, sondern sah durch das reflektierende Weiß des Schnees sogar zwischen die dichten Bäume.

Stémna hatte aus dem geheimen Federvorrat zwei Dutzend mitgenommen. Noch gut vierzig Stück lagerten an diesem Ort. Damit fühlte sie sich gut abgesichert gegen alles, was ihr größere Probleme als ein Wortgefecht oder eine Handgreiflichkeit bereiten konnte. *Ich liege gut in der Zeit. Bin sogar schneller, als ich dachte.*

Mit einem dicken Wollmantel und einem Schafsfell darüber schützte sie sich vor der Kälte, darunter trug sie das schlichte hellbeige Gewand, das sie von ihren Herren bekommen hatte. In weniger als anderthalb Sanduhren läge Stémna in ihrem Bett in der engen Kammer, die sie für sich alleine hatte. Als höchste Sklavin im Haus von Tithmar von Waidenstein, wo sie unter dem Namen Elora bekannt war.

Ihre Wirkungsstätte war ein Gutshof, dem das nahe Dorf Waidenheim mit um die fünfhundert Seelen gehörte und das in Leibeigenschaft zur Familie Waidenstein stand.

Hatte Stémna zunächst angenommen, sie müsste Kindermädchen spielen oder die Gesellschafterin für die gelangweilte Gemahlin von Tithmar geben, wurde ihr am zweiten Umlauf nach ihrer Ankunft bewusst, dass sie die Bestraferin war. Von der Hand einer Doulia ausgepeitscht, mit einem Stock gezüchtigt oder bei Arbeiten beaufsichtigt zu werden, war eine zusätzliche Erniedrigung der Leibeigenen des Dorfes.

Die Grausamkeit des grobschlächtigen Gutsherrn machte auch vor seinen zahlreichen Kindern nicht halt. Da sie ihn liebten und vergötterten, wie er glaubte, musste Stémna die Bestrafungen schon bei geringsten Verstößen gegen die Regeln vornehmen. Somit blieb der Vater frei von Rachegefühlen seines Nachwuchses, während die Mutter Helka bei dem Anblick des Leids zitternd aus dem Raum rannte.

Als einstige Botin der weißen Drachin war Stémna alles andere als zimperlich. Aber die striemigen Rücken, die zahlreichen verheilten Platzwunden, die Brüche an Zehen und Fingern der drei Jungen und sieben Mädchen im Alter von sechs bis vierzehn Zyklen zeigten, dass Tithmar schon immer von höchst grausamer Natur gewesen war. Er blieb bei den Bestrafungen anwesend, ganz gleich, ob im Dorf oder in der Familie, weidete sich an dem Leid, dem Weinen, dem Flehen, dem Blut und den Tränen, die auf den Boden tropften.

Wie hält seine Gemahlin das aus? Stémna eilte auf den Waldrand zu. *Und wie schafft der Widerling es, dass ihn noch keiner umbrachte? Weshalb legen die Dörfler nicht die Arbeit nieder und gehen einfach? Vogelfrei zu sein, wäre das bessere Los.*

Sie hatte nicht vor, lange in den Diensten der Familie von Waidenstein zu bleiben. Auch wenn sie eine gute Doulia sein wollte, konnte sie gegenüber Gubnara im fernen Hauptquartier in der Provinz Grasentin anbringen, dass sie die Ausbildung nicht durchlaufen hatte, um eine bloße Schinderin zu sein. Dazu eigneten sich Doulia mit weitaus geringerer Qualifikation ebenso gut.

Stémna warf den Ast weg und verließ das Unterholz, um auf das verschneite Feld zu treten.

Ein Pferdeschnauben erklang keine vier Schritte entfernt, gepaart mit dem leisen, ungeduldigen Winseln von Hunden. *Verdammt!* Sie wandte den Kopf und machte sich klein, um nicht entdeckt zu werden. *Ein Jäger?*

»Versteck dich erst gar nicht.« Tithmar saß auf dem Rücken eines Apfelschimmels, gegen die Kälte mit dickem Mantel, ohrenhohem Kragen und einer Fellmütze eingepackt. Die beiden Bluthunde Snaig und Snog lagen zu den Füßen der Stute und blickten sie wachsam an. »Gerade wollte ich sie loslassen, um dich aus dem Wald zu treiben. Was tust du mitten in der Nacht ohne meine Erlaubnis, Elora?«

»Herr, verzeiht mir.« Stémna verfiel in die eingeübte Unterwürfigkeit, die man von ihr erwartete. »Ich bin mondsüchtig. Wenn er voll und rund am Himmel steht, kann ich nicht schlafen und muss hinaus. Meistens merke ich davon nichts, bis ich an einem fremden Ort erwache.«

»Soso.« Tithmar deutete an ihr herab. »Perfekt gekleidet für eine Wanderung? Vermutlich sogar mit Proviant?«

»Kein Proviant, Herr.« Stémna neigte das kahle Haupt, das sich unter der Mütze immer noch fremd anfühlte. Eine letzte helle Strähne, verlängert mit schwarzem Rosshaar, lief von der Stirn über den Kopf bis in den Nacken. »Habt Dank, dass Ihr Euch Sorgen um mich machtet. Und nach mir suchtet.«

»Sorgen? Nein. Ich dachte, du wärst geflohen.«

Sie hoffte, ihr Entsetzen gut genug zu spielen. »Herr, ich bin eine Doulia! Ich lebe, um zu dienen, und das mit ganzer Hingabe, wie Ihr wisst und gesehen habt. Keine von uns würde die hohen Herrschaften hintergehen.« Erneut zeigte sie zum vollen, kreisrunden Nachtgestirn. »Er trägt die Schuld. Vergebt mir. Ich hätte Euch davon unterrichten sollen, doch ich ahnte nicht, dass der Zwang in dieser Nacht so stark sein würde. Ich erwachte aus seinem Bann und befand mich auf dem Weg zurück zu Euch.«

Tithmar regte sich im Sattel nicht. »Deine Erklärung erscheint mir schlüssig.«

»Das ist sie, Herr.« Stémna ging näher, vorbei an den leise knurrenden Hunden, und küsste den Stiefel des Mannes. »Ich werde mich in Zukunft anbinden. Damit ich Euch keinen Ärger mehr bereite.«

»Das ist eine gute Eingebung.« Tithmar betrachtete sie von oben herab. »Du fragst dich nicht?«

»Woher ich diese Mondsucht habe? Nun, meine Mutter –«

»Wieso ich überhaupt bemerkte, dass du fort bist.« Er schob Stémna mit der Sohle von sich weg.

»Nun, da Ihr es ansprecht, Herr. Ihr hattet mich gehört, denke ich. Oder Snaig und Snog schlugen an.«

»Nein. Ich wollte dich pflügen. Deine leuchtenden, orangefarbenen Augen bringen mich fast um den Verstand.« Tithmar lachte leise. »Meine Gemahlin hätte dabei zusehen sollen, damit sie sich merkt, wie ich es mag.«

Stémna war froh, einen Schal vor dem Gesicht zu tragen, und senkte den Kopf, damit ihre Augen sie nicht verrieten. »Ich brachte Euch um das Vergnügen. Das tut mir aufrichtig leid, Herr.«

»Mir auch.« Langsam nahm er ein aufgewickeltes Seil vom Sattelknauf. »Und deswegen werde ich dich bestrafen. Damit wir schneller nach Hause gelangen, werde ich dich hinter mir herziehen. Eine Schlittenfahrt ohne Untersatz.« Tithmar betrachtete sie. »Es darf keinesfalls ein Spaß für dich sein. Zieh dich aus.«

Stémna nickte devot. »Gewiss, Herr.« Langsam öffnete sie die Mantelschließe. »Das habe ich verdient.«

»So sehe ich es auch. Es sind keine sechs Meilen, die du geschleppt wirst. Wenn du Glück hast, liegt über dem Schnee keine Eisschicht, die sich durch deine Haut schneidet wie geborstenes Glas.« Tithmar richtete sich im Sattel auf und blickte westwärts. »Ah, ich mache vielleicht einen Umweg. Durch den Teifbach. Das wird dich erfrischen.«

Stémna legte das Fell, danach den Mantel gefaltet in den Schnee und öffnete das darunterliegende hellbeige Gewand. »Wie Ihr denkt, Herr.«

»Sobald wir zu Hause sind, wirst du hierher zu Fuß zurückkehren und deine Kleidung holen. Sie war teuer. Ich will nicht, dass ein Holzfäller sie seiner hässlichen Frau mitbringt«, sagte er und formte eine Schlinge für ihre Handgelenke. »Es hilft vielleicht gegen deine Mondsucht, Elora. Und wenn nicht, ist es eine Entschädigung für mein entgangenes Verlangen.«

»Wie recht Ihr habt, Herr.« Stémna bückte sich und tat, als wollte sie ihre Stiefel öffnen. Dabei löste sie den Sattelgurt unter dem Bauch des Pferdes und schob ihn leicht an, sodass der Reitsitz mit Tithmar zur Seite kippte.

Fluchend landete der grobschlächtige Gutsherr im Schnee.

Stémna packte die Zügel des scheuenden Apfelschimmels, drehte ihn schnell und zog ihn nach vorne, schlug mit der flachen Hand auf dessen Kehrseite, so fest sie konnte.

Die Stute wieherte erschrocken und trat nach hinten aus. Der rechte Hinterlauf zuckte mehrmals, der beschlagene Huf knallte Tithmar gegen die Brust und ins Gesicht, ließ sein Blut in den Schnee spritzen. Die Hunde sprangen aufgeregt umher, bellten und wussten nicht, was zu tun war, kreisten um ihren zuckenden, röchelnden Herrn, dessen Züge völlig entstellt und deformiert waren. Nach einem letzten Schütteln lag Tithmar still.

»Braves Mädchen«, lobte Stémna und streichelte die weichen Nüstern des Apfelschimmels. »Hast du gut gemacht.« Keinesfalls ließe sie sich von diesem Abschaum zu Tode schleifen. »Snaig, Snog: Sitz!«

Die Bluthunde folgten ihrer Anweisung.

Schnell zog Stémna sich an und legte dem Toten die vorbereitete Schlinge um die Handgelenke, um den Anschein zu wecken, er sei zuvor gefesselt gewesen. Danach schrieb sie mit seinem Blut in großen Lettern in den Schnee und kleiner auf den Sattel: *Das Ende eines Schinders. Dies ist erst der Anfang! Freiheit für den Norden!* Zur Sicherheit entblößte sie die Brust des Mannes und ritzte ein willkürlich ausgedachtes Symbol in die Haut, rammte ihm den eigenen Dolch durchs Herz.

Perfekt. Stémna richtete sich auf. Mochten sich der Statthalter und die Garde Gedanken darüber machen, welche Art von Gesindel sein Unwesen gegen die Gutsherrschaften in der Umgebung trieb. Snaig, Snog und die Stute scheuchte sie davon. Früher oder später würden sie zum Hof zurückkehren.

In schnellem Schritt ging es auf den tiefen Pferdespuren durch den Schnee zurück zum Gehöft, das sie alsbald erreichte. Übers Dach stahl sie sich in ihre dunkle Kammer, zog hastig die dicke Kleidung aus und schlüpfte unter die Decke. Müdigkeit breitete sich aus, die Wärme und die Anstrengung machten sie schläfrig.

Niemand würde sie verdächtigen, mit dem Vorfall etwas zu tun zu haben. Zum einen war sie eine Doulia, loyal, unterwürfig, zum Dienen geboren; zum anderen hatte sie aufgrund ihrer privilegierten Position keinerlei Grund, mit der ominösen Mörderbande gemeinsame Sache zu machen. *Anders als geplant.* Stémna blickte eindösend hinaus zu den kaum mehr rieselnden Flocken vor ihrem Fenster. *Aber gut zu Ende gebracht. Und die Nachricht aus Blut wird auch noch –*

»Ist er tot?«, erklang eine leise Stimme, in der Angst und Hoffnung mitschwangen.

Stémna erstarrte unter der Decke. *Helka!* Die Gutsherrin saß im Dunkeln der Kammer und hatte offenbar gewartet, dass Tithmar zurückkehrte, um zuzuschauen, wie ihr Gemahl die Doulia pflügte. *Er hat es sogar erwähnt.* Stémna ärgerte sich über ihre eigene Nachlässigkeit.

»Ja, ist er«, antwortete sie ehrlich und richtete sich auf, ihre rechte Hand schloss sich um den Dolch, den sie an der Bettkante verborgen hatte. Auf die Leiche einer Gutsherrin kam es auch nicht mehr an. Sie hätte den Tod für ihre Widerspruchslosigkeit in den vielen Zyklen, anstatt ihrem Mann Einhalt zu gebieten, vielleicht sogar verdient.

»Gut.« Klackend öffnete sich die Tür, Lichtschein fiel von draußen herein, als Helka auf die Schwelle trat. »Ich werde schweigen und dir ewig dankbar sein.« Sie ging hinaus, ihre Schritte entfernten sich.

Stémna lachte einmal leise auf und ließ sich zurück ins Kissen sinken.

***

DAS GEBORGENE LAND, BRAUNES GEBIRGE, BRIGANTIA, 1024 N. B. (7515. SONNENZYKLUS NACH ALTER ZEITRECHNUNG), WINTER

Rodana schlich sich vor der Zwergenfestung durch die Zeltstadt, die klein und kleiner wurde. Zum einen zogen etliche Truppen der Meeresanrainer ab, um die Küsten gegen Undarimar und die verbündeten Albae zu schützen, zum anderen bevorzugten nicht wenige einen trockenen, warmen und windgeschützten Platz im Reich der Vierten. Einiges erinnerte noch an die brigantinische Herrschaft, aber die Zwerginnen und Zwerge verbrannten ganze Wagenladungen der alten Einrichtung auf dem freien Feld und in den Kaminen der Schmieden.

Das rege Treiben lenkte die Anwesenden ab, und Rodana konnte sich unbehelligt in ihrem langen Kapuzenumhang durch das Lager bewegen. Ihr Ziel hatte sie klar vor Augen: die Unterkunft des frisch aufgestiegenen Magus, der den Aufenthalt außerhalb des Braunen Gebirges bevorzugte und sich gleich sechs große Besprechungszelte hatte zusammenlegen lassen. Darin residierte er abseits von allen beinahe königlich. Bis sämtliche Unterredungen zum weiteren Vorgehen abgeschlossen waren, wollte Mostro verweilen, anstatt sich nach Rhuta zu begeben.

Er hält sich für unfassbar wichtig. Rodana duckte sich hinter einen Unterstand und entging damit einer Truppe lachender Gardisten. Entdeckte man sie, wanderte sie umgehend zurück in die Zelle, aus der sie ausgebrochen war. Sie hatte Gatas Dolch mit Geschick am

Boden zerbrochen und die Eisenstückchen wie Dietriche benutzt, um das Türschloss zu überlisten. Die Gardisten stapften durch den frischen Schnee an ihrem Versteck vorbei und freuten sich auf einen Schluck besten Bieres, das aus dem Sinterreich herangeschafft worden war. *Verschwindet und trinkt. Ich gehe derweil meiner Rache nach.* Rodana wartete ab, bis sie sich entfernt hatten.

In ihrer Zelle hatte sie vernommen, wie sich die Wachen darüber unterhielten, dass Mostro sich neue Anklagepunkte für sie ausgedacht hatte, um ihr den Prozess zu machen. Er war besessen davon, sie nicht ungestraft dafür zu lassen, dass sie ihn damals im Reisewagen verprügelt hatte, doch dafür allein konnte er sie nicht zur Rechenschaft ziehen.

Niemals lasse ich mich für Taten bestrafen, die ich nicht beging. Rodana hielt den halb zerstörten Dolch unter dem Mantel fest. In vier Umläufen wären die Unterredungen abgeschlossen und Mostro würde abreisen, hieß es. Das wollte sie verhindern – durch seine Ermordung.

Er war schuld an Chòldunjas Tod. *Er und der Omuthan, der den Rhamak rief, den sie aufhalten wollte.* Die Schuldigen mussten vergehen, ohne eine Gelegenheit, sich aus der Verantwortung winden zu können. Dass sie an den Omuthan herankam, bezweifelte Rodana. Dafür war er zu gut in seiner Zelle bewacht und umringt von seiner Familie. *Versuchen werde ich es. Nachdem ich den Famulus für seine unendlichen Lügen bezahlen ließ.* Angst vor seinen magischen Kräften hatte sie nicht. Ein schlafender Magus war leicht zu töten. *Er wird es nicht einmal bemerken, bis seine Seele aus ihm fährt.*

Schnell pirschte sie weiter. Nach dem Mord würde sie vielleicht in ihre Zelle zurückkehren und voller Genuss vom Tod des Magus erfahren, während sie die Ahnungslose spielte.

Sie erreichte die äußerste der sechs beleuchteten Jurten, lauschte, schlich gebeugt einmal drum herum, horchte auf Geräusche und Stimmen aus dem Innern. Die Dienerschaft regte sich über die Sonderwünsche ihres Herrn auf. Es wurde Geschirr gespült und Essen zubereitet, wie das Klappern, der Duft und der Rauch aus den Blechschornsteinen verrieten.

Rodana zählte ein halbes Dutzend Menschen, die sich um Mostros Wohl kümmerten. *Ich muss gut achtgeben, damit mich keiner bemerkt.*

In dem größten seiner drei Wohnzelte erklang Mostros Stimme gedämpft durch die dicke, helle Segeltuchplane. Den Schatten nach unterhielt er sich mit einem anderen Mann und ging dabei wichtigtuerisch auf und ab; in der Rechten hielt er einen Pokal, aus dem er gelegentlich trank.

Hab ich dich! Rodana trennte das feste Tuch hinter einem Schrank gerade weit genug auf, dass sie sich geduckt in die Wärme schieben konnte, und blieb hinter dem Möbel in Deckung. *Jetzt muss ich nur noch abwarten, bis er alleine ist.*

»… schnell ein erstes Können einstellen, geschätzter Hantu?«

Rodana runzelte die Stirn. *Ich habe mich wohl verhört.* Vorsichtig sah sie an der Seitenwand des Schranks vorbei.

Im Stuhl flegelte ein junger gauragonischer Soldat in bequem geöffneter Uniformjacke, der Mantel, Helm und Wehrgehänge abgelegt hatte. Er machte nicht den Eindruck, als benähme er sich gegenüber einer höherrangigen Person angemessen. »Ihr habt die Übungen gemacht, die ich Euch empfahl? Um den Geist zu lockern und zu leeren?«

»Wie kann man seinen Geist leeren?« Theatralisch warf Mostro eine Hand in die Luft. Er hatte einen bunt bestickten Hausmantel angezogen, die welligen Haare perfekt gelegt und das Federkielbärtchen frisch getrimmt und gepflegt. »Es ist unmöglich, nicht an irgendetwas zu denken!«

»Ihr werdet es lernen. Dann seid Ihr bereit für die nächste Stufe: die Fokussierung auf den Auszug. Ihr benötigt vielleicht mehr Aquamarine und Bergkristalle? Diese helfen Euch. Gut, dass wir bei den Vierten sind.« Der Soldat, der nicht älter als siebzehn oder achtzehn sein mochte, seufzte wohlig und nahm einen Schluck aus dem dampfenden Becher.

»Ich gebe Euch Zeit bis zum Ende des Zyklus, um mich darin zu unterrichten, wie ich in die verborgenen Sphären vordringen kann, um die Wesen zu rufen, wie Ihr es vermögt. Sonst –«

»Oh, bitte! Ihr müsst mir nicht drohen, Magus.« Der juvenile Soldat lachte und prostete ihm zu. »Ich gebe mein Bestes, wenn Ihr Euer Bestes gebt.«

»Das tue ich, Hantu. Und wie ich das tue.« Mostro leerte den Pokal und stellte ihn auf einen mit Schriftrollen und Büchern vollgestapelten Tisch. »Mir ist wohler, wenn ich etwas zur Verteidigung beherrsche, das weder magische Energie benötigt noch ein Artefakt.«

Also doch! Rodana vermochte es kaum zu glauben. Deswegen hatten sie den Rhamak nicht finden können. Er hatte dank des Magus sein Aussehen gewechselt. *Als Gegenleistung unterrichtet er ihn in dieser … abscheulichen Kunst!*

Ihr Plan änderte sich.

»Das verstehe ich. Es ist besser, auf drei Beinen zu stehen«, sprach der Soldat. »Die Artefakte erwiesen sich in ihrer Mehrheit als Spielzeuge, wenn ich das anmerken darf. Abgesehen von den magischen Klingen und dieser Rüstung. Eure Meisterin –«

»Vanéra war keine Meisterin. Sie war eine schlechte Maga, die ich mit meinem bescheidenen Können übertrumpfte. Doch sie beherrschte die Kunst der Vortäuschung und des Anscheins sehr gut.« Mostro warf sich in den freien Sessel und langte nach einer Schale mit kandierten Früchten. »Wie lange habt Ihr gebraucht, Hantu? Wie vieler Zyklen bedarf es, um ein Rufer des Verborgenen zu werden?«

»Man ist niemals am Ziel«, verriet er. »Denn Ihr werdet bemerken, dass nach einer Ebene die nächste wartet. Und noch eine. Und wieder eine! Eine gefährlicher und schöner als die andere. Ein Rausch, ohne Alkohol oder benebelndes Kraut«, schwärmte er versonnen. »Diese Reisen machen süchtig, Mostro. Ich warnte Euch.«

»Jaja, das tatet Ihr. Und ich will mich dieser Sucht gerne hingeben.« Er kaute eine Handvoll Früchte und rülpste leise. »Entschuldigt. Das Menschliche verlangt nach einem Moment der Ungestörtheit.« Mostro erhob sich. »Bedient Euch. Ich bin gleich zurück.« Er verließ das Wohnzelt.

»Scheiß, solange du willst«, murmelte Hantu in seiner Jünglingsgestalt. »Es wird der Umlauf kommen, an dem ich dein Zaubererblut nutze, um in eine neue Sphäre zu gelangen, elender Geck.«

Samusin, Gott des Ausgleichs. Ich danke dir für die Gelegenheit, die du mir gewährst. Rodana kroch behutsam durch den Schnitt aus dem Zelt und eilte an den Leinwänden entlang, um das Häuschen zu erreichen, in dem sich der Abort befand. Aus der einfachen Soldatenlatrine hatte sich Mostro seinen eigenen Ort der Notdurft anfertigen lassen. *Beim Scheißen erstochen. Das verdient er!*

Nun verstand Rodana auch, weswegen der Magus nicht in die Festung umziehen wollte. Außerhalb der Mauern gab es weniger neugierige Augen und Ohren. Er konnte den Rhamak in seiner Täuschgestalt beliebig oft sehen und sich unterrichten lassen, ohne dass es irgendwem auffiel.

Rodana erreichte das schmale Häuschen vor dem Magus, der in einem teuren Zobelmantel durch Wind und Schneewehen stapfte. Leise ging sie dahinter in Stellung. Da legte sich eine raue Hand auf ihren Mund. Ein stahlharter Arm schloss sich von hinten um ihren Oberkörper und verhinderte, dass sie die Hände bewegte.

Unvermittelt roch es nach Vanille und gerösteten Nüssen. »Du kannst froh sein, dass Belîngor und ich dich gefunden haben«, raunte Brûgar ihr ins Ohr. »Sonst hätte man dich an Ort und Stelle für deinen Ausbruch hingerichtet. Liefere ihnen keinen Vorwand.«

Rodana nickte ansatzweise.

Mostro verschwand im Aborthäuschen, es rumpelte von innen.

»Du willst den Stabfuchtler umbringen. Aber das ist kein guter Einfall«, sprach Brûgar mit Rauchatem leise. »Sein Zauber schützt ihn. Mit Sicherheit.«

Sie verhielt sich still. Gegen die Kraft des Zwergenkriegers kam sie nicht an.

Der blaubärtige Brûgar stellte sich neben sie, folglich hielt Belîngor sie fest.

»Keinen Mucks!«, raunte er mit Pfeife im Mundwinkel. »Ich will von diesem Wichtigtuer nicht in irgendetwas verwandelt werden.« Rodana wurde spielend leicht angehoben und davongetragen. »Wir reden. Gleich.«

Verzweiflung breitete sich in ihr aus. So nahe hatte sie ihrer Rache und der Gerechtigkeit gestanden, und nun wurde der Moment ruiniert von zwei aufmerksamen Zwergen. *Diese Gelegenheit bekomme ich nie wieder.* Noch dazu befand sich Hantu im Zelt des Magus. Arglos, sorglos – ein einfaches Ziel.

Als Belîngor sie gute zwanzig Schritte weg von der Latrine und hinter einen Wagen getragen hatte, nahm er die Hand von ihren Lippen. Die stählerne Umklammerung blieb, damit sie nicht weglaufen konnte.

»So. Dann erzähle mal, wie dein weltenweiser Plan hatte lauten sollen.« Brûgar baute sich vor ihr auf, stemmte eine Hand in die Seite des Mantels, als schimpfte er sie aus wie eine Mutter ihr kleines Kind. »Nein, lass mich raten: den Stabfuchtler erstechen und abhauen? Nachdem Gata so viel für dich tat und ihr Ansehen aufs Spiel setzte? Ist das deine Dankbarkeit?« Er schmauchte zweimal. »Und lüg mich nicht an! Das ist mein Kombinierpfeifchen! Ich durchschaue falsche Worte!«

»Hantu ist bei ihm«, brach es aus Rodana heraus, obwohl sie etwas ganz anderes hatte sagen wollen. »Im Zelt. In veränderter Gestalt!«

Belîngor ließ sie los und machte eine entschuldigende Geste, weil er sie so hart angefasst hatte. Die Zwerge sahen sich und danach die junge Frau fragend an.

»Der Stabfuchtler und der Rhamak sollen Freunde sein?« Brûgar konnte es nicht glauben. »Und woher weißt du das?«

In Windeseile fasste Rodana zusammen, wie sie ins Zelt gekommen war und was sie belauscht hatte. »Wir drei können sie angreifen und töten. Überrumpeln«, haspelte sie. »Andernfalls wird Mostro sich mit einem Bannspruch wehren. Und vielleicht vermag Hantu eines der Sphärenwesen schneller zu rufen, als wir ahnen.« Sie lief einige Schritte in Richtung der protzigen Unterkunft und der Latrine. »Kommt! Wir dürfen keine Zeit vergeuden!«

Aber Belîngor packte sie und zog sie wieder hinter den Wagen.

»Warte, warte.« Brûgar spähte zum Abort und zog lange am Mundstück. »Er geht gerade zurück. Ich finde, wir sollten ihn auch belauschen. Dann wärst du nicht die einzige Zeugin – und zwar eine, die eigentlich in ihrer Zelle sitzen müsste. Deine Worte sind, so leid es mir tut, für andere nichts wert.«

Belîngor vollführte eine abwehrende Handbewegung. *»Es ist zu gefährlich«*, sprach er mit seinen Fingern, wie Brûgar übersetzte. *»Ein Magus, ein Rhamak, Artefakte. Wir wären schneller tot, als wir die Waffen heben können.«*

»Unsinn! Die Überraschung macht es wett!« Rodana traten Tränen der Wut in die Augen. »Bitte! Wir müssen sie aufhalten.«

»Belîngor hat recht. Wir brauchen eine Falle, damit sie sich selbst vor aller Augen überführen.« Brûgar sah dem Magus schmauchend hinterher, der an seiner Kleidung zuppelte und laut, aber schief sang. »Dazu brauchen wir Goïmron. Er ist als Einziger in der Lage, es magisch mit dem Stabfuchtler aufzunehmen.«

»Goïmron ist nicht hier! Und wer weiß, ob er noch lebt?« Rodana überlegte, ob sie den Sprint in Mostros Rücken wagen sollte. Zwergenbeine waren nicht bekannt für ihre Geschwindigkeit.

»Er lebt gewiss noch.« Belîngor machte ein beschwichtigendes Gesicht. »Bitte, Rodana. Sei vernünftig. Es ist nichts gewonnen, wenn Mostro dich töten und behaupten kann, du hättest ihn zuerst angegriffen.«

Rodana seufzte. *So kurz davor. Und jetzt kommen sie mit Vernunft und guten Argumenten.* »Wie habt ihr mich gefunden?«

»Als Gata zurückkehrte …«, setzte Brûgar an und unterbrach sich erschrocken.

»Sie war weg? Wo war sie denn?«, fragte Rodana.

»Ich meine, sie … kehrte von einer Besprechung zurück. Sie trug uns auf, dich aus der Zelle zu holen. Du stehst nun unter ihrer Aufsicht. Bis die Sache mit deiner Gerichtsverhandlung geklärt ist.« Brûgar errötete, was das Blau des Bartes und die Tätowierungen im Gesicht betonte. Er paffte so schnell, dass der Qualm wie Nebel um seinen Kopf waberte. »Gata will dafür sorgen, dass der Prozess erst gar nicht stattfindet, wie sie uns sagte. Du solltest keinen Umlauf länger eingesperrt sein.«

Belîngor wies auf zwei Splitter auf seiner Handfläche, die von Gatas Dolch stammten.

»Es gehörte nicht viel dazu, zu erraten, was du vorhast. Und ich hatte recht.« Brûgar deutete zu den sechs beleuchteten Jurten. »Eine Dummheit sondergleichen wäre das geworden!«

Rodana hatte sich in ihr Schicksal ergeben. An diesem Umlauf starben weder Mostro noch Hantu durch ihre Hand. *Samusin, ich vertraue auf dich.* »Lasst uns wenigstens zu den Zelten schleichen und die zwei belauschen, wie Brûgar es vorgeschlagen hatte. Damit ihr beschwören könnt, was ich sagte.«

Widerstrebend stimmte Belîngor zu, und sie pirschten zur Unterkunft des Magus. Sicherheitshalber löschte der blaubärtige Zwerg die duftende Pfeife, um sich nicht zu verraten.

Aber als sie dort ankamen, befanden sich die beiden Gesuchten nicht mehr dort. Sie hatten die Unterhaltung in eines der anderen Zelte verlagert.

»Suchen wir sie«, sprach Brûgar leise. »Ich bin neugierig zu sehen, wie der Rhamak nun aussieht.«

Gerade wollte das Trio weitergehen, als im ganzen Lager fröhliche Jubelschreie erklangen. Die Dienerschaft des Magus verfiel hörbar in Fröhlichkeit, klatschte, und Schattenumrisse fielen sich erleichtert in die Arme. An ein Belauschen war nicht mehr zu denken.

»Es ist wegen Goïmron!«, deutete Rodana beglückt. »Er ist zurück! Suchen wir ihn. Er muss erfahren, was sich zugetragen hat.«

»Ja, rasch zu unserem zaubernden Gemmenschnitzer! Das wird eine Freude!« Brûgar folgte, Belîngor bildete das Schlusslicht.

Kaum hatten sie das Feldlager erreicht, erfuhren sie von dem Trugschluss, dem Rodana in ihrem Wunsch aufgesessen war. Nicht Goïmrons Ankunft wurde ausgelassen gefeiert, sondern der Tod des Omuthan. Man hatte ihn und seine Getreuen tot in der Zelle gefunden, umgebracht mit vergiftetem Wasser. Das gleiche Gift, mit dem er seine Soldatinnen und Soldaten dem Rhamak geopfert hatte. Es wurde unter den Truppen spekuliert, dass es sich um einen Racheakt aus den Reihen der übergelaufenen Brigantiner handelte.

Man hat Orweyn Berengart den Verrat nicht verziehen. Rodana konnte sich ein grimmiges Lächeln nicht verkneifen. *Einer der Schuldigen an Chòldunjas Tod lebt nicht mehr.* Bei den zwei Fehlenden war es lediglich eine Frage der Zeit.

Ihr Hochgefühl blieb, bis ihr einfiel, dass nicht nur Brigantiner das Gift ins Trinkwasser des Omuthan gegeben haben könnten.

Sondern vielleicht gauragonische Wachen.

Um genau zu ein: *Ein* vermeintlich sehr junger, gauragonischer Wächter, der die Lebenskraft des Omuthan und der Seinen benötigt hatte, um ein Wesen aus einer anderen Sphäre zu rufen. *Und der jetzt bei Mostro sitzt.*

* * *

Gata erlaubte es sich, geistig aus dem Monolog Mostros auszusteigen, den er vor der Versammlung hielt, und warf einen Blick auf die Liste mit Punkten, die sie bereits besprochen hatten. Da es noch immer keinen Hinweis auf den Verbleib von Goïmron und dem doppelköpfigen Drachen Szmajro gab, hatten die Anführer der Menschen, Elben, Zwerge und Meldrith beschlossen, diesen Punkt auszusparen, bis sich Hinweise ergaben. Gata hoffte ungebrochen auf ein Lebenszeichen des Vierten.

Es blieben noch genug weitere Orte, an denen »Ordnung geschaffen werden musste«, wie Mostro es nannte, nachdem man Brigantia vernichtet habe. Ihm stiegen die Erfolge zu Kopf, vor allem, weil er sich als Vanéras Nachfolger auf einer Stufe mit Königinnen und Königen sah.

Mit dieser Ansicht blieb er allein.

Gata wusste dank Brûgar, Belîngor und Rodana vom heimlichen Treiben des Magus. Sie teilte die Ansicht, dass man ihm erst offen gegenübertreten konnte, wenn man eine Art Gegenmittel besaß. Das mochten Goïmron oder Ascatoîa sein. Oder ein passendes Artefakt. An alle drei war schwierig heranzukommen. Daher schwieg sie, so schwer es auch fiel und so gefährlich es auch war. *Eine Provokation dieses schrecklichen Menschen kann eine Katastrophe auslösen.*

Wenigstens hatte Gata durchgesetzt, dass Rodana nicht länger unter Anklage stand. Es gab keine beweisbare, rechtlich relevante Verfehlung, sondern nur eine Reihe von falschen Anschuldigungen, Unterstellungen und Missdeutungen. Obwohl Mostro maulte und stichelte, kam die Puppenspielerin frei. Auch die Aprendisa wurde posthum vom Vorwurf des Kindsmords entbunden.

Rodana hatte sogleich verkündet, dass sie bleiben wolle. Offiziell, um Geschichten für ihre Stücke aufzuschnappen und zu schreiben. In Wahrheit ließ sie den Magus und Hantu in Gestalt eines jungenhaften, gauragonischen Soldaten nicht aus den Augen. *Ich hoffe, sie lässt sich zu nichts Unbedachtem hinreißen.*

»… Eure Meinung dazu, Königin Regnorgata?«

»Mh?« Gata hob den Kopf und sah die Blicke auf sich gerichtet. Mostro saß an seinem Platz, das Sprechen hatte inzwischen Randûlas übernommen, der die Delegation des Elbenreich Tî Silândur führte. Telînâs saß neben ihm und faltete ein geflügeltes Einhorn aus zwei bunten Papierstücken. »Verzeihung, ich grübelte über Dinge.«

Der dunkelblonde Elb lächelte und deutete mit seinem schlanken Schwert auf die Karte des Geborgenen Landes, die Spitze lag auf Dsôn Khamateion. »Ich schlug vor, dass wir als Nächstes den Albae einen Besuch abstatten, um das Braune Gebirge von Dunkelheit zu befreien. Meine Kisâri betrachtet sie als die größte Bedrohung. Und da wir mit vereinten Kräften mehr oder weniger vor den Toren der Feinde stehen, böte sich die Gelegenheit.«

Gata räusperte sich und stand auf. »Genau darüber sinnierte ich«, flunkerte sie und nahm einen Zeigestab, den sie auf Arima legte, die Hauptinsel von Undarimar. »Auch dort gibt es Schwarzaugen. Acht Schiffe, leicht anzugreifen. Keine Zhussa. Keine Drachen«, fasste sie lockend zusammen. »Sie machen vielen Ländern, die rund um das Binnenmeer liegen, arg zu schaffen.« Ihre Blicke glitten zu den Vertretern der Anrainer. »Nicht umsonst wurden schon vor vielen Umläufen etliche eurer Truppenteile in die Heimat verlegt. Wir sollten dort anfangen, wo ein rascher Erfolg sicher ist.«

Randûlas blinzelte irritiert. »Aber … Dsôn Khamateion ist viel näher. Wir müssten bis zum Meer mit einem riesigen Tross quer durch das Geborgene Land.«

»*Das* ist genau der richtige Ansatz für ein weiteres aussichtsreiches Vorhaben. Es geht die Kunde, dass ein neues Banner über Kràg Tahuum weht. Sie haben demnach einen neuen Herrscher, der entschied, Mòndarcai nicht länger zu folgen. Somit hat er nicht dessen Unterstützung.« Gata zog ihr Stöckchen auf der Karte aufwärts und tippte gegen die eingezeichnete Festung. »Wir haben fünf Warwölfe, die wir zerlegen und transportieren können. Warum vernichten wir auf dem Weg nach Süden nicht die Orkfeste, die seit Zyklen für Bedrohung, Brandschatzungen und Morde steht? Mit einem Magus an unserer Seite haben wir diese Gefahr rasch ein für alle Mal beseitigt. Und wir können den Bewohnern des Geborgenen Landes einen weiteren Erfolg mitteilen.«

Leise Unterhaltungen setzten unter den Versammelten ein.

»Wieso geht Ihr davon aus, dass wir gegen Dsôn Khamateion verlieren? Sie sind viel weniger. Und wie Ihr schon sagtet, Königin

Regnorgata: Wir haben den ehrenwerten Magus Mostro.« Randûlas sah sie mit zusammengezogenen Augenbrauen ergründend an.

»Ihr vergesst Slibina, die von der Zhussa befehligt wird. Außerdem wissen wir nicht, wo Szmajro abgeblieben ist. Sollte der zweiköpfige Geschuppte zu seiner Herrin zurückgekehrt sein, haben wir zwei fliegende Bestien gegen uns.« Gata sah den Mienen an, dass man gewillt war, ihren Worten zu folgen. Daher setzte sie noch hinzu: »Und ich hörte Gerüchte, dass sich die albische Hexe auch den letzten Drachen namens Graszahn unterwarf. Mithilfe von Slibina.«

Die Unterredungen am Tisch nahmen an Lautstärke zu.

Randûlas ließ sein Schwert auf der Karte liegen. »Woher habt Ihr das?«

»Einige Bauersleute, die unseren Truppen Vorräte brachten, berichteten von einem Drachenkampf. Eine kleine gegen eine große Bestie. Da sie keine Kadaver fanden, zählte ich eins und eins zusammen.«

»Drei Drachen in Dsôn Khamateion«, stöhnte jemand leise in der Runde. »Bei Palandiell! Ein Angriff wäre Selbstmord.«

»Das wäre es«, sprang Telìnâs Gata unvermittelt bei. »Ich unterstütze Königin Regnorgatas Vorschlag. Vernichten wir Kràg Tahuum und die albischen Schiffe in Undarimar.« Er stellte das Einhorn mit Schwingen vor sich. »Die Zwerge vom Stamm der Ersten werden uns durch ihr Wissen rund um Seefahrt unschätzbare Vorteile bringen.«

Randûlas warf ihm einen bösen Blick zu. »Damit hätten wir Khamateion stets im Rücken. Sollte der Ganyeios beschließen, über die Vierten herzufallen, dann –«

»Das wird er nicht«, unterbrach ihn Gata. »Bedenkt, dass er sich in den bisherigen Schlachten heraushielt. Weder griffen seine Truppen am Zweistromhügel noch vor Brigantia ein, obwohl sie da schon die Drachen besaßen. Sie hätten uns längst vernichten können.«

Aus den Unterredungen am Tisch erwuchsen gedämpfte Dispute.

»Was schließt Ihr daraus, Königin Regnorgata?«, hakte Mostro neugierig ein, der Gewänder trug, wie es sich sonst Kaiser und Könige erlaubten. »Dass die Albae im Norden friedlich wurden, nachdem sie bei ihren Überfällen genug hoheitliches Blut vergossen haben?«

Lautes Gelächter kam nach seiner Bemerkung auf.

»Wohl kaum. Aber es könnte ein Zeichen sein, dass sie keine Bedrohung darstellen wollen«, erwiderte Gata.

»Am Ende erwarten Inàstes Ausgeburten gar einen Friedenspakt und ein Handelsabkommen?«, rief Randûlas empört. »Mit Tî Silândur wird es das niemals geben! Albae sind niederträchtig und täuschen uns, damit sie zuschlagen können, wenn wir es am wenigsten erwarten. Denkt an das Ende so vieler Delegationen!«

»Bei allem Respekt, aber sie taten es nicht, als es strategisch am besten war.« Telìnâs hielt erneut gegen seinen Vorgesetzten zu Gata. »Weswegen sollten sie es danach tun?«

»Was weiß ich, was sie planen? Es wird schon irgendein Übel sein.« Randûlas setzte sich, ließ die Schwertspitze jedoch auf dem Reich der Albae liegen. Unmissverständlich. »Wer sagt uns, dass sie ihre Drachen nicht senden, sobald wir die Schiffe bei Arima angreifen?«

»Nur eine Närrin schlösse dies aus, und das bin ich nicht.« Gata setzte sich ebenfalls. »Aber nach allem, wie sie sich bislang verhielten, halte ich es für unwahrscheinlich.«

»Wir wissen, wo Dsôn Khamateion liegt«, erhob Bendoïn Feinunz unvermittelt seine Stimme. Er war von seinem Stamm zum König der Vierten gewählt worden. »Das wussten wir schon lange. Nur wenige Orte eignen sich im Nordwesten des Braunen Gebirges zum Siedeln. Es ist kein einfaches Terrain. Wenige Wege führen dorthin, und die Schwarzaugen haben die Pfade und Passagen gewiss mit Fallen und Hinterhalten ausgestattet.« Er sah zu Mostro und fuhr sich über seinen buschigen Schnauzbart. »Ich will dir nicht zu nahe treten, aber auch du würdest unsere Verluste nicht verhindern. Ich gehe davon aus, dass wir unterwegs mehr als vier- bis fünftausend Mann verlieren. Und dann beginnt der Kampf erst. Ob wir den gewinnen können, wage ich unter diesen Voraussetzungen zu bezweifeln.«

»Für mich erscheint Königin Regnorgatas Vorschlag sehr vernünftig«, stimmte der Abgesandte Gauragons zu. »Mit der Vernichtung von Kràg Tahuum schicken wir zugleich den Orks in der Salzwüste eine Warnung. Sie werden sich fortan benehmen, weil sie wissen, dass eine neue Einigkeit unter den Reichen besteht, die in einem schlagkräftigen Heer mündet.«

Zur Unterstützung trommelten die Anwesenden mit den Pokalen und Bechern auf den Tisch. Nur Randûlas und die Elbendelegation regten sich nicht.

»Gut. Dann marschieren wir gen Süden«, fasste Bendoïn zusammen. »Im Winter fällt die Orkfestung, damit wir die Frühlingsstürme nutzen, um die Schiffe der Albae in den Häfen zu versenken und den Schwarzaugen auf Arima den Garaus zu machen.« Er blickte in die Runde. »Wer dafür ist, hebe die Hand.«

Zu Gatas Erleichterung beteiligten sich sämtliche Delegationen an dem Vorhaben.

Bis auf Randûlas. »Tî Silândur ist dagegen«, sprach er betont langsam, um seinen Worten mehr Gewicht zu verleihen. »Selbstverständlich unterstützt die Kisâri das Vorhaben. Wir stehen an der Seite der Menschen, Zwerge und Meldrith. Doch wir sehen den schlimmsten Feind für uns alle in Dsôn Khamateion und vergessen ihnen die hinterhältigen Morde nicht.«

»Edler Randûlas. Um diese Brut der Verderbnis kümmern wir uns in zwei, drei Zyklen«, versprach Mostro vollmundig und ließ sich Wein nachschenken. »Bis dahin beherrsche ich Mächte, gegen die eine Zhussa und die größten Drachen der bekannten Welt nichts aufbieten werden. Ich schwöre es Euch!«

Für sein Versprechen erhielt er lautstarken Beifall und ein freundliches Nicken von Randûlas.

Gata ahnte, woher die Selbstsicherheit des Magus stammte. Er hatte nicht von Zauber gesprochen. *Sondern von Mächten. Von den Wesen aus den anderen Sphären und der Kunst, die Hantu ihn lehrt.*

Auf einmal befiel sie Unwohlsein. Randûlas mochte sich getäuscht haben, als er meinte, der größte Feind säße in Dsôn.

***

Aus den Steinen, die man dir in den Weg legt, kannst du eine Festung bauen und von der obersten Zinne auf deine Spötter speien.

Zwergische Weisheit

KAPITEL XIV

DAS GEBORGENE LAND, VEREINTES GROSSKÖNIGREICH GAURAGON, PROVINZ FEYRNLAND, 1024 N. B. (7515. SONNENZYKLUS NACH ALTER ZEITRECHNUNG), SPÄTWINTER

Gata, Brûgar und Belîngor ritten im vorderen Teil des Heereszugs, um die neusten Meldungen der Kundschafter ohne Verzug zu erfahren. Hargorina übernahm die Führung der Dritten, die sie während der Belagerung als Anführerin zu schätzen gelernt hatten und der sie größtes Vertrauen schenkten. Meilenlang zog sich der Tross aus Kriegsgerät, Personen, Wagen und Tieren, der sich durch das Geborgene Land wälzte und gegen Kràg Tahuum strebte.

Mit dem anbrechenden Umlauf kamen sie bis auf zwanzig Meilen an die Festung heran, womit sie in die Gefahr gerieten, von versteckten Außenposten der Orks bemerkt zu werden. Daher waren die besten Spurenleser und Nahkämpfer ausgesandt worden, um die verborgenen Stellungen aufzuspüren und hochzunehmen, damit Kràg Tahuum nicht gewarnt wurde. Die Verteidiger sollten keine Gelegenheit bekommen, das Gelände der anstehenden Belagerung zu präparieren, indem sie es rasch fluteten oder andere Gegenmaßnahmen ergriffen.

»Ich wette vier Goldmünzen, dass wir die Feste binnen sieben Umläufen geknackt haben«, fing Brûgar mit seinem beliebtesten Gesprächsgegenstand an. Im Reiten stopfte er sich eine Langeweile-Pfeife, wie er sagte, bei der man sich durch verschiedene Schichten rauchte. Die aufeinanderfolgenden Aromen bildeten ein Wechselspiel am Gaumen. »Bin nochmals durchgegangen, was wir aufbieten. Und den Stabfuchtler nicht zu vergessen.«

»*Niemals*«, gestikulierte Belîngor und sah zu Gata. »*Niemand weiß genau, wie die Mauern erbaut wurden, wie die Fundamente und Tragebögen angeordnet sind. Es kann sein, dass wir uns komplett irren.*«

»Ist es nicht gleich, welche Konstruktion darunterliegt, wenn das arrogante Maguslein einen Feuerball mitten hineinsetzt?«, flötete Brûgar, während er den Tabak in den hohen Pfeifenkopf drückte. »Das durchschlägt die dicksten Quader und schönsten Stützpfeiler.«

Gata fand es bemerkenswert, wie die Freunde an jedem Umlauf etwas fanden, um Spekulationen anzustellen. Sie vermutete dahinter Langweile, um sich die Zeit zu vertreiben. Die Warwölfe lagen in schweren Einzelteilen auf unzähligen Wagen und Gespannen verteilt, die Pferde und Ochsen zogen sie beständig, aber schneckengleich vorwärts.

»Vergesst den Graben nicht«, sagte sie. »Hundert Schritt tief. Vier Brücken, die leicht gehalten werden können.«

»Richtig! Über den müssen wir auch!« Brûgar rieb sich über den blau gefärbten Bart.

»*Dann soll uns der Magus eine fünfte Brücke aus buntem Licht zaubern*«, schlug Belîngor vor. »*Wie ein Regenbogen. Das verwirrt die Bestien.*«

»Nein, bloß nicht. Etwas sagt mir, wir könnten damit unbekannte Götter erzürnen«, entgegnete Gata und bemerkte den Reiter, der sich ihnen von vorne im gestreckten Galopp näherte. »Aufgemerkt! Gleich gibt's Neuigkeiten.«

»*Gute oder schlechte?*« Belîngor setzte seine Trinkflasche an die Lippen.

»So, wie der Lange sich sputet, sind es gute.« Brûgar grinste und beendete das Stopfen. »Oh, vielleicht haben uns die Schweineschnauzen schon bemerkt und senden uns eine Vorhut, um uns zu ärgern?« Er zog seinen Kriegsdreschflegel aus der Halterung. »Ein bisschen Bewegung käme mir recht. Ich roste sonst ein.«

Der Mann trug das dunkle Grün der Kundschafter und hielt einen Zettel in der Hand, den er hoch in die Luft reckte.

»Schaut, er hat einen Wisch! Das ist gewiss Kràg Tahuums Aufgabevertrag«, sprach Brûgar glucksend. Sorgsam steckte er die vorbereitete Pfeife in seine Rauchtasche. »Man hat ihnen einen schlechten Witz erzählt, und sie ergaben sich.«

»Vielleicht den vom Ork, der einen Zwerg nach dem Weg fragt«, warf Gata ein und begrüßte den Boten, der sein Pferd vor ihnen zum Stehen brachte. »Lorimbur sei mit dir. Zeig das erst mir.« Sie ließ sich den vollgezeichneten Zettel geben. »Was sehe ich da?«

»Die Skizze des neuen Banners, Königin Regnorgata«, erstattete der Mann Bericht. »Wir sahen es von unserem letzten ausgeschalteten Vorposten der Bestien aus.«

Gata warf einen Blick darauf. Eine weiße Flagge mit dunkelblauen Runen, die sie nicht zu lesen vermochte, und einem Stern. »Hübsch. Es ist weder die einer Schweineschnauze noch die eines Schwarzauges. Oder?« Sie reichte die Zeichnung an die Krieger weiter.

»Die Banner sind auf allen Zinnen gehisst.« Der Kundschafter wischte sich mit dem Ärmel den Reif und die winzigen Eiskristalle aus dem Gesicht.

»Vielleicht zu Ehren eines hochrangigen Gasts aus der Salzsee, den sie bei sich unterbringen oder erwarten?«, vermutete Brûgar. »Mag sein, dass die Bestien einen Sinn für Zusammenarbeit entwickelten, auch ohne das Schwarzauge mit dem Leuchtspeer?«

»Zu viel Aufwand. Es sei denn, es wäre ein König.« Belîngor betrachtete die Darstellung und fuhr die Runen nach. »Ich denke, es gehört dem neuen Herrn oder einer Herrin auf Kràg Tahuum. Mit Sinn für feine Kunst.«

Gata überlegte, ob sie das Zeichen schon mal gesehen hatte. »Trug eine Bestie am Osttor im Schwarzen Gebirge nicht einmal ein ähnliches Symbol?«

»Du warst Kommandantin dort«, erwiderte Brûgar und holte die Pfeife wieder heraus, steckte sie zwischen die Zähne und sog, ohne den Tabak zu entzünden. »Woher soll ich das wissen?«

»*Ja, denke nach!*«, spornte Belîngor sie an.

Leider vermochte es Gata nicht mit Sicherheit zu sagen. In den Wachbüchern stand es vermerkt, doch diese lagerten weit entfernt in der Heimat und waren nach dem Stolleneinbruch abgeschnitten von allem. »Sei's drum. Wir finden es bald heraus.«

»In sieben Umläufen. Ich reite auch über eine Regenbogenbrücke, wenn's sein muss«, betonte Brûgar rasch. »Na? Vier Goldmünzen Einsatz.« Er schaute zum Späher. »Du vielleicht?«

»Ich … ich verstehe nicht«, erwiderte der Soldat verdattert. »Was ist mit den vier Goldmünzen? Eine Wette? Lieber nicht. Das bringt Unglück in der Schlacht.«

Gata hob den Kopf. Ihre hellen Augen hatten eine feine Rauchsäule entdeckt, die in weiter Entfernung zum Himmel kräuselte. »Das war töricht«, maßregelte sie den Kundschafter.

Die Verwunderung des Soldaten endete nicht. »Was meint Ihr, Königin? Ich soll doch setzen?«

»Nein. Den Vorposten in Brand zu stecken. Das werden die Schweineschnauzen –«

»Was? Nein. Wir haben ihn doch nicht angezündet!« Er wandte sich überrascht im Sattel um. »Außerdem lag die Stellung, die wir eingenommen haben, nicht dort.«

Aus dem dünnen grauen Faden wurden unvermittelt aufquellende schwarze Wolken, die sich auffächernd in den hellen Himmel wälzten, als wollten sie ihn einfärben. Dann bebte die Erde, sodass die Pferde unruhig wieherten und bereit zur Flucht auf der Stelle traten.

Was, bei Lorimbur, geht dort vor? Gata ließ ihren Rappen lospreschen. »Kommt! Das schauen wir uns an.«

Brûgar und Belîngor jagten ihr nach und umritten die Hügelkette, die sie vor einer frühen Sichtung aus Kràg Tahuum hatte schützen sollen. Kurz bevor die Zwergin und die Zwerge zusammen mit dem Späher direkte Sicht auf die Festung hatten, erklang ein zweifaches dröhnendes Brüllen, gefolgt von weiteren schwarzen Rauchwolken und dem Poltern einstürzender Mauern. Die heranwehende Luft war unwinterlich warm, roch nach Feuer und heißem Stein, verbranntem Leder und verkohlendem Fleisch.

Soll das möglich sein? Gata umrundete die bewaldete Erhebung und jagte durch ein flaches Bachbett und auf der anderen Seite eine niedrige Böschung mit Riesenfarn hinauf. Die langen Blätter und Stängel teilten sich, der Atem der Zwergin stockte.

Kràg Tahuum war keine uneinnehmbare Bastion mit Mauern, Türmen und Graben mehr, sondern ähnelte einem abgebrochenen, brennenden, schwarzen Zahn, der zusehends an Substanz verlor wie ein flambierter Zuckerhut beim Beträufeln mit starkem Schnaps. Die Mauern und Türme fielen in sich zusammen und stürzten in den tiefen Graben.

Der Grund für die Verwüstung schoss im Tiefflug über die Ebene vor Kràg Tahuum und spie rotes Feuer aus beiden Mäulern gegen die Orks, die in Scharen versuchten, aus der brennenden, zerfallenden Festung über die Brücken zu entkommen.

Szmajro! Gata wurde eiskalt. Der Drache demonstrierte seine Stärke und zerlegte die als uneinnehmbar geltende Bastion innerhalb einiger Überflüge. *Er ist nochmals gewachsen! Lorimbur, sieh und hilf!* Sie schätzte die Länge des Leibs auf mehr als vierzig Schritte, dazu kamen Schweif, Hälse und Schädel mit den magischen Flammenhörnern. Die riesigen Flügel wirbelten den Schnee wie ein Sturm auf, Kristalle und Flocken stiegen in langen Bahnen empor. Kurz bevor Szmajro mit der vorderen rissigen Mauer zusammenzuprallen drohte, zog er die Schnauzen hoch und glitt dicht über die Zinnen hinweg, nachdem er die Innenhöfe mit langen roten Lohen ausgefüllt hatte und die Stichflammen zusammen mit Aschewolken und brennenden Überresten der Bestien aus Toren und Schießscharten schossen. Der Flugwind wirbelte gerüstete Orks puppengleich davon, die todesmutig oder verzweifelt auf den Wehrgängen ausgeharrt hatten, um mit Armbrüsten und Pfeilen zu schießen; die großen Katapulte waren zerstört oder brannten wie der Rest von Kràg Tahuum.

Gata nahm das Fernrohr zur Hand und verfolgte, dass die Geschosse wirkungslos an den dicken rostfarbenen, schwarz geäderten Hornplatten abprallten. Nun wurden die Waffen, welche die Schiffe der Albae mit sich führten, umso interessanter. Entscheidender. *Und der vermaledeite Magus.*

Szmajro landete mit seinen Klauen zuerst an der Wand des höchsten Turms, aus dessen Fenstern und Plattform schwarze Rauchwolken zogen, schlug mehrmals heftig mit den Schwingen und brach das obere Drittel ab, das er unter sich in den Haupthof stürzen ließ. Der Geschuppte stand brüllend in der Luft und sandte erneut rasche, kurze Lohenstöße in die Ruine.

Ist das …? Gata drehte an der vorderen Linse, um die Schärfe des Fernrohres zu justieren. »Brûgar, Belîngor. Schnell«, befahl sie angespannt. »Schaut auf den Rücken der Bestie.«

»Was ist da?«

»Tut es einfach.« Sie konnte nicht glauben, was sie zu erkennen dachte. *Ich will mich nicht täuschen.* »Was seht ihr?«

»Oh, bei den Äxten von Lorimbur! Das ist der Gemmenzauberer!« Brûgar lachte schrill auf. Seine Pfeife fiel ihm aus dem Mund und landete in einer Mantelfalte. »Er ist nicht gefressen worden.«

»Nein. Er befehligt Szmajro.« Gata verfolgte den kurvenreichen Flug des Drachen, behielt Goïmron im Blick, der sich hinter einem Rückgratdorn hinter den beiden Hälsen positioniert hatte und seine Lippen bewegte.

»Eindeutig. Er lenkt ihn«, stimmte Brûgar beeindruckt zu und senkte die Sehhilfe, schaute zu Belîngor. »Ich lobe Lorimbur, dass er uns diesen Vierten sandte!«

»Es wäre noch besser, er gehörte zu uns Dritten wie Goldhand«, gestikulierte dieser zurück.

»Der heldenhafte Greis ist uns keine Hilfe.« Gata deutete begeistert nach vorne. »Dort fliegt die Zukunft. Damit haben wir alles, was wir benötigen.«

»Benötigen? Wir?« Brûgar hob die Augenbrauen. »Was tun wir denn?«

Gata lachte. »Ich meine *wir*, das Geborgene Land. Alles Böse wird mit Szmajro vernichtet. Die Albae in Undarimar, die Salzsee-orks, sonstige Ungeheuer und Scheusale, die uns das Leben schwer machen. Und sämtliche Bedrohungen von außerhalb, sofern sie jemals durch unsere Tore gelangen.«

»*Du hast Dsôn Khamateion vergessen.*« Belîngor steckte das Fernglas weg. »*Der Geschuppte kann durch die Berge fliegen und die Stadt der Schwarzaugen ebenso zerschlagen wie Kràg Tahuum.*«

»Gewiss«, nuschelte Gata dahin.

»Seht euch das an!«, schwärmte Brûgar. »Als wäre diese Festung aus Papierbauklötzchen gemacht. Sie brennt wie Zunder!« Er hob die Pfeife auf. »Der kann mir gerne Feuer geben. Aber ganz vorsichtig.«

Gata sah zum Kundschafter, der ihnen gefolgt war und nun bleich und beeindruckt neben ihnen auf dem Pferd saß und keine Worte fand. »Zurück zum Heer«, orderte sie. »Befehl an die Vorhut: Angriff auf die versprengten Orks. Die Reiterei soll sofort nach vorne ziehen. Hetzt sie, damit keins der Scheusale entkommt. Der Haupttross bleibt zurück.«

»Aber … was ist mit …?« Der Späher deutete zaghaft auf den fauchenden, brüllenden Szmajro, der zu einem weiteren Überflug ansetzte. »Wird er nicht …?«

»Wird er nicht«, versprach Gata. »Hisst unsere Banner, die Flaggen der Zwergenstämme vorweg. Das zeigt Goïmron, wer ihm da zu Hilfe kommt.«

»*Als hätte der Drache Hilfe nötig.*« Belîngor zog eine langstielige Kriegsaxt aus dem Sattelfutteral.

»Ach, ich nehme, was ich erschlagen kann.« Feixend schwenkte Brûgar seinen Kriegsdreschflegel und verstaute die Pfeife sicher. »Voran!« Er ritt aus der Deckung des Farns hinaus in die Ebene, wo vereinzelte Orks um ihr Leben liefen, ohne zu ahnen, dass ihnen der Tod entgegeneilte. »Wehe, du drängelst dich an mir vorbei.«

Belîngor folgte ihm.

Es sind solche Kindsköpfe. Gleich darauf war die Vorhut des

Heeres herangaloppiert. Mit ihr zog Gata auf die Fläche vor Kràg Tahuum und bildete eine lange, geschlossene Linie, um die entkommenen Bestien abzufangen.

Die Fahnen der Zwergenstämme und Reiche des Geborgenen Landes wehten nebeneinander an den Lanzen in der hellen Wintersonne. Das Trampeln der Hufe, das Scheppern der Rüstungen und Signale der Hörner mischten sich mit dem triumphierenden Gebrüll von Szmajro und dem entsetzten Aufquieken der letzten Orks.

* * *

Goïmron lief über die verschneite Erde hinüber zur Empfangsabordnung, die auf ihn wartete. Dabei grinste er übers ganze Gesicht, weil er das Erstaunen auf den Mienen der Zwerge, Menschen, Elbe und Meldrith bereits vom Rücken des Drachen gesehen hatte. *Vraccas, was für eine Rückkehr!*

Er hatte Szmajro nach dem Ende des Angriffs abseits des eingeebneten Kràg Tahuum landen lassen, um die Unruhe im Heer beim Anblick des riesigen zweiköpfigen Drachen möglichst gering zu halten.

Brûgar, Gata, Hargorina und Belîngor lösten sich aus den Reihen und ritten zu ihm, brachten ihm ein Pferd, damit er nicht länger laufen musste.

»Ho! Schaut und staunt! Der Gemmenzauberer wurde nun auch noch zum Drachenreiter«, rief Brûgar von Weitem und lachte. »Das Geborgene Land kommt nicht mehr hinterher, deine Heldentaten aufzuschreiben.«

»Muss es doch gar nicht.« Goïmron stieg in den Sattel und umarmte die Freunde einen nach dem anderen. Gata hielt ihn deutlich länger fest. »Wie schön ist das, euch alle lebendig und in einem Stück zu sehen! Und es tut mir leid, dass ich nicht in Brigantia erschien.«

»Du hattest wohl genug damit zu tun, Szmajro zu dressieren«, schätzte Belîngor.

»Holt er auch Stöckchen?«, gluckste Brûgar. »Tut er alles, was du verlangst? Ich wüsste da einen Famulus, den er anknuspern könnte. Nur ein bisschen. Ein winziges Flämmlein!«

Die Zwerginnen und Zwerge lachten, während sie in lockerem Schritttempo zu den Abordnungen zurückkehrten. In der Ebene nahm das Hauptheer, für das es nichts mehr zu tun gab, derweil Aufstellung. Die Vorhut und die Reiterei hatten mit den verängstigten Orks leichtes Spiel gehabt und sie im Nu niedergemetzelt. Die Wagen mit den Einzelstücken der Warwölfe, den Katapulten und sonstigen Belagerungswaffen, die Goïmron erkannte, waren innerhalb nur eines Umlaufs überflüssig geworden.

Laut jubelten die Kriegerinnen und Krieger, als sie den Vierten ausmachten, und ließen seinen Namen in Chören über das Feld rollen, schlugen gegen die Schilde und stampften rhythmisch auf.

»Und wieder vollbrachte ein Zwerg das Größte«, sprach Telìnâs mit einem Lächeln. »Ich kann sagen, dass ich dich kannte, als du noch Gemmen schnitztest, du weder Magus noch Drachenreiter warst.«

»Wir haben viel zu erzählen. Wir alle, denke ich«, begann Gata. »Doch zuerst: Geht von Szmajro eine Gefahr für uns aus, oder ist er dir ein treuer Diener?«

Goïmron fiel es bei aller Glückseligkeit schwer, nicht nach Rodana und Chòldunja zu fragen. »Er hat sich mir angeschlossen und führt meine Anweisungen aus«, erwiderte er. »Wie bei jedem wilden Wesen mag es geschehen, dass ein Drache anders reagiert als erwartet. Aber meine Magie kann ihn beruhigen.«

DAS IST UNTERTRIEBEN. DU HAST IHN UNTER KONTROLLE, sprach der Saphir in seinem Verstand. SZMAJRO MAG ES ANDERS NENNEN, ABER ER FÜRCHTET DICH UND DEINE MACHT. SCHMÄLERE SIE NICHT. SCHON GAR NICHT, WENN DIESER UNSELIGE FAMULUS IN DER NÄHE IST. ER SOLL DICH EBENSO FÜRCHTEN.

Goïmron reagierte nicht auf den lautlosen, geheimen Ratschlag. »Ich denke, ihr werdet wissen wollen, wo ich die ganze Zeit steckte?«

»Und *wie* wir das wissen wollen!«, rief Brûgar und reichte Belîngor vier Goldmünzen. »Von wegen sieben Umläufe, verdammt.«

»Außerdem würde mich interessieren, Meister Schnitzeisen, wie Ihr die Sache mit der Magie handhabt«, mischte sich Mostro ein und drängte sein Pferd durch die Reihe nach vorne. »Ich bin mehr als beeindruckt.«

ER IST NEIDISCH. UND VOLLER MISSGUNST. ZEIGE KEINE SCHWÄCHE.

»Bei einem guten Wein vielleicht, Meister Mostro.« Goïmron war das versteckte Zeichen nicht entgangen, das ihm Gata gegeben hatte. *So leicht kommst du nicht an mein Geheimnis, Famulus.* »Haben wir zunächst nicht Dringenderes auszutauschen?«

»Das werden wir.« Hargorina deutete auf die Ruine von Kràg Tahuum. »Doch zuerst sollten wir uns darin umsehen, ob wir noch Überlebende finden. Oder weißt du, welches Symbol über den Zinnen wehte, bevor du und dein … Hausdrache angegriffen habt?«

»Ich kenne so manches Weib, das den Namen Hausdrache …«, setzte Brûgar an, aber Belîngor brachte ihn mit einem Rempler zum Schweigen. Feixend nahm er eine fertig gestopfte, hohe Pfeife heraus.

»Nein. Ich dachte, es sei das Zeichen des Albs. Mòndarcai. Aber ich täuschte mich anscheinend.« Goïmron sah verstohlen hinüber zum Tross. Weder sah er Rodana noch Chòldunja. »Gut, dann lasst uns nach etwas suchen, was uns Aufschluss gibt.«

Gata gab einen Befehl, und auf das folgende Hornsignal eilten Kundschafter und Spurenleser gemeinsam mit knapp eintausend Truppen über die Nordbrücke ins Innere der zerstörten Festung. Dann neigte sie sich zu Goïmron und senkte die Stimme, während sie den Einheiten folgten. »Rodana geht es gut. Sie ist eine freie Frau und nicht länger angeklagt. Sie reist mit uns im Tross.«

Am liebsten hätte er Gata vor Freude umarmt, aber Goïmron beherrschte sich gerade noch. »Danke«, stieß er erleichtert aus. »Und Chòldunja?«

»Gestorben. Bei dem Versuch, eine Gefahr für uns alle aufzuhalten.«

Goïmrons eben noch verspürte Erleichterung erhielt einen Dämpfer. Die Nachricht vom Tod der jungen Frau warf einen Schatten auf sein Glück. Schnell wechselte er das Thema. »Was ist mit Mostro? Warum hast du mich vor ihm gewarnt?«

»Nicht hier. Das ist nur für deine Ohren bestimmt. Aber verrate ihm nichts, nicht mal ansatzweise, wie du Szmajro dazu brachtest, dir zu gehorchen.« Gata klang sehr düster. »Ich könnte nicht verantworten, wenn dir dieser Wichtigtuer den Drachen ausspannt und für seine eigenen Zwecke einsetzt.«

Goïmron hob die Brauen vor Verwunderung. »Ich habe einiges verpasst.«

»Das hast du. Gutes und Schlechtes.« Die Königin zeigte auf die rauchenden Steintrümmer, gebrochenen Säulen und Schutthügel. »Doch du hast Bestes bewirkt. Damit wurde den Truppen eine große Last genommen. Im Heer fürchteten sich nicht wenige vor der Belagerung.«

»Trotz des Magus?«

»Niemand vermochte vorherzusagen, ob seine Macht gegen die Mauern wirkt. Es machte ein übles Gerücht die Runde, dass orkische Zauberrunen in die Quader eingeritzt seien, die jeglichen Spruch dorthin zurückspiegeln, von wo er stammt.« Gata deutete auf die Ebene. »Was bei einem Feuerball oder einem Blitz aus reiner Energie keine schöne Vorstellung ist.«

»Ich verstehe.« Goïmron bändigte seine Freude, Rodana bald wiederzusehen. Auch wenn ihn Chòldunjas Tod betrübte, schlug sein Herz schnell bei dem Gedanken an die Puppenspielerin. Doch zuerst wollten die Überreste von Kràg Tahuum untersucht sein.

Die Truppen verteilten sich im Inneren, verschwanden hinter

eingestürzten Fassaden, heruntergestürzten Wallstücken, geborstenen Gebäuden und Turmtrümmern. Anhand ihrer Speere mit Wimpeln daran konnte man nachvollziehen, wo sie sich aufhielten, falls sie nach Beistand riefen.

Die Zwerginnen und Zwerge erreichten das Nordtor, stiegen ab und machten sich zu Fuß auf. Für Goïmron war das Ausmaß der Zerstörung, die Szmajro in kürzester Zeit angerichtet hatte, mitten zwischen den Trümmern noch gewaltiger und überwältigender. Die verrußten Steine strahlten die Wärme der Lohen ab.

»Welch vernichtende Bestie der Drachen geworden ist«, raunte er.

»Das kannst du laut sagen.« Gata blickte nicht weniger beeindruckt. »Szmajro hat diese Festung zerstört, als wäre es ihm leichtgefallen.«

»Das ist es auch. Er genoss es, sich austoben und satt fressen zu können, und wirkte danach nicht einmal angestrengt.« Goïmron stieg über übereinanderliegende Quader, die zu einem Turm gehört hatten. Ein halbes Stockwerk war erhalten geblieben und zeigte aufgehängte Wäsche, ein Bild an der Wand, zerschlagene Möbel und persönliche Gegenstände, darunter sogar zwei Bücher. *Wie es bei jeder anderen Zitadelle im Geborgenen Land auch wäre.*

»Unterdrücke dein Mitleid. Erinnere dich an die vielen Menschen, die den Schweineschnauzen Tribut zahlen mussten. Oder die in deren Kochtöpfen und Mägen endeten«, mahnte ihn Brûgar. Mit einem schwelenden Holzstück steckte er die Pfeife an. Der ausgestoßene Rauch roch nach Zedernholz. »Sie haben kein Mitgefühl verdient.«

»Wohl nicht.« Goïmron hatte Kinderspielzeug bemerkt. *Und irgendwie doch.*

Beim Umhergehen in der Ruine von Kràg Tahuum ohne wachsame Augen und Ohren brachte Gata ihn auf den neusten Stand, was Brigantia und die Schlacht, den Omuthan und seinen Verbündeten Rhamak, Rodana und Chòldunja sowie den entkommenen letzten Berengart und den Magus anging, der sich die Loyalität von Hantu gesichert hatte, ohne es jemandem zu berichten.

»Dass Mostro Verrat begeht, wirft ein abscheuliches Licht auf ihn«, sprach Goïmron, als Gata geendet hatte. »So ein schlechter Mensch.«

»Bei der Auswahl hatte Vanéra kein gutes Händchen. Vermutlich verschuldete er sogar den Tod seiner Meisterin. Die Spuren passten nicht zu dem, was Mostro uns über den Hergang ihres Todes berichtete«, fügte sie hinzu.

SAGTE ICH ES NICHT VON ANFANG AN? OH, ICH WARNTE DICH VOR DEM JUNGEN MANN. UND DASS ER NOCH ÄRGER MACHEN WIRD.

»Was gedenkt ihr, gegen ihn zu tun?«

»Gegen ihn? Gegen einen Magus seiner Stärke? Lass mich nachdenken.« Gata legte einen Finger ans Kinn und gab die Grübelnde, während sie den Blick langsam auf Goïmron richtete. »Wenn ich nur jemanden kennen würde, der sich mit ihm messen kann. Und der einen Drachen befehligt.«

»Ich?«, rutschte es ihm etwas zu laut heraus.

»Du bist ein Magus wie er. Und du bist mächtig. Sollte der kleine Stabfuchtler überschnappen, brauchen wir dich«, schaltete sich Brûgar schmauchend ein. Sorgsam blickte er unter Trümmer und Steinhaufen, um lebende Orks oder einen ihrer Gefangenen auszumachen. »Lass ihn einfach von Szmajro fressen.«

»So einfach ist es nicht«, gestand Goïmron.

»Du hast das riesige, turmstarrende Kràg Tahuum in einen rauchenden, ausgebrannten Steinhügel verwandelt«, gestikulierte Belîngor und lachte. *»Was sollte dich aufhalten?«*

»Gut. Was ich euch sage, muss unter uns bleiben.« Goïmron sah verschwörerisch in die Runde seiner Freunde. »Ich denke, der Nachtdrache, wie ich Szmajro nenne, gehorcht mir nur wegen der Macht meines Meeressaphirs, den ich zum Zaubern benutze. Die Aura des Edelsteins wirkt auf mich und springt über wie Elmsfeuer.« Er hatte sich bereits Gedanken dazu gemacht, und die Unterredungen mit dem Drachen ließen keinen anderen Schluss zu. »Deswegen hält mich Szmajro für einen mächtigen Magus, mit dem er sich nicht anlegen will.«

»Bei Lorimbur! Somit bleibt der Geschuppte sehr gefährlich«, argwöhnte Brûgar.

»Und ist auch nicht eben mit einem Hieb zu töten oder einem Zauber umzubringen. Ich sah, wie die magische Entladung im Gebiet der Wunder in ihn einschlug und ihn stärkte, anstatt ihn zu verletzen«, berichtete Goïmron. Gleichzeitig regte sich ein Gedanke in seinem Hinterkopf, den er nicht zu greifen bekam. *Was habe ich übersehen?*

»An Szmajros Tod zu denken, ist zu früh. Wir brauchen ihn noch. Im Einsatz gegen die Schwarzaugen auf Arima und gegen ihre Schiffe. Sie sind bestens auf Drachen vorbereitet«, warf Gata ein. »Wenn der Geschuppte dabei stirbt, umso besser.«

»Aber wir wollten doch noch gegen die Salzseeorks ziehen«, begehrte Belîngor auf. *»Wie sollen wir das ohne den Zweiköpfigen schaffen?«*

»Und was ist mit Dsôn Khamateion?«, wollte Goïmron wissen und sah am Gesichtsausdruck des schwarzbärtigen Zwergs, dass Gata etwas vergessen hatte zu erwähnen.

»Ach ja.« Gata schien es just erst in den Sinn zu kommen. »Mein Bericht vorhin war nicht vollständig.« Rasch fasste sie die Pläne zusammen, die bislang gemacht und von allen Reichen getragen wurden. »Trotzdem sehe ich den Ganyeios nicht als schlimmsten Gegner. Räumen wir zuerst im Geborgenen Land auf.«

»Du hast natürlich recht«, sagte Goïmron. »Den schwersten Gegner heben wir uns bis zum Schluss auf. Wobei die Drachen …« Da zuckte der Gedanke empor, den er nicht hatte greifen können, als es um Szmajros Tod gegangen war. *Flammenflügler! Sie durchdringen die Hornplatten!* Die Tiere nutzten ihre scharfen Schnäbel, um den Geschuppten lästige Parasiten unter der Panzerung und aus dem Fleisch zu ziehen. *Mit den Schnäbeln könnte man einen Drachen töten!*

»Habt ihr meine Sachen aufbewahrt?« Goïmrons Frage kam unvermittelt, wie er an den überraschten Gesichtern seiner Freunde sah. Er selbst traute sich diese Tat nicht zu. Er war kein Brûgar oder Belîngor, keine Hargorina, deren Oberarme dick wie zwei seiner Oberschenkel waren. Gleichzeitig gelangte niemand sonst nahe genug an den doppelköpfigen Szmajro. Ein waschechtes Dilemma.

»Hier drüben«, hallte unvermittelt ein Ruf durch die Ruine. »Überlebender!«

»Wehe, die Schweineschnauze redet nicht.« Brûgar eilte los und lief paffend auf den Wimpel zu, der zwischen den aufragenden Balken und Steinresten zur Orientierung geschwenkt wurde. Aus dem Geruch von Zedernholz war Rosmarin geworden.

»Warum sollte sie? Sie weiß, dass der Tod sie erwartet.« Goïmron setzte sich zusammen mit den Übrigen in Bewegung.

»Hast du nicht ein Mittel, um sie zu zwingen, die Wahrheit zu sagen?« Gata zog ihren Dolch. »Es würde es einfacher machen.«

NEIN. DAS IST NICHT UNBEDINGT DAS, WAS ICH VERMAG.

»Ich … müsste es versuchen.« Goïmron merkte sich den Einfall mit dem Schnabel des Flammenflüglers. Es bedurfte vorheriger verborgener Experimente, ob das Gebein wirklich durch die dicken Schuppen drang oder doch daran zerschellte wie Stahl und Eisen. Sollte es funktionieren, müsste er sich daraus eine Waffe anfertigen und sie tarnen, um sie stets bei sich tragen zu können, ohne dass Szmajro Verdacht schöpfte. *Sonst werde ich ein netter Happen. Daran dachte er gewiss schon mehr als einmal.*

Die Gruppe sammelte sich um einen mannsdicken Balken, der sich über einen Ork gelegt hatte und ihn einklemmte. Schwarzgrünes Blut und Staub haftete auf dunkelgrüner Haut und zerdrückter Rüstung. Der Ork fletschte die langen Zähne und rollte wild mit den Augen, um die Gegner auf Abstand zu halten. In der Rechten hielt er eine lange Keule, an deren Ende vermutlich vergiftete Eisenstacheln saßen, und schlug damit um sich, als könne er dadurch etwas ausrichten.

Goïmron sah das Flaggensymbol, wie es ihm Gata beschrieben hatte: Runen und Stern, eingebrannt auf ein einfaches Lederamulett, das um den Hals des Scheusals hing. *Eine neue Gottheit womöglich?* Er machte die Zwerginnen und Zwerge darauf aufmerksam.

»Wenn du uns sagst, was wir von dir wissen wollen, holen wir dich raus und lassen dich gehen«, versprach Mostro, der sich durch die Umstehenden gedrängt hatte.

»Nein, tun wir nicht!«, rief Brûgar und stampfte mit dem Dreschflegel auf. »Was mischst du dich ein, Stabfu… mächtiger Fa… Magus?«

Der eingequetschte Ork lachte. »Wie die Geier. Streitet euch um einen Todgeweihten, noch bevor er sein Leben verloren hat.« Er spuckte ihnen einen blutigen Speichelklumpen vor die Füße. »Ihr werdet sterben!«

»Durch wen? Durch die Wirkung des Gottes, dessen Zeichen du um deinen Hals trägst?«, riet Goïmron.

Mit der freien Hand umfasste der Ork schützend den Anhänger und brüllte wütend. »Ah, verraten soll ich ihn an euch! Niemals! Ich sage euch nichts über ihn und die Weissagung!«

Ehe sie jemand hindern konnte, hieb die Bestie mit der Keule gegen das obere Ende des Stützbalkens und löste ihn. Die geschichteten, schweren Steine gingen in einem tödlichen Hagel nieder und begruben den Ork; das Blut sprühte unter den Quadern hervor, bevor der lose Schutt ihn staubend verschüttete. Die Zwerge sprangen erschrocken zurück.

Das war überraschend. Goïmron sah Gata an. »Jetzt ergeben sich noch mehr Fragen. Wir brauchen einen lebendigen Ork.«

Sogar Brûgar nickte. »Leider.«

***

»Der Gålran Zhadar.
Welch Bestie! Ihr würdet ihn im ersten Moment für einen Zwerg halten. Eine gedrungene Statur, muskulös, die Unterarme dick von schwerer Arbeit, aber die Hände glatt und gepflegt, als gehörten sie einem Schreiber und nicht jemandem, der es vermag, einen Oger zu erwürgen. Seine sinistre Stimme reicht tiefer als das Grollen eines Trolls.«

Aus: Die Abenteuer von T u n g d i l G o l d h a n d,
am eigenen Leib erlitten und erlebt
in der Schwarzen Schlucht
aufgeschrieben von ihm selbst,
Entwurf eins

KAPITEL XV

DAS GEBORGENE LAND, VEREINTES GROSSKÖNIGREICH GAURAGON, PROVINZ GRASENTIN, 1024 N. B. (7515. SONNENZYKLUS NACH ALTER ZEITRECHNUNG), SPÄTWINTER

Klaey kauerte sich dicht an den Felsen, um dem schneidenden Nachtwind zu entgehen. Eine Handvoll Reisig mehr in die Flammen zu legen, um sich zu wärmen, wagte er nicht. Der Schein des Feuers reichte sonst zu weit. Der spitze Sandsteinbrocken von fünf Schritt Länge und Breite und geschätzte fünfzehn Schritt Höhe schirmte ihn und seine schlafende Truppe nur in eine Richtung gegen Blicke ab. Die flache Umgebung bot kaum Unterschlupf und Schutz vor den klirrend kalten Böen, die Wasser binnen weniger Wimpernschläge zu Eis werden ließen. Dazu gab es Kanten und Vorsprünge am porösen Stein, an denen sich die strömende Luft rieb und schrill säuselte, als schreie sie im Vorbeifliegen vor Schmerzen.

Klaey suchte ein Stück Brot aus dem Proviantsack und nagte wie eine Maus an der harten Rinde. Die Kleidung hatten er und die verbliebenen Brigantiner unterwegs mehrmals gewechselt; wintertaugliche Jacken, Hosen und Hemden hatten sie von Leinen oder aus Gehöften gestohlen. Offiziell bewegten sie sich als arbeitssuchende Tagelöhner durch das Land. In dieser Zeit gab es kaum etwas zu tun, weswegen sie ihre Herumwanderei gut mit der Suche nach Anstellung erklären konnten, wenn sie angehalten und befragt wurden. Klaey hatte seinen Leuten untersagt, sich mit Überfällen und Raubzügen rasche Münzen zu beschaffen. Nichts sollte die Aufmerksamkeit der Obrigkeit erregen.

Jeden Umlauf kamen sie weiter nach Süden, weg vom Braunen

Gebirge. Mal liefen sie, mal fuhren sie auf den Ladeflächen von Wagen und Schlitten mit, mal erwischten sie Holzflöße und ließen sich vom Gewässer mittragen. Inzwischen stand fest, dass es eine Belohnung für die Ergreifung von Klaey und seiner Truppe gab. Dem letzten Berengart sollte der gerechte Prozess gemacht werden, nachdem seine Geschwister samt deren Familien in der Haft heimtückisch durch Gift ermordet worden waren. Kolportiert wurde ein Racheakt aus brigantinischen Reihen, da Orweyn den Tod seiner eigenen Kämpfer befohlen hatte.

Ich wusste, dass es eine beschissene Eingebung war, diesen Seelenrufer zu holen. Dass ihn Schuld an Brigantias Niederlage traf, weil er den Befehl seines ältesten Bruders nicht umgesetzt hatte, wies Klaey weit von sich. Im Gegenteil: Er hatte mehr Menschen das Leben gerettet als umgekehrt. *Es hätte Brigantias Ende lediglich hinausgezögert, aber nicht verhindert. Es wird mir keiner danken.*

Leise rieselte Sandsteinabrieb von der Felsennadel hinab und hinterließ rotbunte Körnchen im zertrampelten, schmutzigen Schnee. Klaey hob den Kopf. *Eine Eule?* Die höchste Erhebung in der Umgebung war für nächtliche Greifvögel ein perfekter Spähposten, um sich auf ahnungslose Beute zu stürzen. *Oder ein Mondsperber.* Die seltenen kleinen Räuber mit silbernem Gefieder, weißem Schnabel und hellen Augen begaben sich in den Nächten auf Jagd und flogen mit den Eulen um die Wette. *So einen würde ich zu gerne sehen.*

Aber an der Sandsteinnadel zeichnete sich kein Vogelumriss ab, auch das leise Rascheln von Schwingen und das typische Rufen der Tiere fehlten. *Wie schade. Es wäre eine kleine Abwechslung gewesen. Stattdessen nur das eintönige Konzert des Windes.* Klaey senkte den Kopf – und fühlte eine spitze Klinge unmittelbar an seiner Kehle.

Über den schwarzen Tioniumschaft hinweg sah er ein kapuzenverhülltes Gesicht, das wie der Rest des Angreifers unter einem nachtfarbenen Mantel lag.

»Seltsam«, sprach die vertraute Stimme, die Klaey eine Gänsehaut verursachte, aus dem finsteren Stoff heraus. »Jedes Mal, wenn wir uns begegnen, stehen große Dinge an. Damals in Dsôn Khamateion und nun mitten im Nirgendwo.« Die Runen glommen drohend grüngelb auf. »Liegt es an dir oder an mir, dass sich unsere Wege kreuzen wie die Bahnen von Schicksalskometen?«

Die Narben in seiner Brust und am Hals schmerzten sogleich, als erinnerte sich Klaeys Körper an den Alb, der ihn hatte töten und im Tempel zurücklassen wollen. *Mòndarcai.* »Zu Tion mit dir!«

»Ich verstehe deinen Groll.« Der Alb nahm den Speer nicht um eine Haaresbreite von Klaeys Kehle. »Doch schätze dich glücklich: Dieses Mal lasse ich dich am Leben.«

Klaey hatte den Alb weder gehört noch gesehen. *Verfluchte Schattenschleicher.* »Das ist das Mindeste, da du dank mir diese Rüstung trägst und den Speer dein Eigen nennst«, sagte er trotzig.

»Du ahnst, dass ich erneut kam, um etwas zu erlangen.« Mòndarcai drehte den Kopf, was an der sich bewegenden Kapuze ersichtlich wurde; sein Antlitz blieb verborgen. »Welcher von denen ist es?«

Klaey zog die Augenbrauen zusammen. »Wer?«

»Der Rhamak. Der Seelenrufer. Der Rufer des Verborgenen, wie er genannt wird.«

Dieses Schwein Hantu lebt noch? Klaey wurde ansatzlos schlecht vor Angst, die alten Narben schmerzten stärker. Das Herz hämmerte laut in der Brust. Der Alb setzte seine Kräfte ein, um ihn einzuschüchtern. »Er ist nicht bei mir.«

»Aber alle behaupten, dass man Hantu in Brigantia nicht fand. Man sagt, du habest ihn mitgenommen, um deine Rache zu planen.« Mòndarcai wandte sich ihm zu. »Dieser Seelenrufer käme meinen eigenen Vorhaben sehr entgegen, nachdem einige meiner Unternehmungen einen … unvorhergesehenen Verlauf nahmen. Ich brauche seine Kunst dringender als du.« Die Spitze schob sich exakt an der Stelle des ersten Schnittes in die Haut. »Also? Welcher von denen ist es?«

Klaey versuchte, nicht zu schlucken. »Ich schwöre bei Cadengis und Samusin, dass sich Hantu nicht unter meinen Leuten befindet. Wo immer er steckt, er ist nicht bei mir.«

»Ich kann die Schläfer auch einen nach dem anderen töten, bis du mir die Wahrheit sagst, Berengart. Und zum Schluss dich.«

Buchstäblich im Angesicht des Todes zu sitzen, verlieh Klaey eine unvermittelte Gelassenheit und Ruhe. Es gab nichts mehr, was er tun konnte. Nicht gegen einen Alb. Auch die einschüchternden Kräfte seines Gegners vermochten nichts daran zu ändern, dass er nichts mehr zu verlieren hatte. *Es ist vorbei.* »Töte mich zuerst. Ich will nicht erleben, wie meine Leute sinnlos abgeschlachtet werden.« Als Mòndarcai nicht reagierte, warf er sich nach vorne, um seinen Hals selbst mit dem Runenspeer zu durchstoßen.

Aber Klaey fiel in die Leere, wurde von der gepanzerten Hand abgefangen und gegen die Felswand gedrückt. »Beeindruckend, Berengart. Du hättest dich wirklich selbst umgebracht.«

»Welchen Unterschied macht das?«

»Es brachte mir den Beweis, dass du nicht gelogen hast.« Mòndarcai sah erneut zu den schlafenden Männern und Frauen, die nicht ahnten, wie dicht sie vor ihrem Ableben standen. »Wohin willst du?«

»Fort vom Braunen Gebirge.«

Mòndarcai lachte leise. »Ich durchschaue dich. Du hast etwas vor.«

»Das ist einerlei. Du wirst mich töten, denn ich bringe dir keinen Nutzen.«

»Nicht unbedingt.« Der Alb gab seinen Hals frei und stellte den Speer neben seinen Fuß aufrecht, die Runen beleuchteten ihn und Klaey mit mattem Licht. »Was hattest du und deine Leute vor, bevor ich dich aufgriff?«

»Rhuta überfallen.« Klaey hatte mit einem höhnischen Lachen gerechnet, doch es blieb still in der Kapuze. »Die Gelegenheit ist günstig«, erklärte er betont beiläufig. »Vanéra ist tot, Mostro zieht mit dem Heer gegen die Orks in Kràg Tahuum. Und Famula Adelia ist auf der Rückreise vom Braunen Gebirge, wie ich hörte. Also ist es ein Leichtes, sich diesen reifen Apfel zu pflücken.« Es fehlte ihm noch, dass sich Mòndarcai ihnen anschloss oder ihm seine Idee stahl und ihm zuvorkam.

»Ich sehe, du hast einen Plan. Lass ihn mich hören.«

Klaey zog die Nase hoch und warf eine Handvoll Reisig in die niedrig brennenden Flämmchen, bevor sie gänzlich erlöschen konnten. »Die Kammer der Wunder ist der Schlüssel zum Raubzug. Wir verschaffen uns heimlich Zutritt, finden Artefakte, die uns genug Kampfkraft oder magische Vorteile verschaffen, und schlagen die fetten Wachen in die Flucht. Die sind außer Übung und keine Gegner für uns. Danach plündern wir die Schatzkammer.« Er zuckte mit den Achseln. »Wer wird uns hindern?«

Nun lachte Mòndarcai. »Unerschrocken. Frisch. Ein bisschen gedankenlos und so hanebüchen unverschämt, das Zauberreich zu plündern, dass zumindest die erste Stufe deines Planes greifen könnte«, konstatierte er. »Aber sobald Mostro und Adelia davon erfahren, fallen sie wie ein Gewitter über euch her. Bedachtest du dies?«

»Adelia ist eine Famula, die sich nicht auf Zauberei versteht. Nur auf die Handhabung von Artefakten. Mit ihr kommen wir klar. Und bis Mostro nach Rhuta gereist ist, haben wir uns längst das Beste aus der Kammer der Wunder geschnappt, Gold und Edelsteine eingesackt und sind auf Nimmerwiedersehen verschwunden.«

Mòndarcai nickte zustimmend. »Ich traue es dir zu. Diese Art von Abenteurergeist hätte dir in Dsôn Khamateion viele wertvolle Diamanten und Rubine im Tempel gebracht. Wäre ich nicht erschienen. Das Ende kennen wir ja.«

Klaey schwieg.

»Ich schlage dir einen Handel vor, Berengart«, setzte der Alb lauernd an. »Dein Leben und das deiner Leute – gegen drei Artefakte aus der Kammer der Wunder.«

Verdutzt sah Klaey auf. »Ich soll sie für dich stehlen?«

»Ganz recht. Ich hörte, dass es Abwehrzauber gegen Albae und Scheusale in der Kammer der Wunder gibt, die von außen eindringen wollen«, erklärte er. »Aber du und deine Truppe, ihr könntet es schaffen, wenn Samusin euch gewogen ist.«

»Was soll ich dir bringen?«

»Diese Kammer ist voller Gegenstände. Es kann sein, dass du lange benötigst, um sie zu finden. Ich gebe dir dafür einen Zyklus Zeit«, sprach Mòndarcai. »Danach suche ich dich auf, wo immer du sein wirst. Bis dahin habe ich Vorbereitungen zu treffen.«

Klaey horchte auf. »Welcher Art Vorbereitungen?«

»Ich muss nachdenken, nachdem einige meiner Unternehmungen einen anderen Ausgang nahmen als geplant. Du kennst das mehr als gut, nicht wahr?«

Sehr gut sogar. Klaey nahm an, dass sich der Alb an einen sicheren Ort zurückziehen würde, um die Entwicklungen im Geborgenen Land abzuwarten. *Bis Ruhe einkehrt. Und er die drei Artefakte erhalten hat. Dann wird er zuschlagen.* »Welche Dinge sind das, die ich dir beschaffen soll?«

»Hast du Papier und etwas zu schreiben?«

Klaey griff in seinen Rucksack und nahm einen Steckbrief von sich, den er unterwegs abgerissen hatte, sowie einen Kohlestift heraus.

Mòndarcai steckte den Speer in den eisenhart gefrorenen Boden, als sei er moorweich, und zeichnete mit bestechender Genauigkeit drei unterschiedliche Gegenstände aufs Papier, versehen mit Angaben zu Größe, Farbe und Material. »Du wirst sie weder selbst nutzen noch jemandem davon berichten«, schärfte er Klaey dabei ein.

»Und finde ich sie nicht?«

»Würde ich mich an deiner Stelle nicht auf ein Wiedersehen freuen.« Der Alb reichte ihm Stift und Blatt zurück. »Du magst sie nicht sehen, aber wir Ursprünglichen haben unsere Spione an vielen Orten. Du wirst nicht unbeobachtet bleiben.« Mòndarcai erhob sich, zog den Tioniumspeer aus dem Boden. »Du solltest trockene Rinde vom Reisig benutzen, um das Feuer erneut in Gang zu setzen.«

»Aber es brennt doch …«, setzte Klaey an, als die Flammen abrupt verloschen und eine undurchdringliche Dunkelheit den Lagerplatz überzog, die für zehn Herzschläge anhielt. Der Alb hatte seine Kräfte erneut eingesetzt.

Als das Mondlicht seine volle silberscheinende Kraft zurückerhielt, war Mòndarcai verschwunden. Leise fluchend pustete Klaey in das letzte bisschen Glut und bröselte Rindenstückchen hinein, die rauchend in Brand gerieten und Wärme zurückbrachten.

»Das war verdammt knapp«, hörte Klaey unvermittelt einen seiner Leute leise sagen, der sich bisher nicht gerührt hatte. Stumm gab er ihm recht.

***

DAS GEBORGENE LAND, KAISERREICH GAUTAYA, SALZSEE, 1024 N. B. (7515. SONNENZYKLUS NACH ALTER ZEITRECHNUNG), WINTER

Barbandor saß in seinem längst vertraut gewordenen Holzkäfig, der am Ende des großen Blockhauses an einem Balken aufgehängt worden war. Die Hochrangigsten aus den Reihen der orkischen Salzseestämme hatten sich hier eingefunden, um die Vermählung von Fürstin Akrosha der Köpferin und Borkon Gràc Hâl zu begehen. Vierzehn Umläufe lang.

Gerade hatte der achte Abend begonnen.

Selbst für Barbandor, der den Klang von Hammer und Amboss gewohnt war, waren die laute Musik, die Trommeln, das Grölen und Geschrei eine Herausforderung. Es gab nur wenige Zeitspannen, in denen sämtliche Bestien betrunken und berauscht in der Halle umherlagen und schliefen, wobei ihr Schnarchen sich mit dem eines Büffelbären messen konnte. Andere Scheusale gaben sich währenddessen ungehemmt ihrer Leidenschaft hin, was nicht weniger laut war. *Dinge, die ich niemals mehr vergessen werde.* Barbandor hatte gesagt bekommen, dass die Hochzeit einer Orkfürstin ohnehin etwas Bedeutendes darstellte. Dass sich Akrosha nun mit dem Geweissagten vermählte, übertraf jegliche Vorstellung. Entsprechend ausgelassen und ausschweifend ging es zu. Zu den spontanen Zweikämpfen, mal mit und mal ohne Waffen bis zur Aufgabe oder zum Tod, floss der Alkohol in Strömen. Es wurde Nahrung herangeschafft, von der sich ein ganzer Heereszug über dreißig Umläufe hätte ernähren können.

Grausam gingen die Orks mit den Sklaven und Gefangenen um, die sie im Umfeld der Salzwüste aufgegriffen hatten. Die Menschen mussten gegeneinander antreten, und die vermeintlich glücklichen Sieger standen im Anschluss betrunkenen Bestien oder deren ponygroßen Jagdhunden gegenüber. Diese Zweikämpfe gewann keiner der Menschen. Manches Fleisch auf den Tellern der Scheusale war deutlich gauragonischen Ursprungs.

Zu Tion mit Akrosha und Borkon! Barbandor hatte fest damit gerechnet, Teil des Speiseplans zu sein, gar als Nachtisch oder Höhepunkt zu enden, doch er wurde nicht angerührt. Wie ein Ausstellungsstück hing er in seinem Käfig am Balken, wurde begafft, verlacht, mit Bier und Branntwein begossen, manche pissten auch gegen ihn. Aber niemand versuchte, ihn mit einem Dolch zu stechen oder ihm ein körperliches Leid anzutun. Was wollt ihr mit mir? Barbandor lehnte sich nach vorne und umfasste zwei hölzerne Gitterstäbe mit den Händen, beobachtete das ausgelassene Treiben. Was habe ich an mir, dass ihr mich als euren Glücksbringer betrachtet?

An diesem achten Abend stand das Wetttrinken an, während draußen der Gliedmaßenweitwurf lief: Gefangenen, die zu schwach für die Kämpfe waren, wurden Körperteile herausgerissen und eine vorgegebene markierte Bahn entlanggeschleudert.

Wie die Siegespunkte berechnet wurden, interessierte Barbandor nicht. Es war der grausamste Sport, von dem er je gehört hatte.

Man sollte es mit ihnen spielen. Damit sie wissen, wie es ist. Barbandor bekam einen abgenagten Ochsenknochen sowie ein halbes Brathuhn durch die Stäbe geworfen. Ein betrunkener rothäutiger Ork versuchte, einen zu großen Humpen mit Bier durchzureichen, bis er fluchend aufgab und den Krug am harten Holz zerschmetterte.

Musikanten mit quälend quäkenden Fanfaren, Hörnern und Trombonen peitschten die Trinkenden an, Trommeln und Pauken gaben den Takt vor, in den die ganze Gesellschaft mit Rufen einfiel. Tabakqualm mischte sich zu Schweiß und dem Geruch von Gebratenem und verschüttetem Bier.

Barbandor aß das gebratene Huhn, das erstaunlich schmackhaft war, und setzte sich mit dem Rücken zum Treiben, pendelte gelegentlich, wenn jemand gegen seinen Käfig stieß, und betrachtete die herrlich ruhige, starre Wand. Gelegentlich nickte er ein und schreckte beim nächsten Stoß gegen seinen Kerker wieder hoch.

Beim vierten unsanften Erwachen bemerkte er die eingekehrte Ruhe und das heruntergedrehte Lampenlicht. Es stank noch durchdringender nach Schweiß, Essen und Pfeifenrauch, das Schnarchen dröhnte wie die Sägen von hundert Holzfällern in einer tiefen Schlucht.

»Du solltest was trinken.« Barbandor bekam einen Becher mit Wasser und einen mit Wein durch die Stäbe gereicht. »Ich glaube, dass man dich vergessen hat.«

Er wandte sich dem unbekannten braungrünhäutigen Ork zu, der einen glasigen Blick hatte. Die Wirkung von Bier und Branntwein verhinderte, dass er den Gefangenen fokussierte, gelegentlich schielte er sogar.

»Sehr freundlich von dir.« Vorsichtig roch Barbandor am Wasser, damit er keine Pisse untergejubelt bekam, und trank, schaute sich dabei in der Halle um. »Wer hat gewonnen?«

»Shrugg das Fass«, antwortete der Ork und hickste. Seine dürftige Kleidung war voller Flecken und hing schief an ihm. »Ich bin nur Zweiter geworden.«

»Dann bist du das Fässlein?«

»Nein! Ich bin Mortog der Meuchler, Bruder von Fürstin Akrosha der Braut!«, sprach er laut und schlug sich gegen die breite Brust, sodass die Ketten darauf sprangen. »Eines Umlaufs bin ich ein Fürst, der den Westen befehligt.«

»Den Westen der Wüste?« Barbandor wollte versuchen, endlich mehr zu erfahren. Ein besoffener Ork kam ihm gerade recht. *Und er ist noch dazu der Bruder von Akrosha.* »Das ist ja nicht viel.«

»Des Geborgenen Landes!«, empörte der Ork sich sogleich. »Die anderen sollen sich das alte Toboribor zurückholen, aber ich bevorzuge den Westen. Nahe am Meer. Mit Strand. Am Wasser.« Seufzend trank Mortog den Wein, den er eigentlich für den Zwerg gebracht hatte. »Das wird unbeschreiblich.«

»Ah, ihr wollt also doch das Geborgene Land erobern.«

»Borkon wird uns leiten, wenn die Zeit gekommen ist. Wenn sich erhebt, was vergessen ist. Borkon ist der Vorbote«, brabbelte Mortog glücklich und wischte sich den Speichelfaden aus dem Mundwinkel. »Wir sind es, die wissen. Wir haben es nicht vergessen. Denn wir sind schläu.« Er tippte in Richtung seiner Nase und verfehlte sie andauernd, die Pupillen schielten beinahe schmerzhaft. »Oh ja, wir sind schläu, Unterirdischer.«

»Was macht ihr denn bis dahin?«

»Wir bleiben nett und freundlich und greifen niemanden an.« Nun grinste Mortog anzüglich, leckte sich über die Lippen und rammelte ansatzlos den Käfig, dass es Barbandor im Inneren durcheinanderwürfelte. »Aber *das* machen wir! Vermehren. Anwachsen. An Zahl zulegen, bis wir ein unschlagbar großes Heer sind, das Borkon führen wird. Borkon und meine Schwester Akrosha. Gemeinsam!«

»Halt, nicht. Nicht mich rammeln«, rief ihn Barbandor zur Ordnung.

»Nein, das bringt ja auch nichts. Wir brauchen keine kleinen

Orks mit hässlichen Bärten«, stimmte ihm Mortog zu und schlug grunzend lachend auf die Käfigoberseite. »Groß müssen sie sein! Groß und breit und stark!« Er richtete sich auf und brüllte, spannte die Armmuskulatur. »Für Borkon!«

Barbandor kam auf die Füße. »Was wird sich denn erheben?«

»Das Vergessene, das allem seine Form gab. Und es wird dem Bestehenden eine neue Form geben, in der wir die Herrscher sein werden«, raunte Mortog ehrfürchtig. »Die Weissagung tritt ein. Erst Borkon Gràc Hâl. Das Horn von Corschnok. Die Melodie von Heschbaar. Dann: du.«

»Ich?« Barbandor verzog das Gesicht. »Ach ja, euer Glücksbringer.«

Mortog grinste trunken und schaute sich wankend nach einem Krug um. Er entriss einem Schlummernden das Getränk und schubste ihn lachend vom Stuhl. »Du bist ein Teil der Weissagungen von Nushrok dem Reißer, Unterirdischer. Hätte Borkon dich nicht dabeigehabt, wäre er nur ein blauhäutiger Bastard gewesen, dessen schicke tätowierte Haut meine Schwester getrocknet an die Wand genagelt hätte.« Er tippte gegen den Käfig und ließ ihn schwingen. »Aber so: der Weisgesagte. Dank dir.«

Ich bin ein Teil des Spektakels? Barbandor begriff endlich, warum Borkon ihn durch die Gegend trug. »Aha. Gut, dass ich das nun verstehe. Was soll mit mir geschehen?«

Mortog zuckte übertrieben mit den Schultern, und ein Rülpsen entwich ihm dabei. »Nix.«

»Also bleibe ich gefangen?«

»Wie ein Vögelchen, mein kleiner Unterirdischer. Sing doch mal!«

»Später vielleicht.« Barbandor lobte Vraccas, dass er ihm den Saufkopf geschickt hatte. »Dann passt mal besser auf mich auf. Nicht, dass ich noch sterbe.«

Mortog schlug sich die Hände halb vors Gesicht. »Bei Tion, nein! Huiuiui, nein, niemals nicht«, heulte er entsetzt. »Dann wäre die Weissagung in Gefahr. Wir brauchen dich, Felsenmade.«

»Ach, wenn ich sterbe, könnt ihr doch einfach eine andere nehmen«, provozierte er weiter.

»Nein, nein. *Du* bist es. *Du* bist der besondere kleine Scheißer. Aus irgendwelchen Gründen, die nur Tornasuk kennt.« Mortog leerte den Humpen und warf das leere Gefäß nach einem anderen Schlafenden, der getroffen von der Bank fiel. »Sonst hätte ich dich längst zerrissen und beim Gliedmaßenspiel benutzt. Zwerge fliegen gut, wenn man sie wirft. Und vorher die Arme und Beine ausreißt. Weißt du?«

Nein, das weiß ich nicht. Barbandor erkannte, dass der betrunkene Ork die Lust an der Unterhaltung verlor und sich nach einem Platz zum Hinlegen umschaute. »Ich fühle mich geehrt.« *Wer ist Tornasuk? Noch ein Fürst?*

»Das kannst du sein, kleiner Scheißer.« Mortog kippte einen Tisch an, damit Essen und Geschirr mit Bechern und Krügen zu Boden schepperten, um danach auf die abgeräumte Fläche zu kriechen. »Ich lege mich zur Ruhe. Und warte auf das Signal von Tornasuk. Und das, was vergessen ist und sich erhebt«, murmelte er im Hinlegen. »Bis dahin mache ich viele kleine Mortogs. So viele, bis die Wüste überläuft.« Die geschwollenen Lider schlossen sich. »Sing mal was zum Einschlafen. Los, du seltsamer Vogel. Aber wehe …« Im nächsten Moment schnarchte er los.

Barbandor wartete eine Weile, bis er sich setzte und das Stroh zur Seite schob, das als Polster seines Käfigs diente. Er hatte den Rost längst bemerkt, der zwei der Drähte brüchig werden ließ, die zur Stabilisierung der Schnüre dienten, mit welchen die Knüppel verknotet waren. Jedes Mal, wenn die Bestien ihn mit Bier, Wasser, Pisse oder anderen Flüssigkeiten an den vergangenen Umläufen übergossen hatten, schritt die Korrosion voran. Die salzige Luft fachte die Zersetzung an.

Der Abend des Wetttrinkens erwies sich als bester Moment, um endlich nicht nur an die Flucht aus der Gefangenschaft zu denken, sondern sie umzusetzen. Die Gesellschaft hatte die Fässer geleert und würde mindestens bis zum anschließenden Mittag im Rausch liegen, auch die Wachen hatten sich tüchtig Humpen gegönnt. Bis dahin müsste er sich weit genug entfernt haben, um einen Weg aus der Salzwüste zu finden.

Den Ausschlag für seinen Aufbruch hatte Mortog eben gegeben. Betrunkene und kleine Kinder sprachen bekanntlich die Wahrheit. Mit diesen Neuigkeiten musste Barbandor zu den Seinen und das übrige Geborgene Land vor Borkon und seinem Vorhaben warnen. *Sie ahnen nichts von alldem.* Brigantia nahm die Aufmerksamkeit der Reiche in Beschlag. Niemand verschwendete Gedanken an die Vorgänge bei den Orks, die zu Unrecht für tumbe Bestien gehalten wurden.

Barbandor hatte kurz darüber nachgedacht, im Käfig zu verweilen, um weitere Dinge zu erfahren, aber niemals mehr wäre die Gelegenheit so günstig. Nach Ende der Hochzeitsfeier ließe man ihn als entscheidenden Teil der Weissagung nie mehr ohne eine Aufsicht.

Dann soll es heute sein. Barbandor nahm den Ochsenknochen, band einen Streifen der Decke um die beiden Stäbe und nutzte das Gebein, um den Stoff damit zusammenzudrehen wie beim Spannen eines Katapults.

Die porös gewordenen Eisendrähte zersprangen knackend.

Bei Vraccas! Bald geschafft! Barbandor nahm eine Scherbe und schnitt damit an den Schnüren und Seilen, welche die Knüppel zusammenhielten. Keuchend und schwitzend hielt er mehrmals inne, um nach den Schlafenden zu schauen.

Doch niemand erwachte aus dem rauschseligen Schlummer.

Alsbald hatte er die zähen Fasern durchtrennt, die Holzstücke ließen sich lösen und verschieben. So entstand eine Lücke auf dem Boden. Barbandor glitt aus dem Käfig auf den Boden und streckte sich ausgiebig. *So, ihr Bestien. Ihr seid mich los.*

Auch wenn ihm der Sinn danach stand, sämtlichen Orks und Orkinnen die Köpfe abzuschlagen, um den Tod von Gyndala zu rächen, nahm er stattdessen warme Kleidung von den Schlafenden und schnitt sie auf seine Länge, warf sich einen Wintermantel über, stopfte sich Proviant in einen Beutel und schlich über den Teppich aus schnarchenden Scheusalen zur Halle des Blockhauses. Mehrmals blieb er stehen und schaute sich nach dem schwarzweiß gefleckten Ork um. Gern hätte er den Kräuterkundigen getötet, um Borkon seinen größten Trumpf zu rauben. Aber er befand sich ebenso wenig in der Halle wie das Brautpaar.

Draußen war es eiskalt und sternenklar. Der Mond schien auf die Welt herab, die ruhig und friedlich vor Barbandor lag. Wachen gab es keine. Tief in der Salzseewüste und meilenweit entfernt von Brigantia mussten die Bestien nicht befürchten, dass ein Heer erschien, um es mit ihnen aufzunehmen.

Barbandor sah seinen Atem als weiße Wolke vor dem Schal aufsteigen, als brannte er innerlich vor Zorn. *Zuerst zu den Stallungen. Und danach gen Nordwesten. Nach Platinglanze.* Dort lag die nächste sichere Zuflucht.

* * *

DAS GEBORGENE LAND, VEREINTES GROSSKÖNIGREICH GAURAGON, PROVINZ FEYRNLAND, 1024 N. B. (7515. SONNENZYKLUS NACH ALTER ZEITRECHNUNG), SPÄTWINTER

Seit seiner Rückkehr hatte sich für Goïmron noch keine Gelegenheit ergeben, in Ruhe mit Rodana zu sprechen. Sie hatten sich auf Entfernung zugewinkt, ein Lächeln und einen gerufenen Gruß ausgetauscht. Aber stets, wenn sie einen Schritt aufeinander zu wagten, kam jemand mit einem Anliegen, einer Botschaft, einer Frage oder mit der Einladung zu einem Treffen der Kommandierenden oder mit Tungdil Goldhand.

Mit dem Aufbruch von Kràg Tahuum ergab sich endlich der ersehnte Freiraum, das Versäumte nachzuholen. Goïmron hatte sich frisch gemacht, die lockigen schwarzen Haare kurz schneiden lassen, das Gesicht rasiert und die Koteletten in Form gestutzt. Schon als er nach alter Manier in Hemd und Wams unter dem wärmenden Mantel neben Rodanas Wohnwagen lief, den sie als Wiedergutmachung geschenkt bekommen hatte und selbst steuerte, schlug ihm das Herz vor freudiger Aufregung bis zum Hals. Absichtlich verzichtete er auf ein Geschenk. Es hätte zu aufdringlich gewirkt.

»Einen wunderschönen Umlauf wünsche ich«, sprach er galant, als träfen sie sich vor einer Bäckerei in Malleniaswacht und nicht in einem Kriegstross, der nach Woogentau ins Sinterreich zog, um in See zu stechen und Albaeschiffe anzugreifen.

Rodana saß dick eingepackt gegen die Kälte auf dem Kutschbock und hielt die Leinen in einer Hand. »Oh, du bist es. Wie schön, dich zu sehen.« Sie rutschte etwas zur Seite und pochte auf den Platz neben sich. »Magst du mitfahren?«

»Aber gerne.« Goïmron zog sich geschickt zu ihr hinauf. »Viel besser als laufen.«

»Sie haben dir kein Pferd gegeben, weil du lieber auf deinem Drachen reitest«, neckte sie ihn.

Goïmron grinste hinter dem Schal. »Szmajro ist nicht *mein* Drache. Er erkannte mich an. Als jemanden, der …« Er winkte ab. »Nicht so wichtig. Wie ergeht es dir? Das ist viel wichtiger.«

Rodana deutete hinter sich und schob den Schal nach unten, um deutlicher zu sprechen. »Wie du siehst, bekam ich dank Gata und Goldhand einen Ersatz für meinen abgebrannten Wagen. Aber die Puppen, Staffagen und Requisiten sind verloren. Es wird lange dauern, bis ich es ersetzt habe.«

»Hast du schon mit dem Schnitzen angefangen?« Er zog ebenfalls den Schal herab. Wie sehr hatte er ihr Gesicht vermisst, auch wenn es ernster und härter wirkte als vor seinem Aufbruch. Die Ereignisse hatten Spuren in den feinen Zügen mit den hohen Wangenknochen hinterlassen.

Sie schüttelte den Kopf und schob eine vorwitzige blonde Strähne aus den Augen. »Ich fand noch keine Muße, wenn ich ehrlich bin. Aufraffen kann ich mich noch viel weniger.« Ein Seufzen kam über ihre dunklen Lippen und verging in einer hellen Atemwolke. »Es macht mir zu schaffen. Und ich schlafe schlecht.«

Goïmron nickte verständnisvoll und legte eine Hand tröstend auf ihre Schulter. »Belîngor erzählte mir, was du durchgemacht hast. An der Mauer. Und in Brigantia.«

»Berichtete dir Brûgar auch von der Episode am Zelt des Magus?« Goïmron nickte erneut. »Es fällt mir ungeheuer schwer, nichts zu sagen. Mich nicht zu verraten. Diesem Scheusal von Mensch nicht die Maske vom Gesicht zu reißen.« Rodana lächelte ihn erlöst an. »Aber nun, da du zurückgekehrt bist, wird es bald so weit sein.«

»Was meinst du?« Er nahm die Hand wieder weg, um nicht übergriffig zu wirken.

»Hantu seine wahre Gestalt zurückzugeben und Mostro des Verrats am Geborgenen Land zu überführen. Du kannst ihm die Stirn bieten. Du, deine Magie und Szmajro.« Sie sah suchend zum Himmel. »Wo steckt die Bestie? Ich sah sie nur von Weitem.«

»Der Drache ist in der Nähe und kommt auf mein Signal.« Goïmron fühlte sich unwohl, weil er sie vertrösten musste. Er hatte in Gegenwart von Gata, Brûgar und Belîngor mit Goldhand über Mostro und Hantu gesprochen. Sie hatten sich darauf verständigt, zunächst die Albaeschiffe auf Arima zu vernichten, bevor sie den Magus und Rhamak bloßstellten. Es drohe keine unmittelbare Gefahr von den beiden, hatte Goldhand gesagt. Eine neue Front solle vermieden werden. Aber das durfte Goïmron der Puppenspielerin nicht sagen. »Lass mir noch etwas Zeit, bevor ich Mostro angehe.«

»Weswegen?« Erstaunt und empört sah ihn Rodana an. »Seine verleumderischen Anschuldigungen sind schuld, dass Chòldunja und ich aus dem Feldlager flüchten mussten. Damit trägt er die Verantwortung für ihren Tod! Ich will, dass er bestraft wird. Wenn nicht für ihr Sterben, so für seinen Verrat an uns. Ich will Genugtuung. Und Gerechtigkeit.« Sie wurde nachdenklich. »Wobei … Ich mache mir Gedanken um eine ihrer Angelegenheiten.«

»In welcher?«

»In deiner.« Rodana langte neben sich und nahm eine doppelwandige, dicke Glaskanne zur Hand, aus der sie heißen Tee in einen Becher goss und ihm anbietend hinhielt.

»Geht es darum, dass sie mich unterrichtete?« Goïmron nahm an, dass Chòldunja ihrer Meisterin gestanden hatte, an seiner magischen Ausbildung beteiligt gewesen zu sein. Und dass er die Ragana schon früher durchschaut und geschwiegen hatte. »Es geschah auf meine Bitte hin. Sei ihr deswegen nicht böse.« Er nahm dankend den Becher entgegen und roch an dem fruchtigen Dampf.

Doch zu seiner Verwunderung verneinte sie. »Bevor sie mich losschickte, damit ich die Belagerer warne, und sie den Rhamak aufhalten wollte, sprach sie von einer Schuld, die sie zu begleichen habe. Ich dachte lange darüber nach, was sie gemeint haben könnte. Denn ich glaube ihr, dass sie kein einziges Kind tötete und verspeiste. Aber welche Schuld müsste sie sonst mit ihrem Leben aufwiegen?« Sie stellte die Kanne zur Seite. »Da kam mir Malleniaswacht in den Sinn. Zusammen mit einem schrecklichen Verdacht. Was, wenn sie doch hinter dem Mord an deinem Freund steckte? Du erinnerst dich?«

Natürlich erinnere ich mich. Goïmron fielen die gefundenen Bartspangen aus Onyx ein, die Gandelin gehört hatten. Er hatte es nicht erwähnen wollen, nachdem er gehört hatte, dass die junge Ragana ums Leben gekommen war. »Weil Gandelin erkannt hatte, dass sie einen Moordiamanten um den Hals trägt. Und sie fürchtete, von ihm an die Stadtwache verraten zu werden«, führte er den Gedanken fort.

»Ja. In der Nacht, als es geschah, sandte ich sie zum Schlafen in den hinteren Bereich des Wagens, während ich uns durch die Stadt steuerte und mich in den fremden Straßen verfranste. Irgendwann rumste es laut aus dem Wohnbereich«, erzählte Rodana. »Auf meine Frage, was geschehen sei, behauptete Chòldunja, sie sei aus dem Bett gefallen.« Sie korrigierte den Sitz der Zügel zwischen den Fingern. »Es ist nicht sicher, dass sie überhaupt darin lag. Sie hätte ebenso gut heimlich aufgebrochen sein können, um deinen Freund zu töten. Aus Angst, gefasst zu werden.«

Aus Angst, dass du mit hineingezogen wirst. Wie es letztlich auch geschah. Goïmron fühlte die Edelsteinbartspangen überschwer in seiner Tasche, die er als Andenken stets bei sich trug. »Nein, ich denke nicht, dass sie es getan hat«, log er. Es machte keinen Unterschied mehr. Chòldunja war tot, und für Rodana war der Gedanke angenehmer, dass ihre Aprendisa bis zu ihrem Ende zu den Guten gehört hatte. »Sie mochte Gandelin, wie sie mir sagte. Den Mord hätte sie mir gestanden.«

Rodana atmete sichtlich auf. »Das hatte ich gehofft zu hören.« Mit erleichterter Miene wandte sie sich dem Zwerg zu. »Und entschuldige.«

»Du hast nichts Falsches getan.«

»Dass ich begriffsstutzig war.«

Goïmron lachte verlegen. »Ich fürchte, dass ich es gerade bin.« Er hatte den veränderten Tonfall der zierlichen Frau bemerkt. *Was kommt nun?*

»Gata sprach mit mir. Als ich im Gefängnis saß. Und sie erzählte mir, dass sie dich mag, aber du in … eine andere verliebt bist.«

»Oh.« Goïmron wurde knallrot, wie er an der aufwallenden Hitze im Gesicht spürte. In seiner Vorstellung schmolzen Eis und Schnee auf seiner Kleidung, und es tropfte von seiner Kappe. »Oje.«

Rodana zwinkerte ihm aus ihren hellgrünen Augen zu. »Ich denke, diese andere kann sich glücklich schätzen. Dass ein so feiner Zwerg wie du ihr sein Herz schenken möchte.«

»Ah, gut. Ja, ich gebe dir recht«, stammelte er und wäre am liebsten vom Bock gesprungen.

»Gib der anderen noch ein wenig Zeit, ihre eigenen Empfindungen zu ergründen. Sie fühlt durchaus etwas für dich.« Rodana beugte sich zu ihm und gab ihm einen langen, behutsamen Kuss auf die Wange. »Ihr wärt ein schönes Paar.«

Niemals hätte Goïmron geglaubt, dass es eine Steigerung zur ersten Feuerwoge geben könnte, die gerade durch ihn gerauscht war. Glücksgefühle wollten ihn aufspringen und laut jubeln lassen. Vor Ausgelassenheit wäre er am liebsten auf das Dach des Wagens geklettert und in amouröse Lieder ausgebrochen.

Bleib ruhig, mahnte er. *Mach dich nicht gänzlich zum Narren der Liebe.* »Das wären wir. Und du … die … andere soll jede Zeit bekommen, die sie haben möchte.« Ein langes, seliges Seufzen entwich ihm.

Behutsam rückte Goïmron mit pochendem Herzen etwas näher an Rodana heran, und sie tat dasselbe. Dicht an dicht saßen sie auf dem Kutschbock, schwiegen und genossen die Nähe.

Auf der rechten Seite des Wagens tauchte Mostro in einem angeberischen Gewand samt Übermantel und Fellkapuze auf einem Pferd auf, links von ihm ritt ein sehr junger Soldat in einer leichten Panzerung mit hellem Wollwebmantel und einer weißen Armbinde, auf der das rote Wappen Rhutas zu sehen war. Sie hielten die Geschwindigkeit des Gefährts.

»Der Jüngling ist Hantu«, raunte Rodana. »Er wechselte offiziell an Mostros Seite.«

»Ich grüße Euch, Meister Schnitzeisen. *Magus* möchte ich Euch nicht nennen. Es fehlt einfach zu viel, was das Besondere ausmacht«, sprach Mostro freundlich.

»Einen angenehmen Umlauf wünsche ich«, gab Goïmron zurück, ohne sich provozieren zu lassen. »Auf Titel kommt es mir nicht an. Die Ergebnisse zählen.«

»Ihr solltet mich hingegen schon *Magus* nennen. Weil ich einer bin.« Mostro lachte. »Ihr habt uns mit Eurer Kunst wahrlich schön an der Nase herumgeführt. Ihr schafftet es in den vergangenen Umläufen, keine Zeit für mich zu haben. Bei Gelegenheit sollten wir ausgiebig über Eure Form der magischen Anwendungen sprechen. Ich bin ungemein daran interessiert. Ihr, ein Zwerg ohne Bildung, und zu solchen Wundern fähig! Wie aufregend unsere Zeiten doch sind.« Er deutete auf den soldatischen Begleiter neben ihm. »Darf ich Euch Darislaff vorstellen? Er ist mein Leibwächter und Teil einer neuen magischen Garde, die ich aufbauen möchte. Ausrüsten werd ich sie mit den gefährlichsten Artefakten aus der Kammer der Wunder.«

»Dann traut Ihr Euren Kräften nicht?« Goïmron blieb die Liebenswürdigkeit in Person.

»Ich traue der Niedertracht nicht. Und die kann überall lauern.« Mostro hatte den erbeuteten Moordiamanten der Ragana über den Mantel gelegt, damit ihn der Zwerg und die Puppenspielerin sahen.

Eine Herausforderung und Kampfansage an uns. »Ihr seid aber nicht gekommen, um Rodana den Stein ihrer Aprendisa zurückzugeben, damit sie ein Andenken hat?«, eröffnete Goïmron das Spiel. »Und als Wiedergutmachung. Dank Euch erlitt sie einen schweren materiellen Verlust. Von allem anderen gar nicht zu sprechen.«

»So gerne ich es täte« – Mostro legte bedauernd eine Hand um den Moordiamanten –, »darf ich es nicht. Zu gefährlich. Eine Schwesterragana könnte erscheinen und ihn Euch abnehmen wollen, werte Doria Rodana von Psalí. Das mündete in Eurem Tod.«

Weder wird er sich entschuldigen noch eine Entschädigung bezahlen. Dabei ist er der Auslöser gewesen. Er und ... gewissermaßen auch ich. Goïmron zwang sich zu einem Lächeln. »Da Ihr Euer begangenes Unrecht an Rodana nicht wiedergutmachen wollt, was bringt Euch zu ihr?«

»Zu *Euch* wollte ich, Meister Schnitzeisen. Man sagte mir, dass ich Euch bei der Puppenspielerin finde.« Er streckte seine behandschuhte Rechte verlangend aus. »Apropos Unrecht: Das letzte Mal trug Euch ein Drache davon, bevor Ihr den gestohlenen Meeressaphir zurückgeben konntet.« Er lächelte tückisch, der Reif im Federkielbärtchen verlieh ihm etwas Komisches. »Nun habt *Ihr* die Gelegenheit, das von Euch begangene Verbrechen wiedergutzumachen.«

»Ihr seht mich zerknirscht.« Goïmron seufzte schwer. »Liebend gerne hätte ich ihn Vanéra zu ihren Lebzeiten zurückgegeben, doch –«

»Da ich ihr Nachfolger bin, Meister Schnitzeisen, gehören mir sämtliche ihrer Besitztümer«, unterbrach Mostro gierig. »Gerade ein solch gefährliches Artefakt darf nicht in den Händen eines zaubernden Anfängers verweilen. Aber wenn Ihr Euch bei mir bewerben wollt, nur zu. Ich nehme Euch vielleicht als meinen Famulus.«

Langsam steckte Goïmron eine Hand in die Tasche und zog einen violetten Amethyst heraus. »Ich muss Euch enttäuschen, ehrenwerter Magus Mostro. *Damit* wirke ich meine Zauber.«

»Niemals! Ich sah den Meeressaphir deutlich«, fauchte er und wackelte mit den Fingern. »Her damit.«

»Das ist richtig. Da besaß ich den Unglücksstein auch noch. Aber als mich Szmajro packte und davontrug, verlor ich für eine längere Zeit mein Bewusstsein. Da entglitt er mir wohl«, log Goïmron. »Szmajro und ich suchten lange danach, aber wir fanden ihn nicht wieder. Wenn Ihr das übernehmen wollt, ich kann Euch sagen, in welchem Gebiet das Artefakt ungefähr liegen müsste.« Mit dem schönsten bedauernden Gesicht fügte er hinzu: »Es tut mir aufrichtig leid. Zu gerne hätte ich mich bei der ehrenwerten Maga Vanéra entschuldigt. Sie starb viel zu früh. Trotz Eurer Heldentat.«

Mostro zog die ausgestreckte Hand ruckartig zurück. »Ihr seid sicher, dass Ihr ihn verloren habt?«, fragte er schneidend wie dünnstes Papier.

»Wie könnte ich mich dabei irren?« Goïmron spielte den Entrüsteten. »Was unterstellt Ihr mir da, Magus Mostro? Das ist nicht –«

»Schon gut. Vergesst es. Aber sollte es sich ergeben, dass man den Meeressaphir doch findet, und zwar nicht in der Wildnis von Gautaya, dann …«

»Dann?« Goïmron steckte den Amethyst zurück in die Tasche. »Werdet Ihr vermutlich von einem Wunder der Götter sprechen. Oder was wolltet Ihr sonst andeuten?«

»Genau dies, Meister Schnitzeisen. Dies und nichts anderes.«

Wie konnte Vanéra ihn als Famulus nehmen? Goïmron hatte nicht übel Lust, dem vermeintlichen Leibwächter aus Gauragon auf der Stelle den tarnenden Zauber herunterzureißen, um den aufgeblasenen, angeberischen und widerlichen Magus zu überführen.

Seine Finger tauschten in der Tasche den Amethyst gegen den gefassten Saphir.

NEIN, DAS TUST DU NICHT.

Warum?, sprach er in Gedanken. *Ich kann Szmajro herbeirufen, und schon wird Mostro sich ergeben müssen.*

ES GEHT NICHT UM DEN ARROGANTEN MAGUS. SONDERN UM SEINEN LEIBWÄCHTER.

Den haben wir ganz schnell zu Hantu gemacht und …

ER IST EBENFALLS IN BEGLEITUNG. VON ZWEI WESEN AUS EINER ANDEREN SPHÄRE, warnte der Meeressaphir. ICH KANN SIE SCHEMENHAFT ERKENNEN. SIE SIND NICHT SONDERLICH GROSS UND MÄCHTIG, ABER SIE STELLEN EINE GEFAHR DAR, WEIL SIE NICHT EINFACH ZU GREIFEN UND ZU BESIEGEN SIND. FÜR UNS.

Sondern nur für einen Rhamak. Ich verstehe. Goïmron sah zu Darislaff und nickte ihm zu. »Dann gib gut auf deinen Herrn acht. Wer weiß, ob die Albae nicht Attentäter gegen uns aussenden, die es besonders auf ihn abgesehen haben?«

»Danke. Das werde ich, Meister Schnitzeisen«, gab der Soldat zurück, der sich nichts anmerken ließ.

WIR REGELN ERST DIE SACHE MIT DEN ALBISCHEN SCHIFFEN AUF ARIMA. DANACH SUCHEN WIR IN RUHE EINEN WEG, WIE WIR DEN RHAMAK UND SEINE KREATUREN LOSWERDEN.

»Wir sehen uns bei der nächsten Rast«, verabschiedete sich Mostro säuerlich. »Meine Einladung an Euch steht, Meister Schnitzeisen. Ich tausche mich gerne mit Euch über Magie aus.« Dann trat er seinem Pferd wütend die Sporen in die Seite, dass es vor Schmerz und Schreck aufwiehernd davonstob. Darislaff folgte ihm.

»Tierschinder«, murmelte Rodana. »Wer so ist, kann kein guter Mensch sein.«

Unvermittelt fuhr Goïmron herum und sah sie begeistert an. Ein Gedanke war ihm gekommen. »Du kannst mir einen riesigen Gefallen tun.«

»Raus damit.«

»Verstehst du dich auch aufs Schnitzen von Knochen?«

»Selbstverständlich.«

»Dann habe ich eine Bitte. Aber es muss unbedingt ein Geheimnis zwischen uns beiden bleiben. *Ausschließlich* zwischen uns!«

Zu seiner großen Freude nickte Rodana.

***

»Die Kinder des Schmieds haben Ausgestoßene. Das ist keine schöne Sache, doch sie ist eine Gegebenheit.
Manche dieser verlorenen Zwerge schließen sich zu Plünderbanden zusammen und verwüsten Landstriche, andere machen in ihrer Not gemeinsame Sache mit den Brigantinern.
Diese Zwerge glauben, dass Vraccas das Geborgene Land und auch seine Kinder verließ.
Schlimmer noch: dass die Gebirge an einen unbekannten Gott fielen.«

Dar Whjenn, Kundiger von Flora, Fauna und Weltgesetzen

KAPITEL XVI

DAS GEBORGENE LAND, SINTERREICH, WOOGENTAU, 1024 N. B. (7515. SONNENZYKLUS NACH ALTER ZEITRECHNUNG), SPÄTWINTER

Goïmron hielt sich die gefütterte Mütze fest, damit sie ihm von den eisigen Böen nicht vom Kopf gerissen wurde, als er zusammen mit der übrigen Delegation und den Kommandierenden aus dem Schutz der Kontorgebäude auf die Kaimauer trat.

Im Hafen von Woogentau dümpelten zwei Dutzend größere Schiffe, überwiegend Zwei- und sogar ein vereinzelter Viermaster. Goïmron kannte sich mit den verschiedenen Arten von Meereswassergefährten nicht aus, aber auf ihn machte keines davon einen gefährlichen Eindruck. *Sie haben nicht einmal Rammsporne.*

»Das ist die vereinigte Flotte gegen die Albae?«, vergewisserte er sich bei Joros Gunmarr, einem bewährten Admiral der sinterianischen Meeresstreitkräfte, der ihm bei der Ankunft in Woogentau vorgestellt worden war.

Der Mann nickte, und sein grauer Bart hing über die Lippen, womit er an eine traurige Robbe erinnerte. »Aber noch längst nicht alle. Ein Sturm kam dazwischen.«

»Da hol mich Tions kleine Schwester! Das sind doch niemals im Leben Kriegsschiffe«, murrte Brûgar. Es war ungewohnt, ihn nicht rauchen zu sehen. Die Böen verhinderten sein obligatorisches Pfeifchen, der Wind hätte den Tabak mitgerissen oder die Glut erstickt.

»Allenfalls leichte Ziele für die Schwarzaugen«, stimmte Gata zu. »Das sehe sogar ich, und ich kenne mich überhaupt nicht damit aus.«

»Darauf setze ich keinen Fuß. Vorher nicht, und jetzt erst recht nicht. Da würde sich Elria freuen«, gestikulierte Belîngor. *»Ein Zwerg ist für das Land und die Gebirge gemacht.«*

Oder die Luft. Goïmron sah, wie die Kommandierenden der Menschen, Zwergenstämme, Elben und Meldrith auf der Kaimauer in lebhafte Gespräche verfielen. Die Mienen waren düster, die Stimmen laut und erregt. Der Anblick des kleinen Häufleins Schiffe versetzte ihnen einen Schock. *Wir hatten fünfzig und mehr erwartet.* »Was meintet Ihr mit dem Sturm, der Euch dazwischenkam?«

»Die Flotte soll sich in Woogentau sammeln, um gemeinsam zu segeln und anzugreifen«, erklärte Joros und versuchte, seinen Bart trotz des Windes in eine vorteilhaftere Position zu bringen. »Aber wir bekamen Nachricht mit Brieftauben, dass sich mindestens die Hälfte der Schiffe aus Litusien und Palusien wegen eines Unwetters verspäten wird. Auch das Schiff aus der Festung Meereshalt im Roten Gebirge hat Probleme. Der Sturm zwang sie zum Ankern oder zur Umkehr.« Der Admiral deutete zu den stramm wehenden Fahnen an den Masten im Hafen. »Was Ihr seht, sind die letzten Ausläufer. Wir hatten Brecher, die bis in den Hafen rollten und Schäden an den vertäuten Schiffen anrichteten.«

Sieh an. Die Ersten haben eigene Schiffe. »Dann ist der Sturm weitergezogen?«

»Ja. Nach Westen.« Joros gab es auf, den Schnurrbart schützen zu wollen. »Ich hoffe, die Albaeschiffe leiden ebenso darunter. Auf einer freien Insel im Meer hat der Wind leichteres Spiel. Nichts bremst seine Wucht ab, im Gegensatz zum Land.«

Die Albaeschiffe hängen fest wie wir. Goïmron hatte einen wagemutigen Gedanken. »Wie weit ist es von hier bis nach Arima?«

»Hundertfünfzig Seemeilen. Könnte man in diesen Winden navigieren, flöge man nur so zum Ziel. Aber vorher zerreißt es die Takelage und zerfetzt die Segel mitsamt den Wanten und Rahen.«

Goïmron ging zur Gruppe der Kommandierenden und bat sie in den Schutz eines Kontorgebäudes, um windgeschützter sprechen zu können. »Hört mich an. Ich werde mit Szmajro aufbrechen und einen ersten Vorstoß gegen Arima wagen«, verkündete er. In das erstaunte Rufen und Abwehren des riskanten Vorschlags sprach er weiter: »Ich weiß eure Bedenken zu schätzen, doch es ist eine gute Gelegenheit. Die Schiffe der Albae müssen im Hafen bleiben, wenn sie keine schweren Schäden erleiden wollen. So sind sie leichte Ziele für mich und den Drachen. Sollten wir nicht alle verbrennen und vernichten, werden die Zerstörungen dennoch groß genug sein, um sie zu einem schlagbaren Gegner für die nachfolgende Flotte und den Magus zu machen.« *Sogar mit zwei Dutzend Schiffen.*

»Habe ich Euch richtig verstanden: Ihr wollt durch einen Sturm?« Joros blieb ungläubig.

Telìnâs machte sich sichtlich Sorgen. »Das ist sehr tapfer, Goïmron. Doch wird Szmajro überhaupt einen Flug bewerkstelligen können?«

»Das schafft er gewiss. Und die Albae rechnen nicht mit unserer Attacke. Das ist die beste Voraussetzung für einen Überraschungssieg«, erklärte Goïmron, auch wenn ihm gehörig das Herz bei dem Gedanken klopfte, auf dem Rücken des Geschuppten mitten durch Wind, Regen und Blitze zu ziehen, um danach acht gefährliche Schiffe zu attackieren. »Ihr wisst, dass ich mich auf Edelsteinmagie verstehe.« Er sah den Männern und Frauen reihum fest in die Augen. »Es wird gelingen. Vraccas ist mit mir.«

»Und Lorimbur«, fügte Gata hinzu.

Auch wenn Goïmron für sein Unterfangen keine Zustimmung benötigt hätte, wollte er sie von den Kommandierenden haben. Nacheinander nickten sie, reichten ihm die Hand und klopften ihm auf die Schulter. Goïmron empfing Hochachtung, Respekt und Anerkennung, wie er sie noch nie erhalten hatte. Das beflügelte ihn.

»Komm heil zurück«, bat ihn Gata und umarmte ihn lange.

»Du weißt, dass wir noch einiges vorhaben. In Sachen Zauberei und Aufdeckung von Verrat.«

»Ich weiß.« Er drückte sie fest und wandte sich an Brûgar und Belîngor. »Ihr werdet mich bald wiedersehen. Vraccas sei mein Zeuge: Ich kehre zurück.«

»Aber lass dir nicht wieder so viel Zeit wie beim letzten Mal«, mahnte Brûgar mit einem Lachen. »Sollten wir dich schon wieder für tot halten müssen, werden wir dir das nicht so schnell verzeihen.«

Goïmron verabschiedete sich und eilte aus Woogentau, vor dem sich die Zeltstadt der vereinten Streitmacht erhob. Es war vorgesehen, dass so viele Soldaten wie möglich nach Arima übersetzten, um gegen Undarimar und die verbündeten Albae zu kämpfen. Zu Lande und zu Wasser. Wie viele Truppen fahren würden, hing von der Zahl der beschafften Schiffe ab. Es bedurfte fünfzig und mehr, um eine respektable Streitmacht auf die Insel zu bringen. Das Unterfangen blieb angesichts der erfahrenen Gegner gewagt. Deswegen sah es Goïmron als umso wichtiger an, mit Szmajro entscheidende Vorarbeit zu leisten. Es ging ihm nicht um Ruhm, sondern um das Retten zahlreicher Leben. *Da ich schon in Brigantia nicht eingriff, mache ich es auf Arima wett.*

Bald hatte er Rodanas Wohnwagen erreicht und trat nach Klopfen und Aufforderung ein. »Hast du es fertig?«, fragte er und stieß die Tür hinter sich zu, riss sich die Mütze vom kurzen Lockenkopf.

»Stürmisch wie das Wetter fegst du herein.« Rodana saß am Tisch, auf dem ein gelbes Tuch etwas Armlanges, Schlankes abdeckte. Sie trug eine lederne Schürze über dem braunen Kleid und wischte schnell ein paar weiße Späne herab. »Aber ja. Ich habe es fertig.« Dramatisch zog sie den Stoff beiseite. »Bitte sehr.«

Darunter kam eine wunderschön gearbeitete, dünne Klinge aus einem armlangen Knochen zum Vorschein, die einst der abgetrennte Schnabel des Flammenflüglers gewesen war; daneben lag eine passende Hülle aus Eisendornholz, die daraus einen getarnten Gehstock machte. Niemand würde Verdacht schöpfen, welche Besonderheit sich darin verbarg. *Nicht einmal Szmajro.*

»Sehr gut!« Goïmron hob die degengleiche Waffe mit einer Hand und wog sie. »Liegt ausgezeichnet in der Hand.«

»Ich musste nicht viel tun. Die Form kam wie von selbst, und mit dem richtigen Kniff ließ sich das Gebein gut bearbeiten. Die Hülle machte tatsächlich mehr Arbeit.« Rodana prostete ihm mit einem Becher Tee zu. »Denkst du wirklich, dass der Drache davor Angst haben wird?«

»Er soll keine Angst haben. Ich will Szmajro damit erstechen können, sollte er sich gegen mich und das Geborgene Land wenden.«

Rodana lachte laut. »Du weißt, wie groß dein Haustier ist?«

»Ja. Ich … muss mir noch ausdenken, wie ich ihn schnell töte.« Goïmron sah auf die schlanke, geschliffene Beinklinge. »Notfalls. Nur notfalls.«

»Dann empfehle ich dir, sie an einen langen Stiel zu binden und den Spieß wie eine Harpune zu werfen. Sonst dringst du nicht bis zu seinem Herzen vor. Es sei denn, du gräbst und hackst und wühlst dich damit quer durch Szmajros Leib.« Sie verzog das Gesicht. »Doch dabei würdest du vom heißen Drachenblut verbrannt werden.«

»Es wird mir etwas einfallen«, sagte Goïmron stur. »Ich bin nicht umsonst ein Magus.«

»Ah, verstehe. Du lässt die Klinge schweben und durch die Kehlen zischen. Guter Gedanke!« Rodana sah zu, wie er die Waffe ins Futteral schob und am Stock durch den Wohnwagen hinkte. »Was tust du?«

»Ich übe.«

»Das Humpeln?«

»Szmajro darf keinen Verdacht schöpfen, warum ich einen Gehstock nutze, wenn wir gleich aufbrechen.«

Nun veränderte sich der Ausdruck auf dem hübschen Gesicht der jungen Frau, Sorge zeigte sich darauf. »Die Flotte ist schon da?«

»Nein. Nur ich und der Drache.« Rasch erklärte ihr Goïmron sein Vorhaben. »Mit dem Beistand von Vraccas überrumpeln wir die Albae und stecken alle Schiffe in Brand. Ich fühle mich dazu verpflichtet«, fügte er hinzu. »Wegen Brigantia.«

Rodana sah ihn entgeistert an. »Das ist viel zu gefährlich.«

»Szmajro ist stark gepanzert. Er hält die Geschosse locker aus.«

»Sie haben Ardin aus dem Himmel geholt!«

»Der Drache war viel kleiner als Szmajro«, behauptete Goïmron.

»Woher willst du das wissen?«

»Szmajro sagte es mir.« Insgeheim freute es ihn, dass sich Rodana um ihn ängstigte. Sehr ängstigte. Es bedeutete, dass er ihr am Herzen lag. »Es wird gut ausgehen.«

Sie erhob sich und legte die Schürze ab, kam zu ihm und legte ihre Arme um ihn. »Bitte, versprich es mir.«

Goïmron erwiderte die Umarmung und genoss die Zuneigung, die sie ihn spüren ließ. Er atmete ihren Duft ein und barg sein Gesicht an ihrem weichen Hals.

»Es gibt nicht mehr viele, die mir etwas bedeuten«, sprach Rodana dicht neben seinem Ohr. Ihr zierlicher Körper bebte leicht. »Lass mich nicht alleine.«

»Das werde ich nicht.« Goïmron drückte sie fest an sich und ließ sie erst nach einer Weile behutsam los. Beide hatten Tränen in den Augen. »Ich muss los«, sprach er mit belegter Stimme. »Solange der Sturm noch über Arima wütet. Sonst sehen sie uns kommen.«

Rodana gab ihm einen Kuss auf die Stirn, brachte ihn zum Ausgang und verweilte so lange auf der Schwelle, bis er den Wohnwagen durch die vielen großen und kleinen Zelte nicht mehr sah.

In ihrer Umarmung hatte er Liebe gespürt. Schon alleine deswegen musste er diesen Flug lebend überstehen. *Dann werden wir gemeinsam glücklich!* Voller guter Laune wirbelte er den Gehstock – bis ihm einfiel, dass er zur Tarnung hinken musste. *Reiß dich zusammen. Schwärmen und schmachten kannst du danach.* Humpelnd betrat er das freie Feld, um den Drachen zu sich zu befehlen. Sein Herz schlug schnell, und sein Gesicht fühlte sich heiß an. Ob dies an der Aufregung oder der Verliebtheit lag, vermochte er nicht mit Gewissheit zu sagen.

***

DAS GEBORGENE LAND, BINNENMEER, 1024 N. B.
(7515. SONNENZYKLUS NACH ALTER ZEITRECHNUNG), SPÄTWINTER

Xanomir sah hinauf zum funkelnden Sternenhimmel und prüfte die Position der Gestirne zum vierten Mal mithilfe des Nachtspiegelsextanten. *Das kann doch gar nicht sein.*

Das namenlose Tauchboot hüpfte auf den seichten Wellen, und die See tat so, als könne sie nicht zornig sein. Dabei hatte sie die *Meeresklinge* samt der Mannschaft und dem Saboteur verschlungen. Der Verlust so vieler tapferer Frauen und Männer tat Xanomir in der Seele weh.

Und doch beschäftigte ihn etwas Dringenderes. Unerklärliches.

»Buvendil«, rief er durch den Schacht nach unten und kletterte auf die flache Oberseite seines erbauten Gefährts. »Hast du unseren Kompass vor der Abfahrt ganz sicher geprüft?«

»Habe ich. Warum?«

»Weil wir völlig falsch gefahren sind.« Nochmals hob Xanomir den Nachtspiegelsextanten vor das Auge, schwenkte ihn, markierte die Positionen der Sterne auf dem Gestänge und las es ab. *Wieder das gleiche Ergebnis.* »Wir sind viel zu weit südlich von Arima.«

»Hast du keinen Messfehler begangen?«

»Fünfmal hintereinander? Kaum.« Behutsam drehte sich Xanomir einmal auf dem Boot um die eigene Achse. Weit und breit flackerten keinerlei Lichter auf dem schwarzen Meer. Weder die grünen und roten Positionslampen von Schiffen noch der Leuchtturm von Arima, der ihnen die Lage der Hauptinsel verraten würde. »Sieh nach, ob die Kompassnadel hängt.«

»Sogleich. Warte einen Moment.«

Xanomir genoss die frische Luft, die ihm um die Nase wehte. Das Unwetter, das die *Meeresklinge* ins Verderben gerissen hatte, hatten sie schon seit mehreren Umläufen hinter sich gelassen. Immer wieder wechselten sie zwischen dem Fahren unter und über Wasser. Wenn das Meer zu rau wurde, tauchten sie unter den schäumenden, hausgroßen Wellen einfach davon. Um sich unterwegs zu orientieren, nutzten sie eine verbesserte Version eines Wallguckers, ein ausfahrbares Spiegelfernglas, das bis zu drei Schritte in die Höhe reichte. Somit blieb das Tauchboot sicher geschützt vor Blicken unter der Oberfläche. Unverbrauchte Luft nahmen sie dreimal an einem Umlauf auf, fingen unterdessen Fische oder säuberten sich und ihre Kleidung.

Der wenige Raum machte den Zwergen nicht zu schaffen, sie waren Enge aus Schächten und Gängen und Tauchobjekten gewohnt. *Es ergibt Sinn, dass wir Kinder des Schmieds in Tauchbooten reisen. Niemand sonst verstünde sich auf die Technik und die Umstände.* Xanomir suchte mit dem Fernglas den dunklen Horizont erneut ab. *Nichts. Überall nur Wasser.*

Unvermittelt glitzerte etwas an der Oberfläche.

Was ist das? Er stellte die Gläser schärfer und machte eine Wolke aus flirrenden Fischleibern aus, deren Seitenflossen lang genug waren, um ihre Sprünge aus dem Wasser auf dreißig, vierzig Schritte in die Länge zu ziehen. *Fliegende Panzerfische!*

Was Xanomir zunächst faszinierte, mochte zu einer ungeahnten Bedrohung für das Tauchboot werden. Die hundegroßen Fische besaßen dolchlange, spitze Schnauzen. Gewicht und Schwung reichten aus, um das dünne Blech zu beschädigen oder es gar zu durchschlagen. Es gab aus der gleichen Artenfamilie Mondfische, die sogar große Segler mit ihrer Panzerung durch einen versehentlichen Zusammenstoß versenkten.

Entkommen werden wir ihnen nicht. Besser, wir tauchen unter dem Schwarm durch. Um sicherzugehen, müsste Xanomir das Boot tiefer als dreißig Schritte zwingen. Eine Bewährungsprobe für das Gefährt, dessen letzte Blessuren und Schäden vom Aufschlag ins Meer er erst vorgestern gänzlich beseitigt hatte.

»Wir müssen los«, rief er nach unten.

»Warum?«, gab Buvendil zurück.

»Fliegende Panzerfische. Ein ganzer Schwarm. Das ist zu gefährlich.«

»Verstanden. Aber ich habe etwas gefunden.« Es rumpelte metallisch, und dann erschien Buvendils blonder Schopf in der Luke. In seinen Fingern hielt er einen korngroßen dunklen Gegenstand. »Ein Magnetsteinchen. Er war gut versteckt unten am Gehäuse des Kompasses angebracht.«

Xanomir fluchte. *Kein Wunder, dass wir uns verfahren haben.* »Das war das Werk des Saboteurs! Möge Fridgatts Seele niemals Ruhe finden!«

»Wir hatten der Besatzung verboten, sich dem Tauchboot zu nähern, und es so gut wie nie aus den Augen gelassen«, widersprach sein Freund. »Er kann es nicht gewesen sein.«

Xanomir richtete das Fernglas auf den anfliegenden Schwarm. Viel Zeit blieb ihnen nicht. »Dann hast du den Magnetstein vielleicht bei der Kontrolle in der Werft übersehen?«

»Du kennst meine Gewissenhaftigkeit!«, empörte sich Buvendil. »Ihr verdankst du unsere sicheren Experimente, falls du das vergessen haben solltest.«

»Du willst damit was sagen?«

»Dass es einen zweiten Saboteur an Bord der *Meeresklinge* gegeben hat.«

Aber natürlich! Xanomir erinnerte sich, dass Fridgatt zu ihm im Ruderhaus gesagt hatte, er würde endlich in den Laderaum steigen, um Buvendil ebenso zu töten wie Alreth und die Matrosen. *Er war bis dahin nicht unten gewesen.* Schnell setzte er die Sehhilfe ab. *Das bedeutet, dass Fridgatt die Lecks nicht in den Rumpf des Träger-*

schiffs geschlagen hat. »Wann hast du das Tauchboot zum letzten Mal geprüft?«

»Bevor wir …« Buvendil schwieg abrupt. »Bei Vraccas!«, raunte er und stieg aus dem Schacht ins Freie. »Du denkst, er ist noch an Bord?«, flüsterte er. »Aber wo? Es ist zu wenig Platz. Er wäre uns bei jedem Schritt und jeder Drehung aufgefallen!«

»Denk nach: Welches Volk ist schlank und vermag sich perfekt in der Dunkelheit zu verbergen?« Xanomirs Frage war rhetorisch und Furcht einflößend. Sie hatten die ganzen Umläufe mit einem Alb dicht an dicht verbracht, ohne es zu ahnen.

Die Zwerge blickten schweigend auf die Oberseite des Tauchbootes, in das sie zurückmussten, wollten sie die anrückenden fliegenden Panzerfische überstehen. Aber irgendwo unter ihnen lauerte der Feind.

»Das Schwarzauge hat mit Sicherheit bemerkt, dass ich den Magnetstein fand«, flüsterte Buvendil.

»Ganz sicher hat es das.« Xanomir sah prüfend auf den Nachtspiegelsextanten. *Was richtete das Schwarzauge noch an?* Nach etwas Tasten und Fühlen bemerkte er die veränderten Markierungen auf dem Gerät. Somit waren sie nicht nur wegen des Kompasses falsch gefahren, er hatte sich bei der Sternenbestimmung ebenso vertan. *Was hat er noch alles sabotiert?*

»Warum tötete er uns nicht?«

»Weil er mehr über unsere Erfindung erfahren wollte. Wie sie funktioniert. Wie man sie steuert. Er spionierte uns aus, da es keine Pläne gibt. Er brauchte unser Wissen und unsere Anleitung«, schätzte Xanomir. »Das hat uns bislang das Leben gerettet.«

»Dann dauert es nicht mehr lange, und er bringt uns um. Danach wird er das Boot zu seinen Leuten steuern und den Schwarzaugen einen unschlagbaren Vorteil verschaffen. Sie werden es zerlegen und verstehen, wie es funktioniert.« Buvendil wog das winzige Magnetsteinchen in der Hand. »Denkst du, wir bestehen in der Enge des Boots einen Kampf gegen einen Alb? Oder locken wir ihn hinaus?«

Die Albae dürfen mein Boot niemals bekommen. Und unser Wissen auch nicht. Xanomir zuckte ratlos mit den Schultern. »Schlimmstenfalls müssen wir es versenken.« *Mit uns.*

***

Goïmron sah die aufgewühlte See Hunderte Schritte weit unter ihm vorbeiziehen. Die Gischt schäumte weiß, und der Wind ließ Meerschaum weit durch die Luft fliegen. Trotz Schal und Haube spürte er sein Gesicht so gut wie nicht mehr, die Geschwindigkeit machte die Winterluft noch kälter.

»Ich kann nicht abschätzen, wie lange wir noch brauchen.«

Das Fliegen auf Szmajros Rücken hatte ihm nie etwas ausgemacht. Aber der Gedanke, abzurutschen und ins eisige Wasser zu stürzen, wo Elrias Fluch ihn erwartete, machte ihn nervöser als sonst. Dabei wäre ein Aufschlag auf Fels oder Erde oder in Baumwipfel vermutlich tödlicher. *Ich will es nicht herausfinden.*

»Wir haben Arima gleich erreicht. Samusin verschafft uns Rückenwind«, erklärte Szmajro. »Geht es mit deinem Bein?«

Zuerst wusste Goïmron nicht, was der Drache meinte. »Doch, das Reiten klappt besser, als ich dachte«, erwiderte er dann und rückte den Gehstock mit der verborgenen Waffe darin zurecht, den er sich wie ein Schwert unter den Gürtel geschoben hatte.

Er hatte den Flug genutzt, um eine Stelle am Rückgrat zu finden, dicht hinter dem Ansatz der beiden Hälse, durch die er die Klinge rammen konnte. Kappte er hier die Wirbelübergänge, würde Szmajro sterben. Es war einfacher, als bis zum Herz zu gelangen. *Das einzig Machbare.*

Der rostfarben geschuppte Drache legte sich in die Kurve und stieß in eine Wolkendecke, in der es schlagartig wärmer und feuchter wurde. »Wir sind gleich über der Insel. Ich nutze die Wolke, damit sie uns nicht kommen sehen.«

Goïmron bemerkte, dass der Sturm sich gelegt hatte. »Sagtest du Rückenwind?«

»Ja. Die Richtung drehte.« Szmajro senkte sich behutsam abwärts und verließ ihren grauen Sichtschutz. »Da ist Arima.«

Goïmron blickte seitlich am rechten Hals vorbei. Von einer rauen Brandung umtost, lag der geschützte Hafen der Hauptinsel Undarimars unter ihnen. Aber er erkannte zu seinem Schrecken nur einen Achtmaster und zwei Begleitschiffe. »Wo ist die restliche Flotte?«

»Ich sehe sie nicht. Sie ist entweder abgesoffen oder ausgelaufen.« Szmajro flog wieder in die Wolke. »Wenn ich anfange, Suchschleifen zu ziehen, entdecken sie uns. Wir sollten angreifen und danach überlegen, wo die restlichen Albae abgeblieben sind.«

Goïmron hatte eine Befürchtung. *Spione aus Undarimar verrieten den Schwarzaugen, dass sich eine Flotte in Woogentau sammelt.* Daher waren die Albae mit ihrer Übermacht ausgezogen, um die unvorbereiteten, unterlegenen Schiffsverbände abzufangen und zu versenken, bevor sie überhaupt in Arima ankamen. *Niemand ahnt etwas von der Gefahr! Wir sind die einzige Hoffnung.* »Dann beginnen wir.«

»Ich versuche zuerst einen direkten Anflug. Sie wissen ja nicht, dass wir kommen«, erklärte Szmajro sein bevorstehendes Manöver und legte die Flügel eng an den riesigen Körper. »Das wird ein Kinderspiel. Halte dich gut fest, Unterirdischer!« Ruckartig ging es abwärts, wie ein Pfeil schoss der Drache nach unten.

Sie stießen aus den Wolken, sahen den Hafen von Arima schräg unter sich.

Doch die Mannschaften in den Ausgucken waren wachsam. Laut tönten die Alarmglocken und Hörner bei ihrem Anflug. Auf den Decks der drei Schiffe kam sofort Bewegung auf.

Noch bevor die ersten Albae die Sitze der großen Katapulte erreichten, surrte Szmajro über sie hinweg und deckte sie aus beiden Schlünden mit Feuer ein. Die Lohen fauchten über die

Planken und in die gerefften roten Seidensegel, die Takelage fing Feuer, und die Fahnen an den Mastenspitzen vergingen sogleich.

Goïmron betrachtete die Schäden, die der erste Überflug angerichtet hatte. Das Feuer wurde mit Sand aus Eimern gelöscht, während die Besatzung die kokelnden Leichen mit Bootshaken aus den Sitzen stieß und sich anschickte, die nächsten Schützen zu platzieren. Dass die Schiffe brannten, bremste die Albae nicht. *Sie sind vollkommen furchtlos. Sie wissen, dass sie siegen müssen oder gänzlich verloren sind.*

»Keinen Überflug mehr.« Goïmron deutete zum hoch liegenden Palast. »Brich Steine aus dem Turm oder der Mauer. Was dir einfacher erscheint.«

»Ausgezeichneter Vorschlag, Unterirdischer. Du bist gewitzt.« Szmajro schwenkte herum. Seine Klauen schlugen im Dahingleiten in die Zinnen, um große Quader abzureißen und sie mitzutragen.

Währenddessen sank eines der kleinen Schiffe, das zweite lag mit Schlagseite im Hafen. Brennende, abgerissene Rahen hatten das Feuer verbreitet und Löcher in die Decks geschlagen, durch die Wasser in den Rumpf lief.

Doch vom Hauptschiff flogen erste Geschosse. Unaufhörlich.

Eines davon streifte Szmajros Hinterlauf, und er schrie aus beiden Mäulern vor Pein auf. »Sie haben Bolzen aus Drachengebein«, rief er wütend. »Sie kennen unsere Schwachstellen.«

Goïmron gratulierte sich zu seinem Entschluss, sich die Klinge aus dem Schnabel des Flammenflüglers anfertigen zu lassen. »Wirf die Steine ab und steige höher.«

»Nein. Ich lasse mich nicht so einfach aus dem Himmel schießen wie Ardin«, grollte Szmajro. Der harmlose Treffer hatte ihn zornig werden lassen. »Das werden sie gleich sehen.«

Goïmron befürchtete, sich bei den kommenden Manövern nicht auf dem Rücken halten zu können. »Was wird mit mir?«

Aber Szmajro gab keine Antwort. Erneut stieß er wie ein Raubvogel abwärts, die Klauen öffneten sich. Er ließ die Zinnenbrocken genau in eine offene Luke und unter Deck krachen. Schreie erklangen, und aus der Öffnung drangen weißliche Schwaden, die keinesfalls Feuerrauch waren.

Um die eigene Achse rotierend, schwirrte Szmajro durch drei durchgehende Strahlen aus aneinandergereihten Geschossen – und brüllte ein weiteres Mal in Schmerz auf. Einer seiner Köpfe riss einen Knochenspeer aus dem Flügelansatz und spuckte ihn aus. »Oh, das werden sie büßen! Verfluchte Schwarzaugen! Wie ich diese Brut hasse!«

Bevor Goïmron ihn zurückhalten konnte, vollführte Szmajro eine abrupte halbe Rolle rückwärts, drehte sich dabei und schleuderte sein Feuer gegen den Achtmaster. Die roten Lohen wechselten die Farbe zu Weiß und stachen wie schmale Lanzen durch die Hölzer, schnitten sich skalpellgleich in die Schichten, sodass der gewaltige Rumpf den Halt verlor. Die Spanten brachen, und die Decks öffneten sich wie ein Nähkästchen, das von ungeschickten Händen zu harsch aufgeklappt wurde.

»Ich will sie vernichten!«, brüllte Szmajro außer sich. »Sie sollen brennend in die Tiefen des Meeres sinken!«

»Nicht so stürmisch!«, sagte Goïmron in beruhigendem Tonfall.

»Mein Werk auf Arima ist getan. Ich suche die Flotte.« Szmajro drehte ab und begann mit Suchschleifen, die sich mit jeder Drehung ausweiteten. »Ich will sie in Flammen sehen! Alle Schwarzaugen müssen brennen!«

»Szmajro! Du hast mich anerkannt. Höre auf mich«, verlangte Goïmron mit fester Stimme. Er spürte deutlich, dass der Drache ihm in seinem Zorn entglitt und seinem eigenen Willen folgte. *Das kann nicht gut enden. Er steuert in sein Verderben. Und nimmt mich mit.*

»Ich erkannte dich an, ja. Aber ich sehe inzwischen, es war ein Fehler«, sprach Szmajro aufgewühlt. »Und ich sehe, wo mein Fehler lag.«

Verzweifelt klammerte sich Goïmron an die rostfarbenen, schwarz geäderten Hornplatten, um nicht abzustürzen. *Was hat das zu bedeuten?*

* * *

Xanomir sah auf den Schacht, durch den sie hinabmussten. »Er ist uns dort unten überlegen.«

»Was tun wir jetzt?« Buvendil warf den Magneten weg, das Steinchen klebte nach einem Hopser am Stahlblech fest.

»Spiel mit.« Xanomir nahm den Werkzeughammer vom Gürtel. »Wenn ich dir ein Zeichen gebe, versetzt du das Boot ins Schwanken.«

Er ging zum Abstieg. »Bei Vraccas. Das sind Panzerfische!«, rief er. »Sie werden die Außenhaut durchschlagen.« Mit der stumpfen Seite schlug er an verschiedenen Stellen gegen die Außenhülle, dass es im Inneren dröhnte. »Verflucht! Sie rasen genau auf uns zu. Halt dich fest, Buvendil!«

Genau dosiert schlug Xanomir die Spitze durch das Blech und gab seinem Freund das Zeichen. Das Tauchboot wackelte, schwankte unter Buvendils Bemühungen hin und her, sodass Meereswasser durch das fingerdicke Loch einströmte.

»Wir sind leckgeschlagen!«, brüllte Xanomir und versuchte, panisch zu klingen. »Es kommen noch mehr.« Ein neuerlicher Hieb, ein zweites Loch. »Elende Fische! Elria selbst sendet sie, um uns zu versenken. Los, von Bord!«

Buvendil trampelte laut zum Heck und drückte sich ab, sodass es sich im Innern wie ein Sprung anfühlte, und landete so vorsichtig wie möglich. Dabei zog er seinen Dolch, an dem ein Fingerschutz angebracht war, der als Schlagring diente.

Xanomir schlich sich neben die Luke und zog seinen Gürtel ab, formte eine Schlinge. Und wartete.

Plätschern und Tröpfeln des eindringenden Wassers erklang aus dem Tauchboot, doch sonst geschah nichts.

Haben wir uns getäuscht? Er sah zu den Löchern. *Bei Vraccas, dann hätte ich die …*

Dunkelbraunes Haar erschien in der Luke, die Spitze eines Dolchs glänzte auf.

Hab ich dich! Blitzschnell legte Xanomir dem Alb die Lederschlaufe von hinten um den Hals und zog den Gürtel mit beiden Händen zu, stemmte die Sohlen gegen die Schultern und hielt den Gegner damit im Schacht. »Buvendil! Her zu mir! Ich habe ihn!«

Würgend zappelte der Alb in der Schlinge, die Stiefel des Zwergs verhinderten, dass er das Boot verlassen konnte. Das Gesicht bekam viele schwarze Wutlinien und lief dabei erst rot, dann blau an.

Unvermittelt fühlte Xanomir unbeschreibliche Furcht, die sein Herz umklammerte und es zusammenpresste. Der Alb setzte seine Kräfte ein, um sich zu befreien. Der kurze Moment, in dem die Zwergenhände und -füße an Kraft verloren, nutzte der Feind. Keuchend stieß er sich auf den Sprossen ab und glitt aus der Röhre, stach dabei mit dem Dolch zu.

Die Klinge fuhr Xanomir durch die Wade, was ihn zum Aufschreien und Fallen brachte. Der Gürtel rutschte ihm aus den Fingern. »Buvendil! Rasch! Er macht sich los!«

Wütend riss sich der Alb das Leder vom Hals und trat nach hinten aus, traf den herbeilaufenden Buvendil gegen den Unterleib und ließ ihn zusammenklappen, seine Waffe entglitt ihm. »Er ist schon los«, zischte er. Ein zweiter Tritt gegen den Schädel fegte den blonden Zwerg vom Boot ins eiskalte schwarze Wasser.

Xanomir erhob sich hinkend. »Du wirst mein Boot niemals bekommen!« Er schleuderte seinen Werkzeughammer und erwischte den Alb an der Schulter, die Spitze blieb im Gelenk stecken. Dessen Hand öffnete sich und verlor den Dolch, der auf das Stahlblech klirrte.

»Doch, das werde ich! Und danach beherrschen wir das Meer wie sonst niemand.« Die schwarzen Linien auf dem Antlitz blieben, die Augen waren vor Wut finstere Löcher. Fast schien es, als ströme die Finsternis aus den Höhlen und verdunkle die Gestirne. »Dreckige Unterirdische! Wer hätte gedacht, dass ihr so etwas ersinnen könntet?« Mit dem unverletzten Arm zog er einen zweiten Dolch.

Xanomir schnappte sich den umherliegenden Gürtel. In seiner Not wich er dem Klingenstoß mit einer halben Drehung aus und warf die Schlinge um seinen Hammer, der noch im Schultergelenk des Albs steckte. Hastig zog er an und drehte sich dabei halb um die eigene Achse.

Durch den Schwung wurde der schreiende Alb herumgeschleudert und prallte zuerst gegen die Kante des Abstiegsschachts, bevor ihn der Wurf in die See beförderte. Platschend versank er in den Wogen.

Xanomir rutschte zum dahintreibenden Buvendil und ergriff seine ausgestreckte Hand. »Raus mit dir! Du sollst mir nicht erfrieren.«

Bibbernd wälzte sich der blonde Zwerg auf die Oberseite des Boots. »Wir müssen tauchen«, stammelte er. »Die Panzerfische. Sie …«

Die niedergehenden Wassertropfen neben seinem Kopf warnten Xanomir vor dem Angriff. Gerade noch wich er dem Schlag aus, sein eigener Hammer krachte mit der spitzen Seite auf das Blech und stanzte das dritte Loch in die Hülle. Der nachfolgende Tritt warf ihn gegen seinen Freund, Xanomir stolperte und fiel. Dabei bekam er Buvendils Schlagdolch zu fassen und reckte ihn aufwärts, kaum dass er sich auf den Rücken drehen konnte.

Der Alb kniete neben Buvendil, dem er den Hammer ins Gesicht geschlagen hatte. Der getroffene Zwerg röchelte feucht und zuckte, stemmte sich gegen den Tod. »Einen von euch hab ich.« Er schob den Sterbenden achtlos vom Boot zurück ins Wasser, wo er sofort unterging. »Dein Tod heißt Èthoras.«

»Buvendil! Nein! Bei Vraccas! Nein!« Xanomir erhob sich und hinkte auf den Gegner zu. »Eher versenke ich uns zusammen mit dem Boot, als es den Albae zu lassen!«

Unvermittelt füllte sich die Nachtluft mit flirrenden, silbernen Fischleibern. Die Seitenflossen flatterten und knisterten, Wasser spritzte und platschte. Der Schwarm war heran. Xanomir wurde seitlich getroffen und ging zu Boden. Vor seinen Augen gab es nur noch das zuckende Springen der Tiere. Schützend barg er den Kopf zwischen den Armen und hielt vor Anspannung die Luft an.

So schnell, wie der Schwarm gekommen war, so rasch verschwand er.

Wo ist der Alb? Langsam hob Xanomir den Blick und schaute sich um.

Auf der Oberseite des Boots sah er riesige Blutflecken und -spritzer, einige braune Haarsträhnen und einen halben Zeigefinger. Mehr war von dem tödlichen Gegner nicht geblieben.

Buvendil! Xanomir stemmte sich in die Höhe und blickte sich beklommen um, während sich im Osten die Schwärze in dunkles Blau wandelte. Die Sonne kündigte ihr Kommen an.

Aber sein Freund blieb verschwunden.

Vraccas sei ihm gnädig. Er verdiente sich seinen Platz in der ewigen Schmiede. Welche bittere Ironie, dass nicht Elria ihn getötet hatte, sondern ein Alb. *Und die Geschöpfe der Wassergöttin retteten einen Unterirdischen.* Xanomir war unendlich traurig und wütend. *Elende Schwarzaugen! Ich versenke sie für dich, Buvendil! Keinen lasse ich am Leben.*

Schnell verband er seine Beinwunde mit einem ausgerissenen Stück Gewandstoff und verschloss nacheinander die kleinen Löcher in der Stahlblechhaut des namenlosen Tauchbootes. Zufrieden betrachtete er sein Flickwerk.

»Hiermit taufe ich dich auf den Namen *Buvendil.*« Xanomir legte eine Hand auf die reparierte Außenhülle. *Das ist mehr als angemessen.*

Als er am sich aufhellenden Horizont eine Bewegung ausmachte und durch sein Spähglas schaute, stahl sich ein grimmiges Lächeln auf sein graubärtiges Gesicht. Blutrote Segel. Vier kleinere und ein riesiges Schiff. Und sie kamen genau auf ihn zu.

Elria ist mit mir. Schnell ging Xanomir unter Deck und schloss die Luke. Die *Buvendil* tauchte und nahm Kurs auf die albische Flotte. Es wurde Zeit, die neue Waffe auszuprobieren.

***

Die konzentrischen Kreise trugen Szmajro weit aufs Meer hinaus, bis schließlich die gesuchten blutroten Seidensegel am Horizont erschienen. Der Kurs führte sie geradewegs nach Osten und damit nach Woogentau. Die Albae beherrschten die Kunst, gegen den Wind zu kreuzen und dabei enorme Fahrt aufzunehmen.

»Da sind sie«, grollte Szmajro und beschleunigte, legte sich dabei in eine enge Kurve. »Der letzte Achtmaster und vier Begleitschiffe.«

»Es sind zu viele. Sie haben uns gesehen.« Goïmron versuchte, den Drachen von dem Angriff abzubringen. Er wollte nicht auf der offenen See im Geschützhagel der Albae sterben und von Säuregeschossen aufgelöst werden. »Kehre um und nimm dir Steine von Arima. Damit kannst du sie von oben –«

»Die Insel ist zu weit weg. Es ist zu ermüdend für mich, und die Albae segeln schnell«, widersprach Szmajro. »Nein! Sie sollen meine Flammen kosten!«

Zum Zusehen verdammt und die Hand um den Meeressaphir geschlossen, um sich notfalls durch einen Zauber zu retten, machte sich Goïmron auf dem Rücken des Geschuppten klein, um dem reißenden Flugwind und den Geschossen zu entgehen. Gleich darauf setzte ein Prasseln und Klirren ein, als die herkömmlichen Eisenbolzen und Kugeln an der Panzerung des Drachen abprallten und zerbarsten. Doch es mischte sich auch ein wütendes Kreischen darunter, als Szmajro Projektile zu spüren bekam, die ihn verletzten. Schließlich erklang das Fauchen von langen, schneidenden Lohen.

Goïmron sah lediglich Schemen, der Flugwind trieb ihm die Tränen in die Augen und verwässerte seine Sicht. Die Hitze des Drachenfeuers rollte über ihn hinweg, was sich beinahe angenehm angefühlt hätte, wäre es nicht mit grässlichen Schreien, beißendem Rauch und dem Gestank von brennendem Fleisch einhergegangen.

Der Zwerg wurde durch die abrupten Ausweich- und Angriffsmanöver nach rechts und links geschleudert, konnte sich stets geradeso an den rostfarbenen Hornplatten festhalten. Beinahe hätte er den Saphir und den Stock verloren, während Szmajro brüllend und tobend unter den kleineren Schiffen wütete.

Schließlich glitt der Drache langsamer dahin.

Goïmron wischte sich die Tränen aus den Augen, um zu sehen, was sich getan hatte. Er erkannte ein angeschlagenes Begleitschiff und den tadellosen Achtmaster, welche die Angriffe des Drachen überstanden hatten. Der Rest war von Szmajro vernichtet worden. *Welche Urgewalt in ihm steckt.*

Den Einsatz bezahlte der Geschuppte mit mehreren Wunden und Treffern von Gebeinbolzen. Ein zerplatztes Säuregeschoss hatte seiner rechten Schwinge zudem viele kleine Löcher verpasst, was ihn aber nicht am Fliegen hinderte. Heißes Blut rann über die Hornplatten und tröpfelte hinab.

»Du bist verletzt. Drehen wir ab«, bat Goïmron. »Lass den Rest unsere Flotte machen.«

»Nein!«, fauchte Szmajro wütend. »Diese schwarzäugigen Bastarde haben mich verändert. Mein Wesen manipuliert, mein ganzes Sein. Ich bin nicht mehr der Szmajro von einst«, wetterte er voller Inbrunst auf die Feinde herab. »Die Zhussa dachte, ich verfiele ihr, als sie mir die Hörner abschnitt. Aber ich behielt meinen freien Willen. Und meinen Hass.« Erneut tauchte er im Sturzflug ab, drehte sich und schlug Haken, um den Bolzen zu entkommen. »Die Schwarzaugen finden hier und heute den Tod.«

Wieder duckte sich Goïmron. »Dreh ab! Ich befehle es dir!« Er griff auf die Kraft des Meeressaphirs zu. »Vernimm meine Worte und folge ihnen: Brich die Attacke ab.«

Ein helles Schimmern legte sich über Szmajro, ohne dass er auf die Anweisung reagierte.

»So ist das also«, knurrte er. »Sitzt wie eine Laus in meinem Pelz und will mir Order erteilen. Um dich kümmere ich mich später.«

Wieso wirkt die Magie nicht? Goïmron versuchte es erneut. Aber mehr als ein harmloses Leuchten über den Hornschuppen stellte sich nicht ein.

DAS GEBIET DER WUNDER. ES MACHTE IHN BEI SEINEM WEITEREN WACHSTUM IMMUN GEGEN JEDE FORM VON MAGIE, BEFÜRCHTE ICH, verriet der Stein.

Goïmron erinnerte sich an den Blitz, der sich aus der Erde gelöst hatte und in die Zhussa, Szmajro und Slibina geschlagen war. *Damit könnten sie alle drei resistent sein.* Der Gedanke machte ihm Angst. *Was tun wir?*

ES GIBT NOCH *EINEN* ZAUBER, DEN WIR VERSUCHEN KÖNNEN. DEN DU VERSUCHEN KANNST. NEIN, MUSST. SONST WERDEN WIR IHN NICHT AUFHALTEN KÖNNEN. NIEMAND. WEDER DU NOCH MOSTRO, NOCH IRGENDEIN ARTEFAKT.

Die Albae hatten sich auf den Feind eingestellt und verteidigten sich geschickt. Ein gläsernes Säuregeschoss zerschellte am Schweif, zischend löste die ätzende Flüssigkeit zuerst das Horn, danach das Fleisch und den Knochen auf.

Szmajro kreischte gellend und warf sich herum, bevor er in die Nähe des Achtmasters gekommen war. »Ihr elenden Schwarzaugen!«, tobte er und ging auf Abstand zu den beiden Schiffen, auf denen die Geschütze nachgeladen wurden. Unter Volllast schoben sie sich weiter nach Osten auf Woogentau zu.

Da entdeckte Goïmron ein weinfassähnliches, lang gezogenes Gefährt, das sich seitlich des Achtmasters aus den Fluten hob. Wasser perlte an der grauen Blechoberfläche ab, dann öffnete sich eine schmale Luke, und ein Katapult kam zum Vorschein, an dem ein Zwerg stand und es bereit machte.

»Was geht da vor sich?«, murmelte er.

»Das sind Unterirdische! Sie trotzen Elrias Fluch.« Szmajro lachte laut. »Was haben sie da gebastelt? Es sieht aus wie ein Korken, der auf dem Wasser treibt.«

Die stählerne Schleuder auf dem Tauchboot schoss in beständigem Takt, der graubärtige Zwerg mit den langen Locken schwenkte die Mündung dabei hin und her. Flache, linsenartige Geschosse sprangen von Welle zu Welle und schlugen knapp ober- und unterhalb der Wasserlinie in den Rumpf des Achtmasters, wo sie die Planken pulverisierten und Löcher schufen. Noch ehe die Albae ihre eigenen Geschütze auf den überraschenden Feind ausrichten konnten, tauchte das rätselhafte Gefährt ab und verschwand unter der Oberfläche.

»Das war sehr klug«, freute sich Szmajro.

»Sieh nur! Sie bekommen Schlagseite!« Goïmron vergaß für wenige Augenblicke den Zwist, den er mit dem Drachen hatte.

Erneut tauchte das seltsame blecherne Fassboot auf, dieses Mal auf der Backbordseite des Achtmasters. Der Zwerg schoss die springenden Linsengeschosse in den angehobenen Rumpf, stanzte weitere Löcher in das verwundbare Holz und verschwand rechtzeitig unter die Wogen, bevor der Beschuss der Albae begann.

Blubbernd und unter langen aufschießenden Fontänen, als sich die Hohlräume mit Wasser füllten, sank das Großschiff. Albae schwammen im Meer und wurden vom Begleitschiff gerettet, solange es Platz darauf gab. Er reichte nicht für alle.

»Die hole ich mir«, sprach Szmajro genüsslich. »Und danach, kleine Zwergenlaus, sprechen wir darüber, was du und das Heer in Woogentau für mich tun werdet.«

»Für dich?« Goïmron tastete nach seiner Stockwaffe, die ihm Sicherheit gab.

»Ich bin der Erbe von Ûra und Herrscher über das Geborgene Land«, eröffnete Szmajro selbstgefällig. »Die Schwarzaugen in Dsôn Khamateion müssen als Nächste fallen und vergehen. Ich werde meine Schwester vom Bann der Zhussa befreien. Und ihr helft mir. Menschen, Zwerge, Elben und Meldrith. Ihr seid mein Heer.«

»Nein! Nein, das kannst du nicht verlangen!« Goïmron sah Tausende bei dem Versuch sterben, gegen die Albae zu siegen. Und ebenso viele bei dem Versuch, sich dem Willen des Drachen zu widersetzen. *Bei Vraccas! Es endet so oder so schrecklich, wenn ich ihn nicht aufhalte.*

»Und *wie* ich es verlange! Fügt ihr euch nicht meinen Anweisungen, werde ich die schlimmste Heimsuchung, die ihr jemals erlebt habt.« Szmajro kreiste über dem sinkenden letzten Schlachtschiff.

»Du hast mich anerkannt«, versuchte es Goïmron erneut, während er langsam die Gebeinklinge aus dem Gehstock zog. *Zwischen die Wirbel, am Ansatz hinter den beiden Hälsen.* Er saß genau an der richtigen Stelle.

»Ich sagte es dir schon einmal: Ich täuschte mich. Ich hielt die Aura des Steins für die deine«, entgegnete Szmajro. »Nur deswegen lebst du überhaupt noch, Zwergenlaus. Bist du brav und artig und überzeugst deine Freunde, mir zu folgen, mache ich dich vielleicht zu ihrem obersten Anführer.«

Zu seiner Stimme. Wie es einst Stémna bei Ûra gewesen ist. Niemals! Goïmron hatte die schmale, scharfe Klinge aus dem Gebein des Flammenflüglers unbemerkt aus der Hülle gezogen.

NICHT! DAS WIRST DU NICHT ÜBERLEBEN!

Ich muss es tun! Halte dich bereit. Ich brauche magische Kraft, um die Spitze durch seine Knochen und das Rückgrat zu schieben.

WENN DU IHN TÖTEST, WIRD DAS KOCHENDE BLUT DICH SIEDEN UND GAREN. SPÄTESTENS DER AUFSCHLAG AUF DEM WASSER BRINGT DICH UM.

Ich muss es tun. Vraccas sei mit mir. Für das Geborgene Land. Und für Rodana.

* * *

DAS GEBORGENE LAND, ZAUBERREICH RHUTA, WESTGRENZE, 1024 N. B. (7515. SONNENZYKLUS NACH ALTER ZEITRECHNUNG), SPÄTWINTER

Klaey sah frustriert auf den großen Spiegel, die Anrichte und die beschlagene schwere Kassette, in welche die Einreiseabgabe geleistet werden musste. Jedenfalls an herkömmlichen Umläufen.

Denn auf der reflektierenden Oberfläche prangte in großen Lettern:

BESUCHE
DES REICHES RHUTA
SIND AUF UNBESTIMMTE ZEIT
NICHT MÖGLICH

So ein verfluchter Mist! Egal, auf welche Weise Klaey und seine Truppe es versucht hatten, die Schwelle zu überschreiten, ein magischer Schild hinderte sie am Durchkommen. Weder Rennen noch langsames Gehen half, weder vorwärts noch rückwärts. Auch das Küssen des mohnblütigen Glücksamuletts aus Lapislazulischeiben half nicht. Ein Zauber blockierte den Körper und machte es unmöglich, die Grenze zu passieren.

»Nun stehen wir dicht vor unserem Ziel und kommen nicht rein!«, beschwerte sich Jowna, einst eine der besten Armbrustschützen und Späherinnen des brigantinischen Heeres. Die Dreißigjährige galt als unbarmherzig und zielsicher. »Wir haben uns die Stiefel durchgelaufen und sind durch die Anstrengung abgemagert bis auf die Knochen – und für was?« Ihr anklagender Blick richtete sich auf Klaey.

Er rieb sich durch die lang gewachsenen schwarzen Haare und korrigierte den Sitz der Mütze, die sein Brandzeichen auf der Stirn verbarg. »Ich gebe zu, dass mir die Ideen ausgehen.« *Cadengis möge die Zauberer allesamt strafen.*

»Und jetzt? Warten wir, bis man wieder einreisen kann? Dann ist Mostro längst zurück. Gegen ihn kommen wir nicht an.« Jowna trat wütend einen Stein davon. »Tausendundein Dämon! All das Gerenne für nichts! Dort warten die Schätze sackweise und verhöhnen uns.«

»Dann hätten wir ebenso Kutschen und Gehöfte ausrauben können«, murrte ein anderer.

»Oder unterwegs einen schönen Unterschlupf errichten und uns einen Namen als Wegelagerer machen«, fiel ein Dritter in den Chor der Lamentierenden ein.

»Jetzt seid ruhig. Wir finden bestimmt einen Weg.« Klaey blickte in die Ferne. »Lasst es uns an einem anderen –«

»Noch mehr Gelaufe?«, unterbrach ihn Jowna und spuckte aus. »Wie lange denn? Die Grenze ist dicht. Dafür sorgte Vanéra oder einer ihrer Vorgänger. Die Zauberer hätten ihr Reich in ihrer Abwesenheit kaum ohne Schutz zurückgelassen. Diese unsichtbare Wand ist gedacht gegen Bestien und Armeen. Wir Häuflein Brigantiner durchbrechen sie bestimmt nicht.«

»Das müsst ihr auch nicht«, sagte eine kehlige Stimme in ihren Rücken. »Ergib dich, Klaey Berengart. Du und deine Truppe seid in meiner Gewalt. Leistet keinen Widerstand. Es bekäme euch nicht gut.«

Klaey drehte sich zu dem Sprecher um. Ein Srgāláh, der in Kampfhaltung auf dem Weg stand. Die spitzen Ohren ragten aufmerksam in die Höhe, die lange Nase witterte aufgeregt. In den Händen hielt er einen überlangen Speer, an dessen Ende eine breite Klinge mit Haken befestigt war. Die Abzeichen und Auszeichnungen auf der Lederrüstung und dem Mantel verdeutlichten, wen Klaey vor sich hatte. So viele hochdekorierte Srgāláh gab es im Geborgenen Land nicht. »Du bist der, den sie Sònuk nennen?«

»Ja. Und ich folgte euch den ganzen Weg. Ihr konntet mich nicht abschütteln, aber ihr wart sehr schnell, das muss ich euch lassen.« Sònuk bedeutete mit der üblen Klinge, dass sie sich auf den Boden knien sollten. »Ich werde euch nacheinander fesseln. Danach gehen wir gemeinsam zum nächsten größeren Dorf. Das sind anderthalb Umlaufmärsche. Das Gehen seid ihr ja gewohnt.«

Die Brigantiner regten sich nicht und sahen ihren Anführer fragend an. Srgāláh waren gefürchtete Kämpfer. Flink und gewandt attackierten sie mit Waffen, Klauen und Zähnen und besaßen einen besonderen Sinn, um die Angriffe ihrer Feinde vorherzusehen.

Klaey räusperte sich. *Aber wir sind ein Dutzend. Mehr als vier Verletzte, höchstens einen Toten wird es nicht geben.*

»Warum bringst du uns nicht nach Rhuta? Das ist viel näher?«, schlug er listig vor.

»Weil niemand hineinkommt.«

»Auch du nicht?«

Sònuk schüttelte den Kopf. »Nun auf die Knie.«

Klaey atmete einmal durch. »Ich fürchte, du musst uns dazu zwingen.« Seine Leute zogen daraufhin ihre Schwerter, Degen, Säbel und Dolche. »Freiwillig ergeben wir uns nicht. Denn wir sind viel mehr als –«

Ansatzlos sprang Sònuk vorwärts und schmetterte Jowna die flache Seite der langen Klinge gegen die rechte Gesichtshälfte, sandte die Brigantinerin in die Bewusstlosigkeit und in den Matsch. Außer einem Bluterguss, der sich sogleich bildete, war die Frau unverletzt.

»Das ist meine letzte Warnung«, sagte er knurrend. »Auf. Die. Knie.«

Drei Männer wichen vor dem Srgāláh zurück, der die Lefzen entblößte und seine langen Zähne zeigte, während die Übrigen umso entschlossener blickten und die Waffen hoben.

»Dann versuche dein Glück.« Klaey zog sein Rapier und küsste seinen Talisman. »Aber wir ergeben uns nicht!«

»Eure Entscheidung. Ich frage zwischendurch noch einmal nach. Solltet ihr genug haben, lasst es mich wissen.« Sònuk ging in den Angriff über. Sein Speer wirbelte und surrte mit unglaublicher

Geschwindigkeit, parierte die Stiche, Hiebe und Schläge der Brigantiner, teilte umgekehrt leichte Treffer aus, die oberflächliche Schnitte verursachten.

Klaey hielt sich im Hintergrund und wartete, bis sich eine Lücke in dem Hauen und Stechen auftat. *Ich habe mich in meiner Berechnung getäuscht. Das wird eng für uns.* Vier weitere Männer und Frauen gingen zu Boden, lagen benommen im Schlamm und hielten sich ihre Wunden. *Na schön.* Klaey warf einen vorwurfsvollen Blick auf seinen Talisman, zog seinen breiten Dolch zusätzlich zum Rapier. *Dann …*

Ein dunkles Surren wie von einem Vogelschwarm, ein lautes wütendes Wiehern – und ein dunkler Schatten traf Sònuk gegen die Brust. Blitze zuckten, als Hufe auf den Lederharnisch prallten. Mit einer lauten Entladung schleuderte die Energie den Srgāláh nach hinten; seine Hand öffnete sich, und er verlor den Speer.

»Todesschwinge!«, rief Klaey freudig überrascht. »Guter Junge! Mach den Bastard fertig!«

Noch bevor Sònuk aufschlug, hatte ihn der Flugmahr im Trudeln mit seinen Reißzähnen gepackt und trug ihn mit sich hinauf in den Himmel, um ihn in großer Entfernung fallen zu lassen. Wie ein Stein stürzte der Srgāláh abwärts und schlug außerhalb von Klaeys Sichtfeld ein. Der schwarze Hengst setzte ihm nach und verschwand ebenso.

Beim Anblick des Flugmahrs machte es Klick in Klaeys Verstand. *Natürlich! Das ist die Lösung!*

»Todesschwinge! Komm zu mir!«, rief er und steckte seine Waffen weg. »Kümmert euch um die Verletzten«, befahl er und sah den Rapphengst aufsteigen und mit lautem Wiehern auf ihn zufliegen. »Ich sichere uns schnell die Kammer der Wunder, und dann hole ich euch dazu.«

»Was hast du vor?« Jowna richtete sich ächzend auf und hielt sich die geschwollene Wange.

»Ich fliege *über* diese vermaledeite Barriere. Irgendwo dort oben endet sie. Vanéra musste Ûra Tribut entrichten. Also gelangte die Drachin durch den Bannzauber«, erklärte er rasch und schwang sich auf den Rücken des Tieres. Ausgiebig streichelte er den Hals und den Kopf des Hengsts, von dessen Maul und Nüstern das Blut des Srgāláh troffen. »Wie ich dich vermisst habe«, sprach er und streichelte ihn. »Ängstlich vermisst, aber vermisst. Dich und deine scharfen Zähne.«

»Wehe dir, du lässt uns sitzen, Klaey. Ich schwöre, dass ich dich finde«, rief ihm Jowna hinterher. »Denk an meine Bolzen!«

»Hab ein bisschen mehr Vertrauen, Jowna. Und keine Sorge wegen Sònuk. Der kommt nicht wieder. Wie wär's? Machen wir uns zu den neuen Herrschern von Rhuta?«, gab er im Überschwang zurück und erhob sich mit Todesschwinge in die Lüfte. »Dich ernenne ich zur Ministerin für verlorene Zuversicht.«

»Du kannst mich mal, Klaey Berengart«, gab Jowna lachend zurück. »Du Minister der hohlen Versprechungen!«

Hoch und höher schwang sich der Flugmahr, die Erde fiel weit unter ihm und dem Brigantiner zurück. Mehrmals versuchte Klaey, ob die unsichtbare Barriere endete, allmählich wurde die Luft dünner. Kurz bevor er ans Aufgeben dachte, flog Todesschwinge unvermittelt über die Grenze und glitt wiehernd südwärts ins Landesinnere.

Ich wusste es! Plündern wir die Kammer der Wunder und rauben sämtliche Schätze, die wir finden können. Klaey lenkte den Nachtmahr zur Hauptstadt Vanélia und erreichte sie innerhalb kürzester Zeit bei Einbruch der Dämmerung. Der Palast der Maga war rasch ausgemacht. Er ließ Todesschwinge auf dem Dach landen, ohne dass sie bemerkt wurden. Die Dunkelheit verlieh ihnen genügend Schutz.

»Du wartest auf mich«, sagte Klaey zum schnaubenden Hengst und streichelte seine Blesse. »Friss, nach was dir der Sinn steht. Außer mich.« Der Mahr wieherte einmal auf und schlug mit dem Schweif. »Pst! Mach dabei keinen Lärm!« Leise eilte er los.

Durch eine Treppe gelangte er ins Gebäude, ging Flure, Korridore und Stufen hinab, wich den wenigen Wachen und Bediensteten aus, die im Palast umherwandelten und Lichter anzündeten. Die Büsten, Gemälde und Statuen der verstorbenen Maga waren mit Trauerflor behangen, davor brannten kleine Gedenkkerzen. Klaey drang spielend leicht tiefer in den Palast vor. Niemand rechnete mit einem Eindringling. Nach schier unendlich langer Zeit fand er den Eingang in die Kammer der Wunder. *Da bist du ja, du ganz besonderer Schatz!*

Dass das Doppelportal aus poliertem, hellgrauem Ligusterholz mit Goldbeschlägen verschlossen war, störte ihn nicht weiter. Geschwind warf er den schweren Mantel und die Mütze ab, nahm sein Einbrecherwerkzeug aus der Tasche und trat nach vorne. *Jetzt darf nur kein Zauber darauf liegen. Sonst bin ich am Arsch.* Auf alles gefasst und mit zusammengekniffenen Lidern, setzte er nach einem Kuss aufs Amulett die kleinen Häkchen am Schloss an – nur um zu bemerken, dass es bereits geöffnet war. Vanéra vertraute offenkundig auf die Ehrlichkeit ihrer Untergebenen.

Oder ist jemand darin, um sich zu bedienen wie ich? Klaey schob den Eingang einen Spaltbreit auf, um lautlos hineinzuhuschen.

Im Innern wartete eine riesige, beleuchtete Halle auf ihn, vollgestellt mit Regalen und Schränken bis zur Decke. Darin türmten und drängten sich eine unermessliche Anzahl von Artefakten, die aufs Geratewohl eingeräumt worden waren. Lüster und Leuchter schwebten von Zauberhand umher und verteilten Helligkeit.

Bei Cadengis Mutter! Klaey trat an die Balustrade und sah aus dreißig Schritt Höhe auf den Wald und Wust aus Regalen und magischen Gegenständen. *Wie soll ich darin etwas finden? Wie erkenne ich das Wertvollste?* Sein Plan, der bis zum Betreten der Kammer ein guter gewesen war, geriet unerwartet ins Wanken. Klaey kratzte sich ratlos an der Schläfe – und sah aus dem Augenwinkel eine Frauengestalt in einer schwarzen Trauerrobe, die aus einem Räumchen auf die Balustrade trat. Ihr Gesicht war ihm von den Bildern im Palast vertraut. *Adelia? Verdammt!* Die Famula hatte sich schneller als er und seine Brigantiner durch das Geborgene Land bewegt und Rhuta vor ihm erreicht. *Wenn sie mich sieht, schlägt sie Alarm,* zuckte es durch seinen Kopf. *Oder sie greift mit irgendeinem beschissenen Artefakt an!*

Klaey musste etwas unternehmen. Hastig schlich er sich näher, packte Adelia ruckartig von hinten und setzte ihr die Dolchspitze an die Kehle. »Keinen Mucks.«

Sie erstarrte, drehte den Kopf leicht zu ihm – und dann lachte sie. »Ihr seid Klaey Berengart der Krächzer. Diese Stimme ist einmalig, sagt man. Ich kenne Euer Gesicht und das Brandzeichen auf Eurer Stirn von den Steckbriefen.«

»Wisperer. Nicht Krächzer.« Klaey schob sie an die Balustrade. »Augen nach vorne, Famula. Ich will keinen Ärger mit dir. Sag mir, was die wertvollsten und mächtigsten Artefakte sind, die ich mitnehmen kann. Dann bringst du mich zur Schatzkammer, und nach einem knappen Besuch darin bin ich verschwunden.«

»Ein Raubzug, weitab vom Heer Eurer Gegner. Es ist weise, das Unerwartete zu tun«, sagte sie mit einem anerkennenden Nicken.

»Nicht wahr?« Klaey erhöhte den Druck auf den Stahl an ihrer Haut, auch wenn es ihm leidtat. Die langen blonden Locken kitzelten an seiner Nase. »Ich höre?«

Aber die Famula blieb stehen. »Seid Ihr einem Geschäft nicht abgeneigt, Klaey Berengart?«

»Was sollte das sein?«

»Ein Geschäft, bei dem wir beide profitieren.«

Klaey konnte der Frage einfach nicht widerstehen: »Wie?«

»Ihr tut so, als hättet Ihr Rhuta im Handstreich ein- und mich als Geisel genommen. Dafür sorge ich dafür, dass niemand hereinkommt und Euch etwas zuleide tut«, eröffnete Adelia. »Kein Soldat und auch kein sonstiges Wesen.«

Das Angebot glaubte Klaey nicht einen Herzschlag lang. Es klang einfach viel zu gut und ergab keinen Sinn. »Dein Freund Mostro wird uns ganz schnell aus dem Land werfen. Oder es ist ein Trick von dir, damit er uns ergreifen und als Held dastehen kann?«

Die Famula lachte so laut und voller Verachtung, dass es von den Kammerwänden widerhallte. »Im Gegenteil! Ich hasse ihn. Es wird mir eine Freude sein, ihn auszusperren.«

Denk nach. Warum sollte sie das tun? Klaey entsann sich, dass Adelia die eigentliche Nachfolge in Rhuta zugestanden hätte. Der Famulus hatte sich über den letzten Willen der Maga und die Tradition hinweggesetzt. *Nun gut. Sie hat den besten Grund, dieses Spiel mitzuspielen.* »Und du vermagst das mit Sicherheit?«

»Aber natürlich. Ich bin die Einzige, die sich mit den Artefakten auskennt. Vanéra hatte keinen Überblick, und Mostro interessierte sich nie dafür. Er wollte lieber ein echter Magus sein«, erklärte sie. »Alles, was wir brauchen, um uns diesen Kerl vom Leib zu halten, besitzen wir.«

»Und du könntest sagen, dass wir dich dazu gezwungen haben«, sagte Klaey und lachte leise. »Bei einem Umsturz wärst du fein raus.«

»Ganz genau, Klaey Berengart. Ihr hättet ein eigenes Reich, das ich für Euch verwalte. Die Menschen vertrauen mir und mögen mich. Im Gegensatz zu Mostro. Und darüber hinaus müsstet Ihr nicht durch das Geborgene Land hetzen, stets Verfolger auf den Fersen, die sich das Kopfgeld verdienen wollen.« Adelia wandte sich langsam um und sah auf seine Hand mit der Klinge. »Jetzt fragt, was ich in Euren Augen erkenne.«

Klaey gefiel die Famula ausgesprochen gut. Hinterhältig, skrupellos und liebenswürdig. *Sie passt ausgezeichnet zu mir.* »Woher weiß ich, dass du mich und meine Leute nicht einfach mit den Artefakten bezwingst, sobald ich meinen Dolch wegnehme?«

»Weil das schon längst hätte geschehen können.« Adelia hob langsam ihre Linke und wies ihm einen Fächer, den sie zwischen ihren Fingern aufklappte. »Damit. Er erzeugt einen Luftstoß, mit dem ich Euch wie ein Blatt von der Balustrade in die Tiefe schicken kann.«

Grinsend nahm Klaey den Dolch weg und steckte ihn ein. »Ich denke, wir haben eine sehr gelungene Abmachung, Adelia.« Er streckte ihr die Hand entgegen. »Es gibt keinen netteren Schurken als mich. Das wirst du bald sehen.«

Ohne zu zögern, schlug sie ein. »Ich werde mich natürlich in mein Schicksal ergeben, grausamer Brigantiner. Aber denkt nicht, dass Ihr mich loswerden könntet. In Rhuta gibt es viele Geheimnisse, mit denen nur *ich* mich auskenne. Ohne diese Geheimnisse hätte Mostro leichtes Spiel mit Euch.«

»Na, dann sollte ich dich am besten ehelichen.«

Adelia zwinkerte ihm zu. »Ich weiß, wo Eure Leute warten, und hole sie rasch durch die Barriere. Ich sende einen Wagen, damit sie nicht laufen müssen. Sie beschwerten sich wirklich sehr über die Marschiererei.«

»Das hast du gehört?«

»Spiegel können mehr als nur denjenigen zeigen, der hineinschaut, Klaey Berengart.« Adelia ging in Richtung Ausgang. »Seht Euch ruhig ein wenig um. Ihr habt dies hier ja erobert. Danach erwarte ich Euch und Eure Truppe im Speisezimmer. Sie wird hungrig sein.«

Klaey sah der jungen Frau im schwarzen Trauergewand hinterher und bekam das Grinsen nicht mehr aus dem Gesicht. *Ein gewagtes Spiel.* Er schlenderte die Treppen hinab, küsste dankbar seinen Talisman, und spazierte in der Halle zwischen den dreißig Schritt und höher aufragenden Regalen, Schränken und Artefakten umher. *Es ist das beste, das ich je spielte.* Ihm kam ein lautes, befreites Lachen über die Lippen. *Herrscher von Rhuta!* Zwar lediglich nominell, aber das ahnte keiner.

Fast hätte es Klaey geschafft, sich in dem Labyrinth zu verlaufen. Anhand der Balustrade konnte er sich jedoch orientieren, sobald er nicht mehr weiterwusste. Bei seinem Spazieren entdeckte er einen Zettel auf dem Boden, der in einem Gang lag, der ungewöhnlich blitzeblank aufgeräumt war. Er hob ihn auf und las die Inventarnummer zusammen mit der kurzen Beschreibung.

Artefaktnummer 7862
DER UNGLÜCKSSTEIN
ein makelloser Meeressaphir in einer Drachenfigurfassung
Herkunft des Steins: Braunes Gebirge
Qualität: Voller magischer Bannkraft

ACHTUNG – NUR ZUR ZIERDE NUTZEN
NIEMALS auf das Gebiet der Wunder
&
NIEMALS mit Meereswasser in Berührung bringen
Sonst lässt sich das Unglück nicht mehr aufhalten,
welches der Stein birgt und bewahrt

Ein Unglücksstein? Bei Cadengis Mutter, nein, will ich nicht. Klaey legte den Zettel auf den Boden zurück. Die Beschreibung weckte eine vage Erinnerung. *Ich hoffe, ich finde noch bessere Artefakte als dieses.* Er war sehr gespannt, was Adelia an Schätzen hervorzauberte. Und noch mehr freute er sich auf das Lächeln der blonden Famula.

***

»Wieder andere Zwerge überlegen eine gefährliche Sache: Sollen die Kinder des Schmieds über das gesamte Geborgene Land herrschen? Ist das der neue Auftrag von Vraccas, und schob er deswegen die neuen Gebirge tief ins Land voran? Hat er die Zwerge deswegen aus den Gebirgen geschüttelt, damit sie die Gelegenheit ergreifen und zu wahren Beschützern werden, indem sie das Geborgene Land regieren?
Auch das wird in geheimen Zusammenkünften besprochen, sagt man.«

Dar Whjenn, Kundiger von Flora, Fauna und Weltgesetzen

KAPITEL XVII

*DAS GEBORGENE LAND, BINNENMEER, 1024 N. B.
(7515. SONNENZYKLUS NACH ALTER
ZEITRECHNUNG), SPÄTWINTER*

Goïmron fädelte die Spitze der Gebeinklinge zwischen die Hornplatten, um nicht durch die Panzerung stechen zu müssen, die Stahl und Magie widerstand. *Für Rodana!*

Ruckartig stieß er zu und wollte sich mit der Magie des Meeressaphirs mehr Kraft geben – aber nach nicht einmal einer halben Fingerlänge brüllte Szmajro auf und drehte sich kopfüber. Der Zwerg wurde durch die Fliehkräfte herumgeschleudert, die Knochenwaffe glitt aus dem Fleisch und hinterließ nur einen Kratzer. Heißes Blut tröpfelte zwischen den Schuppen heraus, traf Goïmron auf die Kleidung, am Hals und im Gesicht. Zischend brannte sich die Flüssigkeit in seine Haut und brachte ihn zum Aufschreien.

Sosehr es Goïmron versuchte, er konnte sich nicht länger halten. Mit einem weiteren Aufschrei fiel er und raste dem Meer entgegen. Die Oberfläche wurde groß und größer, die Wellen und Schaumkronen schwollen an.

Da erschien Szmajro neben ihm, das rechte Maul klappte weit auf. »Du Verräter«, grollte er. »Das wirst du büßen! Ich verschlinge dich im Sturz!«

»Weg von mir!« Goïmron schlug mit der Gebeinklinge zu und erwischte die Schnauze des Drachen. Die Schneide hinterließ eine aufklaffende Wunde, und wütend schnaubend zuckte der Kopf zurück.

DIE ARME RAN! RASCH, befahl ihm der Stein. KINN AUF DIE BRUST. ZUM DREHEN IST ES ZU SPÄT.

Gerade noch folgte Goïmron der Anweisung, und gleich darauf tauchte er in die See ein. Der harte Aufschlag raubte ihm für mehrere Herzschläge die Sinne. Benommen zappelte und ruderte er in der flüssigen Schwärze, ohne zu wissen, wohin er schwamm. Die Luft ging ihm aus, die Kälte versetzte ihn mehr und mehr in Starre. Er meinte, Elrias Arme an sich zu spüren, die ihn hinab auf den Grund zogen.

ZUM LICHT, ZWERG. BESINNE DICH UND SCHAU DICH UM. SCHWIMM INS HELLE!

Goïmron riss sich zusammen und orientierte sich, sah das Sonnenlicht durch die Wogen scheinen. Wie ein Hund paddelte er, um vorwärtszukommen. Die Zähne klapperten, seine Muskeln wurden vom eisigen Wasser schwach.

Keuchend durchbrach er die Oberfläche und rang nach Luft. Zu seinem Glück schwammen Wrackteile der zerstörten Albaeschiffe vorüber. An das größte davon klammerte er sich, zog sich darauf und rollte sich auf den Rücken. *Ich lebe!* Blut rann aus seiner Nase, es schmeckte warm und metallisch.

ABER NICHT LANGE, WENN DU NICHT TUST, WAS ICH DIR SAGE.

Goïmron sah Szmajro über sich hinwegziehen. Der Drache suchte nach ihm. *Und er wird mich bald finden.* »Was soll ich gegen diese Bestie ausrichten? Er ist immun gegen Magie.« Bebend vor Kälte, stützte er sich auf die Ellbogen und sah die Gebeinklinge, die er trotz allem nicht losgelassen hatte. »Du hast mich vorhin im Stich gelassen!«

ICH SAGTE DIR, ICH KENNE EINEN ZAUBER, DER BESSER HELFEN KANN.

Goïmron erinnerte sich schwach. »Wird er gelingen?«

ICH SCHNAPPTE DIE WORTE EINST BEI EINEM GROSSEN HEXENMEISTER AUF. NIE HÄTTE ICH GEDACHT, DASS ICH SIE EINMAL ANWENDEN LASSE. HALTE MICH UNTER WASSER UND SPRICH DIE FORMEL NACH, DIE ICH DIR SAGE.

Szmajro stieß einen langen Schrei aus den Mündern aus und

beschrieb eine enge Kurve, die ihn zurück zum Zwerg brachte. Goïmron war von ihm entdeckt worden.

Ich habe keine Wahl. Zitternd robbte er auf dem Treibstück nach vorne, hielt den Meeressaphir samt Figürchen unter Wasser und wiederholte Silbe für Silbe den Spruch, den ihm der Stein in den Kopf flüsterte. Ein heißes Stechen ging durch Goïmrons Hand. Der Saphir leuchtete hell wie eine kleine blaue Sonne. Gleichzeitig löste sich das Drachenfigürchen von dem warmen Edelstein und glitt zwischen den zittrigen Fingern des Zwergs hindurch. Letztlich verlor der Meeressaphir sein blaues Glimmen – und zerbrach.

»Nein!« Hastig riss Goïmron die bebende Hand zurück. Die zersprungenen Stücke fielen auf das Holz und wurden dabei noch kleiner und winziger, bis die überschwappenden Wogen sie hinfortspülten. *Ich beging einen Fehler! Ich habe mich bei der Formel vertan!* Entsetzt sah er die Splitterchen verschwinden. *Die letzte Gelegenheit, um Szmajro zu schlagen, und ich Idiot habe sie vertan!*

Ein heftiger Wind kam auf. »Da bist du!« Der doppelköpfige Drache stand genau über Goïmrons schwimmender Zuflucht und hielt seine Position mit mächtigen Schwingenschlägen. Die glutroten Augen blickten verächtlich auf ihn nieder. »Du hast deine Besonderheit verloren, wie ich bemerke. Ohne den Stein bist du nichts weiter als ein leckerer Bissen.«

Unter Aufbietung seiner letzten Kraft erhob sich Goïmron auf dem Treibholz und reckte die Gebeinklinge gegen die übermächtige Bestie. »Ich werde dir schwer im Magen liegen«, versprach er bibbernd. »So schwer ich es nur vermag!«

Szmajro senkte sich langsam herab und schnaubte verächtlich, vorfreudiger Geifer floss aus den beiden Mäulern. »Ich finde einen Vernünftigen, der meine Forderungen an das Geborgene Land stellt. Und ich werde berichten, was ich mit dir tat. Wie du geschmeckt hast.«

Unvermittelt explodierte das Meer neben dem Wrackteil. Eine

Fontäne stieg zehn Schritt in die Höhe und überschüttete Goïmron mit einem eisigen Guss, Gischtwolken waberten umher. Inmitten der geysirartigen Detonation schnellte ein schlanker Körper aus den Fluten und packte den aufbrüllenden Szmajro, zog ihn herab und mit sich unter die Oberfläche.

Die hohen Wellen kippten das Trümmerstück, auf dem Goïmron stand, prustend fiel er zurück in die See. Dieses Mal fand er sich trotz der vielen Luftblasen besser zurecht und kämpfte sich rascher an die Luft, bekam erneut einen Balken zu fassen.

In geschätzt dreißig Schritt Entfernung kochte und brodelte das Meer, Wassermassen stoben auf und umher. Schaum und Tröpfchen raubten dem Zwerg immer wieder die Sicht auf das, was sich darin tat. Gelegentlich zuckte Szmajros Schweif, ein Kopf mit den Feuerhörnern oder eine Schwinge heraus, während der rostfarbene Drache brüllte und kreischte, dass sich Goïmron die Ohren zuhalten musste, um nicht taub zu werden. Die Lohen stachen weiß und rot aus dem Meer und erloschen zischend.

Der Zauber wirkte doch! Die Formel hatte ein magisches Wesen erschaffen, das Szmajro ersäufen wollte. *Ich hoffe, es ist stark genug.*

Bald erlahmte die Gegenwehr des Drachen. Das Brausen und Blubbern und Spritzen nahm ab und endete schließlich ganz. Abgesehen von heißen, salzigen Nebelschwaden, die in den Augen bissen, blieb die See ruhig.

Wo steckt Szmajro? Goïmron fühlte seinen Körper nicht mehr, das kalte Wasser lähmte ihn. Ohne den Balken, an dem er mit einem Arm und einem Bein hing, wäre er schon längst untergegangen. *Wie der Drache.*

HALTE DURCH, sprach die Stimme des Saphirs überraschend zu ihm. MAN HOLT DICH GLEICH MIT DEM TAUCHBOOT.

»Was … was ist passiert?« Goïmron schaute sich zitternd um, sah aber niemanden.

DU HAST DEN BANN GEBROCHEN, DER MICH AN DEN SA-

PHIR BAND. ICH GLAUBTE NICHT MEHR DARAN, ERLÖST ZU WERDEN.

»Erlöst?« Hustend spuckte Goïmron vom verschluckten Wasser aus. »Ich dachte, du bist der Edelstein?«

ICH WAR DAS FIGÜRCHEN, GOÏMRON. DER STEIN SPRACH NIE ZU DIR. VERZEIH MIR DIE LIST. ICH BEFÜRCHTETE, DASS DU MICH SONST NICHT MITNIMMST.

»Du … du warst ein echter Drache«, begriff Goïmron.

VOR LANGER ZEIT FERN VON HIER GEFANGEN UND MIT EINEM FLUCH BELEGT. ABER DU GABST MIR HOFFNUNG. UND NUN DIE FREIHEIT. DAFÜR STEHE ICH AUF EWIG IN DEINER SCHULD.

Goïmron hatte so viele Fragen, aber er war müde, so unfassbar müde. Dafür ließen das lästige Zähneklappern und Schütteln nach. »Wie ist dein Name?«

SOLLTEST DU MICH BENÖTIGEN, BEGIB DICH ANS MEER, TAUCHE DEIN GESICHT EIN UND RUFE DREI MAL TALLAS. UND BALD ERSCHEINE ICH.

Goïmron wollte nicht, dass der Drache verschwand. »Bleib! Wir brauchen dich gegen …«

ICH BIN EIN MEERESDRACHE, GOÏMRON. AUSSERHALB DIESES ELEMENTS TAUGE ICH WENIG. ABER ICH WERDE DIR HELFEN, WO IMMER ICH KANN. WANN IMMER ICH KANN.

Neben dem Balken entstanden Luftbläschen an der Oberfläche, dann schob sich das Tauchboot aus der See empor, das Goïmron vorhin gesehen hatte. Eine Luke klappte auf, und ein graubärtiger Zwerg stieg hinaus. Humpelnd kam er näher und hielt einen angeleinten Wurfhaken in der Hand. »Da komme ich aber rechtzeitig, um Elria zu erzürnen«, rief er erleichtert und holte aus. »Los, mein Junge. Rein in die gute Stube. Ich wärme dich wieder auf.«

ES WÄRE MIR LIEB, WENN ICH DEIN GEHEIMNIS BLIEBE. ICH VERSPRECHE, DEN VÖLKERN DES GEBORGENEN LANDES NICHTS ZU TUN.

»Einverstanden«, murmelte Goïmron.

»Na, alles andere hätte mich gewundert«, gab der Zwerg zurück und zog den Balken mit dem Haken näher. Schließlich hievte er Goïmron aus dem Meer. »Ich bin Xanomir. Willkommen an Bord der *Buvendil.*«

NOCH EINE SACHE. DU BIST KEIN MAGUS. SÄMTLICHE MAGISCHE KRAFT WAR MEINE. ZIEHE BESSER FORTAN NICHT MEHR ALS ZAUBERER IN EINE SCHLACHT.

»Das ist wohl besser so«, raunte Goïmron.

»Oh, das ist viel besser. Wir haben es warm und gemütlich.« Xanomir trug ihn zur Luke.

UM DAS LETZTE ALBSCHIFF KÜMMERE ICH MICH. WERDE GESUND, GOÏMRON SCHNITZEISEN. UND NIMM MEINEN DANK.

Als die Stimme des Meeresdrachen verstummte und Goïmrons Sinne schwanden, wusste er: *Ich werde ihn vermissen.*

***

DAS GEBORGENE LAND, SINTERREICH, 1024 N. B. (7515. SONNENZYKLUS NACH ALTER ZEITRECHNUNG), SPÄTWINTER

Gata schaukelte in ihrem Sessel dezent vor und zurück. Die Sonnenstrahlen lockten und riefen sie ins Freie und zu einem Bummel durch Woogentaus Gassen und Straßen mit den bunt bemalten Wänden und Fensterläden.

Aber sie widerstand.

Es wäre höchst unhöflich, die Besprechung zu verlassen, auch wenn sie nichts zur gegenwärtigen Unterhaltung rund um die Zukunft von Undarimar beizutragen hatte.

Gata fand es in dem Städtchen angenehm, obwohl das Meer für ihren Geschmack zu dicht vor der Tür des Gasthofs lag, in dem sie abgestiegen war. Die morgendliche Aussicht von ihrem Bett auf schier unendlich weites Wasser sorgte bei ihr für Unruhe, nicht für Entspannung, wie es viele behaupteten. Sie konnte es kaum erwarten, ins Schwarze Gebirge zurückzukehren.

Ich habe wahrlich genug dort zu tun, nachdem die größten Bedrohungen beseitigt sind. Gata sah in die Runde, die sich im Tanzsaal eingefunden hatte, in dem nun Tische, Stühle und Sessel standen. Die Delegierten der Menschen, Zwerge, Elben und Meldrith berieten, wie es weiterging. Mit Besprechungen kannten sich die Mächtigen inzwischen bestens aus. Jeder und jede wusste um die Regeln und hielt sich daran, damit nicht durcheinandergeredet wurde und Zusammenkünfte noch länger dauerten.

Tungdil Goldhand saß in der Mitte, mit Goïmron an seiner Seite, lenkte den Verlauf der hitzigen Dispute und suchte nach den besten Lösungen, damit sich niemand untervorteilt vorkam. Die Zwergenstämme hatten den greisen Zwerg zu Beginn der Zusammenkunft ehrenhalber zum Großkönig ernannt, um seine Leistung zu würdigen. Er habe dem Geborgenen Land die Sicherheit gegen Feinde von außen zurückgegeben.

Gata sah das nicht ganz so positiv.

Ihr Königreich hatte durch den Einbruch des alten Zugangsstollens die wertvolle Festung im Osten verloren, die gewiss alsbald in die Hände von streunenden Scheusalen fiel. Trotzdem hatte sie zugestimmt, als der Ehrentitel verliehen wurde. Goldhand war ein Dritter. Das brachte ihrem Stamm Prestige. Der Thron eines echten Großkönigs blieb vorerst unbesetzt.

»Gut, dann sind wir uns einig«, verkündete Goïmron für den sichtlich ermüdeten Goldhand. Der Kampf mit Szmajro hatte ihm Brandnarben am Hals und im Gesicht eingebracht. Gata fand, dass es ihm stand. Sie ließen den schmalen Vierten, der in dem letzten halben Zyklus gereifter, selbstbewusster geworden war, verwegener wirken. Er hätte sich gut an ihrer Seite gemacht. *Aber er entschied sich für eine andere.*

»Undarimar hat sich ergeben, nachdem die Albae besiegt wurden, und sich bereit erklärt, einen vorläufigen Frieden mit sämtlichen Anrainerstaaten zu unterzeichnen. Dafür verzichten die Meeresreiche auf Ausgleichszahlungen für die angerichteten Schäden«, fasste Goïmron die Übereinkunft zusammen. »Sind alle dafür?«

Die Hände hoben sich zur Zustimmung.

Was das Dokument in einem Zyklus noch wert ist, wird sich zeigen. Gata stimmte ebenfalls zu.

»Kommen wir zur Angelegenheit rund um die Salzseeorks und den rätselhaften Borkon.« Goïmron ging zum nächsten Punkt auf ihrer Umlaufordnung über. »Haben alle die Abschriften gelesen, die ich verteilen ließ?«

Gata nickte und dachte an die Zeilen, die ihnen der gute Barbandor hatte zukommen lassen. Eine mehrseitige Erzählung mit ausführlichen Schilderungen zu Mòndarcai und Borkon, welche die unbekannte Flagge erklärte, die sie in Kràg Tahuum gefunden hatten, sowie die rätselhaften Worte des eingeklemmten Orks, der lieber in den Tod gegangen war, anstatt in Gefangenschaft zu geraten und ein Verräter zu werden. Zudem berichtete das Schreiben von der unerklärlichen Unsterblichkeit von Borkon und den Seinen.

»Damit das Geschehen noch eindrucksvoller wird, hat Barbandor es sich nicht nehmen lassen, zu uns nach Woogentau zu kommen«, verriet Goïmron und gab der Wache an der Tür ein Handzeichen. »Begrüßt einen Helden!«

Der Eingang schwang auf. Unter dem Beifall der Versammlung betrat der dunkelhaarige Siedlungsrat von Platinglanze den umgebauten Tanzsaal. Gata sah sofort, dass der Zwerg abgenommen hatte. Die Züge des Freundes waren unter den Strapazen härter geworden. Durch den dunklen Bart zogen sich erste Silberfäden, die zu den Weißgoldspangen passten.

»Welch eine schöne Überraschung!« Sie ließ es sich nicht nehmen und erhob sich, ging auf ihn zu und umarmte ihn. »Du bist der Tapferste von uns allen.«

Barbandor erwiderte den innigen Gruß, während ihm Belîngor

und Brûgar auf die Schultern klopften, danach drückte ihn Hargorina. In leichter Rüstung und mit der weißen Amtsschärpe wirkte er wie ein König.

»Im Vergleich zu Gyndala und so vielen anderen kam ich gut weg.« Barbandor gesellte sich an Goïmrons Seite. »Ich habe den langen Weg von Platinglanze auf mich genommen, um Borkons Gefährlichkeit zu betonen. Persönlich, falls meine Schriften es nicht verdeutlichen konnten.«

»Das taten sie, Freund Barbandor«, sagte Telînâs, der das Falten eines Papierdrachen unterbrochen hatte. »Voll und ganz.«

»Ich weiß, ihr habt meine Nachricht gelesen. Ich schwöre bei Vraccas, dass jedes Wort wahr und nicht übertrieben ist«, sprach Barbandor inbrünstig. »Was immer der blauhäutige Bastard plant, wir müssen ihn aufhalten, nachdem Undarimar und die verbündeten Albae besiegt sind. Sonst werden er und seine Brut sich vermehren, bis der Umlauf kommt, an dem sie ihre vermeintliche Friedfertigkeit aufgeben und über uns herfallen. Worauf warten sie? Was wird dann mit dem Geborgenen Land geschehen? Handeln wir. Wir alle. Menschen, Zwerge, Elben und Meldrith!«

Applaus erklang für seine Worte und seine Leistung.

Gata kehrte an ihren Platz zurück. »Ich schlage vor, dass wir –«

»Einen Moment, bitte.« Goïmron lächelte sie entschuldigend an. »Ein Bote traf am Morgen mit einer Nachricht ein.« Er hob einen Brief andeutend in die Höhe. »Sie ist von Borkon.«

Ein überraschtes Raunen ging durch die Reihen.

»Ich hatte leider keine Zeit mehr, um Abschriften anfertigen zu lassen. Sie ist auf Altzwergisch verfasst. Daher übersetzte ich sie, so gut es ging.« Goïmron räusperte sich. »Meinen Gruß an die Elben, Zwerge, Menschen und Meldrith des Geborgenen Landes. Da ich annehme, dass Barbandor Stahlgold von seiner Zeit bei uns berichten wird, möchte ich beteuern, dass ich nichts Schlechtes im Sinn habe.« Er unterdrückte ein Auflachen. »Wir sind nicht auf Krieg aus. Mit keinem von euch. Zum Beweis meiner Worte überstelle ich euch jederzeit Geiseln aus den angesehensten Familien. Unterzeichnet: Borkon Gràc Hâl.« Er senkte die Nachricht. »Kein Wort über die Weissagung.«

»Natürlich nicht! Sie warten und lauern, bis das Zeichen kommt, das ihnen verheißen ist«, polterte Barbandor. »Und dann schlagen sie los. Mit diesem Wisch hofft Borkon, dass wir nichts gegen ihn und seine Schweineschnauzen unternehmen. Aber dürfen wir tatenlos bleiben?«

»Die Territorien sind kaum von unseren Leuten einzunehmen geschweige denn zu halten«, gab der gauragonische Sprecher zu bedenken. »Die Feuerfelder und die Salzsee sind lebensfeindlich. Für uns.«

»Dessen ist sich Borkon bewusst. Deswegen kann er leicht davon sprechen, friedlich zu sein. Er weiß, dass wir ihn nicht angreifen können«, entgegnete Barbandor. »Dieser Schrieb ist Hohn und Spott gegen uns! Und dann als Gipfel der Schmach auf Altzwergisch verfasst! Wie kann er es wagen?«

Da stimme ich zu. Gata sah zu Mostro. »Was sagt Ihr dazu, Magus? Seid Ihr in der Lage, dieses Problem zu lösen, da Goïmron seinen … Amethyst im Kampf gegen Szmajro verlor?«

Es gefiel dem arroganten jungen Mann, der sich auch an diesem Umlauf in königlich teure Gewänder hüllte, gefragt zu werden. Mehr als zuvor. Freundlich-herablassend neigte er seinen Kopf mit dem wallenden Haar und tippte sich gegen das Bärtchen. »Es wird mir etwas einfallen, um dieses blauhäutige Ungetüm zu Fall zu bringen. Noch bevor das Ereignis eintritt, auf das sie warten.«

Hinter ihm stand sein Leibwächter Darislaff, der in Wirklichkeit Hantu in veränderter Gestalt war. Da sich Sònuk noch im Geborgenen Land herumtrieb und Jagd auf den letzten Berengart machte, wagte sich der Rhamak mitten unter sie, ohne Angst, dass eine feine Nase ihn aufspürte.

Gata hatte nach wie vor das Bedürfnis, Hantu die Kehle aufzuschlitzen, um die Gefahr zu bannen. Genau jetzt und in diesem Raum. Doch sie hatte Goïmrons Warnung nicht vergessen. Umgeben und beschützt von zwei Sphärenwesen, wäre ein Angriff aussichtslos. *Ich wette, dass Mostro ahnungslos ist, mit was sich Hantu absicherte. Auch gegen ihn.*

»Also seid Ihr dafür, dass wir Borkon attackieren, ehrenwerter Magus?«, fragte sie.

»Lasst mir etwas Zeit, Königin Regnorgata. Ich finde wohl einen Zauber oder ein Artefakt, um ihn auszuschalten. Wir müssen dafür keine Truppen aussenden«, antwortete Mostro großspurig. »In meiner Kammer der Wunder liegt gewiss eine tödliche Überraschung für ihn.«

»Sehr gut. Dann lassen wir Euch in Ruhe suchen«, beschloss Goïmron und wandte sich an die Versammlung. »Ohne den Bericht unseres Freundes Barbandor wären wir vielleicht gewillt gewesen, Frieden walten zu lassen. Aber wir kennen die *wahren* Absichten. Daher sind wir gezwungen, gegen Borkon vorzugehen. Sind wir uns einig?«

Gata hob als Erste die Hand für ihre Zustimmung und konnte sich vom Anblick des Leibwächters nicht losreißen. Sie würde über eine passende Vorgehensweise gegen ihn nachdenken. *Vielleicht mit der Zhussa zusammen? Als Gefallen dafür, dass ich für den Nichtangriff auf Dsôn sorge,* überlegte sie. Albische Zauberei war dem Rhamak unbekannt. *Er wird Ascatoîa nicht bemerken, bis es zu spät ist.*

Barbandor atmete erleichtert auf, als er sah, dass seine Worte und sein Bericht ihre Wirkung nicht verfehlten. »Je eher wir zuschlagen, desto besser. Stellt euch vor, wir haben es mit Heerscharen von kaum zu tötenden Orks zu tun!« Er wandte sich zu Goïmron und Goldhand. »Entschuldigt mich, hochverehrte Runde. Ich setze einige Nachrichten auf. Morgen reise ich zurück in den Norden und veranlasse, dass wir die Schweineschnauzen mit Gauragons und Gautayas Unterstützung im Auge behalten. Ständig.« Die Abgesandten der beiden Reiche nickten. »Ich wünsche euch Vraccas Segen und weise Entscheidungen.« Unter neuerlichem Beifall verließ er den Saal. »Und heute Abend möchte ich mit jedem von euch anstoßen! Auf das Leben und die Zukunft des Geborgenen Landes.«

Nach Barbandors Rückzug drehte sich die Unterredung um den Nordosten des Geborgenen Landes, als habe Goldhand Gatas vorherigen Gedanken gelesen. Bendoïn drängte darauf, dass Dsôn Khamateion im Braunen Gebirge und damit auf dem Grund der Vierten läge. Das wollten sie nicht dulden, wie er betonte. Gleichzeitig gäbe es in ihrem befreiten Reich noch viel zu viel zu tun, um Brigantias Spuren zu beseitigen. Es würde Zyklen in Anspruch nehmen, um die gewohnte Wehrhaftigkeit eines Zwergenreichs herzustellen.

Das ist die Kerbe, in die ich schlage. Gata hob die Hand und bekam das Wort. »Wir Dritten sind zur Stelle, wenn es gegen die Schwarzaugen geht«, sprach sie. »Aber die letzten Schlachten stecken uns allen in den Knochen. Gleichzeitig ist es strategisch unklug, einen neuen Krieg zu beginnen, wenn das Reich der Vierten nicht gesichert ist. Das weißt du auch, König Bendoïn. Dafür warst du lange genug Kommandant der Grenzfestungen deines Stammes.« Feinunz nickte zögerlich. »Wer weiß, welche Durchbrüche und Stollen Brigantia gegraben hat, die nirgends verzeichnet sind? Durch sie könnten die Schwarzaugen schneller zu den Vierten gelangen, als wir sie verteidigen können. Und sie haben darüber hinaus eine Hexe und zwei Drachen.«

»Überlasst das beruhigt auch mir«, warf Mostro gönnerhaft ein. »Dagegen wird mir bald ebenso etwas einfallen.«

»Vergiss nicht, dass wir das Wissen der albischen Schiffe besitzen, geschätzte Königin. Xanomirs Tauchboot barg einige der Säureflaschen vom Boden des Meeres. Damit haben wir ein erwiesenes Mittel gegen die Geschuppten«, ergänzte Goïmron freundlich. »Sobald die Zusammensetzung der Säure erforscht ist, können die Alchemisten des Geborgenen Landes sie in ausreichender Menge herstellen. Wir müssen Drachen nie wieder fürchten.«

Erleichterte Rufe kamen auf, es wurde mit den Bechern auf den Tisch getrommelt.

Ich werde ihnen den Kriegszug gegen Dsôn schon ausgeredet bekommen. »Ausgezeichnet«, rief Gata und verschaffte sich erneut Gehör. »Wie wäre es, wenn wir das Reich der Vierten zuerst ausgiebig erkunden und neu vermessen? Länger als zehn Zyklen wird es nicht dauern, schätze ich.«

»Es wird schneller gehen.« Goldhand erhob die knarrende Stimme. »Meine Leute, die im Verborgenen die Durchgänge zum Einsturz vorbereiteten, haben jede Änderung der vergangenen Zyklen aufgezeichnet. Die Karten werden ins Braune Gebirge geliefert, wann immer die Vierten bereit sind. Das macht es für euch einfacher, König Bendoïn.«

Verflucht. Gata beherrschte sich, um das Gesicht nicht enttäuscht zu verziehen. »Umso besser«, brachte sie mit einem Lächeln heraus. »Dennoch würde ich von mindestens fünf Zyklen ausgehen. Dazu noch die Ausbesserungen der Schäden an der Festung, die durch die Belagerung entstanden.«

»Ich sehe es wie Königin Regnorgata«, stimmte Telìnâs zu. Er hatte den begonnenen Papierdrachen in einen Alb umgewandelt. »Erst wenn wir genug Säuregeschosse und die Artefakte des ehrenwerten Magus Mostro haben sowie die Vierten sicher und geschützt in ihrem Reich leben, sollten wir den Feldzug gegen Dsôn Khamateion in Betracht ziehen. Wir wollen keine schweren Verluste durch ein unbesonnenes Vorpreschen riskieren.«

Der Elb erntete Zustimmung, was Gata erleichterte. Damit war sie nicht die Einzige, die als Mahnerin fungierte. *Sonst wäre es zu auffällig geworden.*

»Sollte Mòndarcai sich erneut zeigen und uns einen Pakt anbieten«, ergänzte Goldhand, »sollten wir ihn dieses Mal annehmen.« Sämtliche Augenpaare richteten sich überrascht auf ihn, inklusive Goïmrons. »Bei Vraccas, was schaut ihr so verwundert? Er hat seine Orks verloren und hasst die Albae ungebrochen. Er besitzt einen Runenspeer und enorme magische Kräfte, die wir im Kampf gebrauchen können.«

Gata brannte es auf der Zunge, ihre Warnung vor Mòndarcai

und ihr Wissen über ihn vor der Versammlung hinauszurufen, doch sie beließ es bei einer allgemeinen Ablehnung. »Wir sollten keine Schwarzaugen in unseren Reihen haben.«

»Ich bin anderer Ansicht. Er wäre eine Waffe, die wir gegen Dsôn Khamateion richten. Gegen die Zhussa. Mit Verlaub, ehrenwerter Magus Mostro. Gegen zwei Drachen ist mir dieser Verbündete durchaus lieb«, fügte Goldhand hinzu. »Ist Dsôn vernichtet, können wir es mit Mòndarcai immer noch aufnehmen, sollte er Niederträchtiges im Schilde führen.«

Der Vorschlag sorgte für überrumpeltes Schweigen.

»Was ist mit den Ursprünglichen, die von Ascatoîa erwähnt wurden?« Bendoïn sah über die stummen Gesichter.

»Sie sitzen in ihren Löchern«, antwortete Telìnâs und tippte gegen den fingerhohen Alb vor sich. »Es mag uns nicht schmecken, doch wir werden sie nicht ohne Weiteres aufspüren.«

»Eines nach dem anderen.« Goldhand nickte Bendoïn zu. »Vraccas wird uns beistehen. Die Zeit der Zwerge ist angebrochen. Besetzen wir die neuen Durchgänge ins Geborgene Land und sichern es, wie es gesichert sein sollte.«

»Wohl wahr. Es ist die Rückkehr der Zwerge«, erwiderte Bendoïn bewegt. »Das Braune Gebirge empfängt uns mit offenen Armen.«

Vorerst ist Dsôn in Sicherheit. Und damit wir alle. Gata fühlte unvermittelt ein leichtes Beben unter ihren Füßen. Für wenige Momente klirrten die Krüge auf dem Tisch, Dreck rieselte von der Decke, und Getränke schwappten über den Rand. Ein weiteres, leichtes Zittern wie von einem Erdbeben lief durch das Geborgene Land, wie um Bendoïns Worte Lügen zu strafen.

Da flog die Tür zur Besprechungshalle auf.

Ein verdreckter Bote in langem, braunem Ledermantel stürmte herein und riss sich den schmutzigen Hut vom Kopf. Er sah übermüdet aus und blieb doch rastlos. »Ihr Edlen! Verzeiht die Unterbrechung.« Er ging auf ein Knie herab. »Ich bringe Kunde, die keinerlei Aufschub duldet.« Mühsam zerrte er einen buchgroßen, schweren Kasten aus seiner Umhängetasche und stellte ihn vor Goïmron und Goldhand auf den Tisch. »Rhuta ist gefallen.«

»Was?« Mostros Stimme klang schrill. Er sprang von seinem Platz auf wie von einer Spindelspinne gestochen. »Das ist doch Unsinn! Wer könnte durch die Barriere dringen?«

Aufregung machte sich breit, Rufe und Mutmaßungen mischten sich.

»Elende Schweineschnauzen«, stieß Bendoïn aus. »Sie haben uns hinters Licht geführt!«

»Die Zhussa und ihre Drachen!«, rief jemand durch den Tumult.

»Mòndarcai! Er war es«, sprach eine andere. »Er hat sich –«

»Ruhe, bitte«, verlangte Goldhand, und die aufgeregten Stimmen schwiegen. »Und du: Rede weiter«, bat er den Boten, der den Geruch von Schweiß, Leder und Pferd in den Raum trug. Der greise, weißhäuptige Zwerg deutete auf die Kassette. »Was ist das?«

»Ihr solltet sie öffnen und aufklappen, wurde mir gesagt. Danach berührt den blauen Stein. Alles andere erklärt Euch Klaey Berengart selbst, Herr.«

»Berengart? Zu Tion mit ihm!«, schrie Mostro außer sich. »Wie kann sich der Halsabschneider erdreisten, nach Rhuta zu marschieren? Niemals gelangte er durch die magische Barriere! Das ist ein Trug!«

»Finden wir es heraus.« Goïmron öffnete das Kistchen und klappte den Spiegel hoch, der darin eingelassen und mit verschnörkelten, floralen Ätzmustern versehen worden war.

Kaum berührte er den blauen Edelstein, erschien auf der reflektierenden Fläche der Blick von der Balustrade in die Kammer der Wunder, in der drei Männer und eine Frau staunend in den Gängen umhergingen, welche scheinbar brandneue Uniformen von Brigantia trugen. Sie zogen Artefakte aus den Schränken und Regalen, um sie in Augenschein zu nehmen.

»Nein!«, wisperte Mostro entsetzt. »Wie könnt ihr …? Raus aus meinem Palast, ihr Pack! Hinfort! Auf der Stelle. Oh, wartet, ich komme nach Rhuta und werde euch die Haut über die Ohren ziehen!«

Dann schwenkte die Ansicht herum.

Die Versammlung blickte in das grinsende Gesicht von Klaey Berengart. Er hatte sich eine Robe des Magus locker um die Schulter geworfen und eine der Mützen auf den schwarzen Haaren nach vorne in die verzierte Stirn geschoben. »Ich grüße euch alle«, sprach er fröhlich mit seiner krächzenden Rabenstimme. »Das ist eine Überraschung, was?« Er winkte ihnen zu. »Dabei ist es die älteste List der Kriegsführung: Greifen sämtliche Kräfte des Feindes einen Ort an, erscheine an einem anderen.« Er deutete hinter sich. »Ich wählte Rhuta, wie ihr seht. Ein feines Plätzchen zum Bleiben. Es gibt hier alles, was meine Leute und ich uns nur wünschen können.«

Gata musste das Lachen unterdrücken. Sie hieß keinesfalls gut, was Berengart getan hatte, aber den Mut und die Unverfrorenheit, quer durch das Geborgene Land zu eilen und beim ungeliebten, verhassten Magus einzumarschieren, das hatte Schneid.

»Du weißt, dass du es nicht halten kannst«, sagte sie zu Klaeys Abbild. »Mach es dir nicht zu gemütlich.«

»Wie bist du durch meine Barriere gelangt?«, verlangte Mostro zu wissen. Aus dem roten Gesicht war ein bleiches geworden.

»Nicht *durch*. Sondern *darüber*. Mit meinem Flugmahr. Der Kleine liebt mich. Stellt euch vor, er ist mir gefolgt! Und vorher fraß er den armen Sònuk, fürchte ich«, erklärte Berengart gelöst. »Dann habe ich die Kammer der Wunder in Vanélia eingenommen, Adelia als Geisel geschnappt und die Macht an mich gerissen.« Er wurde schlagartig ernst. »Es wäre nicht ratsam, nach Rhuta zu kommen, Mostro. Wir haben die Macht, dich abzuwehren. So viele Artefakte! So viele Möglichkeiten.«

»Ich nagle dich und deine Leute an den höchsten Baum und lasse …«, zischte Mostro, und die Speicheltröpfchen gingen auf die Umsitzenden nieder.

»Wir bleiben«, würgte ihn Berengart ab. »Und das Lustige daran ist: Deinen Untertanen scheint es zu gefallen. Sie hassen dich, wusstest du das?«

»Das ist eine Lüge!«, presste der Magus hervor und lief nun im Wechsel rot und weiß an.

Gata hatte insgeheim großen Spaß an der Darbietung. Berengart blieb ein Gesetzloser und der Letzte einer mörderischen Familie – aber auch ein Sprössling eines Herrschergeschlechts. Und zum Herrschen war er zurückgekehrt.

»Sie liebten Vanéra. Aber *dich* mag keiner«, sprach der Brigantiner genüsslich mit seiner heiseren Stimme. »Rhuta und Vanélia gehören nun mir. Bestimmt die nächsten zwanzig, dreißig Zyklen. Keiner vermisst dich. Such dir ein neues Reich.«

»Ich bin ein Magus! Du hast nichts, um mich aufzuhalten!«

»Oh, wir haben so viele tolle Dinge gefunden. Komm vorbei, und wir zeigen dir, was wir ausrichten können«, lud ihn Berengart ein. »Wusstest du, dass es ein Schwert gibt, mit dem ich Schläge über eine Meile Entfernung gegen ein Ziel führen kann?«

»Wir haben deine Botschaft erhalten. Hast du uns darüber hinaus noch etwas zu sagen?« Goldhand sah Berengart an. »Du weißt, dass die Einnahme unrechtmäßig ist.«

»Meine Botschaft ist, dass meine Leute und ich Rhuta als Wiedergutmachung für das verlorene Brigantia betrachten. Wir gehen gut mit den Menschen um. Das verspreche ich«, sagte er krächzend. »Niemand wird uns hinauswerfen können. Ihr wisst, wie viele magische Dinge in der Kammer der Wunder lagern. Sendet kein Heer und keine Attentäter. Wir wollen nur in Frieden leben. Und wer weiß? Vielleicht ziehen wir sogar in drei Zyklen weiter, weil uns langweilig wurde.« Er lehnte sich nach vorne, und sein Gesicht wurde größer. »Doch solltet ihr wahrlich Krieg wollen, werden wir ihn mit allen Mitteln führen. Meine Empfehlung wäre daher: Kümmert euch um Orks und Albae. Oder diesen Rhamak. Wir sind keine Gefahr, außer ihr zwingt uns, zu einer zu werden.« Er tippte sich zum Gruß gegen die kurze Krempe der Kappe.

Die Oberfläche wurde zu einem herkömmlichen Spiegel.

»Oh, das wird Berengart bereuen«, raunte Mostro kalkweiß. »Wenden wir das Heer gegen Rhuta und werfen den Abschaum aus meinem Palast! Mir wird etwas gegen die Barriere einfallen, und dann marschieren wir ein.«

Niemand sprach in die anschließende Stille.

Gata schaute nach rechts und nach links. *Niemand wird ihm helfen.*

»Ihr schweigt?« Das hatte auch Mostro begriffen. »Das ist also euer Dank?« Seine Stimme brach. »Ihr … ihr rührt keinen Finger, um mir beizustehen? Ihr wollt Rhuta und die unermesslichen Artefakte in den Händen dieses Berengarts belassen?«

»Ehrenwerter Magus, seht, wir …«, begann Goldhand.

Aber der Versuch des diplomatischen Einstiegs genügte Mostro bereits. Er riss abwehrend eine Hand in die Höhe. »Ich sehe, Goldhand. Ich sehe *sehr gut,* was in diesem Raum geschieht. Dass mir verweigert wird, was ich oft schon für euch leistete: Beistand.« Abrupt wandte er sich um. »Das hat Folgen. Für euch alle. Was immer ihr in den nächsten Zyklen plant, rechnet nicht mit mir und meiner Kunst.« Er setzte sich in Bewegung.

»Wohin wollt Ihr?« Telinâs versuchte, ihn aufzuhalten. »Bleibt doch. Was Meister Goldhand meinte, war: Wir suchen nach einem besseren Weg, um Rhuta von dem Gesetzlosen zu befreien, als einen Heereszug.«

»Sollte mich jemand suchen, nachdem er zur Vernunft gekommen ist, um mir seinen Beistand anzutragen, findet er mich im Gebiet der Wunder«, verkündete Mostro verächtlich. »Das ist mein Übergangsreich. Wer immer seinen Fuß daraufsetzen will, der wisse: Ich werde ihn daran hindern. Solange ich nicht in mein Land gelange, soll niemand anderes in den Genuss von magischer Energie kommen.«

Ohne auf die aufgebrachten und beschwichtigenden Rufe der Runde zu achten, verließ er den Saal und rempelte dabei zwei Diener aus dem Weg, die mit Getränken hereinkamen. Scheppernd gingen die Karaffen, Becher und Gläser zu Boden, Wein, Bier und wärmender Tee fluteten die Dielen.

Ihm folgte sein Leibwächter Darislaff, der einen Blick puren Hasses über die Versammelten warf.

Damit war an eine Fortführung der Besprechung vorerst nicht zu denken. Goldhand rief eine Unterbrechung von einer Sanduhr aus, in der man sich sammeln und die Gedanken ordnen konnte.

Mostro, Mostro. Das nenne ich einen Abgang. Und eine ziemliche Drohung. Gata wusste noch nicht, ob sie sich über diese Entwicklung freuen durfte. *Berengart, du Dämonenkerl. Beherzt, übermütig.* Zumindest lenkte die ganze Sache für einige Zeit von Dsôn Khamateion ab. Insofern war es ein Gewinn, wenn auch ein fragwürdiger.

* * *

Goïmron saß am Fenster der kleinen Hafenschenke, die weitab von den Gesprächen, Disputen und Verhandlungen der Mächtigen des Geborgenen Landes lag. Er trug sein Lieblingswams über dem weißen Hemd, eine hellbraune Hose und Schnallenstiefel in der Art der Menschen, damit er nicht zu sehr auffiel. Die heilenden Wunden im Gesicht und am Hals brannten. Der Medicus hatte ihm Narben prophezeit. Er würde sie mit Stolz tragen.

Mit Absicht hatte Goïmron sich von dem Treiben abgesondert. Er sah sich nicht länger als Teil davon. Mit dem Bersten des Meeressaphirs hatte er seine Rolle in dem Stück verloren, die Bühne gehörte anderen. Die Besprechungen waren für ihn beendet. Nach einem raschen Anstoßen und einem kleinen Schluck Bier mit dem überglücklichen Barbandor hatte er sich an einen ruhigeren Ort in Woogentau zurückgezogen.

Vor ihm lagen seine eigenen begonnenen Aufzeichnungen für ein Buch. Sie trugen den vorläufigen bitteren Titel:

Von einem, der auszog, ein Narr zu sein

Genauso fühlte sich Goïmron.

Weder war er ein Magus geworden, noch hatte er jemals Talent im Umgang mit den magischen Künsten der Edelsteine besessen. Alles, was ihn Chòldunja gelehrt hatte, war umsonst gewesen. *Verlorene Zeit. Ich bin ein Gemmenschnitzer, der von der Fügung einen Augenblick des Ruhmes erhielt.*

Goïmron hatte sich Tee bestellt, was ihm in der Kneipe schiefe Blicke einbrachte. Um diese Zeit gönnten sich die Männer und Frauen üblicherweise einen guten Schluck Bier oder Wein, der Duft von Gewürzen aus dem Glühtrunk waberte durch den Raum. Die Punktescheibe für die Wurfpfeile an der Wand reizte ihn. Später würde er einen der Woogentauer herausfordern.

»Ah, da bist du«, hörte er Rodanas Stimme. Gleich darauf saß sie ihm gegenüber und bestellte sich einen heißen Kräuteraufguss. Auch sie bekam schiefe Blicke für ihre Order. Das umgeschneiderte Elbenkleid in Weiß und Blau, das ihr Telìnâs geschenkt hatte, stand ihr ausgezeichnet. Ihre ungewöhnlich dunklen Finger und Lippen hingegen fielen nicht weiter auf. Dafür barg das Fischerstädtchen derzeit zu viele Fremde. »Sie suchen nach dir.«

Goïmron seufzte. »Wer denn?«

»Na, alle.«

»Soll ich wieder Goldhands Worte wiedergeben, weil er einnickte oder weggetreten ist?« Er hatte keine Lust mehr auf dieses Spiel. »Sie sollen warten, bis er aufwacht. Ich mag nicht mehr.«

»Ich verstehe, dass du niedergeschlagen bist. Du hast das Artefakt verloren. Aber dein letzter Spruch vernichtete Szmajro. Das Geborgene Land ist vor ihm sicher.« Sie bekam den Tee gebracht und bedankte sich. »Xanomir schilderte, wie du das Meer dazu bekommen hast, sich gegen den Drachen aufzulehnen und ihn unter Wasser zu ziehen. Das war ein kluger Zug.« Sie stieß gegen seinen Becher, wartete und trank dann alleine. »Du wirst einen neuen Edelstein finden, der zu deiner Gabe passt.«

Goïmron lächelte sie gequält an. Er hatte Tallas' Existenz für sich behalten. Der Augenzeugenbericht von Xanomir stützte seine erfundene Erklärung, niemand zweifelte daran. »Das werde ich nicht.«

»Du bist ein Edelsteinmagus. Natürlich wirst du das!«

»Das bin ich nicht. Es lag … einzig an … dem Artefakt«, widersprach er und wandte den Blick ab, sah aus dem Fenster in den Hafen, damit sie die Ausflucht nicht erkannte. »Ich mag die Qualität von Steinen erkennen. Ihre Besonderheiten erfassen. Und ja, vielleicht auch, ob sie magische Kräfte haben. Aber mehr nicht.«

»Aber … aber hattest du mir nicht gesagt, dass Chòldunja dich unterrichtete?« Rodana machte ein fragendes Gesicht und streifte eine kinnlange, blonde Strähne aus den Augen.

»In der Theorie, ja. Was immer geschah, als ich übte, ging auf die Wirkung des Artefakts zurück. Ich täuschte mich.« Goïmron sah über die Wellen. Irgendwo tief darunter schwamm Tallas, den er als Figürchen mit sich herumgetragen hatte. Dank ihm war daraus ein Meeresdrache geworden. »Ich bin keine Besonderheit, Rodana. Nur ein Zwerg, ein schmächtiger Vierter, und ein miserabler Gemmenschnitzer.«

»Sag das nicht.«

»Weil es die Wahrheit ist?«

»Weil es nicht stimmt. Ohne dich wären die Zwerge, Menschen, Elben und Meldrith niemals gegen Brigantia gezogen. Hätten das Braune Gebirge nicht befreit. Wäre Kràg Tahuum nicht gefallen.« Sie fasste seine Hand, und ihre Finger wirkten in seinen wie dünne Zweige. »Ohne dich gäbe es diese Einigkeit im Geborgenen Land nicht.«

»Dann hätte es ein anderer getan.« Goïmron wandte sich ihr niedergeschlagen zu. Die ganze Last der letzten Umläufe brach über ihm zusammen. »Ohne dieses Buch und mein Bestreben, Goldhand zu finden, würde mein bester Freund noch leben. So wie viele Hunderte oder Tausende im Heer, die in einem Kampf fielen, den ich ausgelöst habe. Ich habe den mannigfachen Tod gebracht.«

»Es waren Männer und Frauen, die gegen die Ungerechtigkeit

einstanden und wussten, was sie taten«, betonte Rodana. »Mindere deine Leistung nicht. Du siehst es zu schwarz.« Sie drückte seine Hand fest. »Ich bitte dich, Goïmron! Erkenne das Gute, das durch dich erreicht wurde. Das Geborgene Land wird aufblühen.«

»Wird es das? Was ist mit den Albae in Dsôn Khamateion? Mit Berengart? Mit Mostro? Mit diesem … blauhäutigen Ork und den Weissagungen einer neuen Zeit, die anbrechen soll? Und Hantu?«, listete er hastig auf. »Für mich klingt das nicht nach einem Erfolg.«

Rodana atmete tief ein. »Du bist sehr bedrückt.«

»Mehr als das. Ich wünschte, ich hätte mit alldem niemals etwas zu schaffen gehabt.« Goïmron trank von seinem Tee und rieb sich über eine Kotelette. »Nein, ich wünschte, ich könnte die Zeit zurückdrehen.«

»Und dann?«

»Wäre ich mit Gandelin zu deiner Vorstellung gegangen. Ich hätte dich gesehen und mich in dich verliebt. Gandelin hätte ein Treffen arrangiert, und wir wären ein Paar geworden. Mit ihm und Chòldunja als unsere Trauzeugen.« Goïmron schluckte. »Ich weiß, das ist Unfug. Aber in meiner Vorstellung ist dies die schönere Variante von dem, was passiert ist. Verlache mich nicht deswegen.«

Rodana lächelte ihn bezaubernd an und beugte sich nach vorne. Noch bevor er begriff, was geschah, küsste sie ihn behutsam auf den Mund. Ihre dunklen Lippen waren weich und schmeckten nach Tee.

»Man kann die Zeit nicht zurückdrehen. Aber man kann sie nutzen.« Sie setzte sich wieder, ohne seine Hand loszulassen. »Was hast du mit deinen restlichen Zyklen vor?«

Goïmron musste sich erst fangen. Der Kuss hatte ihm ein unglaubliches Kribbeln, ein Ziehen in der Körpermitte beschert, das in jede Ecke, in jede Faser seines Körpers geschossen war. »Ich … werde nach Malleniaswacht zurückkehren und Meister Funkelstein um eine Anstellung bitten. Er sagte, ich könne jederzeit zurückkehren.«

»Na, er wird sich freuen, einen Helden in seiner Werkstatt zu haben. Du solltest Nachbildungen des Artefaktes anfertigen und verkaufen«, schlug Rodana vor. »Einen Saphir mit einem Drachenfigürchen. Die Leute werden es lieben und sich anstellen, um es bei sich zu haben.«

»Das ist ein guter Einfall!«

»Sie werden es noch mehr haben wollen, wenn es ein Schattentheaterstück gibt, das deine Geschichte erzählt«, führte sie aus.

»Oh, das wäre großartig!«

»Vielleicht in einem kleinen Theater in Malleniaswacht? Einem festen Theater. Ich bin das Herumreisen müde. Es weckt nur schlechte Erinnerungen an die Zeit, als ich für Stémna spionieren sollte.« Rodana nahm beide Hände des Zwergs. »Ich will dir keine Versprechungen machen, Goïmron. Aber wie wäre es, wenn ich in die gleiche Stadt ziehe wie du? Und wir sehen, was sich ergibt?«

Goïmron konnte das neue Glück nicht fassen, das aus der Niedergeschlagenheit erblühte. »Für mich klingt das nach einem ausgezeichneten Vorhaben. Wir finden ein Haus für dich. Mit einem kleinen Theater! Und Ausschank! Ich kenne die besten Bierbrauer!«, sprudelte es aus ihm heraus. »Besucherinnen und Besucher aus dem ganzen Geborgenen Land werden kommen und es sehen wollen! Zwerge, Menschen, Elben, Meldrith! Von mir aus auch Albae!«

»Mostro wird es hassen. Dafür sorge ich. Er wird der miese Magus sein, der Opportunist mit dem Bösen an seiner Seite«, sprach Rodana mit kalter Stimme.

Goïmron erschrak, als er ihre Absichten erahnte. *Sie will das Stück nutzen, um Stimmung zu machen. Gegen den Magus und Darislaff.* Natürlich konnte Rodana das Geheimnis um Hantu nicht offenlegen, daher ging sie auf andere Weise gegen ihn vor. *Darauf muss ich ein Auge haben. Sonst erwächst eine Katastrophe.*

»Man sagt übrigens Spectatores und nicht Zuschauer.« Rodana lächelte den Schatten von ihrem Gesicht. »Ich habe schon einen Namen für das Puppen- und Schattentheater.«

»Sag an!« Goïmron langte in die Tasche und umschloss das Geschenk, das er für sie vorgesehen hatte.

»Curiosum. Einer meiner Ahnen war Mime und betrieb sein eigenes Haus, erzählte mir meine Mutter. Diese Tradition möchte ich aufleben lassen.« Rodana strahlte ihn an. »Ich freue mich auf alles, was kommt.«

»Mögen nur schöne Dinge kommen!« Goïmron zog jenen Moordiamanten aus der Tasche, der einst Chòldunja gehört hatte. Er sah die Farben, die Düsternis, die mächtige Magie, die darin lebte, gewonnen durch die Leben von unschuldigen Seelen. Aber für Rodana blieb es ein Andenken an ihre Aprendisa, die sich selbstlos gegen den Rhamak gestellt hatte. »Den solltest *du* haben. Entscheide, was du damit machen möchtest.« Er öffnete die Hand und reichte ihr den fingernagelgroßen, unauffälligen Stein in zartem Rosa.

Überrascht blickte sie auf den Diamanten. »Woher hast du ihn?«

»Mostro verlor ihn auf dem Weg aus der Versammlung. Er rannte zwei Bedienstete um, und dabei riss die Kette. Der Moordiamant wollte offenbar nicht bei ihm bleiben.«

Rodana streichelte den Stein, und Tränen stiegen in ihren hellgrünen Augen auf. »Etwas, was mich an sie erinnert«, flüsterte sie ergriffen. »Wir wissen beide, woher seine schreckliche Macht rührt. Sie darf niemals eingesetzt werden.« Ohne dass es jemand im Raum bemerkte, öffnete sie die Gitterklappe und warf den Edelstein in die heiße Kohlenglut des Ofens. »Chòldunja hätte es so gewollt.«

Gemeinsam beobachteten sie Hand in Hand von Tisch aus, wie die Hitze den rosafarbenen Moordiamanten eintrübte, bis er seinen Glanz verlor. Goïmron sah, wie sich die Ragana-Magie verzweifelt gegen die drohende Vernichtung wehrte, aber nichts gegen die Temperaturen ausrichtete. Mit einem vernehmbaren Knacken zersprang der Edelstein, die Stückchen fielen in die Glut und brannten, während die Flammen sich für die Dauer eines Blinzelns hellrötlich einfärbten. Ein leises, vielstimmiges Kinderseufzen erklang, und ein kalter Wind rollte durch die Kneipe, der die Gäste zum Frösteln brachte.

»So was.« Der Wirt schürte sogleich den Ofen und legte gepresste Kohlestücke nach. »Habt ihr das auch gehört?«

Rodana wischte sich die Tränen mit einem Lächeln vom Gesicht und drückte erneut die Hand des Zwergs. »Was ist? Spielen wir eine Partie Wurfpfeile?«

Und Goïmron war glücklich.

***

Wie beginnt eine Ragana ihre Schlankheitskur?
Sie frisst nur Zwergenkinder.

Zwergischer Witz

EPILOG

DAS GEBORGENE LAND, VEREINTES GROSSKÖNIGREICH GAURAGON, PROVINZ GRASENTIN, 1024 N. B. (7515. SONNENZYKLUS NACH ALTER ZEITRECHNUNG), FRÜHLING

»Das ist das beste Zeugnis, das ich in meinen vielen Zyklen als Ausbilderin sehen durfte.« Gubnara saß hinter ihrem Schreibpult und musterte Stémna beeindruckt. »Du musst den Herrschaften von Waidenstein buchstäblich die Wünsche von den Augen abgelesen haben.«

»Vielen Dank, Herrin. Und ich las sie aus ihren Seelen«, ergänzte Stémna lächelnd. »Es fiel mir leicht, mich auf sie einzustellen. Ich begreife schnell, wem was besonders wichtig ist.«

»Das lässt sich aus jeder Zeile herauslesen, die Helka von Waidenstein verfasste. Lobend, hochachtungsvoll. Mehr als dankbar, wie mir scheint.« Gubnara legte das Zeugnis auf die Ablage vor sich und faltete die Hände zusammen. »Darin steht auch, dass du eine Stütze in der schweren Zeit der Trauer gewesen bist.«

»Ich weiß, was Verlust bedeutet, und kann mich in andere Gefühlswelten hineinversetzen, Herrin.«

»Wie kam es dazu?«

»Ihr wollt etwas über meinen Verlust hören?« Stémna verstand sie absichtlich falsch.

»Ein anderes Mal vielleicht. Aber gerade wäre mir der Tod von Tithmar von Waidenstein wichtiger. Soweit ich weiß, erfreute sich der Tyrann und Menschenschinder allerbester Gesundheit. Fast als labten sich die Grausameren der Götter an seinem Dasein.« Der Blick der Sechzigjährigen wurde hochaufmerksam. »Wie starb er?«

»Ein Hinterhalt, gelegt von einer Widerstandsgruppe, die sich gegen ihn und die Adligen in der Provinz auflehnt. Man fand eine Nachricht im Schnee und am Sattel, mit seinem Blut geschrieben«, fasste Stémna zusammen. Das Lügen ging glatt über ihre Lippen. »Man entführte und tötete ihn.«

»Welche Erleichterung für die Region. Damit sind Helka, ihre Kinder sowie das Dörfchen Waidenheim von seiner Faust befreit.«

»Das sind sie. Dennoch bekam Tithmar einen Trauerzug, wie er es sich gewünscht hatte.« Stémna log weiter, um kein weiteres Misstrauen zu schüren und um einem Verhör zu entgehen. Gewiss hatte Gubnara sie bereits im Verdacht, an dieser Tat beteiligt gewesen zu sein. Solange es keine Beweise gab, blieb es bei Mutmaßungen. Helka würde schweigen.

»Du weißt, dass wir dich eigentlich für ein anderes Herrschaftshaus vorgesehen hatten?«

»Ach? Nein, das ist mir neu.« Eine Lüge folgte auf die nächste. *Ich werde Meisterin darin.*

»Jemand muss die Orte vertauscht haben.« Gubnara tippte auf das Zeugnis. »Aber mir scheint, dass letztlich die richtige Person in Waidenheim landete.«

»Ich tat, was ich konnte.«

»Wenn Helka so zufrieden mit dir war, dass man fast glauben könnte, du wärst Teil der Familie von Waidenstein gewesen, wieso entließ sie dich aus den Diensten?«

»Es gab durch Tithmars Tod grundlegende Veränderungen. Helka und ihre Kinder lehnen Dienerschaften und Leibeigene ab. Somit wurde ich weggeschickt. Aber Helka beteuerte, ich könnte mich jederzeit an sie wenden, hätte ich ein Anliegen. Ganz gleich, welcher Natur.«

Gubnara stieß ungläubig die Luft aus. »Die Waidensteins sorgen für sich selbst?«

»Gemeinsam mit den Einwohnern des Dorfes. Ich finde das gewagt und irgendwie fortschrittlich. Zumindest in diesem Gebiet von Gautaya.« Stémna bedauerte ihre Tat keinen Atemzug lang und würde Tithmar jederzeit wieder töten. Aus dem Mord an dem

Despoten war Gutes erwachsen. Das kannte sie von ihrem früheren Leben nicht.

»Das kann man durchaus so sehen.« Gubnara pochte mit beiden Händen auf die Pultoberfläche. »Sei's drum. Du bist wieder zurück und bereit für neue Aufgaben. Ich denke, dass wir morgen schon eine neue Stelle zu besetzen haben. Nun geh und ruhe dich von deiner Reise aus. Wasche deine Sachen und genieße den beginnenden Frühling bei einem Spaziergang über unser Anwesen.« Sie erhob sich und umarmte Stémna über das Pult hinweg. »Alle werden von deinem herausragenden Zeugnis erfahren. Dafür erhältst du eine Belobigung von höchster Stelle.«

»Zu gütig. Ich tat lediglich meine Pflicht als eine Doulia.« Stémna erwiderte die Umarmung und verließ danach die Stube. »Danke, dass Ihr mich aufnahmt.«

»Vergiss das nie. Ich würde dich ungerne daran erinnern müssen.« Gubnaras Stimme traf sie in den Rücken, ehe sie die Tür hinter sich schloss.

Stémna wusste die Unterhaltung einzuordnen. Ihr Glück war, dass sich die Dinge in Waidenheim zum Guten gewendet hatten, auch wenn die Doulia damit ihren unmittelbaren Zugriff auf die adlige Familie verloren hatten. Der Einfluss auf Helka und derer von Waidenstein blieb.

Rasch waren die schmutzigen Sachen gewaschen und zum Trocknen an die frische Luft gehängt. Die Sonnenstrahlen gaben sich Mühe, den Winter zurückzudrängen. Die ersten Insekten summten umher und suchten nach mutigen offenen Blüten, um sich am Nektar zu stärken.

Stémna wandte sich zum riesigen Anwesen um, in dem die Doulia für die Höchsten der Hochwohlgeborenen ausgebildet wurden. Nicht, um nur zu dienen und ihnen das Leben zu erleichtern, sondern mit einem verborgenen Grund. Einem größeren Ziel. Dieser Sache wollte sie weiter nachspüren.

Als die Nacht gekommen war, schlich sich Stémna in den Flur an jene Stelle, wo sich der geheime Abgang in das Archiv befand.

Schnell war der Eingang nach dem Betätigen des versteckten Mechanismus geöffnet. Dieses Mal brannte kein Licht. Stémna musste im Finstern die steilen Stiegen hinab und wagte erst an deren Fuße, eine Lampe mit einem Reibholz zu entzünden.

Viel verändert hatte sich nicht. Noch immer stand das Gewölbe voller offener Schränke und Fächerablagen, in denen sich die Informationen über die Reichen und Mächtigen sowie Kleinigkeiten und Besonderheiten der Regionen sammelten. Aber es waren einige Markierungen auf der Großkarte hinzugekommen. Die Doulia hatten sich weiter im Geborgenen Land ausgebreitet.

Ausgenommen waren sämtliche Zwergenreiche und einige Regionen im Elbenreich Tî Silândur. Diese Brachen waren mit besonderen Zeichen versehen worden, ohne dass Stémna eine Erklärung für sie fand. Sie machte einen Schritt zurück, um die Karte besser betrachten zu können. *Damit sind die Doulia so gut wie überall.* Sie saßen in den Zentren der Macht und des Wissens. *Außer an den neu geschaffenen Durchgängen.*

Neugierig machte sie sich auf die Suche nach ihrem eigenen Personalvermerk, um herauszufinden, wie hoch ihr Stellenwert innerhalb des Netzwerkes war, und wurde fündig. In der Kartei fand sie nur lobende Worte über sich. Dabei lag ein versiegeltes Fläschchen mit einer klaren Flüssigkeit darin, dessen Verschluss in schwarzes Siegelwachs getaucht worden war.

Was ist das? Stémna nahm die Phiole heraus und hielt sie gegen das Licht. Klar und zäh wie reinstes, flüssiges Wachs rollte die Substanz gegen die Wände. Durch das Siegel war es nicht möglich, es zu öffnen und dran zu riechen. *Gift?* Behutsam legte sie den Flakon zurück und fand einen Sperrhinweis in ihren Aufzeichnungen.

Noch nicht bereit.
S./E. ist keine geborene Doulia. Wirkung nicht garantiert oder nicht wie gewünscht. Weiteres Beweisen nötig, um eingeweiht zu werden.
Bis dahin vom Erwachen ausgenommen.

Was bei allen Dämonen ist das Erwachen? Stémna hatte das Gefühl, in weitere Rätsel geraten zu sein, anstatt die bisherigen lüften zu können. Sie würde erst dann mehr erfahren, wenn sie im Rang aufgestiegen war. *Bin ich eine brave Doulia, oder suche ich auf eigene Faust nach der Lösung?*

Sie warf einen Blick auf die versiegelte Phiole, die sie noch nicht haben durfte. Bräche sie das Siegel und kostete davon, wäre sie aufgeflogen, vielleicht sogar tot. Kein Mensch mit Verstand trank von einem unbekannten Mittel, schon gar nicht bei dieser eindeutigen Warnung.

Ich fürchte, ich muss artig sein. Stémna schloss die Schublade der Kartei.

Andererseits konnte sie ein, zwei ihrer orangefarbenen Federn einsetzen und das Gewölbe samt Gebäude in einem titanischen Feuerball vergehen lassen. Die Doulia und ihre Verschwörung wären hernach ohne Anführerin, ohne Archiv, ohne das wertvolle Wissen.

Zum Nutzen des Geborgenen Landes setzen sie ihre Erkenntnisse jedenfalls nicht ein. Stémna schwenkte die Lampe nach rechts und links, um die langen Reihen aus Schränken und Fächern nochmals aus der Dunkelheit zu holen. *Vermutlich täte ich damit das nächste gute Werk.*

Aber damit käme sie ihrem eigentlichen Ziel keinen Schritt näher: Rache für ihre ermordete Herrin. *Verschieben wir das Freudenfeuer einstweilen.* Stémna löschte das Licht und verließ das geheime Archiv. *Ich werde einen Weg finden, hinter die Geheimnisse zu gelangen. Vorerst mit Geduld.*

Kaum lag sie in ihrem Bett und schloss die Augen, schien die Nacht zu verfliegen. Mit dem ersten Hahnenschrei erhob sie sich und half ungebeten bei der Vorbereitung des Frühstücks. Stémna bemerkte, dass einige Doulia sie anerkennend anblickten. Ihr überaus lobendes Zeugnis hatte die Runde gemacht.

Gemeinsam nahmen sie die erste Mahlzeit des Umlaufs in der großen Halle ein. Während gegessen wurde, erhob sich Gubnara von ihrem leicht erhöhten Platz bei den Aufseherinnen und Aufsehern, die stets einen Blick auf Etikette und Umgangsformen hatten. Mit feierlichen Schritten begab sie sich ans Pult und betätigte eine Handglocke, um die Aufmerksamkeit aller zu erlangen.

»Dieser Umlauf, liebe Doulia, soll gut beginnen und Ansporn sein für jene, die besser sein könnten«, sprach Gubnara. »Es ist mir eine besondere Freude, eine Belobigung auszusprechen.« Sie zeigte auf Stémna, die sich daraufhin erhob. »Für besondere Leistungen im Hause von Waidenstein und für ein Zeugnis, das selbst ich noch nie so lesen durfte, verleihe ich unserer Schwester Elora die Goldene Hand. Komm nach vorne und empfange sie.«

Stémna ging unter dem Beifall der Anwesenden zum Pult und erhielt ein knopfgroßes Abzeichen in Form einer Hand, gefertigt aus echtem Gold.

»Die Goldene Hand steht für die Beflissenheit, für das Selbstverständnis unseres Standes und unseren Stolz, alles für unsere Herrschaft zu geben. Trage sie daher stets mit Würde. Und sei ihrer würdig«, sagte Gubnara getragen, während sie die Nadel durch den Stoff schob. »Bis zum Erwachen.«

»Bis zum Erwachen«, schallte es von den Doulia wider, und der Applaus schwoll an.

Nach einer Umarmung wurde Stémna zurück an ihren Platz geschickt, wo die Umsitzenden ihr gratulierten und die Hand schüttelten. »Du wirst von nun an mein Vorbild«, wurde ihr mehr als einmal zugeraunt.

»Elora wird heute noch aufbrechen, um ihre Stelle am königlichen Hofe von Khalteran anzutreten«, sprach Gubnara weiter. »Niemand wäre besser dafür geeignet.«

Nochmals gab es stürmischen Beifall.

Stémna freute sich nach außen. Innerlich machte sich Enttäuschung breit. Khalteran lag im äußersten Südosten des Geborgenen Landes und damit weit entfernt von Dsôn Khamateion, wo sie das nächste Auftauchen des heimtückischen Mörders ihrer Herrin vermutete.

Es war illusorisch zu glauben, dass sie es heimlich ins Reich der Albae schaffte, um nach Mòndarcai zu suchen. Noch illusorischer war es, anzunehmen, just an dem Umlauf in der Stadt zu sein, wenn er dort auftauchte. Aber weit weg von Dsôn befohlen zu werden, fühlte sich nicht gut an.

»Nun möchte ich eine weitere Ehre verkünden. Isbilla, unsere Zyklusbeste, wird nach Rhuta gehen. Klaey Berengart schrieb mich persönlich an, ich solle die Beste zu seinem persönlichen Wohl ins Zauberreich senden«, sprach Gubnara. »Ich nehme an, dass er von Artefakten genug hat und sich nach persönlicher Gesellschaft sehnt.«

Leises Gelächter kam im Saal auf.

Kein Ort, an dem ich sein möchte. Stémna nahm ihren Becher mit Kräutertee und trank einen Schluck. *Dann auch noch diesem windigen Brigantiner dienen müssen.* Sie erinnerte sich genau an ihr letztes Zusammentreffen und grinste. *Aber er hat sein fliegendes Pferdchen ja wieder. Bissige Bestie. Ich hätte sie töten sollen.*

»Oh, wie aufregend«, wisperte eine Doulia neben ihr. »Ich bin neidisch.«

»Rhuta ist bestimmt ein Reich wie jedes andere.« Stémna tat, als wäre sie noch nie dort gewesen. »Abgesehen von seinen magischen Merkwürdigkeiten.« Sie setzte den Becher lautlos auf dem Tisch ab. »Außerdem ist Berengart ein Trottel. Dem zu dienen, würde keinen Spaß machen.«

»Nein, nicht deswegen.« Die Doulia machte ein geheimnistuerisches Gesicht. »Wegen seines Freundes.«

»Berengart hat keine Freunde. Nur Leute, die ihm folgen. Bis sich das Blatt wendet. Mostro wird ihn nicht lange in Ruhe lassen. Das glaub mir mal.« Stémna ließ sich die Platte mit dem Käse geben und schnitt sich ein Stück ab. »In Rhuta wird es bald ungemütlich werden. Der Tod ist im Anmarsch.«

»Aber vielleicht kann man einen Blick auf den Alb werfen.«

»Hatte Vanéra dort einen im Kerker gefangen, um Experimente mit ihm anzustellen?« Nach dem Käse suchte sie mit Blicken nach der herben Stachelbeermarmelade. Zusammen schmeckte es ausgesprochen gut. »Wie unschicklich.«

Die Doulia lachte wohlerzogen und hielt sich eine Hand vor den Mund. »Nein. Aber ich las bei den Schreibarbeiten das Gerücht, dass einer von Berengarts Männern davon gesprochen habe, dass dieser Mòndarcai zurückgekehrt sei.«

Elektrisiert setzte sich Stémna kerzengerade hin und vergaß die Marmelade. »Er ist in Rhuta?«

»Ah, siehst du? Schon würdest du auch dorthin wollen.« Die Doulia seufzte verständnisvoll. »Wie gerne würde ich ihn mit eigenen Augen sehen. Die Tioniumrüstung, die teils in seinem Leib verankert ist. Und der magische Runenspeer, mit dem –«

»Berengarts Mann prahlte sicherlich nur, um sich wichtigzumachen. Warum sollte sich Mòndarcai mit dem Brigantiner treffen?« Stémna spielte die Ungläubige. »Das ergibt keinen Sinn.«

»Ich kann nur sagen, was ich gelesen habe. Daleris, eine unserer niederen Schwestern, sorgt für den Mann. Sie belauschte eine Runde von mehreren Brigantinern. Angeblich hat Mòndarcai Berengart eines Nachts bei ihrer Reise aufgesucht und von ihm etwas aus Rhutas Kammer der Wunder verlangt, was er sich abholen wolle. Dafür verschonte er das Leben der Brigantiner.«

»Oh, ja. Gut, es ist aufregend.« Nun ergab es doch Sinn. *Der Alb sucht nach neuen Möglichkeiten. Und ich werde da sein, wenn er aufkreuzt.* Dazu benötigte Stémna die Position von Isbilla, auch wenn dies bedeutete, sich verstellen und leicht maskieren zu müssen, damit Berengart sie nicht erkannte.

Allerdings: Freiwillig würde Isbilla den Auftrag nicht aufgeben. Dafür war er zu angesehen.

Und so kam es, dass die Zyklusbeste Isbilla nach dem Frühstück unglücklicherweise eine steile Treppe im zweiten Stock hinabfiel und sich den Hals brach. Man fand die junge Doulia zu spät, um noch irgendetwas für sie tun zu können.

Bereits am Nachmittag des gleichen Umlaufs reiste Stémna nach Rhuta ab, ausgestattet mit ihrem hervorragenden Zeugnis von Helka von Waidenstein, jeder Menge orangefarbener Federn und allergrößter, hasserfüllter Vorfreude auf das Wiedersehen mit dem Mörder ihrer Herrin. *Aber ich kann warten. Ich werde warten. So viele Zyklen es dauern wird.*

***

NACHWORT

Jetzt dauerte es mit dem sechsten Zwergenwerk doch ein wenig länger. Aber dafür gab es einen Doppelband. Ich hoffe, es entschädigt ein bisschen für das Warten.

Mir war sofort klar, dass die alten Geschichten der Bände eins bis fünf auserzählt sind.

Natürlich gibt es Rückblicke, Einblendungen und Anspielungen, doch wie schon bei Ulldart musste ein neuer Ansatz gefunden werden. Ein Ansatz, der das Land und die Charaktere vorwärtsbringt, der Platz für Neues schafft und staunen lässt. Sowohl für Neulinge als auch die Fans der ersten Stunde.

Bei den ersten Skizzen bemerkte ich den Schreib- und Ideenfluss, der sich von selbst einstellte und so überbordend wurde, dass er für zwei Romane ausreichte.

Und Stoff genug für weitere brachte.

Das Ende deutet zumindest an, welche Baustellen auf die Heldinnen und Helden warten. Ich freue mich auf jede einzelne davon! Und kann schon mal entspannt verraten: Schon bald geht es weiter. Sehr bald!

Mein Dank geht an den Knaur Verlag, der sich für die »Kleinen« so richtig ins Zeug gelegt hat; außerdem an Testleserin Yvonne Schöneck und einmal mehr an Lektorin Hanka Leo, welche die Schärfe von Sätzen, Wörtern, Beschreibungen, Dialogen und erwähnten Klingen genauestens auf durchschlagende Wirkung prüfte.

Markus Heitz
Spätfrühjahr 2021